新中国70年70部
长篇小说典藏

新中国 70 年 70 部
长篇小说典藏

大刀记

第二部 上

郭澄清 —— 著

学习出版社
人民文学出版社

目 录

第 一 章	风火燎原	1
第 二 章	夜行人	40
第 三 章	雪后初晴	99
第 四 章	战火中的支委会	152
第 五 章	虎口拔牙	218
第 六 章	春天来了	276
第 七 章	训敌	345
第 八 章	回马枪	415
第 九 章	打集	479
第 十 章	巷战奇观	539

第一章　风火燎原

"爹——"

"啥?"

"咱还奔宁安寨不?"

"奔。"

"刚才,那位大哥不是说——如今,俺梁大叔是大刀队队长了……"

"哦!你是说,咱不奔宁安寨了,去找大刀队?"

"是啊!"

"瞧你个傻丫头!那人不是说过吗——大刀队,是八路军的一支游击队,到处打游击,不长期住在一个地方。你想想,这一带地面儿这么大,村庄这么多,咱到哪里去找?"

"对啦对啦!"那姑娘紧走几步赶上爹,又说,"咱先奔到宁安寨,找到俺翠花婶子,就不愁找不到俺梁大叔了——爹,你是不是这个意思?"

爹点点头:"这就对了!"

他们默默地走了一阵儿,姑娘又问:

"哎,爹,你抱着我去闯关东路过宁安寨的时候,我有多大?怎么我一点也不记得哩?"

"那时你还不满一周岁哩,记得个啥呀!"

"哎呀!这一说,这不是过去二十多年了吗?"

爹沉思着点点头,慢腾腾地说:

"是啊!"

"现在你还能认出宁安寨来吗?"

"怕是认不出来了!"爹说,"二十多年,变化该是多么大呀!……"

他们且说且走,一个绿林笼罩的村庄迎上来。那村庄,披着金色的阳光,浮动在绿禾似海的原野上,正在向这远来的客人发出亲热的微笑。姑娘望着村庄向爹说:

"按照前边那位大爷的指点,那个村庄就该是宁安寨了——爹,你说呐?"

爹还没有回答,突然从路旁的青纱帐里钻出两个少年娃娃。这两个娃娃,一个拿着大砍刀,一个拿着红缨枪,来到行路人的面前,把手掌一伸:

"路条呢?"

"我们是从远处来的,没路条!"

"从哪里来的?"

"从关东。"

"到哪里去?"

"宁安寨。"

"宁安寨?"

"是啊!"

"到宁安寨干什么?"

"找个人。"

"找谁?"

"找,找……"

那人又想说又想不说。正在这时,那边的青纱帐里又闪出一位八路军战士。那战士朝这边走过来了。两个少年娃娃转过身去,两脚一并咔的一声打了个立正:

"报告锁柱同志!这两人没有路条!"

锁柱是个长得很飒利的小伙儿,红润的脸膛配着浓浓的眉毛,乌黑的瞳子晶晶发亮。他来到近前,先朝两个少年笑笑,又拍拍他们的肩膀,啥也没说,然后来到那男人的对面,和善地问道:

"老乡,你们从关东来吧?"

"是啊!你咋知道?"

"这些日子从那里回来的人不少,都是你们这种打扮儿!"锁柱转了话题又问道,"听口音,你们大概不是此地人吧?"

"对!不是此地人——我们的老家,离这里还有好几百里地呢!"

"你们现在要到哪里去?"

"我们想到宁安寨去。"

"宁安寨有投奔吗?"

"有。"

"谁?"

"梁永生。"

"梁永生?"

"是啊!你认识他不?"

锁柱没有回答。又问:

"你是怎么认识他的?"

"他过去闯关东的时候,我们在一起打过铁……"

"你贵姓?"

"姓秦。"

"叫什么名字?"

"海城。"

"哦!知道知道!这么说——"锁柱指着秦海城身边的姑娘说,"她,看来就是那位秦玉兰了?"

秦海城瞪着一双惊奇的眼睛：

"你……"

"我叫王锁柱,是八路军大刀队的战士。你要找的梁永生,就是我们大刀队的队长。"锁柱说,"在这以前,他一跟我们谈到在关东受的日本鬼子的气,就总肯提到你们父女二人……"

秦海城一听,喜出望外,忙道：

"锁柱同志,你是龙潭街人吧?"

"是啊! 你又是怎么知道的呢?"

"我和老梁在关东徐家屯开马掌炉时,他短不了和我们谈起他那苦难家史。一谈起这个,就必定谈到龙潭街上的大地主白眼狼,还要谈到街上的一些穷爷们儿,其中,就有你的父亲王长江,还有你爷爷……"

"我爷爷就是叫白眼狼折磨死的!"

过了一会儿,他朝秦家父女一挥手,说：

"走吧! 这里不是说话的地方,快到村里去吧!"

"哎。"

秦海城和玉兰跟在锁柱身后,朝村里走着。他们只是走,谁也不说话。正在这时,村里传出一阵嘹亮的歌声：

> 大刀向鬼子们的头上砍去!
> 全国爱国的同胞们,
> 抗战的一天来到了,
> 抗战的一天来到了。
> 前面有工农的子弟兵,
> 后面有全国的老百姓,
> 咱们军民团结勇敢前进!
> 看准那敌人,
> 把他消灭!

把他消灭!

冲啊!

大刀向鬼子们的头上砍去!

杀!

这不是唱歌,这是在向祖国宣誓。这钢铁的誓言,在秦海城的心里,点燃起仇恨的怒火,凝固着抗日的决心,聚集着战斗的力量。他指着那传出歌声的村庄问锁柱:

"那是个什么村子?"

"宁安寨。"

"宁安寨?"

"对!"

"变了! 变了! 和我二十多年前路过这里时,完全不一样了!"秦海城一边走一边自言自语着。锁柱向他解释说:"这里是个游击区,鬼子来了,烧! 鬼子走了,我们就帮助群众,修! 鬼子又来了,又烧! 鬼子走了,我们又修! 就这么烧、修、烧、修,不知折腾过多少次了,它怎么能不变呢?"

他们边说边走进了村子。

秦海城和秦玉兰一踏进村口,都觉着心里有一股说不出的舒帖。他们走在街上,两只眼睛好像不够使唤的,东张张,西望望,左顾右盼,觉着这宁安寨的抗日气氛,就像那波涛汹涌的大江大河那样,正在怒气冲天地向前奔流着。你看! 抗日的大字墙标,比比皆是:

"打倒日本帝国主义!"

"严惩汉奸卖国贼!"

"抗战到底!"

"抗战必胜!"

"共产党万岁!"

"毛主席万岁!"

一位写墙标的青年,站在一条长长的板凳上,左手端着一个大海碗,右手举着一支大鬃笔,正往墙面上继续写着。他的字虽不算好,可是笔画儿特别有力量,有精神。一位过路人夸赞道:

"铁蛋,看出你是个打铁抡大锤的来了,腕子里真有把劲儿呀!"

"劲没在腕子上!"

"在哪里?"

"在心里呗!"铁蛋说,"你想想,咱这墙标,鬼子给擦了多少回啦?他们为啥来一回擦一回?就是因为他们一见到这个就害怕;他们越是害怕,我们就越多写,越往好处写,吓死他!"

那边有位大娘以关切的口吻在喊:

"铁蛋!下来,到树荫下凉快凉快再写!"

"大娘,我不热呀!"

"还说不热呢,脊梁晒得冒烟儿,脸上的汗都快流成河了!这么个老热天……"

铁蛋指指胸口笑哈哈地说:

"我这里头,比这天气还要热!你看,这汗不是从里头冒出来的吗?碍不着天气的事啊!"

在树荫底下乘凉的几位老汉议论起来:

"老哥,你铁蛋出息得真快呀!你听他说的这些话儿,还真有点味道哩!"

"他的底细你还不知道?是个用糠蛋子噇起来的穷孩子,为了赌这口气,我才给他起名叫铁蛋!要说长点出息,那还不是亏了共产党、毛主席?没有共产党、毛主席来领导,他别说懂这么多事儿,斗大的字也不认一个呀!"

"别看我爱和你抬杠,你说这个我服气!就说咱老哥儿俩吧,像铁蛋这么大岁数儿的时候,知道个啥?一说到国家大事,更是一窍不通!"

"你这个说法儿,我得和你抬杠——咱那时就啥也不知道?知道东张跟头西打把式想着法儿糊口,也知道挨财主的欺负心里憋气,还知道像连阴天盼着出太阳一样盼望着出个穷人的大救星……你说是不?"

在老汉们正然谈论的当儿,那边又传来了青年人的对话。一位拿着绑上长把儿的笤帚扫墙面的青年,指着一个墙面问铁蛋:

"这里还写不?"

"为啥不写?"

"你看叫鬼子铲得坑坑洼洼的,怎么写呀!"

"鬼子把这里的墙标给铲下去了,我们越要写到这里!"铁蛋用足全身力气写完了那个字的最后一笔,"为的是叫鬼子再来时看看——他们只能铲掉墙上的标语,可他永远铲不掉中国人民抗日的决心!"

一位在树下乘凉的老汉大声插言道:

"对呀!铁蛋说得对呀!你们把墙面铲平了,写!再把被鬼子铲掉的那个原话写上去!"

那位帮助铁蛋写墙标的青年说:

"三爷爷,再铲一回,你这堵墙可就太薄了呀!"

"薄就让它薄去!"老汉说,"别说太薄了,就是倒了算个啥?不就是一堵黄土打的破墙嘛,抗日要紧呀!这里用得着永生那句话:为了赢得战争,我们要准备献出我们的一切!"

他这一句,把人们的话头引到梁永生身上来了。

一位留着海仙绦的老汉一边抽烟一边说:

"永生这孩子,好比是一棵长到肥土里的好苗子,打从他当了八路,在了党,又好像小苗儿得到了阳光雨露,出息得真快呀!"

一位留着八字胡儿的老汉,架着烟袋和老爷子对着火,狠狠地吸了一口接过话头说:

"是啊!青年人只要跟他在一堆子混上几天,就眼看着长成色!甭说旁人,俺铁蛋就是一个!……"

一位留着山羊胡儿的老汉,一面磕着烟灰,一面把话头抢过去:

"你怎么光说青年人?就是咱们这老一号儿的,只要跟他谈上一阵子话儿,也觉着愣愣地长精神儿!我不知道别人,我反正是这样的——"

人们一说起梁永生,就必然要说到"咱那大刀队",就像一说到"咱那大刀队"就必然要说到梁永生一样。现在,他们说着说着,话路又照例跑到"咱那大刀队"上来了。

那位留着八字胡儿的老汉抽了口烟说:

"咱那大刀队真棒啊!前天打的那一仗,够多漂亮!一场伏击战,只用了抽袋烟的工夫,打死鬼子十来个,还得了八支大盖儿枪……"

那位留着山羊胡儿的老汉一边装烟一边说:

"咱那八路军主力部队更不糠!我听说最近在城东又打了个大胜仗——一仗就干掉了鬼子两个排,还缴获了一挺歪把子机关枪哩!"

那位留着海仙绦的老爷子,一提到鬼子就上了气。他将装上了杂拌儿烟的旱烟袋挟在腿窝里,右手拿着火镰,左手捏着火石和火绒子,一面啪嚓啪嚓地打着火,一面含恨带气地说:

"鬼子,鬼子,坏透了,把他们千刀万剐,也解不了我的恨!……"

显然,这位老爷子对鬼子窝着一肚子火气。

有位留着月牙儿胡子的老汉,同情地望了他一阵,向前就一就

8

身子,带着劝慰的语气说:

"老哥呀,甭生气。光生气当了啥?有共产党,有八路军,你儿子那血仇啊,是准能报的!"

这些景象,这些议论,使走在街道上的秦海城父女俩深深感到:这村的群众抗日情绪,像狂风一样猛,像暴雨一样急。是的!抗日这件事情,已经占据了这村人民群众的心灵,成了人们生活中的头等大事;抗日这个字眼儿,已经成了人们见面必谈的话题。

你瞧!在这伙老汉议论不休的同时,那边巷口上的妇女,不是也正在谈论着抗日的事吗?一位胳肢窝里挟着麦莛正编草帽缏儿的中年妇女,向一位纳鞋底儿的妇女说:

"他婶子,你的军鞋任务都超额儿了,还这么紧忙,下回选抗日模范,我那一票啊,非得投你不行!"

"俺那老嫂子哟!俺再积极还能比上你?"纳鞋底的妇女说,"你为了不让咱那八路军挨晒,现从姊妹家学来编草帽缏儿的手艺……"

她们正谈得火爆,那边走来一位白发苍苍的老年妇女:

"你妯娌们得了啥喜事啦?值当得这么欢喜!"

看来这位老奶奶是个忙人,她手里拿着箩床,腋下挟着绳套,一面说着一面脚不停步地走过去了。当人们喊她站下啦两句时,她笑咧咧地说:

"你们这些年轻的,到一堆子就说呀笑的,俺可没有闲工夫跟你们磨牙!大刀队上那帮孩子们,还等着我给他们做饭吃呢——得快推磨去!"

她这话,显然是由于耳朵不灵,没听清人们谈的是啥内容。因此,引起一阵哄笑声。

抗日,这个富有感召力量的字眼儿,不仅挂在人们的嘴上,揣在人们的心里,它还正在促使着人们纷纷行动起来!你听,这边的院子里,儿童们正在教唱抗日歌曲,一阵阵清脆的童音缭绕在村庄的上空,给这热情似火的村庄又增添上了一派生气;那边的院子里,村干部们正在开会,一句句昂扬有力的讲话声飞出院外,使这街道上的行路人也提起了精神;这边的广场上,民兵们正在挥刀舞枪演习拼刺,一片脚步声撼动着大地,一阵喊"杀"声划破了长空;那边的广场上,一伙身强力壮的农民,和大刀队的许多战士们一起,正在装运军粮。他们,拴绳套的拴绳套,牵牲口的牵牲口,扛口袋的扛口袋,七手八脚忙个不停。牲口的嘶叫声,人们的说笑声,混杂一起,恰是一曲战斗的旋律。道边的土堆尖上,站着一位年轻的姑娘。她将一个用纸袼褙做成的喇叭筒放在嘴边,放开她那洪亮的喉咙,发出清脆悦耳的喊声:

"妇女同志们!快来交军鞋了!"

一阵叮叮当当的锤声,又从村子的当腰传来。秦玉兰指着锤声传来的方向问她的父亲:

"爹,你听,那是打铁的声音吧?"

秦海城听了一下,点点头说:

"是啊!"

他扭过头去又问锁柱:

"这村里有铁匠炉?"

"有。"锁柱说,"不过,我们不叫铁匠炉——"

"叫啥?"

"叫'大刀炉'!"

"大刀炉?"

"对啦!"

"噢!打大刀的炉?"

"是啊!"锁柱带着自豪的口吻说,"大刀队大刀队嘛,没有大刀炉还行?"他继而解释道,"不过,大刀炉并不光是给我们大刀队打刀,更多的是给各村的民兵同志们打刀。"

秦海城父女二人,一边走一边观望着宁安寨这动人的景象。这是男女老少时刻准备战斗的景象,这是全国人民奋起抗战的缩影。这种景象,使他们父女的热血沸腾起来,使他们的身上增添了新的活力。海城兴奋地在想:"中国要想不亡国,穷人要想不受穷,非得这么个干法不行!"玉兰在想:"我要和爹商量商量,就在这里参加抗日!"

他们看着,听着,想着,走着,梁永生家的住宅来到了。小锁柱将他们领进院门,三间土房以一副全新的面貌迎接着这两位远来的客人。庭院中,梁永生亲手栽下的那棵小杨树,如今已长大成材。那些好像巴掌般的大杨叶,被风一刮哗哗作响,就像正在热烈鼓掌欢迎着这秦家父女。一只灵巧的燕子,在这陌生人的头顶上圈圈打旋,吱吱儿叫着,一忽儿又飞进屋去,钻到那垂在梁头上的窝巢里去了。一只战胜过无数次风风雨雨的老鹰,从天外飞来,斜倾着翅膀掠过碧空。一群勤奋的蜜蜂,正在盛开着的枣花丛中时飞时落,来来去去忙个不停。锁柱一面走在天井里,一面朝屋里高声喊道:

"翠花婶子!"

"哎——!"

一个女人的声音,含着喜气洋洋的笑韵,拖着长长的尾音儿,从窗口里传出来。小锁柱接上那尚未落尽的余音又道:

"来客人啦!"

"哪的客人?"

"远来的呀!"

正盘腿坐在炕头上赶做军鞋的杨翠花,一听来了远来的稀客,便赶紧放下手中的活儿,急急忙忙迎出屋来。她一边往外走,一边纳闷儿地想着:"远来的?谁呢?……"

锁柱见翠花推开了风门子,指着秦海城和玉兰又道:

"婶子你看——这是谁来啦?"

"翠花婶子!"

秦玉兰没等翠花开口,先惊喜地喊了一声。她一面喊着,还一面大步流星地扑过去。杨翠花边走边瞅,瞅着瞅着,她笑出声来了:

"哎哟!这是俺玉兰呀!"

"是我呀!"秦玉兰又指着正往这里走的秦海城说,"婶子,你看,俺爹也来了!"

翠花放开玉兰,又赶忙朝秦海城迎过来:

"秦大哥呀!快屋里坐!哎呀,可好!这是哪股风把你们爷儿俩给刮来了呢?"

秦玉兰带点撒娇的口吻抢先道:

"这股抗日的风呗!"

秦家父女进了屋,翠花先找了个座位让秦大哥坐下,又凑到玉兰的近前仔细地端详起来。她只见,这位玉兰姑娘,有一双聪明的眼睛,有一副虽不算美丽可却是讨人喜欢的丰满端庄的面孔。这时,杨翠花的脸上,被这意想不到的喜事刷上了一层红色,长长的笑纹一直不退。她一面用手理着玉兰前额上的短发,一面目不转睛地瞅着玉兰的面容,喜腔笑韵地说:

"几年哪,长成大姑娘啦,和你婶子一般高了!模样儿也越长越俊了——你看,白里透红的面皮,上宽下窄的脸盘,又黑又长的两道弯眉,忽忽闪闪的一双大眼,怎么瞅怎么精神,怎么看怎么受看……"

翠花这么一夸,玉兰的脸上布满了红云,不好意思地笑了。她一笑,两腮上呈现出一对深深的酒涡儿。

翠花对于眼前这种像场美梦似的重逢,心里不由得产生了这样一种愿望:"他们父女俩要是能留在这里那该多好啊!"于是,她就想找个话题,问一问秦大哥,是打算回老家呢,还是在这宁安寨住下来?翠花刚一转身,秦海城不见了。原来是,方才翠花和玉兰说话的当儿,锁柱向秦海城说:"你先坐着,我去找梁队长。"然后便出去了。秦海城把锁柱送出屋门口,没再回屋,便倒背起双手在天井里徘徊起来。他一边漫步徘徊,一边仔细观望着天井的情景,嘴里在不住声地自言自语:

"变了!变了!全都变了!"

正在这时,院门口走进一位身材魁梧的中年汉子。他穿着一身半新不旧的灰便衣,一条宽宽的皮带扎在褂子外头,前腰带上斜插着一支匣子枪,后腰带上斜插着一口大砍刀;刀柄从左肩头上露出来,系在刀柄上的红绸布倒垂在肩峰上;由于他走得又急又快,身旁带起一股小风,那红绸布就像被风吹动着的火苗一般,正在轻轻摆动。太阳泻下万道金光,映在他的身上;他身上的土沙细末儿,闪出耀眼的光亮。这一切,和他那红光闪闪、笑纹四射、春风拂动的面容配搭起来,更显得威武、英俊了。他进院后,一面跨着大步急匆匆地朝屋里走着,一面放开他那亚赛铜钟般的嗓音兴冲冲地喊道:

"秦大哥!"

这喊声未落,秦海城从那边赶过来,话没出口,先在永生的脊梁上来了一杵子:

"你这个家伙!还满有个队长样儿哩!"

永生转身一望,只见秦海城正笑哈哈地站在他的身旁。他就劲儿握住了秦海城的手,两人对望着,久久地对望着,相互在彼此的脸上寻找着别后的变化,老大晌光笑不说话。这当儿,喜悦在他们的唇边蠕动,欢快在他们的眉梢跳跃。在久久的对望中,秦海城发现,艰苦的岁月,在梁永生那两道浓黑的眉毛之间,刻下了三道深深的皱纹;那辛辣的风霜,又在他的眼角上,描绘出若干显明的线条。可是,这抗日战争的战火硝烟,却使得他这副红润的面孔更加红润,使得他这双锐利的眼睛更加锐利了。秦海城瞅了多时,感慨地说:

"你越长越年轻了!"

这时的梁永生,皱起眉峰,忽闪着那双豁豁亮亮的大眼,放出两条炯炯的视线,在秦海城的脸上打了几个转儿,然后将视线停在他那隐约可见的霜鬓上,摇摇头说:

"你可见老了!"

他俩正说话儿,魏大叔进来了。这老汉肩上背着个粪筐,胳肢窝里挟着个粪叉子,一进院就手打着亮棚朝这边瞅他们。

秦海城和魏大叔没见过面。可是他俩通过梁永生的嘴,早就在彼此的心里"认识"了。现在秦海城向老汉打量一阵,悄声问永生道:

"哎,这可是你常说的那位魏大叔?"

"你就是那位用猎枪打死过日本鬼子的秦海城吧?"

在秦海城正要赶过去的当儿,魏大叔在那边抢先开了腔。他一面说着,一面放下肩上的粪筐,又将粪叉子倚在筐系上,而后便急忙迎上来。他笑眯眯地说:

"老秦啊,咱俩虽没见过面,可是你的一切,永生都跟我叨叨过,我老汉挺喜欢你这样的人呀!"

魏大叔说到这里,哈哈地笑了两声,笑得嘴角上的胡子撅起来,撅得好像那正在他头顶上飞旋着的燕子的翅膀。他缓了口气,又接着说:

"老秦啊,你来得正好哇,咱这里的抗日工作,正需要你这样的人哩!往后,你就和永生摽起膀子来干吧!听说你是一把好猎手,跟野兽斗了半辈子,如今一闹抗日战争,可该到了你大显身手的时候了!"

魏大叔是个实在人,净说些实在话。你看,人家秦海城从关东回老家由此路过,是顺路来看望梁永生的,并没说在这里住下来,可是他,一上来就来了这么一套。不过,秦海城听了魏大叔这段话,心窝儿里觉着热滚滚甜滋滋的。他想:"可也是哩!到哪里还不是抗日?这里的抗日局面这么好,干脆在这里干不是更痛快吗?"

在他们亲亲热热又说又笑的当儿,杨翠花和秦玉兰在那大白杨的荫影下放了一张小炕桌儿,还在桌子周遭儿摆下了三个小板凳。翠花向他们说:

"魏大叔,秦大哥,你们仨坐到那树荫影里说话吧,我去给你们烧水沏茶喝。"

梁永生和秦海城一齐让魏大叔先坐下。可那魏大叔说:

"不,不!你们坐,我还有事哩!"

他说罢,背起粪筐,挟上粪叉子,出门去了。

永生和海城面对面地坐下来。永生盯着秦海城脚上那双龇牙咧嘴的鞋问道:

"你爷儿俩怎么来的?"

"咱又没有翅膀,拿腿走来的呗!"

"路上好走不?"

"好走就好了!一路上,遭了不少的罪,也受了日本鬼子不少窝囊气!"秦海城点着烟,抽了一口,又说,"在山海关以外,是所谓'满洲国'的地面儿,到处都是横行霸道的日本鬼子,路过岗卡如过鬼门关,又是搜,又是翻,说不定还要拳打脚踢!这不算,本来日本鬼子是外国强盗,可他们却说我们是'外国人'——你说气人不气人?"

"进关以后呢?"

"进关以后也不好走——凡是城镇地界儿,鬼子都安上了据点。我们爷儿俩,一边走一边扫问鬼子据点的分布情况,为的是想着法儿绕着据点走。就这样,还有好几回差一点被他们抓去呢!"

"你路过的地方,人民群众的抗日情绪怎么样?"

永生一问这个,海城的兴头上来了:

"老百姓的抗日情绪嘛,可高啦!我们所路过的一些村庄,都有抗日的活动。我们不仅碰见过站岗放哨的儿童团、民兵,还好几次碰见八路军的队伍呢!"

梁永生一半是真一半逗哏地笑着说:

"噢!我说你对我们这当八路的这么亲热呢,原来你在路上已经和八路军打过不少交道了哇!"

秦海城也笑了。他笑得满脸的络腮胡子扎煞起来。继而认真地说:

"八路军同志们待人可亲热了。他们不仅管我们饭,在我们临走的时候,还总是硬塞给我们几个干粮,让我们路上吃,并且把我们送出庄外,指给我们该走哪条路,然后,还站在村头上,亲眼看着我们走上了正路,他们这才回村去……"

秦海城说到这儿,杨翠花提着一把茶壶、拿着三个茶碗来到桌边。她把壶、碗放在桌上,问永生道:

"咦!魏大叔呢?"

"走啦。"

"又是忙他的工作去了!这个老头子对抗日的事可积极啦!"

"是啊!"永生一边给秦海城斟着茶,一边说,"我琢磨着,他准是到前庄上去了。"

"到前庄上去干啥?"

"这宁安寨的军粮运输队,要和前庄上的运输队一路去,魏大叔是联络员……"

永生正说着,院门外传来脚步声。他立刻收住话头,改口道:

"锁柱来了。听这脚步声,准是有急事。"

他站起身来,带上一点歉意又说:

"秦大哥,你先喝着,我去看看。"

"好好!你快忙去!"

秦大哥的话未落地,梁永生已经走出好几步去了。当他走近院门口时,小锁柱一步闯进来。锁柱满面春风地向永生说:

"梁队长!请你马上到队部去——"

"谁?"

"县委书记来了!……"

永生一听,立刻喜上眉梢,并且加快了步伐。他和锁柱边说边走远去了,将一阵笑声留在门口上。

秦海城望着杨翠花,问:

"县委书记是什么人?"

"县委书记是全县党的负责人。"翠花一提到县委书记,立刻爆发出一股炽热的感情,"这位县委书记,对永生的帮助可大啦!……"

杨翠花刚说开个话头儿,魏大叔又回来了。他一进院门就高声大嗓地喊:

"翠花呀,随便对付几样儿菜。"

他边说边走来到桌边,从衣袋里掏出一个小小的酒壶放在桌子上。翠花一见酒壶,自然明白了魏大叔的意思,忙"哎"了一声走进屋去。秦海城望着酒壶不安地说:

"魏大叔,我知道你的日子过得并不松快,买这个干啥?你怎么拿着我当外人呀!"

魏大叔一屁股坐在小板凳上,从腰里拔出烟袋,一面捻捻搓搓地装着烟,一面笑呵呵地说:

"海城啊,大叔并不是拿你当外人。见到你来我们宁安寨我心里痛快。刚才我到前庄上去办事,顺便从那村的小铺儿里打了二两,咱爷儿俩喝两盅开开心吧!"

魏大叔这几句话,使秦海城想起刚才永生说他当联络员的事来,于是说道:

"大叔,你这么大年纪了,对抗日工作还这么不辞辛苦……"

"我能干了啥?打打零杂儿,跑跑腿儿呗!"魏大叔说,"要把鬼子打出去,还得靠你们这些身强力壮的硬汉子们哪!要不,为啥一见你来我就这么高兴哩!"

两人正这么说着,玉兰姑娘送了酒菜来了。她两只手里端着四个小碟儿,哈下腰摆在桌子当央。这四个小碟儿里,是四样庄户酒肴——老腌鸡子儿、酱腌黄瓜、煎鸡蛋、拌黄瓜。这时翠花也跟了来。她歉意地笑着说:

"魏大叔,秦大哥,反正你们都不是外人,凑合着点吧,没有好东西……"

秦大哥说:"这不是四个菜了吗?不少哇!"

"唉!别看在四个碟子里盛着,其实只有两样东西——除了鸡蛋,就是黄瓜!"

翠花说罢,咯咯地笑起来。

魏大叔瞅瞅玉兰,向翠花说:

"翠花呀,玉兰一来,给你来了个好帮手哇!"

杨翠花乐得脸上闪着红光,忙接口说:

"是啊!我手底下,正少这么个丫头哩!"

秦玉兰不好意思地笑着说:

"俺啥也干不了,以后好好地跟着俺翠花婶子学呗!"

说罢,一转身朝屋里走去了。

魏大叔听了翠花、玉兰这些话,好像突然间想到了什么,还仿佛有什么话儿在嘴里打转转。当他正要说出口来的时候,忽然望见秦玉兰手里拿着两把蒲扇,又从屋里走出来。因此,魏大叔话没出口,拿着酒壶就要给秦海城斟酒。翠花把酒壶夺过去了。她先给魏大叔满上一盅,又给秦大哥满上一盅,然后说:

"你们喝着,俺忙俺的事去!"

她说罢,回屋去了。玉兰把扇子递给他俩一人一把,也跟着翠花进了屋。

魏大叔端起盅子呷了口酒,又抄起筷子,指点着桌上的菜碟子,说:

"老秦啊,来,吃菜,吃菜。"

秦海城搛起一筷子凉拌黄瓜放进嘴里,一面嚼着一面说:

"大叔,后来,你是怎么从那条'认命'的死胡同里走出来的呢?"

"这多亏了俺永生!"魏大叔咽下一口菜说,"是他把我从那条'认命'的死胡同里拉出来的……"

"怎么? 亏了我?"梁永生回来了,"要是靠我拉呀,那就把你拉到'拼命'那条死胡同里去喽! 对不大叔?"永生笑哈哈地说着,坐到他原来的座位上。这时的魏大叔和秦大哥,也跟着他一起笑起来。

笑声落下。魏大叔问:

"县委书记走啦?"

"走啦! 他是忙人。来到这里,听了听汇报,传达了几条指示,就连忙赶到别处去了。"看来梁永生不想谈这个话题,他说到这里,话头来了个急转弯,"你们正在谈论啥呀? 听刚才魏大叔的话音,是不是又谈起了'认命——拼命——革命'?"

魏大叔笑着说:

"我们只谈到了'认命'和'拼命'。那革命嘛,正要留给你来谈哩！"

"我也谈不出个名堂来！"永生放慢了说话的节奏,指指魏大叔意味深长地说,"他老人家曾指给我一条'认命'的路,我不愿意走;门大爷还曾指给我一条'拼命'的路,我走了好些年！后来,我才走上了革命这条路;指路人,就是刚刚走了的那位县委书记……"

"就是他?"

"就是他！"

"他叫啥?"

"方延彬。"

"你是在哪里认识他的?"

"在走延安的路上。"

"走延安?"

"是啊！"

"那是多咱?"

"那是毛主席到达延安以后。"

"那时你是不是要到延安去找毛主席?"

"对呀！"

"你是怎么知道毛主席到了延安的?"

"说起来,话就长了——"

"报告！"

再次走进院来的小锁柱,一声"报告"打断了梁永生和秦海城的对话。永生转向锁柱,笑吟吟地望着这位又精神又飒利的小伙子:

"说吧！"

"雒家庄上的民兵队长杨大虎来了——"

"有事儿?"

"他说,今天夜晚,他们三个村的民兵开大会,要求你去给他们做报告——咱答应不答应？"

"答应。"

"答应？"

"答应！"

"你不是来了客人吗？能去得了？"

"我去不了不会派个别人去吗？"永生说，"咱大刀队上这么多人，就是我会做报告？"

"队长，你想派谁去？"锁柱说，"你告诉我，我这就去通知他，好叫人家准备准备呀！"

"那好。你就给我当当参谋吧！"

"叫指导员徐志武同志去吧！"

"瞧你，说话不走大脑！"永生笑着说，"为了送一批战士升主力的事，他去县委开会……"

"回来啦！"

"我知道回来啦——"

"知道？我来时他刚进门，你咋知道的？"锁柱忽闪着一双大眼边想边说，"噢！方才他从你这垣墙外头一路过，我就知道了……"

"你先别研究那个，知道就是知道了——光兴你会揣摸，就不兴俺会揣摸？"永生把话拉上正题又说，"我想抓紧今天晚上的时间，开个支委会……"

"这么说，高树青、梁志勇、高荣馨这些人，也都去不了啦？"

"对呀！他们都得参加会。"

"那就叫小胖子去呗？"

"小胖子另有任务——"永生说，"你去通知他，要他马上出发，到龙潭去一趟——"

"对！"锁柱说，"前天，龙潭的民兵配合我们大刀队打了个漂亮的伏击战，让小胖子去了解了解那村民兵在胜仗之后的思想情况——对不？队长！"

"对！"梁永生高兴得站起来，拍着锁柱的肩头说，"在这个问题上，你满够个'参谋'材料儿呀！"

锁柱涨红着脸，微笑着，低下头去，一面卷衣角儿，一面喃喃自语道：

"在那个问题上，算把我这个'参谋'难住了！"

"好！不难你啦；我告诉你——"

"谁？"

"你！"

"是！"

小锁柱咔地来了个立正，跑步而去。

这一阵，秦海城没有注意梁永生和小锁柱的谈话，因为他还在想着梁永生走延安的事。锁柱一走，他又问上了：

"老梁，接着说——你是怎么走上革命道路的？"

梁永生指着锁柱的背影说：

"那得先从他身上说起——那一年，小锁柱被白眼狼抓了起来……"

"这些，刚才我都和老秦说过了。"魏大叔说，"你就从你要了'愣葱'以后说起吧。"

"好！说说！"

梁永生又点着一袋烟，一面抽着，一面开始了他那满怀激情的、绘声绘色的陈述——

那是一个花红草绿的春天。梁永生正沿着通向延安的大道朝前走着，突然遇到了一支队伍。这支队伍里，有一位连指导员，名叫方延彬。这位方延彬同志，对待永生很关心，很和善。他打来饭菜，让永生一面吃着，一面亲切地问道：

"老乡，你叫什么名字呀？"

"梁永生。"

"干啥的?"

"受穷的!"

"哪里的人呢?"

"宁安寨人。"

"要到哪里去哩?"

梁永生慨然答道:

"要到延安去!"

方延彬点点头,微笑着,又问:

"要到延安去干什么?"

梁永生满面春风地说:

"去找毛主席!"

永生这句回答,使方延彬产生了强烈的兴趣。

这位方延彬,原先是个矿工,也是在毛主席到达延安之后,他才离开矿山投奔到延安去的。在延安期间,他还曾幸福地见到过人民的大救星毛主席。因此,他对面前这位一心要到延安去见毛主席的梁永生,非常喜欢。等永生吃完了饭,他说:

"老梁,走,咱们到外边溜达溜达去!"

不一会儿,他们来到一座桥头上。刚换上春装的小河,泛起层层浪花,唱着动听的歌声向前流去。由于刚刚下过一场雨,河床两旁的麦田,显得格外清新。阵阵微风从那一起一伏的麦苗的梢头掠过,好像正在用那温暖的手掌抚摸着它们。一条大路,从天边伸过来,在这河对岸的桥口处分成三股,好似一把三股叉。方延彬站在桥头上,指着身边的一块大青石向永生说:

"老梁啊,来,坐,咱俩在这里谈谈。"

他们二人在同一块石头上肩并肩地坐下了。随后,在方延彬的启发、引导下,梁永生向着这位八路军的指导员,倾诉了他那血泪的家史和苦难的遭遇。永生这悲壮的控诉,合着风声、水声一道掠过方延彬的心头,在他的心窝儿里激起一阵百感交集的情波,使得他的眼睛也不知什么时候湿润了。他眼望着梁永生这条一戳四直溜的汉子,心里想着他那贫困的半生,苦难的半生,反抗的半生,不由得话在心里说:"真是一块纯铁呀!水过千网鱼不尽,铁经百炼必成钢。像梁永生这个从财主、官府、日本鬼子结成的罗网中闯过来的人,一旦投入到革命的大熔炉里,经过战斗实践的千锤百炼,必将成为一块响当当的好钢!"

到这时,方延彬和梁永生那两颗炽热的一起跳动着的心,好像被一条看不见的线连在了一起,贴得更近了。

随后,方延彬对永生说:

"我们八路军,就是原来的红军,是跟着毛主席经过二万五千里长征到了延安的。从前的红军,现在的八路军、新四军,都是共产党的队伍,毛主席的队伍。"

永生高兴极了,眼里满含着兴奋的泪花:

"毛主席的队伍啊!今天可遇到你们啦!你们这是要开到哪里去呢?"

"正巧要开到你的家乡一带去。"

"开到那里去干啥?"

"毛主席知道那一带的劳苦大众正在受难,也知道那一带的人民群众要求抗日救国——"方延彬说,"所以,派我们到那一带去,要我们帮助那一带的群众建立人民抗日武装,建立人民抗日政权,并和那里的人民群众一起,进行抗日战争……"

饱经风霜的穷苦人,就像那干柴热油一样,只要迸上一颗火星,就会立刻燃烧起来。方延彬这些话,使得梁永生那心窝儿里腾地燃起一团熊熊烈火。

方延彬望了望梁永生,又以商量的口吻说:

"老梁啊,我有个想法,想跟你商量一下——"

"啥?"

"叫我看,你眼下先不用到延安去了——"

"为啥?"

"你就参加我们的队伍,跟我们一起回到你的家乡一带,投入这场抗日救国的伟大斗争吧!"方延彬见梁永生没有立时回答,又说,"到将来抗战胜利了,你带着抗日的战功,带着人民的重托,再走延安去见毛主席,比现在空着手去不是更好吗?你想呐?"

梁永生认认真真地思考了一下,最后,干脆地蹦出两个字来:"好吧!"

随后,他便向方延彬询问起一些有关八路军的情况。方延彬除一一回答了梁永生的提问而外,还主动地和他讲述了抗日战争的光辉前景,讲述了共产党的各项主张,讲述了毛主席在湖南领导农民"秋收起义"、创建井冈山革命根据地的情况……直讲得个梁永生心花怒放了,热血沸腾了,他这才收住话头,踏着金光粼粼的大道和梁永生一起走回连部去。

从那,梁永生这个长工的儿子,穿上了军装,拿起了枪,走上了革命的道路。

不久,争取做一个共产党员,又成了梁永生新的奋斗目标。

丰富多彩的部队生活,在促使着战士们的精神世界时刻发生着巨大的、今天不同于昨天的变化。在八路军奔赴抗日前线的东进路上,火热的革命斗争,就像那磁石一般,紧紧地吸住了梁永生这块纯铁。梁永生和他的战友们一起,一面刻苦地学习毛主席著作和党的文件,一面宣传群众,组织群众,武装群众。与此同时,他还在积极地完成着由一个贫苦农民向一个无产阶级革命战士转化的过程。

当八路军挺进到冀鲁平原时,这一带的人民群众,正处在水深火热之中。

根据当时战争形势发展的需要,部队决定派一位同志到地方上去,在龙潭街——宁安寨一带开辟工作。

从龙潭街到宁安寨一带,是敌我必争的战略要地。对我们来说,这里是我河东、河西两个地区的抗日军民进行联系的必由之路;对敌人来说,是个南北交通要道。而且,这个地区土地肥沃,地势平坦,是个粮食、棉花、油料的重要产区。另外,这一带还出产一种重要的军用物资——火硝。

正是由于这些原因,日寇一心要把这个地区牢牢地控制在他们的手里,妄想以此将我河东、河西的抗日军民分割开来。我们呢?则是坚决要把这个地区掌握在我们手里,以便保证我河东、河西两个地区抗日军民的联系畅通,同时威胁敌人的交通线。

这项开辟工作的重要任务,放在了梁永生的肩上,并确定由方延彬同志向他传达部队的决定。与此同时,党支部已经决定吸收梁永生入党,确定跟梁永生进行谈话的人,也是这位方延彬。

这天,方延彬借部队驻在龙潭附近的时机,肩负着部队党组织的委托,同梁永生一起来到了龙潭桥头。

这一阵,方延彬一直在静静地观察着梁永生的情绪,在悄悄地分析着梁永生的思想活动。当他发现永生那厚墩墩的嘴唇微微动了一下的时候,他便走过来问道:

"老梁,你在想啥?是不是又想起你那血仇来啦?"

他没容永生开口,朝那坟地一挥手,又道:

"走,咱到那里去看看!"

他们来到坟前,方延彬先问了问两座坟的情况,然后向永生说:

"老梁,现在报仇的时候到了吧?"

"到啦!白眼狼既是我的仇人,这一带穷人们的仇人,也是民族的罪人,抗战的敌人,我找个机会一定要把他除掉!"

"机会马上就要来到!"

"马上就来到?"

"是的!"

"啥机会?"梁永生迫不及待地说,"指导员,快告诉我——"

就在这个节骨眼上,方延彬将党委决定派他到地方上开辟工作的决定,告诉了梁永生。梁永生高兴地说:

"那太好啦!我一定努力完成这项任务!"

"怎么完成法?"

"把游击队拉起来,把抗日组织建立起来,把群众发动起来……"

"都'起来'了,又怎么着?"

"打鬼子、打汉奸呗!"

"到那时,除掉白眼狼的机会可该到了吧?"

"对!"永生一挥拳头说,"一定要除掉这个害人精!"

"为什么一定要除掉他呢?"

"过去,他害了那么多的人;现在,他又当了汉奸,除掉这样的人,不是我们八路军的任务吗?"

"像白眼狼这样的人,是该除掉!"方延彬说,"不过,老梁啊,要知道,更主要的,还是日本鬼子……"

"这个我知道!"梁永生说,"杀了白眼狼,就杀日本鬼子……"

"不!"

为什么"不"?这个道理,方延彬当然能讲得清清楚楚。不过,他并没有马上讲下去,而是撒出一副寻求的目光,在周遭儿巡视着。这是因为,按照他的习惯,不喜欢泛泛地讲一些道理;现在他正要寻找一种什么东西,用以帮助他来把他要讲的道理讲清。过了一阵,他指着坟边一丛酸枣棵,向永生道:

"老梁,你看那是什么?"

"那是酸枣棵呀!"

"那酸枣棵上长了些什么?"

"长了些刺针!"

"那刺针是要扎人的,是不是?"

"是啊!"

"假若说,那酸枣棵上的某一个刺针扎了你,你该怎么办?"方延彬拉着梁永生走到那酸枣棵近前,他哈下腰去,扳下一根刺针,又向永生说,"就这么办吗?"

永生摇头道:

"这么办不行!"

"为什么?"

"你扳下这个刺针,那些别的刺针还是要扎人的!"

"要是把这上面的刺针一个个地都扳下去呢?"

"也不行!"

"又是为什么?"

"它还会生出新的刺针来!"永生说,"那新的刺针还是要扎人的!"

"那怎么办?"方延彬说,"难道就没有办法除掉它吗?"

"有办法!"

"啥办法?"

"刨掉!"

"连根刨掉?"

"对!"

到此,指导员又不说话了。他从衣袋里掏出一张小纸条儿,又从烟荷包里捏出一捏烟,放在纸条儿上,然后低着头儿捻捻搓搓地开起了他那"卷烟工厂"。这时的梁永生,两眼注视着酸枣棵,心里

思索着方才指导员说的话,也不吱声了。过了一阵,他忽然高兴起来:

"指导员,我明白啦!"

"噢?"方延彬抬起头来,两眼笑乎乎儿的,"你明白什么啦?"

"你是不是说——白眼狼虽然当了汉奸,他就算再坏,也只不过是酸枣棵上的一根刺针,他的老根儿,是日本鬼子!"梁永生说,"因此,我们抗战的根本任务,是打败日本侵略者,而不是除掉白眼狼——指导员,我说得对不?"

"对了一半儿!"

"一半儿?"

"哎。"方延彬说,"'一半儿',就是不全对的意思。"

沉默。过了一会,永生又说:

"你是不是说,还该有这样一些意思——打败了日本侵略者,像白眼狼这一类的汉奸们,自然就完蛋了;为了打败日本侵略者,有时也需要先除掉一些罪大恶极的汉奸……"

"你补充的这些都对。"方延彬说,"不过,我说你对了'一半儿',是在谁是白眼狼这类家伙的老根儿这个问题上——在当前的情况下,站在抗战的立场上说话,把日本侵略者比做汉奸白眼狼的老根儿,这是对的。可是,从更大处说,往更深处挖,人剥削人、人压迫人的这种罪恶的社会制度,才是白眼狼之流的真正老根儿,甚至说也是日本侵略者的老根儿!"

梁永生深深地点着头。

"所以说,我们打败了日本侵略者以后,还只能算抗战胜利,不能算革命成功,还要继续革命!"方延彬说,"别忘了,我们共产党人最终的奋斗目标,是要彻底消灭方才说的那种罪恶的社会制度,实现共产主义呀!"

梁永生笑着说:

"这个道理倒是学过多次了,可一碰上实际又看不这么远了!"

方延彬认真地说:

"以后要看得远——因为你很快就要成为一个共产党员了!"

"很快?"

"是的!"方延彬庄重地向永生说,"支部已经研究过你的入党申请,认为你具备了一个共产党员的条件,这就要召开党员大会讨论……"

这时,梁永生的心怦怦地跳起来,一种兴奋、激动的感情,正在他的身上扩张着。同时,他还仿佛感到,肩上的担子更重了……

梁永生正然讲述着这些往事,杨翠花笑盈盈地来到他们跟前。翠花将一双新鞋向秦海城递过去,说:

"秦大哥,看你脚上这鞋,都挂不住脚了,快换上这一双吧!"

她这一句,打断了永生这大段的叙述。那位正听得入神的秦海城,赶忙掉过脸去,向翠花说:

"不用,不用!如今,玉兰凑合着能做上鞋了……"

"看大哥说的!谁做的不是一样穿呀?"翠花把鞋放在秦海城的脚下,"大哥,快换上吧!"

秦海城把鞋拿在手中,端详着,沉思着。过了一会儿,他向着永生百感交集地说:

"二十多年前,我穿走了你一双新棉鞋,现在又……"

梁永生意味深长地说:

"是啊!二十多年前,你穿上我那双鞋,走上了闯关东的道路;现在,你穿上这双鞋,就要走上革命的道路喽!"

秦海城听后,会意地笑了:

"老梁啊,那你就当个'指导员'吧?"

"我当'指导员'?"

"是啊!从前,那个叫方延彬的指导员,把你领上了革命的道路;现在呢,不是到了你把我领上革命道路的时候了吗?"

梁永生刚才那句话的意思,就是想引导秦海城留下来参加抗日工作。现在秦海城这么一说,永生显然明白:秦海城父女俩不想回老家了。于是,他高兴地说:

"我们这里的抗日工作,正需要秦大哥你这样的人!"

"那你就安排我个差事吧!"

梁永生哈哈地笑了。

杨翠花也笑了。

魏大叔笑得更响。

秦海城不解地问:

"你们笑啥?"

魏大叔抖动着花白胡子解释道:

"海城呀,抗日工作,不叫'差事',叫'任务'!"

听魏大叔这么一说,秦海城自己也笑起来。

他们这一阵朗朗的笑声,引得个好奇的姑娘秦玉兰出现在屋门口。

笑声落下后,梁永生向秦海城说:

"今天晚上,我们大刀队党支部开支委会。关于你的工作安排问题,提到支委会上研究一下……"

晚饭后。

秦海城撂下饭碗就往外走。玉兰问他:

"爹,你到哪去?"

"我到外头溜达溜达,也顺便打听打听你梁大叔他们的会开完了没有。"

"打听到消息可快告诉我呀!"

"瞧你急得这个样子!"

"甭说俺,你比俺还急——你当是俺看不出来?"

"叫我说,你爷儿俩谁也甭说谁——全够急的!"

杨翠花话音未落,秦海城出门去了。

嘿!这抗日年间的乡村夜晚,比白天还要热闹!人们的脚步声响遍了街街巷巷,忙碌的战斗气氛笼罩着宁安寨的夜空。

东边,上夜校的学员们,有的手里拿着小板凳,有的腋下挟着大蒲团,还有的在肩上扛着圆杌子,正在三三五五走进夜校的院门……

西边,准备去搞夜战演习的民兵们,有的拿着大刀,有的扛着红缨枪,还有的挎着手榴弹,伴随着一声"跑步前进"的号令,整整齐齐地拉出村去……

南边,大刀队的几位战士们,和一伙农民正在进行月夜谈心。他们,你抢过我的话头,我接上你的话尾,还有的拦腰打断别人的话弦大声说:"对!抗日嘛,就是要有这样的气派!"

北边,大刀炉上正在打夜作。叮叮当当的铁锤声,陆陆续续传过来。正要去找梁永生的秦海城,听到这锤声猛然一愣:这锤声怎么这么耳熟啊?哦!想起来了——原来是梁永生正在打锤呀!在关东开马掌炉的时候,耳边不是天天都在响着这样的声音吗?于是,他便奔着锤声传来的方向走去了。

大刀炉来到了。

这是一个破破烂烂的小院落。院门口上,挂着一个专给敌人看的木头牌子,上面写着一行大字:"三兄弟铁匠炉"。大字旁边,还有两行小字,写的是:"出售铁锨、镰刀,代打耙齿、耧脚,兼修铡刀、钢镐。"

院门里头,是一个宽宽绰绰的大天井。天井里,有些人正在磨刀。由于他们边磨边谈,使这庭院里充满一片人声。

这是两位老汉的对话:

"我磨的这口刀,准是梁永生打的。"

"你咋知道?"

"别人打不出这个成色来!"

"有理。"

这是两个青年人在谈心:

"你今天磨得特别有劲儿!是吧?"

"对呀!"

"我知道这是为什么。"

"那你说说!"

"因为你要求参军批准了呗!"

一位少年向一位老汉要求道:

"老爷爷,你这口刀磨好了,给我行不行?"

"唔!那我可主不得——要由领导人统一分配哩!"

一位青年小伙子,拿着一口刚刚磨好的大刀舞扎了一阵,然后抖抖腕子说:

"嘿!真来劲呀!"

一位中年汉子朝屋里喊道:

"铁蛋!加油儿呀!我们快磨完啦!"

"放心吧!有你的刀磨就是了!"

这是一个青年小伙子的回声。这回声被叮叮当当的锤声伴奏着,从那座靠北边的三间小土屋里传出来。这时,小土屋里,炉火正旺,围拢在炉火旁边铁砧子周遭儿的人们,正在火火爆爆地忙着。

屋门口处,挤着一帮大大小小的孩子们,正在看热闹儿。秦海城来到屋门口,站在孩子们的背后,从孩子们的头顶上往里一看,果然不出他的所料——那位架着钳子当师傅的人,正是梁永生。

只听给永生打下锤的小伙子问:

"梁队长,你哪时学会的打铁呢?"

"我在闯关东以前,不是当小炉匠吗?"

"是啊!不过,那时我年纪小不记得,只是听说过。"

"我到了关东以后,就来了个'小炉'改'大炉',加入了两个穷铁匠开的马掌炉……"

"你既然练出了这么好的手艺,为啥又不干了呢?"

"以后,东三省叫日本鬼子占了,成了所谓'满洲国'——听说过没有?……对啦!日本鬼子欺负人不算,还让我们给他打马掌!"

"作为一个中国人,能侍候他?"

"不侍候他就抓你的劳工!"

"那就干脆回老家!"

"对啦!我就是这么回来的!"

他们说到此,梁永生钳着那根烧红了的铁坯又放在砧子上,打下锤的小伙子也赶紧抄起大铁锤,紧接着又是一阵忙碌。叮叮当当的锤声过后,梁永生挟起那块打好了的深灰色的刀片,往凉水里一蘸,哧的一声,随后一甩腕子,扔到一边去了。永生趁这个空儿,装上一袋烟,一边抽着一边转了话题说:

"铁蛋啊,你这手艺得抓紧练呀!"

铁蛋是个活泼的小伙子,说起话来,眼睛眉毛都在动:

"对啦!这一阵,我是有点松!"

"你先别检讨,我倒不是想批评你。"永生说,"我是说,你的师傅炮筒子要去参军了——知道吧?那门'大炮'要是一撤走,你这个徒弟再顶不起作来,咱这个大刀炉的阵地还保得住哇?"

"咱这个大刀炉也该撤了!"

"撤大刀炉?"

"我是这么看的!"

"为什么?"

"前天,你领着大刀队和龙潭的民兵,打了个伏击战,只用了抽袋烟的工夫,八支大枪到手啦!嘿!多爽神!昨天,我见到龙潭的民兵黄二愣,他一谈起这桩事,可神气啦,让人看着怪眼热的!"铁蛋说,"哎,梁队长,你领着我们宁安寨的民兵,也来上那么一手儿,不比叮叮当当地打这玩意儿强多了?"

"你就是因为这个想撤大刀炉呀?"

铁蛋光笑未答。永生说:

"要是这么说,我可真得批评你了!"

永生说到这里,一回手将烧到了火候的一块刀坯撤出炉火,放在砧子上锤打起来。魏大叔见永生和铁蛋全神专注地打锤了,他一面拉着忽忽搭搭的风箱一面接言道:

"永生啊,你今天一来打铁,我就估摸着你是想借这个机会敲打敲打铁蛋的思想——看来我估摸对了!"

接着,他又把话题转向铁蛋:

"铁蛋!你呀,也欠该敲打敲打了!"

永生把打凉了的刀坯插进火里,用一双笑眼盯着铁蛋。铁蛋站在永生的对面,直目睐睁地望着他的领导人:

"梁队长,你就照着我的病根儿下锤子吧!"

永生笑望着铁蛋那股诚朴动人的神态,指着他身边那些刚打好的刀片说:

"铁蛋,你可别轻看这些玩意儿呀!"

"我并不是轻看它!"铁蛋说,"可甭管怎么重看,它反正不如大枪!"

"你可知道那大枪是怎么来的吗?那不是敌人白白送给咱的!"永生又向刀片一指,"是咱用它换来的!"

铁蛋笑了。永生又以质问的口气说:

"我们现时枪支不多,要是把大刀炉一撤,拿啥打仗去换大枪?

唵？铁蛋,你说哩?"

铁蛋干脆截脆地说:

"通啦!"

"这样通了不行!"永生说,"铁蛋,我问你——咱们打的是什么战争?"接着,他从问答开头,又和铁蛋讲述起人民战争的问题来了。他讲到了人民战争的性质,讲到了人民战争的特点,还讲到了人民战争的威力……最后说:

"人民战争,是我们共产党人的一个法宝!这个法宝,能战胜一切敌人,而且是敌人永远夺不去,也永远学不会的!在当今,我们扔掉了大刀,人民战争怎么开展?那不等于扔掉了这个法宝?"

铁蛋信服地点着头。魏大叔、秦大哥以及在场的其他人,也都情不自禁地点着头。秦海城在连连点头的同时,心中还感慨地自语道:"梁永生变了!变得已经不是过去那个梁永生了!你看,他的肚子里装着多少东西呀!"

这时,又听铁蛋说:

"梁队长,把钳子给我!"

"给你干啥?"

"我得抓紧练呀!"铁蛋说,"光打下锤怎能顶作呢?"

"好!"

永生让了手。当他正要拿起大锤给铁蛋打下锤的时候,站在旁边的一个小伙子赶过来说:

"梁队长,让我来!"

"你?"

"啊!"

"你会打?"

"练练嘛!练会了也好接铁蛋的班呀!"

他们正说着,一个大刀队战士进来了:

"梁队长！人到齐了,请你去开会!"

这时想来打听会议结果的秦海城才意识到,原来他所急切盼望的那个会还没有开呢!梁永生走到屋门口,望见了秦海城,问道:

"秦大哥,你怎么跑到这里来啦?"

秦海城没有如实讲。他说:

"我一听见铁锤响心就动了,两条腿三迈两迈就迈到这里来了!"

"你来得正好!"永生说,"我知道你等着参加抗战的心情急不可耐呀,那你就来参加参加吧!"

随后,梁永生把秦海城领进屋子,并把他介绍给屋里所有的人,又说:

"秦大哥,你就帮铁蛋掌钳吧——我去开会!"

"好!"

秦海城扎上围裙,和大家一起忙起来了。

午夜时分。天高露浓,一钩弯月静静地挂在西南天角。

夜幕苫着沉睡的平原。大地显得分外宁静。漫洼里充溢着庄稼的香味。星星就像萤火虫似的在饱含着水分的深空里微微闪耀。颤动的月光,将河床左侧的一切景物,鲜明地绘在水面上。大刀炉上的锤声传得很远很远。

在这样一个夜深人静的时刻,梁永生和秦海城又肩并肩地出现在河堤上。凉爽的微风,随着夜的翅尖儿,掠着路人的眉梢。他们一边漫步走着,一边在谈论着一件事情——

"扩大主力,是我们赢得战争的一项重要措施。不断地向主力部队输送战士,是我们游击队的一项重要任务。这次,县委决定让我带领一批战士,到主力部队去……"

"你到主力部队去?"

"是啊!"

"什么时候走?"

"具体日期,还要听县委的通知。不过,我估计着,大约还得个月二十天吧!"

"关于我的事,你们这次会上研究了吗?"

"研究啦——"

"叫我干什么?"

"想叫你父女俩,到龙潭街去安家落户。"

"安家落户?"

"不同意?"

"我们是来参加抗战的呀!"

"安家落户,正是为了参加抗战。"梁永生说,"这就像唱戏一样,总得有扮演各种角色的人才行啊!叫你父女俩去安家落户,名义上是参加他们村的铁匠炉,当个师傅,实际上,是想让你家当个八路军的联络点……"

"联络点是啥?"

梁永生把联络点的任务讲了一遍。又说:

"这个任务,比拿起枪来去战斗还要艰巨呀!"

"艰巨不怕,只怕是担当不了!"

"行啊!干吧!你比起别人来,还是有一些有利条件的!"永生说,"第一,别人不大了解你的身世,便于活动;第二,你是一把好猎手,有多年来和野兽打交道的经验……不过,你要注意一点——"

"啥?"

"现在,那龙潭街上有我们的联络点——"

"谁?"

"这个,你先不要问。"永生笑笑说,"你们父女俩,是我们八路军的二线联络点……"

"啥叫二线？"

"二线，就是平日里不暴露身份，将来一旦形势发生了变化，我们的斗争到了最困难的时候，一线联络点不便于活动了，或者是被敌人破坏了，你这二线联络点，便马上接替那一线联络点的任务。"永生说，"具体的活动方法，联络暗号，以后还有人和你仔细交代……"

"以后还会有最困难的时候？"

"会有的！"梁永生十分肯定地说，"要赢得这场伟大的抗日民族解放战争，不是一件轻而易举的事啊！尽管胜利一定是我们的，可是在取得这个胜利之前，还有一段更艰苦的路程要走哇！对此，我们要有充分的思想准备……"

这时，北方的天空里，出现了老云头。接着，又有一阵凉风刮过来。这些天象正在向夜行人发出预告：有一场残暴的风雨将要来临！

第二章　夜行人

乌云低空滚翻，阴影笼罩着荒原。我们伟大的抗日战争，进入了一个最困难的时期。处在硝烟战火中的冀鲁平原，正在经受着艰苦岁月的熬煎！而今，这片辽阔壮丽的沃野，带着遍体鳞伤，含着悲愤的泪水，仰卧在茫苍苍的暮色中。

漫卷着飞沙的狂风，就像它要毁灭一切似的，正在这运河两岸的千里原野上横冲直撞！天，仿佛眼看就要被那浓重的云块子坠下来了；地，宛如正在被这狂妄的暴风旋上去。

残暴的日本侵略者，集中了大量兵力，对这块具有战略意义的地区，一连进行了五次"强化治安"。

"保甲制"编起来了！

"维持会"成起来了！

由鬼子和伪军混合组成的"扫荡队"，骑着铁蹄锵锵的洋马，端着鲜血淋淋的刺刀，如同成群的疯狗饿狼一般，从河东窜到河西，又从河西窜到河东。

每到这样的时刻，一些忘了姓啥的老财们，就从阴暗角落里钻出来，跑到显眼处，抔着腰大吹冷风：

"咱早就看着八路成不了旗号！这会儿云消雾散了吧？"

"胡说八道！"

这是群众愤怒的回声。

我们的八路军主力部队，在这一带打了许多胜仗以后，为了更多地消灭敌人，虽已暂时作了战略转移，可是，这一带的地方部队、游击队、民兵和广大人民群众,在党的领导下,正与日本强盗继续进行着顽强不屈的斗争。

有多少抗日的勇士牺牲在战场上?

有多少不屈的民众躺在了血泊中?

多少个党的工作人员,多少个抗日政府的干部,在敌人的重围中打光了子弹,在眼看就要当俘虏的一刹那间,他们用最后的一粒火儿,使自己成了光荣的烈士!

时光在血中流逝!

时光在火里行进!

夜幕降临了。

因为云厚,又是风天,今日的夜幕来得早。

随着夜幕的徐徐降落——

老鸹归巢了;

野兽钻窝了;

烧杀抢掠闹腾了一天的敌人"扫荡队",知道夜晚不是他们的世界,现在拉着尸体,抬着伤兵,牵着百姓的牛驴,驮着抢劫的东西,夹着尾巴挨着追腚枪,全都急急忙忙地溜回据点去了。

枪炮声响了一天的荒原上,渐渐地平静下来。

险山不绝行路客,恶水仍有渡船人。就在这样的时刻,有位彪形大汉,如同从天而降,出现在这硝烟弥漫、白雪似毯的旷野里。

这位路行人,穿着一身便衣,披着从云缝里射出的晚霞的余晖,风快地走在一条弯曲而又漫长的大道上。

大道上,白雪斑斑,霞光粼粼。

散落在路面上的砖头瓦片,在路行人的脚下骨骨碌碌地翻滚着;还有的,发出一声惨叫后,粉身碎骨了!

一团团的尘沙雪粒,从那风快的脚步下飞扬起来,被大风吹向远方。

看这位路行人行进的冲劲儿,他的体魄里蕴藏着充沛的火力。可是,由于风沙的袭击,也许还有长途跋涉的缘故,使得他那厚墩墩的嘴唇,裂开了一道道细小的血纹。在他那顶磨破了边的毡帽头儿上,还有那件闪披着的大棉袍子上,以及那双开了花的老铲鞋上,全都蒙上了一层黄乎乎的浮土。

如果,不是这人的腰带上,斜插着一支张着大机头的匣子枪,有谁能辨认出,这位路行人竟是一位八路军?

这里,目下已是岗楼如林,公路如网了!又是在这深不可测的漫洼中,该潜藏着多少难以预料的危险啊!可是,这位腰掖匣枪的八路军,只身一人走在风沙骚动的漫洼里,昂首挺胸,坦然自若,如同那"明知山有虎,偏向虎山行"的猎人,根本就没把那些随时可能出现的虎狼放在眼里。

不过,他的心里还是非常警惕的。

你看,每当有个什么意外的动静触动了他的耳鼓,或者有个什么可疑的影像映入他的眼帘,他那双豁豁亮亮的大眼睛,便立刻闪射出两道机警的光芒。这光芒,犹如一对利剑,刺穿了风沙滚滚的夜幕,投向可疑的地方。在这同时,他那活像小蒲扇似的大手,还会习惯地按到枪柄上去。

这些动作又告诉我们:这位八路军同志,准是个富有游击经验的老战士。

他是谁呢?

他就是梁永生。

梁永生挺立在高高的河堤上,用手指往后推一下毡帽头,又用手背抹一下挂在眉毛上的汗珠,瞪起那双锐利而又深沉的大眼,仰望着正在阴空里奋飞的雄鹰。

一会儿。他那双沉思的目光,从深空里收回来,又久久地俯视起大堤之下的土地。

这是他曾用自己的鲜血染过的土地呀!

也不知过了多长时间,他终于抬起头来,又顺着这运河大堤向前眺望。前边,在那密布沙尘的夜幕后头,有一个隐约可见的村庄。

那隐约可见的村庄,好像一位多灾多难的母亲,正在月夜里迎接她的儿子。

那是哪里?

哦!他一眼就认出来了:那正是他今夜要去的地方——龙潭街。

梁永生那难忘的童年,不就是在他这故乡龙潭街度过的吗?直到今天,故乡和他一起经受的苦难,还鲜明地留在他的记忆中。尤其是抗日战争爆发以后,他在这一带打游击的时候,故乡亲人的音容,故乡景物的色泽,更给他留下了特别深刻的印象。多少个战火纷飞的日日夜夜啊,他和故乡的脉搏一起跳动,他和故乡的命运共同呼吸。因此,这里的一草一木,一砖一瓦,对他都含有一种特殊的感情。你想啊,他在这重返故土的时刻,心里怎能不热滚滚的?

他沿着大堤走下去了。

他一边走一边轻哼着抗日小调:

> 运河滚滚浪滔天,
> 两岸战旗红艳艳,
> 抗日军民手挽手,
> 前仆后继冲上前!
> ············

梁永生走过熟悉的路,跨过熟悉的桥,在靠近龙潭街头时,收住了歌声,放慢了步子,全神贯注地注视着那月光下的村庄。

村中的房屋、树木,正热情地向他招手。

浑浊的月光,映在弹坑累累的墙面上。整个村子,呈现着灰蒙蒙的橙黄色。这位夜行的八路军梁永生,对他这几经战火血洗的故乡,好像既熟悉而又生疏!

他望了一阵,悄悄自语道:

"这战争年月,各处的变化真大呀!"

他说着走进村子。

村中的空气里,充满了尘埃,烟雾,火药味儿。

道旁边的柴禾垛,全被烧过了,变成了一堆堆的黑灰。黑灰被风一刮,时而飞出几颗稀稀拉拉的火星,又很快地消逝在黑暗中。胡同口上的大树下,有一片血迹,血迹附近有个小小的破烂书包。

这位军人触目惊心,燃起满腔怒火。

他正然且走且看,且看且走,两条到处巡回的视线,穿过几棵枯树的空隙,盯住了一所残垣破壁的宅舍。他愣沉一下,便朝那院落走过去。

这是谁家?

秦海城家。

秦海城从关东回来,在这龙潭街上安家落户以后,就一直住在这所院落里。

梁永生来到秦海城的角门外头,收住脚步,站在了门口旁边的一棵老槐树底下。

这棵老槐树,活像那饱经风霜的老人的面孔,树身上爬满了一道道的裂纹。人们不是常说"唐松晋槐"吗?这棵古槐怕是也有千岁高龄了。如今已是冬日,树叶早已落净,干枯的树头上,只剩下了一个喜鹊的窝巢。

一只不知为什么还未钻窝的喜鹊,站在被风刮得摇摇摆摆的树梢上,正然唧唧喳喳地啼叫。

梁永生朝门口望了望,只见两扇破烂不堪的门板虚掩着;沙啦沙啦的磨刀声,从被火烧得煳气拉塌的门缝里传出来。他站在树后,听了一阵,直到听见院中传出一位男人的干咳声,他这才把嘴一撅,唧唧呱呱地学起鸟叫来。

庭院中的磨刀声停住了。

少顷。伴随着吱扭一声门响,从门缝里探出半截身子。他瞪着两只大眼,朝门前各处张望着。这时节,隐藏在槐树后头的梁永生,就着月光已经看清了,那个出来张望的人,正是他要找的秦海城。

永生还没来得及答话,秦海城也发现了他,并忽地扑过来。这时节,大概是怒气冲昏了秦海城的头脑吧,只见他来到梁永生的近前,把永生打量了好大一阵,他那双充满血丝的、含着怒火的眼里,还是迟迟不见变化。

这时,永生只见秦海城的脸上,已经蓄起了很长很长的络腮胡子。他脸上的气色,就像那阴云密布的天空一样。直到梁永生说:

"秦大哥,你不认识我了吗?"

他那脸上才像忽地刮了一阵风似的,刮去了满脸阴云,闪现出兴奋的光彩,嘴边的胡子抖动着,劈头问道:

"老梁啊!你怎么来啦?"

接着,他伸出两只湿漉漉的大手,扳住永生那两只朝外扎着的肩头,吃劲地摇晃着。

看样子,秦海城像有许多话要跟永生说,可是,由于有一股又惊又喜的情绪涌上来,使得他觉着就像有个什么东西堵住了喉头,所以张了好几次嘴,却一句话也说不出。只是,在他那憨笑的脸上,扑簌簌扑簌簌地淌下了两行激动的热泪。

永生瞅着秦海城的面容,也激动得两眼发潮,说不出话来。

他们呆呆地愣着,眼对眼地看了好大一阵,永生这才关切地说:

"秦大哥,你瘦了!"

到这时,秦海城又像才从梦中醒来似的,拉上梁永生的胳膊说:

"走!快家走!"

秦海城将梁永生拉进角门,又回手闩上门栓,就一边领着永生朝屋里走,一边迫不及待地说:

"你走了这一年多,可真把人们想坏啦!……"

梁永生自从带领着大刀队上的一批战士升入主力离开了这个地区以后,到今天说话,已经是一年多了。在一年多以后的现在,由于形势发展的需要,上级党又从主力部队重新把他派回来,让他继续担任原来的职务。

现在,他正乘着这昏沉的寒凉的夜色,到处寻找大刀队的战友们。今天,他就是为了这个目的,才首先来到秦海城家的门前的。

永生和海城且说且走进了屋子。

屋里,乱纷纷的。

箱箱柜柜,大敞四开;谷囤糠篓,东倒西歪;凳子侧歪在墙旮旯里,桌子倾倒在炕根底下;木器的板条儿,盆碗的碎片儿,还有破铺扯、烂套子,乱七八糟、七零八落撒了一地。屋当场子里那厚厚的尘土上,还残留着鲜明可见的皮鞋印子。

梁永生一见这种情景,又是一肚子气。他把冻冷了的手放在嘴上,哈了哈,问秦海城道:

"敌人又来闹腾过?"

"那些凶煞神,哪天都来点卯!"秦海城气冲冲地说,"这一阵子,鬼子、汉奸们可把这一带的老百姓折腾苦了!他们来到村里,逢门便进,见人就打,要酒肉,要粮要钱,什么'地亩捐'呀,'户口捐'呀,'爱路费'呀,'维持费'呀,'保安粮'呀,没完没了的苛捐杂税不算,还他妈的乱抢乱夺……"

他们又进了里间。

里间屋里,冲门放着一张少皮无棱、开角懈缝的迎门橱子。一盏小小的豆油灯,墩在橱子角上。他俩朝里一走,带进一股小风,那黄豆粒般的灯火,立刻猛烈地摇晃起来。浑浊的动荡的灯光,在被炊烟熏黑了的四壁上,闪动着一跳一跳的光波。

梁永生顺手拿过一把笤帚,折下一根笤帚苗,一边拨着灯花一边问:

"秦大哥,最近哪些同志来过?"

秦海城搬过歪歪棱棱倚在山墙上的板凳,吹去凳面上的浮土,坐上去,叹了口气说:

"眼时下,敌人猖狂得很!大刀队的同志们,好些天没到这里来了!"

梁永生搭拉着腿坐在炕沿上,掏出那根没有嘴子的小烟袋,将烟锅插进烟荷包,一边捻捻搓搓地装着烟,一边向秦海城简要地叙述着他回来的过程。

秦海城一边听一边对着窗户出神。

窗户上,镶着一块小小的玻璃。玻璃上,布满了十分细致的冰雪花纹,很像一块用银丝线绣成的手帕。这块只有手帕大小的玻璃,是秦海城的女儿秦玉兰精心镶上的,为的是,便于常来常往的八路军能从屋里看到天井里的动静。

秦海城一望见这块玻璃,觉着像刀子绞心一样难受。在他正翻肠搅肚久久沉思的当儿,听见梁永生又叫了一声"秦大哥",问他道:

"听到过大刀队的消息吗?"

"半个月前,听说他们在柴胡店附近跟敌人干了一家伙……"

"结果怎样?"

"打死了一些敌人,咱们也吃了点亏!"

"还有啥情况?"

"别的闹不清楚!"

沉默。

在这沉默的当儿,秦海城把梁永生那空瘪瘪的烟荷包拿过去,又回手拿过烟笸箩儿,一面给永生装烟,一面带着焦虑的神色说:

"这一小笸箩儿乱杂拌儿,就是给他们预备的。可是,这一憋气子半拉月了,大刀队一直没转悠过来……"

他说罢,又叹了口气。

这口气,使得屋里的空气更沉重起来。

屋外,风还在刮着。屋里一静,那风声显得更大了。这座破烂不堪的土房茅屋,在狂暴的夜风中摇晃着。真叫人有点担心——这房子不会被狂风卷走吧?

秦海城的悲观情绪,使永生意识到了自己的责任。于是,他便开导秦海城说:

"打仗嘛,就有胜有败。不怕百战失利,就怕灰心丧气。秦大哥,你只管放心,咱毛主席领导的队伍,士气是扑不灭的火焰,截不断的泉源,是什么样的敌人也打不垮的!"

秦海城点点头:

"是啊!船有好舵手,不怕浪头高!"

他说罢,笑了。

这一笑,在他那稍微朝上挑着的外眼角上,拥起几道细长的皱纹。一向善于观察人的表情的梁永生,这时分明地可以看出,在这愈伸愈长的笑纹中,还依然隐藏着秦大哥那沉重的心情。他的心里究竟有啥心事?

过了一阵。

他俩又谈起村里的情况来。

这当儿,秦海城向梁永生叙述的每一个情况,都和敌人的罪行联系着。例如:有一个老寡妇,为失去独子哭瞎了眼睛;有一个新媳妇,因丈夫被敌人杀害而变成了疯子;有个吃奶的孩子,趴在娘的尸体上哭哑了嗓子……这些含火带气的血泪控诉般的叙述,一阵紧过一阵地激荡着梁永生的心弦。

永生一面抽烟,一面静静地听着。

此刻,他那两条火龙般的视线,不时地在秦大哥的脸上一圈圈儿地盘旋。他只见,秦海城这位只有五十来岁的人,由于留起了很长的络腮胡子,猛孤丁地看上去,仿佛已是年近花甲的人了。

他为啥要留这么长的胡子呢?

梁永生当然知道,这是为了便利工作,他特地蓄起长胡来让敌人看的。永生一想到这一点,进而更加明确地意识到:这一年多来,这里的人们,是在像旋风似的紧张的战斗生活中度过的;如今,自己已经进入到这个旋风的中心来了!

这说明,眼前的环境是极端恶劣的;今后的斗争是异常艰苦的!

梁永生面对着这样的局面,他正在想:如何早日把这战斗的旋风大大地刮起来,把这种艰苦、被动的局面改变过来?

夜深了。

夜风扑打着窗纸。

窗纸沙沙地响着。

远处,有报更的雄鸡在叫。

邻家,传来婴儿的夜啼声。

梁永生沉思了片刻,大刀队里那些战友们的形象,又一次闪现在他的头脑中。是啊!不管在什么时候,也不管在什么情况下,要把大刀队战士们的形象从梁永生的心里挖去,那是根本办不到的!

现在,他一想到队伍,一想到自己还没和队伍接上头,特别是通过秦海城这个联络点仍然打听不到大刀队现时的下落,心中又

焦急起来。于是,他在炕帮上磕去烟灰,将那根只有一拃长的小烟袋往腰带上一别,站起身来,向秦海城笑笑,说:

"我走!"

"走?"

"对!"

"哪去?"

"找队伍去!"

"到哪去找?"

"先到黄家镇……"

"那里去不得!"

"为啥哩?"

"敌人安上据点了!"

"噢!"

永生习惯地往后推一下帽头儿,摸着汗津津的脑门儿琢磨了一阵子,又说:

"那么,我到水泊洼里转转……"

"到那里转啥?"

"也许在那荒洼古庙里,同志们留有什么暗号儿……"

在梁永生去升主力之前,这荒洼古庙是他们大刀队的三线联络点,也叫"无人秘密联络点"。现在秦海城听他一提到荒洼古庙,忙摆手说:

"也去不得!"

"也安上据点啦?"

"对!"秦海城气愤地说,"自从那次'大扫荡'以后,鬼子就五里安一个据点,三里修一个岗楼,实行了严格控制。鬼子头子石黑,给他这套手段还起了个名字,叫什么'囚笼战术'!……"

关于"囚笼战术",梁永生在来这里以前就听到说过。可是,对

于这一带敌人据点的变化情况,他还没有掌握起来。因此,等秦海城说完后,他又问:

"坊子没安据点吧?"

秦海城说:

"那里没有。"

梁永生说:

"我到那里看看。"

秦海城说:

"可是,敌人把坊子看作八路的基地,三六九儿地去闹腾……"

梁永生说:

"那没关系!"

秦海城说:

"你一定要去,我就送你一趟。"

"甭送。"

"为啥?"

"这段路,我熟。"

"熟也不行!"

"咋?"

秦海城说:

"你不知道——这些日子,敌人的巡逻队,夜间也短不了出来闹腾……"

梁永生笑了。他风趣地说:

"敌人的巡逻队没啥可怕的!几年来,没少和他们'打交道',我们是'老交情'了!"

秦海城说:

"你甭管咋说,我是不能放你自己走的!"

他说话的时候,脸色是严肃的,固执的,凝然不动的。随后,他

又从炕席底下抽出一把捎谷刀,插在背后的腰带上。然后一挥手说:

"走吧!"

永生一见这把锃锃闪光的短刀,触景生情地想起了他来时听到的那磨刀声,就问:

"哎,秦大哥,你刚才磨刀干啥?"

永生这一问,秦海城上了气,说:

"我要跟阙八贵那个狗养的拼命!"

"阙八贵?"

"他是柴胡店据点上的一个伪军小队长。"秦海城气冲冲地说,"那个孬种,听说他七哥阙七荣当了石黑的翻译官,就投奔到这柴胡店来了。他来到以后,仗凭着阙七荣的势力,在白眼狼的手下当了小队长。几个月来,他烧杀抢掠,奸污民女,无恶不为,老百姓把他恨透了!前两天,他竟派来了'媒人',要'娶'玉兰去给他当'姨太太'……"

在秦海城说话的时候,屋里的空气一层层地下沉着。梁永生的心弦一扣扣地抈紧了。

秦海城的闺女秦玉兰,是个爽直姑娘。她自从跟随父亲在龙潭街落户以后,一直是秦海城这个联络员的好帮手,还是村中各项抗日工作的积极分子。除此而外,据说,现在她和志勇之间,还有点恋爱关系。

秦玉兰现在哪去了?

她在宁安寨梁永生的家里。

这一点,永生已经知道了。可是,阙八贵派来"媒人"这件事,他并没听说过。他在来龙潭街以前,曾经见到过宁安寨的魏基珂大叔。当时由于他急着要找队伍,所以只是侧重问到了大刀队的情况,别的没顾得多谈。至于秦玉兰在他家住着这件事,是魏大叔在说话中顺便带出了这么一句。

现在,梁永生虽然觉着阙八贵实在可恨,可又觉着秦玉兰并没啥危险,所以他没把这件事看得很重,只是顺口劝了秦大哥两句:

"你不要来不来的就动刀动斧的!这是一刀就能砍完了的事吗?你只要别让玉兰回家,那阙八贵再孬不也是没有办法吗?"

他们一边说话一边朝屋外走。说到这里时,秦海城回手拉上房门,咔嚓一声上了锁。尔后,他一抡胳膊,把提在手中的二大棉袄披在身上,又一挥手臂,向永生示意道:

"走哇!"

他俩一前一后,走出角门儿。

秦海城站在门前向周遭儿撒打一阵儿,没发现什么动静,就一哈腰把钥匙填进槐树根底下的一个小窟窿里,并向永生悄声说:

"瞧见了吧?我只要出去,钥匙就放在这里。以后,你来的时候,我要不在家,你好自己开门……"

"哎。"

两人喊喊喳喳地说着,向左一拐,顺着弹坑累累的街道,踏着昏沉的月光,一直朝前走去。

快到村口了。

秦海城紧走几步撵上永生,戳他一把悄声说:

"你慢走!"

"咋?"

"防备敌人在村口偷放暗哨!"

他说罢,没容永生张口,就跨开大步赶到前头去了。

出村后,他们绕过关帝庙,又绕过鱼塘,进入了一片枣树林。

一根根干枯而刚劲的枣条,迎着寒凉的风霜朝天竖着。黄乎乎的月光,穿过枯枝的空间,照射在被冰雪封住的大地上。荒凉的旷野,喷发着寒气,使人感到冷飕飕的。由于这里是荒野漫洼了,他们又是走在密密匝匝的枣林之中,风声显得更大了。

滚过枣林的夜风,像一把把的利刀扎进骨缝,又钻入血管。一根根的冰柱,犹如闪光的锥子,倒挂在树枝上。被风一刮,有些脆弱的冰柱张落地上,摔碎了。

永生和海城顶着寒风走在枣林中,好像有人往他们的身上泼凉水。从他们的口腔中、鼻孔中喷出的热气,在眉毛和胡子上结成了白霜。树林中有些酸枣棵。酸枣棵的刺针不时地挂在他们的衣裳上,发出嘶啦嘶啦的响声。

他们出了枣林,又进入一条道沟。

这条道沟,是八路军游击队领导着抗日民众挑开的。名叫"交通沟"。为的是便于游击活动。你想啊,在山区打游击,地形是多么有利的条件呀!可是,在这大平原上,漫洼里的"青纱帐"起来以后,还好办些;要是到了地净场光的时候,一望无际,游击活动可真难呀!因此,这才将漫洼里那些横三竖四的大道全挑成沟,一来可以阻止敌人的车辆畅行无阻,二来便于我们军民开展游击活动。

从事游击战的一些同志们,研究这种办法,也是用过一番脑子的。如今,梁永生走在沟里,一边想:"这一手儿,太顶事了!"一边又在琢磨:"这条沟挑得太深!要是低着头走,在沟外看不见;仰起头来,又能看见沟外的情景,那就更好了!……"

永生正想着,忽见秦大哥要往沟上爬,就问:

"你要干啥?"

"我到沟上去走。要不,咱俩低着个傻脑袋走在这里头,敌人来到沟崖上也看不见呀!"

秦海城说着,爬上沟去。

夜,已经深了。

荒原上,远远近近大大小小的村落,都拥着她们的孩子进入了梦乡。大地上的一切,全都沉浸在灰黄色的夜幕中。这夜风嘶鸣的漫洼里,冷清清的。只有四周的村庄中,时而传来一声两声的狗叫。

天空中,星星和月亮,已被灰色的罗纱薄云遮住,从敌人据点上射出的贼闪闪的灯光,更显得刺眼了。梁永生走在道沟里,望着秦海城的身影心中在想:"战争,正在改变着人,改变着人的思想、性格呀!许多本来并不很聪明的人,在战争中令人难以置信地聪明起来了;许多曾经怯弱了大半辈子的人,战争硬把他改造成了一条坚强的汉子;还有的人,过去,只知道拿着锄头用泪水、汗水浇灌地主的土地,而今,他们竟然勇敢地拿起刀枪,一心要用自己的鲜血来冲刷人间的污垢了!秦大哥虽说不是软弱的人,可现在主动挑起了革命斗争的担子,不是比过去更刚强了吗?还有那位原先已经认了命的魏大叔,以及我那善于忍事的妻子杨翠花……不都是属于这类人吗?"

是的!时代变了,人也变了。就说梁永生他自己吧,从前,在那三十多年的漫长岁月中,他的思想、性格虽然也有一些变化,但是,从实质上来讲,又是没有什么变化的。自从他投入到党的怀抱以后,又直接参加了革命斗争实践,在这短短的几年中,从思想到性格,简直都成了另外一个人了!……现在,秦海城也正在边走边想:"共产党能把那样一个只知'拼命'的梁永生,培养成这样一个革命的好干部,真了不起呀!"

梁永生和秦海城这一军一民,正然且走且想,忽见一条公路像条死蛇似的横在他们的面前。秦海城蹲在沟沿儿上,倾着身子,悄声细气地向梁永生说:

"老梁啊,前头有条公路——"

"我看见了。"

"你站一站。"

"干啥?"

"我先去探探动静。"

"不用了吧？"

"不！小心无过错！"

这时的梁永生，心情是矛盾的。他既不忍心让秦大哥冒着风险去为他的安全而打探，同时他又觉着秦海城的意见是有道理的。于是，他在愣沉一下之后，关切地说：

"秦大哥，你可要多加小心呀！"

"好！放心吧！"

其实，永生对秦海城倒是放心的。因为，秦海城自从担负起联络点的任务之后，他曾掩护着多少同志安全脱险，又曾帮助过多少同志顺利地通过了敌人的岗哨啊！

这一回，他来到公路附近，又碰上了敌情。

先是从西边传来一阵沓沓沓的马蹄声。

紧接着又射过一道手电筒的光带。

随后便是一声粗野的嚎叫：

"站住！"

几年来的战乱生活，特别是联络点的工作实践，使这位猎人出身的秦海城，有了一套像对付野兽那样熟练的对付敌人的经验。目下，他见敌人已经发现了他，再也无法回避了，就从容不迫地收住了步子。

不大一会儿。

敌人的巡逻队旋风一般地冲了过来。

这伙家伙，是水泊洼据点上的巡逻队。他们总共八匹马。每个马背上都驮着一个黑狗子。当头那个，是个大麻子。他来到秦海城的面前，勒住马，用马鞭子凶煞凶气地指着秦海城，斜立着眼问道：

"老家伙！哪庄的？"

"龙潭街的。"

"'良民证'呐?"

秦海城从那件二大棉袄的衣袋里掏出一个硬纸片儿递过去。大麻子用手电照了照,又扔给秦海城,接着问道:

"到哪去?"

"于家集。"

"干啥去?"

"请大夫。"

"他妈个巴子的!你撒谎!为啥半夜三更请大夫?"

"人病得厉害呀!"

在这个伪军盘问秦海城的同时,另一个伪军用手电在他的身上照了一遍。他们只见秦海城是个地地道道的庄稼老头子,特别是他那一嘴长胡子,又挂上一层白霜雪,显得年岁更大了。再加上他还故意弓着腰,喘息着,说话又坦然自若,对答如流,疑心便消失了。

于是,那个大麻子又转了话题问道:

"你在路上碰见过人吗?"

"倒是碰到过一个!"

"他是干啥的?"

"呀!老总,那我可知不道哇!"

"多大岁数儿?"

"看不清面目。不过,看走的那个冲劲儿,是个硬棒棒的小伙子!"

"啥穿章儿?"

"穿着便衣,腰里还扎着一条皮带。"

"上哪去了?"

秦海城朝西南一指:

"往那边去了!"

麻子一挥胳臂:

"追!"

他说罢,一提缰绳,掉转马头,顺着一股斜道朝西南追下去。其余的那些家伙们,也都扬鞭催马,尾随其后,滚蛋了!

在他们的屁股后头,腾起一股灰蒙蒙的尘雾。

秦海城注视着伪军们那渐渐远去的背影,以蔑视的口吻骂道:

"这些笨蛋!"

随后,他干咳了几声。

这干咳声,是事先约定好的暗号。

梁永生走过来了。

接着,他俩一齐跨过公路,进入另一条道沟,继续朝前走下去。

又走了一阵,翻过一个土岭子,来到一座沙丘下。

这座光秃秃的沙丘,被白雪缠裹着,好似银铸玉塑一般。它,在梁永生的脑海里,留下了多少难忘的记忆呀!

在永生的童年时期,他曾站在这座沙丘上接过他那闯衙喊冤的父亲;在大刀队刚刚成立的时候,他曾带领着战士们在这座沙丘下伏击过"讨伐"的鬼子……

因此,永生当然知道:这座沙丘后头,不远,就是他今夜要去的那个村庄——坊子镇了。于是,他收住步子,向秦大哥说:

"到啦。你回去吧。"

秦海城曾多次来这村送过信,所以也熟悉这个地点。他说:

"好。你可要多加小心呀!"

"哎。放心吧!"

梁永生抓住秦海城的手,语重心长地嘱咐他说:

"秦大哥,路上,要小心——"

"好。"

"过公路,更要留神——"

"好。"

"关于玉兰的事,要时刻提防阙八贵那个孬种,可又千万不要急躁,不要耍'愣葱'!"

"好。"

他俩分手了。

秦海城走几步回头望望;

再走几步又回头望望。

当他走出十几步远以后,又突然窝回来了。

他回来干啥?

永生正纳闷儿,秦大哥来到了他的近前,又叮咛道:

"永生啊,要记住——自从敌人实行了'保甲制'以后,强给家家户户安上了门牌儿,还逼着不少户搬了家。你无论到谁家去,可得先看看门牌上的户主姓名呀!要不,万一摸错了门儿,兴许会出娄子哩!"

梁永生感激地说:

"好。我记住了!"

秦海城又抽出腰里那把捎谷刀:

"给你!"

"干啥?"

"带上它!"

"不用!"

"咋?"

永生拍拍腰间的匣枪:

"我有这个!"

"那个不行!"

"咋不行?"

"来不来的就开枪,会惊动临近据点上的敌人!"秦海城又将刀子递过去,"还是带上刀方便!"

"该用刀时,咱也有哇!"永生说着,将披在身上的大棉袍子一闪,一口明晃晃的大刀,在他的身后露出来。

接着,他又朝秦大哥一侧身,说:

"你瞧!"

秦海城笑望着那口五寸宽的大刀,问:

"还是你走延安的那口刀吧?"

"对!"

"你一直背着它?"

"对!"

"好哇!"

"大刀队大刀队嘛,能失了老传统?"

永生说着,披上棉袍,朝前走去了。

秦海城站在沙丘下,透过浓重的雾海般的夜幕,眺望着梁永生那正在越来越模糊的身影。直到永生那高大的身躯在他的视线中完全消失了,秦海城依然一动不动地站在沙丘下……

永生绕过沙丘,来到坊子村边。

月亮已经落下去了。

云块的缝间,有几颗星星,时隐时现,一眨一眨地眨着眼睛,仿佛他们正在期待着什么。

梁永生围村绕了半遭,尔后,顺着一条胡同插进村去,在一家门前停下来。他就着星光,先端详一下角门的轮廓,又各处瞅了瞅,然后竖起耳朵静静地听着院内的动静。

院中,传出嗡嗡的纺车声。

这是多么熟悉的声音啊!

哦!永生想起来了——在他去升主力之前,短不了带着队伍来坊子活动。那时节,在那更深人静的夜里,永生躺在热乎乎的炕头上睡下了,高大婶就坐在炕梢上守着他纺棉花。因此,高大婶拧纺车的特点,梁永生早已听熟了。甚至,她纺棉时的心情,永生从纺车的响声中也能听出个大概。如今,这嗡嗡的响声告诉梁永生,这是高大婶在纺棉花。

不过,细心的永生,并没冒冒失失去敲门。

他还是按照秦大哥的嘱咐,先摸着钉在门板上的那个木制门牌儿,又凑上去就着星光仔细地瞅起来。

门牌上的"户主"一栏里,填写着三个字——高小勇。这"高小勇"一映进他的眼帘,梁永生的心里才算一块石头落了地。

高小勇是谁?

他是高树青的儿子。

高树青又是谁?

梁永生十岁那年,跟着爹娘逃出龙潭以后,不是曾来坊子投过亲吗?那时节,他们在亲家没有站住脚,不是有个叫高荣芳的穷人,曾主动为永生一家安排了食宿吗?这位高荣芳,就是高树青的父亲。

抗日战争爆发后,梁永生在这一带拉起了大刀队,高荣芳家,便成了八路军游击队的堡垒户。后来,高荣芳为掩护抗日战士,被敌人杀害了。此后,他的独生子高树青同志,又参加了八路军,并很快在大刀队里担任了分队长。高树青的母亲和小勇留在家中,仍然是八路军游击队的堡垒户。

今天,梁永生到这里来,就是想打听打听高树青同志的消息。现在他一见户主是高小勇,这说明高大婶没有搬家,所以心中一阵高兴。

于是,他又走到北屋东山墙下,冲着墙皮踹了三脚。尔后,他闪在门口旁边的一个坯摞后头,将身子隐蔽起来。

他等着,静静地等着。

过了一阵。

伴随着角门的轻微响声,一位老太太出现在门口上。

这位发丝雪白的老太太,就是高树青同志的母亲。从前,梁永生在她家住时,她对待永生就像对待自己的儿女一样。现在,永生一望见这位可亲的老人,就立刻产生了一种孩子见到母亲的感情。因此,他赶紧从坯摞后头闪出来,一头扑过去,轻声喊道:

"高大婶!"

高大婶先是一惊。

继而,她把一绺垂下来的遮住视线的头发撩上去,眯缝起眼睛,将梁永生的身形、面目端详一阵,又蓦然转惊为喜,带着一种酸鼻的音韵说:

"我的孩子!是你呀!"

永生笑道:

"没想到吧?"

高大婶说:

"真没想到!"

她拽上永生的胳膊又说:

"快!快家去!"

梁永生跨步迈进门槛。

高大婶回手插上门闩。

这时,高大婶像突然见到了多年不见的儿女一样,领着永生亲亲热热地朝屋里走着。当他们走到屋门口时,大婶拽住了永生:

"你等一等!"

"为啥?"

"我去掌灯。"

"不用!"

"听话!"

永生留住了步子。

他莫名其妙地想:"我对高大婶的屋里,熟悉得就像自己家里一样。这一点,大婶并不是不知道。可她为啥又非要掌上灯才让我进屋哩?……"

永生纳闷儿地想着。

高大婶走进那黑洞洞的屋里去了。

她摸着黑儿,先用棉被挡上窗户,然后,又划着了火柴,点上灯。

灯光一亮,站在屋门口的梁永生愣住了!

他只见,在屋中的灯光里,冲门放着一张小饭桌儿。饭桌上摆着香炉子。

这个小饭桌后头,搭着一口白刷刷的棺材!

梁永生盯望着棺材,活像蓦然傻了一样!

大婶向永生说:

"孩子啊,甭难过!树青他,为国出力了,总算上级没有白白教育他,我这当娘的,也没白白养活他!永生,来,快进屋!"

这时,高大婶的脸色是严峻的。在那严峻的神情下面,仿佛还潜伏着一种将永远不能抹掉的痛苦。看样子,上面这话,是她鼓起最大的力气才说出来的。她把话说完后,嘴角儿微微地搐动了几下,这分明是她正在极力地抑制着自己的感情。就在这间,还有两颗亮晶晶的泪珠儿,在老人那悲愤交加的眼窝儿里闪动着。她一眨眼,那不听话的泪珠儿便簌簌地淌出来了!

这时的梁永生,望望大婶,瞅瞅棺材,瞅瞅棺材,又望望大婶。就在这当儿,他觉着有一股不可名状的悲痛感情,突然袭过来,钻进了他的脊梁骨,又串入每一条血管儿,每一根神经!

这是因为,大婶的语言,大婶的神情,使梁永生明显地感觉到,他要找的那位高树青同志,已不幸牺牲了!

这个念头一掠过梁永生的脑际,梁永生那紫铜色的面孔,刷地变成了一张白纸。继而,那股悲痛、气愤和仇恨交织在一起的感情,又紧紧地扣住了他那好似正被滚油煎烧着的心头!

他,梁永生,真想放开嗓子哭上两声,好将堵在胸口上的那股令人发闷的感情全都发散出来!

不过,他并没有这么办。

因为,永生已经意识到,他面前的这位光荣烈士——高树青同志,生前是个宁流千滴血、不洒一滴泪的刚强战士;过去,他在革命的队伍里战斗了一生,现在,他的崇高形象成了革命队伍里永远不会退役的战士!在这样一位战士的面前,永生怎能那么办呢?

永生所以没有真的哭两声,还因为他又意识到,在目下的环境中,在目前的情况下,必须用革命的理智控制自己的感情,而决不能容许自己的感情,去冲动革命的意志;一个真正的革命者,经受一次打击之后,应当是变得更坚强,更刚毅,而不应当是它的反面!梁永生在意识到这些以后,便自然而然地想道:"我,作为一个革命的军人,作为一个共产党员,当着烈属老人的面这么办更是不能容许的!"

这种革命者的责任感,压住了他那翻腾的感情。

他又想说几句话,来宽慰宽慰大婶的心。可是,喉头里像堵着一个什么东西,使他连一个字儿也吐不出来。于是,他面对着战友的灵柩,情不自禁地,慢慢地,慢慢地,低下头去。

高大婶站在一旁,望着永生呆呆地愣着。

周围的空气,异常肃穆。

忽忽的北风,呜呜地叫着,沉重地滚过屋顶。

梁永生两眼凝视着,思想在飞转。蓦地,高树青那高大而又英武的形象,在他的眼前晃动起来。接着,永生离开大刀队去升主力时的一段动人情景,又在他那辽阔的脑海里忽忽地闪过去——

那是一个静静的月夜。

去升主力的战士们,已经离开出发地点宁安寨很远很远了,高树青同志还在依依不舍地送着他的战友们。他一边走,一边和正在离去的同志们倾心地谈论着。他们谈得是那么亲热,那么恳切。在临要分手的时候,他又紧紧地握住梁永生的手说:

"永生同志,你再嘱咐我几句吧!"

"该说的都已经说了,再没啥好说的了!"永生虽然先说了这么一句,可他望了望树青同志那热烈期待着的目光以后,还是又继续说下去了,"树青同志啊,我一走,大刀队的领导责任,落到了你的肩上。并且,留给你的斗争任务,是空前艰巨的,空前繁重的。说实话,我很想再多呆几天,帮助你熟悉熟悉全队领导工作的情况。可是,整个抗日战争形势发展的需要,不能允许我那样做。现在,我们只好走了。将来有机会时,我一定回来看看你和大刀队上的战友们……"

自从大刀队建立不久,高树青就和梁永生一起工作,一起学习,一起战斗。他们,一起享受过胜仗后的快乐,也曾一起分担过受挫后的痛苦。多少个奇寒盛暑啊,他们你枕着我的胳膊,我枕着他的大腿,顶着一件衣裳睡在漫洼里,睡在破庙中;多少次出生入死的遭遇战啊,他们冒着敌人的炮火,在子弹空里钻,在硝烟浓雾里滚,你掩护着我,我掩护着你,肩并肩地冲出了敌人的重围。当他们两人共同掩埋着阵亡的战友的时候,曾淌着热泪相互倾谈过誓死革命到底的志愿;他们一块儿饿着肚子在漫洼地里露营的时候,还曾畅谈过抗战胜利以后的美妙理想。经过了几年战斗洗礼的高树青,现在尽管完全明白:革命,使我们这些来自五湖四海的同志会合在一起;革命,又常常使我们这些并肩战斗着的战友不得不暂时离开。可是,有一股强烈的留恋感情,还是在紧紧地缠绕着

他的心头。因此,他只好强力地克制着自己,喘了一口粗气说:

"永生同志啊,你只管放心吧!过去,我们凭着一颗对党对毛主席的赤胆忠心,从一次又一次的艰难险阻中冲杀过来了,并取得了一次又一次的胜利;今后,无论斗争任务是多么艰巨,也无论斗争环境是多么残酷,我们凭着对党对毛主席的这颗赤胆忠心,也一定能冲杀过去,并用胜利来迎接我们的主力部队打回来!"

梁永生带领着队伍走远了。

当他回头张望时,只见高树青和其他战友们,还依然伫立在原地目送着他们……

梁永生在离开大刀队后的这些日子里,只要一有点闲空儿,就想起他的战友高树青同志,想起大刀队上的其他伙伴们。有时候,他想得入了神,又仿佛觉着高树青和其他同志们,已经来到他的面前,并且轮流着对他说了些什么。可是,今天摆在永生面前的无情的事实是,高树青同志为了民族的解放事业,已经流尽了最后一滴血,献出了宝贵的生命!烈士,光荣的烈士,将他那未实现的志愿、理想,还有那尚未完成的事业,统统地留给了他的同志,留给了还活着的战友们!

"血沃中原肥劲草,寒凝大地发春华。"

高树青同志的一生,是苦难的一生,是战斗的一生。他来到人世时虽然没有多少人知道,可是,而今他的离开人间,却必将唤起许许多多的人投入战斗,也必将促使更多的革命者更加英勇顽强地战斗下去!一个真正的革命战士,当他挺身站立在自己的战友的灵柩之前的时候,他就会不知道什么叫作困难,他就会不知道什么叫作危险,他就会觉着今后党让自己去挑多么重的担子也决不打折扣!

今天的梁永生,一面回忆着这些历历在目的往事,一面噙着热泪注视着战友的灵柩,深深感到自己对党的事业贡献太少了,感到自己过去对战友的关心太差了,又感到胸中有一股怒火正在燃烧,自己肩上的担子也更加沉重了。这些感觉,促使他决心在今后的日子里,把一分钟当一年使用。

就在这时,有一种强大的责任感,正在促使他赶紧了解那些留下来的战友们的下落。可是,他还没有开口,高大婶在那边含着泪花强笑着说:

"永生,怪冷的,愣在那里干啥?快屋里来!"

高大婶说着,将永生拉进屋里,又轻轻地掩上屋门。

梁永生进屋后,就着黄乎乎的灯光,望着这位离别了一年多的高大婶。只见老人的脸上,皱纹更多了,也更深了,一道一道又一道,就像用刀子刻上的一样。而后,他坐在炕沿上抽了几口烟,头脑才逐渐地冷静下来。这时候,高大婶用那颤颤抖抖的手,端着小油灯,在永生的脸上照呀,照呀,一直在照。照了好大晌,说道:

"孩子,我可把你盼回来了!"

她说着,眼里滚下两颗泪珠。

这泪珠中,包含着见到亲人的兴奋,也包含着失去亲人的悲痛!

梁永生面对着这位善良的老人,心被一股阶级同情感笼罩住了。这时,他的理智又在提醒他:革命斗争中的流血牺牲,给活人留下的不应当是消沉、脆弱和苦痛,而应当是仇恨、勇气和力量。并且,要从中吸取经验教训,用以消灭敌人,夺取胜利。永生意识到这些以后,就极力忍住自己内心的悲痛,劝慰高大婶说:

"大婶,打仗嘛,总是要死人的。树青同志为了抗日牺牲了性命,他是我们的好榜样,他是人民的好儿子,他是共产党的好党员,毛主席的好战士!……"

这时梁永生的嘴里尽管这样说着,可是他的心里似乎仍然不能相信他面前的事实——像高树青那样的好同志,他真的能够永远放下肩上的担子,永远离开自己的党和自己的战友吗?

精明的坚强的高大婶,看出了永生的心情和自己同样沉重,她赶紧把那正在往上涌的悲愤感情压下去,将脖颈子挺起来,又来宽慰永生说:

"孩子啊,放心吧,大婶不难过。树青他,是为抗日死的,他死得光彩,死得值呀!"

永生一时找不着一句合适的话,来接上大婶的话尾说下去,屋里沉默起来。大婶说完这些话,再也没话儿了。她愣了老大一阵,才像侍候亲近的病人似的冒出这么一句没头没脑的话来:

"孩子,饿不?"

永生摇摇头说:

"不饿。"

此后,又沉默起来。

过了一会儿,梁永生猛一回头,蓦地看见了睡在炕里头的高小勇,心里一阵激动。这个高树青同志的遗孤高小勇,今年十一岁了。十一岁的孩子,当然还不能理解人生。可是,生活已经开始在熔炼他了。

永生悄悄地凑过去,将小勇伸出被外的小嫩胳膊塞进被窝里,便直瞪着两只父亲般的笑眼仔细地瞅起孩子的面目来。

这时,小勇那红扑扑汗津津的小脸蛋儿上,布满了一层露珠般的细小的汗粒。他那厚墩墩的小嘴唇,紧紧地闭着,显示出一股倔强的神气。永生没见到小勇一年多了,他那虎虎势势的小脑袋长大了不少。现在永生望着高小勇的面孔,仿佛看到了战友高树青的影子,许多往事再次从他的头脑中闪过去。过了一阵,当他忽然发现小勇的枕头底下放着一把木头单刀的时候,他的思绪才从沉思中解脱出来,高兴地问高大婶道:

"脚下,小勇还是那么爱摸刀抚枪的呀?"

"可不是呗!"高大婶一边用笤帚扫着永生脊背上的尘土,一边理着她自己那稀疏的白发,一边向永生说,"自从他爹阵亡以后,小勇这孩子练刀练枪的劲头儿更足了!他还整天价口口声声地嚷着要给他爹报仇哩!"

梁永生听了这些话,心里热滚滚的。他情不自禁地伸过手去,一边轻轻地抚摸着高小勇那毛茸茸的头顶,一边向高大婶说:

"大婶啊,你有一个好儿子,还有这么个好孙子,儿子虽然牺牲了,几年后孙子就又长大了……"

梁永生这句话,使高大婶的眼前立刻出现了两个小勇。一个是个小孩子,拿着一把木头单刀乱舞扎;另一个是条大汉子,一手拿着大砍刀,一手端着匣子枪,正在鬼子群里勇猛冲杀。一会儿,这两个形象渐渐地模糊起来,合为一体了。这时候,高大婶那两只含笑的眼睛,正集中在睡得香甜的小孙子的身上。几年来,特别是儿子牺牲以后,每当有人提起她的孙子,高大婶的脸上就立刻泛起一层笑纹,话也多起来。这时,她笑着向永生说:

"小勇盼你回来,比我还心切哩!他见天都念叨几遍儿,等梁大爷来了,跟他学武术!练好了武术,就去当八路。当上八路,把小鬼子,狗汉奸,全剁成肉酱!"

高大婶絮絮叨叨地说着,又倾下身子,凑到小勇的近前轻声地喊着:

"勇子,勇子!你梁大爷来啦!"

高大婶的意思,是想把小勇喊醒,让他跟永生亲热亲热。可是,奶奶喊一句,小勇吭一声,就是不睁眼。后来,奶奶喊紧了,他梦梦呓呓地撒起娇来,脚也蹬,手也抡,嘴里还有音无字地嘟嘟哝哝。永生望着小勇笑着说:

"大婶,先甭喊他啦!"

"唉,这孩儿,醒着赛只欢虎,一睡着就叫不醒!"高大婶说,"这间叫不醒他,明天又得埋怨我……"

"埋怨你啥?"

"埋怨我不叫醒他呗!"高大婶说,"他要是知道你夜间来了,睁开眼又见不着你,那非得跟我打下天来不行!"

永生笑了。又说:

"以后见面的机会多着了嘛!"

大婶给小勇盖好被子,溜下炕去,将放在炕梢上的火盆端在永生的面前。

火盆已经不旺了。

有的火炭虽然已经熄灭,但是,有的火炭,还在顽强地燃烧着。并且,正在向它周遭儿的劈柴蔓延。一股股的黑黄羼杂的浓烟,突突地冒出来。看来,满盆的火焰很快就要燃起来了。

大婶忙了一阵,盘腿坐在炕上,把村中这一年多来发生的各种各样的事情,一桩桩一件件地跟梁永生学说着。她讲述的事儿,是很平常的。而且是想起什么说什么,想到哪里说到哪里,所以是不系统的,不连贯的。

不过,永生听了这些,却都觉着挺新鲜。

少顷,梁永生用烟袋锅子挑动一下正冒烟的火头桦子,像忽然想起什么似的问大婶道:

"哎,大婶,这些日子,大刀队的同志们……"

永生的话未说完,被高大婶拦腰打断了。她像突然得了什么喜事似的,拍一下巴掌嬉笑着说:

"哎呀呀!你看我,真是老糊涂了!……"

"啥?"

"还有件事忘了告诉你——"大婶说,"小王住在这里!"

"小王?"

"就是锁柱呀!"

梁永生一听高兴起来。他忽地站起身,凑在大婶的近前,眉飞色舞地问道:

"他在哪里?"

"我在这里!"

回答梁永生的声音是从靠北山墙的躺柜里发出来的。话音未落,又听柜盖哐当一声响,锁柱从躺柜里钻出一个头来。

"锁柱!"

"梁队长!"

梁永生和王锁柱两个人的话音,几乎是同时发出来的。

锁柱一纵身子跳出柜来。

永生扑上前去扳住了他的两只肩膀。

这时,锁柱给永生的第一个感觉,仿佛是对他既熟悉又生疏。因为他瞅着锁柱那仍有些孩子气的脸,和一年多以前比起来,已经明显地成熟多了。

小锁柱,有一副俊俏的面孔,还有一对火爆的眼睛。用一些熟悉他的房东老大娘的话说:"锁柱这小伙儿,要是脊梁后头再背上一条大辫子,活是一个漂漂亮亮的大姑娘。"锁柱的生活作风,一向是要求自己很严格的。他自从参军入伍以后,无论在什么情况下,衣帽都是整整齐齐,腰里的皮带扎得紧绷绷的。现在永生见锁柱依然不失常规,身子挺得直峥峥的,心里挺高兴。可能是由于他失血过多的缘故吧?他的脸色比原先黄一些了。这时永生正想跟锁柱说些什么,可还没有开口,只见小锁柱一头扎在他的怀里,就像个受了屈的孩子突然见到了久别的母亲那样,伏在梁永生的胸前呜呜地哭了起来。并且越哭越痛,直哭得身子一抽一抽的,继而又有些轻微的颤抖。

是啊!他们这对同命相连的战友,过去一起受过苦,一起受过难,一起血战过白眼狼;抗战以来,在敌人一次又一次的"拉网式"

的"大扫荡"中,他们一块儿冲,一块儿杀。锁柱常跟人说:"是梁队长看着我长大的。"几年来,锁柱跟梁永生说话,向来是不加思考,不加修饰,心里是怎么想的,嘴里就怎么说。在梁永生的心目中,包括锁柱在内的这些生龙活虎的战士们,是自己的亲兄弟,也是自己的孩子们。在表面上,他像对待自己的小弟弟那样对待他们;从内心里,他又像老母亲疼爱自己的孩子那样待承他们。

现在梁永生见到小锁柱这股孩子式的纯真的表情,就用他那粗大的手掌摸着锁柱的头顶,亲昵地说:

"看,这么大了,怎么还像个不懂事的小孩儿一样呀,来不来的就哭鼻子,不怕人家笑话你?快起来,啊?"

梁永生嘴里这么说着,心中也压抑不住战友重逢的激动感情,自己的眼圈儿也红润起来。

沉静了一霎儿。梁永生像突然想起了什么,又向锁柱说:"锁柱,忘啦?干革命,需要什么、不需要什么呀?"他这一句,将锁柱的哭泣立刻止住了。原来是,在永生去升主力之前,曾跟锁柱说过这样的话:"干革命,需要汗,需要血,就是不需要眼泪!"如今看来,锁柱还记着这句话。接着,梁永生从衣袋里掏出一支挺漂亮的钢笔,举在小锁柱的眼前,轻轻地摇晃着:

"哎,锁柱,你瞧,这是啥呀!"

多少年来,锁柱最喜欢两样东西:一是枪,二是笔。现在,他仰起脸来,一瞅,见永生手里拿着一支钢笔,心里立刻乐了,一把夺了过去。他拿在手中摆弄着瞅了一阵儿,扑闪着两只泪眼笑乎乎地问道:

"嘿!真好!队长,谁的呀?"

"谁的?你的呗!"

"我的?"

"怎么?不想要?"

"哪来的?"

"人家托我给你捎来的。"

"谁?"

"你猜猜——"

小锁柱真扑闪着大眼想开了。梁永生没等他想出来,就说:

"给你捎钢笔的,是县委的一位领导同志……"

"噢!我知道了!"

"你知道个啥?"

"准是县委书记方延彬同志——对了呗?"

"你听说啦?"

"没价!"

"咋知道的?"

"揣摸的嘛!"

永生笑了。他拍拍锁柱的肩膀说:

"怪不得人们叫你'王揣摸',还真是'名不虚传'哩!"

小锁柱一想到老方,就觉着有股暖流串遍全身。

这时,他乐得连脖颈子里都有笑纹了:

"老方是俺老师嘛,当然能揣摸出来了!"

"老师?"

"可不是呗!"

"噢!想起来了!"这时,一段往事在梁永生的头脑中跳出来——

那是好几年前的事了。

方延彬为养枪伤,在锁柱家住过一些日子。那时间,锁柱还没参军,在村里正当民兵。当时,老方见他不认字,有时为了工作难得哭,就说:

"锁柱,你该学文化呀!"

锁柱问：

"咋学？"

老方说：

"一个字一个字地学呀！"

锁柱没信心：

"不上学认老师，光凭戳手指头，零零碎碎地认几个字，就能摘掉'文盲'帽子？"

老方鼓励他说：

"能！你只要肯戗劲，准能行啊！"

他见空说不能使锁柱信服，便又讲起他自己学文化的过程：

"锁柱啊，我，原先是个挖煤的，没进过一天书房门儿！你看，如今不已经不是'文盲'了吗？那顶'文盲'帽子，就是加入了部队以后，靠同志们'戳手指头''戳'掉的！"

事实最有说服力。锁柱说：

"那么说，我就认你个戳手指头的老师吧？"

老方欣然应诺：

"好！我就过过'老师瘾'！"

从那天起，锁柱就跟着老方学识字。

他先学会了"共产党领导我们抗日"，又学会了"毛主席是咱穷人的大救星"……就这样，越学越多，越练越熟，只几个月，聪明伶俐又肯用功的小锁柱，就能认能写一千多字了。

方延彬养好了伤，离开锁柱家以后，锁柱又认了许多"叔伯老师"，继续学文化。等到小锁柱参加大刀队的时候，这个从未进过学堂门儿的穷孩子，不仅懂了许多革命道理，而且已经具有能识两三千字的文化水平了。

锁柱参军后，对学习依然抓得很紧。绳锯木头断，水滴石头穿。到目下，他已经成为大刀队上公认的"文人"了。主力部队在运动战过程中到这一带来的时候,小锁柱又曾和他的老师方延彬同志见过几回面儿。老方每次见到他,还是继续教育他,鼓励他,并许下将来给他搞到一支钢笔。

这个钢笔的问题,给锁柱留下了很深的印象。

今天,他听说老方真的给他捎来了钢笔,所以乐得个里外都是笑纹,坐也坐不稳了。

梁永生见锁柱这股高兴劲儿,就鼓励他说:

"锁柱啊,我听县委书记说,这支钢笔,是一位共产党员,在英勇就义之前,作为他最后的一次党费交给县委的。现在,县委把它发给你,你可要好好利用这支笔,充分发挥它的作用啊!"

锁柱将钢笔攥在手里,深情地瞅了多时。

这当儿,经梁永生这么一说,他仿佛觉着这笔的分量立刻增加了不知多少倍。过了一阵,他向他的领导人梁永生郑重地说:

"梁队长,我记住了!"

他俩说话的当儿,掩藏八路军游击战士富有经验的高大婶,并没注意永生和锁柱交谈的情景,甚至也没听见他们谈了些什么。

她在干啥哩?

她悄悄地坐在梁永生的身旁,扯起永生那被酸枣棵挂破了的衣襟,一针一针地缝着。她缝得是那么仔细,那么认真。

永生说:

"破衣烂裳的,缝上两针算啦,甭这么费劲!"

大婶说:

"你说你的,甭管俺这事!"

她说罢,还是照样认真,一丝不苟。

目下看高大婶的表情,使人感到仿佛她就像正在打发自己的儿子到千里之外去那样,一定要把这针针线线缝得结结实实的。

这时,从小失去母亲的梁永生,心里荡漾着十分激动的感情。

高大娘在给永生缝衣服的同时,将自己的注意力全都集中到了耳朵上,全神贯注地倾听着外边的动静。在这段时间里,不论有个风吹草动,还是有个鸡啼狗咬,都要引起这位老人的极度注意。

这时,有只灰色的小老鼠儿,从墙旮旯儿的黑窟窿里悄悄地钻出来,簌簌地跑到这儿,又簌簌地跑到那儿,毫不避人地用鼻子各处嗅着。

咚咚咚!

咚咚咚!

一阵阵的敲门声,突然传进高大娘的耳朵。

她一面在那白花花的头发上磨着针,一面提醒永生和锁柱说:"你们听!"

永生和锁柱的谈话停下了。

屋里静下来。

用皮鞋踹门板的响声,又在西边隐隐约约地响着。

梁永生用期待的目光盯着高大娘。高大娘告诉他:

"狗汉奸们又来查户口了!"

"怎么办?"

"你们藏一藏吧!"大娘说罢,用嘴咬断了线头儿,将钢针插在那个很小很小的鬘髻上,又一边用手指甲平顺着才缝的衣缝一边说,"我来对付那些杂种!"

小锁柱满不在乎地说:

"甭忙!"

"咋甭忙?"

"听这响声,还远着呐!"

高大娘用食指轻点着锁柱的脑门儿,说:

"你呀你呀!净叫我老婆子着急!"

锁柱望着高大娘,嘿嘿地憨笑,没再吱声。

"好。听大婶的。"永生说,"可是,往哪藏呢?"

锁柱下了炕,掀开柜盖,向永生说:

"梁队长,来,进吧!"

永生望望卧柜,笑道:

"咱俩都往这里头钻?"

"对!"

"等着挨打呀?"

锁柱说:

"咦?你不知道?这柜里有门道!"

永生迟疑了一下。

大婶插嘴道:

"柜后头,是个夹壁墙。"

锁柱补充说:

"夹壁墙的暗门儿,就在柜里头。"

梁永生来到卧柜近前,站在锁柱的脊梁后头,从锁柱的肩上探过头去,一瞅,只见靠后山墙的卧柜板子抽开了两片,墙壁上有个刚够钻进人去的洞口露了出来。锁柱指点着洞口向永生解释说:

"队长,你看!咱们钻进去以后,再把柜板插上,还像个完整的好柜一样。敌人就是打开柜盖,也保他看不出破绽来……"

永生一看,服了,点头道:

"不错不错!"

稍一沉。他又问:

"你们从啥时候搞了这么一套?"

锁柱得意地笑了。他说:

"自从咱们的主力部队转移以后,敌人从好几个地方集中了大量兵力,对这一带一连气来了好几次'强化治安'!我们的环境越来越恶劣,斗争越来越复杂,形势越来越紧张。当然这是暂时的。

可是,暂时不搞这一套,就站不住脚……"

永生拍一下锁柱的肩膀说:

"你不光能'揣摸',还挺能'琢磨'哩!"

他这一句,说得锁柱的脸涨红起来。

咚咚咚!

咚咚咚!

外边的踹门声,越响越近了。

高大婶以催促的语气再次提醒他们:

"你俩怎么还没松没紧地逗哏呀!听这响动,查户口的杂种们,已经进了咱这条胡同,再查三五户,就来到咱这门口上了!"

锁柱见高大婶越说越着急,忙笑笑说:

"好。不说啦。这就进。"

他接着朝柜一指:

"队长,你先进!"

"不!"

"咋?"

"我不懂'门道'呀!"永生向锁柱说,"你先进!"

"不行啊!"锁柱说,"我还得做善后处理呢!"

永生笑了:

"唔哈!你这故事还真不少哩!"

他说罢,钻进洞去。

随后,锁柱也钻进去了。

高大婶一边盖柜盖,一边叮嘱着:

"你们可要留心我的暗号儿呀!哎?听了不?……你们可别亲不够光顾说话呀!听了不?哎?……"

她一遍又一遍地说着,直到听见锁柱笑吟吟地"嗯"了一声,这才住了口。随后,她噗地一口吹灭了灯,又将挡在窗户上的棉被扯下来,便盘腿坐在窗前,像那打发孩子睡了觉时的心情一样,觉着踏实多了。

这时,她听见夹壁墙里传出喊喊喳喳的说话声,心里着急地自语道:"这些孩子们,总是大大乎乎的……"

其实,他们并不是大乎。因为洞中很黑,梁永生头一回进去,摸不着头脑,小锁柱正在指点他:

"队长,往左拐。右边是'仓库',左边是'卧室'!"

永生含着笑意说:

"哟!还挺复杂喃!"

夹壁墙里,黑魆魆的,举手不见五指。

战争生活,使梁永生养成一种敏锐的感觉。这种感觉,在黑暗中常常能代替眼睛。现在,他用手向四外摸了摸,发现这个夹壁墙内只有一庹多宽。地上铺着干草。草上铺着苇席。席上还有一张狗皮。

一些衣服和被褥,全都堆在一个角上。

他摸了一阵,心里说:"虽说这个地界儿不大,还倒满舒服哩!"

这一阵,锁柱一直没进来。

他在干啥哩?

永生闹不清。

洞口上,时而发出轻微的响声。锁柱正蹲在那里堵洞口吧?永生说:

"洞口这么难堵?"

锁柱说:

"洞口倒不难堵。"

永生问:

"那你蹲在那里干啥?"

锁柱说:

"我在布置'卫兵'!"

永生不懂:

"啥'卫兵'?"

锁柱解释说:

"我在柜板和墙皮之间,弄上一个手榴弹。手榴弹的拉火索,挂在柜板的一个钉子上。这么一捣鼓,敌人不抽动这块柜板算他命大,他要是一动这块板,保准叫他上西天……"

梁永生对这个安排很满意。他说:

"锁柱,你这个小家伙也学刁了!你琢磨的这套玩意儿,等于用马蹄刀在瓢里切瓜,滴水不漏哇!"

"嘿嘿。我这个刁,是叫敌人逼出来的!"锁柱带着自豪的语气说,"敌人,弯弯道道地琢磨咱,咱咋办?也得想着法地对付它呗!"

他堵完洞口,往左一拐,凑到永生近前,又问:

"队长,前些日子,我们打了一次遭遇战,牺牲了一些同志,你听说了吗?"

梁永生说:

"我多少知道一些情况。那是我来这里以前,县委书记方延彬同志告诉我的。不过,我很想知道一些更详细的情况。你如果知道,就跟我说说。"

"好吧!"

随后,锁柱向永生讲了这样一些情况——

自从梁永生带着一部分战士升入主力后,一年多来,大刀队又打了许多胜仗。后来,敌人纠集了大量兵力,来了个"拉网合围"。这个"拉网合围",一家伙搞了好几十天。开头,我们很主动——一面牵着敌人的鼻子转圈圈,一面神出鬼没地敲打它,一连打了好几次很漂亮的伏击战。后来,不知敌人怎么掌握了我们的情况,我们开始被动起来。有一回,我们的大刀队,被敌人追得一天一夜没站住脚。

当时,代理大刀队队长职务的高树青同志,觉着这样跑下去,最后势必被左右堵击的敌人围住。于是,他作出一个决定:让分队长杨长岭同志,带领着一部分战士,不惜一切代价阻击住尾追的敌人,以掩护由梁志勇和赵生水分别带领的两个小分队迅速撤退,甩开敌人。

杨长岭同志接受任务后,便和那几位战士一起,依靠交通沟的有利地形,硬是把二百多尾追的敌人给堵住了。使得敌人半天的时间,未能前进一步。可是,当他们胜利完成了阻击任务以后,再想撤时,已经撤不下来了。

敌人冲上来了。这时,杨长岭和他的战友们,子弹都已打光。面对这种情况,他们抽出大刀,和敌人的刺刀展开了白刃战。一场恶战,直杀得敌人狼嗥鬼叫,尸横遍野。可是,最后,我们那位英勇的杨长岭同志壮烈牺牲了,那几位战士,也大都牺牲了!

小锁柱带着悲痛和仇恨,一气说到这里,突然哽噎住了。

梁永生只顾抽烟没有吭声。

沉寂了一会儿。锁柱喘了口粗气又接着说:

"听说,只有一个人没有牺牲——"

"谁?"

"余山怀。"

余山怀,就是杨翠花的那个表哥。他在杨柳青的"福聚旅馆"被炮火击毁,一年前跑到这一带来,找着八路军的大刀队,一迭声地要求参加抗日。在当时,大刀队的党支部,虽然对他入伍的动机有所怀疑,可是没什么可靠的凭证,又为了团结这类人抗日,就收下了他。现在,锁柱一提到这个人,便立刻引起了永生的注意。他向锁柱问了问余山怀来时的情况,又说:

"为啥偏偏他一个人没有牺牲?"

"搞不清!"

"他没牺牲又怎么样了?"

"当俘虏了呗!"

"他被俘以后呢?"

"没听到消息!"

他俩的对话进行到这里断了弦。

梁永生深深地陷入沉思中。他在想:"敌人为啥能很快掌握了我们大刀队的活动情况?为啥又偏偏唯独余山怀一个人没有牺牲?他会不会……"

斗争形势,在梁永生回到这里的第一天,就以一种示威的态势,向这位共产党员表明了它的复杂性和残酷性。可是,久经斗争考验的、从来和怯懦绝缘的梁永生同志,面对着这一下子朝他扑过来的,而且是变化了的斗争形势,依然是充满了胜利的信心。不过,时间不容许他马上作出全面的考虑。因此,他又急切地问下去:

"撤走的那两个分队怎么样了?"

"那两个分队,是两种情况——"

"哪两种情况?"

"志勇带领的那个分队,胜利地甩开了敌人。"锁柱说,"赵生水带领的那个分队,也就是我所在的那个分队,刚刚甩开这股敌人,又被另一股敌人围住了。这个分队,本来人就不多,经过一场激战后,又被敌人打散了头,指导员徐志武同志也负了伤!"

指导员徐志武,是梁永生的老战友。现在锁柱一提到他,自然又勾起了梁永生的怀念心情。其实,指导员已经牺牲的消息,县委早已告诉永生了。可是,他到底是怎么牺牲的,连县委也还没搞清楚。因此,现在永生又问锁柱道:

"在当时,指导员跟着你们这个分队活动?"

锁柱说：

"对啦！因为赵生水同志身体不大好，指导员不放心，所以从你走了以后，每当各个小分队分头活动的时候，指导员总是和老赵同志在一起……"

"他是怎么牺牲的？"

锁柱听了听外边的动静，又说：

"在他负伤的时候，队伍已被敌人冲散了。当时，在他身边的，只有两个人，一个是我，另一个是……"

锁柱正说着，忽然响了三下敲柜声：

"嘚嘚嘚！"

永生闹不清是怎么回事，用肘子捣了锁柱一下。

锁柱收住了话头，又小声告诉永生：

"这是高大娘发给咱的暗号——查户口的来了！"

不一会儿，传来了踹角门儿的声音。

这时，他俩都不约而同地把枪握在手中，屏住呼吸，静静地听着洞外的动静。

嘭嘭嘭！

嘭嘭嘭！

踹门声一阵阵地响着。

高大娘悄声骂道：

"狗杂种！"

随后，高大娘的脚步声，由近而远，由大渐小，走出房门去了。

一会儿。

哐当当！

门开了。

天井里又响起咔嚓咔嚓的皮鞋声。与此同时，一个粗野的男人声音，喝唬道：

"老家伙！开门咋这么磨蹭？我以为你死绝了呢！"

"老了,耳朵背了!"高大婶说,"别说隔着这么远有人叫门,有时候,耗子就在耳边叫唤,俺也常常听不大清楚……"

那个粗野的家伙,又骂骂咧咧地放了一阵驴子屁,继而,便是下面这样一段对话:

"老家伙！几口人?"

"你们一天来八趟,问多少遍也是那些人！"

"你的孙子呢?"

"在炕上睡觉哩！"

"今夜你家来过人吗?"

"来过!"

"在哪里?"

"你们这不来了?"

"老家伙！老实点!"

"这不是老实话吗？除了你们,谁还半夜三更串门子?……"

"住口!"

稍停。还是那个粗野的声音:

"有八路不?"

大婶的声音:

"八路?"

"对!"

"有!"

"有?"

"有!!"

大婶的"有"字尚未落地,就听见吱嘎吱嘎的皮鞋声乱响了一阵。显然,这是那些查户口的家伙们,被高大婶的一个"有"字全吓慌了！

一霎儿。大婶又说：

"八路,不是在灵堂里明摆着吗？还问啥？"

那个粗野的家伙狂叫道：

"你这个八路婆子！还不老实,找死吗？"

突然,一个唯唯诺诺的男声插进来：

"嘿嘿,老总,别生气。她,自从死了儿子,精神总是不大正常……嘿嘿。"

这时,锁柱把嘴贴在永生的耳朵上说：

"说话的这个,是两面村长。这老小子,专爱攀高结贵,是把拍马屁的好手！只要是用得着的人,他可以亲人家的屁股！他的名字叫……"

永生戳了锁柱一把,意思是不让他再说了。

为啥不让他再说了？

这有两方面的原因——

一是,梁永生觉着现在不是说这个的时候。二是,永生也已经听出来了,这个油嘴呱嗒舌地打圆盘的人,是他的"表姑爷"。哪来的个"表姑爷"呢？就是三十年前,梁永生一家逃难来到坊子时,他怕受连累,不敢收留永生一家的那个老滑头。

他叫迟保录。

"七七事变"后,迟保录当上了两面村长。

在梁永生去升主力前,曾跟他打过几次交道。

现在,永生心里回想着过去和两面村长打交道的情景,两面村长那种酸帮辣气的样子,便蓦地出现在他的眼前：他穿着一件虾青色的大襟长袖的古式袍子,外边罩着个黑直贡呢马褂儿。腿腕儿上绑着一副黑市布腿带,头上戴着个缎帽垫儿,帽垫儿上安着一枚珐琅瓷的顶子。

梁永生正然想着,又听见那个粗野的家伙说：

"老家伙！你这个死八路怎么还不埋？摆在这里当摆设呀？真是岂有此理！"

大婶没做声。

迟保录插嘴道：

"老总,我已经催她好几回了。可她,总是想儿,舍不得埋！"

"不埋不行！"

"是,是！老总,你只管放心,我这就叫她埋,这就叫她埋！"

这里,咔嚓咔嚓的皮鞋声,越来越近地响着。又听迟保录说：

"老总,你可别进屋呀！"

"咋？"

"屋里搪着死人哩！"

"活人还怕死人？"

"不,不是那个意思——我是怕冲了你的官运呀！……还是我替你们进屋去看看吧！"

此后,再没听见那个粗野的声音。

只听见,一阵蹋嚓蹋嚓的脚步声,由远而近,进了屋子。

过了一会儿,脚步声又由近而远,出屋去了。

接着,又听迟保录说：

"老总,我把屋里旮旮旯旯都看了一遍,只有她的小孙子在炕上睡觉,别的啥也没有！……老总,咱走吧！她这里没啥油水,这你们早就知道。咱赶快查完了户口,好上办公处里喝酒去呀！……"

下边,又是一阵咔嚓咔嚓的皮鞋声,还夹杂着蹋嚓蹋嚓的脚步声,渐渐远去——查户口的滚蛋了！

高大婶闩上门,回到屋,一面怒气未消地骂着狗汉奸,一面又敲了几下柜板。

这是"警报解除"的讯号。

讯号传进洞中。洞中又接上了话弦。不过,这话弦,是经过一个短暂的沉默之后才接上的。因为方才这段意外的干扰,闹得永生和锁柱把原来话题的碴口儿给忘了!永生静静地思索了一阵,才接上话头向锁柱问道:

"指导员负伤后怎么样了?"

锁柱说:

"高树青同志命令我:'背上指导员继续撤退!我来掩护你们!'"

永生问:

"高树青同志也在场?"

锁柱说:

"对!我方才不是说还有一位同志吗?那位同志,就是高队长!我们正在通过一个交通沟不相衔接的地段,突然,敌人的一梭子机枪子弹扫过来,指导员再次中弹,牺牲在我的肩背上,我也挂了彩!"

永生道:

"情况真危急呀!"

锁柱说:

"是啊!在这危急关头,高队长将我从血泊中背起来,又继续猛跑!光是一路子跑,当然是危险的。如果是打一阵跑一阵,显然要比光跑好得多。不过,当时我们的子弹已经打光了,不跑又有什么办法呢?后来,当我们跑到于庄村头的时候,敌人的一颗炮弹打过来。高队长一看不好,立刻将我扔在地上,他又转身趴在我的身上。接着,炮弹轰的一声响,高队长他,他牺牲了!……"

锁柱说到这里抽噎起来。

他一抽一噎地又接着说:

"在我的生命万分危急的时刻,志勇领着他的小分队,在大虎带领的民兵配合下,赶来接应我们了……"

锁柱这一席话，闹得梁永生的心里很不平静，并使他渐渐地陷入了沉思——

在梁永生刚参军不久的时候，每当见到自己的战友牺牲了，只知道悲痛，只知道难过！……

当然，还知道要为死去的战友报仇！

当时的永生，虽然已经受到党的一些教育，可是，由于缺乏实际经历的东西，因而还不能一下子就理解抗日战争的全部意义，从而也就不能对为抗战而牺牲这件事有深刻的认识！那时候，他只知道，侵略者打进中国来了，中国人要想不当亡国奴，就得拿起刀枪来抵抗，把敌人消灭掉，或者赶出去！

在那个时候，他还不能懂得，有些平凡的受苦人，将在反侵略的战火中锻炼成不平凡的英雄。他也还来不及体验到，一个人走在革命斗争的道路上，是要冲破无数艰苦困难前进的。他更想不到，有些人，为了赢得战争的胜利献出了生命，其代价，并不仅仅是消灭了几个敌人，而是还为活着的人们，创造了极为可贵的精神财富。

在战争的历程中，党使梁永生懂得了，对一个革命战士来说，困难是教科书，斗争是基础课；在经历了一次又一次的战火之后，保存下来的同志，不单单是保存了原有的战斗力量，而是为最后的胜利，又增添了新的力量。因为这些同志，比战前更坚强，更英勇，更纯正，更高尚了。同时，永生还进一步认识到：英勇顽强、可歌可泣的正义战争，还教训了我们的敌人，使他们从我们不怕牺牲的英勇斗争中可以看到，中国人民的心是红的，血是热的，骨头是比他们的钢铁还要硬的！

永生曾这样想过：当野兽们看到我们的战士从容对敌为国捐躯的时候，他们怎能不胆战心惊？当他们发现我们的一个战士倒下去而千万个战士站起来的时候，他们又怎能不感到自己的末日来临？

今天，梁永生用现身说法讲述了这些道理，直讲得小锁柱那股悲痛情绪云消雾散，一股新生的力量在他的心头聚集起来。当他听见小锁柱的拳头攥得嘎吧嘎吧响的时候，才又转了话题说：

"锁柱啊，咱们的大刀队，在咱毛主席领导的全国抗日武装当中，只不过是大海里的一滴水。咱们的大刀队，虽然暂时受到一点挫折，可是，从整个抗日战争的战局来看，我们在这段时间里，又取得了很大的胜利……"

锁柱一听这个，立刻长了精神：

"咱们又取得了哪些胜利？"

他稍一停顿，又说：

"这些日子，我藏在这个墙洞里养伤，外头的情况，啥也不知道，简直成了聋子、瞎子，快把我活活闷死了！"

"好吧！我跟你说说——"永生说，"今年七月间，我们八路军、新四军总部，公布了抗战第五周年的战果——"

"消灭敌人多少？"

"一年来，毙伤俘日伪军总共十三万多！另外，还有一些日伪军投诚、反正……"

"喔！真不少哇！"

"从那以后，敌人对我们共产党领导的各个解放区，又进行了多次大规模的'扫荡'和'围攻'——"

"情况怎么样？"

"他们集中了一万多人的兵力，围攻我冀东抗日根据地；同时还集中了另外的一万多人，围攻我晋察冀边区；另外，还有一些敌人，围攻我其他抗日根据地……"

"结果怎么样？"

"所有这些'扫荡'和'围攻'，统统被我党领导的抗日军民很快粉碎了,并且,还杀伤了敌人大量的有生力量!"

"好!"

"还击毙了一个日寇少将指挥官!"

"真好!"

"在这期间,敌人还集中了大量兵力,在我山东解放区各地进行反扑'扫荡'!这些敌军,也同样受到了我抗日军民的沉重打击!"永生以结束谈话的语气说,"到目下说话,他们那种妄想把我们一网打尽的阴谋诡计,已宣告破产了!"

小锁柱听了这些胜利消息,像吃了开心丸一样,心情更加振奋起来。接着,他趁梁永生抽烟的当儿,又问:

"队长,咱本县的情况怎么样?"

"咱县,和全区、全国一个样,也是大好形势!"永生说,"我从县委到这里来之前,县委方书记告诉我:这段时间里,各区的人民抗日武装,和各地的民兵相互配合,协同作战,连续出击,进行反'扫荡',战果辉煌!"

"消灭多少敌人?"

"仅最近一个月,就报销了敌人三百多!"

"真不少!"

"在一部分主力部队、地方武装、民兵武装的紧密配合下,只临河镇一仗,就干掉了敌军的一个囫囵连!"

"嘿!真棒!"

梁永生说:

"县委讲,这些战绩,也有咱大刀队的功劳!"

锁柱懊丧地说:

"得啦!别说这个!"

"咋?"

"一说这个我活臊死!"

"臊啥?"

"人家都打胜仗,俺们打了败仗……"

"这话错了!"梁永生说,"从我们走后,大刀队的人员减少了四分之一。可是,你们在人民群众的有力配合下,将全县敌军的将近一半兵力陷在这里,这就大大减轻了其他地方的兄弟部队的压力,并为临河之役制造了有利的战机,这怎能说没有你们的功劳呢?……"

接着,他们又谈起了这个地区的斗争形势。

"当前这一带的斗争形势相当困难呀!"锁柱说,"队长,你看了吧——高树青同志牺牲后,高大娘为了掩护我在这里养伤,直到今天还没给烈士出殡啊!……"

"锁柱,县委已经向我们指出:像今天这样的艰苦环境,还要持续一个时期,要我们有充分的思想准备。"永生把语气一转又说,"不过,云再高,它总在太阳底下!"

锁柱说:

"队长放心。对于最后胜利,我是有信心的!"

永生说:"那好!"

一会儿,锁柱又问:

"哎,老梁同志,你这回回来,担任啥?"

梁永生说:"原先干啥还干啥。"

小锁柱说:"还是大刀队队长?"

梁永生说:"对!"

小锁柱问:"谁当指导员呢?"

梁永生说:"我曾要求县委派个人来,担任指导员的职务,以加强咱大刀队的领导力量。可是,方书记说,目前干部不好安排,暂时还派不出人来……"

锁柱说:"那么说,就由你先兼着了?"

他见永生迟迟未答,又说:

"队长!担吧,担吧!党员嘛,党给一千就担一千,党给一万就担一万;党让你担的担子越多,说明党的事业越需要你……"

"锁柱啊,你知道我的根底;由我来挑这两副担子,尽管是暂时的,可也真够呛呀!"梁永生停顿一下又说,"锁柱呀,咱们是老战友了,往后儿,你还得多多地帮助我哩!"

小锁柱不好意思地说:

"我是个小孩子,懂个啥?"

"可不能这么说!有志不在年高。后生的胡子比先生的眉毛长。年轻的就准不如年老的?我看不一定!"梁永生抽了口烟说,"好在县委给咱们大刀队又建立了一个新的支委会,今后的领导担子,就靠咱们大家同心协力共同挑呗!"

锁柱高兴地问:

"建了新的支委会啦?"

"对!"

"可好!"锁柱又问,"几个人组成?"

"五个人。"

"都是谁们?"

梁永生习惯地扳着指头说:

"原来的支部领导成员有:梁志勇,高荣馨……"

"高荣馨?"

"对!"梁永生说,"荣馨同志虽然年龄大一些,可是我们大刀队……"

"老高牺牲了!"

"你说的是高荣馨?"

"嗯!"

小锁柱的回答虽然仅有一个字,可是,在梁永生的感觉中,这一个字足有千斤重！这时,梁永生的心情,由吃惊又转化成悲痛！继而,又由悲痛转化为对敌人的气愤和仇恨！

在梁永生的感情急剧变化的同时,许多难忘的往事同时闪现在他的脑际。这其中,有高荣芳将永生一家安排进高荣馨的住宅的情景,有高荣馨一家在"九一八"以后逃回老家的情景,有高荣馨参军的情景,入党的情景,以及那许许多多梁永生和高荣馨并肩战斗的情景,当然还有在梁永生去升主力时和高荣馨同志分手告别的情景……

这一切,和荣馨同志牺牲的消息搅在一起,使得梁永生心潮汹涌,血浪翻腾,久久不能平静！沉寂了半晌,他才强力抑制住自己的感情,平平静静地说:

"在确定支部领导成员时,县委还不了解这个情况。"

锁柱问永生:

"你当然得参加支委会吧？"

"参加。"

"我揣摸着这回建支得吸收赵生水同志参加领导……"

"你是怎么揣摸的？"

"他自从参军以后,杀敌勇敢,连立战功；入党后,学习又上了紧摽子,思想水平提高很快！"小锁柱说,"特别是在工作能力方面,他现在已经能够独当一面了……"

小锁柱的话弦长。据说,要是济着他扯,他一个话头儿能扯两天。这话是梁志勇给他形容的,也许有些夸张。可是,他和梁永生算是对把了——永生听人说话,耐性特别大；如果不是在特殊情况下,对方扯到哪里他听到哪里,扯到多咱他听到多咱,从不腻烦,更不插言截舌。这话,是县委书记方延彬讲的,据说没有夸张。就说现在吧,直到小锁柱把他揣摸的依据说尽了,转而问他:

"我揣摸得对不？"

他这才一笑道：

"一百分儿！"

"这总共是四个人了——"一向是打破沙锅璺（问）到底的锁柱又追下去，"那一位是谁？"

永生笑道：

"你不是会揣摸吗？"

锁柱也笑了。他想了一阵，说：

"炮筒子孟春海？"

"他入党啦？"

永生这一反问，锁柱嗤地笑了。他带着检查、校正兼而有之的口吻说：

"我大脑没把关，说冒了——他入倒是入了，可还没转正！"

锁柱说到这里，继而又问：

"是不是王海生？"

"你说小胖子？"梁永生说，"在我离开大刀队时，他和现在炮筒子的情况相仿——虽已入党，还没转正……"

"他现在倒是已经转正了。"

"这么说，算你五十分儿！"

"五十分儿是啥意思？"

"算你揣摸对了一半儿呗！"

"对就是对，不对就是不对，怎么又有'算'又有'一半'呢？"

"小胖子是个好青年，是革命队伍中的一棵好苗子。像他这样的年轻人，应当吸收进领导班子。一个领导班子里，如果没有一定比数的青年人，就往往缺乏生气，更重要的是，还需要多培养一些青年领导干部。你是不是这么考虑的？对！这说明你揣猜的依据是对的，所以给你打了五十分儿——算你对了一半儿！"梁永生说，"不过，具体对象你没揣摸对——这次建支没有把他吸收为支部委员。"

此后,小锁柱边想边说,又先后提出了好几个名字,结果又都被梁永生给否定了。这时,闹得他的心里很纳闷儿,也很冒火。说真的,小锁柱所以被人称为"王揣摸",就是因为他能"揣摸事儿",而且是一"揣摸"就十有九准。因此,他现在不禁惭愧地想道:"我和战友们经常生活在一起,战斗在一起,过去还满以为自己对同志们是了解得很清楚的,如今看来,真是太差劲了!"埋怨自己差劲有什么用?于是,他干脆以央求的口吻问道:

"梁队长,这回我算认输了!你给我划个零分儿,告诉我吧——那一位到底是谁?"

"那一位就是那个先'一百',后'五十',最后得了'零分儿'的同志!"

永生说得这么幽默,在通常情况下,准会引出锁柱的笑意。可是今儿个,锁柱不仅毫无笑意,而是心里一震,惊韵满腔:

"我?"

"对!"

"这哪行?"

"咋不行?"

"我挑不动这副担子呀!"

"你要觉着'挑不动',那你就是'不想挑'!"梁永生说,"革命担子,要拣重的挑嘛!"

这时,小锁柱像忽然想到了什么,他先扳着指头算了一下,而后以疑问的口气说:

"这次建支,高树青同志——"

永生听出了锁柱的意思,他接过话头说:

"县委原来的计划是,我到任后,调他到县大队去,所以这次建支没建上他……"

沉默。

过了一霎儿,锁柱又说:

"将来找到梁志勇,找到赵生水,再找到咱大刀队上的其他同志们,那就好办了!"

梁永生就势转了话题:

"最近你跟他们联系过吗?"

"十天前,梁志勇同志曾派了小胖子和炮筒子来看过我。可是,他俩在这儿只呆了抽袋烟的工夫就走了。他们说,目下外边的斗争形势很复杂,环境很恶劣,志勇要他们早点回去。还说,如今我们的队伍一天不知转移多少地点,怕是回去晚了,队伍一转移,就不好接头了!"锁柱说,"他俩临走时,将志勇让他们捎来的一本毛主席写的书——《论持久战》留给了我……"

"以后再没接过头?"

"没有。一晃十来天了,队伍上再没来人!"小锁柱说,"在目前的情况下,十来天,形势的变化该是多大呀!因此,我很不放心,总想出去找找同志们……"

他们说话间,外头鸡叫了。

梁永生沉乎一阵儿,又问:

"他们好找不好找?"

机灵的锁柱,显然知道永生问这话的意思,于是便说:

"队长要想找他们的话,我跟你去!"

"你去?"

"我去!"

"你不是正在养伤吗?"

"伤?早就用不着再养了!"锁柱说,"可是,高大娘就是不放我出去!"他口气一转又说,"梁队长,你一来,正是个碴口儿,快替我求求情吧!"锁柱怕永生不肯应这个差,又在用话唤起他的同情,

"队长,让我跟你出去跑跶跑跶,也好活动活动筋骨散散心呀!要不,老让我蜷偎在这里头,简直快把我活活地憋闷死了!"

梁永生思忖了片刻:

"好吧!你既然托我,我就试试看。"

小锁柱一听队长答应他了,直乐得撒娇地说:

"你真是我的好队长!"

他说着,从枕头底下抽出匣枪,插在腰带上,又从墙壁上摘下了大刀。可是,当他正要说:"走哇!"忽而又想道:"呀!队长远路赶到这里,一点还没休息呢!"于是,他将那来到嘴边的"走哇"咽回去,便说:

"队长,你先在这里睡上一觉儿咱再走吧!"

他怕永生不同意,又紧跟上一句提醒道:

"要知道,一出去,想睡点觉怕是再也找不到这么清静而又安全的地方了!"

"不!"

"咋?"

"不睡!"

"为啥?"

"锁柱,你想想——"永生在启发锁柱的记忆,"像我这个脾气儿,找不着队伍能睡得着觉吗?"

小锁柱当然是十分了解永生的。因此,没再强拧,便将刚咽回去的那句话又吐出来:

"那,走哇!"

随后,小锁柱先发了个暗号儿,然后和永生先后出了洞口。这时,高大婶已挡上窗户,点上灯。她问:

"你们要干啥?"

"要找队伍去——"梁永生向老人说了一下所以急着要去找队

伍的原因,然后又变为请求的口吻说,"大婶,让锁柱也跟我去吧?"

"行啊!"大婶说,"有你和他在一起,我也放心了!"

锁柱高兴起来。他冲着高大娘咔地来了个立正:"敬礼!"引逗得大娘无声地笑了。接着,他们二人整理了一下衣装,告辞了高大婶,还前倾着身子看了正在沉睡的小勇一眼,便悄悄地离开了这所院落。

夜近五更,鸡叫三遍了。刮了一天一夜的风,还在毫不撒劲地刮着。这呜呜的风声,仿佛正在向饱受战争苦难的人们发出呼吁;它呼吁人们起来,起来,起来跟给予我们苦难的敌人,斗争,斗争!

黎明前的荒原上,又出现两位夜行人。

他们俩,一个是高大身躯的中年人,一个是中等身材的青年人;而今,正一边肩并肩地阔步向前,一边娓娓动听地谈论着:

"脚下这条道路,弯弯曲曲,坑坑洼洼,疙疙瘩瘩,真不好走哇!"

"是啊!不过,别忘了:长途必有崎岖路,疙瘩道磨不薄脚底板;而且,走尽崎岖路,必是平坦途……"

第三章　雪后初晴

连日来,漫天空里一直是云山云海。就像有谁扯开了一块大灰布,把偌大的天空囫囵个儿地全给遮起来了。无穷无尽的雪花,时而零零落落,时而又飘飘洒洒,一直持续到今天五更头儿里,这才算渐渐地住了溜儿。

满天的白云块块,悠悠东去,宛如那解冻的河水,载着片片浮冰,正向大海漂流。

雪后初晴。

云层褪净。

初晴的天空,显得高远而开朗。蓝天雪原一映衬,这清冷的早晨显得更加清冷,这宁静的乡村显得更加宁静,这多娇的江山啊,显得更加多娇了!

雄鸡报晓。雒家庄上的农民们,伴随着此起彼落的鸡啼声全起来了。村子里,担水的,倒灰的,抱柴的,找鸡的,你进我出,东奔西走。可是,所有这些人,无论男女老少,在他走出院门之前,都是先将耳朵贴在门缝儿上,听听院外街巷里的动静。尔后,这才从那半开的院门里探出身来,放出一双警惕的目光,朝四外撒打着,仿佛话在心里说:

"今儿夜里没发生什么意外吧?"

他们听一阵,看一阵,直到断定村里没有意外情况以后,这才把屏在胸口上的那口气呼出来,自我宽慰地自语道:

"这一宿总算平平安安地过去了!"

继而,人们便都迈开急匆匆的步子,跨出各自的家门,去办他们那些要办的事情了。

不用说在战前,就是在这战争时期环境比较好的那些日子里,街坊邻居们见天早起碰面时,也总是习惯地相互打个招呼,彼此寒暄几句。甚至有的还要开上几句玩笑,逗个闷子。

可是,在而今的雒家庄上,那套相沿多年的风习全都改了;眼下,人们谁也不肯多言,谁也无心搭话,都在悄悄地干着各自那非干不可的活儿。

这种气氛,是战乱年月环境恶劣的象征。它向人们预示着:伴随着环境的变化,人们的紧张心理又开始了!

不过,事物总有差别,情景从不相同。

你看!在街头路口的广场上,那不有一伙背着大人从家中跑出来的娃子们聚集起来了?这帮不知冷热的娃娃,大都八九十来岁,正在同心协力地滚雪球。他们先用积雪攥成像馒头大小的圆蛋蛋,然后就用手拨动着它在雪地上滚起来。他们滚呀滚,滚呀滚,滚得那雪球越来越大,越来越大。随着雪球的增大,滚雪球的人也在增加。这些孩子们,谁也不惜力,全弄得浑身上下一色白,简直都成了雪人了!

正在这时,又从那边跑来一个孩子。

这个孩子是沈万泉的孙子。

他的乳名叫牛子。

牛子往近前一凑合,那帮娃子们立刻起哄了:

"小汉奸儿!汉奸崽儿!"

"汉奸崽儿!小汉奸儿!"

还有个孩子赶过来,愣头磕脑地推了牛子一个趔趄:

"滚蛋!我们滚地雷炸鬼子,不招小汉奸儿!"

牛子羞得面颊血红,蔫蔫地走开了。可是,他又舍不得离开这些从前很要好的伙伴们,就孤零零地站在一个墙角处,用一双泪汪汪的眼睛远远地朝那边张望着,久久地呆呆地张望着。

在牛子身边不远处,有一只早起觅食的大芦花公鸡,正在清扫过积雪的院门口上咕咕地叫着蹬刨雪土。就在这时,从这个破烂角门儿里走出一位中年汉子。这人肩上背着个粪箕子,头上戴着一顶耳帽头子,身上穿着一件大棉袍子;棉袍子的大襟斜拉起来,掖进扎在棉袍外边的粗腰带上。他见牛子呆愣愣地正站在巷口上,就冷冷地问道:

"牛子!你站在这里干啥?"

牛子低头不语。

背筐人又问:

"你爷爷回来啦?"

牛子只是摇了摇头,仍未答话。

那背筐人没再说啥,顺着大街出庄去了。

这个背筐人是雒家庄的民兵队长杨大虎。

杨大虎要出村去找梁永生。

真是无巧不成书——杨大虎一出村,便跟正要进村的梁永生和小锁柱相遇了。他们一见面儿,杨大虎就一下子扑上去抓住了梁永生,梁永生也就劲儿抓住了杨大虎。此刻,这对患难相交的亲人,久别重逢的战友,宛如两股激流猛然聚会在一起,在双方的感情上都腾起一阵势如海潮涨落般的波涛。这种极为兴奋的心情,使得他们二人心率加速,语言哽咽,只是眼对眼地相互对望着,长久地相互对望着。可是,在这眼光相遇的当儿,他俩那种迸发着火花的感情,却已胶着般地交流在一起了。

这时候,在梁永生的感觉中,杨大虎的手劲竟是那么大,直握得他这练过武功的手都感到有点发麻。与此同时,梁永生还明显地注意到,目下杨大虎的面色,正在急剧地变化着,变化着,最后终

于焕发出一种红亮照人的光辉,鼻孔里还喷出两道白茫茫雾腾腾的热气,带着惊喜交加的语气说道:

"哎呀,永生!你怎么上这来啦?"

"怎么?我就不兴上这里来吗?"

这时的梁永生,表情是坦坦然然的,语气是乐乐呵呵的。这一切,与杨大虎那带着几分紧张的神色,形成了明显的对照。

在永生的强烈感染下,大虎的心弦松弛下来:

"永生啊,夜来后晌,我听到一个荒信儿,说你又调回大刀队来了。对这个消息,我又信又不信,闹得一宿没睡着。这不,现在我正想出村去打听打听你的下落哩……"

"那你为啥还对我来你村这么吃惊呢?"

"我是觉着你来这村太危险呀!"

大虎说罢,拉着永生就往前走。来到一家小铺儿门旁的墙下,他朝墙面上一指,又说:

"你看,敌人贴出布告来了——"

永生一边朝布告凑着,一边顺口问道:

"布告?啥布告?"

杨大虎说:

"捉拿你的布告呗!"

梁永生从容不迫地迈着步子,来到布告近前,习惯地将两手背在身后,又稍息一站,仰着脸逐字逐句地看起来。他只见,那张布告上边印的是——

  梁永生,共产党员,八路军大刀队队长。长期以来,他带领一股游击队,出没运河两岸,扰乱治安,为害甚大,特悬赏缉拿,赏金如下:

  有活捉此人者,赏洋五万元;

  有击毙此人者,赏洋三万元。

此布!

　　　　大日本皇军运河区特务队队长　石黑

梁永生在看布告的当儿,脸上始终呈现着轻蔑的笑意。

他看完以后,将一口唾沫吐在地上,摸着后脑勺风趣地说:

"喔哈!我这个脑袋还怪值钱哩!一年多以前才一万元,如今一下子涨到五万元了!"

永生正说着,锁柱走过来,戳他一把,笑笑说:

"哎,队长,你瞧——"

"啥?"

锁柱朝旁边的墙上一指,又说:

"那边还有个小布告哩!"

梁永生跟着锁柱朝前走了几步,抬头一望,只见大布告不远处的墙面上,确实贴着一张"小布告"。

永生揣着好奇的心情凑近一些,一瞅,只见在半人高的墙面上,贴着一个二指多宽的小纸条儿,纸条上写着几行歪歪扭扭的铅笔字:

　　石黑,是个鬼子的头子。白眼狼,是个大汉奸。他们全是杀人放火的大坏蛋。谁捉住石黑,赏他一杆红英枪。谁崩死白眼狼,赏他一个好弓见。

此布!

　　　　　　八路军儿童团

在永生看"小布告"的当儿,锁柱从衣袋里掏出钢笔,把"红英枪"的"英"字改成了"缨"字,把"好弓见"的"见"字改成了"箭"字。

永生挂着喜色看罢,笑道:

"不错,不错不错!"

接着,他又问大虎:

"你们村的儿童团挺活跃哇!这是哪个儿童团员搞的呀?"

"俺们村的儿童团才成立不久,还没这套本事。这八成是坊子镇高小勇干的这手活儿!"

"高小勇?"

杨大虎望着梁永生那喷发着热情的眼睛,又补充说:

"前几天,他来这村住姥姥家的时候,成了这村儿童团员们的'小领袖',领着他们还写过不少'小墙标'哩!"

锁柱点头接言道:

"大概是那个小家伙儿!"

"你咋知道?"

"看这手笔像他。"锁柱说,"他也真够聪明的——前些日子,我曾教给他这么一句话:'英雄要有英雄气,定与敌人见高低'。你看,他把那个'英'字和'见'字,都用到这里来了!……"

锁柱正津津乐道地说着,杨大虎从旁插嘴道:

"老梁,这儿不是久站之地,走,到我家去!"

杨大虎不是龙潭街上的人吗?这雏家庄上怎么又有了他的家呢?

这真是"十年河东十年河西"呀!杨大虎自从那年协助梁永生和黄二愣从白眼狼家救出小锁柱后,就带着家眷离开龙潭,在这雏家庄的一家穷亲戚门上落了户。这家穷亲戚,是沈万泉。抗战以来,杨大虎对抗日工作很积极,并让他的儿子杨长岭参加了八路军。沈万泉是个地下共产党员,还发展杨大虎参加了中国共产党。现在,杨大虎除了担任村里的民兵队长之外,还是这村党小组的临时负责人。

梁永生跟随杨大虎朝他家走着。

小锁柱像个警卫员似的机警地走在他俩的身后。

他们走了不远,正巧路过沈万泉家的门前。

永生留住步子,向大虎说:

"你先头前走吧!"

"你干啥去?"

永生指指沈万泉的家门说:

"我到这里串个门子!"

大虎拽住永生,带点命令的口气说:

"可去不得!"

梁永生望着杨大虎那固执的神态,鲜明地感觉出大虎哥那种又耿直又倔强的性体儿,在这极端艰苦的环境里仍然丝毫没有变。

可是,大虎哥为啥不让我到沈万泉家去?永生想了一阵,也没想出个子丑寅卯来。于是,只好问道:

"大虎哥,老沈家为啥去不得?"

杨大虎凑过身来,将嘴贴在永生的耳朵上,带着一股怒气说:

"那个老小子'汉'了!"

"汉了",就是当上汉奸了!这怎能不使梁永生大吃一惊:

"'汉'了?"

"嗯!"

"不会吧?"

"他已经上了黄家镇据点了!还不会?!"

"他在据点上干什么?"

"当伙伕!"

沉默。

杨大虎望望梁永生那疑惑的神色,又道:

"当伙伕就不算当汉奸?叫我说,只要混伪差事,就得算当汉奸!"

永生仍未吭声。

这时,一种困惑的思绪,正抓住梁永生的心。

在梁永生的记忆中,沈万泉这个穷汉子,从年轻就是个耿直人。他活不背理,死不坠志。他常说:"宁做穷人脚下的尘土,不当坏人戒指上的宝石!"

当年少的梁永生在龙王庙顶撞疤癞四闯下大祸的时候,就是这位雒大爷的穷朋友——沈万泉,不顾任何风险,将永生领出了庙门;

当雒大爷被疤癞四活活气死以后,又是为人耿直的沈万泉这位穷汉子,领头撺掇起一些穷爷们儿,经常帮凑梁永生和雒大娘……

因此,早在梁永生的少年时代,沈万泉就给他留下一个很好的印象。

另外,梁永生还听人说过,沈万泉年轻时学过厨子。他出师后,又在县城的一个名叫"一品聚"的饭馆子里,当过"掌勺的"。

那时节,在干勤行的人们当中,沈万泉的手艺是数得着的。不光是煎炒烹炸都能干得了,还能设酌摆宴,拉桌成席;他做的押条儿挂面、烫面饺儿,在这一带更是有点名气。

可是,早在"七七事变"前,他就离开了"一品聚"。

这是为什么?沈万泉既然有这么好的手艺,他需要靠这个手艺混个饭碗,"一品聚"的掌柜的也需要他这把好手多赚些钱,他为啥要离开那里呢?当然是事出有因的:在那时,县城里有个国民党的县党部。那些国民党县党部的老爷们,要请沈万泉去给他们当大师傅。可是,沈万泉觉着他们不正路,没应那个差。从那,他们就老是找沈万泉的邪茬儿。

沈万泉一看没法跟他们生气,就卷起铺盖卷儿回了老家,连"一品聚"的那碗饭也不吃了!

抗日战争爆发后,梁永生根据党的指示,拉起了大刀队,经常在这一带打游击,每当来到雒家庄时,总是把沈万泉家当作堡垒户之一。

当时,沈万泉对抗日救国很热心,为八路军做了许多工作。后来,梁永生又介绍他入了党。他入党后,工作更积极了。

几年来,梁永生一直认为沈万泉是个很坚强的好同志。由于自己是沈万泉的入党介绍人,永生还总是感到自己对他负有一种特殊责任。在一年多以前,永生奉命带队去升主力的时候,他还曾特地拐了个小弯儿,来到这雒家庄上,和沈万泉见了个面儿,并对他嘱咐了一番。

那时,沈万泉曾向自己的入党介绍人郑重表示:

"永生同志,你只管放心,今后的时局,不管它变成什么样子,我沈万泉的心,是永远不会变的!"

梁永生和他分手时,沈万泉还恋恋不舍地把永生送出村庄,送过公路,并紧紧地握住永生的手,久久地不肯松开。

直到永生从怀里掏出一本油印的《论持久战》送给他,他这才两手捧着那本书,就像捧着自己的心一样,高高兴兴地回村去了……

今天,永生回想着这些往事,又听杨大虎说沈万泉"汉"了,怎能不大吃一惊?

这时,他的心情也沉重起来:"真是画龙画虎难画骨,知人知面不知心呀!"可他又想:"不对吧?沈万泉家,受穷受气好几辈子,他娘是活活饿死的,他爹是被地主折磨死的,后来,他的儿子,又被鬼子抓了'劳工'……像他这样一个苦大仇深的穷人,咋能说变就变了呢?再说,沈万泉是那样的耿直,能干出这宗事来?"

梁永生沉思着,杨大虎催促道:

"老梁呀,别愣着啦,快到我家去吧!"

永生同意了。

他来到大虎家的炕头上,又问:

"沈万泉上了据点以后,出过什么事吗?"

"倒没出事。"大虎说,"叫我把他唬住了!"

"唬住了?"

"嗯嗬!"

接着,杨大虎讲述了这样一段过程——

那天,沈万泉从黄家镇据点回家来了。杨大虎拿上他那支老套筒子,找上他的门去。当时,大虎想:"要是谈崩了,我就结束他!"

可是,他们坐下来一谈,倒没谈崩。

先是,杨大虎劝他迷途知返,改邪归正,沈万泉为难地说:"大虎啊,你不知道,我有我的难处啊!我去干这营生子,是出于万般无奈,迫不得已。你们,只管抗你们的日,我混我的饭吃,咱们井水不犯河水。你们不用害怕我,我沈万泉的为人,你是知道的。再说,咱们还是亲戚,我能干出缺德的事来?"

杨大虎当即警告他说:

"姓沈的呀!今后,你要干些什么,你就自个儿看着办吧!不过,有句俗话你别忘了:跑了和尚跑不了寺!"

"这我明白!"

"明白就好!"大虎说,"告诉你:如果你要不听劝,可别怪我们不客气!"

杨大虎向永生讲完上述情况,最后说:

"那个老小子挺鬼,净拣好听的说,所以我才没崩他!以后,我反正处处提防他……"

永生听到这里,笑了,插嘴道:

"你这个一根肠子通到底的人,也学会这一套了?"

大虎笑道:

"这是逼出来的!"

永生抽了口烟，又问：

"你没找个负责同志问问？"

"问啥？"

"问问沈万泉到底是怎么回事？应当怎么对待他？"

"这我倒问过——"

"问过谁？"

"在大刀队的指导员徐志武同志牺牲前，我去问过他。"杨大虎说，"我把沈万泉的情况向他原原本本汇报以后，他说，这是件大事！还说：'你们民兵不要参与这件事了，由我们直接处理。'从那，我虽然还是注意沈万泉的活动，可没再参与这件事……"

永生听到这里，掉过脸去问锁柱：

"哎，锁柱，你知道这件事吗？"

锁柱摇头道：

"搞不清楚！"

永生抽了几口闷烟，又问大虎：

"最近，你听到过大刀队的消息吗？"

"好些天以前，我带领民兵配合志勇领的那伙大刀队打过一次伏击，战斗胜利结束后，大刀队就马上拉走了。"

大虎叹息一声又说：

"从那以后，再没听到他们的消息！这不，我正想出村去打听打听哩！"

他们又说了一阵子话儿，梁永生站起身说："大虎哥，我们得赶紧找队伍去，咱们改日再见吧！"

大虎理解永生的心情，没强留他：

"好吧！我送你们出村。"

街道上冷冷清清。

一群麻雀儿，正趁这寂静的时刻，在扫去积雪的地方跳跳跶跶地觅食。它们见有人走过来,全机警地飞起来,不一会儿,又落在了离人不远的另一个地方。

梁永生走着走着,一座瓦插花子砖门楼儿,映入他的眼帘。安在门楼上的两扇黑大门,油漆得闪闪发光。一对斗大的"福"字儿,贴在门板上。

这是疤瘌四的哥哥刘其海的住宅。

吱扭儿一声响,两扇大门张开一道能钻出狗来的缝儿。一个头上戴着缎帽垫儿的干巴老头子,从门缝里探出半边脑袋,撅撅着一小撮儿焦黄的胡子,瞪着两只猴儿眼,正朝街上窥视。

这个老家伙,就是刘其海。

刘其海一见梁永生、小锁柱和杨大虎三个人,正顺着大街走过来,他就像那被人戳了一棍子的乌龟一样,把头一抽,嗖地缩回去了。

梁永生见此情景,心中暗想:"看样子,这个老小子已经发现我了!我,也得让他知道我也看见他了,以防他产生歹心!"他一念及此,便喊了一声:

"刘其海!"

刘其海赶紧转身走出门来,嘴笑眼不笑、点头又哈腰地说:

"哦,哦!是梁队长啊!到院里坐一坐呀?⋯⋯"

"不啦!"永生说,"你起得挺早哇!"

"可不,可不。"刘其海说,"人老了,觉儿少⋯⋯"他支支吾吾地说着,又转向杨大虎和小锁柱,"你们二位,也没空到我家坐一会儿呀?"

梁永生他们走过去了。

刘其海又缩进去,掩上大门。

永生走到一个僻静处,悄声问大虎:

"哎,刘其海近来怎么样?"

杨大虎一边走着一边说：

"这个老小子，本来就不老实；自从他弟弟疤痢四当上伪军小队长以后，更胀腰子了！"

梁永生和杨大虎并肩走着，问：

"怎么个胀腰子法儿？"

杨大虎瞟扫着四周，又说：

"他短不了跟据点上勾勾搭搭的！"

"抓到事实没有？"

"要说事实，倒没抓到他的真凭实据，只是有一些怀疑点——"

"光怀疑点不行！"永生吩咐说，"要通过怀疑点，顺蔓儿摸瓜，抓他的事实……"

"哎！"

沉默了一会儿，杨大虎又说：

"刘其海那个狗养的，还经常散布一些破坏抗战的言论哩！"

"他说过啥？"

"他常说：'现在闹兵灾，这是劫数，在劫的难逃，《推背图》上早已注定了！'他又说：'既然几十万国军都战不过日本，缺枪少炮的土八路还能顶用？'他还跟民兵说：'散伙吧！抵抗有啥用？岂不是白白丢了身家性命？'……"

梁永生想了一阵说：

"当前，斗争形势复杂，要特别注意像刘其海这样的人物儿！"

永生说到这里，那边走来一个人。因此，杨大虎没再说啥，只是深深地点点头，轻轻地"嗯"了一声，脚下加快了步伐。

梁永生小时候，曾在雒家庄上住过一年多。抗战后，他又带领大刀队在这一带打游击。因为这个，这村的人们梁永生都认个差不多。往日里，永生和人们见了面，都是主动打招呼。可是今天，由于环境恶劣，斗争复杂，敌人气焰嚣张，人心难免浮动，再加上梁永生是新来乍到,还没和队伍接上头,全面情况也没掌握起来,所以他的心情是,先尽量不和不需要见面的人见面。一切要做的工作,他打算都放到找上队伍以后去做。

身为民兵队长的杨大虎,又有了几年来从事抗日工作的经验,当然是能够理解梁永生的心情的。所以,他一看来了人,没等永生盼咐,就自动地领着永生、锁柱拐了弯儿。

一路上,他们总是拐弯抹角地回避着人们的视线,朝村头龙王庙的方向走着。

不多时,龙王庙来到了。

这座龙王庙,已和三十年前大不相同。

它的身上,除了三十年来的风风雨雨留下的痕迹而外,也和这冀鲁平原上的其他建筑物一样,还留下了许许多多战争的创伤。庙顶子上,被敌人的炮弹炸了个大窟窿,已经露着天了。橡子和瓦片,有的翘翘棱棱,有的张张忽忽,说不定哪一个随时会掉下来。那些又密又粗的窗棂子,已被枪弹穿透了许多孔洞,有的竟被连发的机枪打得半边拉块,七零八落,快像个破栅栏子一样了。

两扇咧嘴龇牙的门板,倒是还歪歪扭扭地安在那里。庙院的墙壁,倒的倒了,塌的塌了,坍的坍了,没倒没塌也没坍的,也都张开了一道道的大缝子,在那里歪歪斜斜地竖立着。

端坐在大殿中的"龙王爷",脸上身上被枪子打了许多窟窿,两条胳膊已断去了半截!它那一双眼睛,如今成了两个黑窟窿,眼珠子也不知道叫谁家的孩子抠走了,拿它当琉璃蛋儿弹球玩去了。

这座龙王庙,记载下历史上的多少事情啊!

在永生少年时,他曾来这里看过祈雨的,并由此而闯出了一场大祸!来了鬼子以后,永生领导的大刀队,和大虎领导的民兵一起,在这里打过伏击,将疯狂的敌人狠狠地教训了一下!……

今天,梁永生再次来到这座破庙中,该能引起多少感慨万分的回忆呀？

可是，他目下是顾不上去细想那些往事的！

他只想利用这个破庙蔽住身子，再嘱咐大虎几句，然后，就从这庙后的交通沟里出村，继续去寻访他的战友们。

谁知，他仨刚蹲在庙台上才谈了几句，就听得庙外传来一阵嘈杂的人声。

这声音是从村外那个道沟口的方向传来的。

梁永生听到这种意外的动静，眉毛一动，立刻从腰里抽出匣枪，紧紧地握在手中。

随后，他快步来到一堵已经倒坍了半截的垣墙近前，悄悄地探出头去，静静地观察着村外的情景。只见，有二三十个伪军，都骑着东洋造的自行车，像个吊丧队似的摆成了一拉溜，顺着村外的小道，正由东而西匆匆赶去。

这些家伙们的枪支，大都由左肩到右腰斜背着，一边洋洋得意地走着，还一边唧唧哝哝地胡乱谈论。有个瘦猴子，走在队列当腰。他一手扶着车子把，一手胡乱挥动着，哑声破锣地朝前嚷道：

"赵瞎子！你跑这么快干啥？想着那五万元了吧？"

"瘦猴子你甭叫唤！叫我看呀，你正是怕那五万元弄不到手着急哩！小子说良心话——是呀不是？"

赵瞎子的眼色本来就不济，现在又光顾侧歪着膀子朝后嚷了，忘了看路，车子前轱辘撞到路边一个被锯去身子的树墩上，摔了个车翻人滚狗吃屎。

他腚后头那个家伙，来不及刹车，一下子撞上去，和赵瞎子压了摞儿。这时节，一大溜伪军全都哄笑起来，笑得像一群夜猫子齐声乱叫么难听！

有个戴肩章的老家伙，一脸横肉高洼不平，看不清是疤是麻还是皱纹，也许是三者兼而有之吧！这个老小子，笑得声音最大最响

最难听。可是,他自己笑够了以后,又骂骂咧咧地朝他那些喽啰们嚷起来:

"笑!笑!笑个屁?"

伪军们的笑声止住了。

那个老家伙又大声小气地说:

"这是军事行动,不许乱唧啾!你们谁要再他妈的胡乱讲,暴露了军事秘密,放跑了梁永生,老子我要你们的脑袋!"

这老小子一提到永生的名字,永生心里一震:

"咦?怪呀?我才回来这么几天,敌人就知道了?你看!他们又是出示布告,又是出动人马,口口声声要捉拿我梁永生,闹腾得还怪火爆哩!这是怎么回事呢?"

他将自己这个疑点,悄悄地告诉给大虎。

杨大虎说:"谁知道哩!我也闹不清是咋的回事!反正是早在你回来之前,他们就见天咋咋唬唬地要捉拿梁永生。起初,我还曾认为你真的回来了呢,后来才知道,那时你并没真回来……"

在他们说话的当儿,有一只老鹰回绕在头顶上,它的翅子一动不动,就像有根看不见的长线将它吊在天上一样。一只兔子,从墒沟里蹿起来,一蹦十八垅地逃窜着。梁永生将视线从兔子身上收回来,又盯住了那伙伪军。他看了一阵,问大虎道:

"这伙伪军是哪一部分?"

大虎指着那个戴肩章的家伙说:

"那个老小子,叫阙八贵,是白眼狼部下的一个小队长,驻在柴胡店据点上……"

杨大虎这么一说,梁永生又仔细一瞅,他认出来了,这个汉奸头儿,果然就是阙八贵。正当梁永生的怒气已经攻到头皮的时候,又听杨大虎怒气冲冲地说:

"阙八贵这个老小子,仗凭他哥阙七荣是石黑的翻译官,胆大包天,无恶不为,把这一带的老百姓可糟蹋苦了!咱得想个法儿拾掇这个王八羔子……"

小锁柱也上了气。他凑到永生近前建议说:

"队长!是不是干掉这个小子?"

梁永生沉思了片刻。说:

"不!"

"为啥?"

"我们当前的主要任务,是先找到队伍。"

敌人越走越远了。

他们在关庄附近,变成了一溜像驴粪蛋子似的小黑点儿。

关庄,在这雏家庄的西南方。过去,梁永生曾在那村住过,了解那村周围的地形。在关庄的东南角上,有一片洼地。现在,他眼望着敌人绕了一个小弯儿,潜入那片洼地后,便不见了。

此景此情,富有战斗经验的梁永生当然一看便知,这伙敌人虽然人数不多,但这是一次知根摸底的有计划的行动。

时过不久。

关庄村里响起枪来。

这枪声,越响越密,越响越乱,不大工夫就像炒料豆似的响成一团了。

梁永生注视着枪响的方向,细听着枪响的声音,又朝枪响处一指,问锁柱:

"你听!这枪声像不像敌人在放虚枪?"

锁柱听了一阵,摇摇头道:

"不像!"

"像啥?"

"好像打起来了!"

"你说谁跟谁打起来了呢?"

"兴许是敌人和敌人!"

"敌人和敌人?"

"发生误会嘛!"

锁柱这种说法,是基于这样一点:他和梁永生是刚从关庄转过来的——在那里并没打听到大刀队的消息,也没发现有其他兄弟部队,不会是自己人跟敌人打起来。现在,梁永生猜出了锁柱的这种想法。可是,他对锁柱的回答,只是笑了笑。这笑意,好像在说:"在当前的情况下,什么可能性都是有的,惟独敌人自己发生误会是不可能的。"

在永生看来,敌人出于虚惊而发生误会,自己跟自己打起来,大都是发生在夜晚,或者是大雾的早上,一般还要在两股敌人同时出发的情况下,而目下,这些因素都不具备,那敌人怎么会自己跟自己打起来呢?

"也许是民兵和老百姓跟敌人干上了!"

这是杨大虎的说法。

开初,梁永生认为这种说法倒是有可能的。因为,民兵袭击敌人是常有的事。特别是在当前的情况下,我们的大刀队受了挫折,敌人疯狂得厉害,被折腾得活不下去的老百姓,起来跟敌人硬拼,也不是不可能的。过去,就在许多村庄发生过这样的事情。

可是,他想到这些,不由得转念又想:"不对呀?这枪声中,除了大枪而外,匣枪也响得很密呀!要是老百姓和民兵跟敌人干了起来,哪会有这么多的匣枪声哩?……"梁永生一边自己在仔细地分析着各种可能性,一边又问锁柱和大虎:

"你俩想想——还有什么可能?"

锁柱又提醒永生说:

"哎,会不会是邻近的兄弟部队拉过来了?"

永生听了这话,脑子里忽地一闪:"可也是哩!邻区的兄弟部队,听说大刀队受了损失,敌人气焰嚣张起来,他们为了鼓舞这边群众的抗日情绪,拉过来打击敌人,这也是完全可能的。或者说,友邻地区的兄弟部队,为了甩开敌人,暂时撤过了边界,又可巧在关庄和阙八贵这伙敌人遭遇了,这也是有可能的……"

梁永生正暗自思忖,又听杨大虎说:

"八成是城关区的区队!"

"咋见得?"

"前些天,他们来这边活动过几天。"杨大虎说,"他们在柴胡店附近伏击过敌人,还在俺雒家庄住了一夜,给俺们民兵开了一次会呢!"

梁永生问:

"他们在你村住下后,放岗没有?"

杨大虎说:

"放岗倒不少,可全是便衣。"

梁永生根据自己的经验认为:游击队出区活动时,由于群众关系不多,缺乏知根知底的堡垒户,再加地理环境不大熟悉,所以都特别重视设岗布哨。因此他想:"那么,如果是城关区的兄弟部队来到了关庄,方才我和锁柱从那里转过来时,怎么没有发现他们派出的岗哨哩?"

永生默默沉思着。关庄的枪声更激烈了。

步枪声,匣枪声,手榴弹的爆炸声,相互交叠起来。

锁柱提议道:

"队长!咱快走吧!"

"干啥去?"

"转移呗!"

"咱们出来是干啥的?"

"不是找队伍的吗?"

"光躲能找到队伍?"

永生这一问,把锁柱的脸问红了。

锁柱所以提议"转移",主要是怕队长受损失。因为他现在已经自动地把自己当成队长的警卫员了。

可是,梁永生眼时下的想法是:在关庄跟敌人交火儿的,必定是自己人;既是自己人,不管他们是哪一部分,我们都有责任去接应他们。要不然,他们从大清早就跟敌人粘在一起,非到天黑是不易甩开敌人的。要跟敌人纠缠一整天,那可腻歪了。而且,他们和敌人纠缠的时间越长,敌人会越聚越多,那对我们是非常不利的,甚至是要吃亏的!

永生想到这里,便暗自决定:去把那伙已投入战斗的同志接应出来。

怎么个接应法呢?

他又习惯地向身边的同志作调查了:

"照你们的看法,那伙在关庄和敌人接火的同志,可能朝哪个方向撤退呀?"

锁柱抢先发言:

"叫我看,很可能朝西北撤!"

"根据什么?"

"因为敌人是从东南进村的!"

他为了增强自己这个论点的说服力,指着关庄的方向又补充说:

"你听!这枪声,刚才在关庄东南角上响,现在,这不已经转移到西北角上去了?"

梁永生一向喜欢一面倾听别人的议论,一面自己悄悄地拿主意。这时,他觉着锁柱的说法是有一定道理的。因而情不自禁地点了点头。可他又想:"枪声的转移,会不会是声东击西呢?"

要按"声东击西"的逻辑推断,梁永生认为,他们向村子的东北角撤退的可能性也是有的。

梁永生一面悄悄地分析着,判断着,一面放出他那两条炯炯的目光,仔细地观察着那关庄北面从东北到西北的地形。

关庄正北,是片一马平川的开阔地。这里,显然不是撤退的路线。村子的西北面,有一条大道沟,弯弯曲曲地朝西北天角伸延而去。村子的东北面,也有一条道沟。这条道沟,虽然有的地段已被敌人垫平了,可是,作为一条撤退的路线,还是可以利用的地形。

在这两条道沟之间,有一座因常年失修而多处倒坍的破窑。这座窑,离左右两边的道沟各有百米左右。在村西北的那条道沟西面,二百来米的地方,有一片散散乱乱的坟地。村东北的这条道沟东面,有一条沙河故道,离道沟有将近三百米。

梁永生看罢地形,又沉思了一会儿,转过身来发布了命令:

"杨大虎!"

"有!"

"你去召集民兵!"

"是!"

随后,他指点着关庄村北的地形,进行了一番部署,然后又说:

"我们的任务,是接应我们的战友安全撤走。你知道,咱们干的是没有本钱的买卖,经得住赚,经不住赔,你们要注意节约子弹,不要乱打一气。等我和锁柱打响以后,你们再开枪侧击,喊杀助威,制造疑阵,迷惑敌人……"

"是!"

大虎应声而去。

当他要出庙门时,梁永生又喊住他,嘱咐道:

"还要派两个民兵,监视刘其海的行动!"

他稍一停息,又加重语气说:

"行动要迅速,越快越好!"

"是!"

"是"没落地,人没影了。

杨大虎走后,梁永生又向锁柱挥手道:

"走!"

"是!"

他俩一前一后,快步出了庙门,贴着墙皮绕到庙后,进入一条东西道沟。尔后,一溜飞跑飞颠,直奔关庄村北那座破窑而去。

关庄的枪声,一阵更比一阵紧。

他俩的脚步,一步更比一步快。

不多时,破窑来到了。

这座破窑,像座小土山似的,孤孤零零地兀立在大平原上。

平原上,有一只可爱的野兔儿,正在飞也似的奔驰。它勇敢地跃过横在它的前进路上的一切障碍物,消失在那天地相连的远方。

一轮初升的太阳,从东方的地平线上升起来,放射出五光十彩的万道金线,烧红了半边天。阳光映在地面,地面金红一片,仿佛马上就要燃起遍地火焰!

梁永生和小锁柱,隐蔽在窑顶上,居高临下,四眼瞪直,一齐盯着关庄的方向。

关庄仍在激战中。

时而有颗飞子儿呼啸而来,钻进窑边的泥土里。

每到这时,就必然引出锁柱的悄悄怒骂声。可是梁永生,他从未去留意飞子儿,而是不时地扭着脖子朝西边的坟地看一眼,又很快地把视线收回来,投向那枪声四起、战火纷飞的关庄。

关庄,有十来个便衣战士,正在奋勇突围。

他们,一手抡着匣枪,一手舞着大刀,正从各个不同的路线向外冲杀!

你看！那些龙腾虎跃的战士们——

有的突然出现在高高的房顶上，甩开匣枪打了一阵，随后一纵身子跳了下来；

有的先从墙头上朝外打了几枪，然后来了个鹞子翻身，来到了垣墙以外；

有的先从后窗户里扔出一颗手榴弹，接着，身子像箭头一样蹿出了窗口；

有的宛如猛虎下山驱赶群羊一般，追逐着一伙伪军冲出了胡同。

他们来到后街，又立即汇合起来，形成一股洪流，一直朝着村西北角的这条道沟冲过来。你看他们那股顽强的气势，不管有什么样的力量在拦截堵击，也是挡不住他们的前进道路的。

勇士们冲出村来了。

伪军们像一群苍蝇一样，跟在他们的后头，嗡嗡地叫着，恶疯疯地追了上来。也不知是敌人根本没把几个便衣战士看在眼里呢，还是他们为了自己给自己壮胆呢？只见他们在一边追赶一边打枪的同时，一片狼嗥鬼叫的喊叫声又在枪声的缝隙之间冲过来：

"抓活的了！"

"活捉梁永生喽！"

"你们跑不了啦！"

"快缴枪吧！"

狂犬叫不倒高山。尽管敌人扬风扎毛地嚷成了一片蛤蟆湾，可是这伙身着便衣的战士们，别看人数不多，他们并没把尾追的敌人当个玩意儿。你瞧！不论敌人在屁股后头怎么嚷，他们依然是从容不迫，精神抖擞，沉着应战，依仗着道沟的掩护且战且走，没有一个人有心慌胆怯的表示，个顶个的都是好家伙！

敌人逼近了。

他们趴在道沟的崖坡上,还击一阵。

敌人卧下了。

他们又站起身来,继续后撤。

便衣战士们渐渐地向破窑靠近着。伏在破窑上的永生和锁柱,目不转睛地盯着他们战斗的情景。突然,小锁柱望着望着惊喜地嚷了一声:

"嘿!志勇!"

锁柱嚷罢,瞅瞅永生。

永生没反应。

锁柱压不住兴奋的心情,用肘子悄悄地捣着永生:

"队长!看见了不?那是志勇他们……"

梁永生依然没有反应。

只见,他那两只久经战阵的眼睛,宛如两条火龙一般,直目瞪瞪地盯着那两兵相交的战场。这时节,小锁柱的目光在队长的脸上打了个转儿,队长那严肃的神色使他意识到,眼下正在打伏击,自己这么不冷静是不对头的。他意识到这点以后,脸色腾地红起来,悄悄地吐一下舌头,低下头去伏在窑顶上,聚精会神地注视着前方,再也不吱声了。

其实,战场上的情况,永生比锁柱看得还细致。

在那十来个便衣战士的尽后头,有一位扎膀细腰的小伙子。他,二十挂零年纪,身穿一套灰棉衣。一条宽宽的皮带,扎在棉袄外头,使得他那灵活健壮的身段儿,更加突出了英武飒爽的特点。起初,梁永生虽然还没看清这位战士的面目,可他就凭着这种光景,便已经认出来了——那就是他的儿子梁志勇。

你想啊,梁永生透过硝烟战火,突然望见了志勇的身影,他的心里,该是多么激动,多么兴奋啊!

可是,他这种心情,并没表露出来。

梁志勇,自从从主力部队转到大刀队以后,一直担任分队长的职务。在爹奉命去升主力的时候,他曾几次向爹请求,要和爹一起回到主力部队去。

为此,还挨过爹一顿好剋!

梁永生自从离开大刀队以后,一年多来,他曾不止一次地想过:"志勇是不是还在闹情绪?"现在,他在这战火纷飞、硝烟弥漫的疆场上,突然见到了他那怀念已久的小志勇,而且,只见志勇还和从前一样,赛只欢老虎似的,他这当领导、做父亲的,怎能不从内心里感到高兴呢?

战场向前推移着。

它离破窑越来越近了。

这时候,只见身为指挥员的小志勇,在孤军无援的情况下,一面指挥着他的战士迅速后撤,一面抡开他那两支匣枪沉着地阻击尾追的敌人。他用这支匣枪瞄着敌人扫射着,同时将另一支匣枪挟在小腿腋下,熟练地压上了子弹。过一阵,他又用另一支匣枪扫射着,在腿腋之下又将这支匣枪压上了子弹。

就这样,他用两支匣枪轮番扫射,持续不断,活像一挺小机枪,堵住了扑上来的敌人!这当儿,斜背在志勇脊梁后头的那口大刀片儿,闪闪放亮,铿铿闪光,愈加烘托出了这位小伙子那股英武气概!

梁永生默默地注视着。

又听锁柱悄声赞道:

"嘀!志勇真棒!"

是啊!亲眼看到了自己的战友,在寡众相交、孤军奋战、极端困难的情况下,以一当十,顽强抵抗,充分表现出了人民战士的英雄本色,小锁柱怎能不兴奋?怎能不自豪?又怎能不激动呢?

当然,这时梁永生的心情,论其激动程度,是不会次于小锁柱的,他只是能够抑制自己罢了。因此,就在小锁柱赞不绝口的同时,永生依然是目不转睛地盯着前方,脸上平平静静,几乎没有任何表情。

战斗越来越紧张。

敌人离志勇他们只有一百多米了。

这时的梁志勇,两张厚墩墩的嘴唇,紧紧地闭着。在他那红喷喷的长方形的脸上,构成了两道刚强的弧线,显示出他那无穷的勇气和力量。他那不时扇动着的鼻子,还在一股股地冒着白气,倾泻着他胸腔中的怒火。

这时的阙八贵,张牙舞爪地扑过来,歇斯底里地嚎叫着:

"一班向西,二班向东——包围!"

乱乱纷纷的伪军,在坷垃地里蠕动着。

阙八贵在混乱中挥动着手臂,再次狂叫道:

"弟兄们!上啊!谁逮住姓梁的,那五万元的赏钱,我分给他一半!"

一会儿。

敌人改变了队形。

他们散成一个扇子面儿,向梁志勇冲过来。这时候,伏在道沟崖下的梁志勇,一抡胳膊扔出一颗手榴弹,高声喊道:

"同志们!冲锋啊!"

其实,他的同志们,都根据他的命令,早已顺着道沟撤远了。就连他自己,喊罢,也猫着腰,提着枪,迅速地向后撤去。

可是,志勇这暴雷般的喊声,再加上手榴弹一爆炸,却把伪军们吓了一大跳。他们由于一时闹不清这是虚张声势,所以全都乱起来。

过了一阵。

敌人见没人冲锋,知是中了计,又忽忽啦啦地猛追上来。

可是,这时梁志勇他们,已经撤远了。

敌人当然不肯放走他们,便加快了步伐拼命追赶。

这伙送死鬼扑到破窑附近了。

梁永生的匣枪突然吼叫起来。

两个跑在前头的伪军,应声倒下去。

与此同时,小锁柱的匣枪,也哇哇地叫开了。

这突如其来的枪声,直打得敌人蒙头转向乱了营。有的,像热锅上的蚂蚁,团团打转,不知如何是好。有的,像窝倾巢的黄蜂,一轰而散,掉头就跑。看来,在这个节骨眼上,他们除了命,啥也不要了。第一个伪军跌倒了,第二个伪军绊倒了,第三个伪军踩着他俩的身子连滚带爬地朝前跑下去,第四个伪军踩断了另一个伪军带在身上的手榴弹把,手榴弹冒着烟,要爆炸了,那个正要爬起的伪军发出一声惨叫,又在烟尘翻飞中倒下去了。还有的伪军,见跑在他前头的那个吓酥了,跑不快,就一膀子将那个撞倒在地,夺路而逃!正夹杂在伪军士兵当中向后猛跑的阙八贵,听见后边的枪声不多,扭着脖子回头望了望,便向他的喽啰们狂喊大叫起来:

"别跑!"

他跑两步又喊:

"顶住!"

他见这命令不顶屁用,就又一边跑着一边气吁吁地嚷道:

"谁再跑!老子我枪、枪、枪……"

看来,这个老小子本来是想说"枪毙"。可是,他由于一来吓没了真魂儿,二来窜得上气不接下气儿,所以只是"枪、枪、枪"地"枪"了一阵,也没说上个"枪毙"来。

到这时,已经失去了控制而正在狂跑的伪军们,谁还肯听阙八贵的指挥呢?他们还是一步不停地跑着!其实,不光是伪军们争相逃命,就连那个伪军头子阙八贵,他一面在喊别人不要跑,一面自己在拼命地跑,而且是越跑越快,越跑越快。这时候,他正在恼恨他的爹娘把他这两条罗圈腿生得太短了!

不过,汉奸头目儿大概都是这样——他们是光兴自己跑而不兴旁人跑的!你看这个阙八贵,一看他的命令制止不住溃逃的伪军,便真的朝他的喽啰们开了枪!

但是,他这枪声,并没堵住倒退的人流。

正在这时,西边的坟地里,响起嘎勾嘎勾的枪声。

东边的沙河里,又传来一片喊杀声。这喊杀声,和窑顶上、坟地里的吼喊声搅在一起,形成一股巨大的声浪:

"同志们!冲啊!"

"杀呀!"

"伪军们!缴枪吧!"

"缴枪不杀!"

"八路军优待俘虏!"

"活捉阙八贵!"

敌人最怕八路军打埋伏,因为他们已经吃过多次苦头了。这时,伪军们一见腹背受敌,两面夹击,更慌神了!四面楚歌中的阙八贵,也以为中了计,进了八路军的口袋,便一面用上吃奶的劲豁命地跑着,又一面转声转韵地向他的喽啰们叫道:

"糟了!中计了!快向南……"

他嚷着嚷着,被土坷垃绊了一跤,闹了个狗啃蜜,失声地喊了一声"妈"。随后,来了个驴打滚儿,挣着命地爬起来,继续一边跑一边嚎叫:

"我受伤了!快来保护我!……"

其实,这个老小子并没受伤。没受伤为啥说受伤了?那谁知道呀!要不是吓傻了,他就是故意这么说。可是,在这个节骨眼上,那些伪军们,都恨不能一步飞出这个险境,只顾各自逃命,逃命,逃命,谁还顾得去管那阙八贵呢?

就这样,他们滚的滚着,爬的爬着,舍下了六七具尸体,都屁滚尿流地跑远了!

阙八贵呢?他三步一个跤,五步一个滚儿,跟在伪军们的屁股后头,两手捂着后脑勺子,也跌跌撞撞跟跟跄跄地向南跑下去!

被伪军们踢蹬起的尘土飞扬起来,伴随着鸦群般的溃敌向南流逝着。

梁志勇和他的战友们,正顺着道沟向后撤退,忽听背后枪声四起,喊声连天,一阵大乱,便登上高坡朝后张望起来。

志勇望着阙八贵那被尘头缠裹的狼狈相,心中觉着好笑!可是,他想:"这是谁在打伏击来接应我们呢?"他为了弄清这个问题,便领着队伍朝回走来。

梁永生他们,这次打伏击的目的,只是为了把志勇他们接应出来,所以,在放了一阵追腚枪把伪军们赶跑以后,并没去撵那些杂种们。

民兵队长杨大虎,见敌人全夹着尾巴逃跑了,就提着大枪从那条东西道沟里跑过来。他来到梁永生的近前,把那络腮胡子一扎煞,宛如一员得胜而归的战将一样,神气十足一本正经地说:

"报告队长!雒家庄的民兵,前来请求指示!"

梁永生把那支枪口还冒着烟的匣枪往腰里一插,乐呵呵儿地朝前跨进两步,来到杨大虎的对面,先朝大虎那起伏着的胸脯子来了一拳,然后扑哧一声笑出来:

"大虎哥,你多咱学的这一套哩?"

杨大虎的脸似红非红,但依然是郑重其事的,说:

"民兵嘛,就得有点纪律性!"

"好!"

梁永生抓住杨大虎的手,高兴地说:

"大虎同志,你们的任务,完成得很好!现在,我代表大刀队的党组织和同志们,奖励奖励你们这些参战有功的民兵同志们……"

"奖励?"

"大虎同志,你来看——"梁永生一手扶着杨大虎的肩膀,一手挥臂一指,亲热地说,"在那战场上,敌人不是留下六七具尸体吗?那敌人的每个尸体附近,都有一支大枪……"

"归我们?"

"对!"

杨大虎那毛茸茸的脸上,泛起一层兴奋的红晕:

"我代表雒家庄上的全体民兵,谢谢八路军……"

梁永生笑笑说:

"别谢了!你们参战有功嘛!"

杨大虎高兴得像孩子一样,望着梁永生嘿嘿地笑。梁永生拍他一下肩膀,又说:

"别愣着了,快去把枪敛起来吧!"

"是!"

大虎应声要走,永生喊住他又说:

"敛完枪支、弹药,立刻把你的民兵撤走!"

"是!"

永生又一挥臂,大虎飞步而去。

这时节,杨大虎那虎彪彪的背影,在梁永生的头脑中,勾起了一连串的回忆——

那是抗战刚刚开始的时候。

大刀队帮助雒家庄上的人们,建立起了民兵组织。在民兵组织宣告正式成立的当天晚上,有的人从多年的土堆里扒出了大砍刀,在石头上沙沙地磨着。有的人从柴草垛里把盖火枪翻腾出来,用布条仔细地擦着上边的铁锈。第二天,他们在梁永生的具体帮

助下,又支起炉,生着火,叮叮当当地打起砍刀来。在当时,被选为民兵队长的杨大虎说:

"多咱弄到几支快枪就来劲了!"

后来,他们从国民党军那败阵南逃的散兵手里,买到几支步枪。人多枪少,让谁来背呢?他们经过讨论,一致决定,这几支枪先让队长杨大虎和几个班长背起来。那时候,大虎又说:

"以后,咱再向鬼子手里去夺,争取每个民兵都闹上一支……"

现在,梁永生回忆起这些往事,心中不由得暗自想道:"当大虎把这些枪支去分发给他的民兵的时候,那些民兵同志们该是多么高兴啊!……"永生正然想着,忽见大虎转过身来朝他喊道:

"老梁!"

"干啥?"

"你们回俺村去不?"

"不去啦!"

"上哪去?"

"上那去!"

梁永生的手臂朝西北指着。是啊!梁志勇和他的战士们,都向西北方向撤去了,梁永生和小锁柱得赶紧去找队伍取联系呀!可是,大虎刚走,小锁柱就拽了梁永生一把,指着西北方向惊喜地嚷开了:

"哎,队长,你看——志勇他们来了!"

梁永生顺着锁柱的手臂一望,只见志勇他们果然来了!这时候,那些走在道沟中的便衣战士们,一边急匆匆地朝这边走着,一边东张张,西望望,显然是正在寻找接应他们的战友们。

小锁柱兴奋得耐不住了!

他纵身跳入道沟,扎煞开胳膊,像只小燕似的扑上前去。他腿在飞快地跑着,手又摘下头上的帽子,抡着,喊着:

"梁志勇！分队长！"

那边,志勇和战士们,也一齐喊起来：

"锁柱！"

"小王！"

"王揣摸！"

这些呼喊的人群,舞动着手臂,飞奔过来。

他们在道沟中见面了。

志勇和锁柱一见面儿,亲热得啥也顾不得说,两人紧紧地搂抱在一起。

这时节,两个人的四只眼睛对视着,长久地直瞪瞪地对视着,仿佛双方都是第一次见到对方。

大刀队的战士们,忽啦一声拥上来,将志勇和锁柱围在当中。人们七嘴八舌地嚷着：

"锁柱！你从哪里冒出来的呀？"

"锁柱！你的伤好了吗？"

"锁柱！那伏击是你打的？"

"锁柱！你还真有个揣摸劲儿哩！"

"锁柱！……"

锁柱和志勇松开了。

他扑闪着两只水汪汪的大眼睛,笑望着他周围的战友们。战友们那一张张激动、兴奋的笑面,也都在盯着小锁柱。锁柱的眼珠子一骨碌,顽皮地说：

"我要有这个揣摸劲儿呀,早弄个队长、副队长的干干喽！"

小锁柱这句俏皮话儿,再加上他那洋相百出的眉眼,把他的战友们全都逗笑了。

梁志勇伸出他那只赛个小榔头般的大拳头,朝锁柱的膀头捣了一下,笑咧咧地说：

"瞧你这个洋相包!"

志勇这一拳,差一丁点捣在锁柱的伤口上。志勇见他微微一皱眉,心中猛然醒了腔。他带着满脸的懊悔神色,抱歉而又心疼地问道:

"呀!锁柱,你那伤……"

锁柱没留心志勇的表情,也没注意志勇的话,只见他扭过头去,朝后张望着,张望着。

他望啥呢?

人们正纳闷儿,忽见锁柱眉梢一挑,又挥臂往后一指,喜气洋洋地跟大家说:

"哎!你们看——"

十多个人,十多双眼,一齐朝锁柱指向的地方望去。只见,在那高高的道沟崖上,有一位精神抖擞、身材魁梧的人,正然昂首挺胸地跨着步子,虎势彪彪地朝这边走过来。那个人,一边向这边走着,一边笑眼眯眯地向这边眺望。

可能他已经发现人们正在打量他了,他高高地举起胳臂,在阳光的照射下,向这道沟中的人群招手致意。

人们终于看清了——这位正向他们走来的彪形大汉,原来不是别人,正是他们怀念已久的领导人——梁永生。

这时候,人们都心花怒放,热血沸腾,压也压不住的激动在腹腔中膨胀着。接着,全都乐不可遏欣若狂地呼喊起来:

"梁队长!"

"梁队长!"

"梁队长!"

"梁队长"这三个字,从十来张热烘烘的口中,同时喷发着。

兴奋的情绪激荡着天空。

火热的眼睛盯视着前方。

就在人们又是看、又是想、又是招手、又是喊的当儿,又忽忽啦啦地全都开了腿。他们像撒了欢儿的马驹那样,跑中有跳,跳中有跑,跑呀跳,跳呀跑,一齐朝着梁永生飞奔过去!

这时梁志勇的心情,当然是和同志们同样兴奋,同样激动,甚至可以说,而且也必然是,有过之而无不及。可是,事情也怪,他在这惊喜若狂的当儿,又突然莫名其妙地愣了一下儿!

他为啥愣了一下哩?

当然是有缘故的——

那是一个霜花飘洒树叶悄然下落的冬夜。辽阔的大地喷放着凉气,蓝空的星月闪烁着寒光。天,就像一块无边无沿的大冰凌罩在头顶上;地,正在被霜花、落叶覆盖起来……

大刀队的战士们,就在这样的时刻进了雒家庄。

他们是悄悄进村的。进村后,他们没有惊动任何人,便按照预定计划走进了村头上那座龙王庙。

他们走进这龙王庙要干什么?

要在这里安宿过夜!

哟!这是怎么回事儿——他们为什么不去找个房东,而要在这破庙里安宿过夜?噢!他们是怕惊扰正在安歇的阶级弟兄吧?我们的许多部队,出于这样的动机,不是曾多次街头露营吗?

不!今日大刀队所以要在庙中过夜,其主要原因,还不是为了这个!

那么,其主要原因是啥哩?

是因为:当前的斗争形势十分复杂,环境极端恶劣,再加上他们已有十几天没到这村来了,对这村近日来的情况变化一无所知,因而他们生怕闯进村去走漏了消息,引出预料不到的麻烦……

可是,这座破庙之中,除了只有四面挡风的墙壁而外,是既无热炕,也无铺盖,所以把战士们全冻坏了!他们,将那冻疼了的手,放在自己的嘴上哈着热气;将那冻木了的脚,相互伸进战友的怀里暖着。

暖脚暖手不如暖心。

用什么来暖战友的心?

对这个问题,如今肩负着大刀队领导担子的梁志勇,是有着丰富的实践经验的。长期以来,一到困难的时刻,梁志勇就跟战友们讲述毛主席关怀战士、关怀群众的故事,用毛主席那光辉高大的形象,用毛主席那亲切的面容,来温暖战士们的心。他还经常讲述红军二万五千里长征的故事,用红军的老传统,来鼓舞战士们坚持下去。今天,人们听完志勇讲的故事,全把冷忘了,不大一会儿就囫囵打囫囵地睡过去。

惟独志勇没有睡意。

因为,他感到肩上的担子沉重,心中的压力太大了!这时候,有许许多多的难题,正在他的头脑里纠缠不休。搅得他,翻个身儿,睡不着;再翻个身儿,还是睡不着!

于是,他索性爬起身,坐在高高的门槛上。

一轮黄乎乎的月亮正挂在天心。

月光透过庙宇顶子上的大窟窿射进庙堂,洒在战士们的脸上、身上。

战士们正然鼾鼾沉睡。

梁志勇扑闪着一双沉思的眼睛,就着月光巡视着那一张张熟悉的面孔——他这些生死与共、同甘共苦的战友们。

他只见,有的同志,头下枕上块半头砖,眼皮一合就打开了呼噜。有的同志,脊梁倚着墙,怀里抱着枪,坐在那儿睡上了。还有的同志,睡下以后不时地吧吱吧吱呱嗒嘴,好像正在吃着什么可口香甜的东西。也有的同志,平日里很老实,可他睡着以后又很不老实,一忽儿把胳膊压上这个战友的前胸,一忽儿又将腿扔在那个同志的身上。

最有意思的是小胖子。

他醒着一天到晚不住嘴,睡着了,嘴还是一点不闲着。一会儿咯吱咯吱地咬牙,一会儿又抿着嘴儿笑了。过一阵儿,又迷里蒙眬地说起梦话来:"对……找着县委……那可好了……"

炮筒子睡觉最老实。

他平铺铺地坐在地上,啥也不倚不靠,两条胳膊抱住一对膝盖,下巴颏儿拄在胸脯子上,不声不响地进入了梦乡。你别看他醒着时说话粗声粗气的,可他睡着后,却安详得连喘气都几乎听不见了。

梁志勇望着这些比亲兄弟还要亲的战友们,心里一阵阵地发热,忽而又一阵阵地发冷。

他觉着,这些战友们,虽然年龄有大有小,个子有高有低,长相有胖有瘦,可是个顶个地都是好战士。他们,平常日子能吃苦,打起仗来敢拼杀,实在太可爱了!

在素常里,全像一头老黄牛,给他轻载拉轻载,给他重载拉重载,为了抗日救国的事业,他们忍饥忍寒不吱声,吃苦耐劳面挂笑。一旦和敌人接上了火儿,他们又都变成了小老虎儿,只要指挥员一声令下,全都迎着子弹上,冒着硝烟冲,前头的同志倒下了,后头的同志又扑上前!

志勇一想起这些,觉着眼前这些战士,是革命的宝,是自己的命;只有有了他们,才有抗战的胜利,才有革命的成功!

可是,他眼望着这些战士,突然一转念,又想起了过去大刀队的几十号人在一起宿营的情景。这时,他觉着眼前这十来个战士,越瞅越少,越瞅越少……接着,他那股热滚滚的心情,刷地凉下来,直凉得心里一阵阵地发冷!

继而,他便情不自禁地自语道:

"现如今,大刀队的领导同志们,调走的调走了,牺牲的牺牲了,我几次找县委又没找到,整个大刀队的领导责任,落在了我这个小孩子身上……"

他越想越觉着担子重,压力大!

后来,他在不知不觉中,打了个蒙眬。

就在这个蒙眬中,他做了个梦,梦见爹回来了,并坐在月光下和他谈话,教育他说:

"志勇啊,我们进行的战争是持久战。战争中,会出现曲折,会遇到困难,甚至会遇到极端的困难。越是在这样的时候,越要看清前途,越要增强信心,越要提高勇气啊……"

这段话,是爹在去升主力之前,爷儿俩交谈学习毛主席著作时谈的。当他从梦中醒来以后,曾经这样想过:"要是爹真的再回到大刀队来,那该多好啊!"因此,他方才那一愣之际,是心中正在惊疑:"呀!莫非真是爹又回来了?还是我又在做梦?"可是,说句实话,在他还没有判明是不是做梦之前,他那两条腿就自动地和人们杂在一起跑开了!

梁志勇来到爹的面前了。

他脚跟一并,打了个敬礼,端端正正地站在一旁。这位车轴汉子挺身一站,使人感觉着仿佛是他的脚下已经在地里扎了根,就算来一阵十二级的大风也刮不动他!这时候,只见他用左手按住正在摆动的手榴弹兜儿,宽宽的胸脯儿起伏着,脸上挂着愈泛愈浓的笑容,豁豁亮亮的笑眼中汪着兴奋的泪花。

这当儿,志勇觉着心里有千言万语要跟爹说,可是他那不受使唤的嘴,一时又啥也说不上来。所以,只是扑闪着一双长睫毛的笑眼望着爹的面容,张着个大嘴嘿呀嘿地笑。

他那颗心啊,在剧烈地跳动着。

诚然,这时的梁永生,心情也是兴奋的,激动的。

其实,当他远远地望见梁志勇和大刀队的战士们的时候,他那股兴奋的心潮,早就升腾起来了!谁知,他真的来到同志们的面前了,目光在战士们的脸上走过一遍后,觉着心里猛地抽动一下儿,那股兴致勃勃的心情,又刷地消逝了!

这是因为什么?

因为永生望见,眼前这一张张熟悉的面容,比原先都黑了,也瘦了!在这些战友们的衣装上,既有泥土,又有血迹,还有火烧的窟窿和子弹穿的枪眼儿!显然,这一切,明明白白地告诉永生:这些日子里,这些战友们,是在极其艰险的环境中度过的!

梁永生面对着这种情况,忍住心中那又是难过又是赞许的情绪,伸出他那粗大的手掌,搭在梁志勇的肩上,并用一双兴奋的眼睛笑望着大家,爽朗地说:

"同志们!你们辛苦啦!"

"不辛苦!"

战士们笑韵洋溢地齐声回答着。

须臾,梁永生又将他那热乎乎的手掌,移到小胖子那肥突突的肩上。与此同时,他那双含情露笑的眼睛,喷射出两条炽热的视线,在小胖子那神飞色舞的脸上,一圈儿又一圈儿地打着转儿。

这个被人称做小胖子的王海生,是个渔家子弟。他的老家,住在渤海边上,自幼就跟着父亲出海打鱼。"七七事变"后,他的母亲和妹妹,被日本鬼子的炮弹炸死了。此后不久,他的父亲,也不知是因为什么缘故,又被渔霸加了个"罪名",扔下海去……

小胖子忍无可忍,杀了渔霸,投奔了八路军。

这话,已是两年多以前的事了。

这位带着报仇思想走进革命队伍的小胖子,在两年多的时间里,经过党的教育,使他开始树立起了自愿为祖国的利益、为人民的幸福而战斗的思想,并作出了为了革命事业而牺牲自己的一切的准备。因此,他现在从内心里乐意永远当一个革命的战士,而且,他还从内心里爱上了这革命战士的战斗生活。

目下,梁永生眼望着小胖子的面容,只见他和其他战士们一样,尽管也比从前有些消瘦了,可是,那旺盛的战斗精神,并未减退分毫!

仅此一点,就使永生十分兴奋。

梁永生大概是由于过分激动的缘故吧?你看,他那宽阔的前胸,这时正在紧张地起起伏伏。稍微沉静了一下,他的手从空中往下一压,使情绪沸腾的战士们静下来,说道:

"同志们!你们这个突围战,打得很好!"

战士们宽慰地笑了。

炮筒子含着笑韵道:

"还不是多亏了你们打接应?"

永生摆摆手,认真地说:

"不是!我说你们打得好,是说你们打得勇敢,打得顽强;灭了敌人的志气,长了我们的威风!"

有人问:"梁队长,你怎么来得这么巧啊?"

永生说:"县委派我来找你们了!"

大家一听这话,再次沸腾起来。在这样的时刻,一股过分激动的心情,使得战士们几乎忘记了一切,只知道高兴。你瞧,他们都在纵情地喊、笑、跳,叫人猛乍一看,就像一帮天真的娃子那样。

在这样的时刻,战士们那一双双笑芒四射的眼里,都汪满了闪闪发光、滚滚打转的泪珠儿。

这是激动的泪珠儿!

这是兴奋的泪珠儿!

在这又激动又兴奋的泪珠中,正在喷发出一股股按压不住的、火焰一般的热情,也正好反映出战士们那充满了自豪感、幸福感的喜悦心境。

几个战士同声道：

"我们成天价找县委呀！"

梁志勇就劲儿接舌插言道：

"我们这一时期没找着县委，活像一伙儿没娘的孩子……"

喝着苦水长大的梁志勇，自从参加革命以后，他那种与苦搏斗的坚毅、顽强的性格，有了很大的发展，并且起了质的变化。今日的梁志勇，已经成了这样一个人：只要是为了革命的事，对他自身吃的苦，一向是吃苦不觉苦，受苦不诉苦；他对为革命而吃苦，具有一种惊人的意志力量！可是今天，他一说到没找着县委的事，又一想到因得不到县委的领导而吃的苦头，却说着说着眼圈儿变红了，湿润了！

梁志勇的这种说法，代表着战士们急于找到县委的共同感情；他这种神态，又激起了战友们思念党的领导的心情。因此，小胖子紧接着志勇的话尾引申地说下去：

"俺这伙找不着娘的孩子，这些日子就像没了主心骨一样啊！"

梁永生深表同情地点着头：

"县委完全理解你们的心情，在这以前也曾几次派出人来找你们，可是，都没和你们取上联系。我到县委报到时，县委书记方延彬同志，饭没吃完就和我交代任务，要我立即起程，连夜出发，赶快来找你们。我临行前，他再次嘱咐，见到大刀队上的同志们以后，要我代表县委问候你们……"

战士们听后，那股兴奋的劲头儿达到了新的高潮。他们七嘴八舌地说：

"县委太关心我们啦！"

"我知道县委准挂着我们！"

"党嘛，就是母亲，咋能不挂着她的孩子们呢？"

这当儿,永生东看西瞅地撒打了一阵,问道:

"志勇,咱大刀队的那些同志……"

永生一问这个,战士们的情绪突然落了潮。志勇眼里那兴奋的泪花也蓦然失去了光彩,他泛指着身边的十来名战士,以沉重的语气说:

"所有的同志都,都,都在这里!"

志勇这句话,在永生的感觉中,仿佛一字足有千斤重;又仿佛,有千万根锥子,扎进他的心中!这是因为,梁永生的脑海里,目下正在浮现出一张张熟悉的面容……

志勇说完这句话后,也在拼命地收缩着面颊上的肌肉,极力忍受住正在袭来的苦痛,极力控制着正要张落下来的泪水……可是,一忽儿,他的感情再也不受他控制了,便一头扎在爹的怀里。

梁永生当然知道现在志勇是啥样的心情。可是,他觉着眼前不是作思想工作的时机,所以啥也没讲,只是将志勇的头扶了起来。

这时,他仔细一瞅,又发现志勇的眼里闪射着顽强的光亮,这说明残酷的战斗并没能熄灭一个共产党员的英气,艰难困苦也没能压服为祖国而战斗的战士们。这使得梁永生的心里又是一阵高兴。接着,他把自己又调回大刀队的事告诉给同志们,尔后,又以乐呵呵儿的语气另起话题说:

"你们藏得真严呀,还怪难找哩!"

"你找我们好久了吗?"

"是啊!要不就说难找啦?"

"你到哪村找过?"

"唔!要说到过的村子吗?可多啦!"梁永生扳着指头说,"龙潭街,宁安寨,马厂,于庄,十里铺,贾庄,宋庄……"他又向东南一指说,"就连这个关庄,我和锁柱今天早上还去过一趟哩!"

一位战士惊奇地问：

"怎么？今儿早上你们上关庄去过？"

"就是嘛！"锁柱插言道，"我们从关庄出来，又串了几个村子到了雒家庄。谁知，我们正要出雒家庄，就见阙八贵领的那伙子敌人进了关庄。不大一会儿，你们就跟他们接上火儿了！……"

"说来也真蹊跷！你们明明就在关庄住着，我们进村打听了一顿，怎么连一点气信儿也没扫问出来呢？"

梁永生说罢，将那双巡视的目光停在志勇的脸上。显然，他这是要志勇对他这个疑问作出回答。志勇笑了。解释说：

"脚下环境太恶劣了！我们半夜三更扎进村去，不声不响地住到一个户家，严密封锁消息。不用说村里的群众，就连隔墙邻居，对门舍户，也都尽量不让他们知道我们住在哪里……"

"真严呐！"

"不严不行呀！就这么严，还三六九地被敌人发现哩！就说今天吧，不就是这样吗？"志勇说，"因为这个，如果我们不需要搞东西吃，进村住上一夜，有时那村的人没有一个知道……"

"叫你这一说玄了！"锁柱又说，"房东能不知道？"

"不玄！"志勇解释说，"我们进村后，还有时不到户家去……"

"在哪住？"

"就找个草棚、车棚或者破庙睡上一觉儿，解解乏，不等天明，又神不知鬼不觉地走了！……"

永生听了志勇和锁柱这段对话，觉着志勇他们这个做法不大对头。在永生看来，应当是：环境越恶劣，斗争越复杂，敌我力量悬殊越大，越要和群众保持密切的联系。这个问题，他打算以后找个机会，跟志勇谈谈。因此，现在他只是说：

"这里不是谈话的地方。咱们走吧！"

"是！"

志勇挺身站直：

"往哪走？请队长发布命令！"

永生说：

"我才来，不了解情况。往哪走，你决定。"

你看，现在的永生和志勇，俨然是一种战友之间的上下级关系。如果让不了解情况的人见到这种场面，谁能猜出在他俩之间还有一层父子关系呢？

这时，志勇的嘴角上，添了一丝微笑，向爹应了一声"是"，又转过身去，向战友们宣布道：

"同志们注意！现在马上要出发。路线是：由此向北，到前杨庄西洼，顺着通向后郑庄的交通沟，折向东北；到后郑庄北洼，再顺着通向十里铺的道沟，折向西北；到十里铺南洼，沿着通向万老庄的道沟窝回去，照直插向正东……"

志勇部署完了行军路线，又侧过身来向锁柱说：

"你做后哨！"

"是！"

"任务是防备敌人追上来！"

"是！"

锁柱应着，打了个立正。

队伍出发了。

每个战士之间，都拉开了十来步远的距离。因此，这支只有十多人的小队伍，却摆成了长长的一大溜。

梁永生这个人，只要和战士们在一起，战士们就觉着浑身产生力量。今天，在这支小队伍里增加上了他，在人们的感觉中，仿佛不是增加了一个人，而是将队伍的战斗力，增加到了任何敌人也不可战胜的地步。

你看！正在行军的战士们，一边走一边不时地回头望望永生，因为他们觉着,只要永生跟在后头,自己心里就有主心骨。

再说而今走在自己的队伍行列中的梁永生,也觉着浑身是胆,信心倍增。因为他从自己的经历中早已深深体会到,一个人的力量是很有限的;一个人离开了党的领导,离开了那些志同道合的战友和阶级弟兄,不论这个人的决心多么大,本事多么强,到头来,他必将一事无成。目下,他和志勇走在队伍行列的尽后头,一边撒出两股热光笑望着自己的战友们,一边正和志勇且走且谈。永生问志勇道:

"哎,志勇,今儿早上,你们是咋被敌人发觉的?"

梁志勇说:

"我也正纳这个闷儿!我们是夜来后晌二更天进入关庄的。今儿一早敌人就扑上来了!……"

梁永生说:

"这里边,八成有个什么名堂!"

梁志勇说:

"是啊!我也这么想。可是,想了老半天,也没想出个道道儿来!"

沉默了一阵。

梁永生又问:

"哎,志勇,敌人怎么总是咋唬着要捉拿我哩?"

"这,这……"

志勇"这这"了一顿,也没"这这"上个子丑寅卯来,却扑哧一声笑了。

永生问:"你笑啥?"

志勇说:"我笑我呗!"

永生又问:"笑你啥?"

志勇笑道:"笑我傻!"

随后,志勇向爹讲述了这样一个情况——

过去,梁永生领导着大刀队在这一带活动时,由于认真贯彻执行了毛主席关于游击战争的战略战术原则,处处按照党的指示办事,所以打了许多胜仗,杀出了大刀队的威风。

因为这个,这一带的敌人,对梁永生这个人物,既恨之入骨,又闻名丧胆。现在,在这敌我力量悬殊,斗争形势极端困难的情况下,梁志勇他们这一伙儿,就琢磨出一个"巧法儿"——打出了"梁永生"的旗号,用它来吓唬敌人!

现在永生听了,觉着心里好笑。

梁志勇自己,也说着说着笑了。

梁永生好奇地问:

"你们这一招灵不灵?"

梁志勇涨红着脸说:

"开头灵!因为敌人一时摸不着真底儿,我们利用敌人的胆怯心理,打着你的旗号还真打了几次漂亮仗呢!可是后来,大概敌人也怀疑我们是冒名的假'牌号'了,我们这个'巧法儿',就越来越不灵了!……"

这时梁永生想:"志勇他们,在暂时和领导失去联系的情况下,能够独立作战,坚持斗争,想着法地对付敌人,这种精神是可贵的。"于是,他对志勇他们想着法儿地跟敌人斗争的精神,鼓励了几句。

他这一鼓励,却闹得志勇更不好意思起来。

沉静了片刻。

梁志勇问道:

"今后咱该咋办?"

梁永生说:

"今后咋办,猛孤丁地我也说不上来!"

他抽了口烟,又说:

"不过,在今后的斗争中,应当掌握什么原则,县委倒有明确指示——"

"啥指示?"

"等咱们站住脚,开个支委会,我向你们传达传达。"

"好!"

"到那时,你们再向我汇报汇报咱这个地区当前的斗争情况……"

"对!"

"这样,有了上头的'精神',有了下头的'底数',大家伙儿再呛呛咕咕一讨论,那个'今后咋办'的答案也就出来了!……"

志勇是多么渴望县委的指示啊!

因此,他又要求爹说:

"爹,我要求一件事情行不?"

"啥?"

"你把县委的指示,先向我讲个大概吧?"

讲不讲呢?永生沉思起来。

这当儿,有个亲切的声音,响在他的耳边:

"永生同志,你们这个大刀队,既不是区中队,也不是县大队,而是在县委直接领导之下的一支特殊的游击队。所以说它是个特殊游击队,是因为它担负着特殊的战斗任务……"

"知道。"

"对啦!这些你都知道,我就不作详细交代了。需要向你交代的是:县委对大刀队的活动区域,作了一下调整——从前,不是只包括河东、河西两个区的各一部分吗?如今,又增加上了枣林、梨园两个区的各一个角儿,地面扩大了。另外,还给你们这个跨区越界的活动区域,改了个新的代号儿……"

"叫啥?"

"叫'临河区'!"

"县委的意图是……"

"县委的意图是:不让敌人摸清我们的行政区划。因此,你到任后,要把'临河区'这个迷惑敌人的旗号打出去,把'区长'的牌子也亮给敌人……"

"亮谁?"

"别人那有谁呀?就亮亮你这'梁永生'三个字呗!"

"我这次回去的任务是啥?"

"任务嘛,我打个比方:你,好比是从一片烈火中取出的一颗火种,一颗革命的火种。而今,根据形势发展的需要,党决定再把你放进那片烈火中去,把那片刚刚遭了一场暴雨的烈火点得更旺……"

这些话,是永生来上任前,和县委书记的一段对话。

今天,他一边走路,一边回想着方书记这些语重心长的话语,在头脑中,又闪现出了那位和蔼可亲的领导者的微笑面容。特别令人难忘的,是方延彬同志故意用这笑容掩盖着的那沉重的心情,还有他那种只有对自己的同志才会有的热切期待和充分信任的眼神。他那无声的眼神好像正在向永生说:

"老梁同志啊,我相信你一定能够完成这项艰巨任务!"

永生从接受了这项任务那天起,心就立刻飞回了"临河区"。多少张喜气洋洋的笑脸,多少激动人心的话语,在他的眼前晃动,在他的耳边回响,在他的心里聚成一股强大的力量,使他又生出一种坚强的决心和信念:"坚决完成党赋予我的这项光荣使命!"

可是,怎么去完成呢?

又靠什么去完成呢?

靠毛主席的教导,靠党的指示,靠人民群众——这就是梁永生在到任之前想了一路得出的结论。

现在,他面对着迫不及待地渴望知道县委指示精神的小志勇,心中蓦地闪过这样一个念头:"将县委的指示精神先跟志勇透透气儿也好。要不,在这样恶劣的环境中,一切不测事件都是随时可能发生的!志勇知道了县委指示精神,也免得……"永生想到这里,便向一直用期待的目光望着他的志勇说:

"我先将县委的指示精神,跟你说个大概的轮廓吧!到党支部会议上,我再作全面的传达……"

梁志勇高兴了:

"那太好啦!"

梁永生说:

"好是好,但有个条件——"

梁志勇问:

"啥条件?"

梁永生说:

"你听了以后,要动动脑子,对如何贯彻执行县委的指示想些点子,提到支委会上去研究……"

"行!"

随后,梁永生便有条不紊地向志勇讲开了。

在他俩边走边谈的当儿,走在他们身后的小锁柱,腿不由主地加快了步伐。

他要干什么?

他要听听永生和志勇的谈话。

这也许是由于小锁柱的年龄所决定的,他在精神上,有一种贪馋的特质,总想从外界吸取一些营养。除此而外,还有一点,这就是,在小锁柱的心目中,梁永生不仅是个领导者,还是一个父辈人物。小锁柱,一向敬慕像梁永生这样的领导人,更爱听他那头头是道娓娓动听的谈话。大概就是因为这个,今天永生和志勇在行军路上的交谈,一直在强烈地吸引着小锁柱,使得他不由得凑近些,再凑近些……

就这样,他原来在距永生四五十步远的地方,三凑两凑,眼时下已经凑到梁永生的身子后头来了。

永生听见脊梁后头有人沸儿沸儿地喘气,回头一望,见是锁柱,笑了笑,没说啥,转回头,又继续讲了下去。梁志勇也理解锁柱的心情,所以也没责备他"失职",只是提醒他说:

"锁柱,可别忘了你的任务啊!"

志勇拿话一点,锁柱醒了腔。

他吐一下舌头,尴尬地留住了步子。

可是,不大一会儿,他不觉不由得又凑上来了。

梁永生望望锁柱,笑着说:

"锁柱,又忘啦?"

志勇瞟瞟锁柱,也笑了。

锁柱再次留住步子。

梁永生接上方才的话头儿,又说下去:

"关于县委的指示精神,就先谈到这里吧。我想今晚上开个支委扩大会,再作详细传达,你看怎么样?"

"好哇!"

"扩大哪些人参加呢?"

"你说吧!"

"我不了解情况,还得你先说。"

"我看,是不是让沈万泉同志参加这次会议?"

志勇一提到沈万泉,使永生想起了杨大虎跟他谈的那些情况,于是问道:

"哎,志勇,听大虎同志说,沈万泉到黄家镇据点上去当伙夫了……"

"嗯。"

"真的?"

"真的。"

"你知道这回事?"

"知道。"志勇说,"是徐指导员派进去的。"

"派进去的?"

"对啦。"志勇说,"情况是这样——那时节,黄家镇据点上的汉奸头子乔光祖,听说沈万泉有一套炒炒煎煎的好技术,就派人来'请'他到据点上去当伙夫。老沈同志呢,当然不愿去! 于是,他当即决定出去躲一躲。在临走之前,他特地找到咱大刀队的指导员徐志武同志,说明了敌人逼他上据点的情况,并谈出了自己的打算……"

永生插嘴问道:

"徐指导员怎么说的?"

梁志勇摹声绘影地说:

"徐指导员还是那种老习惯——先淡淡地一笑,而后一句三顿地说:

"'叫我说,他既然来请,你就去。'

"'去?'

"'去。'

"'不!'

"'咋?'

"'那不等于当了汉奸?'

"'不,不等于当汉奸。而且,等于继续做抗日工作哩!'徐指导员又淡淡一笑,'借此机会,你打进敌人的内部,对咱们的抗日救国事业,能起到一种特殊的作用。当然,这是有风险的! ……'

"'风险我倒不怕!'老沈说,'我怕群众说七论八!'

"'怕背黑锅?'

"'对啦!'

"'黑锅嘛,是难免要背一背的。'徐指导员说,'共产党员嘛,是干啥的?干革命嘛,先得不怕死!死都不怕了,还怕暂时背黑锅?……'经过指导员的开导和教育,沈万泉同志最后笑着说:

"'听党的!'"

梁永生听了志勇这段原原本本的叙述,恍然大悟地点着头:

"噢!原来是这么回事儿!"

他抽了口烟,又说:

"怪不得杨大虎说沈万泉'汉'了!"

"这件事,谁也不知道。"志勇解释说,"当指导员跟沈万泉谈话时,只有我在场……"

志勇说到这里,永生心里那块悬石落了地。

沉默了一会儿,志勇又另起话题说:

"我再向你汇报汇报余山怀的情况吧——"

永生很重视这个问题:

"好!你谈谈吧。"

"在指导员牺牲的那次战斗中,余山怀被俘了……"

"这我知道了。"

"锁柱告诉你的?"

"对。"永生说,"他被俘以后怎么样了?"

"叛变了!"

"叛变了?"

"嗯!"

像余山怀这类人物,在被俘以后,叛变革命,叛变祖国,成为可耻的叛徒,这是不足为奇的!可是,永生现在再次想道:"余山怀是像志勇说的那样——在被俘以后叛变的吗？他会不会早在'被俘'之前就已经成了内奸？……"他一想到这里，心弦又立刻抽紧了。大概正是因为这个缘故吧？梁永生的语气里破例地带上了几分急迫的味道：

"你谈谈他叛变以后的情况！"

志勇摇头道：

"谈不出来！"

永生追问着：

"你就只摸到这么一点情况？"

"嗯。"

"这个情报准不准？"

"准。"

梁永生沉思着。他久久地沉思着。

过了一阵，梁志勇以请示的口气又提出一个新的问题：

"今晚上的支委会，在哪里开呢？"

永生从沉思中醒来，顺口答道：

"你先拿个意见。"

志勇一边想着一边说：

"根据目前的局势，在村里开会更不安全。"

梁永生点头道：

"嗯。我同意这个看法。"

志勇想了一阵儿，一面走着一面说：

"咱该找个大松林作为会议地址——"

"哪个松林合适？"

"白眼狼那个松林怎么样？"

"为啥要选那个地点？"

"一是那个地方离敌人的各个据点都比较近，更不会引起敌人的注意——"志勇向白茫茫的雪野瞭望一眼,又接下去说,"再是那个地方的地形地物比较理想,万一发生了敌情,顶也罢,撤也罢,都比较好办……"

梁永生听完志勇的陈述,往后推一下帽头儿,一面走一面抽烟,沉思了片刻,尔后点点头说:

"嗯。好。就这样定啦。"

随后,他们又谈起如何和沈万泉取上联系的事,谈起如何发展队伍的事……

梁永生一边带领着队伍向前行进,一边跟志勇谈论,还一边不时地向四外瞭望着。

四野里,一片银白。

银白的雪野,千里无垠,显得异常辽阔,异常清新。

淡蓝的天空,很高很高,依然寒流滚滚。在那遥远的天边上,有条花串般的云带。云带被阳光一照,正在闪射着五光十彩。

东风吹来了。东风带着一股微微的暖气,正在徐徐地吹拂着大地。

树枝上的雪花,变成了晶莹的水珠儿,闪闪下滴。雪后清晨的旷野,经过朝阳的照射,东风的吹拂,散发着醉人的气息。这醉人的气息,驱散了梁永生连日来为找队伍而到处奔走的疲劳,使他顿时感到周身轻松,心窝舒畅!

第四章　战火中的支委会

一更时分。

天空里布满一块块的疙瘩云。月亮从云块里钻进钻出,好像在故意跟人们开玩笑似的。大刀队的战士们,在队长梁永生的带领下,踏着忽明忽暗的月光走出一条道沟,鸦雀无声地进入一片密松林。

他们要在这里开会。

志勇根据队长的命令,先派人和龙潭街的民兵取上联系,而后又对松林四周的岗哨设置作了一番周密部署,梁永生到任后的第一次会议,便准备开始了。

这是一次支委扩大会议。

这次应当参加会议的,总共四个人:梁永生,梁志勇,王锁柱,沈万泉。

现在,沈万泉还没来到。

这个作为会址的松林中,有四棵高得出眼的古松。四棵古松之间,有个大理石的石桌。石桌的四面儿,还都设有石凳。永生他们三个人坐下后,志勇请示永生道:

"咱等不等老沈同志?"

永生没有当即回答。他透过松枝望了望天空的星辰,又屏住气听起四外的动静。四外,鸡不叫,狗不咬,只有松林在发着轻微的涛声。这时,永生的脸上渗出一层淡淡的、不易被人察觉的焦急神色:

"天到这时了,怎么还没来呢?"

他自语了一句,又问志勇:

"你跟他怎么约定的?"

志勇皱皱眉头:

"若按约定的时间,该来了!"

小锁柱也有点不安地插嘴道:"是不是路上……"他说了个半截话儿,便将话头收住了。这显然是,在他看来,话一说到这儿,旁人就能领悟出他的意思,不必再说下去了。

这一阵,梁永生一直箍着嘴,没再做声。观其神态,仿佛是,他目下正在自己跟自己悄悄地商量着什么。他这个主持会议的支部书记一不说话,参加会议的志勇、锁柱也闷了宫。这么一来,闹得整个松林异常宁静,只有远处的据点上,偶尔传来刺耳的冷枪声。

过了一会儿,梁永生这才带着分析的口吻说:

"老沈同志,身在'虎穴',出进不是那么容易的。咱们再等他一会儿吧!"

他说到这里,先看了锁柱一眼,又将视线从锁柱身上移向志勇,然后变换一下口气接着说:

"咱是不是抓紧这个空儿,先由你俩谈谈情况?"

"那也好!"志勇说,"我先说——"他说着捅了小锁柱一把,"伙计,我说完后,你作补充。"锁柱点点头。志勇便滔滔不绝地陈述起当前敌我斗争的情况来。这当儿的梁永生,静静地坐在一旁,将小烟袋插进烟荷包里,一边捻捻搓搓地装着烟,一边听着,思索着。

一霎儿。他把烟装好了,想要点烟时,蓦然意识到,在这四邻不靠的松林之中,不能出现火光。于是,又将烟袋插在腰带上。可是,永生有这么个习惯:一到用脑子的时候,他那只手就不自觉地去摸烟袋。因此,不多时,他那根刚刚别在腰里的烟袋又拔出来了……

志勇把这个地区的当前形势讲完了。

他在结束他的发言之前,是用这样一句话来收尾的:

"总而言之,我们当前面对的局势是:抬头见据点,低头是公路,我们活动的地盘儿越来越小,处境极端困难呀!"

客观事物的一些现象给人们的直接感觉,一般说来大体是相同的。可是,由于人们有着不同的思想感情和不同的思想方法,使得人们对同一客观事物又会产生出不同的反映,进而得出形形色色的结论。

就拿当前的敌我斗争形势来说吧,梁永生当然也认为是艰苦的,困难的。在这一点上,他和志勇是相同的。可是,他在认识到困难的同时,懂得困难并不可怕,可怕的是害怕困难;还认识到经过我们的斗争,困难是能够克服的。他基于这样的观点,所以对当前形势的估计是非常乐观的,信心十足的。在这一点上,他和志勇又是不大相同的。

在对问题的认识上发生了差距时,怎么办呢?当然是应当进行说服,达到统一。梁永生作为领导人,显然更不会忽视这一点。

不过,今天的梁永生,尽管对革命的道理已经懂得很多了,可他在跟别人谈论什么事情的时候,从来不喜欢用一些空空洞洞的名词讲一大串串道理,而是习惯于用一些具体事实来阐述自己的论点。这一点,他是从县委书记方延彬那里学来的。

和永生相处得比较久的同志都知道,他不论讲述一个什么观点,常常是一张口就举例子,要不就打比喻,算细账。

今天,他听了志勇的论调以后,是先从这里说起的:

"如今,敌人的据点越安越密,公路越修越多,这确乎是个事实。不过,对这个问题,要有个正确的看法——"

他把手掌举起来,指着手心说:

"不能光看到这一面——"

他将手掌一翻,又指指手背说:

"还要看到它的另一面——"

他习惯地停顿一下,又说:

"也就是说,既要看到对我们不利的一面——好去克服它;也要看到对我们更加有利的另一面——为的是好去利用它!"

"还有更加有利的一面?"

"当然喽!"梁永生盯望着志勇说,"我举个例子吧——从前,你不是跟白眼狼的狗腿子们打过一回架吗?当时,他们好几个人围着你,你虽会点武功,但很难取胜;后来,你一跑,他们一追,将他们的一个人蛋,拉成了一条长线,不是叫你一个一个地全收拾了吗?"

志勇不以为然地说:

"这和那咋能相比呢?"

"咋不能相比呢?"梁永生反问一句,又接着说,"敌人安的据点越多,他的战线就拉得越长,他的兵力就越分散,就更有利于我们集中力量各个击破!……"

他缓了口气,变换了一下口吻,又说:

"他们修的公路越多,我们破路的机会不越多吗?随着公路的增加,敌人的护路任务不也在增加吗?因此说,敌人多修一条公路,不光是给我们添了块绊脚石,还等于在他自己身上缠上了一条绳子!敌人多安一个据点,也不光是给我们安了个钉子,还等于给他自己的背上增加上一个包袱!除此而外,他们每多安一个据点,多修一条公路,还等于多给我们开辟了一个和他们进行斗争的场所!你们琢磨琢磨,是不是这么个理儿?"

梁志勇点点头:

"理倒是这么个理。"

可他叹息一声又说:

"可惜我们的力量太小了！"

梁永生摇摇头说：

"不对！"

"咋不对？"

"我们的力量不小嘛！"

"还不小？"

"总比敌人大得多呀！"

"比敌人大得多？"志勇也摆开事实了，"在我们活动的这个地区，敌伪军二三百，我们大刀队是十多个，敌我双方力量的对比，是好几十比一呀！"

梁永生笑了。他说：

"敌伪军二三百，这不假。我们大刀队十多个，也不假。可是，他那二三百，分散在大大小小若干个据点里，等于这个——"

他在说话的同时，将右手的拳头伸成巴掌，又将相互靠拢着的五个指头分离开来，擎在半空不动了。尔后，他变了个语气，又说：

"我们大刀队呢？虽然只有十多个人，可是，力量凝聚在一起，就成了这个——"

他说着，又将左手的巴掌握成了拳头，也擎在半空，不动了。

过了一阵。

他两手一击，又说：

"你们看！哪个力量大？"

"还得用发展的眼光看问题呢！"小锁柱插进来了。他忽闪着两只自豪的眼睛，瞟着志勇说："我们的大刀队，还要扩军嘛！能光十多个人？"

永生点头道：

"锁柱说得对……"

他刚说了个话头，小胖子忽然来报：

"报告队长!运河堤上发现敌人!"

"噢?"永生眼珠儿一转,"多少?"

哨兵小胖子说:

"我没见到。因敌人还在龙潭那边的河堤上。这个情报,是龙潭街上的群众向我们报告的。那报告情况的民兵黄二愣还说,河堤上的敌人,正向这边移动……"

梁永生往后推一下毡帽头,细眯着眼睛,捉摸着近来前村后店发生的一些情况。这时,几片乌云从天角上扑过来,几颗星星在云块的边缘上闪烁着,宛如蟊贼的眼睛。梁永生沉思了片刻,向小胖子命令道:

"注意监视敌人的动向!"

"是!"

"发现新的情况,再来报告!"

"是!"

小胖子应声而去。

会议又接上话弦。

头一个开腔的是梁志勇。他说:"通啦!"

梁永生问:"通啦?咋通的?"

志勇说:"我觉得你讲得有理,所以就通了呗!"

梁永生说:"你要就凭这些通了,那就'通'错了!"

志勇迷惑不解地忽闪着眼睛:"错了?"

"当然错了!"梁永生先肯定一句。继而又带着几分责备的语气说:"有一笔很平常的账你都没算对,这个'通',是'通'到哪里去了呢?"

"啥账?"

"啥账?那个'好几十比一'呗!"

"哦!那是个荒数儿。"志勇道,"我是估摸着说的,并没细算,当然不很准确。不过,我是想用这个大概其的比数,说明一个论点……"

"我说你错了,就是说你这个论点错了!"

"咋错了?"

"我问你——"梁永生说,"我们是十多个人吗?"

梁志勇继续争辩道:

"你是不是说,还有赵生水同志带领的被敌人冲散了的那个分队?据我了解,那个分队的同志们,人数也不多了!除了锁柱而外,大概也只不过还有两三个人,目前在边缘地区活动。就是加上他们,也还超不出'十多个'这个荒数儿,还是跟不上敌人的零头儿多!……"

志勇说的,根本不是永生质问的意思。可是,尽管他答非所问,永生并没打断他的话。直到他说完了,永生才说:

"我问的不是这个意思!"

"啥意思?"

永生仍未直接回答。还是继续向志勇提出问题。只是语调增加了一些严肃的成分:

"我再问你——我们进行的是什么战争?"

"人民战争!"

"仗为谁打?"

"为人民!"

"靠谁打?"

"靠人民!"

"我们'临河区'有多少人民?"

梁永生一句紧跟一句地问到这里,志勇已经意识到自己那个"比数"不对头了。因此,他对这最后的一句追问没作回答。可是,梁永生是不会轻易放过他的,又紧接着提出了一连串的问题:

"全区的人民群众不止'十多个'吧？人民群众能不算'我们'？你那个敌我双方的力量对比，你那个'好几十比一'，是怎么算出来的呢？照你这个算法，把人民群众算到哪里去了？……"

"我拐过弯儿来了。那个'比数'错了！"

梁志勇是个爽快人。他一向是自己跌倒自己爬，拾得起放得下的。凡是想不通的事，从来不隐讳自己的观点。一旦发觉自己错了，就直截了当地认错。可是，在志勇认错之后，永生却又转了话题道：

"当然，目前我们这个地区，敌我斗争形势，还得算敌强我弱。谁要不认识这一点，也要犯错误。"

志勇点点头。继而又谈到另一个问题：

"自从敌人实行了'三光政策'以后，烧杀抢掠越来越残暴，人民群众的抗日情绪受到打击，积极性不如过去高了，我们发动群众的工作，和从前相比，也困难得多了！"

梁永生说："你举个'困难'的例子吧。"

梁志勇说："连龙潭街上的滑稽二都不滑稽了！"

梁永生问："还有什么例子？"

梁志勇说："更多的具体例子举不出来。"

梁永生问："为啥？"

梁志勇说："这些日子，光顾领着敌人'赶圈儿集'了，一直站不住脚，哪还顾得上搞群众工作呀！"

梁永生问："那你咋知道'困难多了'？"

梁志勇说："这不是秃子头上的虱子——明摆着了吗？再说，从一些现象上，也能看得出来！"

梁永生听了志勇这种论调，觉得他犯了表面看问题的毛病。也就是说，他叫敌人那种外强中干的假象儿给迷住了眼睛，因而也就看不到敌人必将灭亡、我们必将胜利的实质了。

这是永生心里想的。可他并没泛泛地讲这些大道理。目下，他正在考虑的是，举个什么例子，打个什么比喻，或者是摆个什么事实，来说服志勇，同时也使小锁柱受到教育。

可是，在目前的情况下，梁永生要做到这一点并不是容易的。因为他离开这个地区已经一年多了，现在回到这个地区又才不几天，哪有那么现成的例子呢？

没有说明实情的例子，梁永生宁可不说话，也不愿只讲些空道理。

因此，他只好静静地听着，久久地想着。

这当儿，松林附近的村庄中，时而传来一阵阵的砸门声、犬吠声，还有婴儿的夜啼声。

这些声音，虽然相隔很远，可是，由于夜深人静了，还是隐隐约约、断断续续地传进了这漫野荒洼的松树林子里。

锁柱指着声音传来的方向，提醒人们说：

"听！八成是敌人进了龙潭街了！"

梁永生听了一阵，狠狠地骂道：

"强盗！"

这时，他的头脑中忽地一闪，说道：

"你们想想，敌人半夜三更地这个闹腾劲儿，连个安稳觉也不让老百姓睡，群众能不恨他们？"

志勇说："当然要恨他们！"

锁柱说："不让群众睡安稳觉，这是小事儿！"他说着说着上了气，"最叫人可恨的，是他们任意地杀人放火，乱抢乱夺，奸污妇女……"

"这些野兽！"梁永生捻搓着烟荷包说，"不过，我们的敌人，又不同于那深山老林里的野兽……"

"他们是有大脑的野兽！"

"对！他们为啥要杀人放火呢?"梁永生自问自答地说，"叫我看,他们是想通过这种灭绝人性的残暴手段,来吓唬群众！妄图使人民群众不敢再抗日,也不敢再接近抗日的共产党、八路军,从而割断我党我军和人民群众的血肉联系……"

"对！就是这样的阴谋！"

"可是,敌人这个算盘儿,又错打了码！"梁永生若有所思地说，"敌人杀了老百姓的儿女,当爹娘的能不恨敌人？敌人杀了老百姓的爹娘,做儿女的能不恨敌人？敌人奸污了老百姓的妻子,为丈夫的能不恨敌人？敌人烧了老百姓的房子,那房子的主人能不恨敌人？……"

梁永生正讲着,小胖子再次来报：

"梁队长！敌人出了龙潭街——"

"往哪去了？"

"朝这边来了！"

"他们有多少人？"

"三十多个！"

"离这里还有多远？"

"不到一里路了！"

"继续监视！"

"是！"

哨兵又走了。

锁柱提议说：

"队长！咱该干他一家伙？"

"不！现在,咱的任务,是开会。"

梁永生一字一板地说了这么一句,紧接上方才的话把儿,又继续说下去：

"总而言之,敌人杀了我们的人,不光被害者的亲属恨他们,我

161

们的阶级弟兄,我们的人民群众,谁能不恨他们?"

他瞟了志勇、锁柱一眼,又说:

"就说你俩吧,一提起敌人的兽行,这不也都气得变了色吗?"

志勇和锁柱,情不自禁地点着头。

梁永生将烟袋插在腰里,又说:

"因此说,敌人每杀一个中国人,每烧一间中国房,每糟蹋一个中国妇女,就等于,在每一个中国人民的心里,增加了一分仇恨;也等于,给我们中国的抗日怒火,又加上了一滴油——"

他盯着志勇的面孔,又加重语气说:

"而不是泼上了一瓢水!"

志勇的脸红了。永生带着将一军的口气问他:

"懂吗?"

"懂了!"

梁永生这个人,不论谈什么事,也不论对什么人,总是喜欢一竿子插到底——把话说尽。现在,尽管志勇已经表示"懂了",可他还是继续说了下去:

"因此说,敌人进行一次烧杀抢掠之后,某些群众的情绪低落,那是暂时现象,表面现象……"

他停顿一下,缓了口气,又说:

"其实质是,人们对敌人,更恨了;他们那种抗日救国的要求,也必然是更加迫切了……"

永生讲到这里,志勇和锁柱都因又明白了一个道理而心情兴奋,活跃起来。

志勇先说:"我刚才那个调子,是完全错误的!"

锁柱也说:"原先我也不懂得这层道理。"

志勇说:"爹,你应当把这个道理,向全体战士讲讲。"

锁柱说:"以后找个机会,让队长跟民兵、群众都讲讲。"

永生笑道:"喔哈!你俩推的可真干净!看来,这革命成了我一个人的事啦?"

志勇笑了。

锁柱也笑了。

永生又接着刚才的正题说下去:

"我们当前的情况是极端困难的。不过,这种困难,是'黎明前的黑暗'。困难的本身正在说明:黑暗即将过去,曙光就在前头。当前的问题是,我们,也就是说作为一个支部领导成员的我们,如何使我们的战士,使我们的群众,都能明了这一点。并要紧紧抓住敌人的滔天罪行,用以教育我们的战士,用以发动人民群众,并带领他们继续前进,去迎接那胜利的曙光……"

永生正说到劲上,哨兵又跑进松林。

他来到永生近前,气吁吁地说:

"敌人上来了!"

梁永生慢慢腾腾地站起身来,拍拍哨兵的膀头儿,笑盈盈地说:

"看你慌得这个样子!"

"我倒不慌。队长你……"

梁永生坦然自若,逗笑道:

"我?我慌了?"

指挥员的风度,给哨兵壮了胆。

哨兵一吐舌头,脸红起来。

梁永生坐下。让哨兵也坐下。又问:

"敌人现在哪里?"

哨兵朝西一指:

"在河堤上!"

"噢!还远着呐!"永生朝志勇、锁柱说,"咱继续开咱的会。"他又转向哨兵,"你把你的哨位撤到松林边上来。注意监视敌人的动向。敌人只要不下河堤,你就不必再来报告了!"

"是!"

哨兵应声站起身。又问:

"队长,我可以走了吗?"

"告诉小胖子他们,也把哨位撤到松林里边来!"梁永生一挥手说,"去吧!"

"是!"

哨兵走了。

锁柱听了听河堤那边的动静,手不由自主地摸了摸腰里的匣枪,而后压低着声音说:

"哼!脚下敌人的胆子太大了!"

永生拍拍他的肩膀,笑着说:

"看!你又错了!"

"啥错了?"

"说错了呗!"

小锁柱忽闪着两只迷惑不解的眼睛。梁永生解释道:

"敌人不是胆太大了,而是胆太小了!"

"不对!"锁柱摆晃着脑袋争辩说,"在'大扫荡'以前,敌人怕黑夜就像蝉怕立秋一样,他们一见天黑就脑袋疼!那时候,敌人就怕夜战;别说这么几个人,就是人再多一倍,他们半夜三更也不敢出来!……"

梁永生以诙谐的语气说:

"噢!我明白了——照你的看法,看敌人是大胆还是小胆,就看他敢不敢夜间出来?是不是这个意思?"

他并没等锁柱回答,又接着说下去:

"我这个人爱举例子——咱比方说老鼠吧,它敢夜间出来,能说它是'大胆'吗？不能吧？敌人,和老鼠一样,也是胆小鬼儿！他们夜间不出来,是因为小胆儿；他们夜间出来,还是因为小胆儿！叫我看,这是一种实质,两种表现形式罢了！出来与不出来,改变不了他们那种小胆的实质！"

永生停顿一下又说：

"锁柱,你想想,他们要不是胆小心虚,如今半夜三更,黑灯瞎火,又怪冷的个天气,跑出来闹腾个啥哩？难道敌人净些傻瓜,不知道躺在热被窝里安安稳稳睡个香甜觉儿舒服？……"

小锁柱,聪明伶俐,能言善辩,这在大刀队里是有名的。长期以来,他在和别人争论问题时,最后的结局,理,总是他的。

可是,惟独梁永生是个例外。

这是因为,小锁柱从内心里敬佩梁永生,所以很少和永生争辩。有时争辩几句,结果败了,他倒更高兴。因为每到这时,他的心里在想："又学了一手儿！"

现在,锁柱和永生争辩了两句,又学了点什么呢？首先是永生讲的这个道理,其次是他在说话时的举动、神色、表情……

这有啥可学的呢？

当然有。你想想,眼时下,敌人就在旁边了,可从梁永生的动作上、表情上、神色上、语气上,以及语言的节奏上,却没有一丝儿紧张或是匆忙的意思。他这种沉着、稳重的气质,给了小锁柱以很大的感染,使得他那颗急促地跳动着的心,又不由得恢复了正常。

沉静了一会儿。梁永生又说：

"你们再谈谈近来敌人的活动规律吧！"

"好！我先说——"

随后,小锁柱有条不紊地谈开了。

这当儿,梁永生将他的全部精力,全都集中到那两只耳朵上了。现在,他这耳朵的任务可真多呀！既要听小锁柱的发言,又要听松林内外的动静……

你看！他对周围的一切响动，竟是听得那么仔细，那么认真！不论是若有若无的脚步声，还是枯树枝梢的摩擦声，他都要听个仔细，辨个清楚。

这是因为他不信任自己的哨兵吗？

当然不是。而是出自他作为领导人的一种严峻的责任感。如今梁永生的心情，就像那当母亲的看护着一帮已经睡熟了的孩子那样，尽管明明知道不会发生什么事情，可又丝毫不敢掉以轻心！

这是因为，梁永生他既懂得革命战士们在革命中的分量，也懂得在这样的时刻，一个领导人的失职或失策将意味着什么。

过了一会儿。

锁柱正说着，梁永生听见有一种轻微的但又是急促的脚步声，由远而近地响着。显然，这是负责警戒的哨兵又来了。

哨兵来到永生面前，悄声报告道：

"两个伪军下了河堤，直奔松林而来！"

志勇望望爹：

"咱走吧？"

锁柱插言道：

"干掉他！"

梁永生将刚溜到前头来的帽头又推到后头去。他忽闪着两只豁豁亮亮的大眼睛，久久地盯着西北天角，好像在问自己："该怎么办呢？"

片刻。他干脆截脆地说：

"咱不能干，也不能走！"

志勇、锁柱还有哨兵，六只眼睛一齐盯着永生，他们的眼神都好像在说："为啥？"

永生明白他们的心理，又解释说：

"一干,会就开不成了;一走,老沈哪里去找?"

志勇问:"那,咋办?"

梁永生语重声低地命令道:

"分散!隐蔽!"

他又转向哨兵:

"你向同志们去传达我的命令!"

"是!"

哨兵飞步而去。

永生又嘱咐志勇、锁柱:

"我不发令,不许开枪!"

"是!"

随后,他们仨,各自找了个蔽身之处,隐藏起来了。

这间,有团"磷火儿"出现在林边,忽明忽暗,时近时远,眨眼间,便消逝了。

不一会儿,两个伪军来到松林附近。他们先用手电筒往林中照了照,可能是没发现什么可疑的迹象,便放心大胆地走进松林来。

走在前头的,是个大麻子。他侧歪着溜肩膀,迈着两条片儿呱咕的镰把腿,一面大大咧咧地蹒跚着步子,一面尖声浪气地哼唱着黄色小调儿。

跟在大麻子屁股后头的,是个像瘪三似的瘦猴子。这个驴脸猴腮的家伙,远看像个寻食虾,近看赛只闻腥狗。他将叼在嘴角上的烟头儿噗地一口吐出去,咧开那张蛤蟆嘴没好气儿地说:

"你别他妈的穷叽歪好不好?"

大麻子将那松松囊囊的眼皮一拍打,转动着一对绿豆般的眼珠儿笑咧咧地说:

"哦!老弟,我的明白了!……"

"哼！你能明白个屁？"

"准是我这一唱，又勾起你那失恋的心思来了！"大麻子拍拍瘦猴子的肩膀，"是不是呀？老弟！"

瘦猴子没吱声。

大麻子将那蒜头鼻子一卷，又说："哎哎，过去的事了，何必老去想它？老弟，我知道你念了几天中学，好闹'失恋'那个玩意儿，可叫我说，最要紧的，是着眼于现在。得乐且乐嘛，懂吗？……"

大麻子说罢，又押着脖子吱吱啦啦唱起来。

瘦猴子急了："又他妈的穷叫唤！"

大麻子也火了："你他妈的挣钱不多管的事还怪不少哩！你有什么权利总是干涉老子的自由？"

"我干涉你做屁？我是想多活两天儿！"瘦猴子说，"头头儿叫咱来察看察看，咱就老实儿地蹓上一圈儿回去得啦！看你哼哼唧唧地这个吱啦劲儿，要是万一嚷出那梁永生来，你这个梆子头还想要不？"

"梁永生？梁永生算个啥？他不是肉长的？他的身上不透枪子儿？"大麻子吹五作六地说，"老弟，别大惊小怪的！有我这个神枪手在，你就算入了'保险柜'喽！"

"啐！你吹个屁！真不嫌寒碜！才刚过了两天的事，这又忘了？……"

"啥？"

"啥？又装蒜！"瘦猴子撇着蛤蟆嘴说，"前日个，你正撒尿，我用手指头顶住了你的脊梁骨：'不许动！我是梁永生！'吓得你噗嚓拉了一裤裆稀薄屎！……"

"这就说明我是老兵油子了！"大麻子说，"要是叫你呀，这么一吓喽，恐怕是想拉也拉不出来了！"他咳儿咳儿地笑了两声又说："老弟，咱说正格的——就是碰上八路也满没关系！咋没关系？腿又没借出去,一跑就了!"

这两个伪军边说边蹓,蹓到一个石碑的西面来了。

这时候,梁志勇正在这个石碑的南面隐蔽着。当他见到两个伪军从北面走过来,出现在这块石碑西面的时候,便悄悄地转到石碑的东面去了。

谁知,这俩活胀了月儿的家伙,就像非要找死不行一样,他们晃荡着身子,来到石碑近前,往左一拐,从石碑的南面又朝东走来。显然,这么一来,志勇在石碑东面又藏不住了!

怎么办?

梁志勇真想搂搂扳机结束他们这两条狗命!

不过,他虽有这个想法,并没这么办。因为队长不让随便开枪的命令在约束着他。于是,他又悄悄地转移到石碑的北面去了。

在这块石碑的东边,就是方才他们开会的那个石桌。

石桌离石碑约二十多步。

梁永生就蹲在石桌东面。

小锁柱蹲在石桌的南面。

两个伪军往东一走,锁柱怕被敌人发现,便慢慢挪动着身子也转到石桌东面去了。他在转移过程中,偶尔不慎蹬动了一块瓦片,发出一点轻微的响声。

这点响声,吓得两个伪军一阵手忙脚乱,并失声转韵地惊叫起来:

"谁呀?"

"出来!"

"吱吱……"

"他妈的!地猴子!"

锁柱刚用口技将伪军蒙骗过去,又突然发生了新的情况:

"啪啪啪!啪啪啪!"

这清晰可辨的拍掌声,从西南方向传进松林。

那俩伪军闻声失魂,又是一阵慌乱。他们赶紧掉过身去,并将那刚刚背在肩上的大枪又重新端在手中,颤抖着嗓音喝道:

"干啥的?"

"口令!"

与此同时,两个伪军都举起了电棒子,两道手电筒的光束,一齐朝西南方向射过去。

这是谁在拍巴掌呢?

梁永生正被这意外的情况弄得摸不着头脑,忽听西边石碑后头乓呀乓地响了两枪。

两个正想开枪的伪军倒下去了。

志勇忽地来到梁永生的身边。

永生问志勇道:

"拍巴掌是怎么回事?"

"这是暗号儿——沈万泉同志来了!"志勇说,"爹,我……"

"你做得对!这两枪打得好!"梁永生挥手道,"快去把老沈同志接过来!"

"哎!"

志勇应了一声,继而拍起巴掌:

"啪!啪啪!啪!"

巴掌声落下了。

沈万泉走过来。

这位老汉是个细高挑儿,方脸盘紫里透红,前额上被生活中的风雨刻下几道深深的纹路,嘴上留着掺白短胡儿,肩膀头儿上搭着旱烟袋。当他那身形出现在人们面前的时候,他的衣服上散发出一股油腥气味儿。这时,好几双担心的、询问的视线,一齐朝他射过去。梁永生挺身抢先大步赶上前,紧紧地握住老沈的手,代表着大家热情洋溢地说：

"老沈同志，我们可把你盼来啦！"

沈万泉一见永生，心情十分激动。他的眼里噙着兴奋的泪花，说：

"哎呀！永生啊，你……"

在他们说话的当儿，运河大堤那边嘎咕嘎咕地响起了枪声。在这乱乱纷纷的枪声中，还夹杂着一个哑声破锣的嗓音正在一声声地嚎叫：

"一班向东！二班向西！三班从正面冲！包围松林！快包围松林！……"

这大堤上的狂叫声和四外村庄中的犬吠声混杂一起，合着那虚张声势的枪声一齐传进松林，传进梁永生的耳鼓。永生竖起耳朵，静静地听了一阵儿，尔后，朝站在他的对面正等候命令的志勇说道：

"集合队伍！"

"是！"

志勇将两根手指插进嘴里，用力一吹，立刻发出了一阵清脆的鸟叫声：

"唧呱呱！唧呱呱！唧唧呱呱！……"

鸟儿的啼叫声在松林的上空缭绕着。

松林的四面八方同时响起一片急促的脚步声。

不一会儿。那些跑步赶来的战士们，齐打忽地全都围在了梁永生的身边。他们一齐盯着队长，一声不响，静静地等待着指挥员的命令。

这时，林外的枪声，越来越密，也越来越近了。

梁永生想："走！跟敌人黏住就麻烦了！"于是，他截住老沈的话头说：

"沈万泉同志,咱们的会到路上开去。"

他说罢,转过身来,向一位又粗又高的战士说:

"你这大炮在前头,当前哨!"

这个战士,就是一年多以前在宁安寨参军的"炮筒子"。要在平时,永生这么一说,准得把人们逗笑了。可是今天,由于情况已十分紧急,所以尽管永生说得这么诙谐,战士们并没人发笑。就连炮筒子本人,也郑重其事地应了一声:

"是!"

"你再带上两个同志!"

"是!"

"顺着道沟向东南转移!"

"是!"

炮筒子的应声未落,梁永生又转向小胖子说:

"你带领着其余同志断后!"

"是!"

小胖子带着笑韵应着。永生拍着他的肩膀又说:

"记住!你们的任务是:拦住敌人不让他贴前,保证会议照常进行;打法是:边打边走,以走为主,节约子弹,不要硬拼!"

"是!"

小胖子应声转身,向战士们宣布道:

"同志们!立刻分散,坟边隐蔽!等开会的同志们进入道沟后再向道沟转移!"

"是!"

战士们一齐应了一声,立刻行动起来。

小胖子在这边向战士们进行战斗部署,梁永生在那边朝志勇、锁柱和沈万泉一挥手道:

"走哇!"

他一面跨开步子一面又说：

"他们打他们的仗，咱们开咱们的会去！"

这时，越来越近的枪声响得正密，一颗颗闪光的子弹，从人们的头顶上，从人们的身子旁，吱溜吱溜地尖叫着飞过去。

永生、志勇和锁柱，手里提溜着匣子枪，从容不迫地跨着大步，朝那松林东南角上的道沟奔过去。

沈万泉走在他们的前头。

在他们的背后，敌人的狼嗥鬼叫声，南腔北调混杂一片，伴随着阵阵枪声滚滚而来：

"弟兄们！上啊！冲呀！"

"上呀！冲呀！抓活的呀！"

敌人这些嚎叫，仿佛快喊破嗓子了。可是，久经战阵习以为常的梁永生，就像压根儿没有听见。他一面和沈万泉贴身走着，一面带着几分诙谐的语气问道：

"咋来晚啦？是不是又跟那个狗食玩意儿动了掏灰耙啦？"

"咦？"沈万泉惊奇地说，"你才回来这么几天，连这点事你都知道啦？"

"知道！"永生扯着长声随了这么一句，又加快了节奏接着说，"调查研究嘛！"

沈万泉和着梁永生的笑韵解释道：

"自从那回我冒充愣头青跟张温那个狗食耍了一回叉，愣头青的脾气嚷开了，他们都不大敢零碎惹我了！因此，这回来得晚，倒不是因为那号事……"

老沈提到的这个张温，就是杨柳青"福聚旅馆"里那只守门狗。自从"福聚旅馆"报黄以后，他和他的主东、经理、把兄弟余山怀，一齐来到了这一带。当时他俩商量好，一个投八路，一个投日本，两人暗勾着，来个两门赢。结果，余山怀参加了大刀队，张温当了伪军。现在老沈一提到张温,永生就想顺便问一下余山怀的情况。可他还没有张口,沈万泉又接上他那话茬儿说下去了;而且事情就有这么巧,老沈一张嘴便提到了余山怀:

"我所以来晚了,主要是叫余山怀那个小子闹的!我刚喂饱了那些猪呀狗的,余山怀就凑到我的屋里去了。他叼着洋烟卷儿,侧歪到我的被卷子上,便东扯葫芦西扯瓢地瞎扯起来,他三扯两扯扯出这个来了:

"'咱们俩总算是命运相通的有缘之人哪!怎么说哩?从前,你开过八路店,我吃过八路饭;如今,这不又都改换了门庭……'

"我拦住他说:'不!不不!咱俩不能相比——'

"他问:'咋不能比?'

"我说:'我是个庄户人家,八路军要在我家住,我敢不招?那怎么是开八路店哩?要说住过八路就算开八路店,这你该知道,南庄北村,东家西户,没住过八路的能有多少?现在,这面上又叫我来当忙饭的,还是那话,我是个庄户人家,敢不来?唉,像俺这一号的,来了,也就是卖点子傻力气,混碗饭吃呗!说到你,不管在哪一面儿上做事,都得算是个混官差的人……'

"他又说:'不管怎么说,咱们过去都得算跟八路有些瓜葛,现在又都在日本人这边混事,往后,得相互多关照着点呀!'……"

沈万泉说到这里,来到道沟崖上。

梁永生先纵身跳下沟去,转过身来又招扶着沈万泉下了沟。

随后梁志勇和小锁柱也咚呀咚地跳下来了。

沈万泉下了沟,正喘粗气,还没顾得接上话弦,小锁柱就性急地问道:

"余山怀那个叛徒,在他的东洋主子那边闹了个什么'官儿'?"

沈万泉气咻咻地说:

"现在鬼子还没封他什么'官儿',只是叫他当'探子'!"

走在后边的梁志勇抢前一步说:

"怪不得自从这个小子被俘以后,我们的队伍无论住在哪村总是常被敌人发现哩!"

志勇停顿一下,见人们都在思考问题,没人插言,便又接着说:

"余山怀在我们这边混了一阵,摸到一些我们的活动规律,他要当了敌人的'探子',对我们是个祸患……"

永生接过志勇的话头儿,问沈万泉道:

"今天关庄这一仗,敌人对我们的情报摸得这么准,是不是和余山怀有关?"

沈万泉摇摇头说:

"闹不清!听说,敌人偷袭关庄,是阙八贵干的。阙八贵驻在柴胡店据点上。至于余山怀,已经把他派到水泊洼据点里去了。我呢,在黄家镇据点上,所以对这件事是两头摸不着缰!"

他说着说着朝前一侧棱,被永生一把扶住了。老沈赌气将绊他的冻坷垃踢了老远,又向永生表示说:

"我以后注意了解了解关庄这事的情况吧!"

"你能了解到?"

"我通过一个关系,也许能摸到点气息儿……"

"你有'关系'?"

"我有个同行,在柴胡店据点上当伙夫。"

"他是个什么人?"

"他是个穷人,也是个好人。"沈万泉说,"在据点上当伙夫,是叫敌人抓进去硬逼着干上的……"

"这个人叫什么名字?"

"叫柴兴武。"

"好哇!"永生说,"除了刚才谈到的这个情况以外,你还要想些别的办法,从多方面掌握有关余山怀的情况,并及时地把情报送出来……"

永生的话音落下,锁柱将那个憋了好大一阵的疑问终于提了出来:

"老沈同志,你不是说余山怀在水泊洼据点上吗?怎么又说跑到你的屋里胡扯了一阵呢?"

"他是来这里找乔光祖的。咱不知是谁派来的。也不知是来干什么。只知道他顺便跑到我的屋里放了那么一通狗臭屁!"沈万泉说着说着又上了气,他就着这个话柄一转话题又说下去,"在那个叛徒闯进我的屋的时候,我真想用切菜刀宰了他!可又一想,不行啊!党派进我来的任务还没完成,在没有党的指示以前,不能瞎胡来!再说,今儿夜里我还要来参加党的会议,误了开会就会给党造成损失!于是,我跟他蘑菇一阵,便想了个办法儿把他支走了……"

永生见老沈将话题又回到"为啥迟到"这上边来了,就又顺口问道:

"从黄家镇到这里,路上挺平顺吧?"

"平顺就好了!"老沈说,"倒霉的事儿总是爱碰在一起。没出门先来了个余山怀,闹得我的心里就够腻歪的了。出门后,一路上又先后碰上两伙子敌人的巡逻队。好歹算把他们对付过去了。这不,紧跑慢颠才奔到这松树林,这松树林里又打起来了……"

志勇插言问老沈:

"眼时下,这一带的敌人为啥这么疯闹?你听说过这其中的因由吗?"

"真底儿,咱摸不着。只是听到有些伪军小头头儿瞎呛呛,说是县里的鬼子头子荻村,给石黑下了一道命令,要他尽快肃清这一带的'八路残余',将这个地区变成一个'模范治安区'……"

"噢!"永生插进来了,"近来敌人还有啥动向?"

"前些日子,在柴胡店附近,石黑和白眼狼他们,不是配合'扫荡队'偷袭了我们大刀队一下吗?为那次战斗,石黑和白眼狼,都受到了他们的上司通令嘉奖。从那以后,这两个狗杂种都有点受宠若狂,总想再露两手儿,好就着这个劲儿往上爬蹭爬蹭!"沈万泉边想边说,"有些伪军中的亡命之徒,为了五万元的'赏金',也有点忘乎所以;叛徒余山怀也在大卖气力……"

他们正然且走且说,且说且走,突然间,在他们背后的松林中,响起了手榴弹的连续爆炸声。在这直震得天撼地摇的爆炸声中,还掺杂着伪军们那喊爹呼娘、鬼哭狼嗥的声声惨叫。

紧随其后,又听见一个伪军头子用上吃奶的劲嚷道:

"有埋伏!卧倒!卧倒!"

在敌人蒙头转向一片混乱的同时,星光下有几个正在迅速移动的小黑点儿,在被硝烟加浓了的夜幕掩护下,已经靠近了交通沟。

梁永生凑到沟沿上,跷着脚望了望后边的情景,又回到沈万泉的身边,接着问道:

"石黑、白眼狼要露露哪两手儿?"

"听说,他们一心要加劲儿完成抢粮棉、抢铜铁的任务。"沈万泉说,"他们还要千方百计捉到你,好再到他的上司那里去报功……"

他们说着走着,背后的枪声越来越远了。

梁永生收住步子。他向老沈、志勇、锁柱说:

"咱们打个腰站吧!"

"为啥?"

"等等后头的同志们!"

"好!"

硝烟在夜空弥漫。流弹在头顶嘶叫。梁永生、梁志勇、王锁柱和沈万泉四个人,聚拢在交通沟里的一个斜坡上。他们有的虎蹲着,有的平坐着,围成了一堆儿。梁永生蹲坐在北面的斜坡高处,拔出别在腰间的小烟袋,一边挖呀挖地装着烟,一边说:"咱们刚才谈的那一些,都算正式开场以前的'小段儿'!现在,咱该是'小段儿不言书归正本'了——"随后,他将这幽默的口吻一变,又一字一板地郑重宣布道:

"咱们这次支委扩大会,现在就算正式开始了!"

"咱们的会议虽然不大,可是还满隆重哩!"小锁柱说,"你们听!这礼炮声响得多来劲呀!"

人们全无声地笑了。

随后,梁永生先讲了一段国际形势,然后说:

"去年十月,咱毛主席为延安的《解放日报》写了一篇社论。社论向我们明确指出,现在第二次世界大战已经达到了转折点,并说:明年也将不是日本法西斯的吉利年头。毛主席在社论中指的那个'明年',就是今年。"

梁永生在说话的当儿,已把烟装好。他点着烟,吸了一口,又接着说:

"因此,县委指示我们,要牢牢记住毛主席的这一英明论断,满怀信心地坚持斗争,千方百计,排除万难,把'临河区'的控制权迅速夺过来。大家知道,我们这个地区,在战略地位上,是极其重要的……"

梁永生说到这里,只顾去抽烟了,收住了话头儿。

沈万泉抓住这个空间,插嘴道:

"听汉奸头子们讲,他们的上司也说这一带是战略要地,要不惜一切代价和我们争夺……"

梁永生点点头,接着老沈的话头又开了腔,一字一板原原本本地传达起县委的指示来。他讲到最后,又换了个语气说:

"县委对咱大刀队的具体要求是:第一步,通过几场斗争,先把敌人的嚣张气焰打下去,杀出我们的威风来,借以振作群众的抗日情绪,坚定群众抗日必胜的信心;第二步,把人民群众充分发动起来,进一步组织起来,武装起来,把大刀队恢复起来,壮大起来,把主动权夺过来,把局势控制住;第三步……"

梁永生正在说下去,小胖子从后边跑上来。

锁柱抢先问道:

"怎么样?有新情况?"

小胖子没顾得理睬锁柱。

他蹲在梁永生的面前说:

"队长,我们是顶住?还是后撤?"

到这时梁永生才注意到,后边的枪声比方才又近了。他拍一下小胖子那圆突突的肩膀,带着逗哏的语调笑吟吟地说:

"你们呐,光贪打仗了,撤得太慢啦!把俺几个拴在这儿,等得怪心急哩!"

小胖子会意地笑笑,窝回原路朝后跑去。

梁永生磕去烟灰,把烟袋朝沈万泉递过来,说:

"来,抽一锅子过过瘾吧!"

沈万泉接过烟袋,梁永生站起身说:

"这是秦海城自己种的黄烟,还满有个味道哩!"

人们也随着他站起来。永生一挥手说:

"走哇!咱们的会再走着开。"

人们都走开了。梁永生一边走着,一边接上方才的话头儿又说下去:

"县委要求我们,第三步要把这个地区掌握在我们手里,并从各方面直接间接地配合主力部队的行动……"

梁永生用毛主席的教导,县委的指示,点燃了人们心中的抗日

怒火。当他传达完了县委的指示以后,人们都不约而同异口同声地说:

"坚决执行县委的指示!"

急性的小锁柱,已满面春风了。他摇晃着梁永生的膀臂,心急火燎地催促着:

"队长,你快说说,咱先怎么办?"

梁永生望着锁柱那天真的面容,撒娇的神态,笑盈盈地说:

"我了解情况不多,怎么办,还得大伙儿商量呀!"

他们四个人摆成两排,并肩走着,没人说话。

这当儿,一声声的枪声从背后传来,一颗颗的子弹擦顶而过。梁永生他们,都在集中脑力思索着问题,仿佛谁也没有听见背后的枪声。尽管带光的子弹嗖嗖地飞着,可是他们谁也不低头,不弯腰,都在若无其事地走着,想着,想着,走着……

过了一阵。

又过了一阵。

梁志勇开腔了:

"在当前,具体到我们这个地区,还得算是敌强我弱。在敌强我弱的情况下,要打击敌人的气焰,最好是用奇袭的办法……"

沈万泉磕掉烟灰,把烟袋递给永生,说:

"叫我看,咱该先来个除奸战,把汉奸头子干掉他一个!我琢磨着,要来上这么一手儿,对群众的鼓舞,对敌人的震动,都是比较大的,也是比较快的!……"

他们的会议边走边开。

背后的战斗边撤边打。

各种各样的枪声,紧一阵,慢一阵,稀一阵,密一阵,一直在不断溜地陆续传来。在枪声的短暂空隙里,夜风还送来了哨兵们那急促的脚步声。

锁柱抢过老沈的话头,加重语气说:

"我赞成老沈同志的意见!"

他瞟了人们一眼,又说:

"杀一儆百嘛!"

梁永生也赞成先打个除奸战的主张。

他的看法是:当前,敌人确乎是太猖狂了!他猖狂,就会麻痹;他麻痹,就便于我们寻找奇袭的战机;有了奇袭的战机,除掉一个汉奸头子就是可能的!

这是永生的想法。

可他并没说出来。

因为梁永生这个人,历来就有这么个习惯——一边听人们你言我语地发议论,一边琢磨这些议论中的可取之处,悄悄地拿主意。他的主意想不成熟,是从不轻易拿出来的。因此,现在他只是默默地走着,一言不发。

突然,打前哨的炮筒子跑过来了。

他来到梁永生的面前,打了个敬礼,报告说:

"队长!前边发现敌人!"

永生从沉思中醒来:

"多远?"

"半里路!"

"多少?"

"二三十!"

稍一沉。永生想了一下又问:

"敌人发现我们没有?"

"看样子没发现我们!"

"他们在干什么?"

"正向枪声前进!"

怎么办？后有敌人的追兵，前有敌人拦路，情况显然已经十分紧急了！在这样的紧急时刻，最需要的是指挥员的当机立断。一向善于当机立断的梁永生，就在这样的紧急时刻仍未忘了向群众做调查：

"咱大伙儿想个办法吧——咋着好？"

"还有啥想的？"锁柱说，"干啦！"

梁永生向炮筒子点将道："你看呐？"

有实践经验的人才有好办法。那炮筒子建议说：

"由此向前，十几步远，有个十字道沟。我看，是不是你们从那里向左转移，我们在那里堵挡一阵……"

"我看行！"志勇说，"也只有这么办了！"

"他三个顶一阵人少些！"锁柱说，"队长，你恁先去开会，让我暂时留一留，和他们几个一起顶一阵吧？"

炮筒子摆手道：

"不用！刀快还怕他脖子粗？你们只管开会去，我们保险够敌人吃喝儿的！"

"叫我看，会嘛，改日再开。咱们齐打忽地都下手，就跟敌人开它一仗吧！"沈万泉一边挽袖子一边说，"锁柱，给我两个手榴弹！……"

梁永生见人们都列着架子要打仗，不由得笑了。

他先向老将沈万泉说："这些日子，你光摸捅火棍子，摸腻了，一见打仗心眼里发痒——是不是？"

老沈孩子似的笑了。

永生又转向大家："你们都想打仗，是不是？别急！仗嘛，是有你们打的！不过，眼时下，咱们的任务不是打仗，是开会！不是吗？敌人，要干扰我们，我们呢，决不能受他的干扰，会嘛，还是要继续开下去的！"

继而,他又问那位哨兵炮筒子:

"怎么样?能顶住吗?"

"当然能喽!"

"好!"梁永生说,"不过,光靠你放炮不行,我再给你加上一手儿——"

"啥?"

"来!"

炮筒子凑过来了。永生在他的耳边低语一阵。然后问道:

"明白吗?"

他一边问着,还一边摇晃着炮筒子的膀头儿。炮筒子笑道:

"明白了!"

"怎么样?"

"妙!"

"执行吧!"

"是!"

梁永生的视线从哨兵身上移开,又朝志勇、锁柱和老沈一挥手臂,风趣地说:

"哨兵同志不是叫咱继续开会吗?走!咱们执行哨兵同志的命令去呀!"

志勇、锁柱和老沈全随着永生的视线转过身来,一齐朝前走下去。他们来到十字道沟口上,往左一拐,顺着另一条道沟又走开了。

这当儿,炮筒子和另外两名哨兵嘀咕几句之后,便顺着道沟朝回跑去,这显然是去和断后的小胖子他们取联系去了。留下来的两个哨兵,一手端着匣子枪,一手握着手榴弹,并肩趴在道沟的崖坡上,静静地等待着前来送死的敌人。

梁永生他们四个人,走出约半里路,停下了。永生说:

"咱们的会,再在这里开一阵。"

月亮钻入云海。大家又都在道沟里蹲下来。

永生向锁柱说:

"还得给你加个差——"

"啥差?"

"你趴在沟沿上——一面开会,一面警卫!"

"好!"

随后,这次战火中的支委会,又继续开下去了。

会议正在进行中。

那边的枪声突然激烈起来。

须臾。大刀队的战士们,顺着交通沟一个接一个地全撤下来了。这些战士中,有担任断后的小胖子那一伙,也有负责打前哨的炮筒子他们几个。

可是,到这时,那边的枪声还在激烈地响着。

梁永生问先来到的炮筒子:

"怎么样啦?"

炮筒子眉飞色舞:

"给他们'接上关系'啦!"

"接上关系"是啥意思?不了解情况的人们正纳闷儿,又听飞步赶来的小胖子说:

"听!那些笨蛋们打得多来劲呀!"

他这一说,沈万泉忽地明白了:"原来是狗咬狗啊!"继而,老沈拍拍小胖子的肩膀头,说:

"你跟敌人来上'捉迷藏'啦?漂亮!"

小胖子怪模怪样地接言道:

"漂亮是漂亮!可是'漂亮'不着我!"

"谁?"

小锁柱插言说：

"还用问？这又是咱梁队长的妙计呗！"

炮筒子补充说：

"你们刚才没见他向我'伏耳授意'吗？"

人们都乐起来。

永生命令志勇：

"点点人数！"

志勇报告说：

"早点过了——一名不少！"

梁永生点点头。他又指着密密麻麻的枪声笑着说：

"敌人给咱把追兵拦住了，咱们走哇！"

众人笑了。永生又说：

"他打他的仗，咱开咱的会，这叫互不干涉！"

这一句，又引出一阵嗤嗤的笑声。

梁永生把烟袋往腰里一别，发布了命令：

"我们仍然按原来的队形出发，当前哨的还当前哨，当后卫的还当后卫，开会的还继续开会！"

他又转向炮筒子：

"前哨注意！见路向北，从两伙打仗的敌人背后插过去，向白眼狼的松林绕道前进！"

"是！"

永生最后面向大家说：

"我们这次战火中的支委会，是在那里开始的，还要到那里去结束！"

他在结束他的话语之前，习惯地作了一个挥臂姿势：

"出发！"

队伍开始行动了。

梁永生又向志勇说：

"你和小胖子,到龙潭去一趟——"

"去干啥?"

"搞吃的!"

"送哪去?"

"松树林!"

"是!"

梁志勇和小胖子同声应着。随后,他俩跨开大步,头前走下去了。他们走后,梁永生又安排了一名同志,接替小胖子,负责指挥担任断后的战士们。同时,还吸收了两名战士,参加他们这个尚未开完的支委扩大会议。

战火中的支委会在行军路上继续开着。

梁志勇和小胖子大步流星地朝龙潭奔着。

他俩走到一个岔路口上,志勇指挥小胖子说：

"喂! 伙计,走小道儿!"

小胖子不以为然地说：

"放着大道不走走小道儿,这是为啥?"

"别发犟好不好? 光说咱俩,我算山中虎,你算水中龙,要讲海洋我不如你,要论陆地你准不行!"志勇幽默地说,"俗话说得好嘛：'走道儿不用问,小道儿准比大道近。'你连这点普通常识也不懂?"

小胖子服了：

"这回算叫你逮着理啦!"

而后,他们俩,顺着那条小道儿大步走下去。

由于好几天没站住脚了,所以现在的小胖子,是又困又乏。

说起来,也真怪——方才,他指挥着负责断后的战士们跟敌人打仗的时候,他的精神是那样的旺盛,可是现在,光走路不打仗了,他却一下子落了神,困也来了,累也来了,眼皮上也像坠上了一块千斤重的大石头,脚底板子也觉着热辣辣的发胀。

你看他,走着走着,一闭眼,睡着了;一忽儿,脚一蹬空又醒了。艰苦的游击战争生活,使许多战士练出了睡觉、走路两不误的本事。论这方面,小胖子能算得上一把强手。

他俩走了一阵,来到了运河边上。

刚刚开化的运河,还漂浮着冰块。

一条勇敢的小船,正顺流而来。

小胖子一见小船来了精神,他向那撑船老翁一面招手一面喊道:

"老大爷,我们跟船走行吗?"

撑船老翁一见在河岸的月光下,站着两位夜行人。他从夜行人的光景上,就知道那是两位八路军。于是,便将船靠了岸。

海边生海边长的小胖子,对凫水、划船,都是拿手好戏。现在他上船后,就向那船翁说:

"老大爷,你太累了!来,我替替你!"

船翁说:"唔!你可不行!"

小胖子说:"试试看——"

他说着,硬夺过船篙,撑起船来。

小胖子还真有两下子!你瞧,那根长长的竹篙,在他的手里,就像孙悟空的金箍棒一样,那么随心应手,运用自如;时而轻轻地点破水面,时而悠然荡出。一忽儿,一块浮冰拦在前面,他用那竹篙轻轻一点,浮冰给小船让了路;一忽儿,又一块浮冰出现在前侧方,他使小船稍一摆头,船身便擦着冰块冲过去。

小船在月光下急速地前进着。

河面上,月影闪闪,波光粼粼。

河两岸,不时地从远方传来一阵阵的枪声,还有汪汪的犬吠声,梆梆的巡更声……

志勇和小胖子乘船走到半路了。

突然,从离河不甚远的地方,又传过一阵吵吵嚷嚷的人声。于是,他俩便下了船,登上河岸,又朝前走了一段路,在一条道沟崖上趴下来。这时,他们朝那人声起处仔细一望,只见那边有一伙伪军,正顺着一条道沟也朝龙潭的方向走着。

那些伪军们,还和往常一样——有的走在道沟里头,有的走在道沟崖上。走在道沟崖上的伪军们,踏着凹凹凸凸的暄土,跟跟跄跄,侧侧晃晃,活像一群被打断了后腿的夹尾巴狗。他们,一边深一脚浅一脚地走着,还一边七嘴八舌头地乱呛咕:

"追,追,追!追了半宿,也没追上那八路,还跟自己人干了一仗,真叫人丧气!"

"叫我看呀,咱们经过这场虚惊,得少活十年!"

"怪呀!三追两追,怎么追没影了呢?真是神八路!"

小胖子听到这里,用肘子捣了志勇一下:"哎,你听!这些杂种,八成就是追咱们的那伙子伪军!"志勇没吭声儿,他只是也用肘子捣一下小胖子,看他的意思是,嗔小胖子在这种情况下胡嘀咕。

继而,他俩沉默起来。

一忽儿,有个在沟崖上走的伪军,突然跌了个跤,滚下沟去。这时,沟上沟下,立刻响起一片哄笑声。又听有人嚷道:"瞌睡虫!你他妈的睡觉怎么还忘不了折跟头?"

他们相互奚落着,另一些伪军又议论起别的:

"今儿黑下,又搭上好几条命——也有叫八路军打死的,也有叫自己人打死的!……"

"咱们是背着棺材出来巡逻的,死几口子还稀罕?"

"唉!啥也甭说啦!咱好歹没死了,就认造化吧!"

"这间儿说这话还早点——离着柴胡店还老远哪!"

"进了柴胡店又怎么样?那就是'保险柜'?糊涂!"

"叫我看呀,干咱们这种差事,早晚早晚早早晚晚,都得变成枪粪!"

伪军们正呛呛咕咕地乱发议论,一个走在沟里头的家伙大声小气地嚷道:

"少他妈的说这丧气话!谁要再瞎说八道扰乱军心,老子我揭了他的脑盖子!"

从伪军们的议论中,志勇显然可以知道,眼前这些家伙,确乎是跟大刀队纠缠了半夜的那伙伪军。在道沟里头嚷着的那个老粗嗓音,又很像阙八贵那个鳖种。

他们要到哪里去呢?去龙潭街吗?去龙潭街干啥?志勇正暗自想着,又听那个老粗嗓音从道沟里嚷道:

"前头的听着!到龙潭站站!"

走在前边的一个尖细的嗓音说:

"别站了吧我那阙队长!"

"他妈的!"老粗嗓音说,"这个队伍你当家我当家?"

"我是说弟兄们都累啦!"

"累啦?死不?死也得站站!"

"站下有事吗?"

"没事就让你们站下?"

"啥事?"

"混蛋!多嘴!"

在伪军们瞎胡吵吵的当儿,趴在沟崖上的梁志勇听了,心里又急又气。这时候,他的五根手指头,深深地抠进泥土里。

用脸紧挨着志勇肩膀头的小胖子,扯起衣襟擦了擦头上的汗水,又戳了梁志勇一把:

"哎,志勇,咱干它一家伙怎么样?"

这时节,责任感和仇恨心,正在梁志勇的头脑中矛盾着,冲突着,斗争着。斗争的结果,还是让那强大的责任感压住了他那冲动的感情和仇恨的怒焰。他伸出胳臂摁住小胖子那只握枪的手,又朝那边一甩头说:

"胡来!"

"胡来"这两个字,和他那一甩头配合在一起,包含着两层意思——一层意思是:那边的会还没开完,不能惹事,惹事要影响会议的进行;另一层意思是:刚才领导交给咱的任务不是让咱去搞点吃的吗?咱怎么能一离开领导人的眼儿就自由行动呢?

小胖子大概领会了志勇的这个意思,他没再吱声。

敌人走过去了。

梁志勇站起身,拍拍前胸上的土,又向小胖子说:

"伙计,走哇!"

"还上龙潭吗?"

"当然喽!"

"方才你没听见?"

"啥?"

"那小子们上龙潭啦!"

"兴他去,就不兴咱去?"

小胖子在前头,梁志勇在后头,两人又朝龙潭继续走下去。志勇望着小胖子走路的架势,觉着挺有意思,就带着开玩笑的口吻说:

"瞧!你胖得走路像只鸭子! 要不是就合你呀,俺早就到龙潭了!"

小胖子侧侧身子,指指志勇笑道:

"你这个人呀,就好得了便宜卖乖——"

志勇问:"我得了啥便宜?"

小胖子说:"今儿夜里,这西北风多大呀! 要不是我在前头给你挡着风,恐怕早把你灌死了!"

过了一阵儿。

梁志勇又说:

"哎,小胖子,我有个谜,总是解不开——"

"啥谜?"

"就凭咱们这样的游击生活,整天价饥一顿饱一顿,糠一口菜一口,你这身膘是从哪里来的呢?"

小胖子一腆大拇指说:

"咱是穷苦人,肠胃好,喝口西北风也长膘!"

他俩且说且走,来到了龙潭村外。

这时,村中鸡啼狗咬,人吵马叫,这显然是敌人已经进了村子。怎么办?他俩便找了个蔽身之处隐藏起来,仔细地听着村中的动静。

过了一会儿。村里响起了叮叮哐哐的砸门声。不多时,夜风又传来一个女人连哭带骂的声音。在这时高时低若有若无的吵骂声中,似乎还有一个男人的粗大嗓门儿也夹杂在里边。

除此而外,就只剩下驴叫声、犬吠声和伪军们的嬉笑声了。这些乱乱嘈嘈的声音,和哭嚎般的夜风声搅在一起,闹得七零八落啥也听不清楚。

小胖子听了这些声音,肺管子快要气炸了!

他嗖地扯出腰里的匣枪,向志勇说:

"分队长!依了我吧——"

"啥?"

"打进去!"

年轻人一负上责任就显得老练起来。就说小志勇吧,凭他那个性体儿,要在过去,小胖子这么一吵,他一准得说:

"对!干啦!"

可是今天,他是共产党员了,还是分队长,又是在离开了领导的情况下,他决定问题咋能不慎重?就凭这一点,虽然他和小胖子的年龄一般大,尽管他心里的火气比小胖子还盛,可他表面上却显得比小胖子老成多了!他想:"越没有领导人为我们的行动把关定向,行动越要谨慎,越不能鲁莽行事!"这种想法,使他强力抑制着自己,并向小胖子说:

"那太冒险!"

小胖子在怒不可遏的情况下,和分队长争吵起来:

"打仗嘛,就得冒点险!怕冒险能打得了仗?……"

分队长的职务压住了志勇的性子,使他耐心地说服着小胖子:

"伙计,咱一点情况也摸不上,硬打进去,那不是蛮干吗?再说,我们是奉命出差的,任务在身,要贪着打仗误了事怎么办?……"

小胖子觉着志勇太小心了!就说:

"要不,你在这里等等,我先进村去看看?"

志勇扑哧笑了。他先照着小胖子那起伏着的前胸来了一杵子,说:

"你这个家伙呀,要搞鬼!是不是?"

"搞鬼?"

"装啥糊涂?你是想去自己硬干,然后用'既成事实'逼我'参战',这么一来,这个仗不就打起来了?"梁志勇指着小胖子的鼻子尖儿,笑眯着眼睛逼问道:"你说真心话,我这个说法屈枉你不?"

小胖子的脸腾地红了。

他又还了志勇一杵子,笑咧咧地说:

"都说你是老粗儿,看来,你这个'老粗儿',和张飞一样——是'粗中有细'呀!"

其实,志勇今天所以能揣揣出小胖子的心理活动,是他自己的经历给他提供了开锁的钥匙……

不大一会儿,村中的哭声、骂声和吵闹声渐渐消失了。龙潭街又恢复了原有的平静。

梁志勇站起身来,笑嘻嘻地向那气鼓鼓的小胖子说:

"走哇!"

"哪去?"

"进村!"

小胖子不满地说:

"还去呀?"

梁志勇没说理也没批评,只是笑着来了这么一句:

"你这个家伙!"

月亮落下去了。

黎明前的黑暗,正在紧紧地缠住龙潭街。

梁志勇和小胖子走进街口,拐弯抹角,一直奔着秦海城家走去。

秦海城家来到了。

两扇破烂的门板大敞四开。而且,已被砸得龇牙咧嘴七零八落了。这时,院子里头,传出一阵阵男女间杂的说话声,其中还时而有一声两声的怒骂。

这怒骂是秦海城的声音。

接着,人们也都骂开了鬼子和伪军。黄二愣紧接着人们怒骂鬼子和伪军的余音,大声嚷道:

"全怨老蒋那个王八羔子!平日里,他又要捐,又要税,跟咱老百姓能耐可大啦!日本鬼子一来,他们跑得比兔子还快;扔下这些供养他们的老百姓,不管了!早知有这一天,养那些杂种们干啥呀!"

爱说怪话的老羊倌李月金说:

"二愣啊,你就这个,有点屈枉人家老蒋!"

"屈枉他?"

"就是嘛!人家蒋家的人马,并没全跑净呀!就说白眼狼的二狼羔子贾立义吧,从前不就是国民党县政府的官员吗?人家不就没跑吗?"

"没跑算个啥?当了汉奸!"

"不!人家不叫汉奸,叫'曲线救国'!"

"你俩别扯那个啦!快帮着老秦想个办法吧!"

这位带着焦急口吻的女人,是锁柱的奶奶。

秦海城紧接着锁柱奶奶的话尾说:

"你们全回家去睡觉吧,我自个儿有办法!"

志勇和小胖子听到这里,就知是秦海城家出事了。

他俩跨步闯进门去。

庭院里乱纷纷的。

有只水筲,歪倒了,骨碌在天井当央。水筲旁边,有一条扁担。此情此景告诉志勇和小胖子,在这里刚刚发生过一场搏斗!

他俩进宅时,秦海城正坐在院中一个木墩上。

他低着脑袋抽着闷烟。两个膝头上,横放着一把捎谷刀。捎谷刀迎着星光锃锃闪亮。他的一只手,紧压着膝头上的刀把。李月金猫着腰凑在秦海城的近前,轻拍着他的膀头规劝道:

"老秦,你可不能耍'愣葱'呀!"

秦海城没做声。

黄二愣接言道:

"不耍愣葱咋办?就叫秦大叔活活窝囊死?"

他朝秦海城近前凑凑,又说:

"秦大叔,你要去报仇言语一声,我算一个!"

二愣娘插言了:

"二愣呀二愣,你除了会说愣话还会啥?"

她先挖苦了儿子一句,又来劝慰秦海城说:

"他秦大叔啊,你先放宽心,别着急,着急当了个啥呢? 咱们想个法儿,赶紧去给咱那大刀队送个信儿,叫他们来……"

"大刀队忙着打仗呢! 刚才你没听见枪声吗?"

"他们打完了仗会来的……"

"我们来了!"

最后这一句,是梁志勇的洪亮嗓音。

他这一句,把个二愣娘惊愣了!

二愣娘皱着眉头,眯缝着眼睛,惊望着这位突然出现在她的面前的虎虎势势的小伙子,停了一霎儿,才喜出望外地喊出声来:

"哎哟哟! 这是志勇啊! 看你大娘这老眼花的,自己的孩子都没认出来! ……"

她一边说着,一边笑望着志勇。

这当儿,别人也都围上来,问这问那。二愣娘在人们说话的空间又插嘴问道:

"志勇,就你一个人来的?"

"不!"

"还有谁?"

"那不是——"

志勇朝秦海城那边一指。这时,秦海城正亲昵地抚摩着小胖子那平圆的头顶,在浑身上下地打量他。看样子,他仿佛生怕小胖子的身上少了什么似的。他瞅了老大响,才以大人管教孩子的口吻说:

"瞧你这孩儿! 简直成了土蛋了!"

是啊! 小胖子连滚带爬地打了半夜仗了,身上的土还能少得了哇? 不过,小胖子并不作任何解释,只是摸着自己那胖乎乎的后脖颈子嘿嘿地憨笑。

二愣娘朝那边望了一阵,回过头来,她接着方才的话茬儿又问志勇:

"就你俩来的?"

"嗯喃。"

"队伍呢?"

"在松林里。"

"在松林里做啥?怪冷的!咋不家来?"

"在那里开会呐!"

慈眉善目的锁柱奶奶从旁插进来:

"志勇,俺锁柱也在那里吧?"

志勇冲着锁柱奶奶点点下颏儿:

"哎。在那里。"

"看,这孩儿野的!来到村边上了,咋就不知道家来看看奶奶?忙就不会扒扒头儿再回去?……"

志勇知道锁柱奶奶耳朵不灵了,八成是没听到刚才的枪声,便凑上去,大声说:

"王奶奶!我们刚打了一仗啊!"

"刚打了一仗?好!"锁柱奶奶说,"那仗,打得怎么样啊?"

"咱打胜啦!"

"胜啦?好!可好!"锁柱奶奶说,"这间,仗不是已经打完了吗?俺锁柱怎么就不知道家来看看呢?"

志勇见锁柱奶奶有点不放心,又解释道:

"王奶奶,他现在正在开会,你只管放心好了。我们跟着党,比跟着娘、跟着奶奶还强哩!"

"孩子啊,你别看我是个三斧劈不开的老榆木脑袋,可是你说这个,我信,我一百个信呀!"

在他们说话的当儿,小胖子在那边和李月金攀谈起来。

不一霎儿。黄二愣又凑到志勇这边来了。

大家亲亲热热地谈了一阵儿,便都回家去给队伍拿干粮去了。他们一走,院子里静下来。秦海城向梁志勇和小胖子说:

"走,快屋里歇歇去吧!"

屋里,点着一盏豆油灯。

灯火只有黄豆粒那么大。

夜风从门缝里钻进屋来,向这微弱的灯光一阵阵地扑打着。灯火被风一吹,摇摇摆摆,大而渐小,小而复大,顽强地跟夜风进行着搏斗,时而爆发出一阵噼噼啪啪的愤怒的响声。

梁志勇和小胖子进了屋,坐在炕沿上。他们见秦海城脸很沉,志勇首先问道:

"秦大爷,倒是出了什么事儿?"

"没啥事儿。"

小胖子又插言道:

"今夜里,敌人又来闹腾啥?"

"这群疯狗!……"

秦海城家到底出了什么事哩?

原来是阙八贵把秦玉兰抢走了。

现在,秦海城正在为难——他又想把这件事告诉志勇和小胖子,又怕他们知道了没好处。告诉还是不告诉?老秦的嘴和心合计了好几回,最后还是这样决定了:不告诉!于是,他赶紧把想说的话咽回去,改口说:

"狗杂种作得紧死得快!我看他们还能闹腾几天!"

志勇越听越觉秦大爷话中有话,就一个劲儿地追问:

"大爷,有事你就说呗!为啥不说哩?"

"没事儿,没事儿!"

梁志勇越是追问,秦海城越是不说。这当儿,他只是一口接一口地抽烟。一缕缕的黄烟,从老秦的口腔中和鼻孔里冒出来,聚会在一起,形成一片浓重的烟雾。

不一霎儿,烟雾塞满了屋子。

由于灯光暗,烟雾大,再加上没人说话,屋中的气氛显得异常沉重。这沉重的空气,压得人们喘气都有些困难了。

梁志勇性子急,这时直急得他那方阔的前额上渗出一层细碎的汗珠儿。突然,他猛一低头,只见炕根底下,有一只还没缩完的男人鞋。他一哈腰把鞋拾起来,一瞅,又见有一根闪闪发光的钢针,被一根长长的麻绳连结在鞋帮上。

这只做得半儿忽搭的鞋子,已被那野兽一般的敌人踩了一脚。黑色的鞋帮子上,至今还残留着鲜明可辨的皮鞋印子!

志勇一看,就知这是玉兰同志给八路军做的军鞋。一来,志勇身为八路军战士,还能连那底子特别厚的军鞋也认不出来?再说,志勇已经穿过玉兰做的好几双鞋了,这双鞋和他脚上那鞋又是多么相似啊!

见鞋如见做鞋人。志勇拿着鞋,瞅着瞅着,心里猛地一抽,忙问:

"大爷,俺玉兰姐呢?"

到了这时,秦海城知道再也瞒不住了。他将嘴里的烟袋拔出来,在他腔下那条板凳腿上吃劲地磕着,怒冲冲气愤愤地说:

"叫阙八贵那个老姨子生的抢去了!……"

他说罢,上牙咬着下唇,将那尚未发泄净的悲痛和气愤憋在腹腔里,直憋得他那宽宽的胸脯子急促地大幅度地起伏着。灯光照着他那严峻的脸。他的眼里射出两道愤怒的寒光。

生活中,有些事情,常常在没有预兆的情况下,向那毫无精神准备的人猛扑过来。有些人面对这种局面,由于时间的紧迫,加之事件的严重,他的理智往往来不及起作用,感情冲动取代理智思考而暂时占据了统治位置。

眼下的梁志勇,一听说玉兰被敌人抢去了,心中腾地升起一团熊熊怒火,头脑也涨得有柳斗大!这当儿,在秦海城那像冒着炮弹火光的眼睛里,有两颗不受控制的泪珠儿滚落下来。这两颗亮晶晶的小小的泪珠儿,一映进梁志勇的眼帘,就像两桶汽油浇在了梁志勇那满腔怒火上,使得他再也抑制不住自己的感情了!他砰地拍一下桌子,直震得桌上的壶碗叮叮当当地响了一阵,桌缝里的尘土飞扬起来。墩放在桌面上的小油灯,就像害怕似的紧张地抖动了一阵儿。

秦海城怕灯火熄灭,用烟锅儿拨了拨油碗子里的灯草。

正在晃动的灯光,将秦海城那颤动的身影鲜明地绘在墙上。

梁志勇拍一下桌子还是气不出,又破口骂道:

"胆大包天的走狗!无法无天的野兽!"

这一阵,小胖子也早就气坏了!现在他接着志勇的骂声提议道:

"分队长!咱该追那狗汉奸去?"

梁志勇忽地站起身,一甩腕子抽出了腰里的匣子枪,又就劲儿向小胖子一挥胳臂:

"走!"

"是!"

小胖子也抽出了匣枪。

两人一头冲出屋子。

秦海城呢?他早就怕出这一章,眼下果然就出了这一章!怎么办呢?他也腾地站起身,追到屋门口上,厉声喝道:

"你们给我站住!"

正走在天井当央的梁志勇和小胖子,一下子全都愣住了!他俩都扑闪着一双长睫毛的大眼睛,你看看我,我瞅瞅你,又一齐望望秦大爷那吓人的脸色,全茫然无措了!

愣沉了好大一阵。梁志勇这才以求情的口气结结巴巴地说:

"大爷,你,你……"

秦海城依然是急眉火眼的样子:

"我!我啥?你们是成心把我急死!"

他缓了口气,又加重语气说:

"都给我回来!"

志勇和小胖子在这样一位严厉的老人面前,他们能有什么办法?只好乖乖地走回屋来。

他俩又在炕沿上坐下了。全都憋气地耷拉着脑袋。秦海城知道孩子们心里窝囊,他又是批评又是解释地说:

"你们都老大不小的了!怎么这么不懂事儿?我搭上一个孩子就够伤心的了!你们又要去胡作,叫我再搭上两个孩子?那不得要了你大爷这条老命啊!……"

在他们谈话的当儿,去拿干粮的人们陆续回来了。

李月金在旁边听了一阵儿,就着秦海城的话尾劝说志勇道:

"志勇啊,你脚下当上分队长了,大小也算个头目人儿了,不论办什么事儿,都要想周到点,可不能由着自己的性子来呀!听了不?啊?"

锁柱奶奶也插言道:

"唉!你这两个小孩子,就能把人救回来?你们快去给永生送个信吧!他那心里主意多,叫他想个办法,也好早点把玉兰搭救出来呀!"

"打蚊子用不着高射炮!"黄二愣说,"不就是几个黑狗子?"

他一面朝外走一边说:

"我拿家什去……"

"回来!"

志勇把二愣喊住了。

一个人在气头子上干出来的事情,一旦火气平息下来,往往自己会来个重新估价。到这时,志勇的头脑已开始冷静下来了。他喊住二愣以后,又想劝慰秦大爷几句。可是,说来也怪!他也不知怎么闹的,突然间觉着口也拙了,舌也笨了,词儿也少了!这是因为,他那冲动的感情,不肯和他的愿望合作;他那有限的经历,也还不能及时地提供出一套宽慰人心的话儿来。因此,只是箍着嘴,沉默着。

在这沉默的当儿,梁志勇的心里,各种各样的感情交织起来,搅着他一阵阵地难过。

梁志勇当然知道,八路军是老百姓的子弟兵,老百姓和八路军是一家人;群众的苦难就是我们的苦难,群众的悲痛就是我们的悲痛!他一想起这个,就说:

"秦大爷,你老人家别难过,我们一定想法子把玉兰姐救出来!"

秦海城说:

"孩子,这么多的老百姓指望着你们,你们的担子重啊,可不许为一个丫头去冒风险!"

二愣娘说:

"志勇啊,队伍不是还没吃饭吗?我把人们凑集的干粮都拾掇好了,你们快给队伍送去吧!"

"哎。"

梁志勇提起红荆筐子,一瞅,见里边净些枣泥团子,就问:

"呀!从哪里弄来的这玩意儿?"

"傻小子!明儿不是元宵节吗?"

在这战争艰苦的年月里,对天天生活在枪林弹雨中的游击队员来说,整个儿头脑几乎全被"打仗"二字占领了,还有谁能顾得上去留意这元宵节呢?现在经锁柱奶奶这么一点,梁志勇才猛然醒了腔。

按照这一带的风俗,元宵节这一天,家家户户都吃元宵。不过,真吃元宵的,净些富人,穷人谁吃得起呀!吃不起咋办?好在这一带是小枣产地,价钱便宜,所以人们就用黄面滚点枣泥团子代替元宵。

就是这枣泥团子,哪家穷人也舍不得多做一些,而只是凑凑合合做上一点点,全家人分分尝尝应应点就是了!

现在,志勇见筐子里满满的,心想:"得多少户穷苦百姓才能凑这么多呀!群众都苦煎苦熬的熬炼一年了,我怎么能把这枣泥团子全给他们拿走呢?"他想到这里,便说:

"我们吃不了这么多,捎一半就够了!"

人们都不干。

二愣娘摁着筐子不让往外拿:

"不行不行,一个不能留,都给我捎着!"

李月金带着批评的口气说:

"志勇,你咋这么不懂事儿?这是俺们对咱子弟兵的一份心意呀!"

锁柱奶奶将志勇拿出的几个又扔进筐子:

"这几个是我亲手做的,你们一定要捎上!咱的队伍吃了它,比吃到俺的嘴里还香甜呢!"

梁志勇见盛情难却,只好说:

"好吧!我都捎着。过几天,再来和乡亲们算清……"

"志勇呀,瞧你,又说傻话儿!"二愣娘说,"要算账,这账是永远算不清的——咱八路军为老百姓打鬼子,拼命流血,那鲜血,多少钱一斤?"

在人们说话的当儿,秦海城将挂在梁头上的干粮筐子摘了下来。筐子里也是枣泥团子。这些枣泥团子是秦玉兰亲手做的。

说到做枣泥团子,在这一带还有个名堂呢!

论忙饭打食的手艺,各地区有各地区的标准。有的地方,看一个妇女做饭手艺的高低,主要是看她的煎饼摊得怎么样。有的地方,看妇女做饭的手艺则是看她擀面条。在这龙潭街一带,妇女们要在做饭的技术上大显身手,主要是靠每年必须做一回的元宵或枣泥团子。

要论这一手儿,玉兰姑娘得算个尖儿了。

玉兰这套手艺,是跟她翠花婶子学的。真是"青出于蓝而胜于蓝"!玉兰这个心灵手巧的丫头,眼下做枣泥团子的手艺已经把她翠花婶子超过去了。

哎,玉兰不是在宁安寨她翠花婶子那里躲着吗?怎么又回家来做开枣泥团子了呢?

是啊!要不,哪会有这场祸事哩!

原来是,这里边还有个情由——

玉兰的娘,就是在一个元宵节的前一天晚上,被反动派的兽兵逼得上了吊的!这话,说起来是秦海城带着玉兰闯关东以前的事,到现在已经好多年了。可是,多少年来,每到这天晚上,秦海城就肯定想起这个仇恨,常常暗自伤心落泪。

因为这个,今年又是元宵节的前一天了,玉兰觉着把爹自己舍在家里不放心,因而高低没听翠花婶子的劝阻,从宁安寨跑回龙潭街来了。

因此,这才发生了这场不幸的遭遇!

现在,志勇见秦大爷将盛着枣泥团子的筐子摘下来,要让志勇捎着,志勇不由得想道:"如今,玉兰姐已被阚八贵抢走,前景莫测……这些枣泥团子,又都是玉兰亲手做成的,我怎么能把它捎走呢？不！不能捎，说啥也不能捎呀！"

他想到这里，就说：

"大爷，那些足够了。这些，留下你吃吧！"

"够了也得捎着！"秦海城说，"在咱庄稼户里，这算个稀罕物儿了！你全把它带走，让同志们饱饱地呛上一顿，好去打鬼子呀！"

志勇仍不肯捎。又说：

"这是玉兰姐亲手做的。她……"

"越是她亲手做的，你们越要捎去。她今后还不知会怎么样，这也算她对抗日的一点最后的……"

秦海城说到这里，声音发了颤。

梁志勇怕老人伤心，没让他再说下去。他拦腰打断了秦大爷的话弦，插言道：

"不！大爷，这个，你……"

秦海城急了。

他把眼一瞪：

"什么这个那个的？给我捎着它！"

梁志勇不敢再发犟了。

因为，秦大爷的心意，秦大爷的脾气，志勇全知道。再说，自从在兴安岭下的徐家屯起，志勇就把秦海城当做自己的家长看待，而且，他听秦大爷的话也从那时就已形成习惯了。

因为这个，现在他怕惹得秦大爷生气，所以就没再说"不"，在沉愣一下之后，末了只好说：

"好！听大爷的。"

志勇话音刚落，一些群众先后拥进来。

他们当中，男女老少都有，全穿着补丁衣裳，脸上挂着怒气。房治国一进门，就关切地问：

"老秦，是玉兰叫阙八贵那个杂种抢去了吗？"

老秦"嗯"了一声。他还没开口,人们就你一言我一句地嚷开了。

庞安邦流着同情的眼泪劝老秦:

"心里甭招不开,以后总有办法……"

唐峻岭放开嗓子喊声如雷:

"咱们老少爷们儿都去,找阙八贵那个婊子养的讲理去!"

汪岐山摇头道:

"跟他讲理去?那是对牛弹琴!能管用?"

他继而提高嗓门儿又说:

"要去,就去跟他拼一场!"

就连那位已经挂上了拐杖的乔士英也来了。他拽拽志勇的衣裳说:

"咱那队伍可得快把阙八贵那小子收拾了!"

这当儿,梁志勇望着腾火冒烟的群众情绪,心情十分激动。他放开嗓子向大家说:

"父老兄弟们放心吧!我们饶不了敌人!"

他这么说着,心里那种去向队长报告的心情更迫切了。于是,他借着人们乱乱纷纷吵吵嚷嚷的当儿,偷偷地将秦大爷那筐枣泥团子放在屋门旁,便和小胖子悄悄地溜走了。他俩出了院门一溜飞跑,赶到松林时,晓鸡初啼,天将放亮了。可是,那个战火中的支委扩大会议,还没有结束——

梁永生将拳头从空中往下一砸,说:

"好!就这么定了——先干掉一个汉奸头子!"

小锁柱盯望着永生:

"咱先拿谁开刀呢?"

梁永生将一双笑眼的热光洒向大家:

"锁柱给咱点出题啦,咱们讨论讨论吧!"

沈万泉的视线跟梁永生的视线碰了个头儿：

"叫我说，咱先干掉二狼羔子贾立义那个小子！"

梁永生以启发的口气问：

"为什么？"

沈万泉先抽了口烟，慢吞吞地说：

"贾立义那个鬼羔子，活像狐狸托生的，又狡猾，又阴险！他成天价打着'曲线救国'的招牌，到处迷惑群众！及早干掉他，就除了一条祸根！……"

等沈万泉一口一句地说完后，梁永生这才带着轻蔑的语气接言道：

"是啊！贾立义确实是像狐狸一样狡猾。不过，无论狐狸多么狡猾，它的皮，总是经常被人出售的！……"

永生的话未说结，沈万泉迫不及待地又抢去话头：

"老梁，要决定干掉他的话，就把这个任务交给我老沈吧！我……"

永生笑道：

"你这个意思我倒看出来了——"

老沈兴奋起来：

"就这么定啦？"

"不！"

"咋？"

"这些天来，我和小锁柱，一面找队伍，一面做调查，从群众的反映看，贾立义虽然也很坏，不过，在各个汉奸头目儿当中，他还算不上民愤最大的一个……"

梁永生说到这里，沈万泉又插了嘴：

"二狼羔子是个笑面虎儿！他见人说人话儿，见鬼说鬼话儿，为了迷惑群众，还弄了不少蒙骗人的事儿！可是，他那挂黑心肺，比蝎子尾巴还毒哩!"

"你说的这些都不假。"永生说,"不过,要知道,猴子穿上人衣,会更显出它是兽类。"他停顿一下又说,"咱就说二狼羔子贾立义吧,他尽管在残暴上面又涂上一层伪装作为保护色,可是,他耍的这套鬼把戏,是绝对迷惑不了人民群众的!"永生说到这里转了话题,"不过,现时我们要是先拿他开刀,一来对群众情绪的鼓舞不是很大,二来对伪军们恐怕也起不到杀一儆百的作用。若弄不好,兴许还会有人认为我们这一举动带有报私仇的成分哩!"

他说到这里,环顾着在场的同志们,似乎正在特地寻求着反对的眼光。

沈万泉听到这里,赞同地点点头。

其他人听到这里,也报以赞同的笑意。

可是,情况并不尽然——有个列席会议的战士,却不以为然地说:

"分那么细干啥呀?叫我说,只要是敌人,都该杀!先杀哪个都行,反正是杀一个少一个!"

梁永生对这位战士敢于直率地说出自己的看法表示赞赏。他亲切地拍拍那战士的肩膀,用开导的口吻笑着说:

"小伙子!可不能这么说呀!"

那战士挺刚直:

"为啥不能这么说?敌人还有不该杀的?"

永生依然笑着,耐心地解释道:

"我们打死蚊子,并不是因为它是蚊子,而是因为它在咬人!不是吗?我们消灭敌人,也不是把他们一个不剩地从肉体上都消灭。就说伪军吧,在他们放下武器之前,哪一个不算敌人?都得算吧?"

"当然都要算喽!"

"那么,我们能不能把所有的伪军,一个一个地全杀了呢?不能吧?"永生说,"除了少数罪大恶极的以外,对大多数伪军来说,我们还是要教育他们改邪归正,争取他们投诚反正的!"永生变换一下语气又说,"当然喽,对他们的教育方式,包括武力惩罚!并且,只有以武力做后盾,对伪军的教育争取工作才能奏效!……"

那战士显然通了。他微笑着,在情不自禁地点着头。可是,梁永生并未就此罢休,他再次拍拍那战士的肩膀,又继续说下去:

"小伙子啊,记住:我们和敌人斗,既要用拳头,又要用舌头。光用舌头不行,光用拳头也不行。只有拳头、舌头一齐用,以拳头为主,才是对敌斗争的正确方针呀!……"

曙色微露。

天近黎明。

栖息在树上的老鸦醒来了。它们将一根干枝儿蹬落地上。小锁柱仰起脸,望望树头上那颤颤抖动的老鸹窝,像触景生情地想起了什么,他抢过别人的话头儿开了腔:

"叫我说,咱就上柴胡店去走一遭!干啥?去捅石黑的老窝嘛!"

人们无声地笑了。

小锁柱加重了语气:

"笑啥?俗话讲:'拿鱼先拿头,擒贼先擒王。'咱先干掉石黑那个洋杂种,将汉奸们的'祖宗牌'一端,什么白眼狼啊、阙七荣啊,还有贾立义、阙八贵、疤痢四、乔光祖那些没有中国人味儿的家伙们,不就全傻了眼呀?"

他说到这里,将拳头在胸前一抖,又加上一句:

"叫我看,咱要来上那么一手儿,对群众的鼓舞,对敌人的震动,都是最大不过的了!"

小锁柱这番大议论,逗得人们笑起来。

沈万泉笑着笑着,好像突然想起了什么。他收起满脸的笑纹,掉过头去,向着梁永生半真半假地说:

"哎,永生,我记得你跟我说过,在你小时候,不是捅过白眼狼的老鸹窝吗?"

他这一句,使梁永生回忆起童年的苦难遭遇……

在梁永生百感交集久久沉思的当儿,沈万泉饱含着笑韵又说:

"我是想给你提个建议——"

"啥建议?"

"叫我看,现在你该领上他——"沈万泉拍拍小锁柱的肩膀头儿,"去到柴胡店走一遭,再捅一回'老鸹窝'!"他说着,将一双笑眼转向锁柱,"小伙子!我这个建议你同意不同意?"

锁柱还没答腔,别人接了声儿:

"我同意!"

"我看行!"

"要真去柴胡店捅'老鸹窝',我算一个!"

这些说话的人们,都向小锁柱送去一双炽热的目光。这些炽热的目光,把小锁柱那面颊给烧红了。小锁柱不好意思地作了个鬼脸儿,说道:

"俺净扔些愣话!"

梁永生风趣地说:

"你先别'翻供'——让大家来评论嘛!"

人们对永生这话,报以不出声的笑。

随后,永生缓了口气,又将话路纳入正题:

"在抗日战争中,我们的主要敌人,当然是日本侵略者。日本侵略者,发动侵华战争,不仅给中国人民带来巨大的灾难,就连日本人民,也深受其害。所以,我们是一定要消灭他们的。从这个方面说,锁柱要干掉石黑的主张,是对的。像白眼狼、阙七荣那些汉奸卖国贼,诚然也是一定要惩办的。不过,石黑、白眼狼那些家伙们,老是住在工事里,不常出来,防备又严,拾掇他们怕是一时不易得手!从这个方面说,方才锁柱那番议论,又得算是'愣话'!"

锁柱再次自白:"是愣话!"

梁永生的话却又拐回来了:

"啥事都有两个方面。锁柱那些'愣话',也有它的可取之处!"

锁柱的脸又红起来:"队长净讽刺俺!"

梁永生把笑脸一收,郑重其事地说:

"不!不是讽刺你!比方说,你主张到柴胡店去捅他的'老窝',这一点我就同意你的看法。因为那样干一家伙,震动确实大!……"

一位战士迷惑不解地问:

"既然不易弄到石黑、白眼狼,咱上柴胡店去干什么哩?"

梁永生向早起啄食的鸟儿瞟了一眼,而后指着鸟儿若有所思地说:

"咱们这游击战争,就像那鸟儿啄食一样,麻雀战嘛!一个一个地把敌人消灭掉!这次我们进柴胡店去除奸,就是拔掉石黑的一颗狗牙,我看也是可取的!"

他停了一下。又指指身边的一棵树说:

"除奸,和刨树也是一个理儿。刨树,总是先把树周遭儿的根截断,然后再去挖老根也就好办了。除奸,也是这么个理儿……"

"对!是这么个理儿。"小锁柱先点着头肯定一句。然后又忽闪着大眼建议道:"咱插进柴胡店,先干掉疤癞四怎么样?"他那双目光和人们那询问的目光碰了个头儿,又接着申述道:"疤癞四那个老小子,担任柴胡店的城防,就住在北门以里;我们要去干掉他,好进也好出,比较有把握……"

"我不赞成!"沈万泉说。

"为啥?"有人问。

"因为疤痢四是篮子里的菜!要干掉他,伸手就拿过来!先干掉他没啥意思!我的意见,还是先干掉阙八贵比较合适!"

"又为啥?"

"因为那个老杂种仗凭着他哥阙七荣的势力,对百姓做了很多坏事,民愤最大!对伪军也挺凶狠,伪军也恨他。我们若干掉他,既能鼓舞群众,又能分化伪军,说不定还会增加汉奸头子之间的矛盾哩……"

一个战士接着沈万泉的话音说:

"阙八贵那个家伙,肚子里没硬货,是个大草包!干掉他是容易的……"

锁柱抢过战士的话头又插了言:

"在大大小小的汉奸头子当中,阙八贵对鬼子是最铁心的一个!我放弃我方才的意见——队长,咱就确定先干掉阙八贵吧!"

"我赞成!"

这个答腔的人,并不是锁柱对面的梁永生,而是突然出现在他的背后的梁志勇。小锁柱扭着脖子望了望窜得满头大汗的梁志勇,不由得笑道:

"你赞成?你榫里不知卯里事,赞成啥?"

梁志勇像刚和谁打过仗似的,怒气冲冲地说:

"我听清楚了——宰阙八贵那个老杂种!"

锁柱高兴起来:

"队长,大家意见一致了,光差你这一票了,你快发表意见吧!"

梁永生没吭声。他那两条视线,正在志勇的脸上一圈儿一圈儿地打漩。梁永生这个人,对每一个战士的脾气,都摸得很准。说到梁志勇,当然更是早就吃透了膛的!现在,他望着志勇的气色,心里一琢磨,就断定志勇一定是碰上了什么不顺心的事了,于是问道：

"志勇,出事了?"

志勇先呼出一口大气,说：

"把玉兰抢去了!"

"你说什么?"

志勇由于心里太不平静,再次重复着那句没头没脑的话：

"把玉兰抢去了!"

"谁?"

"阙八贵!"

"多咱?"

"才!"

"咋抢去的?"

志勇把玉兰被抢的前后过程原原本本地说了一遍。最后,他又加重语气说：

"龙潭街上的群众都气炸了!他们都要求我们赶紧想法儿救出玉兰,给俺秦大爷报仇啊!"

要在往日,锁柱见志勇为玉兰的事急成这样,准又得奚落他几句。可是今日,锁柱一听这事,心里的怒气立刻灌满了膛。他忽地站起身,一面不由自主地摆开了马上就要开腿的架势,一面冲着梁永生像下命令似的说：

"队长!走哇!"

梁永生就像没听见一样。他不光是没吱声,连那双忽忽闪闪的眼睛也没看看锁柱。

沈万泉插言了。他眯缝着眼睛问锁柱：

"哪去?"

"上柴胡店嘛!"

"干啥去?"

"去杀阙八贵嘛！"

"你主啦？"

老沈这一句，把个小锁柱点醒了。到这时，他才像大梦初醒似的，猛然意识到方才由于脑子过度膨胀，已经失去理智的控制了。于是，他又悄悄地坐下，可他那双投向永生的目光，鼓荡着急切期望的成分。

与此同时，梁志勇、沈万泉和其他同志们，也都用一副热切期望的目光盯着梁永生。

他们期望什么呢？

他们期望永生赶快说话，把除掉阙八贵的事定下来。

可是，梁永生还是那种老习惯，不肯立即答腔。他将毡帽头儿往后一推，忽闪着一双深沉的眼睛沉思着，久久地沉思着。

会场一片寂静。

过了好大一阵，梁永生这才慢慢腾腾地开了腔：

"好吧！就按大伙儿的意见办——咱就先拿阙八贵开刀，来个虎口拔牙！"

人们活跃起来。

梁永生瞟了瞟同志们那一张张快活的面容，以启发诱导的口气又说：

"咱们再具体研究一下虎口拔牙的行动吧？"

一场热烈的讨论又开始了。

人们各抒己见，争执得很厉害。

不过，先除谁，是个政治性问题；怎么除，是个方法问题；政治性问题既然定住砣了，方法问题显然是不难解决的。正因如此，一个夜袭柴胡店虎口拔牙的行动方案，不大一会儿就讨论出来了。

方案定下后，沈万泉腆着脸望了望天色，然后向永生说：

"我该回去啦！"

"好吧!"梁永生叮嘱道,"不过,还有一件事,需要你注意一下——"

"啥?"

"今后,要通过各种线索,注意了解了解叛徒余山怀的情况……"

事情就有这么巧——当梁永生刚把沈万泉打发走,这个战火中的支委会正要结束的时候,秦海城突然来到这松林里。

秦海城的胳膊上挎着一个筐子。

筐子里盛着枣泥团子。

他迈着大步叉子走进松林,见到正在开会的梁永生他们以后,没容别人说话,就冲着梁志勇发开火了:

"瞧你这孩儿!咋不听大爷的话?总得罚我跑这么一趟?真该给你两掴子!"

秦海城这喜声笑韵的责备口气,将一股家庭气氛带进了这荒洼漫野的松树林。这种气氛,使得这些正处在战火硝烟之中的八路军战士们,感到仿佛自己正置身于家庭生活中,饱享着父母抚爱的幸福。

梁永生笑望着秦海城站起身来。

梁志勇涨红着脸,颇带孩子气儿地憨笑着。可是,他啥也没有说,抬起屁股大步赶上前去,接过了秦大爷手中的筐子。

这时,梁永生和小锁柱他们,也都凑过来,将个秦海城围在了当中。

梁永生握住秦海城的手,欣然道:

"秦大哥,你来得正好儿——"

"啥?"

"我正想派人去找你哩!"

"找我?"

"对!"

永生说罢,将方才他们商量的夜袭柴胡店的事告诉给了秦大哥。谁知,永生一提这个,秦海城就着开急了:

"胡闹!简直是瞎胡闹!"

秦海城没容永生张口,他缓了口气,带上几分责备的语气又道:

"唉唉,我说永生啊永生,你也是三四老十的人了,又是个头目人儿,怎么耍起老粗儿来了?……"

梁永生说:

"秦大哥,这个'夜袭柴胡店'的计划,哪里不细致,哪里不合理,你只管提出来,咱还可以改呀……"

"我不是这个意思!"

"你是啥意思?"

"你们去夜袭柴胡店就不对!"

"不对?"

"当然!"

"为啥?"

秦海城生气了:

"你咋不想想,有多少群众在指望着你们?有多少更重要的工作需要你们去做?你们咋能为了一个丫头就去冒这么大的风险哩?胡闹!简直是胡闹!"

梁永生听到这里,知道秦海城是误解了大刀队这次夜袭柴胡店的目的。因此,他对秦大哥的批评,从内心里觉着又舒服又感动,又敬佩又高兴。他心里说:"秦大哥越来越进步了!"同时,他还意识到,方才光告诉了秦大哥夜袭柴胡店的行动计划,并没把这次"夜袭柴胡店虎口拔牙"的全部目的跟他讲清楚。于是,他又告诉秦大哥:这次夜袭柴胡店虎口拔牙,是一项通过军事行动来完成的政治任务,并不仅仅是为了去救玉兰;而且,在知道玉兰被抢之前,就已经决定要打个除奸战,先除掉一个罪大恶极的汉奸头子,还曾有人提出先拿阙八贵开刀……在知道玉兰被抢之后,只是来了个将计就计一箭双雕。

经过永生这么一解释,秦海城高兴起来。

梁永生问:"秦大哥,现在你全明白了吧?"

秦海城兴冲冲地说:

"我全明白了!你们就是要像孙悟空那样,钻到敌人的肚子里去,闹他个人仰马翻!……"

"对!"梁永生又问:

"秦大哥,给你安排的那项任务怎么样?"

秦海城笑道:

"永生啊,看你傻的!咋问这话?这不正是我为抗日出点力的好机会吗?你只管放心吧!分配给我的任务,我保准完成就是了!"

话毕。他们俩都无声地笑了。

曙光正温柔地抚摸着他们。

晨风在调皮地掀动着人们的衣角儿。

正在这时,运河对岸传来几声枪响。显然,这是日本鬼子的"讨伐队",又照例在这黎明时分出动了。

梁永生一声令下,松林里又响起了唧唧呱呱的鸟叫声。继而,便是从四面八方聚拢过来的脚步声——大刀队的战士们集合了。

永生握着秦海城那双布满硬茧的手,含情带笑意味深长地说:

"秦大哥,天快亮了,敌人又出窝了,我们该走了!"

秦海城问:

"你们要到哪去?"

梁永生风趣地说:

"去给敌人找点活干呀!要不,人家捎的那担架不就用不着了?"

秦海城会意地笑了。

梁永生将枣泥团子给战士们分开,让他们带在身上,又将两只筐子都交给秦海城,然后紧紧地握住秦海城的手,微笑着,意味深长地说:

"秦大哥!柴胡店再见!"

秦海城满面春风地笑着:

"好!我准在那里等你们!"

曙光正在洒满大地。

披着曙光的大刀队,迎着枪声走去了……

第五章　虎口拔牙

虽说已经打春了,地处北国的冀鲁平原,还被春雪覆盖着。

飕飕的西北风滚过荒原,圈圈打旋,嗷嗷怪叫。黄灿灿的月光,透过枣林的枯枝洒在地面,昏昏沉沉,花花点点。由于风吹树摇,那花花点点的月光在雪地上不安地移动着。

夜空里,间或有颗流星飞过,在天幕上留下一道白光,眨眼之际又消失了。

树木的枝条上,包裹着冰凌,仿佛镀上了一层银。

空旷的漫洼里凉森森的。

一更时分,寒月不见了,又刮起雪花来。

毛毛绒绒的雪片,愈飘愈大,愈下愈密,纷纷扬扬,铺天盖地。它,填平了累累弹坑,埋没了斑斑血迹;但,它掩盖不了帝国主义侵略者的滔天罪行,也压抑不住燃烧在中国人民胸腔中的抗战怒火!

你看!在这雪浪滚滚的荒原上,有一支精悍的小队伍,那不正在顶风冒雪悄然疾进吗?

这支小队伍,摆成一溜长蛇阵,一个紧跟一个地走着。他们那沙沙的脚步声,和这漫野的风雪声搅在一起,恰似一曲悦耳的音乐。

战士们那红扑扑的脸上滚动着汗珠。

一团团的热气,从他们的口腔里、鼻孔里、衣领里钻出来,又在战士的眼眉上、帽檐儿上结成了霜雪。这些热气凝结成的白霜,和从天上落下来的雪片掺混一起,形成了白花花的一层。

有的人，一边行军一边啃干粮；

有的人，抓起一把雪填进嘴里；

还有的人，习惯于走着路睡觉，在这雪夜行军的征途上，照样发出了续而又断、断而又续的鼾声。

要知道，我们这些像钢铁一样坚强的游击战士们，牵着"讨伐队"的"牛鼻子"赶了两天圈儿集，直到如今，他们还没顾得吃上一顿囫囵饭，也没捞着睡上一个钟头的安稳觉啊！

这支小队伍是哪一部分？

这就是我们那支要去虎口拔牙的大刀队。

一天来，敌人的"扫荡队"、"讨伐队"、"清乡队"，南一路，北一路，左一股，右一股，又"合围"，又"追剿"，直闹得村村庄庄鸡飞狗咬，漫洼遍野硝烟弥空。我们八路军大刀队的游击战士们，和各村的民兵配合一起，协同作战，敌进我退，敌驻我扰，敌疲我打，敌退我追，跟敌人进行着迂回周旋，使敌人到处挨打，并遭受了重大伤亡。

而今，这支惯于连续作战的大刀队，这不又出现在奔袭柴胡店的征途上！

柴胡店据点已经不远了。战士们全都抖擞起精神。你看！他们啃干粮的不啃了，"睡觉"的醒盹了，个个雄赳赳，人人气昂昂，在准备迎接这场出奇兵、入敌巢、虎口拔牙的战斗！

你瞧！我们的队伍多威武呀！

每个战士的前腰带上，都斜插着一支匣子枪，匣枪张着大机头；

每个战士的脊梁后头，都背着一口大砍刀，大刀片儿被白雪一映闪着威风凛凛的寒光！

大刀队队长梁永生，一马当先，走在队伍的前头。

他，昂首挺胸，风风火火地大步走着。风雪仿佛正在故意跟他开玩笑似的,时而偷偷地掀动他的衣襟,时而又撒娇地扑打他的面颊。这时,永生那张被风雪扑打成紫红色的脸上,是坦然、平静的,是春风拂动、笑意荡漾的。这笑意,是共产党人在即将投入战斗时所特有的。

可是,凡是了解永生的人都知道,他眼时下的心境,就像这场风搅雪的旷野一样,没有半点平静!

几十年来奔走了几千里的艰辛经历,几年来抗日游击战争的生活实践,使梁永生养成了爱在路途中思考问题的习惯。

今夜,他带领着这帮两头齐的小伙子们,一边行进一边在想:"这些来自五湖四海的战友们,都是那些军属老大爷、老大娘们,一把屎、一把尿、一把血、一把汗拉扯大了的。他们把亲生的骨肉,亲手送进八路军,这等于是自己摘下自己的心肝交给了党啊!……"

他回手扶起一个滑倒的战士,继而又想:"党,又将这些人民的战士——革命的宝贝,交给我梁永生,这是军属老人们对我多么大的重托!这是党对我多么大的信任啊!今后,我一定要像爱护自己的眼睛那样,爱护这些战士们。让他们永远沿着毛主席的革命路线前进,在抗战救国的伟大事业中发出更大的光和热。"

永生想到这里,他感到肩上的担子更加沉重了。

如何用最小的代价换取最大的战果?这一点,是每一个指挥员在战斗之前必然要想到的问题。对梁永生来说,他更把这看作是自己所负有的特殊责任。因此,眼下他又集中精力,预测着在这次战斗行动中,有可能会出现的种种情况。

梁永生正且走且想,运河出现在他的眼前。

这条令人触目惊心的运河,给他留下了多少难忘的记忆啊!

如今,运河已经开化了。

刚刚从冰封中解放出来的河水,就像挣脱了马缰的烈马一样,乘风奔腾波浪滔天。一道道的浪峰,好像一口口银光闪烁的大刀。

有一些冰凌块子,漂浮水面,随坡逐流,滚滚而下。它们,时而爬上像座小山般的浪尖儿,时而又跌入赛个龙潭似的漩涡;有的在漩涡中团团打转儿,有的从漩涡中蹦出来,宛如离弦之箭那样,向前冲去了!

这间,梁永生的脑海里,也浮起一个正在团团打漩的念头。

他在想啥呢?

莫非是他面对着运河想起了惨死的爹娘?

还是这波浪滔天的景象使他回忆起了那年的水灾?

不!不是。都不是。如今正在他脑海中圈圈打漩的念头是:这个夜袭柴胡店虎口拔牙的战斗方案,还有没有什么漏洞?

梁永生想着走着,走着想着。

时而,他扭头问问锁柱:

"哎,担任策应的民兵,不会因风雪迟到吧?"

时而,他又转身去问志勇:

"咱潜入的路线,不会出岔头儿吧?"

虽说在出发之前,他曾对各项准备工作做过严格而细致的检查,可是,直到快要靠近柴胡店了,他还再次叮嘱民兵黄二愣说:

"你和秦海城规定的联络信号儿,可别弄错了哇?这是军事行动,可来不得半点马虎!"

黄二愣紧贴着永生,边走边说:

"梁队长,你准是寻思俺是个'二愣',短不了干些少头没尾巴、驴唇不对马嘴的事,是不?可是这一回呀,队长你就瞧好吧,保险差不了事儿!因为俺懂,这桩事,要是弄得卯不对榫,那不裂瓢啦?……"

永生用肘子捣他一下儿。

二愣知道这是嗔他说这些闲话,赶紧将嘴闭上了。

二愣的肚子里,别看能装下八碗干饭,可是却装不住一句话。

方才,他由于肚子里的话没倒净,这一阵,肚子里头总是一攻一攻的。

不一霎儿。

二愣感到浑身发烫,有一种欲望在燃烧。于是,他又把嘴凑到梁永生的耳边来了:

"队长,这一手儿办对了,可该答应俺了呗?"

"啥?"

二愣将拇指和食指一张,比了个"八"字:

"干这个呀!"

他说罢,一双期待的眼睛充满光彩,映着雪光一闪一闪的。

梁永生的巴掌拍在二愣肩上,用责备的口吻掩饰着爱抚的心情说:

"瞧你!那股子'二愣'劲儿,管又露馅子了!这是个啥火候呀?咋又叨叨起这个来啦?"

梁永生一点,二愣醒了腔。他憨笑了,脸也红起来。这时,他多么感谢这苍茫的夜幕啊!因为是夜幕替他掩盖起了那种难以为情的窘相。

来到柴胡店近郊了。

梁永生先照原定计划将战士们部署好,又派出人去和前来参加这次奇袭活动的民兵联系,尔后,他这才领上志勇、锁柱和二愣来到柴胡店街外的这座土地庙前头。

这里,是他们和秦海城的联络地点。

突然,有个时隐时现的人影,出现在风雪中。

当那人影正向这土地庙移动的当儿,又传来了若有若无的鸟叫声。这时,擅长口技的锁柱,也学起鸟叫来。这联络信号发出后,只见有个黑小伙子,踏着被白雪覆盖的坷垃地忽呀颤地直扑过来了。

永生见来者只身一人,又是两手空空,作为一个指挥员的直感告诉他:这个黑小伙子不是坏人。于是,他就想上前答话。

可是,二愣出于对领导人的关切,他倒多了个心眼儿,就抢前一步挡住了永生,向那来人劈头问道:

"你叫啥?"

"唐铁牛。"

"从哪来?"

"柴胡店。"

"来干啥?"

"来,来……"

铁牛只说出一个"来"字,又收住话头改了嘴,反问道:

"你叫啥?"

"黄二愣!"

"你们是……"

"自己人。"

这一句是永生答的。因为他怕造成误会,所以抢先开了腔。并且,他一边答着话,一边赶上前,握住了唐铁牛的手。

一握手,永生心里踏实了。

这是因为:唐铁牛,是龙潭街上老石匠唐峻岭的儿子。由于家境穷,说不上媳妇来,招婿到柴胡店来了。他来到丈人门上以后,还是靠他那祖传的石匠手艺耍外作混饭吃。这些情况,永生早就知道,可他并不认识唐铁牛。眼下,他握着唐铁牛的手,就着雪光仔细一瞅,只见这位小伙子长得很像他的父亲——中流个儿,长方脸,两道黑黑的剑眉下,有一对倔强而又灵醒的大眼睛。同时,他从握手中,又发现铁牛的手掌硬得赛把老虎钳子,而且布满了厚茧。除此而外,和铁锤打过多年交道的梁永生,还从感觉中弄清了他那些手茧的位置,并从手茧的位置又进而判断出:他是一个常摸锤把的人！这么一来,永生暗想:"这个黑小伙子,八成真是那个唐铁牛!"

这个判断对不对呢?

梁永生为了给这个判断找出更多的依据,便将铁牛拉到庙门底下,和他进行了这样一段对话——

"小伙子,多大啦?"

"二十四。"

"你爹叫啥?"

"唐峻岭。"

"你来送信吧?"

"嗯喃。"

"谁派你来的?"

"秦海城。"

"你怎么认识他呢?"

"抗战前,我爹去闯关东的时候,在徐家屯认识了他。"铁牛说,"一年多以前,他来龙潭街落了户,我们两家的关系,就更近乎了……"

"秦海城叫你来找谁呀?"

"找梁永生。"

"他不在呢?"

"找梁志勇、王锁柱都行。"

"你认识梁永生吗?"

"不认识！"

"我就是。"

铁牛一听乐了。

他对永生也更亲近了。

两人攀谈了一霎儿,铁牛告诉永生:阚八贵的"婚礼",已经闹腾完了。眼时下,人都散去,只剩下他的一伙狐群狗党酒肉宾朋,正喝"喜酒"!

永生问:

"这些情况,你是咋知道的?"

铁牛说:

"秦海城告诉我的——叫你们快去。"

"好吧!"永生转向志勇、锁柱,"按原定路线……"

"不!不行了!"铁牛说,"那条路线,敌人加上岗了!"

久经战阵的梁永生,尽管他完全懂得,在任何一次战斗过程中,事先预料不到的意外情况总是难免的,可是,今天这个变化,来得太突然了,闹得这位一向是足智多谋的梁永生,也猛然一愣。

"有办法——跟我走!"

铁牛胸有成竹地说了这么一句,继而又将他发现的路线告诉给梁永生。永生听后,高兴地同意了:

"好!"

接着,这支由五人组成的精悍的小队伍,以铁牛为向导,以永生为指挥,在风雪夜幕的掩护下,悄悄地向着柴胡店据点的围墙靠近着。永生一边走一边悄声嘱咐着铁牛:"咱们这次夜袭柴胡店,力争打个哑巴仗,无论遇上什么情况,你可不要随便出声儿呀!……"

他们越走离据点越近了。夜空中的浓色黑影,隐隐约约地勾画出了柴胡店据点的轮廓——

它,宛如一个长方形的岛子,浮沉在茫茫苍苍的夜海中。它的周遭儿,挖了一圈儿很深的壕沟。利用从壕沟中翻出来的泥土,又沿壕沟里沿儿筑起一道高高的围墙。围墙南面的正当央,砌了个发碹大门,叫围子门。围子门洞的房顶上,修了个足有丈数高的二层楼,兀然耸立,那是岗楼子。除此而外,在围墙的各个角上,还修上了角楼子。那里头,也是昼夜设岗。

在这夜静更深的目下,据点的周围一片黑暗,静悄悄的没有一点声息,只有那一缕缕的阴暗的黄光,从各个岗楼子上的枪眼里射出来,贼闪闪的,好像那毒蛇猛兽的眼睛。

在各个岗楼子之间,还各有一个巡城流动哨,像个幽灵似的在那围子墙上来来回回、来来回回地走动着。

这时,白雪反射出的光亮,帮了梁永生的忙。他的眼里放出两条无畏的锐光,借着这微弱的光亮,眺望着那个黑乌乌的敌人据点,不由得心中暗道:"敌人的戒备可真森严哪!"这时节,他虽然头脑里充满着胜利的信心,也完全相信铁牛这个向导的忠诚,可他出于强烈的责任感,还是情不自禁地在叮嘱着自己:"梁永生啊梁永生!你可得高度警惕处处小心啊!"

你看!谨慎的梁永生,瞅了个巡城哨遛过去的空子,这才机智而迅速地将他的突袭小组带到壕沟沿上。

铁牛隔壕一指,悄声道:

"你看——"

永生将头贴在铁牛的肩上,顺着他的手臂朝前一望,只见围墙上有个隐约可见的水眼。那水眼,刚能钻过人去。

敌人太蠢了!怎么留了这么大个水眼?

唐铁牛小声解释道:

"原先,这水眼当中还有一摞砖,刚才我从这里爬出来的时候,把砖摞抽开了……"

梁永生用手势止住唐铁牛的话头儿,又用手势发布了命令——行动!

随即,他们用上了那惯用的过壕方法——永生和锁柱趴在壕沟沿儿上,两人各抓住志勇一只手,先将他送下沟去;梁志勇无声地下到沟底以后,紧贴沟壁站直,两手交叉放在小肚子前头;人们第一步先蹬在志勇的肩上,第二步又跐上他的手,第三步便到了沟底。

就这样,一个接一个,一瞬间便全下去了。

继而,他们又你顶我拉,顺着那个用砖砌成的水簸箕爬上围墙半腰,钻进了那个大水眼。

由于围墙厚,水眼长,他们五个人全钻进去,竟能容得下!

头一个钻出水眼的是小锁柱。

不好了!

怎么的?

小锁柱刚刚站起身,正在各处撒打看情况,那个巡城哨又溜达回来了!

这再咋办?锁柱正想法儿,就听围墙上传来一声尖叫:

"谁?"

这一声余音未落,紧跟着又是一声:

"口令!"

锁柱哪知道敌人的口令!可是,敌人已经发现了目标,隐蔽显然是不行的了!这再怎么办哩?

有的人,在遇上危急情况的时候,常常会突然间生出智慧来;特别是对一个久经战阵的革命战士来说,更是这样。这时的小锁柱,面对着那个一面问口令、一面拉枪栓的敌人巡城哨,灵机一闪,当即发出一种年轻女人的声韵:

"老总啊,俺是找鸡的……"

嘿!你看锁柱这位大小伙子,装腔作势学女人学得多么像啊!直逗得藏在水眼里的人们险些笑出来!

锁柱的口技怎么这么好?

这得啰嗦几句:

人在少年时代,爱好往往是多种多样的。锁柱这套好口技,就是少年时候练出来的。那时节,庙会上有一位讲《聊斋》的说书艺人,口技特别好。他对书中各种人物的声腔韵调,都学得那么形象、生动。小锁柱听后,喜爱上了。喜爱就想学。从那,锁柱便不由得练起口技来了,而且练的成绩还相当不错。大概连他自己也觉着有意思——这本来是练着玩的,可自从他当上八路军以后,在天天和敌人周旋的游击战争中,却不止一次地发挥了作用!

就说眼前吧,小锁柱用女人的声韵一哄骗,那个咋咋唬唬的巡城哨立刻不咋唬了,他把枪往肩上一挎,忘乎所以地跑下围墙来了。这时的小锁柱,装出害怕的样子,慌忙向附近的一个猪窝后头躲避……

一霎儿,那个敌人巡城哨,以饿虎扑食的架势,追到了猪窝后头。当这个跑得眼花缭乱的伪军正要上前抓挠锁柱时,锁柱的枪口猛地拄上了伪军的胸口:

"别动!"

此刻,巡城哨眼中的那个"女人",蓦然变成了一位全副武装的小伙子!他是干什么的?显然,像这样的问题,那个伪军不用多想便可明白:他准是个游击队!因此,现在的巡城哨,直吓得真魂出壳,语言哽咽,浑身哆嗦开了!

这当儿,梁永生他们,先后钻出水眼。

他们来到近前,啥话没说,就在永生的指挥下,七手八脚一阵忙——先脱下伪军的军衣,又用他自己的裹腿把他捆绑起来,并用毛巾塞住他的嘴,尔后扯扯拉拉拖到围墙根下,将他填进那个大水眼里。

在小锁柱他们几个忙活这些的同时,梁志勇按照队长的命令穿上了伪军的军装。

该忙的都忙完了。

人们全消停下来。

梁永生风趣地说：

"志勇！叫人家歇一会儿，你就替他一班岗吧！"

聪明的志勇，当即领会了队长的意思。他含着笑韵应了一声"是"，便背起了巡城哨那支马四环步枪，飞步腾身，跑上围墙。

梁永生将视线从志勇身上收回来，又转向锁柱等人挥手道：

"走哇！咱们逛逛柴胡店去！"

在战斗中，指挥员的精神状态，对参加这次战斗的每一个人来说，都具有一股强大的感染力量。刚才，黄二愣他们刚进围墙时，心情或多或少是有点紧张的。可是，现在梁永生这些话，就像在他们的心里刮了一阵旋风，将他们那种似有似无的紧张心情，一下子给刮了个干干净净。

夜，深了。

梁永生一行人，顺着一条小街，风快地走着。

街面上的雪已被风刮走。小街上，黑乎乎的。有些柴草的叶片，被风一吹，正在到处旋舞，情景分外阴暗，分外凄凉！

小街旁，有个不大的空场。

空场上，垛满了柴草。

这柴草全是敌人的。敌人为了据点的安全，一向是将囤积的大批柴草，存放在外围子里头某一个远离据点的地方。今天，小锁柱一望见这垛柴草，觉着脑际忽地一闪，随即捅了永生一把，悄声道：

"队长！咱该去个人，把那草垛点着——"

他稍一停，见永生没啥表示，便又说：

"咱那么一来，敌人准得出来救火！他们一救火，不得乱套？他们一乱套，咱们的行动就方便了……"

在锁柱说话的当儿，有许许多多的念头，从梁永生的头脑中闪过去——

乍一开头儿,永生的想法儿是:"锁柱说得有理……"可是,这个念头没有站住脚,就被从另一个角落里涌出来的念头给推倒了:"不行,不行啊!一来,敌人一到这里救火,不就堵住了我们的退路?二来,街上一乱腾,阙八贵还会老实地等在那里挨收拾?三来,敌人是狡猾的——我们那么一搞,会不会打草惊蛇、弄巧成拙误了大事?另外,火场周遭儿的老百姓,还八成得因此而吃苦头!……"

这种种想法,只是在一眨眼的当儿,便从梁永生的头脑中闪过去了。同时,他的心里虽然想了这么多,可是他的嘴里,却是啥也没说,只是向锁柱摆了摆手,一步未停地朝前走下去。

过了一阵。

梁永生等人正朝十字街走着,突然有几道手电筒的光束,闪现在前边的十字街口上。

这时,永生他们,有的一闪身躲进胡同,有的将身子贴在墙上……

铁牛悄声告诉永生:

"敌人的巡逻队!"

咔嚓嚓,咔嚓嚓,一阵皮鞋声,从前头的十字街口上由东而西响过去。

永生他们又顺着小街继续前进了。

不一会儿,他们神不知鬼不觉地穿过了十字街……

不一会儿,他们又神不知鬼不觉地进入一条胡同……

阙八贵的"洞房",就在这个胡同里。

这是一条拐子胡同。

而且,这条拐子胡同,还是死喉头儿——只有这一头儿可以出进,那另一头不通气儿。

这个胡同口上,有个坐东朝西的角门儿。铁牛走进胡同后,先凑到那个角门儿近前,挂上门钉吊儿,又从衣袋里掏出一把锁,将门锁上了。梁永生用眼睛问铁牛:这是为什么?铁牛咬着永生的耳朵告诉他:"这个角门儿,是苏秋元家。那个小子,嘴说人话,心怀鬼胎。锁上他的门,是防备他万一发坏……"梁永生赞赏地点点头。接着,他们便顺着胡同向前走去。在快要接近阙八贵的院门口时,见有一个伪军门岗,狗蹲在门口上,抱着枪,倚着门,正在打瞌睡。这时节,一阵阵的狂笑声,合着打鼻子的酒腥味儿,一齐飞出院门口。

梁永生向锁柱甩头示意。

锁柱像只灵巧的小猫儿似的,紧贴着墙皮蹿过去,猛地卡住门岗的脖子。那呼噜呼噜的鼾声,一下子止住了。他因为不了解院中的情况,怕引起敌人的惊觉,就学着刚才那门岗的鼾声呼噜起来。

锁柱真能!你听,他学得多么像啊!

一瞬间。随着几个黑影的移动,二愣、铁牛扑过来。他们还是用收拾巡城哨的办法——捆起门岗的四肢,堵住嘴,放在门扇后头的墙根下。

这一阵,永生全神贯注,监视着院里院外的动静。

突然,当的一声,伴随着门响有个人走出屋来。

糟糕!永生心里一震,轻声命令道:

"准备战斗!"

锁柱、二愣闻令提神,做好了战斗准备。

铁牛拣起门岗的"汉阳造",也端在手中。

就听见,那脚步声,先由远而近,又由近而远;紧接着,天井当央出现一个黑影,朝院子的东南角上那个厕所走去了。

黑影到了厕所附近,发出一声干咳后,消逝了。

二愣将憋在胸口的那股大气呼出来,小声说:

"该着这小子多活一会儿！"

永生嫌他多嘴,戳他一把。随后,又将嘴贴在他的耳朵上说："你,负责监视厕所里那个小子！"

"哎。"

"他,要走出来,就放倒他！"

"哎。"

永生又把铁牛安排在门口上,便和锁柱进了天井。

这所灰蒙蒙的庭院,建筑物不多。除了西南角上这个角门洞而外,还有东南角上那个厕所,再就是那个主要建筑物——北房了。

北房,坐落在庭院北面的正当中。那探出墙面的屋檐,挂上了一层雪粉。西间的窗户上,糊着窗纸。东间的窗户上,在窗纸当中还镶着一块玻璃。目下,扑打在玻璃上的雪片,相继化成水珠儿,好像眼泪似的往下淌着。这座北屋的左右两侧,各有一个二尺多宽的夹道儿。西夹道儿里,有棵干巴榆树,树上挂满雪花。

有只夜猫子,正落在树头上。

你看！永生他们的动作是多么敏捷、轻盈、严密呀,直到永生、锁柱来到北屋近前时,那只夜猫子并没被他们惊走！

小锁柱,一手枪,一手刀,封住屋门口。

梁永生,来到正亮着灯的北屋西间的窗台前,将手指放进嘴里湿一湿,轻轻地点破了新糊的窗纸,又将眼睛紧贴在那个小小的孔洞上,活像孩子们在庙会上看洋片那样,往里头瞅开了。

他只见,这座正房,一连三间,两明一暗。

东间,是个暗间。有道隔墙,将它和这两间分开了。隔墙门口上,挂着花门帘。门帘两边,贴着一副对联。对联告诉永生:这间屋就是所谓的"洞房"了。

显然,那位落入敌人魔掌的秦玉兰,现在就在这间屋里。

梁永生心如油煎！

西间和中间，都是明间。两间通连着。

这时节，梁头上挂着一盏大围灯，灯下放了一张八仙桌。一帮鬼头蛤蟆眼儿的家伙们，正在酒肉的腥雾里喝酒划拳。他们围桌而坐摆了个人圈儿。桌面上，盘盘碟碟摆了一大片。

这边在喊：

"二位仙哟！五魁首哟！……"

"九连环哟！全到了！……"

那边在叫：

"四季花喽！八匹马喽！……"

"三英战吕布哇！独占鳌头哇！……"

在这些人面兽心的家伙们旁边，还坐着一位生满络腮胡子的庄稼汉。他，就是秦玉兰的父亲——秦海城。这一阵，秦海城坐在桌角处，一直是歪着脖子抽闷烟。他那宽阔的胸脯子，一阵阵地起伏着。他的脸上，冷冰冰的。嘴边上的几道斜纹，绷得像弓弦一样紧。那扎煞起来的络腮胡子，正在微微地颤动着。

也许是梁永生特别细心的缘故吧？他已分明看出，秦海城正揣着一股恼怒难忍、焦急难耐的心情，用那网着血丝的眼角儿，悄悄地瞟扫着屋门口。

他是多么盼望那屋门响上一声啊！

吱扭一声，门，真的响了！而且开了！

房门一开，一阵清风扑进屋来！

伴随着这阵清风，屋门口上，闪进两位身材魁梧的彪形大汉。

他们就是梁永生和王锁柱。

他二人，一手端着匣子枪，一手举着大刀片儿，肩并肩地站在屋门口上；两双炯炯的视线，宛如四条火龙，闪射着出膛炮弹一般的光亮，直瞪瞪地盯住了围桌而坐的家伙们。所有这一切态势、神情,再叫那花花搭搭挂满全身的雪花一衬,愈显得像那天兵天将一样威风!

冲门而坐的那个噘噘嘴儿,首先发觉了,一下子慌了神,失声地喊叫了一声:

"八路!"

背门而坐的是阙八贵。他头上戴着礼帽,身上穿了一套鼠皮色的西装。这个老小子虽然长得没个人样,可是后脑勺上并没长眼,看不见脊梁后头的情景。他以为是噘噘嘴儿故作惊慌开他的玩笑,就拍打几下因酒精中毒而浮肿起来的眼皮,揩一下油嘴,满不在意地说:

"伙计!别来这一套!你拿八路吓唬谁?"

他半醉半醒地拍拍鸡胸脯儿,把嘴角子一耷拉,又吹五作六地说:

"别看都吆呼神八路,那是风声鹤唳!我阙某虽说不是马王爷,没长前后眼,可我敢断定,他那神八路天胆也不敢上这太岁头上来动土……"

阙八贵说着,还用他那被大烟熏黄了的手指指了指他的狗头。可是,他的话没落地,忽听背后一声怒喝:

"不许动!"

又一声怒喝:

"举起手来!"

这两声喝令,像落地的霹雳,吓得那些慌手撒脚的群丑们,全都像发疟子似的打开了冷战,抖抖嗦嗦地举起了双手。

到这时,那个扭着觑细精长的鸡脖子的阙八贵,吓得骨酥筋软,喝进肚子的酒都变成了凉汗。他一面用那散光失神的猴儿眼盯着明晃晃的刀刃,一面将那两只鸡爪般的黑手慢慢地举上去!

可是,他没迭得把酒盅子放下!

盅里的酒,顺着他的胳膊腕子向袖筒里淌去!由于他那举起来的手爪颤颤巍巍直哆嗦,而且是越哆嗦越厉害,三哆嗦两哆嗦把那酒盅子哆嗦掉了!只听啪的一声,摔了个粉碎!

屋里充满紧张气氛。

在汉奸们的感觉中,这时谁要喘一口粗气,整个房子就会爆炸!

锁柱眼望着汉奸们这种草鸡样的丑态,回想着他们往日那种扬风扎毛不可一世的凶相,觉着真开心呀!可是,他一想起这些狗杂种那一桩桩一件件的罪行,胸中的怒火又升腾起来。要不是党的俘虏政策控制着他的感情,他真想二拇手指头一勾,让这些披着人皮的野兽,统统变成枪粪!

梁永生闪着鄙视的目光冷冷一笑,用匣枪口点着阙八贵那虚汗如河的额盖说:

"阙八贵!认得我吗?"

"不,不认识……"

"你成天价,又'讨伐',又'扫荡',扬风扎毛,张牙舞爪,要捉八路军,要逮梁永生,是吧?今儿个,就叫你开开眼界,见识见识吧——我就是八路军!我就是你那外国洋祖宗悬赏缉拿的那个梁永生!"

汉奸们听了这些话,更抖喽上劲了!

这些外强中干的尿包们,虽说知道有个大刀队队长梁永生,并且也听说过梁永生枪法如神,百发百中,十分厉害,可是,梁永生究竟是个啥模样的,他们谁也没有见过。今天夜里,外头刮着风,下着雪,而且又是在这层层设防、岗哨如林、戒备如此森严的据点里边,梁永生这位令人闻名丧胆的人物如同从天而降,突然出现在他们的酒席面前,这怎能不使他们头嗡耳鸣眼冒金花?又怎能不使他们虚汗如河面无人色?

这阵子,锁柱一直是一手刀,一手枪,站在门槛上。

他用两条巡视的目光,居高临下地监视着每个敌人的举动。待永生话毕,他又开了腔:

"你们别害怕!今天夜晚,我们梁队长,来给你们开个会——都要注意听!"

汉奸们听了这话,那根绷得鞠紧鞠紧的心弦,略微松动了一下。他们,全瞪着一双半信半疑的蚂蚱眼,似看非看地瞟着梁永生。

这当儿,东间的门帘闪动一下,秦玉兰走了出来。

她跟永生交换一下眼色,站在阙八贵的脊梁后头。

梁永生将持刀握枪的双手往身后一背,摆出了一副大大方方从从容容的神态。仿佛,他根本就没把这几个汉奸看在眼里。

稍一沉。他毫不在意地微笑着,不紧不慢地向汉奸们说:

"告诉你们:这处宅子,已经被我们围住了,不怕你们能插翅飞上天!"

永生可能是为了让厕所里那个家伙也能听见,他把"围住了"三个字的节奏拉得特别长,音量放得格外大,调门儿挑得愣愣的高。他说完这句话,还故意停顿一下,给人一种毫不急迫的感觉。

尔后,他又接着讲下去:

"汉奸阙八贵,卖国求荣,认贼作父;杀害抗日志士,欺压黎民百姓;敲诈民财,抢霸民女;血债累累,民愤极大!现在,我代表临河区抗日人民政府庄严宣布:判处罪大恶极的汉奸阙八贵死刑!立即执行!"

阙八贵听了这话,像见了火的糖人一般软瘫在椅子上。

在梁永生宣判的当儿,秦海城从腰中抽出了那把磨得雪亮飞快的捎谷刀。当永生的"执行"二字一出口,他抢前一步揪住了阙八贵的领口儿,差一点把那小子提起来。接着,先朝阙八贵那刮得像珐琅皮一样的脸上呸地吐了一口,然后就听扑哧一声,那口短刀插进阙八贵的前胸!

这时,阙八贵一闭眼,一咧嘴,发出一声像被宰杀的猪一样的尖叫。当他那"哎哟"二字刚嗄出一半的时候,玉兰又将一把剪刀攮进他的喉头。

就这样,罪该万死的阙八贵,晃了几晃,吭噔一声,仰躺在地上!

他身边的桌椅板凳,叫他那赛头死猪似的身子一碰,叮呀哐地响了一阵。被震倒的茶杯酒盅,在桌面上东倒西滚乱翻跟头,茶水酒水串混一起,顺着桌沿儿嘀嘀嗒嗒淌在地上,羼杂进阙八贵的血水里。

这当儿,梁永生持刀握枪挺立一旁,注视着其余的四个伪军。

那四个小子,见阙八贵一命呜呼,全都吓掉了真魂!

他们噗噔噗噔跪倒在地,又作揖,又磕头,丑态毕露,洋相百出,狼嗥鬼叫,一片哀鸣!

梁永生向伪军们说:

"我们大刀队,根据八路军的俘虏政策,这回饶你们的狗命!"

伪军惊喜若狂:

"谢谢大刀队!"

"谢谢八路军!"

他们一边说,一边磕头如捣蒜,还一边用眼角瞟着梁永生手中那瘆人的刀枪。全都看一下一闭眼,看一下一闭眼。

看到了吧?这就是石黑亲手精选的那"铁心队"!

这就是白眼狼那帮号称"敢死队"的"勇士们"!

"别乱叫唤!"

锁柱一声喝,伪军静下来。

"注意听着!"

"是!"

永生又慢条斯理地讲开了:

"我代表八路军大刀队,向你们宣布'约法三章'——"

"是!"

"第一,往后打仗,枪朝天放,不许伤害一名抗日战士!"

"是!"

"第二,你们别忘了自己是中国人,今后要主动向八路军通风报信!"

"是!"

"第三,你们以后再到村里去,老实一点,不许糟扰老百姓!"

"是!"

永生讲完三条以后,又说:

"光说'是'不行,我们要看行动。这三条做到了,保你无事;谁要阳奉阴违——"

他指着阙八贵的尸体说:

"看见了吧?他就是你们的样子!"

"照办!"

"不敢!"

"一定遵守!"

"愿意效劳!"

伪军们应声虫般地嚷着。

梁永生朝秦家父女一挥手,他俩领会了永生的意思,迈步跨出屋门。

梁永生从怀里掏出一张大布告,放在桌子上,也走出屋去。

锁柱用枪口指着跪在地上的伪军们,说:

"转过身去!"

"是!"

"冲墙跪着!"

"是!"

伪军照办后,锁柱又说:

"谁回头,崩了他!"

他说罢,跨出门槛,又回手关上门扇。

这时,天空的阴云,已经四分五裂。几颗亮晶晶的星星,从云缝里钻出来,扑闪着惊喜的眼睛,瞧着庭院的景色。

庭院中景色如故。

只是,停落在老榆树上的夜猫子不见了!它到哪里去了?哦!是向石黑、白眼狼报丧去了吧?管它哩!

永生走进门洞。

黄二愣凑上来。

在战争中,人们习惯于用手势或动作代替语言。现在二愣站在永生的对面,先朝厕所一指,又将手中的大刀自上而下一劈,他的意思显然是:他要去杀那个蹲在厕所里的家伙!

永生领会了二愣的意思。他想:"当前,我们的任务已经完成,目的已经达到,下一步,是如何做到安全撤离。因而应尽量不去多事。何况秦家父女还需要我们来保护他们呢!"他一念及此,便摇了摇头,轻声问二愣道:

"他出来过吗?"

二愣将嘴贴在梁永生的耳朵上:

"他只探一探头。见我正用枪瞄着他,唰地缩回去了。你方才说——他走出来就放倒他!俺琢磨着,光探探头,这不能算'走出来'呀,所以没动他⋯⋯"

二愣喊喊喳喳地说着,永生又像在听又像没在听。

他的两眼始终盯着厕所,仿佛是正在自己和自己商量着什么。

沉静了一会儿。

他突然高声喊道：

"王排长！"

哪有什么"王排长"？锁柱灵机一闪，又让自己的目光和永生的目光碰了个头儿，当即高声应道：

"有！"

"你这一排留下！"

"是！"

永生又命令：

"其余人集合！"

还是锁柱：

"是！"

人们学着梁永生的样子，两脚踏步，发出一阵沙沙声。继而永生又喊：

"稍息！……立正！……向右看齐！……向前看！……报数！"

又是锁柱：

"一！二！三！四！……三十五！"

小锁柱的口技真绝了！他一个人同时冒充这么多人，声腔音韵几乎没有重样的！他这一手儿，惊得铁牛目瞪口呆，逗得二愣差一点没笑出来，就连秦海城也情不自禁地暗自叫绝："好样的！"

锁柱报完了数儿，梁永生又喊了个"向左转——齐步走"，尔后人们便在一阵沙沙沙的脚步声中走出门去。

最后一个迈出门槛的是梁永生。

他回手拉上门扇后，又赶到前头去了。

这支小队伍，大步流星出了胡同，一直朝着十字街奔去……

永生一行撤离庭院后，庭院里寂静下来。静得像没有一个活物儿一样！其实呢？活物还真不少哩！咱就甭算墙窟窿里的老鼠了,就说大活人吧,那不——在屋里跪着四个,门后头还捆着一个,厕所里还蹲着一个!

在厕所里蹲着的那个小子,这不探头探脑地走出来了!你瞧他,脑瓜儿不大,下颏儿挺尖,豹花秃的头顶上还留着分发,没戴帽子,穿一身黄卡叽,活像个死了爹的!

你猜他是谁?

他不是一般伪军。

他是白眼狼的二狼羔子贾立义!

这个小子,长了一副哭爹的脸,两道眉毛撇下来,活像鸭蛋上画了个八字儿。他生来不会笑,除了在他洋爸爸石黑面前是个例外,见了谁也像人家欠他两吊钱!

他自从当上伪军小队长,一直驻在水泊洼据点上。

今天,他是带着重礼特地赶来给阙八贵"贺喜"的。

他是伪军中队长的儿子,为啥还要向阙八贵这个伪军小队长大献殷勤?

这是因为,阙八贵是"翻译官"阙七荣的弟弟。那阙七荣,经常围着石黑转,是石黑的红人儿。他们贾家父子和阙家兄弟,虽然暗地里勾心斗角,你倾我轧,矛盾重重,可是,在表面上,他们还是彼此都在闹这种请客送礼的假象儿。

不过,今儿前来为阙八贵"贺喜"的狼羔子贾立义,可万没想到,偏偏就在这天夜里,赶上了梁永生他们来夜袭柴胡店!多亏正巧赶在厕所里,才没有因来送礼连小命儿也送进去,真是"不幸中的万幸"!狼羔子这样自我宽慰地想着,像只避猫鼠似的走出厕所。

天井里,静悄悄的。狼羔子瞪着一对三棱子母狗眼,向各处日溜日溜地撒打了一遍,见八路军全走了,并没留下一个排,他这才放了心。

于是,他便朝北屋走去。

不料,正当狼羔子走到屋门口时,可巧有个小猫儿跳墙头,蹬落一块坷垃。这一下,吓得个狼羔子噗啦啦拉了一裤裆屎,还出了一身冷汗。

现在,他挟着一裤裆屎,带着一身汗,悄悄地进了北屋。

北屋里,四个伪军,冲墙跪着。

那四个伪军,听见门一响,先是一抖。当他们发现来者是贾立义时,就像落水之人猛然抓到一根绳子似的,立刻转惊为喜,一齐扑过来,同声喊道:

"贾队长!"

这时的贾立义,尽管他那战战兢兢的身子还没稳住砣,可他不仅强自振作,而且恬不知耻地装起"英雄"来了:

"瞧你们这些草包!被几个土八路就吓成这种熊相儿?"

伪军们,甭管他戴着什么"头衔",谁敢跟狼羔子争辩是非?因此,他们一面连连应"是",一面求救似的说:

"贾队长!你看这一锅,咱怎么交代呀?"

"是啊!贾队长,你快想个办法吧!"

伪军们这些话,倒把个狼羔子点醒了:"可也是哩!咋向石黑交代?"他眉头上涌起高高的一垯,正然心中这么想着,阙七荣的面孔在他眼前晃动起来,这又促使他接着想下去:"我来喝'喜酒',阙七荣是知道的。如今,阙八贵死了,我还活着,阙七荣会不会怀疑我……"他想起这些,几年来他们明争暗斗的一些往事,又在他的心里浮上来。

这只心毒手辣的狼羔子,正在越想越愁越想越怕的当儿,他又把那"闯江湖"的"处世哲学"端出来了:"人间本无真理,全凭两张嘴皮!"继而,他又想:"这桩事的经过,反正是石黑、阙七荣全没看见,我见了他们,只要用两片子嘴唇编风造魔地一网花儿,也就万事大吉了!"

狼羔子沉思着。

一个伪军又催促道:

"贾队长!俺们这伙倒霉鬼儿,全都依靠你了!咱们怎么向太君交代?你可快想办法呀!"

伪军这一催,使贾立义忽然意识到:

"呀!不行啊!这四个活冤家,全了解事情的真相;我到了石黑面前,要是胡云海唠瞎说一气,事后,从他们嘴里走漏了风声,那可了不得呀!何况,他四个当中,既有石黑的耳目,又有阙七荣的亲信,他们会不会向石黑或阙七荣密报真情?这又怎么办哩?"

二狼羔子想来想去,灵机一转,话在心里说:"'量小非君子,无毒不丈夫'!"接着,他将身子往屋门口一闪,又从腰里抽出匣枪,扣住扳机,对准这四个倒霉蛋冷笑道:

"朋友们!愿咱们来世再做朋友!……"

四个刚刚还阳的倒霉鬼儿,一见狼羔子端起枪,又变了脸,全都慌了!有的说:

"贾队长!你这是啥意思?"

狼羔子说:

"今天,我贾某要对不起了!……"

又一个魂不附体的伪军结结巴巴地说:

"贾队长!你,你可不能开这玩笑啊!"

"哪个跟你开玩笑!"

狼羔子说着,一勾扳机,砰的一枪。

那个正在说话的伪军倒在地上。

另一个伪军又说:

"贾队长!咱无仇无冤,你可不能……"

"有碍我者皆为仇!"

狼羔子话未落地,枪又响了。

这个跟他讲理的伪军又倒下去。

这时节,那个噘噘嘴儿噗通一声跪倒在地,两眼泪纷纷地苦苦哀求着:

"贾队长啊贾队长!我的家中,还有七八十岁的老娘,你当行好,看在老人的面上……"

二狼羔子咬牙切齿恶狠狠地说:

"漫说还是你的老娘,就是我的亲爹……"

话到这里,他又是一枪。

到这时,四个伪军死亡了,只剩下了最后一个。

这个伪军,和贾立义是个扯拉亲戚。他,原来认为:"是亲三分向"——狼羔子是不会对他下毒手的。

可是,他想错了!

因为,这时狼羔子的想法是:

"我要是留下他,会被人看出破绽的。再说,有利于我者,冤家也是朋友;有害于我者,朋友也是冤家!一不做,二不休,不能留下这条祸根!"

他想到此,手一转,枪口又对准了最后这个伪军。

这个伪军,一见狼羔子"六亲不认",就趁那枪还没响的一刹那,他不顾一切地猛扑上来。

可是,晚了!

他还没扑到近前,就随着枪声趴在地上。

此后,这只杀人灭口的狼羔子,提着匣枪冲出屋子。他且走且想:"赶紧向石黑报告去!"

谁知,正在这时,大街上突然响起枪来!

这是从哪里来的枪声呢?

原来是,梁永生他们,在路过十字街的时候,跟敌人的巡逻兵遭遇了!

事情是这样发生的:

当梁永生一行费了很多周折奔到十字街口时,又碰上了一伙敌人的巡逻队。这伙敌人,都扛着大枪,上着刺刀,顺着北街筒子,正咔吱吱咔吱吱地朝这十字街口走过来!

在这之前,永生他们还曾碰着过敌人的巡逻队,可是他们都机智地躲避开了。不过,这一回,永生一看再躲避是来不及了!

怎么办?

在这一瞬间,许多念头在梁永生的脑海里闪过去:

"如果只有我和锁柱,怎么也好办。可是秦海城和玉兰他们,没经过大阵势,缺乏战斗经验,行动不那么迅速,万一躲避不及,被敌人发现目标,那就更被动了!而且,我们身在虎穴,又天近拂晓,也不能再跟敌人'捉迷藏'了!……"

永生想到这些,便当机立断作出决定:干!同时,他还意识到:在当前情况下,只有干,才有主动权;有了主动权,才能速决;只有速决,才能及早脱身,安全撤离。

永生作出决断后,本想告诉身后的同志们,可是,时间不容许了!于是,他贴着墙角一站,赶紧从腰里摘下一颗手榴弹,用牙咬去弹把上的盖儿,又熟练地用小指勾住拉火索,一甩胳膊,嗖地扔向敌群。

正在黑影里走着的伪军们,突然听见眼前吭噔一声,谁能闹清是怎么一回事儿?有的莫名其妙地说:

"哎,这是啥玩意儿?"

在他们这大本营的中心地点,他们万没想到真的会有八路军出现,更没想到突然落到眼前的竟是一颗手榴弹!因此,另一个伪军开玩笑说:

"老天爷爷给扔下元宝来了!快……"

"轰——!"

一声巨响,浓烟四起,弹片横飞。整个儿柴胡店镇,四处响起回音。

蒙了点的敌人,失去了控制,乱了营,混乱地跑着。

趁着敌人的乱劲儿,永生振臂喊道:

"缴枪不杀!同志们冲啊!"

梁永生的吼喊,掀起巨大的声浪,撞击着两边的街壁,引起阵阵回声。紧接着,锁柱、二愣他们,也都吼喊起来:

"冲啊!"

"杀呀!"

那些没大经过阵势的人们,一遇上突然袭来的危急情况,难免有点紧张。可是,当危急情况真的压在他的头上时,他那种紧张心理反倒会很快地消逝掉。现时下,秦家父女,还有铁牛,大体属于这种情况。他们那种紧张心理刚一露头儿,就被梁永生他们的吼喊声赶跑了。紧接着,也跟着大伙儿一起喊开了:

"抓活的呀!"

"前边截住!"

"缴枪不杀!"

在夜战中,出敌不意的喊杀声,尽管人数不多,威力也是很大的。何况,在这齐声喊杀的同时,那匣枪、步枪也吼叫起来了呢?

这时节,枪声,喊声,炽热地搅在一起,又响成一片,更把敌人吓慌了!

过了一会儿。

敌人惊魂稍定,他们大都找到了蔽身之处,开始还击了。就在这个节骨眼上,柴胡店据点的四周,先后响起枪来。

在这来自四面八方的枪声中,还有一片喊杀声。

这是埋伏在据点外头负责策应的同志们打响了。

这一闹,敌人的巡逻队以为是八路军要里应外合攻据点了,他们再也不敢抵抗,全都屁滚尿流地奔逃而去。

这时候的柴胡店据点,像个被戳了一棍的麻雀窝,乱起来了!不过,龟缩在各个岗楼里的敌人,因为一时摸不清情况,谁也不敢出来,只是乱放空枪!

枪声,雄壮的吼喊声,惊醒了柴胡店街上的老百姓,他们都在高兴地说:

"可好了!可好了!准是八路军攻进来了!"

这枪声,也惊住了正要去向石黑报告的二狼羔子,他想:"我就这样去报告,石黑信吗?"他想到这里,在天井里愣住了。

过了一霎。

谁知他想了些啥,只见他用枪对准了自己的大腿,犹豫一阵儿,又将枪口挪到胳膊上。这时,他那只握枪的瘦手,还是打抖。

最后,他终于搂了扳机,不过,并没打胳膊,而是打掉了他自己的一只耳朵。随后,他蹿出院子,好似一只从厕所里飞出的绿豆蝇一般,带着一身臭气向石黑报功去了。

狼羔子蹿出了庭院,被捆绑起来放在门扇后头的那个伪军,这才侥幸地暗自想道:"我那天佛老爷哟!多亏了狼羔子走得仓促,没有发现我!要不,八路军给我留下的这条小命儿,也得丧在二狼羔子的手里!……"

这个守门的伪军,名叫田宝宝。说真的,这时田宝宝真盼着梁永生他们再回来,他也跟着八路一块儿离开据点,因为他已经预感到,今后他再继续在这里干下去,不会有好的结果了!

可是,田宝宝哪里知道——胜利完成了打击汉奸头目的任务,击退了巡逻队的梁永生一行,这时正将一张号召伪军反正的大布告,张贴在十字街头的布告栏里;而后,便顺着一条弯弯曲曲的路线,向围墙撤去了。他们一面走着,还一面在街道两旁的墙壁上张贴标语——

"打倒日本帝国主义!"

"铲除汉奸卖国贼!"

"欢迎伪军反正!"

"抗战必胜!"

这时的柴胡店,半空中子弹横飞,错综交织;大街小巷空空荡荡,静无一人!

二狼羔子贾立义,就是在这样的情况下蹿出来的。

他,一路走,一路编造着向石黑报功的词儿。这时节,有些飞子儿的弹着点不时地在他周围打起尘土,吓得他下意识地直抽脖子。于是,他紧贴着墙根,拐弯抹角,直奔石黑的鬼子队部去了。

鬼子队部里,从梁永生扔出第一颗手榴弹时起,就像个被火燎过的蜂房那样,乱了起来!

石黑的卧室里亮着昏黄的抖动的灯光。

一股樟脑与汗臭相混合的气味儿,正在满屋回荡。一个当腰顶两头尖又肥又矬的老鳖种,正像一只受惊以后乱撞笼子的野兽那样,在屋里一遭一遭又一遭地转着。

这个家伙,脸上的皱纹又多又深,有的皱纹从眼角一直拉到脸腮。他的眼睛,是恐怖的,焦虑的,充血的。在那网满血丝的眼里,还喷发着愤怒。也许是由于过度紧张的缘故吧?他那只歪歪鼻子,而今,已经歪歪到黑脸蛋子上去了!

这个歪歪鼻子的日本鬼子,就是石黑。

现在,石黑两手插进裤兜里,在屋中兜着圈子。他的身后,还跟着一个三分像人七分像鬼的家伙。显然,这就是白眼狼了!

今日的白眼狼,更加干瘦了。

他那又尖又小的脑瓜儿,活像用一根筷子插在肩膀上似的。由于牙齿已经脱落,两腮塌陷下去,一对薄嘴唇儿朝里兜着。他那一对在深坑里的母狗眼儿,因为近些年来常害眼病,周遭儿全溃烂了,又成了烂红眼子!白眼狼的身上,由长袍马褂变成了伪军军装,小腿上打着呢子裹腿,脚上穿一双又黑又亮的大皮靴,肩上还斜披着一条皮带。

看他这种打扮,倒是满"威武"的!不过,他这"威武"的打扮,跟他那哈巴狗式的举动,却显得很不协调!你瞧,他微弓着背,猫弓着腰,呼啦着抑制不住的痰喘嗓子,强装着卑贱的笑脸,像只跟腔狗似的,一步一跟,一步一跟,紧跟在石黑的屁股后头,摆出了一副十足的奴才相,不厌其烦地小声说着:

"太、太君早安!贾、贾永贵,奉、奉命来见!"

石黑毫无反应。

白眼狼又是一遍:

"太、太君早安!贾、贾永贵,奉、奉命来见!"

就这样,他撅着瘦屁股,颠着小碎步儿,一遍又一遍,一遍又一遍,也不知嗡嗡了多少遍!后来,把个石黑嗡嗡急了,就头也不回地在肩头上摆了摆手,意思是:别他妈的穷嗡嗡!

那白眼狼怎么办?他可不敢愣在一边,显然更不敢坐下,还是一步一跟地跟着呗!只不过是不再"嗡嗡"罢了!

过了好大一阵。

石黑走着走着,猛地转过身子,鼻子里先响了一下,然后冲着白眼狼破口大骂道:

"巴格亚鲁!你的笨蛋!"

他那带着腥臭味儿的唾沫星子,像下了阵小雾似的,匀匀挺挺地喷了白眼狼一脸。白眼狼下意识地一闭眼,可是又赶紧地若无其事似的睁开了。

这时候,他只见石黑那瓜子儿形的脸上,满脸的横肉乱动弹,歪歪鼻子下头那"一"字胡儿也扎起来了!可能是由于过分激怒,他不光是脸皮一片铁青,就连那额角上的紫疤也快变成黑色了!而且,他那紫黑紫黑的疤瘌上,仿佛眼看就要渗出血来!

是的!石黑确乎是怒了!

他是被梁永生他们大闹柴胡店激怒的。

照这么说,白眼狼挨骂,不是太冤枉了吗?

不!不冤枉!不然的话,石黑这肚子窝囊气,向谁去发泄呢?理所当然地是应该向他的奴才发泄的!正是由于这一点,白眼狼,是完全谅解他的主子的!正是由于这一点,他对主子的怒骂,这才能毫不抱屈地应承下来:

"是,是!"

石黑将眉毛拧在一起,继续训斥道:

"八路,大大的高明!你的,大大的饭桶!"

"是,是!"

"我这柴胡店据点,高城固垒,戒备森严,本是蚂蚁藏不住、雀鸟飞不进的地方,你居然让八路军闯了进来,真是岂有此理!"

石黑一面喷着唾沫星子,一面朝白眼狼逼近着:

"我们皇军受了损失,你的死了死了的!"

这一阵,石黑那两只牛蛋眼,已张大到了最大限度。他那只毛茸茸的手掌,已从裤兜里抽出来,在白眼狼的眼前舞扎着:

"笨蛋!废物!饭桶!……"

观其气势,他那张打人很有"技术"的巴掌,随时都可能落在白眼狼那干瘦得像猴子一样的脸腮上!

面对着这种情况的白眼狼呢,他的心里,当然怕打;可是表面上,又不敢表露出怕打。他本心眼儿里想躲闪躲闪,可又不敢真躲闪开。他,只好半步半步地往后倒退着,一面又点头又哈腰地表示着歉意,一面赔着下贱的笑脸唯唯诺诺地说:

"是!知、知罪!知、知罪!……"

奴才虽已知罪,可主子并没消气!因为,现在外面的枪声、喊声正在愈响愈烈。这枪声、喊声,更激怒了石黑。石黑拿起文明棍儿,胸脯儿抢前,眼中汪血,用文明棍儿指着白眼狼的眼胡子,尖声怪叫道:

"外头的情况,你的说!"

"是!"

"快!"

"是!我、我、我的说——"

白眼狼嘴里这样说着,可是他的心里,却慌了神儿了!因为,自从出事以后,直到来到石黑这里以前,他一直抱着脑袋缩在乌龟壳里,哪敢探过头儿!这一阵,他除了听见外头有枪声、喊声而外,别的,还知道个屁?

不知道也得说呀!于是,他只好一面在心里编着词儿,一面含含糊糊吞吞吐吐地应承着石黑:

"太、太君,外、外头嘛,枪、枪声可密啦!还、还有手榴弹……"

难怪石黑说他笨蛋,这样的词儿怎能交得了差!

你看!石黑那不火了?他抢前一步,一面用文明棍儿敲着地皮,一面恶汹汹地、气急败坏地叫道:

"巴格亚鲁!你的大大的心坏!"

石黑骂着,举起巴掌。

这回,可要真打了!

白眼狼将那烂红眼子一闭,又把那觩细精长的鸡脖子一抽,浑身上下一切地方,都立刻做好了迎接主子那巴掌的充分准备。

不料,他一闭上眼,脚就站不住了,身子不由自主地向后仰去,一下子仰到石黑那个心爱的樟木箱子上,碰得箱子叮呀哐地响了一阵,差一丁点没有翻了过儿。因为白眼狼知道碰坏了主子的箱子其罪非浅,于是乎,他就极力控制着自己,让身子向一旁溜去!

于是乎,他这才摔了个四爪儿朝天!

事情就有这么巧——正在这个令人哭笑不得的节骨眼儿上,屋外响起一阵咔吱吱咔吱吱的皮靴声。接着,一个鬼子兵闯进屋来,将那两头一般粗的身子挺得好像一筒碑:

"报告队长,贾立义求见!"

这时,石黑那张举在半空的巴掌,就势向外一挥:

"他的进来!"

石黑说罢,将文明棍儿往旁边一扔,一屁股坐在椅子上。

这间,他那股憋在肚子里的怒气,由于没发泄出来,正顺着探出长毛的歪歪鼻眼子往外冒着。听声音,就像一只刚从圈坑里爬上来的老母猪!

这当儿,白眼狼已从地上爬起来了。

他的身上,沾满了浮土。可是,他不敢拍打,只好带着这身土,站在一旁,听候发落。

石黑一扭头,见白眼狼正微低着头,下垂着手,毕恭毕敬地站着,便向他身边的椅子一指,用一种懒散的腔调悄然道:

"你的,坐下。"

这时,白眼狼已经知道,他的儿子贾立义快要进来了。在这种情况下,主子赐座,他怎能不对主子的"宽怀大度"感激涕零?

可是,他是不敢和石黑并排而坐的。

于是,便将椅子搬动一下,挪到石黑的侧面,带着那身浮土坐下了。他刚坐定,屋门外头便传进狼羔子那熟悉的声音:

"报告!"

"进来!"

随着石黑的音响,贾立义带着满身血迹走进屋来。他那半张着的嘴里,像个小烟筒似的冒着白气。狼羔子跨进门槛后,谨谨慎慎地迈着小碎步儿,来到石黑的对面,以完全合乎"操典"要求的姿

势,先向石黑打了个敬礼:

"报告太君!龟田次郎奉召来见!"

"龟田次郎"是谁?就是这只狼羔子。因为狼羔子认了石黑作"干爸爸",他"干爸爸"给他起了这个日本名儿。

这时,石黑对狼羔子的报告未予理睬。他以手抚胸,长长地吁着气。

贾立义又转向陪座上的白眼狼:

"报告队长!"

白眼狼,一见他的羔子浑身是土,又血迹斑斑,心脏猛地一收。他张了张嘴,又合上了!因为他突然意识到,主子在场,奴才不能多嘴!这时,他为了掩饰自己的窘相,便重新张开嘴打了个呵欠。

狼羔子,移在石黑的侧方,挺着胸脯,瞪大眼睛,站成一个直橛儿,特意装出一副很精神的态势。同时,他还用那副久而成习的、下贱的眼光,不时地瞟瞟石黑,耐心地等待着主子的发落。

屋里一片沉闷。

不过,这"沉闷",并不等于"寂静"。因为,还有石黑那呼哧呼哧的喘气声,以及白眼狼那哈啦哈啦的痰喘声!除此而外,又有桌子上那嘀嘀嗒嗒的钟表声。

狼羔子等待了老大响,那耷拉着眼皮嘟噜着腮肌的石黑,这才朝白眼狼一甩头,像刚从梦中醒来似的老气横秋地说:

"老兄,你的说话!"

这时石黑的口气,以及对白眼狼这"老兄"的称呼,要和方才对待白眼狼的那股劲头儿相比,简直是他又变成另一个人了!

这是咋的一回事儿呢?

没啥奇怪的!这是石黑惯用的一套鬼把戏!几年来他都是这样:每当白眼狼的部下在场的时候,他总是和白眼狼称兄道弟,客客气气,仿佛他们之间,不是主奴关系,而是朋友关系。

石黑为啥要来这套鬼花狐呢?

因为他认为:只有这样,才能利用白眼狼这个奴才,来笼络那些伪军为他的帝国效忠。正是因为这个,今天他才尽管窝着一肚子火气,仍然没有忘了这种强盗伎俩,还是照例喊了白眼狼一声"老兄",并且首先让他说话。

谁知,白眼狼刚要开口,石黑一撩眼皮,望见了狼羔子那浑身是血的狼狈相,他怫然不悦地变了色,再也控制不住自己了,突然发起火来:

"巴格亚鲁!你的大大的无能!"

这时他那额角上的伤疤,又红胀得要蹦出来了!只见他忽地站起身,指着贾立义吼叫道:

"你的巴格亚鲁!你的大大的饭桶!"

"是,太君,是!"

你看二狼羔子多刁?他接着又说:

"报告太君!那些土八路,统统的被我打得跑了跑了的!"

你瞧这个死心塌地的汉奸,连说话都没个中国人味儿了!

可是,他这一句还真顶劲!石黑脸上的怒气消失了,鼻孔里喷出一股长气,嘴角上也流露出一丝儿微笑:

"土八路的,跑了跑了的?"

"统统的被我的打跑了!"

石黑狡猾地眯着笑眼:

"好的好的!你的能干!"

鸡狗的理想,只不过是一把谷糠。石黑这句夸赞,夸得个狼羔子受宠若惊。浑身的肌肉,在激烈地跳着,心里更是乐得恨不能怎样孝敬一番!

石黑又翘起大拇指头,举在狼羔子的脸前:

"你的这个!今后你好好为帝国卖力气,我保你有出人头地之日的!"

在石黑夸奖的当儿,狼羔子尽量压抑着视线,不让他心中那得意的情绪流露出来。不过,就在这同时,他那骚乱的心中,也在嘭呀嘭地敲着小鼓儿。并说道:

"谢太君!谢谢太君!"

石黑又坐到他那太师椅上去了。

继而,他一腆下颏儿,指示贾立义:

"坐!"

狼羔子在旁边的一张椅子上坐下了。

石黑又说:

"外边的情况,你的说说。"

"是!"

狼羔子像叫蹦簧弹起来一样,又成了直橛儿。

"你的坐下的说话。"

"是!"

狼羔子又坐下了。

随后,他编造了这么一套"神话":

八路军进来好多人,围住了阙八贵的住宅,把阙八贵打死了,还打死四个弟兄。贾立义奋不顾身,跟八路死拼死战,打了个七出七进!多亏了贾立义枪法好,又用了一些智谋,他只身一人,在孤军无援的情况下,托"天皇"之福,借石黑"虎威",终于将妄图靠近太君队部的八路拦住,并把他们赶跑了……

贾立义这小子,把这本来没根没影的假话,说得滔滔不绝,有声有色。而且,当他说到弟兄们被打死的时候,还抽抽噎噎地出了一阵洋相。可是,他自己"负伤挂彩"的事,只想让那只"耳朵"替他说话,他自己由始至终只字未提!

你看!这个藏在厕所里吓了一身大汗的狗熊,现在用他这两片嘴皮子一网花儿,硬把自己打扮成"舍命救主"、"效忠天皇"的"英雄"了!

这一阵,石黑一直在用小指的长甲挖着鼻孔,还声震屋瓦地打了个喷嚏。

最后,石黑对狼羔子的报告又赞赏了几句,继而问他说:

"外边,没八路了?"

刚才他不是说都"被打跑了"吗,哪能还有呢!因此,狼羔子只好硬着头皮答道:

"没了没了的!"

石黑又顺手拿起那根黑油油的文明棍儿,敲着二狼羔子的肩膀头儿说:

"好的好的!你的带路,我要去勘察现场!"

石黑说罢,又召来一伙鬼子兵,还叫上翻译官阚七荣,和白眼狼、狼羔子一块儿,离开他的队部,向阚八贵的住宅走去。

狼羔子是负责带路的,当然要走在前头。

真是"猫儿得势胜似虎"!你看,这只受宠若狂的狼羔子,如今美得走路也不出人样儿了!可是,他在得意洋洋的同时,却也有几分担心:"八路军是不是真的全部撤出了柴胡店?要是万一出了事,石黑可是不会轻饶我这个带路的呀!"

其实,狼羔子的担心,已经是多余的了!

因为,梁永生他们,并不知石黑一伙出了窝巢,他们正在迅速地向围墙撤退着。

半路上,正巧路过唐铁牛的家门口。铁牛指着他那破烂的角门儿,向永生说:

"梁队长,你看,这就是俺家!"

他这一句,一下子把个梁永生提醒了。他说:

"哎,铁牛,你的任务,已经完成了,快回家吧!"

铁牛把腮帮子一鼓,像头小牛犊儿似的横着脑袋,从喉咙里挤出一个字来:

"不!"

"咋?"

"俺跟你们去!"

"跟我们去?"

"嗯!"

"去干啥?"

"干八路呗!"

这时节,铁牛前胸抢前地站着,不住地用脚后跟捣着地皮。一小会儿,就在地上捣了个小坑坑。

梁永生望着他那倔强的劲头儿,想起了铁牛爹唐峻岭那位老耿直人的倔强脾气儿。因此,永生思沉了一阵儿,又说:

"你的家长……"

"早同意了!"

"你说过?"

"说好啦!"

面对这种情况,永生对铁牛还能说些啥哩?他能不相信铁牛的话吗?当然不能!因为永生知道,铁牛的两层家长都是个穷人;穷人嘛,当然是要革命的!

因此,永生又愣沉一阵,啥也没说,只是拍一下铁牛的肩膀,高兴地笑了。

显然,他这拍肩一笑,意味着批准了。

这时候,唐铁牛觉着他的心窝儿里,发生了一种非常不平常的事情。于是,他情不自禁地抖抖身子,仿佛是,他这一抖,将战斗的疲乏,还有方才永生让他回家的不愉快,全抖飞了。接着,他又正正帽子,挺挺胸脯儿,好像他想用这种行动,来向他的家乡庄严宣布:我唐铁牛这个穷人的孩子,如今已经成了八路军的一名战士了!

风雪,早已停下。

黑夜,正悄悄溜走。

围墙,举目可见了。

城门的岗楼子上,围墙的角楼子上,仍在喷射着一条条的火舌。机关枪的子弹,像泼水一样地倾泻着。这机枪声和各种各样的枪声搅在一起,哗啦哗啦地响成了一片。一颗颗闪光的子弹,在漫空中刺溜刺溜地横穿。

这种景象,告诉了富有战斗经验的梁永生:被恐怖控制着的敌人,正在毫无目标地乱放虚枪。因此,永生将一口唾沫吐在地上,以轻蔑的口气说:

"你们瞧瞧这些笨蛋!"

锁柱接言道:

"净些胆小鬼儿!"

就在这时,他们突然发现了与这胆小鬼的说法很不协调的现象——仿佛是有个人挺立在那高高的围墙上!

黄二愣指着那影影绰绰的黑影问永生:

"那是啥?"

"人!"

"是谁呐?"

"志勇呗!"

"你能看清?"

"我看不清——"

"那你咋说是志勇?"

走在旁边的秦海城插言道:

"自己的孩子嘛!……"

梁永生摇摇头说：

"不是那个！"

"是啥？"

"秦大哥，你想想——"梁永生说，"在这子弹横飞的满城枪声中，除非是咱毛主席教养的战士，又有谁敢于挺胸而立站在那高高的围墙上？"

秦海城信服地点着头。

是啊！党的阳光雨露，还有那征途的风尘，战火的烟云，已将梁志勇这个苦大仇深的庄稼孩子，雕塑成了一位无所畏惧的革命战士。

梁永生一行快要靠近围墙了。

站在围墙上的梁志勇，一望见梁永生他们的影儿，心中一阵高兴。你瞧他，浓眉抖动，双目晶莹，忽呀忽地跑下围墙来了！

秦海城大步迎上去，含着激动的泪水，凝视着志勇的面容，只见他，一脸喜气正在滚动，两道剑眉向上斜挑着，英俊的风姿里还透出一点雅气。这时的秦海城，摇晃着志勇的膀臂，光是嘿嘿地笑，啥也说不上来。

秦玉兰站在爹的身后，两条视线一遭儿一遭儿地在梁志勇的身上兜圈子，仿佛生怕他的身上少了什么似的。

梁永生凑过来了。他问志勇：

"一直没发生过情况？"

"发生过两次情况——"志勇说，"都叫我对付过去了！"

在永生、志勇、海城、玉兰他们说话的当儿，小锁柱一面监视着四外的动静，一面指挥着二愣、铁牛从水眼里扯出了那个巡城哨。尔后，他凑到人家的脸上，以讥讽的口气问：

"伙计！歇过来了吧？"

巡城哨嘴被堵着，当然无法说啥。锁柱又说：

"这回饶你这条性命。这是共产党的政策。往后儿,你可要记住八路军给你们规定的'约法三章'——这第一,打起仗来,枪朝天放;这第二……"

锁柱正说着,忽听背后有人道:

"唔呵!我在那里给他们上了一大课,你来到这里又给他上一小课呀?"

锁柱扭头一看,只见梁永生站在他的身后,正笑乎乎地望着他。永生说:

"要上课好办,以后有的是机会;这里不能久留,咱走哇!"

这时那个巡城哨就着黎明前的曙色望着永生的笑面,心中在想:"这个人,准是八路的长官!怪呀?当官儿的跟当兵的说话,怎么这么和气呀?……"

梁永生一行出城越沟的行动开始了。

志勇伏下身子,第一个钻出水眼,溜下沟去。

尔后,他又转过身来,先后将秦玉兰、秦海城、唐铁牛、黄二愣、王锁柱,最后一个是梁永生,一个跟一个地全接下沟去。

接着,他们又肩搭肩,人踩人,又是一个接一个地爬上了围墙对面的沟崖。

最后一个上沟的是梁志勇。

他是怎么上去的呢?

开头是,铁牛趴在沟崖上,向前探着半截身子,将胳膊伸直去拉志勇;可是,由于沟太深了,尽管志勇将手臂举了再举,最后举得不能再高了,而且已经跷起了脚来,可还是够不着铁牛的手!当铁牛正在着急的时候,二愣将大枪伸下沟去。他这一手儿真行——志勇抓住枪筒,蹬着沟壁,猛力纵身一跃,二愣又就劲儿一拉,便腾地蹿上沟来了。

志勇一跳上沟崖,就高兴地说:

"这出'戏'算演完了!"

锁柱摇头道:

"不!"

"咋?"

"没完呗!"

"咋还没完?"

"只是咱们这些角色算演完了!"锁柱说,"我揣摸着,人家石黑、白眼狼那些丑角儿,八成还没下场呢!"

"对!"永生说,"人家那场'戏',很可能正在热闹时候哩!"

永生和锁柱猜对了——石黑他们的"戏",正在劲头儿上!

就在梁永生带领着志勇、锁柱、二愣、铁牛、海城、玉兰安全地撤离了柴胡店的时候,石黑带领着白眼狼、狼羔子、阚七荣还有一些鬼子兵,又开始了新的一幕!

他们像个吊丧队似的走进了阚八贵的"洞房"。

这"洞房",如今成了"停尸房"。

阚八贵和四个伪军的尸体,都歪歪斜斜地躺在这里。有的面朝天,有的嘴啃地,简直是什么熊样儿都有。

整个屋子的空间,都弥漫着烟雾。

烟雾中,充满了血腥味儿,酒腥味儿,火药味儿。才粉刷过的墙壁上,也飞溅上无数的血点点。

当然,在这些尸体中,最使他们注意的要算阚八贵的尸体了。只见,他那尸体的胸口上插着一把捎谷刀,喉头上还有一把剪子。他的脸上,直到这时还残留着一副下贱的求饶的死相。

石黑望着这种情景,又是怒,又是喜。

他怒的是:土枪土炮的土八路,竟敢闯进他的大本营来杀人,这太有损"大日本皇军"的"威严"了!

他喜的是:八路军越这样杀伪军,伪军就越恨八路,也就越忠于他们日本人；只要能使抗日、亲日的两派中国人针锋相对地对立起来，他们就更便于从中渔利，加以控制，这就是他们那个名为"以华制华"的政策！

这是石黑的看法。至于死了几个汉奸，石黑倒没搁到心上。因为在石黑的心目中，一个汉奸走狗，比起他的一只东洋狗来，不知还要低贱多少倍哩！

石黑这个人面兽心的侵略者，一面按照他的强盗逻辑在心里盘算着，还一面在他的喽啰的尸体近前假惺惺地流了几滴蛤蟆尿。

他为啥要来这套假慈悲的表演呢？

这是演给他那些还在活着的喽啰们看的。

"太、太君！这里有一张布、布告！"白眼狼觉着这个说法不对，又忙改口说，"不、不不，共、共产党的宣传！"

直到这时，石黑的眼睛，还像夏日放了一夜的死鱼眼睛那样，红得要发紫了。他听见白眼狼一嚷嚷，便将那血红的视线从尸体上移到桌子上。

桌子上，放着一张大白纸。白纸上，写满了一行行恭恭正正粗大雄浑的毛笔字。

布告上，在"阙八贵"的名字前头，还用红笔点了个大红点儿。石黑凑到桌边，用两手撑住桌沿儿，低下头去，从头至尾地瞅起来。

他只见，上面写的是：

临河区抗日人民政府布告

刑字第107号

查铁心汉奸阙八贵，不仅认贼作父，卖国求荣，恬不知耻，而且杀人放火，糟害百姓，实属罪大恶极，屡教不改，本区抗日人民政府根据人民群众的要求，经过研究决定，并业已报请上级抗日人民政府批准，对该阙处以极刑，为民除害，以正国法。

现借此机会，正告伪军士兵：日本强盗侵略我国，出师不义,已遭到他本国人民的坚决反对,并激起了全世界人民的同声谴责!与此同时,我国的广大人民群众,在中国共产党和毛主席的英明领导下,日益觉醒起来,为了抗日救国的伟大事业,正在同仇敌忾,英勇奋战,抗击日本侵略者。现在,日本强盗就像一头野牛闯入火阵,不管他暂时多么疯狂,它早晚是要被中国人民埋葬在人民战争的汪洋大海之中的!

为此,我们奉劝所有伪军士兵:望你们迷途知返,弃暗投明。凡率部反正者,携械来归者,既往不咎,一律宽大处理。凡逃离敌人据点,回家为民者,保其生命安全,不加任何歧视。凡在起义、反正中立功者,按照其功劳大小给予适当奖励或必要的表彰。凡屡教不改,继续为敌卖命杀害抗日志士,或为非作歹糟害百姓触犯国法者,一律依法制裁,决不宽容!

何去何从?阙八贵即是你们的前车之鉴!

此布!

八路军大刀队队长代临河区区长　梁永生

石黑看完布告,又恐惧,又气恨。

他为啥恐惧呢?

因为布告上对侵略者的揭露,正好打中了他的要害。再就是布告上对伪军的政策攻心,也正是石黑最怕的一点。

他为啥又要气恨呢?

因为他觉着他的喽啰们太无能了!怎么能让八路军闯进柴胡店闹了这么一阵呢?"就凭着我们占压倒优势的兵力和武器,这太不应该了!"

石黑心里这么想着,不由得暗自叹道:

"他梁永生,只不过是一小股土八路的个土头目儿,看起来,比我石黑这个高等学校毕业、受过专门军事训练的正牌子军官还要高明呀!"

从这一点看,尽管他确是蠢,可这只是一面儿。那另一面呢?他又是非常狡诈的。你瞧他,尽管心里揣着这个,可是表面上却对着布告冷笑起来了!

他为啥要冷笑呢?

显然是想给在场的喽啰这样一种感觉:八路军这张大布告,在他石黑的眼里,一文不值,只能置之一笑!

效果又怎么样呢?

石黑的奸笑并没达到他预期的目的。

你看!在场的这些人,他的走狗也罢,他的士卒也罢,面容不是都变了色吗?有的发了紫,有的发了青,有的蜡黄,有的煞白,就连石黑他自己的脸皮子,也变成了铅色!

要知道,石黑并不傻!冷笑归冷笑,他还是将这"一文不值"的布告折巴折巴装起来了。此后,他啥也没说,只是朝他的喽啰们一挥手道:

"开路开路!"

天到这时,已朝明了。

石黑走到角门洞里,见门扇后头还捆着一个伪军,就向狼羔子命令道:

"你的给他解开!"

这只没耳朵的狼羔子,一见这里还活着一个,心里嘭嘭地敲开了小鼓儿,头上的虚汗也流成河了!

现在他一边给伪军田宝宝松绑,一边懊悔自己方才走得太慌张,怎么就偏偏没有发现这个冤家!要是在那时发现了,把他也一块儿干掉,不就心净了?你看糟不糟!如今这个冤家还活着,他要把实际情况向石黑一说,那不就摔鼻子了!

眼下,狼羔子一面给田宝宝松绑,一面想着对策。

石黑问田宝宝:

"你的叫什么名字？"

"叫田宝宝。"

"土八路的你的看见？"

"我看见了。"

"他们的人，是少少的？还是大大的？"

田宝宝怎么答？可把他难住了。他怕和狼羔子说到两下去，将来狼羔子会报复他。因为这个，他一直在用眼角儿瞟着狼羔子，迟迟不敢开口。

狼羔子见此情景，心里着了慌，急忙从旁插嘴道：

"太君！土八路的，大大的多！"

田宝宝也就势说：

"对对对！太多了！"

"有多少？"

"有一千！"

"巴格亚鲁！你的大大的胡说！"

"是！太君！没有一千也有十来个！"

石黑向屋里一指，又问：

"他们怎么死的？你的如实地说！"

他们是怎么死的？田宝宝当然知道。知道归知道，敢如实说吗？当然不敢！那又怎么说呢？他又用眼角瞟开了狼羔子，急得头上也冒出了虚汗！

这时的狼羔子呢？又稳不住神了！他活像个狂风中的杨树叶儿，身不由主地颤动着，摇曳着。他想插嘴，可是，又被石黑止住了。

田宝宝的脑子里转了几个圈儿，最后只好说：

"太君，屋里的情况，俺没看见……"

这一阵，阙七荣一直站在石黑的身后。这个老小子，穿着哔叽军服,脑瓜儿像个核桃,视线有点斜散,塌鼻梁上架着一副黑玳瑁边的眼镜。这眼镜很大,约罩住了他那三角形小脸的三分之一。到这时,他已开始看出破绽,觉着狼羔子心中有鬼,又感到田宝宝在这件事上是个有用之人。

于是,他暗自决定:以后要审问审问田宝宝。

石黑也和阙七荣想到一门上去了,因而也没再追问下去,只是随随便便地问了几句,还装腔作势地骂了两声:

"废物!浑虫!"

然后,他便领上他的喽啰们出门去了。

当他们来到十字街口时,太阳已经升起来了。清新的阳光,映在布告栏上。

布告栏下站着一帮人。

这些人中,有柴胡店的居民,也有伪军。人们摆得里三层、外三层,拥拥挤挤,都在看布告。

石黑一见这种盛况,心中十分高兴。

这是因为,这几年来,无论是老百姓也罢,伪军也罢,对他的布告从来还没有这么关心,这么重视。这种新气象,怎么不叫石黑高兴呢?

可是,他走到近处一瞅,原来上边贴的不是他的布告,而是一张共产党的布告。这张布告的形式和内容,与石黑在出事现场见到的那张布告完全一样。

这时,石黑的心里可真火儿了!

不过,他并没动声色,只是悄悄地向白眼狼递了个眼色。白眼狼领悟了主子的旨意,冲着看布告的人群吼叫起来:

"这、这是八路军的欺骗宣传!谁、谁要再看,统、统统枪毙!"

他一嚷,满口的唾沫星子,成散兵线状横飞。

一来为了向主子表示忠诚,二来为了借此机会发泄发泄方才吃的石黑那肚子窝囊气,白眼狼一边吼叫着,还一边打了伪军几个耳刮子。

白眼狼的做法,正中石黑的心怀。

可是,石黑为了收买人心,却一面拉着白眼狼,一面假惺惺地讲情说:

"老兄,你的不要发火,弟兄们大大的好,他们的不知道,以后改了改了的……"

伪军们东溜西跑四散逃去。

老百姓也都走散了。

顿时,布告栏下,只剩下了石黑领的这一小撮了。

石黑指着这张布告,向他的走狗们命令道:

"把它的撕下来!"

石黑话没落地,就听嘶啦一声,贾立义将布告撕下来了。

石黑又转向白眼狼:

"你的马上派人,各街各巷搜查,哪里还有,统统的揭掉!"

"是!"

白眼狼应了一声。

过了一阵,石黑领着他的喽啰们,回到了他的队部办公室。

石黑这办公室里,方桌长案,高橱矮几,摆设得很讲究。几案上,茶杯、酒盅、麻将牌、大烟灯一应俱全。

石黑走进这个办公室,在用黄斜纹布罩着的沙发椅上坐下,然后指点着屋中的座位,向跟在他身后一起走进来的喽啰们说:

"你们统统地请坐!"

白眼狼坐下了。

阙七荣坐下了。

狼羔子贾立义不敢坐。石黑向他挥手道:

"你的大大的有功,也坐下的说话!"

狼羔子坐下后,石黑向他的喽啰们说:"今夜这桩事,漏洞在什么地方?你们说说看!"

贾立义先瞟了瞟别人,抢先开口道:

"依小人之见,漏洞在城防……"

狼羔子说到这里,又瞟一眼阙七荣,把话收住了。

他的意思是,留下下半句,让别人来说。这样,他既抢先发了言,达到了取悦于石黑的目的,又可把他这半句话作任何解释,不至于和别人的说法发生冲突。

这时,白眼狼也就着狼羔子的杆子爬上去:

"太、太君!我、我以为,城、城防是值得考虑的!如若不然,八路岂能……"

他一面试试探探地说着,一面观察着石黑的神色,揣猜着主子的心理。不幸,现在石黑面无表情地坐着。他心里打开了转转儿,既怕话不投机激怒了石黑,又怕说得太露骨引起主子的猜疑,所以他稍沉了一会儿才又接着说:

"太、太君,天、天到这时,刘、刘队长怎么还没来报告情况?……"

白眼狼这里说的这个"刘队长",当然就是疤瘌四刘其朝了。可要知道,那疤瘌四,和阙七荣有拜把之交,而且他们对贾家父子都心怀不满。因此,白眼狼看了阙七荣一眼以后,又说:

"当、当然,他、他是我的部下,我、我有责任!"

这一阵,那个戴着眼镜的阙七荣,一直是偏歪着小脑袋儿,并下意识地动弹着,仿佛正在思索着什么。到这时,他已明显地看出了贾家父子的用心——他们是要把发生事件的责任,推到负责城防的疤瘌四身上!于是,他向石黑建议说:

"太君,是不是叫刘队长来谈谈情况?"

走狗之间的矛盾,石黑早就知道。在这个问题上,石黑的心情是矛盾的。他既烦走狗勾心斗角,因为那会削弱战斗力,给八路以可乘之隙;可他又怕走狗之间没矛盾,因为走狗的团结使他感到是个威胁。几年来,石黑就是利用走狗之间的矛盾,来维持他对走狗们的控制的。今天,他既看出了贾氏父子的用心,也看出了阙七荣的意思。怎么办呢?石黑思谋了许久,向阙七荣说:

"好的!"

又转向白眼狼:

"你看呐?"

白眼狼献媚地点着头:

"好!"

阙七荣走了。

石黑又想起方才要打白眼狼的事来,就深表歉意地说:

"我的脾气的不好,你的知道,请你不要在意!"

他又指指自己的心说:

"我的明白,你们贾氏父子,对我们日本皇军大大的忠诚,我石黑,大大的信任……"

白眼狼受宠若惊,又建议道:

"太、太君!刘其朝的为人,你、你是知道的;咱可不能养、养虎遗患呀!……"

接着,他又说了疤癞四一些坏话。

石黑方才说那些话,除了要安抚白眼狼一下而外,就是为了激他更多地暴露一些他们之间的矛盾。这是为啥呢?其用心有二:一是借以考察考察那个疤癞四究竟怎么样;二是为了更多地了解他的走狗之间的矛盾,以便更好地加以利用。

这时候,狼羔子是"旁观者清"的。当白眼狼的话说过了头的时候,他就用脚偷偷地蹬他一下。每到这时,白眼狼就忙表白一句:

"我、我有啥可怕的？只、只不过是怕皇军受损失！"

或者是将自己的动机再盖一盖：

"其实,刘、刘君和我贾家结识好、好多年,我、我们是老交情了！可、可是,我、我一想到太君对我父子的恩德,我又不能不吐、吐露真情……"

当然,他从这里又转到说疤癞四的坏话上去了。一直到白眼狼说完后,石黑才将他那秃亮的脑瓜儿摇了个半圆,苦甜皆有地笑着：

"老兄言之有理。不过,我石黑是重友情的爱将之人,像你说的那样对待刘其朝,我从感情上是过不去的。再说,他是曾为帝国出过力的人,说他通八路又缺乏可靠的证据,草率处理怕是大大的不妥当吧？"

白眼狼不敢再谏。忙赔笑恭维道：

"太、太君仁厚！太、太君仁厚！"

石黑这些话,是说给白眼狼听的,为的是让白眼狼更忠于他,更为他卖力。至于走狗之间的纠葛,在石黑看来,是小事一段,犯不上为此得罪任何一方。

他们正说着话,疤癞四顶着汗珠儿怯生生地走进屋来。阙七荣跟在他的后头。也不知阙七荣和疤癞四已经说了些什么,这时疤癞四那两条腿就像数九隆冬穿着单裤一样,禁也禁不住地打着抖喽。他进得屋来,不自觉地先瞟了白眼狼一眼,眼神里仿佛还带着点气。接着,他向石黑行了个礼,又向白眼狼行了个礼,然后,将那双发白的迷惘的眼睛停在石黑的脸上,不动了。

石黑为了弄个假象儿,照例向白眼狼说：

"老兄,你这队长的说话！"

白眼狼为了在主子面前显示忠诚,他一开口就将疤癞四剋上了：

"混、混蛋！怎、怎么叫土八路进来了？你、你失职！要、要是皇军受了损失,我、我要你的脑袋！……"

白眼狼说着,要去打疤癞四。石黑把他制止了:

"老兄,不要发火嘛!"

他又走到疤癞四近前,虚情假意地说:

"你不要害怕。坐下,慢慢地说。"

疤癞四瞟了阙七荣一眼。

阙七荣手托下巴颏,向疤癞四递过一个眼色:

"说嘛!"

疤癞四依然有点战战兢兢,说道:

"八路这回夜袭柴胡店,手段很高明……"

"胡、胡说!"白眼狼道,"皇、皇军高明!"

"你的不要插话!"石黑先制止了白眼狼。他又向疤癞四说:"你的见识的大大的有！说下去。"

随后,疤癞四一面向石黑送着感恩戴德的笑脸,一面油嘴滑舌地说开了。他根据自己了解到的一些情况,又凭着想象编造了一些情况,东扯西拉唠了一大套。总的意思,不外乎是:一面推卸自己的责任,一面影射贾氏父子"不真忠于太君"。

他说完后,石黑说:

"你的大大的能干!"

接着,又公布了这样一个决定:把狼羔子贾立义从水泊洼调回柴胡店,把疤癞四刘其朝从柴胡店调往水泊洼。也就是说,让他俩"换换防"。石黑说完后,问疤癞四说:

"我的意思,你的明白？"

阙七荣怕疤癞四领会不透,插话道:

"太君的意思是,一来水泊洼是敌我必争的重地,二来那里比较容易防守……"

他特将"防守"二字加重了语气。疤癞四眼皮一拍打,领悟了:这"防守"二字,是影射贾氏父子的。也就是说,疤癞四离开柴胡店,比较容易防备贾氏父子的陷害。于是,疤癞四忙表示道:

"感谢太君!服从军令!"

白眼狼说:

"太君高见!"

狼羔子半推半就地说:

"太君的栽培意图,我感恩戴德;可惜我才疏学浅,恐难胜此重任!"

阙七荣说:

"这样对调,两全其美,真是妙策!"

事情就这样定了。

石黑将狼羔子和疤癞四打发走以后,又向白眼狼说:

"梁永生的大大的能干!大刀队的大大的厉害!我给你十天限期,要把大刀队搞掉,要把梁永生捉到!……"

"是!"

白眼狼垂手而站。

石黑又奸笑道:

"你若大功告成,皇军大大的有赏!"

"是!"

白眼狼喜形于色。

石黑将笑脸一收:

"你若干不出名堂,脑袋没了没了的!"

白眼狼面色如土。

石黑继而又道:

"你的马上集合队伍,要对这柴胡店镇进行彻底搜查!"

"是!"

他们这出"戏",演到这里就算"闭幕"了吧!因为,八路军大刀队的突袭小组,早已撤离了柴胡店,他们的"全镇大搜查",显然是用不着交代了。

现在,让我们再来看看大刀队的情况吧——

梁永生他们撤出柴胡店以后,刚走出不远,平地里兀地站起几个人来。接着,那边有人喊:

"队长!"

语音告诉梁永生,那个喊"队长"的是小胖子。

这时的小胖子,还有他的战友们,个顶个地浑身上下都是雪,简直成了雪人了。因此,梁永生乍一望见他们时,已经都辨认不出来了。此刻,小胖子一伙儿,见自己的队长和战友们都安全地撤出来了,秦家父女也营救出来了,全都乐得两眼眯成了一条线,构成了一副副动人的淳朴的笑容。

梁永生跨着大步叉子向飞扑过来的战士们迎上去。当小胖子一头撞进他的怀里的时候,他扳着小胖子那两只肥突突的膀头儿摇晃起来,并激动地像唱歌似的说:

"哎呀呀,哎呀呀!你们怎么跑到这儿来啦?"

"我们听见围墙里头枪声大作,真担心你们撤不出来了呢!"小胖子的话音未落,炮筒子又接上说:"梁队长,你们要再不出来呀,我们就攻进去了!"

他说罢,抖抖身上的雪花,嘿嘿地笑了。

梁永生见战友们的衣裳上,不仅蒙上了一层雪,抖落雪花以后,里头还有一层冰。他们的身子一抖动,衣裳就像用铁叶子做成的一样,发出一阵嘎啦啦嘎啦啦的响声。面对这种情景,叫谁能不感动?不过,梁永生却取笑逗哏地说:

"看你们这满身铠甲,真像要强攻柴胡店了!"

战士们全都笑了。

永生又道：

"能行！就凭你们这身钢盔铁甲，也准能打它个'稀里哗啦'！"

他又指指炮筒子说：

"再说，咱还有这门'大炮'嘛！"

人们又笑起来。

这笑声，把长时间以来一直在纠缠着战士们的那些寒冷呀，疲劳呀，焦虑呀，急躁呀，统统的赶跑了！

随后，永生派出两名战士，去通知那些负责策应的民兵——迅速撤退；他自己带领着大刀队的新老战士们，还有秦家父女，拉开距离，摆成一条长蛇阵，顺着一条弯弯曲曲的交通沟，渐渐地撤离柴胡店近郊，消消停停地远去了。

到这时，他们听见柴胡店据点里头，那如同爆豆似的枪声，又紧一阵慢一阵、稀一阵密一阵地响起来了。

奇怪呀！他们又放枪干啥？

其实，并没啥奇怪的，因为这枪声连一分钟也未曾间断过，只不过是方才那一阵没人注意它罢了！眼时下，铁牛一注意到柴胡店的枪声，瞪着个大眼直愣神。志勇凑上来，问道：

"铁牛，想家啦？"

铁牛摇摇头：

"不想家。"

黄二愣接言道：

"瞧你瞪着个直眼盯着柴胡店，不是想家是想啥？光嘴硬不行！"

唐铁牛不解释，也不争辩，只是向锁柱笑了笑。

又起风了。

这雪后的晨风，卷着八路军大刀队夜袭柴胡店虎口拔牙的胜利消息，滚过茫茫雪野，刮进村村庄庄，正在敲打家家户户的门窗……

它要干什么？

它要把这振奋人心的喜讯,告诉给那些刚从沉睡中醒来的人们!

可是,风啊,你哪里知道——那些知道大刀队这次军事行动的人们,全都一夜没睡呀!是的!自己的子弟兵们去夜袭柴胡店了,各村的乡亲父老们,谁能不为这虎口拔牙的亲人挂心哩?

你看!前面的各个村头上,那不都已站满了人?

要知道,从那天还不大亮的时候,他们就早早地跑到村口上,来迎接这些威武凯旋的勇士们了!

…………

第六章　春天来了

春天来了。

平原的春天是美丽的。被冰雪覆盖着过了冬眠的草根,而今已被春风唤醒。它们倔强地抖净了身上的尘沙雪粒,从陈旧的草茬烂叶中,钻出了嫩绿的新芽。随风摇曳的柳枝,由黄变青,由青变绿,那潜藏着的胚芽儿,正在争先恐后地露出头角。开化了的运河,水势越来越大,眼看着又要成为一股汹涌澎湃的洪流了。灵巧的小鸟儿,停落在河岸的柳枝上,面对着满目春光的原野正纵情歌唱。

被冰雪溶化的水分浸泡过的泥土,好像有人搅拌上了香油,正迎着朝阳闪光放亮,正随着春风散发着香味。在这肥沃的泥土里,只要有人播撒上一颗种籽,不几天,就会扎下根去,生出芽来……

"一年之计在于春。"

变工组的农民们,一嗅到春天的气息,全来了精神。在任何情况下,他们总是不违农时的。尤其是在经过了几年的战争生活之后,人们习惯于这种环境,已如同习惯于过庄稼日子一样了。敌人来了,他们就一面组织民兵袭击敌人,一面组织群众实行空舍清野,跟敌人兜圈子。敌人走了,他们在四外各个路口放好岗哨,规定好暗号,又搞起生产来。

你听!满洼遍野,到处都是吵吵嚷嚷的。大地激荡在春耕的漩涡中。清脆的响鞭声,吆喝牲口的吼喊声,和人们的歌唱声交织起来,形成了一支高旋律的交响曲。

在一片繁忙的春耕气氛中,梁永生和锁柱来到坊子镇。他们进村时,正是家家户户烧早饭的时候。村中,炊烟缭绕,雾气腾腾,仿佛天上着了火。

几只喜鹊,在树枝的梢头,跳来跳去。

一群灵巧的小燕子,带着生命的愉快,喳喳地叫着,在低空飞旋。一大帮孩子们,聚集在村边的一个大场院里,正在尽情地耍闹着。场院周遭儿,原先有一些白杨树。如今,树已被敌人给锯走了,只留下了一段段半人高的树桩子。老树桩子上,已经生出了新芽。这新芽宛如在其旁边玩耍的孩子们一样,正然迎春吐叶,茁壮地、顽强地成长着。

高小勇也在这大场院中的孩子群里。

他,活像个蜂王似的,被孩子们簇拥着,手持一把木头大刀,站在人圈儿当央,又弹腿,又踢脚,又张跟头,又闪腰,耍呀耍,耍呀耍,直耍得浑身是土,满头大汗。站在周围瞧热闹儿的娃娃们,喜得唧嗒呱嗒乱拍呱儿,还有的嘣呀叭地跳老呱儿。

高小勇耍了一阵,停下了。

他一面用手背抹着脸上的汗水和泥土,一面噗噗地吐着唾沫,显然是要把渗进嘴里的汗水和泥土吐出来。不一会儿,他又两手抈在腰间,带着一副自尊的神态问他的伙伴们:

"你们说,我这刀法,像个大刀队不?"

娃娃们有的说像,有的说不像。

高小勇对伙伴的反应显然不满意。他又问:

"你们说,我这两下子,打过打不过日本鬼子?"

娃娃们又是一阵乱嚷。他们有的说打得过,也有的说打不过。这两种不同说法的娃子们,有的竟相互争吵起来了。

在说打不过的那些孩子们当中,有个后脑勺上留着一根干巴小辫儿的男孩子。这个孩子,名叫双喜,是两面村长迟保录的儿

子。他不光说打不过,还用食指拨拉着自己的小脸蛋儿,撇撇嘴说:

"呸,呸!不害臊!那孩子还敢说打过日本哩!……"

高小勇恼火了。他气呼呼地凑到双喜近前,指着他的眼胡子怒冲冲地质问道:

"我凭啥打不过?你说!你说!"

双喜也不示弱。他将脑后的干巴小辫儿一甩,瞪着眼睛坚持说:

"说就说,你就是打不过嘛!"

"我凭啥打不过?"

"人家日本,有飞机,有大炮,还有汽车、坦克和歪歪把子机关枪哩!"

"那个管屁用!"

"管屁用?谁说的?"

"梁大爷说的!怎么着?"

"他说的不对。可厉害啦!"

"你懂个啥?瞎胡咧咧!"

"瞎胡咧咧?俺爹说的嘛!"

"你爹说的算个屁!"

"你爹算个屁!"双喜带着几分自豪的神气,"俺爹是村长!……"

"你爹那村长,整天价跟鬼子、汉奸喝酒,还有个臭脸呀!"

"你爹可有脸呀,叫人家日本打死啦!"

小勇和双喜,活像两只颈毛扎起准备决斗的公鸡。他们对峙着,争吵着,互不相让。现在高小勇一听迟双喜说这个,一下子气火了。他说:

"你不服大刀队是不是?好,咱试巴试巴!"

高小勇说罢,在几个站在一边的财主家娃子们那嫉妒愤恨的眼光下,硬将在场的娃娃们拨拨拉拉分成了两伙。而后,他指着那伙瘦弱的娃子们说:
　　"你们这一伙儿,算是日本鬼子!"
　　双喜不解地问:
　　"你们那一伙算啥呢?"
　　高小勇一拍胸脯儿,神气地说:
　　"我们就算大刀队呗!"
　　有个娃子抱屈地央求说:
　　"小勇,我可没说你打不过呀!为啥也叫俺当日本鬼子?"
　　小勇解释说:
　　"你的劲儿太小嘛!"
　　那娃子争辩道:
　　"当啥来论劲儿的?"
　　小勇坚持着:
　　"当然论喽!你这么一丁点儿力气,不当日本鬼子当啥?要是当大刀队,那不是净给俺大刀队丢人呀!"
　　那孩子没理说了。
　　"战斗"开始了。
　　小勇的第一个对手,就是那个留着干巴小辫儿的双喜。只见他一下子扑上去,没用三下五除二,高小勇就抓住了双喜的小辫儿,将双喜捺倒地上。他一面不管三七二十一地打着,一面带着自豪的语气逼问着:
　　"我打过打不过日本鬼子?哎?你说!我打过打不过日本鬼子?哎?你说!"
　　双喜草鸡了!
　　他嚎叫着,央求着:

"打得过！打得过！我再也不说你打不过了！……"

不大一会儿，"日本鬼子"被"大刀队"战败了。当"日本鬼子"的孩子们，嗷嗷地叫着，四处奔逃。

当"大刀队"的孩子们，全高兴得要飞起来了。他们在小勇的指挥下，追赶着，叫喊着：

"我们胜利了！"

"日本鬼子完蛋了！"

"冲呀！"

"杀呀！"

"捉活的呀！"

"快投降吧！"

在这场"战斗"激烈进行的当儿，有两个小女孩子，坐在很远的地方捏着小泥人儿。看来，她们另有自己的爱好，对男孩子们玩的这一套，一点儿也不感兴趣。

这一阵，站在远处"观战"的梁永生和小锁柱，被娃子们的这场游戏吸引住了。他们在兴致勃勃地望着，笑着，议论着。

小锁柱感慨地说：

"小勇这个小家伙儿，长大以后，准得像他爹一样，又是一员虎将！"

梁永生点点头，像深有所思地说：

"是啊！侵略者夺去了高树青同志的生命，同时，也在这烈士后代的心灵深处，埋下了仇恨的种籽！"

他们正谈着，一位老大娘出现在那边的胡同口上。

这是小勇奶奶。

她手打着亮棚，朝那群乱跑乱喊的孩子喊道：

"小勇哟！小——勇——子！"

小勇停住脚步，向奶奶张望着。

奶奶加快了话语的节奏,大声小气地说:

"你还不快回家!又给我闯祸呀?"

小勇嘿嘿地笑了。

奶奶忽然望见了那两个捏泥人儿的小闺女,又朝孙子嚷道:

"你看人家那孩子,多听说呀!你瞧你这个皮猴儿,整天价撕皮捋肉的!……"

小勇奶奶正跟她的孙子嚷着,梁永生和小锁柱悄悄地凑过来。走在前头的梁永生,首先喊了一声:

"高大婶!"

高大婶扭头一望,见是永生和锁柱,真是"久别见亲人,心头格外喜"。她再也顾不上叫孙子了,便领着两位亲人急忙向家走去。

这时,小锁柱见这位老人的手里拿着笤帚和簸箕,就知她又是要去扫硝,于是便说:

"大娘,我们正要往报上写篇稿儿表扬表扬你哩!"

"表扬我?"

"是啊!"

"我个大老婆子,有啥值得表扬的呀?"

"表扬你是扫硝的积极分子呀!"

"唉!这个还值得登那报?"大娘说,"像俺这老一号儿的妇女会,干不了旁的,抽空摸空干点儿扫硝、熬硝的活儿,也好叫上级多制些炸药,狠炸那些鬼子、汉奸们呀!这不是本该干的吗?……"

她一面说一面走,将永生和锁柱领到炕头上。

高大娘和梁永生、小锁柱,由于多日没见面了,所以,这时有一股喜悦的感情,在每个人的心窝里热腾腾地滚动着。永生和锁柱刚坐下,大婶就忙不迭地问永生:

"你们怎么这么多日子没来呢?"

梁永生笑笑说:

"可不！一晃十来天了！"

"十来天？"

"不对？"

"我觉着有个把月了！"高大婶想了想又说，"可不！还是你们记性好——是才十来天儿……"

小锁柱凑上来问：

"大娘，准把你想坏了吧？"

高大娘望望锁柱，又瞅瞅永生，只见他俩一人一张满面春风的笑脸，心情宽慰地说：

"当老人的，总是这个样子——一时见不着你们，心里就觉着像回事儿似的！前几天，听说你们在柴胡店一带又打了一仗，可也不知是真是假？从那以后，我就总觉着你们这个那个的面目在我的眼前头晃……"

她说着说着，仿佛思路猛然触到了什么，只见她蓦地收住话头儿，又改口问道：

"哎，咋就你们两个？他们呢？"

永生见大婶不放心，就解释说：

"这些日子，我们根据县委的指示，已经分散活动了。我和锁柱是一伙，他们也分成了好些伙，都到各个村庄去了。"

"这是为啥？"

"为了发动群众呀！"

锁柱接了这么一句。

锁柱一插言，把大娘的视线引到他身上。突然，大娘发现锁柱的衣襟挂破了一个窟窿，就没好气儿地嘟嘟道：

"瞧你这孩儿，又把衣裳挂破了！"

她一面嘟嘟着，一面从脑后匀的小鬏髻上拔下一根带线的钢针，又戴上老花眼镜，硬把锁柱拽到炕沿上，说：

"来,大娘给你缝缝!"

锁柱一面向大娘夺针一面说:

"大娘,把针给我吧!"

"给你做啥?"

"我会缝!"

"你会,你会,你会挂窟窿!"高大娘说,"你老实儿的吧!这针,可不是你那匣子枪!"

说实话,锁柱还是真会缝。他自从当上八路以后,很快就练出了这一功。几年来,不光他自己的衣裳破了自己缝,而且还经常给新战士缝补衣裳呢!不过,他知道高大娘的脾气,你要高低不叫她缝,她会生气的。因此,锁柱再也没有说啥,只好嘿嘿地笑着,老老实实地让大娘给他缝起来。

这当儿,梁永生坐在靠柜橱的一个方杌子上,吧嗒吧嗒地抽烟。高大婶一边缝衣裳,一边向他说:

"哎,永生,你不是爱吃粽子吗?我还给你留着两个呐……"

"在哪里?"

"在锅里。"

永生走到外间,掀开锅盖,一摸,说道:

"呀!凉啦!"

"凉,嚷啥?嚷嚷就不凉啦?"大婶叱咤永生说,"凉不会烧火吗?快抱柴禾去!烧火做饭……"

永生挨了大婶几句叱咤,笑着,抱柴禾去了。

他刚点着火,才烧了不大一会儿,大婶就把锁柱的衣裳缝完了。她用那仅有的两颗对牙咬断线头儿,又拍了锁柱一巴掌,笑盈盈地说:

"饶你啦!滚吧!"

她说着,将针插在鬏髻上,又来到锅灶近前,朝永生说:

"去！你也给我滚开！"

梁永生对老人的脾气算摸熟了,他龇牙一笑,乖乖地让了手。高大婶烧着火,见永生出了房门,就知他又是要去串门儿做群众工作了,就喊他说:

"可别忘了回来吃饭呀!"

"怎么能忘了呢？还有那俩粽子哪!"

永生说着,笑着,走着,一闪身,出了角门。

高大婶烧熟了饭,正拾掇饭桌,永生串门儿回来了。大婶见他胳肢窝里挟着一个小布包,就指着布包问道:

"这是啥？"

永生笑笑说:

"票子。"

"票子?"

"是啊!"

"谁给的?"

"苏秋元。"

"苏秋元?"锁柱说,"柴胡店那个苏秋元?"

"对啦。"

"他来了?"大婶说,"你在哪里见到那个孬小子的?"

"我没见到他。"永生说,"他托村长迟保录交给我的。"

"我听说,我们夜袭柴胡店以后,他就吓坏了!"锁柱说,"我揣摸着,咱前几天在柴胡店附近又打了一仗,他更慌了神,八成是要向我们打个近步儿……"

"嗯。对啦。"永生说,"人家通过迟保录交代的明白:可惜他上了年纪,而且连个儿也没有,为抗日出不上力,只好把积攒的这几个钱献出来,表表他对抗日救国的一点儿心意……"

"他说得怪好听!"锁柱说,"没安好心!"

"可不是嘛!"大婶也说,"你不该收他的!"

"人家捐款抗日,这不是好事吗?"永生说,"哪能不收哩!"

"可他不是好人哩!"

"大婶,我们共产党、八路军,是讲统一战线的,要团结一切可以团结的人,参加抗日救国运动……"

"怕是团结不过来!"

"锁柱,你怎么能这样讲?能不能团结过来,那是以后的事。并且,只有事实才有权做这个结论。在事实没有说话之前,咱可没有资格代替事实发言呀!……"

锁柱点点头,表示同意这个看法。

大婶没听懂永生的全部意思,仍不以为然地说:

"屎壳郎做不出蜜来!狼的脖子上戴上佛珠,它还是要吃人的!……"

永生听了大婶这些话,对她老人家的阶级警惕性是敬佩的。不过,他觉得还应当向她讲明党的统战政策。于是,便凑到大婶近前,耐心地说:

"大婶,我倒同意你这样的看法——像苏秋元这号人,是不容易做到真心实意地参加抗日的。在今后,也有可能投敌当汉奸。不过,我们不能在他投敌当汉奸以前,就把他当做汉奸来对待呀!……"

永生说到这里,饭桌摆好了,锅也掀开了。他一边吃着饭又一边继续说:

"要打败日本鬼子,必须把各个阶层的人都发动起来,做到有钱的出钱,有力的出力。像苏秋元这样的人,不管他出于什么动机,既然他没有投敌,又主动捐款抗日,我们就该对他这个行动表示欢迎……"

永生这些话,是给高大婶作解释,也是借以提高锁柱的认识。

小锁柱看出了队长的意思,所以很注意听,真用心想,并且插嘴问道:

"苏秋元这号人,今后对他应当掌握个什么分寸?"

"对这样的人,应当是:既争取他,又警惕他。"永生说,"他今天没投敌,我们今天就争取他;他明天投敌了,我们明天就收拾他!"永生咽下一口干粮,想了想,又补充说,"锁柱啊,要知道,我们怎样对待苏秋元,表面看来是一个人的问题,实质上并不是一个人的问题——"他稍一停,瞟了光顾听忘了吃饭的锁柱一眼,问道:

"锁柱,懂吗?"

"你是说——会影响到别人。对吗?"

"对。俗话说得好——'打马骡子惊'嘛!"

他们边说边吃,一会儿就结束了吃饭这场"战斗"。

锁柱站起身,一边擦汗一边问永生:

"队长,今儿咱怎么活动?"

永生胸有成竹地说:

"我打算找几位烈、军属谈谈。你去召集个青年会吧。"

他说罢,又向锁柱交代了开会的目的和内容。锁柱领上任务走了。锁柱走后,梁永生一边抽着饭后烟,一边和高大婶又攀谈起来。他们正谈着,门外突然响起串乡货郎的摇鼓声。

永生收住话头,竖起耳朵听起来。

大婶见他满面警觉的神色,就说:

"没事儿!卖针卖线的货郎。"

永生摇摇头说:

"不对!"

他说着站起身:

"我去瞧瞧。"

大婶着开急了:

"你呆着！我去！"

大婶说着就往外走。永生拉住她说：

"大婶,只管放心,没事儿。"

他说罢,出门去了。

大婶心神不安地站在屋门口,心里在莫名其妙地想着："这是怎么回事哩？永生去看那货郎干啥？……"

过了一会儿。

梁永生领进一个人来。

这个人,穿得挺干净,眼里含着自来笑,仿佛他永远不会发愁似的。你看,他一进门就将一股春风般的快活气氛带进了院子：

"大娘,买针呀买线呀？黑线白线花花线,土线洋线合股线,样样都有；纳底针,绱鞋针,签缝针,引被针,大针小针半大针,一概俱全……"

高大娘见这人身穿大褂儿,头戴帽垫儿,肩上背着个小布包,手里拿着货郎鼓,是个地地道道的串乡货郎的打扮。又听他一进门就说了这么一套熟练的生意话,更认为他是货郎了。所以,就忙说：

"哎哟！货郎掌柜的呀,屋里坐！"

她嘴里虽然说得这么坦然,可是,她心里那个没解开的谜还在打转："永生他不光非要出去瞧瞧货郎不行,这不,又领到家来了！这是咋的回事儿哩？……"她想着想着,忽地明白了："噢！准是这么回事儿——前天,大刀队上的一个同志,弄断了我的一根针,准是又叫永生知道了！今儿个,他八成是要买针还我呗……"她这种想法,是从经验中来的：几年来,梁永生他们来到这里,就像到了自己的家一样,对待高大娘,就像对待自己的母亲。可是,他们对"三大纪律八项注意",又是非常注意的,极其认真的。不过,大娘对他们这种做法,一向是不满意的。所以这时她又在想："永生这孩儿,就是这么肯找真儿!上边的规矩,倒是满对的,也该按着办。可是,那也得分论谁和谁不?跟我怎么也来这一套!……"

高大婶心里这么想着,把那货郎和梁永生一起迎进了屋。进屋后,永生指着高大婶,向货郎介绍说:

"老方同志,这是烈属高大婶,就是我们高树青同志的母亲。"

他没等老方张嘴,又向高大婶介绍道:

"大婶,这位货郎掌柜的,是老方同志。"

永生这一介绍,把个高大婶点醒了。

她是被"同志"二字点醒的。

说真的,"同志"二字的确切含意,"同志关系"究竟是个什么关系,要让高大婶说说,她不一定说得那么准确。可是,现在她从"同志"这个字眼儿里,却已经明确地知道了老方的身份,以及老方与永生的关系。于是,她拍一下炕沿热情地说:

"老方呀,快坐吧!"

太阳的光芒透过洁白的窗纸射进这庄户人家的草房。老方在这座草房的炕沿上坐下了。

大婶又望望老方嬉笑着说:

"你们这伙子人呀,真能耐!"

老方问:

"能耐啥?"

大婶说:

"装啥像啥呗!"

她说罢,咯咯地笑了。继而,这笑声又传染上了老方和永生,他俩也跟着笑起来。到这时,老方已明显地意识到:这位高大娘,是个热情的人;同时,她现在的这种热情,和他刚进门时的那种热情,已经发生了质的变化!

这位"老方同志"到底是谁呢?

他,就是那位县委书记、县大队政委方延彬。

由于梁永生住处不定,县委找他很不方便,所以在上一次县委召开的会议上,便在货郎鼓子的响声中规定了一种暗号儿。今儿个,这位化装成货郎的方延彬,就是凭着这种暗号儿找到梁永生的。

说起来,梁永生和老方同志分手日子并不多,可是,他俩一见面,在每个人的心窝儿里,却立刻泛起一股说不出的兴奋心情。这是因为,在这战争年月里,分开不几天也不是开玩笑的!有时候,哪怕只分开一天,说不定也许会发生什么意想不到的事哩!……

他们亲热了一阵以后,永生突然想起一个问题:"我才从县委开会回来日子不多,县委书记又亲自找上来了,八成是有什么紧急任务。"他想到这儿,就朝老方凑了凑,问道:

"老方,有急事儿吧?"

"没有什么事儿!"老方随随便便地说,"我要到城关区去,正好打你们这一带路过,想顺便找你聊聊。"

永生很愿意跟老方谈话。哪怕是闲聊天儿也好。这不仅是老方这个人谈吐风趣,平易近人;还因为永生觉着,他每当和老方谈一次话,就算只不过是短暂的几分钟,也总是能学到一些东西。在永生看来,老方同志思考问题、判断问题、处理问题,以及他的言谈举止,都是值得学习的。说句实情话,如今永生身上的许多新特点,就是从老方身上学来的。因此,现在永生一听老方说要找他聊聊,心里乐极了,就说:

"老方啊,你来得真巧——"

"巧?"

"对啦。"永生说,"前天,沈万泉同志来和我汇报工作,谈到一些情况;有些事,我觉着应当报告县委;我们已经把报告写好了,正想派人去找你……"

"啥情况?"

"近来,我军的主力部队,在城南一带不是打得很猛吗?城里的鬼子头目儿荻村吃不住劲了——"

"这是真的。"方延彬说,"我正要来跟你谈谈这件事哩!"

梁永生接着说:

"据沈万泉同志得到的情报:敌人要从我们活动的地区抽调一批人马,组成'扫荡队'到城南去——"

永生说到这里稍微一停,瞟了老方一眼,见老方正一面弯着五指轻搔着头皮,一面全神贯注地听他汇报,没有插话的意思,于是,他又继续说下去:

"根据这个情报,我产生了一个想法——"

"要干它一家伙?"

"对呀!"

"为的是扯住敌人的腿,叫他走不脱,好减轻城南兄弟部队的压力——老梁,你是不是这么想的?"

永生笑道:

"你算摸准我的脉了!"

方延彬说:

"你这个想法是很好的——"

老方说到这里停了下来,又摇摇头,继而笑道:

"不过,可不能这么干哟!"

"为什么?"

"对不起咱那敌人哪!"方延彬将一只肘子支在被窝卷儿上,手举在耳边,指头轻轻地弹动着,又微微一笑,幽默地说,"人家从这边抽人到城南去,是按照咱的意思办的;咱要是再干扰人家,那就不够'朋友'喽!"

梁永生会意地一笑。

方延彬接着说：

"我根据情报,替敌人'算过卦'——他们这一招儿,是这么来的:你们夜袭柴胡店以后,敌人不是来了一次'大扫荡'吗?……"

"是啊!"

"从那次'扫荡'后,咱们大刀队,就化整为零分散活动了;这一段,没有进行大的军事行动。在这种情况下,石黑向他的上司荻村,虚报了'战功',说是把咱们的大刀队打得溃不成军了。荻村呢?信了。因此,现在城南的敌人一向荻村告急,荻村这才要从这一带抽调一些人马,到城南去……"

"噢! 我明白啦!"

"好哇! 说说看——"

"咱们分散活动的意义,从政治上说,是为了发动群众;从军事上说,是为了造成敌人的错觉。"梁永生说,"因此说,人家是按照咱的意思办的,咱不能干扰人家!"

"你说得完全对呀!"

"看起来,敌人在'执行咱县委的指示'方面,还真够意思哩!"

永生说罢,笑了。

方延彬也笑了。他笑得是那么爽朗,那么欢快:

"'朋友'嘛!"

屋里寂静了。笑浪还在这两位战友的心里翻滚着。

正巧,就在这时,一位老大娘走进屋来。这位大娘不看屋里的情况,也不管永生干着什么,就像支吩她自己的儿女似的,进门就说:

"永生,一会儿到我那边!"

永生笑着说:

"我知道啦——叫我给你说家务去。是吧?"

"你这耳朵可真长呀!"

"放心吧大娘——今儿准去就是了!"

永生送走了老大娘,回来又问方延彬:

"哎,老方,今后我们大刀队应当怎么活动?"

"应当将计就计——继续分散活动。"书记作指示了,"你们要抓紧这个时机,除了进行必要的武装出击以外,需要进一步侧重一下政治工作。把你们这个大刀队,变成个政治工作队,发动群众,武装群众,瓦解敌军,扩大我军,为迎接新的战斗任务作好准备……"

在老方说话的当儿,梁永生双肘支在膝盖上,两手托着下巴颏,聚精会神地听着。当他见老方说着说着要掏纸卷烟时,像突然想起了什么,就说:

"我这里还有盒'洋烟'呢!"

"洋烟?"

"对!"

他说着,掏出一盒"炮台牌"的烟卷儿,递给老方说:

"你看!"

老方接过烟卷儿,瞅着,笑着:

"喔哈!老梁,你阔气起来啦!"

"这是收的'贿赂'!"

"'贿赂'?"

"哎。"

"谁'贿赂'你的?"

"疤癞四。"永生说,"他送来一条儿。我认为,他这烟,是搜刮的群众的血汗,应当把它还给群众。所以,把那其余的九盒,分送给老乡们了。留下这一盒,为的是向县委汇报时,能让县委见到实物儿……"

"哦!你跟疤癞四接上头啦?"

"还没有。"梁永生说,"这烟,是疤瘌四通过沈万泉转给我的。"

方延彬同志对这件事很感兴趣。他将"洋烟"放在桌子上,一面捻捻搓搓地卷着烟,一面思索着说:

"他来这一手儿,是个啥目的?"

"他是啥目的,倒没直说。只是通过沈万泉,向我传过两句话来——八路抗日人人敬,吾送薄礼略表心。"永生说到这里笑了笑,而后又学着方延彬的语汇说下去,"不过,我也给疤瘌四'算过卦'——八成是,他要通过沈万泉跟我取个联系——"

"沈万泉的身份他知道了?"

"从这一手儿看,疤瘌四也许是知道个气信儿!"梁永生点着一锅子烟,抽了一口,又说,"可是,老沈同志并没承认他跟八路军有什么瓜葛。当然,更没答应帮助疤瘌四取联系……"

"哦,是这样——"

老方陷入沉思。

他沉思了片刻,忽而又问:

"哎,老梁,在你过去的汇报中谈到的那个叛徒余山怀,不就是在疤瘌四所在的水泊洼据点上吗?"

"是啊!"

"那个人现在怎么样?"

"很坏!他是石黑的一条忠实走狗,干了很多坏事——"梁永生说,"据沈万泉摸到的情况,现在,他和疤瘌四的矛盾正在加深……"

"他们是啥矛盾?"

"主要是余山怀想争疤瘌四那个'官儿'……"

他们谈了一阵余山怀,方延彬将话题收回来,又向永生说:

"咱再说正题儿吧——今后你打算怎么办?"

老方在说这句话时,他那两条活泼的视线,一直在梁永生的脸

上盘旋,仿佛他正要从永生的表情中寻找点什么。这时的梁永生,用浅浅的一笑,迎接着老方那和蔼可亲、热烈期待的目光:

"原先咯,我曾想把老沈同志撤出来。可是,老沈不同意。他说,今后的工作,需要他留在那里。我倒同意他这种说法。不过,由于考虑到他留在那里太危险,所以还是犹豫不定。后来,当我和老沈谈出我的想法时,老沈胸有成竹地说:'危险是有,但不大!'我问:'为什么?'他向我陈述了三条根据——"

"哪三条呢?"

"这第一条是,沈万泉在黄家镇,并未在水泊洼,因而,他是八路军的'内线'也罢,不是八路军的'内线'也罢,对疤瘌四来说,没有什么直接的利害关系。再说到疤瘌四那个人,是个老奸巨猾的家伙,从他过去的所作所为来看,凡是与他自身没有直接利害关系的事,他是从来不肯为别人去冒风险的……"

"那第二条呢?"

"第二条是,自从我们那回夜袭柴胡店以后,石黑和白眼狼对疤瘌四一直存有戒心,疤瘌四对石黑和白眼狼也心怀不满。另外,疤瘌四和老沈所在的黄家镇据点上的汉奸头子乔光祖,也是明争暗斗,矛盾重重。据说,那个乔光祖,和疤瘌四的后台阚七荣有点私仇。我看,他们之间那些乌七八糟的事,咱先不去管它!刚才我所以提到上边这些,是想用它说明这样一个问题——老沈同志根据这种情况认为,疤瘌四不仅不会为乔光祖的安全卖力气,反而有可能等着瞧他的好看,他进而从中渔利!"

"噢,第三呐?"

"第三是,当前的战争大势对我们有利。疤瘌四显然也有这样的看法。我咋知道?他主动给我们送礼,不就足以说明这一点吗?再者,疤瘌四这一送礼,暴露了他知道老沈的一些情况,如果老沈今后出了事,他肯定有嫌疑,这一点他不会想不到。假若他对老沈要出歹心,他为啥不暗中上报请功反而托老沈送礼?况且他完全知道八路军并不是好惹的呢!……"

在梁永生汇报情况的当儿,方延彬的头脑中想了很多很多——他想到了梁永生和疤痢四从前的关系,也想到了梁永生那和他自己相似的苦难经历……这些思想活动,使方延彬越来越觉得,梁永生的经历,就是一本阶级剥削的血泪账,也是一部农民进行反抗斗争的活历史!可是,梁永生这目下的谈吐又告诉老方:那些多年来一直压在梁永生心头上的像千斤岩石一样重的仇恨,而今,已被革命的道理、革命的实践熔化成了为革命而战斗的烈火了!这位曾经立志把疤痢四剁成肉酱的梁永生,如果不是受到党的教育,不是为了革命和人民的利益,他怎能对疤痢四作出这样的分析呢?

方延彬听完了梁永生的汇报,又问:

"老梁,疤痢四给我们送烟的真正目的是什么,你分析过没有?"

"分析过。我是这样看法——"永生说,"疤痢四在他的主子面前不得势,又见我军近来在各地连打胜仗,可能是这个老滑头觉着厄运到了,要来个缓兵之计……"

老方听后,连抽了几口烟,慢慢腾腾地说:

"你这个分析,有一定道理。不过,我琢磨着,大概这只是一面儿。而且,在当前,我们必须应当想到的,恐怕还不只是这一面儿——"

方延彬又抽开烟了。

永生热切地期待着。

可是,这时的方延彬,抽了一口烟,又抽了一口烟,看来是不想说下去了。这是因为,在方延彬看来,像梁永生这样的同志,只要给他打开个题头,他就会自己想明白的,用不着别人把话说到底。

同时,他还想借以发挥发挥梁永生独立思考问题的能力和习惯。

过了一阵,梁永生看出了老方的意思以后,又接着说下去:

"老方同志,你说的那另一面,是不是这个意思——我们应当而且必须要先想到:敌人,总是敌人。对疤痢四这样的人,既要利用他,又要提防他……"

书记对梁永生的说法很满意。他接过永生的话头儿,补充道:

"是的!而且是,要在提防的基础上利用他,还要在利用的过程中提防他。"

老方停顿一下又说:

"总而言之,现在,我们需要多往更坏处想一想!"

梁永生深深地点着头。

这时,他和沈万泉同志分手时的一段情景,在他的脑海里浮现上来——

那是一个风雨莫测的傍晚。

屋里,静悄悄的。梁永生慢腾腾地踱着步子,低着头,抽着烟,沉思着,一声不响地久久沉思着。

这时节,梁永生的脑海里,好似风雨欲来的天空那样不平静。同时,在他那像天空一样辽阔的脑海里,又仿佛有颗明亮的彗星急促掠过似的,忽地一闪便消逝了!不一会儿,忽地一闪,又消逝了!

这时的沈万泉,静静地坐在桌子旁边的坐柜上,正然目不转睛地瞟着这位反复思量的领导人——梁永生。

时间在肃穆中流逝。

生活在战斗中前进。

过了一阵。

沈万泉慢慢站起身来,凑到永生近前,带着坚定的而又是轻松的语调说道:

"老梁啊,甭犹豫了——咱就这样定了吧!"

梁永生说：

"我正在想,还可能会出些什么事儿——"

沈万泉说：

"甭多想啦。我都想过了——"

永生问他：

"你想的啥?"

老沈又道：

"还有啥?大不了,把我捕起来!那有啥了不得?你放心,准要有那一天,除了我这个脑袋而外,别的,敌人啥也得不到!"

永生慢腾腾地坐下了。

他用两手交叉托着后脑勺儿,倚着炕头上的被窝卷儿,思忖了好大响,而后又站起身来,斩钉截铁地说：

"好吧!老沈同志,为了党的事业,你就暂先留在那里——"

"感谢组织的信任!"

"事后,支部打个报告,向县委请示一下。"梁永生说,"如果,县委有新的指示,我再通知你。"

"好吧!"

永生赶前一步,紧紧握住老沈的手："多多小心!"

老沈也很激动,眼里含着兴奋的泪："领导放心!"

老沈临走前,又向永生建议说：

"你是不是写封信?"

"给谁?"

"给疤瘌四啊!"

"做啥?"

"我把它带去,设法转给他——"老沈说,"趁热打铁跟他取个联系——怎么样?"

永生向后推一下帽子,用手轻搔着额角,思谋了片刻,说道：

"这事不小,需要慎重。等我请示了县委再定吧。"

今天,永生坐在县委书记的面前,心里回想着这些往事,就以请示的口吻向方延彬问道:

"老方,我可不可以给疤癞四写封信,和他建立个联系?"

老方反问道:

"你说哩?"

永生还没来得及答话,门口一黑,进来一位老太太。那老太太一看屋里坐着一位生人,正和永生谈话,就悄声地自语道:

"哟!又忙着喃!"

她在自语的同时,脸上还泛起一层冒失闯进的歉意,然后朝永生笑笑,啥也没说就要走。

"大娘!"永生喊住她说:

"有事吗?"

大娘又想说又想不说:

"我想着……没事儿——你们先谈公事吧!"

永生见大娘手中拿着一把锁,就猜出了她的来意。于是便说:

"大娘,是要找我这个小炉匠修锁不?"

"这把锁的钥匙让小孙子给弄丢了,想让你给捅开。"大娘不安地说,"可是你正忙着……"

"把锁留下吧!"

永生说着,凑上去,接过锁,放在桌子上。又说:

"我修好后,给你送过去。"

"整天价给你添事儿……"

大娘叨叨念念地走了。

老方拿起锁,瞅着,笑着,半真半假地说:

"老梁,你这'外差',可真不少哇!"

永生不想谈这个话题。因为,方才老方提出的那个问题,还在

他的头脑中转来转去。所以,他对老方这句玩笑话,只是报之一笑,又立即拾起了方才的话头:

"老方,我觉着,给疤瘌四写封信,也许有些作用。"

老方没有直接回答,只是说:

"咱们来研究研究——你说有啥好处呢?"

"能分化瓦解敌人呀!"

"这我同意。"

"为此,我觉着,似乎应当和疤瘌四建立个联系。"

"这个想法,我也同意。"

那为什么老方不当即答复让写这封信呢?这是永生心里的话,并没紧跟在老方那话的后头追问。因为他认为,那么个问法,一来不礼貌,二来不必要——话已到此,那个问题老方会主动讲出来的。但是,他真没想到,他用一双期待的目光等待了好久,老方并没解释这个"为什么",却是没头没脑地又向他提出了新的问题:

"老梁,疤瘌四和我们,是敌我关系——对吗?"

"当然对喽!"

"过去是这样,现在还是这样——你说呢?"

"是啊!"

老方放下手中的锁,又说,"我们不能忘记:跟敌人打交道,离不开这个——"

老方将拳头举在自己的笑脸前头,轻轻地但又是有力地抖动着。梁永生盯着老方的拳头,想了一阵儿,忽地醒了腔:

"老方,我明白了你的意思——"

"好哇——你说我是啥意思?"

"你是说——和敌人建立某种联系,以达到分化瓦解敌人力量的目的,进而孤立主要敌人,打击坏中之坏,这些都是对的。不过,没有猎枪威不住狼。要和敌人建立某种关系,那得先把他拿下马来,让他跪服于我们的枪口之下,乖乖地和我们'谈判'……"

老方高兴得将那举着的拳头嘭地落在桌子上:

"对!对嘛!"

他缓了口气又说:

"也就是说——主张一律不和任何敌人建立任何关系,那显然是不懂得斗争策略,所以是不对的;可是,要和敌人建立某种关系,软了不行,心急不行,强求更不行!"

梁永生高兴地点着头。因为他觉着,这次和老方的谈话,又是一个大丰收。可他并不满足,还想学到更多的东西。他基于这种欲望,又主动扯起另一个话题,和书记谈起了别的。

他们谈了一阵东,谈了一阵西,谈着谈着便谈起当前战士们的思想状况来了。梁永生像汇报又像检查似的说:

"这一阵,由于分散活动,在某些同志中,出现了一些新的思想问题——"

"你注意到这个问题很好哇!"老方先表扬一句,然后顺水推舟地说,"在当前,大刀队的同志们,有些什么思想问题呀?你就随便谈谈吧——我也正想了解了解这方面的情况呢!"

接着,永生分门别类地将战士们的思想情况汇报了一遍。他这段汇报刚刚收住话尾,小锁柱风风火火地闯进屋来。锁柱见永生正和县委书记谈话,他热情地向书记打过几句招呼之后,转身就要退出。永生喊住他问:

"锁柱,有事吗?"

"我想跟你汇报汇报青年会的情况。"锁柱说,"可你正和方书记谈着,那就以后另找时间吧!"

"我正向老方汇报战士们的思想情况。"永生说,"你,可以把这次青年会上发现的一些思想问题,就劲儿和老方同志汇报汇报嘛!"

"好哇!"老方说,"锁柱,来,坐,我正想听听你的呀!"

锁柱一笑:"好吧!"

接着,他坐下来,掏出一个小本本儿,打开,看一下,说一阵,看一下,说一阵,滔滔不绝地汇报起来。在最后结尾时,他又用向领导表示态度的口吻,加上了这么一句:

"这些思想问题,不难解决,请书记放心。"

书记笑了:"我放不下心呀!"

他见锁柱没有完全理解他的意思,又说:

"锁柱,你根据什么说'不难解决'呢?"

锁柱回答说:"净些青年人,头脑挺单纯……"

书记拍一下锁柱的膀头儿,插嘴笑道:

"你一开头就说错了一半儿!"

"错一半儿?"

"一半儿还多呢!"老方笑着说,"'净些青年人',这算你说对了!说他们头脑单纯,那就错了!"

"错了?"

"错了!"

老方只把"错了"又重复一遍,没讲很多,便闭口不言了。

他为什么不讲下去呢?

这有两个原因:一来是,他有这么个习惯,总爱在话间有些间歇;二来是,他特意给永生一个机会,想让他谈谈看法。这么两加劲儿,把那"间歇"就更拖长了。这时坐在旁边的梁永生,从老方那向他送过来的目光里,看出了书记的意思。于是,他把老方的话仔仔细细地嚼了好几遍,又消化一阵,而后直截了当地接言道:"锁柱,是错了!"

老方笑容可亲地问:

"老梁,说下去,他错在哪里?"

"不能用'单纯'或'不单纯'来区分青年和老年的思想——"永生说,"对吗?老方同志。"

老方说:"对喽!"接着,他便慢条斯理地讲开了:

"青年嘛,有青年的特点。比如说,他们积极,热情,生气勃勃,接受新事物快,等等。说到思想问题,则是,青年有青年的思想问题;老年呢?也有他老年的思想问题。老年人肯有的某些思想问题,确乎是很少在青年人身上反映出来;青年人肯有的某些思想问题,同样也是很少在老年人身上反映出来。这两者之间,因经历不同,思想问题也肯定有些'不同',这是个事实。可是,正像老梁方才说的,不能用'单纯'与'不单纯'来区分青年和老年人的思想……"

锁柱点点头。

老方停顿一下儿,指指桌上的锁,笑笑,又说:

"你叫'锁柱',总该对锁有点'研究'吧?那我就拿锁来打个比方:解决思想问题,就跟开锁一样——钥匙对了,锁再复杂,一捅就开;钥匙不对,锁再简单,也捅不开。是吧?话再说回来,思想问题,'难解决'与'不能解决',不取决于'思想单纯'与'思想不单纯',而取决于,你的'钥匙'是不是对头。"

老方说到这里,转向永生一笑,又一语双关地说:

"要讲这个,你是内行。我听人讲,你对开锁很有研究。不论什么样的锁,到了你的手里,三捅两捅就捅开了。是吗?"

他虽最后问了这么一句,可是并没等待永生的回答,便站起身来,走到屋门口,倒背起双手,对着天井里的一棵白杨树张望起来。

白杨树上,落着几只小鸟,正然喳喳地叫着。

过一阵。有只小猫儿,从垣墙角上的水眼里钻进来,偷偷地向树上爬去。显然,它是要对那鸟儿来个突然袭击。可是,小鸟儿也很机灵,它们一张翅子,噗噜噗噜地全都飞起来了。

树枝儿,被冲撞得摆晃了一阵。

这一阵,小锁柱的思绪,也和那鸟儿一样,飞起来了——他觉着,方书记这些话,使他又明白了许多道理。

老方最后这段话,在永生的感觉中,既有对他赞许的含意,又有引导他思考问题的因素,因而他便暗自想道:"我对开战士们思想上的'锁',研究得怎么样?……差粗了哇!"

这当儿,站在屋门口观赏庭景的方延彬,稍一侧身,用眼角扫了永生和锁柱一下。

人们常说:方延彬的眼力,像X光一样,能透到人的心里去。而今,他通过梁永生、小锁柱的神气和表情,再加上他平素里对永生和锁柱的了解,确实又看到永生、锁柱的心里去了——在他看来,他方才那些话,已经在永生和锁柱的心里,都点起了一把火;这把火,正在突突地拔起火苗儿来!他想:"要再拨动一下,火就旺了!"于是,他又踱回原来的地方,坐下,点着一支烟,抽了几口,两缕青烟从鼻孔里冒着,笑乎乎地说:

"锁柱啊,咱们每个人,都有个脑袋,是不是?"

锁柱觉着这话太突然,又不解其意,只好笑了。

老方虽然也笑着,但是,他的神情却是很认真的。继而,又指着他自己的脑袋风趣地说:

"喔!脑袋瓜子这个玩意儿,别看个头儿不算大,分量也不算重,可你不能轻估它,也不能小看它!要知道,它每时每刻都在产生出各种各样的思想,这些思想又无不打上阶级的烙印。因此说,人的脑袋里,也是个'小社会儿',很不'单纯'哟!老梁,你说呐?"

老方几句话,又把永生和锁柱吸住了。

梁永生情不自禁地点点头,笑眯的眼里闪烁着喜悦的火花。小锁柱扑闪着一双笑眼,脸上泛起兴奋的红光。

老方望望他面前这两位可爱的同志,拿起了桌上那把锁,又笑容洋溢地说：

"老梁，你当过小炉匠，懂得这锁的构造，是不是？"

永生以笑作答。

老方继而以半开玩笑的口吻，鼓励他说：

"同志，别'保守'，讲讲嘛！"

永生明白了，老方是要看看他对这个问题的认识。于是，便朝锁柱开了腔：

"锁柱啊，照我的理解，人的头脑，跟锁一样。不，也不一样。我说它一样，就是说，每把锁和每把锁的内部结构，都不相同——这和人的头脑是一样的；我又说它不一样，指的是：锁，内部构造再复杂，总是死的，固定不变的；可是人呢？思想是经常变化的。因此说，一个人的头脑，比一把锁的内部结构，要复杂得多，比那最复杂的锁不知还要复杂多少倍呢！"

老方点点头，又指指脑袋，加重语气说：

"这个玩意儿，复杂着呐！锁柱，听了吧？你可千万别把它看'单纯'了哇！"

老方的话停下来。

锁柱还没听够，盼他再说下去，故未插言。

屋里再次出现了暂时的寂静。这时，书记的话，队长的话，就像撞动了挂在当街大槐树上的钟，声音在锁柱的心里久久地回响着。

过了一会儿。

在屋里轻轻踱步的老方，望了望小锁柱那久久期待的神态，便在他的对面收住步子，又说道：

"锁柱，你想想，老梁为什么能捅开各种不同的锁？你为什么就不能？我为什么也不能？很简单：就是因为他在锁头上下过功夫，你和我没下过功夫；他把各种锁头的内腔全吃透了，你和我没吃透,对不对?锁柱啊,记住,你是支部委员,也是个领导人了;以后,要像小炉匠研究锁头那样,经常地研究'人头'。也就是说,要在做人的思想工作方面,正经八百地下点功夫。这样,我们把每个战士的思想情况吃透了膛,在解决思想问题的时候,才能'一捅就开'!要用你的话说,才能做到'不难解决'。你琢磨琢磨,是不是这么个理儿呀?"

锁柱点着头,脸上浮起一片笑纹,爽朗地说:

"对。对呀!"

正在这个节骨眼儿上,又来了个串门儿的。这是一位中年妇女。她怀里抱着个吃奶的孩子。这女人进屋后,向这间屋里瞟了一眼,说:

"锁柱,外头有人找你!"

"谁?"

"外村的。俺不认得。只是叫俺给你捎了个信儿来!"

锁柱转向永生:

"队长,我去看看吧?"

永生说:

"好!去吧!"

锁柱站起身,朝方延彬一笑:

"方书记,回头再谈。"

方延彬笑笑,点一下头。

这当儿,那位来高大婶家串门儿的妇女,大概是怕打搅书记和永生的谈话,没进这屋,她转过身子一撩门帘走进对间屋里去了。

不大一霎儿。

从对间屋的门帘缝里,传出了高大婶引逗孩子的声音。那刚学说话的孩子,咿咿呀呀地说了一阵,大婶没听懂,就问孩子的母亲。那孩子的母亲,就给大婶当"翻译"。就这样,孩子说一阵,他娘"翻"一阵,大婶笑一阵,闹得挺火爆。

这一阵,老方一直在注意听着门帘里头的说笑,仿佛他对这半通不通的儿语也挺感兴趣似的。又过了一阵,他像突然想到了什么,转过身来,朝着永生笑笑说:

"老梁,你听见了吗?"

永生笑了笑。

老方把话引申下去:

"你看!婴儿的话,只有他的母亲才能听懂。这是为什么?为什么别人不懂,他的母亲却能懂?"

他翻来覆去地盯问了好几句,而后又自问自答地说:

"就是因为,孩子的母亲,对她自己的孩子了解得清楚,吃透了腔。像我们这些当头头儿的人,对自己的战士的了解程度,就应当达到像当母亲的了解她的孩子那样。要有人来了解你的战士的思想情况,你就应当像孩子的母亲'翻译'孩子的话那样,把战士的心声'翻译'出来!我想过,觉着自己还做不到这一点。老梁,你能做这个'翻译'吗?"

梁永生笑着摇摇头,爽快地说:

"不行!更差粗了!"

"差得倒不一定'粗'。"老方向前微倾着身子,轻拍一下永生那浑圆的肩头,笑道,"老梁啊,咱们确乎是都还做得差啊!"

他说罢,将一双探询的目光停留在永生的脸上。因为老方知道永生是做政治思想工作的一把强手。可是他想,越是强手,越要提出更高的要求。现在,他要从永生的表情上探询的答案是:老梁对我这个说法,是怎么想的呢?后来,当他这探询的目光和永生那渴求的目光碰了个头以后,老方这才又继续说下去:

"这回,我是从龙潭街、十里铺、雒家庄一带转过来的。在那些村子里,不光见到许多群众和民兵,还见到过你们大刀队的一些战士们。我通过跟他们闲聊天儿,发现他们当中的某些人,确乎是存有一些这样或那样的思想问题,其中有些问题,我过去也是了解得不深的……"

老方这诱人的话语停顿了。他那两条视线从后窗口射向郊野。

永生那双期待的笑眼依然盯着老方。

老方收回视线,一连吸了两口烟,又接上了他方才的话弦:

"这些思想问题,在你方才的汇报中,也大都已经谈到了,而且谈得很细,从这儿讲,咱们不能说'差粗了'。不过,也有的你没有谈到,或一点而过了,所以,我才说,咱们都还做得差啊。"

随后,老方又和梁永生谈起战士们的思想问题来了。

老方的谈话,叙中有议,赞中有批,同时把他自己也摆进去了,因而使人感到特别亲切。在他快要结束这个话题时,是把话路又引回到小锁柱身上来收尾的:

"老梁啊,方才,小锁柱一开口,就叫我'放心',是吧?你想想,我能放得下心吗?我想,大概你也是放不下心的!对吧?"

这时,心情十分兴奋的梁永生,也带上了几分打趣的味道,笑着说:

"老方同志,现在你该连我也放心了吧?"

老方又笑了:

"现在,锁柱那个'不难解决',已经从'头脑简单'的危险阵地上转移了,我当然可以放心了!可是你呐——"

他稍一停,侧过身去,朝后窗口一指,又道:

"你来看——"

永生顺着老方那举起的手臂一望,只见村边有个推车人正在爬坡。他瞅了一阵,情不自禁地点点头,笑了。老方问:

"你笑啥?"

永生说：

"我明白了！"

"说说看！"

"你是说，提高我们的工作质量，如同推车爬坡——越高难度越大，越高难度越大！"永生见书记笑点着头，又说，"老方啊，放心吧——我一定呛劲，爬上去！"

话毕。两人都兴奋地笑起来。

笑声落下。老方又关切地问道：

"你们还需要啥？"

梁永生兴冲冲地说："啥也不需要了，只需要县委继续加强领导。"他说到这里，见老方要走，就紧接着又提出了新的问题……

夜幕降临了。

乡村的春夜，安谧而恬静。

淡绿色的大地，在金黄的月光下呈现着一派生气。深蓝色的天空里，镶满了宝石般的星星。春风，带着泥土和庄稼的香味，徐徐吹来，扑头打面，暖意益然，使人感到精神焕发，周身舒畅。

就在这样的时刻，一次临河区的党员扩大会议，在运河岸边的一片白杨树林中开始了。

这次党员扩大会议的名称，叫做"抗日积极分子大会"。参加这次大会的，有大刀队上的党员，有各个村庄的党员，还有大刀队上的一些非党战士和许多农村积极分子，男男女女总共有几百号人。

在会议的开头儿，梁永生先来了几句开门炮，县委书记方延彬同志便在一阵掌声中开始讲话了。他带着一副春风拂动的笑容往众人面前一站，一张口就指着梁永生向大家说：

"你们这位梁队长，真会'巧用人'！我今天从这一带路过，跟他见了个面儿，他就硬把我'扣留'下了！'扣留'下不算，还'逼'

着我非得给他开个会不行！按说哩,干八路的,都会开会。从这儿说,人家梁队长叫我帮他开个会,对我这个吃了好几年八路饭的人来说,不能算个扳倒柳树要枣吃的难题。不过,难的是,我事前没有准备。'下车伊始'就哇喇哇喇地发议论,不是我们党的作风,我也没有那套'本事'。让我讲什么呢？这不是别着象眼硬将军吗？"

老方这段风趣的谈吐,使人们越听越爱听。

可是,他说到这儿,算是给人们出了个题目,就把话打住了。

会场上一片寂静。

寂静的气氛掩盖着沸腾的心情。

不过,事情的发展,果然不出老方所料,不大一会儿,就有人打破了沉默嚷道：

"老方同志,你给我们讲讲延安的情况吧！"

这个动议,立刻得到了与会人一呼百应的赞同。

"好吧！"老方欣然笑道,"群众既然点出题来了,我就按照这个题目作文章！"

随后,他便滔滔不绝地讲开了。

延安,这个革命的摇篮,正在哺育着千千万万个革命的战士。像方延彬这个曾在延安——毛主席的身边住过一个时期的人,他的每一个经历,每一个见闻,都是一个动人的故事,要讲,真是讲上三天三夜也讲不完呀！今天,他从那高高的宝塔山,讲到潺潺的延河水；从延河流水,讲到河水两岸山坡上那葱郁、茂密的树木,还有那旺盛、茁壮的庄稼；进而,又讲到陕甘宁边区人民那种为了夺得抗日战争的胜利而意气风发的革命精神,还有你追我赶、忘我劳动的生产干劲,以及那心情舒畅、丰衣足食的幸福生活……

老方一面精神焕发地讲述着,自己也沉浸在幸福的回忆里。同时,他在讲述革命圣地——延安情况的过程中,通过联系当地的当前情况,把他要在这次会上重点解决的思想问题,以及当前的形

势和任务,全都一一讲清了。最后,他指着东方兴致勃勃地说:

"同志们!你们看——曙光在望了!让我们再接再厉,迎着胜利的曙光前进吧!"

这次会议直开到晓鸡初啼才结束。

为了尽早赶到另一个地方去完成另一项任务,老方要走了。永生知道,方延彬同志作为全县的领导人,时间是很宝贵的,所以没再强留。他和几位战士护送老方跨过运河,越过公路,又返回坊子来了。

永生走进村,一转眼,人就没了影儿。

刹那间,他那使人人眼熟的身形,被深夜的灯光映在一家老贫农的窗纸上。过了一会儿,他那富有感染力的说笑声,又从另一家老雇农的炕头上传出来。

…………

又是一个宁静的春夜。

夜色正在越来越浓。从天上到地下,仿佛扯起了一幅愣大愣大的深灰色的幔帐,遮得天地之间黑咕隆咚,使你分不出哪是天的起点,哪是地的边沿;眼前的景象,宛如一片新耕过的土地又倒上了大量墨水。

多么好的月黑天呀!

太平年间,人们是不喜欢这样的月黑天的。尤其是行路人,若遇上这样的夜色,心里更加腻烦。可是,在这战乱年月,月黑天,却是老百姓所欢迎的,因为,天越黑,敌人越是不敢出窝。特别是八路军游击队,对这漆黑的夜景,更有一种特殊的感情。

梁永生开完村干部会议,摸着黑儿回到高大婶家时,已经是晚饭以后了。他刚坐下,正在装烟,高大婶就凑过来问道:

"还没吃饭吧?"

大婶说着就要去做饭。

永生忙说：

"吃过啦！"

"在哪里？"

"前庄上。"

接着，大婶像忽然想起什么，又问永生：

"哎，那天头晌来的那个人，是干啥的呀？"

永生笑道：

"你问的是那个'货郎'？"

大婶也笑了：

"是啊！就是那位老方同志呀！"

梁永生说：

"他是县委书记。"

大婶惊喜起来：

"哟！那位人们常说的县委书记，就是这个样子呀！"

永生问道：

"大婶，你说该是啥样子哩？"

高大婶说：

"俺只知道县委书记是个了不起的人，比你还要好，还要能，该是个啥样儿，咱也说不上来。可我也想过，县委书记八成跟上回来的那个王营长差不多……"

高大婶说的王营长，是我八路军主力部队的一名营长。前些天，曾拉着队伍在这坊子镇驻过一两天。因此，现在大婶提到他，使梁永生立刻想起了那位王营长的形象。于是，便笑着说：

"大婶，你以为，我们的县委书记，也是骑着高头大马，穿着军装，挎着手枪……"

"我原先是这么想的！"大娘笑道，"谁知今天一见，并不是那个样子!"

"有时他也是那个样子——那是在带队伍的时候,或者是执行军事任务的时候。"永生怕大婶不明白,又跟上一句:"他也是咱们县大队的政委呀!"

"噢!我明白了,明白了!"大婶说,"他只要办政委的公事,就打扮成武的……"

"对!"

"他要是办县委的公事,就打扮成文的——穿大褂儿,戴帽垫儿……"

永生扑哧笑了:

"这是化装,为了行动方便……"

他们正谈得热闹,锁柱回来了。

锁柱向永生汇报完他一天来的活动情况以后,永生又吩咐说:

"你再去主持那个村支部书记联席会吧——"

"在哪里开?"

"在于庄。"永生说,"我已经下通知了。"

"好吧!"

锁柱正要走,永生又喊住他说:

"别走!"

"咋?"

"我跟你交代交代这次会的内容……"

"这次会的内容,昨天不是已经研究过了吗?"锁柱说,"我都记到本儿上了。"

"除了已经研究过的那些以外,还要再加上三条儿——"梁永生说,"今天下午,我去参加了城关区委召开的一次联席会议。会上,研究了县委关于农村工作的指示。在安排贯彻问题时,上级说,我们大刀队经常活动的这些村子,他们不再派人来了,由我们派人负责贯彻……"

"好哇!"锁柱说,"内容是啥?"

"内容嘛,主要是三件事——"永生扳着指头说,"这一,先从党内研究研究发展民兵组织的问题;这二,检查部署一下拆桥破路工作;这三,号召党员带头,扩大生产变工组……"

梁永生一条一条地讲着。

锁柱掏出小本儿,拔开钢笔,坐在对面一边听一边记录。直到永生讲完后,他这才将本子一合,又插上钢笔,笑呵呵儿地说:

"队长,我走吧?"

"好!"

锁柱走了。

永生侧在被窝卷儿上,虚眯起眼睛,又在思考着什么。高小勇进来了。他撩一下儿门帘,不声不响地缩了回去。因为小勇已经开始懂事儿了,他见梁大爷正在"闭目养神",就想到大爷一天来又累得够呛,我别去缠磨他了,叫他安安静静地歇一会儿吧!

永生是在"闭目养神"吗?

哪里! 他在"演电影"。

"演电影",是梁永生多年来养成的习惯。啥叫"演电影"呢?就是:自己安安静静地坐一会儿,把一天来遇到的、办过的各种各样的事情,从头到尾地想上一遍,看看哪里长,哪里短,哪里对了,哪里错了。

他这种习惯,由来已久了。

这么多年来,一直没有变。

不过,在这"不变"之中也有"变"——比方说,从前,他管这叫"拉洋片"。"演电影",是他从关东回来路过天津后才改的。在那以前,他还没接触过电影。再比方说,从前"拉洋片",是每天一早一晚在被窝头上进行。如今,这战争年代的游击生活,生活不那么规律,他就改成了抓个空儿就"演"上一出。

现在,一桩桩一件件的往事,正在梁永生的头脑中一幕幕地闪现着,忽然,对间里传来了小勇和奶奶谈话的声音。那声音是很低的。也许是由于夜晚的缘故吧,永生还是听见了。尽管听不清他们谈的什么,可是能够听出来,他们是在谈论那位房老师。

"房老师",这个字眼儿在永生的脑海里一闪,使他蓦然想道:"小学教员,是农村中为数不多的文化人儿,而且在群众中有一定影响;如果把他们发动起来,也是一种抗日力量呀!"他想到这里,感到自己过去在这方面注意不大够,于是便暗自决定:今晚就到学堂里串个门儿,去和那位房老师唠扯唠扯。

他正要起身,突然转念又想:"我对房老师了解得还不够透彻,要去做他的思想发动工作,怕是'钥匙'不对'捅不开'吧?……不能干那种闭着眼睛捉麻雀的蠢事!"

按说,梁永生对房老师是了解一些的。

因为,这位房老师,是永生的老师房兆祥的儿子。这一点永生已听人说过了。他怎能说一点也不了解呢?至少是了解他的家庭出身的。不过,自从房兆祥死后,永生再没去过他家,再加这房老师又才来任教不久,永生跟他还没有什么接触,因而对当前的情况,也确乎是了解不多。

怎么办呢?

正在这时,小勇又来门帘缝里扎头儿了。永生还没来得及叫他,他一见梁大爷"醒"了,就忽地跑了进来。

小勇扑到永生身上,撒娇地揉搓着:

"大爷,俺当八路!"

永生摩着小勇的头顶:

"勇子,你想起啥来了?"

小勇不说因由,依然是:

"俺当八路！你得要我！"

永生亲昵地说：

"勇子啊，当八路好！也准叫你当！……"

小勇乐了：

"好大爷！大爷好！"

"大爷好你可得听大爷的话呀！"

"我听，我准听！"

"听就好。等你长高了，就去当——行不行？"

"长到多么高？"

永生将手掌悬在小勇的头顶上边：

"这么高就行了！"

小勇挺挺身，再挺挺身，跷跷脚，再跷跷脚，还是顶不着大爷的手掌！接着，他将大拇指顶在自己的头皮上，又伸直中指顶在大爷的手心里，然后说：

"还差一拃呀！"

"对啦！"

"大爷，多少天能长一拃？"

这问题怎么答？说多了吧，小勇准得泄气！说少了吧，当大爷的咋能哄弄孩子？可是，永生还真有办法——他说：

"当你念好了书的时候，就能长到这么高了！"

他怕小勇不信，又说：

"我那小的时候，就是念好了书才长到这么高的。"

小勇惊奇地问：

"咦！你不是没念过书吗？"

永生也惊奇了：

"谁说的？"

"俺老师。"

"他咋说的?"

"他说——'世上无难事,只怕有心人'。就说咱们大刀队队长梁永生吧,从小没上过一天学,字文儿比我都强!他还说……"

高小勇复述着他老师对梁永生的夸奖,永生听了觉着怪不得劲儿的。于是,他拦腰打断了小勇的话弦,另起话题问道:

"哎,勇子,你老师姓啥?"

"姓房。"

"哪个房呀?"

"姓房的房呗!"

孩子大概都是这样——不论他正说着什么,也不论他说完没说完,只要别人拿话一引,他就立刻撂下那一头顺着这一头跑下来。永生大概是掌握住了孩子说话的这个规律,他顺着这个蔓儿越抻越远地问下去了:

"你老师叫啥名字哩?"

"叫房老师呗!"

"我问他的大号呀!"

"大号叫,叫,叫——"小勇脸红了,"俺知不道!"

"呀!你这学生真糟糕!"永生拨拉着小勇那粉红油亮的小脸蛋儿说,"呒,呒!那孩子连老师的大号都忘了!"

小勇抓住大爷的手说:

"奶奶替俺记住呢!"

他见永生扑哧笑了,又说:

"真的!不信你去问奶奶嘛!"

这时,小勇奶奶踩着孙子的话点儿,一撩门帘走进来了。看样子,这一阵她正在外边刷洗什么,现在一边擦着湿淋淋的手,一边笑眯眯地问:

"永生,你又和勇子叨叨的啥呀?"

永生嬉笑着：

"我正问他老师的大号哩。"

大婶说：

"叫房智明。"

小勇摆出胜者的姿态，对着梁永生：

"你看怎么着？我不撒谎不？"

其实，这位教员的名字，永生倒是早就听见说过。方才他问小勇，一来是故意跟他逗着玩儿，二来是想从这里扯起个头儿，好了解一下有关房智明的情况。现在他一见高大婶这位不识字的老太太，竟对学堂老师的名字记得这么清楚，觉着有点奇怪，就问道：

"大婶，你认识那位房老师？"

"他走到哪里我也认识他！"

大婶说罢，笑了。永生纳起闷儿来："大婶怎么这么个说法？"大婶看出了永生的意思，没等他问，又自己解释说：

"俺娘家不是在马厂村吗？跟他虽不是一姓，可是按庄乡的辈分儿，他还得叫我个姑哩！"

永生恍然大悟了。

他想，这是个好机会，便问：

"他家眼时下还有什么人？"

"总共还有三口人——"高大婶说，"除了房智明他两口子以外，还有一个孩子。"

"他老娘也不在了？"

"他老娘早不在了！"高大婶说，"是他爹死后的第二年死的……"

"房智明不是还有个姐姐吗？"

"是有个姐，早出阁了。"大婶说，"她的婆家，在柴胡店。她的男人，在柴胡店据点上当伙夫——"大婶抢前一步，凑到永生的脸上,压低了声音,带点神秘地说,"听人讲,房智明那个姐夫,跟咱这一面儿上还有点什么通识哩!……"

"噢!"永生抽着烟,愣沉一下,"他叫啥?"

高大婶满脸的遗憾神情:

"哟!那可说不上!"

永生沉思着,大婶又道:"八成是姓武。也不知叫武什么——"永生提醒道:"是不是叫柴兴武?"高大婶拍一下巴掌笑开了:"对对对!是叫柴兴武。你看我,糊糊涂涂,弄得颠三倒四……"

梁永生又沉思起来。

他在想啥哩?倚在"通天框"上的高大婶,一面絮絮叨叨地说,一面在心里悄悄地琢磨着。这时,她那两只眼睛,一直在盯着梁永生眉宇间那颗黑痦子,仿佛永生心中的秘密都藏在那里边似的。

过了一阵。

她试探着问道:

"永生,你扫听这些事儿干啥?"

永生说:

"随便问问。"

大婶还不放心:

"没有事儿呀?"

永生说:

"没事儿。"

大婶又直截了当地说:

"有事我就给你跑一趟——甭不肯得说!"

"甭价!"永生笑道,"大婶,你把房智明的情况,随便跟我啦啦吧——"

"别的不行,这个好办——说起他来我算知根儿!"

大婶坐在炕沿上,把她那话匣子打开了。先讲了房智明的上三代,又讲了他家的家境,总之,东也讲,西也讲,一讲讲了吃顿饭的工夫。按说,大婶讲的这些,永生大都知道。可是,永生并不打断她,就济着她说。直到她说得要没词儿了,永生才加了一句:

"房智明这个人怎么样啊?"

这一句,大婶的话又多起来:

"说起房智明来,是个好孩子。心也灵,嘴也巧,人也正派。叫他爹剔拨了这些年,练磨得字文儿也不孬。可是有一件儿——就是胆子忒小!甭论干点啥营生,总是前怕狼后怕虎的!说起他的爹娘,都是死在日本鬼子手里的。就冲着这口气,别说还是个男子汉呀,就是像俺这号的女人家,要是年轻,也早抡起大刀来干一个啦……"

大婶说得是那么带劲!竟把小勇的感情也带动起来了!他带着满脸稚气向奶奶说:

"奶奶!等我再长上一拃,咱俩一块儿去'干一个'!"

小勇这话,把奶奶逗笑了。

梁永生也笑起来。

笑声正浓,窗外传来吱啦吱啦的鸡叫声。这是黄鼬来拉鸡了。鸡是大婶的宝贝。她一面大声嚷着一面不顾一切地跑出去。永生和小勇也出去了。由于人出去得及时,黄鼬蹿上垣墙逃跑了。鸡,没被拉走,只是脖子上被咬破了一块儿。

这一来,大婶啥也顾不得了。她把鸡抱到屋里,又找了一块布条儿,一边心疼地给鸡包扎着,一边气恨地骂着黄鼬。

梁永生又回到他这间屋里。

小勇没去管奶奶的鸡,也跟到永生这屋来了。

他进屋后,就着黄鼬拉鸡这件事,告诉给永生一些关于老师的趣闻——

老师不是小胆儿吗?有一天夜里,他听见黄鼬拉他的鹁鸽,吓了一身冷汗，一宿没睡着觉。从那以后，他就叫几个学生在学堂里睡，跟他做伴儿。

在这几个学生中，就有高小勇。

可是，学生们在那里只睡了几天，又被撵回各自的家去——老师不招了！

为什么？

因为学生们见天晚上不好好睡觉，又练刀，又练枪。这不算，还学唱抗日歌曲。老师那么小胆儿，一看这还得了，若叫敌人知道了，不得招来大祸呀！

可是，他没想到，学生们对老师这个做法很生气。于是，小勇领着头儿，就报复老师。怎么报复呢？说起来可有意思啦——

老师的屋里，靠墙放了张书桌儿。桌上有个铃架儿，铃架儿上放着铃。有一天，小勇瞅了个老师不在屋的空子，偷偷地在墙上钻了个小孔。然后，将一根马尾丝从墙孔里通过去，拉到学堂的院外，又将另一头儿拴在铃胆上。到了半夜三更，老师睡下了，他们一拉动马尾丝，铃就当啷当啷响起来，直吓得老师缩进被窝里，蒙着头，出了一身虚汗……

小勇讲完这件事后，笑了一阵，又讲了好几个对付老师的故事。最后，得意地问永生：

"大爷，你看我们这法儿行不行？"

"这法儿是行！"永生说，"可是用错了！"

"咋用错了？"

"用错了对象呗！"

"对象？"

梁永生见小勇还不懂"对象"这个词儿，又耐心地解释道："小勇啊，我是说，你们这些机灵劲儿，不该用到你老师身上！你们当学生的，应当尊敬老师，怎么能琢磨老师呢？"

高小勇扑闪着两只茫然的眼睛。

永生就顺茬儿给他指出了方向：

"今后，你们要把这些机灵劲儿，全用来对付鬼子，对付伪军，那就好了，上回你不就机灵地写过抗日的小'布告'吗？"

小勇一听，乐了，嘴里蹦出一个字："行！"

永生为了让小勇懂得"为什么"，他又举例说：

"小勇，你看，黄鼬人人恨，为啥哩？因为它吃鸡！是不？可是猫呢，吃老鼠，人们就喜欢它。再说你吧，不是正经八百地给老师提意见，而是琢磨老师，你琢磨得越得意，就越不对！要是你们琢磨鬼子和伪军呢？琢磨得他们越厉害，你们的成绩就越大！小勇子，你好好想一想，是不是这么回事儿呀？"

小勇知道害羞了。他的脸涨红起来："是！"

梁永生在和高小勇谈话的当儿，将他那子弹袋子里的子弹倒在炕上，一个一个地擦着。小勇子为了把自己从窘境中解脱出来，就往上一蹿趴在炕上，低着头儿数起子弹来了：

"一个，一俩，一仨……"

他数了一遍，又数了一遍，惊喜地问永生：

"呀！怎么这么多呀？"

"还多？太少了！"

"一共十五个呢！还少？"

"少！十五个太少了！要有一百五十个嘛，那就差不多了！"

接着，永生告诉小勇：打鬼子是需要很多子弹的。小勇听了，认认真真地说：

"那你该多弄一些呀！"

永生笑了：

"那么好弄？这又不是坷垃块！"

这时，小勇那一对亮晶晶的眼珠儿，像荷叶上的水珠儿一样纯洁,溜溜地转着。这眼神里,含着迷惑不解,也含着求知的欲望。于是,永生又告诉他:咱们这儿,眼目下还没有造子弹的地方;现有的这些子弹,都是从敌人手里夺来的;为夺敌人的子弹,有的同志流过血,有的同志牺牲了!他还告诉小勇:子弹这玩意儿,在敌人手里,它是坏的东西;可是到了我们手里,它就成了好的东西。最后,他叹息了一声,又向小勇说:

"就说你爹吧,不就是被敌人的子弹打死的吗?在当时,他已经打光了子弹!我想,凭你爹那样一个智勇双全的人,要是还有很多子弹的话,也许能够冲杀出来的!至少,也会杀死更多的敌人……"

永生这段话,在小勇的心窝里,掀起一股巨大的波涛。这时,永生已把子弹擦完了。又装好。他跟小勇商量说:

"勇子,咱到你学堂里去呀?"

"干啥去?"

"找你老师玩玩呗!"

"太好啦!"小勇说,"俺老师问我好几回了——"

"他问你啥?"

"他问:'梁队长是个啥样儿的?'又问:'这几天到你家来过不?'"小勇说,"大爷,他还说愿意见见你哩!"

"那你就领着我走一趟呗!"

"好哇!"

永生要出屋时,高大婶问他说:

"你们要上哪去呀?"

"到学堂里玩玩去!"永生说,"顺便跟老师谈谈。"

"你想开导开导他?是不?"大婶没等永生回答,又说,"他那胆那么小,怕是得费点力气……"

永生满怀信心地说:

"只要肯下力,没有拉不直的绳子。他是个穷人嘛,根子正……"

大婶笑着说:

"那就早点儿去,早点儿回来!"

学堂,在村西的一座古庙里。

从村头到学校,约半里多路。

高小勇领着梁永生出了村口,他们这一大一小,一前一后地默默走着。

春日的夜晚,黑乎乎的,凉飕飕的。由于没有风,夜景愈显得深沉,宁静。

村野里潜伏着无穷的生气。

泥土里散发着醉人的香味。

天空的星星,像小勇那顽皮的眼睛,一眨一眨地瞧着人。

走在永生前头负责带路的高小勇,每走几步,回头望望;再走几步,又回头望望,仿佛他生怕把大爷丢了似的。

他们闷着头儿走了一阵。

小勇突然扭过头来问道:

"哎,大爷,你那两只脚,愣大愣大的,怎么走起路来,连一丁点儿声音也没有哩?"

永生半真半假地逗他说:

"老八路嘛,就有这个本事!"

"老八路咋就有这本事?"

"练的呗!"

"练这个有用?"

"当然喽!"

"有啥用?"

永生没有直接回答,而是说:

"勇子,你听听你自己,走一步吭噔噔,走一步吭噔噔,能听半里地,就像谁家跑了小毛驴——就凭这一手儿呀,当八路就不够格!"

"这碍着当八路啥事?"

"当然碍得着了!"永生说,"俺们八路军打游击,都是星来夜去,秘密行军,来无声,去无影。有时候,猛孤丁地出现在敌人的眼皮子底下,砰噜啪嚓打他个冷不防,一转眼儿,又没影儿了!像你这样的走路法,还隔着老远呐,就叫人家听见了,怎么打突袭呢?"

这时,小勇的脚步声突然小了。

永生一瞅,原来是他正拿着劲走路,不让脚下出声。永生望着小勇那像扭秧歌似的样子,心里又高兴又好笑。就问:

"勇子,你也想练练这一手儿呀?"

"嗯喃!练好了,好去当八路呀!"

小勇的语气里,充满了倔强劲儿。

永生夸奖他几句,又指教他说:

"你这个练法不行——"

"咋不行?"

"这不是变戏法儿——一点就会!"

"那咋办?"

"大刀要快多加钢,本事全靠功夫长。这是硬功夫,得长期苦练才行。"永生说,"往后,你在走路的时候儿,只要注意一点,有长劲儿,日子多了,总会练出来的……"

他们一路说一路走,来到了学校大门口。

梁永生就着刚刚出来的月光,望见那高高的门台阶两边,卧着一对龇牙咧嘴的青石狮子;门楣上悬着一块破旧的横匾,匾上那"观音庙"三个楷字,还依然看得清清楚楚;另有一块木制的校牌,写着"坊子镇小学",挂在门口的右边。

永生跨进校门。

继而绕过影壁。

这时,一所宽敞的院落,展现在他的眼前。庭院中,散散落落布满一地半头砖。不知底细的人,一见到这种情景,准以为是这个小学的学生不守纪律,环境卫生搞得不好!可是永生知道,村里的许多抗日群众组织短不了在这儿开会,这些七大八小的半头砖,是人们在开会时坐的座位儿。

这个庙院儿,房不很多。

坐北朝南是三间大殿。

左右两边是东西厢房。

眼时下,只有西厢房北间屋的窗户,亮着黄色的灯光。有两个被灯光绘在窗纸上的头影,正在晃动着。其余各个屋里,都是黑洞洞的。

梁永生漫步走在天井里,不时地向小勇提出各种各样的问题——

"这大殿里还有神吗?"

"有。"

"咋没搞掉它?"

"老师说,要是砸了神,敌人就说这是八路学堂了!"

"噢!是这么个事儿!你老师心眼儿满多呀!哎,那么,你们在哪屋念书哩?"

"在东厢房里。"

永生指着有灯光的窗户说:

"你老师就住在这里吧?"

"嗯喃。"

小勇还想再说什么,可是永生已经推开房门走进去了。

屋里,一老一少,隔桌对坐,正在灯下走棋。

他们旁边,还有两个扒眼儿观阵的人。

显然,他们这些人,全被象棋吸住了;要不,永生和小勇在天井里说了这么多话,又推房门走进屋来,他们怎么一点也没发觉?直到永生撩开门帘走进里间,那桌上的灯火猛晃了一阵,他们这才抬起头,随后又忽啦啦地站起来。

那位留着海仙绦白胡子的下棋老人认识永生。他先热情地开了腔:

"呀!老梁啊,坐下,快坐!"

"不客气,不客气!"

梁永生微笑着,点点头,向屋中扫视一眼。

只见,那位下棋的青年人,文绉绉的,一表书生气。在他那有些清瘦的脸上,有一对黑亮的眼睛,挂着像绸布一样柔和的笑容。永生打量着这位文文静静的年轻人,心中暗想:"他,八成就是那个教员房智明了。"又见这位后生的穿章儿,要作为一位教员来要求,是很朴素的。乍看上去,要不是他的衣袋上挂着一支钢笔,和一个庄户子弟没啥两样,只是衣衣裳裳的板生一点儿。这个青年长得老相些。看其观目儿超过了他的实有年龄。

这位年轻人果然就是房教员。他虽不认识梁永生,可他曾听爹多次讲过梁永生的相貌。再加那位下棋老翁带着尊重的表情口称"老梁",他那聪明的脑瓜儿一转就明白了。于是,他慌忙起身离位,恭恭敬敬地向永生打招呼说:

"梁队长!请坐请坐!"

这一来,显然是用不着引见就相互认识了。可是,那位跟在永生身后的高小勇,从大爷的胳肢窝底下钻过来,郑重其事地介绍说:

"老师!这是俺梁大爷——梁大爷,就是梁队长!"

人们禁不住地笑了。

小勇不笑。继续履行他的职责——他又指着房老师向永生说：

"大爷！这是俺房老师——房老师，就是房智明！"

又是一阵笑声。

小勇依然不能理解：人们为什么要笑？他以自豪的眼睛瞟瞟老师，仿佛在说：你看！我给你把梁队长领来了吧？继而又瞟瞟永生，好像他正在用这种自尊的眼光提醒"呸"过他的大爷：怎么样？我记住老师的大号了吧？

这一阵，那两个观棋扒眼儿的人，一时成了"多余者"，都准备溜边儿了。梁永生侧过身去，主动向那位罩毛巾的老年人打招呼说：

"老孙！你这棋瘾还是这么大呀？"

那位被称为"老孙"的人，想说啥，又没说，只是站在那里笑了笑。

永生又说：

"你既然跑出二里地来帮场，光扒眼儿啦？咋不'坐坐桩'？"

"嘿嘿，我这臭棋，上不得桌子面儿！"

原来，老孙早想和永生主动打招呼，又怕人家认不得他了，闹得怪没意思的。现在，经过永生这两句话，便断定永生肯定是认出他来了，心里高兴起来，惊喜地说：

"老梁，你还能认出我来？"

"当然喽！'一回生、两回熟、三回就是老朋友'嘛！"永生笑了两声说，"咱们俩，连上这一回，是第四回见面了！得算是老老朋友了吧？"

老孙笑了。他在极力搜索着记忆：

"四回？"

"就是嘛！你忘啦？"永生一根根地扳着指头，慢腾腾地说，"头一回,那是二十多年前,在黄家镇庙会上,你缝破鞋,我锔破锅,咱俩挨着出摊儿……"

"那回我记得!"

"第二回,是抗战以前不久,有一天晌午头儿,你正在你村的大槐树底下下棋,我从那里路过,扒了扒眼儿,还支你一招。那时节,你被棋迷住了,没顾得跟我打招呼……"

"哪里哪里!那时我已经认不得你了!"老孙说,"自从你当了大刀队队长以后,我一打听,才知道这个吓得鬼子、汉奸闻名丧胆的梁永生,就是当初那个大闹黄家镇的梁永生!"

众笑。

梁永生又把第三次短暂的相遇说完后,老孙感慨不已地说:

"好记性!好记性啊!"

在他们说话的当儿,房智明从壶囤子里提溜出茶壶,给永生倒上一碗水。随着,他回手就要掀棋盘子。

永生赶前一步,伸手摁住了:

"别,别收摊儿!"

"咋?"

"接着来嘛!"

"不,不来啦!"

"我没事儿,是来闲玩儿的。"永生说,"来吧,我也爱看!"

人有了相同的爱好,从心里就像近了似的。房智明听永生说他也爱看,高兴起来,问道:

"你也爱好这玩意儿?"

"不光爱好,还是个'棋迷'哩!"

"那,你来,我让位!"

房智明说着,就往正座上拉永生。永生笑道:

"你看!上来就将我的军——不论怎么着,你得把这盘残棋走下来呀!"

永生说着,回手拉过一个圆杌子头儿,坐在观阵的陪座儿上。

房智明笑着说:

"梁队长,那你可得支着我点儿呀——我不是他的对手!"

永生以笑还笑:

"好哇!有我一支,保你准输就是了!"

永生这一逗哏,屋中又腾起一阵笑浪。

房智明用敬慕的眼光望望这位风趣活泼的梁队长,那种拘束的感觉在他的身上悄悄地溜掉了。他在人们的嬉笑声中,又回到他原来的座位上,接着那盘正走到劲头上的残棋,又拼杀起来。

屋里恢复了寂静。

只有砰儿啪儿的棋子的磕碰声。

这盘残棋的棋局,对房智明非常有利。对方,虽然处于攻势,而且气势汹汹,可是,他的后方空虚,漏洞不少,给房智明留下了许多可以利用的战机。在这种情况下,如果房智明心不怯战,发动进攻,并且不惜作出必要的牺牲,是完全可以夺回主动权,进而夺取全局胜利的。

不过,令人可惜的是,他一直没有采取攻势,而是斤斤计较一兵一卒的得失,举棋不定,顾虑多端,以致始终处于守势,忙于应付。结果是,一误再误,愈走愈被动。最后,把这盘大有胜利希望的棋局走输了!

在厮杀过程中,永生光看不语,一招没支。

当房智明被人家将住了,永生这才拍一下他的肩膀,哈哈地笑了两声,带着一种惋惜的口吻说:

"小房,这盘棋,你可不该输呀!"

小房把棋子儿一推,挂着懊悔的神色说:

"我那步马跳错了!要不,他卧不上槽!"

"那只是个小漏洞。"永生说,"叫我看,你这盘棋,并不是输在那步跳马上!"

小房谦虚地问:

"输在哪里?"

"输在缺乏勇气上。你自始至终,没有敢于牺牲、主动进攻的劲头儿,总是,守,守,守!后来,一看棋不行了,这又不顾一切地冒险跳马。按说,那步跳马,倒是一招进攻棋,可惜太晚了,结果输了!……"

那位下棋老翁,是个真正的"棋迷"。在他的心目中,凡是不会下棋的人,似乎都是不值得敬重的。现在,他一听梁永生谈棋谈得挺有门道,因而对永生更加敬重了。谁知,当他正聚精会神听到兴头上的时候,梁永生的话题忽然爬了蔓儿:

"下棋这玩意儿,跟干别的营生是一个理儿——莽干,冒险,固然是要吃亏的,可是,不冒必要的风险,没有进取精神,必将事与愿违。就说小房你吧,心里当然是想赢棋的,可又想一子儿不丢,这怎么能行呢?其结局是,步步被动,全盘皆输!"

永生说着说着,耳边响起一种声音:"老梁啊,你一向重视政治思想工作,在任何情况下,可别忘了你这一手啊!要知道,有教育作用的话,哪怕只是一句,通过你的嘴,把它输送到别人的心里以后,它很快就会化成那个人的血肉,使那人增加力量,增强斗志……"这段话,是县委书记方延彬在和梁永生的一次闲谈中讲的。现在,这段话一在永生的脑海里浮现上来,它促使着永生把话题又引申了一步:

"咱说句闲话吧——我们当前的时局,不是很像一盘正在厮杀的棋局吗?叫我说,我们每一个人,就好比是这棋盘上的一颗棋子儿;当前的敌我双方,也就等于是棋盘上的黑红两方。咱就把日本侵略者比作'黑方'吧,人家攻进到咱的国内来了——"永生拿着一颗黑棋子儿,一边在棋盘上摆着一边说,"咱该怎么办呢?应当是:宁为玉碎,不为瓦全。也就是说,只有抵抗,只有不顾一切地坚决抵抗,而且是抵抗到底,直至胜利!不是吗?当然,在抵抗中,会有牺牲,那是难免的。如果说,我们怕牺牲,怕损坏坛坛罐罐,也就是说,怕丢子儿,不抵抗,能行吗?结果会怎么样呢?必然是,不仅坛坛罐罐保不住,连命也要完!这放在棋局上,叫输棋;放在战局上,叫亡国!"

永生说到这儿,收住话头儿去点烟了。

屋里人们,全听入了神;一双双期待的眼睛,都在盯着永生。

谁知,人们直等到他点着烟,抽了一口,又抽了一口,然后开口说话时,话又拐了弯儿——就像他已经忘了方才正在说着什么似的,突如其来地问房智明道:

"哎,小房,我听说,你为了呼吸新鲜空气,每天起早——是吗?"

"是。"

"这个习惯很好。"永生说,"不过,养成这么个习惯,可也不易呀!"

小房不以为然地说:

"这有啥不易的?"

永生提醒他说:

"唔!可不能那么说。有些人,本想做到这一点,但又做不到这一点。为什么?还不是舍不得热被窝?你在起早的时候,特别是数九寒天,没有这种感觉?"

小房点头道:

"有。"

"这就对了嘛!"永生的话题兜了个圈子,又回到老路上来了,"当前在抗日这件事上,有的人,就缺乏你那种为了起早不怕冷的决心,舍不开家庭这个'热被窝'!特别令人惋惜的,是那些懂得抗日救国是条正道,也看出了这是唯一无二的出路,可就是怕这怕那,在干与不干之间举棋不定,犹豫徘徊!"永生瞟着小房说,"像这样的人,将来必然像你方才输掉那盘棋那样,犹豫到最后,一看不行了,急了,豁上了,可是也就晚了!"

小房听着听着,又不知不觉地入了神,动了心。当永生说到这里时,在他嘴边久久盘旋的那句话冲口而出了:

"我就是这样的人!"

梁永生只顾吸烟,没有答腔。

屋里出现了暂时的寂静。

那位"棋迷"老翁,借这个空间,说了几句赞赏永生的见识的话。可是,他话不过三,又犯了他那个老毛病——不论人们正谈论着什么事儿,只要他一插上嘴,三说两说,准得扯到下棋上去!那么,今儿呢?今儿是从棋谈起的,在场的人又都懂得下棋,显然是更不会例外的——

"梁队长说得满在理——'丢卒保车',这是《棋谱》的招法。刚才,房老师早就不该保那个卒子。结果不是把车丢了?……"

据说,济着这位"棋迷"老翁讲下去,能讲到天明不绝词儿。可是,永生有永生的"闲谈"目的,他怎么能让他讲到天明呢?于是,他又把话题从棋局拉到时局上来了:

"大爷说得好哇——为了保车,就不惜丢卒!当然喽,卒要能保住,还是应当保下来的。问题是怎么个保法——"他缓了口气说,"咱还是举当前的时局做例子吧——咱们这个地盘儿上,已经进来鬼子了,要保住人民群众的生命财产,好法儿只有一个:把鬼子打出去,或者是消灭掉!不是吗?除此而外,还有啥好法儿呢?我说没有了!具体到我们这块地盘儿是这样。说到我们整个国家,也是这样。"

梁永生吸了口烟,喷出来,掉过脸去对着小房,指着桌上的棋盘又说:

"方才那盘棋,正像大爷说的那样,你老怕丢卒,结果丢了车,输了棋,不是吗?"

"对呀!"

正在瞅空摸空写着什么的房智明,立刻抬起头来,笑盈盈地应了这么一句。他见永生不再说话,别人已经插了嘴,便低下头去,又继续写开了。

他在写啥哩?

永生出于好奇,站起身来凑过去,从房智明的肩膀头上探过半个脑袋,一瞅,只见他的日记本上,写了这样两句话:

"国家兴亡,匹夫有责。我不能再犹豫了!起来,起来……"

永生看罢,笑道:

"嗬!你这个小伙子的文笔满棒呀!"

他这一句,使小房的笔尖儿一下子停住了。接着,他扭头一望,正巧,他那吃惊的目光,和永生那眯笑的目光碰了个头儿,脸,腾地红起来,笑着说:

"瞎胡划拉!"

他说着把本子合上了。

永生回到原来的座位上,接上方才的话茬儿又开了腔:

"咱还谈棋。小房,你琢磨琢磨,只要你没把对方将死,你那个卒,不光卒,还有那些车呀炮的,包括老将也在内,哪一个子儿是保险的?没有吧?都有随时被吃掉的危险!因此说,要彻底保住自己,只有彻底消灭'敌人'。为了夺取全局的胜利,不能不付出一定的代价。怕牺牲,必将招致更大的牺牲。牺牲小的,正是为了保住大的。暂时的牺牲,正是为了以后不再牺牲。下棋是这么个理儿,打鬼子也是这么个理儿。"他抽了口烟说,"我们的敌人,就是这么个脾气儿——你越怕它,它越张牙舞爪;你越让它,它越得寸进尺……"

梁永生坐在灯下,一面讲着,一面通过他那双喷发着热情的眼睛,将奔流在自己血液中的力量,注入了人们的心脏。

在永生刚开始说话的时候,人们的眼睛,有的集中在永生身上,有的集中在棋子儿上,也有的集中在自己那个正冒烟的烟锅子上。可是,他说来说去,把所有人的眼睛,都全集中到他的脸上来了。当梁永生的话停下后,那位扒眼儿观棋的老孙,深有感触地插嘴道:

"老梁这些话,没有半点假。我有一门姻亲,哥儿俩,大哥见了鬼子打哆嗦,被鬼子捅死了;他弟弟一看急了眼,抄起一根擀面杖动了手,给了鬼子一个措手不及,把鬼子的脑壳砸瘪了!他呢?跳出垣墙也跑了……"

"是啊!"永生点头道,"我们为了救国,为了给死去的阶级弟兄报仇,就得有那么一股子劲儿!"

另一位观阵的人说:

"梁队长,你这些话,我全听透了。我去当八路行不行?"

"咋不行?当然行喽!咱们八路军,是工农子弟兵,像你这扛大活的人,我们最欢迎了!"永生说,"不过,要参军入伍当八路,不光要本人同意,还得全家人同意。你回家后,先跟家里商量商量,以后我们再见个面儿,好不好?……"

说话间,窗上的月光唰地溜走了。原来是,外边的天空中起了云彩,月亮已被云彩遮住。小房望望突然暗下来的窗户,将头摇了个半圆,慢慢吞吞地喃喃自语道:

"像我这虚度年华的人,真是无地容身啊!"

他的语气,虽感慨不已,但,又是迷惘的,平沓的。那三顿没吃饭似的声音,宛如更深人静时从邻家传来的喁喁私语。

"你咋算虚度年华呢?"永生说,"教书,不也是工作吗?"

"唉!教孩子认几个字,算啥工作?"

"咋能不算呢?抗日不需要识字?"

"等孩子长大了,日也抗完了……"

"抗完了日,不等于革完了命。"永生说,"小房啊,我们的革命,就像你们学校里搞接力赛跑一样,要一代接一代地传下去。你教的这帮孩子,正是我们革命的接班儿的呀!"

"可是,教书这一行,对抗日救国这个当务之急,总是不能有直接贡献,所以心里怪不安的。"

梁永生装上一袋烟,和那位下棋老翁对着火儿,抽了一口,又解释说:

"我们的抗日战争,打的是人民战争。人民战争嘛,就要靠人民群众来进行。所以说,不论在什么岗位上,都能为抗日救国出力。就说小学教员吧,都是识文解字的,只要多看点书籍文件,不是可以向群众作宣传吗?要是经常给报纸写稿子,也是宣传工作的一部分。如果再把夜校办起来,并把它变成教育发动群众的场所,不又是一项抗日宣传工作吗?……"

"我觉着这些事都作用不大!"

"咋不大呢?"

"公理自在人心,是非自有公论,宣传不宣传的,我看没大要紧!"

永生听了小房这种论调,哈哈地笑了。然后拍一下房智明的肩膀说:

"小房,你这说法错了!"

"错了?"

"错得可不轻!"

小房不以为然地说:

"反正我的看法是：要打败鬼子，离不了枪杆子！"

"这话对！"永生说，"抗日嘛，是要打仗的。打仗，离了枪哪能行！"他抽了口烟，问小房道：

"枪，自己会响吗？"

"当然不能！"

"靠啥让它响了呢？"

"人呗！"

"对！所以说，抗日，离开枪不行；离开人呐？更不行！"永生说。

房智明赞同地点着头。

永生点开了小房的心窍以后，又习惯地打开了比喻：

"咱比方说，我们抗日这桩事，好比是一个人；党中央呢，就是这个人的头脑；宣传教育战线，可不可以比作人的神经系统？反正是，党通过它才能把人民群众的抗日积极性调动起来！你想想，不是吗？"

小房喜笑眉开，又连连点起头来。

突然，外边传来两声枪响。

这枪声，把战争的气氛带进屋来。

屋中，人们一阵骚动。这时，唯有梁永生镇静如常，并说："没事儿！"

他见人们依然有点沉不住气，又说：

"这枪，是从西边点上打出来的。"

小房感到惊奇：

"你咋知道？"

"听枪响听常了，一听声音儿就能听出来。"

永生这么一说，人们全沉住气了。于是，他又接上了方才的话茬儿：

"没有老百姓,就没有八路军。像妻子送丈夫参军的事,父亲送儿子入伍的事,哪村没有哇?"

他指着下棋老人又说:

"就说大爷你吧,不就是一个吗?"

"那不是应当应分的事吗?国家正被人家别住象眼,他年轻,去为国家出点力,那是他的本分!"下棋老人说,"我算看透这步棋了——八路军好比鱼,老百姓就是水;水离不了鱼,鱼离不开水;水没有鱼是死水……"

梁永生接言道:

"鱼离开水就活不成!"

另一位观阵的又插了嘴:

"虽说都称'神八路',可八路并不真是'神仙';不吃饭能行?不穿衣能行?……"

永生又把话接过去:

"这话对!要不是人民群众支援我们,我们这些'神八路'呀,不得光着膀子喝西北风呀?那可就真成了'神'喽!"

人们笑了。

那位观阵的指着永生脚上的鞋说:

"让你穿着这样的鞋打仗,我们没尽到自己的责任,真对不起你们!"

"我这鞋怎么啦?"

"破呗!"

永生大笑:

"怎么?你那鞋比我强多少吗?不服咱比比嘛!"

梁永生这个人,在联系群众方面,真是一把强手。这不光是因为他阅历多,见识广,和什么样的人都能谈得上来,主要是由于他的作风朴实,态度和善,谈吐风趣,从心眼儿里和劳动人民亲近。

所以,他每到一处,只要和人家谈上一阵,就很快熟起来。要在谁家住上几天,就跟那家成了一家人。就是那些小伙子们,也并不因为他年长些而疏远他,相反,却都愿意凑合他。而且是,三凑合两凑合,就不知不觉地跟他黏到一块儿了。

而今,他说着说着,真的把那大脚丫子伸了过去,跟那人的脚摆到了一块儿。那人见永生这么平易近人,一点也没"官架子",心里很受感动。他也自然多了,嬉笑着说:

"老梁,咱俩不能比呀!"

"咋不能?"

"你整天价星来夜去,枪林弹雨,拼命流血,多不易呀!"

"你们就易吗?领路,送信,拆桥,破路,站岗,放哨,挑道沟,割电线,送军粮,藏八路,救伤员,抬担架,埋地雷,挖地道……"

永生像数快板儿一样,一气儿说了这么一大溜。

他这些话,该让人们回忆起多少场景、多少事啊!因为他讲的净是些实在事儿,而且又都是人们经历过的,所以他们听后,都高兴地笑了。这笑声说明,永生这些话,使他们的胸中产生出一团暖到心窝的热情。这时,他们正在不约而同地想:"领导上对我们的估价太高了!往后还得加把劲儿呀!"

这当儿,房智明趴在桌子上又写开了。永生问:

"小房,又作啥文章呀?"

"没作文章!"小房笑了,"我想把你说的话记下来。"

"哈哈!"永生笑出了声,"你在录我的'口供'啊!"

小房笑眯着,将铅笔尖在舌尖上蘸一下,伏下身去,在他那个小本本儿上又继续写起来。

下棋老人在装烟。

永生将自己的烟荷包递过去:

"大爷,尝尝我这烟叶儿!"

大爷并不客气。他接过烟荷包,挖呀挖地装上一锅子,点着,连吸了两口,摇摇头笑了:

"有邪味儿!"

"啥邪味儿?"

"掺假了!"

"掺的啥?"

"豆叶呗!"

永生点头道:

"你真是'行家'!"

大爷一面抽烟,一面将自己烟口袋的烟倒出一半,装在永生的烟荷包里。

这大晌,小勇一直坐在一边,两手抱着膝盖,仰着头,腆着脸,扑闪着两只大眼睛,文文静静地听着大人们说话儿,一言不插。他所以这么老实,是因为听入了迷呢,还是因为守着他的老师?……后来,直到大人们的话儿断了弦了,他这才从那不被人注意的地方走出来,凑到永生的面前问道:

"大爷,俺这小孩儿们怎么抗日呢?"

他一插话,永生才忽然意识到:"哟!这一阵把他给忘了!"于是,他赶紧将小勇拉在怀里,亲昵地问他:

"你也要参加抗日?"

"嗯喃!"

"你不是早就参加了吗?"

"早参加啦?"

"忘啦?你到雒家庄去走亲的时候,不是写过'布告'吗?"永生笑着说,"我和锁柱进村时,你那不又跟'鬼子'干了一仗?……"

小勇那胖鼓鼓的脸蛋儿刷地红了:

"那是做游戏!"

"你做得对呀!现在岁数小,做游戏'打鬼子',将来长大了,就拿起真刀真枪去打真鬼子!"

小勇失望了:

"大爷净哄弄俺!"

"咋又哄弄你?"

"俺老师说过——等俺们长大了,鬼子就打没了!那俺再去打谁呀?"小勇又转向老师,"对不?老师!"

老师笑了。

永生望着高小勇这股天真无邪的劲儿,又说:

"到那时候,日本鬼子也许真被我们打没了!可是,你要知道,打完了日本鬼子,我们的任务并不算完呀!……"

"还有啥?"

"还有那些侵略人、剥削人、压迫人、欺负人的家伙喃!"永生一字一板地说,"小勇啊,记住:往后儿,谁侵略咱,谁剥削咱,谁压迫咱,谁欺负咱,咱就同谁做斗争!"

永生一面说着,一面将拳头在半空中挥动一下儿,然后,咯咯地笑起来。这当儿,小勇的眼珠子,骨骨碌碌地转了一阵,也不知他那神秘的小心窝儿里,想了一些啥玩意儿。

沉了一霎儿。

小勇又问:

"大爷,俺眼下该做啥?"

"你们不是已经成立起儿童团来了吗?"永生扳着指头说,"站岗,放哨,领路,送信……"

"还干啥?"

"作宣传。"

"还干啥?"

梁永生想了一会儿,忽然从衣袋里掏出几个黄铜子弹壳儿,举

在小勇脸前,笑笑说:

"哎,小勇,你们收集这玩意儿行不?"

小勇拿起一个,瞅着,说:

"这子弹是空的呀!"

"对!"

"能打响吗?"

"打不响!"

"那,收集它干啥用?"

"喔!有大用哩!"永生说,"咱们八路军的子弹是从哪来的?"

"不是夺来的吗?"

"对!除了夺来的,还有买来的。"

"从哪个集上买的?"

"不是从集上买的!"永生说,"从伪军手里买的。"

"伪军的子弹为啥要卖呢?"小勇问,"你不是说,子弹越多越好吗?"

"他为了钱呗!"

"他卖子弹,鬼子干吗?"

"不干呗!"永生说,"鬼子发觉了伪军偷卖子弹以后,就出了个新章程:他发给伪军的子弹,要伪军们如数把子弹壳儿交回去。这么一来,伪军们就不敢偷卖给我们子弹了!"

"呀!鬼子真坏!那怎么着哩?"

"咱就想法儿对付他呗!"

"咋对付?"

"咱先给伪军一些子弹壳儿,让他去向鬼子交差;伪军再按着子弹壳儿的数目,把子弹卖给咱。"

小勇一听,高兴起来:

"哟!这玩意儿用处还真大呀!"

房智明也发生了兴趣：

"这一手儿还真该大搞哩！"

梁永生因势利导：

"是啊！你这当教师的,应当领导着学生开展个收集子弹壳儿的运动！"永生又指着他手中的子弹壳儿说,"这个,就是别的学校的师生们收集的！"由于他把意义、用处都讲清楚了,又举出了实际例子,更进一步激发了高小勇和他的老师。教师房智明感叹地说：

"该做的抗日工作还真不少哩！"

"还有一项重要工作——"永生说,"我还没跟你谈哩！"

"啥？"

"想让你和学生们,经常不断地去教育教育敌人——"

"教育敌人？"

"是啊！"

"咋教育法？"小房不以为然地说,"梁队长真爱逗笑谈！"

"这不是逗笑谈！"梁永生很认真地说,"前些日子,我到县委去开会,兄弟地区的同志们,介绍了这么一条经验——教师领着一些年龄较大的学生,利用晚上敌人不敢出来的有利条件,到据点外边去喊话,宣传我们的对敌政策,对瓦解敌人军心作用挺大……"接着,永生又把具体做法和注意的问题交代了一遍。房智明听后来了精神：

"咱也搞一下子！"

小勇首先报名挂上了号：

"老师,可别忘了我呀！"

天不早了。

永生将一卷油印的报纸留给房智明,站起身来要告辞了。

他在临走前,再次嘱咐说：

"要搞城下喊话,可一定要和民兵配合好呀！"

他说罢,又从怀里掏出一本书,递给小房说:

"小房,我借给你一本书看看。"

小房将书接在手中,一看,原来这个手抄本的书,是毛主席的著作——《纪念白求恩》。这时,他的心里非常激动。你想,他是多么需要这种精神上的宝贵营养啊!于是,他揣着感激的心情向永生说:

"梁队长,我一定对得起你这一片心——好好学习!"

永生和小勇出了校门。

房智明和屋里的其他人,一齐送到门口。

这时,几只昆虫正在阶下啾鸣。据点上,又传来几声枪响。枪声划破了春夜的宁静,余音在高空久久回荡。

房智明冲着枪声骂道:

"这杂种们太猖狂了!"

梁永生否定地摇着头:

"不!"

"咋?"

"这不叫猖狂!"

"叫啥?"

"用你这'文人'的话说——叫恐怖!"

"这能叫恐怖?"

"小房,你替敌人想想,他们要不是心虚胆怯,疑神疑鬼,草木皆兵,为啥半宿拉夜的不好好睡个香甜觉儿,咕咚咕咚地乱放空枪干什么?……"

永生讲述着,人心跃动着。

在人们不约而同地齐点头的当儿,梁永生迈步下了台阶。而后,他转过身来,和送他的人们挥手告辞:

"再见啦!"

他说罢,随在小勇身后,向村里走去。

人们的目光喜望着永生的背影,直到他那高大的身形消逝在夜幕中。

夜深了。

春日的村野,万籁俱静。

天空的浮云,已被才起的夜风吹散。

北斗星好像特意为这夜行人照路似的,点燃起了闪闪的灯火。踏着星光走在回村路上的梁永生,被这直透背胸的东风一吹,觉着满心熨帖,浑身舒畅,情不自禁地喃喃自语道:

"哦!春天来了!……"

第七章 训 敌

自从大刀队化整为零以后,梁永生和小锁柱两个人,一直在宁安寨一带活动。

他们在那里帮助几个村庄整顿了民兵组织,并在几个空白村发展了新党员,建立了党的小组。昨天,他们又在宁安寨召集各村的干部开了个会,研究部署了今后的抗日工作。

今天,他们离开宁安寨,又来到了坊子镇。

永生和锁柱这次来坊子,其主要任务,是想找找村干部们,研究研究抗日政府才拨下来的春耕贷款的分发问题,并顺便了解了解学生们城下喊话的情况。

为了这后一个目的,他俩在进村前路过学校门口的时候,先来到学校里。

这时节,正是吃早饭的时候。

上早学的学生们,已经放学回家了。

教员房智明,独自一人坐在屋中,正吃早饭。额头上渗出一层细碎的汗珠儿。

当梁永生和小锁柱闯进屋时,房智明猛然一惊。

他急忙放下手中拿着的饭碗,一步抢过来,有些惊慌地说:

"哎呀!可了不得了!"

没容梁永生张嘴,房智明忙不迭地又说:

"快!快藏起来!"

梁永生见房智明慌成这个样子,就笑吟吟地问道:

"啥事儿呀？犯得上这么害怕！"

这时,梁永生的面色是坦坦然然的,语调是平平静静的,举止是从从容容的……所有这一切,显然可以十足地反映出,梁永生那辽阔的心境,丝毫未被房智明的表情、语言所动。

今日的房智明,当然还未能全面了解这个梁永生。因此,他依然是心焦得像站在火上,几乎是全身的每一个角落都露着急迫："汉奸们,就在村里呀！……"

房智明一面嘴里这样说着,一面心里暗自想道："梁队长所以不害怕,是因为他还不了解情况。"谁知,梁永生听房智明这么一说,不仅仍然镇静如常,而且爽朗地笑了：

"噢！原来是这么回事呀！我见你吓成这个样子,以为是天要塌下来了呢！"

永生说罢,又笑了两声。他这带着感染性的笑声,闹得迷惑不解的房智明呆呆地愣住了。永生跨开步子,朝里间屋里走去。他那股从从容容稳稳当当的劲头儿,还和平时一样。他来到里间屋门口,撩开正在抖动着的门帘,走进里屋,坐在教师的圈椅上,两手拄着椅子圈儿的扶手儿,入神地端详起挂在墙上的字画儿来。这时,从梁永生那双豁亮的眼里,射出两道好像永远不会熄灭的快乐的光束。

说来也真有意思,梁永生这种乐乐呵呵儿的表情,大大咧咧的神态,在今日这种特定的情况下,对一向胆小怕事的房智明来说,的确起到了鼓气壮胆的作用。

过了一霎儿,房智明那煞白的脸上,渐渐地缓过来,有点血色了,梁永生这才向他询问起村里的敌情来。可是,房智明除了知道村里来了敌人而外,别的,他啥也不知道。于是,梁永生掏出他那根没安嘴子的小烟袋儿,不紧不慢地装起烟来了。这时的房智明,缓了口气,带着关切的口吻,又提醒梁永生说：

"梁队长！敌人那些杂种们，可是白天短不了到这学堂里来闹腾呀！"

梁永生瞟了房智明一眼，漫不经心地说：

"啊，来呗！"

他说了这么一句，又不吭声了。

房智明对梁永生的举动仍然有些迷惑。他禁不住地再次提醒梁永生道：

"梁队长，你在这里这么明出大卖地坐着，要是那小子们万一闯进来，那可怎么办呀？"

在房智明说话的当儿，梁永生已经点着了烟。当房智明把话说完后，他吸了口烟，又吐出来，然后，这才慢腾腾地开腔道：

"来就来呗！咱有啥法儿？"

他风趣地一笑，又加上一句：

"我能挡住人家来吗？"

沉默。

这当儿，房智明的两只眼，一直围着永生转。只见他，一面抽烟，一面翻看桌子上的书。并且，他一边翻着，还一边自言自语地嘟念：

"这本字典怪好的……"

一会儿，他又问房智明：

"哎，小房，过去你爹有一本《康熙字典》呀，还有没有？……噢！叫鬼子抢去啦？小鬼子真坏，怎么啥也抢呢！……"

梁永生这些话，像是跟房智明讲的，又像是自己跟自己说话。他这种丝毫不露形迹的镇静情绪，通过房智明的眼睛传到他的身上。这时节，房智明望着梁永生这股劲儿，他那紧张的心理在慢慢地消失着。与此同时，他还感到，就仿佛有人正在往他的体魄里灌注着一种使人振奋的物质，从而产生出一种新的、强大的力量，并在他的身上渐渐地扩张起来。

过了一霎儿。

房智明不解地问：

"梁队长,你咋一点也不害怕呢?"

"我怕啥?"

"你就不怕,不怕……"

永生见房智明有话不好出口,就替他说：

"你是不是问我为啥不怕死?"

房智明默认地微微一笑。

"怕火花的铁匠,准不是好炉头!怕死的人,能干得了八路?"

梁永生将手中的书本一合,又坦然笑道：

"再说,你问的这话也真怪!我为啥要害怕呢?我一害怕,敌人闯进来我就会有办法了吗?还是只要我怕死,他们就不敢来了呢?"

这时房智明心里想的,主要是梁永生的安全。这时的梁永生,也知道这一点。可是,他所想的,不是如何感激房智明对自己的关心,而是要抓住眼前这个时机,如何来教育提高房智明,以便使他更快地成熟起来。说到梁永生教育人,有个特点,就像他指挥着队伍跟敌人打仗一样,善于从中心突破。到这间,房智明的头脑,已经完全被梁永生占领了。因而他不仅情不自禁地点着头,而且扑哧一声笑出了声来。

梁永生一侧身,向挺立一旁的锁柱说：

"你到村里打探打探,瞧瞧那小子们在干什么!"

"是!"

锁柱应声而去。

这时,房智明深深感到,梁永生是一位精明而又有胆识的人。他在永生这种大无畏精神的感召下,也忘了害怕了。一种对梁永

生的敬慕心情,在他的心里油然而生。这样的心情,促使着他像孩子似的问永生道:

"梁队长,你,真可谓是英雄虎胆呀!你给我讲讲,怎么样才能使自己的胆量大起来呢?"

在人们的生活中,有些问题是没有办法直接回答的。眼下房智明提出的这个问题,在永生看来就属于这一类。因此,他只好笑笑说:

"你出的这个题,算是把我考住了!"

房智明继续恳求说:

"好个梁队长啦,告诉我吧!"

"小房,你这不是扳倒柳树要枣吃吗?我不是不告诉你,我真讲不上来呀!你硬叫我讲,我只能这样讲:不敢蹚水过溪的人,自然更怕远渡重洋。"梁永生抽了几口烟,沉静了一会儿,换了个语气又说,"小房,来,我也给你出个题儿,考考你这先生——"

"啥题儿?"

"你为啥活着呢?"

房智明抓开头皮了。他抓着想着,过了一阵,这才涨红着脸有些不好意思地说:

"为人民服务呗!"

梁永生叮问道:

"你这是心里话吗?"

房智明坚定地说:

"当然是喽!"

永生又问:

"为人民服务,怕死行不行?"

小房答道:

"不行!"

梁永生在桌子腿上磕去烟灰,把烟袋又别在腰带上,倒背起两只手臂,一步,一步,在屋里慢慢腾腾地踱着步子。可是,就在他的动作如此缓慢的同时,他那血管里的血液却正在以惊人的速度奔流着,奔流着。

显然,他也正在思索着问题。

这时,屋里静得没有一点声息。

屋外的天井里,晨风正在喧闹,忽一阵忽一阵地扑打着窗纸。

过了一会儿。

梁永生也不知突然想到了什么,他收住步子,仰起脸来,问房智明道:

"哎,小房,'城下喊话'那手活儿,你们试过吗?"

"试过了。"

"怎么样?"

"不大行!"

"咋不行?"

"咱一喊话,他乱打枪,闹得啥也听不见!"

"噢!这么说,收获也不小哇!"

"别讥笑俺了!"

"咋讥笑你哩?"

"听不见有什么收获?"

"有。"

"啥?"

"小房,你想想——咱消耗的啥?不就是几句话吗?敌人呢?他消耗的是啥?"

"子弹呗!"

"对了嘛!你们不光使敌人得不到休息,还使他们消耗了子弹;咱呢?又受到了锻炼,这能说没有收获?"永生拍一下房智明的肩,"小房,你还是'先生',怎么连这个算盘儿也没打过来哩?"小房笑了。他佩服地点着头。

停顿一会儿,可他又说:

"主要是:咱一开口,他就开枪,叫人怪憋气的!"

永生也笑了。他说:

"要不憋气,倒也好办——"

"好办?"

"好办!"

"咋办?"

"叫他改改呗!"

小房不以为然地笑着:

"梁队长真会说笑话儿!"

"这不是笑话儿!"

"不是笑话儿?"小房说,"敌人要是那么听咱的,那不就真'好办'了!现在叫人憋气的是,他不光不听话,还处处顶着咱来!……"

梁永生意味深长地说:

"小房啊,这主要是,你还没有摸准敌人的脾气!我告诉你,人家是这么个脾气儿——你越软,他越硬,你越硬,他越软;你越怕他,他越不怕你,你要不怕他了,他倒怕你了;你劝着他听话他是不听话的,你治着他听话他是能听话的……"

永生正说着,锁柱回来了。

永生收住话头问锁柱:

"情况怎么样?"

锁柱打了个立正笑笑说:

"敌人都在茶馆里——"

"干啥呐?"

"吃面条儿哩!"

"多少人？"

"一个班。"

"谁是头儿？"

"疤癞四。"

"他们净带些啥家伙？"

"疤癞四带着一支'盒子炮'——挂在墙上；其余的伪军，每人一支大枪——全搭起枪架来了！……"

锁柱汇报的当儿，梁永生又在屋里悄悄地走动起来。

锁柱跟永生在一起，不是一天两天三天五天了，他当然一看永生的表情就可以知道：眼下队长正在思考着什么问题。他为了尽量不干扰领导的思路，特意将报告情况的声音降低了，说话的节奏也放慢了。

是的！这时的梁永生，确乎是正在一面听汇报一面想问题。他在想啥哩？是这个："今天遇上了这种情况，怎么办？不理他们？悄悄地走开？……来个突然袭击？打他个措手不及？……"

在梁永生左思右想准备决策的当儿，沈万泉向他汇报的情况，还有县委书记方延彬同志对他的谈话，一股脑儿地在他的脑海里翻滚上来。而且，这些事儿又在促使他的思路撇了叉儿："沈万泉的身份，疤癞四已经知道个七成八脉的了，他是怎么知道的呢？这一点，只有从疤癞四的嘴里，才能掏出真底儿来！再说，我们要不把疤癞四这个小子拿下马来，沈万泉同志的安全就成问题，我们的地下工作也可能因此而受损失；另外，疤癞四和叛徒余山怀有矛盾，我们也应当利用这个矛盾……"

永生正想着，小房在一旁悄然自语道：

"这些杂种们近来太猖狂了！……"

小房这一句，传进永生的耳朵后，使永生的思路又拐了弯儿："可也是呀！从我们化整为零分散活动以来，敌人确实是又猖狂多了!敌人一猖狂,某些群众的抗日积极性或多或少总是受到一些这样或那样的影响,使我们发动群众的工作,无形之中在某些人身上也增加了一些工作量……"他想到这里,又和方书记关于和敌人"取联系"的指示一联系,有一个明确的对策便在心里肯定下来了。

这一阵子,尽管梁永生一言未发,可是,那个非常了解永生,又善于察言观色的锁柱,却已经大体上揣摸出了队长的心情。于是,他插嘴建议道:

"队长!咱是不是干一家伙?"

永生没表可否。而是反问锁柱道:

"你说该怎么个干法?"

小锁柱在插言之前,早就估计到队长会有这样的反问。因此,先将答案准备下了。现在永生果真一问,他便胸有成竹地说:

"咱该打个政治仗?"

他这种说法,正中永生的心怀。不过,永生并没当即表示赞赏,他还是继续追问锁柱:

"啥叫'政治仗'哩?"

锁柱知道队长是明知故问,可又不能不答,于是笑道:

"就是为了一个政治目的打一仗呗!"

"为啥要打个'政治仗'哩?"

锁柱又分项别类、有条不紊地说:

"为了有利于我们的对敌斗争呗!具体说,就是:第一,为了分化瓦解敌人;第二,借此机会和疤癞四建立个'关系'……"

锁柱一说又是一大套。

永生听后心中很高兴。

他拍着锁柱的肩膀说:

"好!咱就听你这个'参谋长'的!"

锁柱又像大姑娘似的不好意思地卷起衣角来:

"队长净跟俺闹!"

梁永生认真地说:

"不跟你闹。真这么办!"

"那是因为队长早拿好了主意了!"

"是咱俩想到一块儿去了!"永生又拍一下锁柱那浑圆的肩膀,笑了。稍一沉,他忽然察觉房智明不在屋里,不由得惊疑地自语道:

"咦!小房呐?"

"我叫他到门口去了……"

锁柱话未落地,小房回到屋来。

梁永生问:

"小房,外头有情况吗?"

房智明摆手道:

"平静无事!"

永生抽出匣枪。又向锁柱说:

"准备!"

"是!"

锁柱一面应着,一面将匣枪推上子弹。

房智明问梁永生:

"你们要干啥去?"

梁永生笑道:

"给你出气去!"

房智明不解其意:

"给我出气?"

"是啊!"

"啥气?"

"你方才不是跟我说——咱一喊话,他就开枪,心里怪憋气吗?"梁永生说,"我去'管教管教'他们,叫咱的敌人改改这个脾气儿!"

这么严肃的问题,梁永生竟说得如此轻松。

他说罢,便跟锁柱研究起行动方案来。这时,房智明站在一旁,越听心里越痒。他那双渴求的目光,久久地盯着梁永生的脸,而且巴不得和永生的目光碰个头儿。他的意思,是想让永生从他的目光中知道:房智明也希望参加这次战斗行动。

可是,永生只顾和锁柱说话,并没看他。

后来,小房再也耐不住了,就主动地向梁永生提出了要求:

"俺也去!"

"你也去?"

"行不?"

"你不害怕?"

小房红了脸。笑道:

"你净揭俺的短!"

"这是真的!"永生说,"开火打仗嘛,可不是随便瞧热闹的事儿呀!"

"俺不想去瞧热闹儿!"

"那又去干啥呢?"

"你派我个差呗!"

"唔哈!你要参加打仗?"

"对!"

"真不害怕了?"

"真不害怕啦!"小房说,"人家白求恩,是个外国人,为了中国的革命,不惜自己的生命,我,今后向他学习!"

"这一说,《纪念白求恩》你认真学习过了?"

"学了好几遍啦!"小房说,"梁队长,以后找个空儿,我向你汇报汇报学习情况,学习心得,你还得好好地帮助帮助我哩……"

在和小房谈话的当儿,永生心里一直在想:"看来小房是非要去不行的!叫他干点啥呢?"他想着想着,忽然又一个问题在他的脑子里翻上来:"我们要去对付的,毕竟是全副武装的敌人,而且,敌人的力量,还比我们多着好几倍,要是那个计划实现不了,万一打起来怎么办?……"

他想来想去,最后向房智明说:

"你非要参加,我就派你个'差'——"

"太好了!"

"你去通知村里的民兵——"梁永生说,"让他们配合我们的行动!"

他说罢,又咬着小房的耳朵低语起来。

小房一面听着永生的耳语,一面连连点头:

"好!……对!……行!……明白了!"

最后,他还学着锁柱的样子,双脚一并,咔的一声,来了个"立正":

"保证完成任务!"

梁永生乐呵呵儿地拍他一下膀头儿,啥也没说,只是微微地点了点头,随即跨出了学校的门口。

这是一条由学校门口一直通向村里的大道。大道两旁,长满了野生的花花草草。这些春日的花草,正在每时每刻地加浓着它们那动人的色彩。在这花草镶边的路心里,正走着几个稀稀拉拉的行人。

这些人,都是正要下地干活的农民。他们,有的扛着锄头,有的推着小车儿,还有的搧着牲口背着粪筐。永生和锁柱,将提着匣枪的手往身后一背,大摇大摆地朝村口走着。

房智明跟在他们的后头。

一位背粪筐的老汉走过来了。

这个人,就是那天在学校里扒眼儿看下棋的那位老孙。梁永生和老孙一打招呼,那老孙忙拽住了他,关切地说:

"老梁,村里有'狗'!"

"狗",是群众对伪军的简称。对鬼子呢,群众就叫"狼"。敌人的这些别名,群众知道,八路也知道。这时梁永生笑笑说:

"知道了!"

"知道怎么还往村里走?"

"我们是去打狗的呀!"

老孙一笑,会意地点点头,表示明白了。可是,他往梁永生的身后一瞅,只见除了教员房智明而外,就还只有锁柱一个人,继而又面带惊色地问:

"就你俩?"

"少哇?"

"可不是呗!"

永生指指老孙肩上的粪筐说:

"再加上它,就不算少了!"

老孙领会了永生的意思,就说:

"你要用这个粪筐?"

"对!借我使使吧!"

"好!"

老孙虽然知不道梁永生这个仗将要怎么个打法,但他从过去的见闻中完全相信永生的勇气和智慧,并且相信他是一定能够取胜的。于是,他将粪筐递给梁永生,又悄声问道:

"哎,老梁,用着我了不?"

永生摇摇头,笑了。

老孙又关切地嘱咐道:

"你们可多加小心呀!"

永生点点头:

"放心吧!"

接着,他又扼要地问一下村里的情况,便背起粪筐走开了。这一阵,梁永生怕引起别人的猜疑,还一面和老孙说着话儿一面装上一袋烟,并和他做出对火儿的姿态。这当儿,小锁柱从另一个农民的手里,也借来一把锄头,扛在了肩上。

随后,他们一齐闯进村口。

一进村,房智明就跟他俩分了路。他,去找民兵队长传达梁永生的命令去了。梁永生和小锁柱,一个背着粪筐,一个扛着锄头,一前一后,并拉开了一个不大不小的距离,沓呀沓地走在路心,大摇大摆地直扑茶馆而去。

茶馆的位置,在村里的十字街头,老槐树底下。

这个坐北朝南的茶馆,是就着原来的一个角门洞子改造而成的。由于这个门洞子本来间量不大,如今里头又放了些水缸、水筲、井绳、扁担和火头枰子什么的,除了那个茶炉而外,再也放不开多少桌凳了。

因此,在茶馆的门前,又搭起一个席棚子。

席棚子底下,摆列着几张大小不一、开角懈缝的破烂桌子。每张桌子的周遭儿,都放了一圈儿座位。这些座位,有机子,有板凳,还有用土坯支起来的木头板子。

总之,茶馆的设备是简陋的。

可是,在这偏僻的农村,又是战争的年头儿,能有这么个小小的茶馆,就得算满不错了。所以,这个茶馆虽不起眼儿,买卖倒挺兴隆。

村里的小康人家,自己点不起长年不断的茶炉,又有喝茶的习惯,于是,他们便成了这家茶馆的老主顾。

一些穷苦人,也短不了的来倒壶开水,泡泡干粮凑合一顿,为了省柴禾,不再烧火了。

再就是谁家来了客人,提着壶来倒点水,也比支锅燎灶省得多。还有那些串乡的小买卖人儿,以及外出跑腿子的过路人,也都投奔到这个茶馆里来,喝茶,歇脚,烩干粮。

大概就是因为这些客观需要的缘故吧?这个小小的茶馆,这些年来虽然曾经几次更换主人,可是它,一直没有倒闭。

自从"七七"事变以后来了日本鬼子,尤其是敌人在水泊洼的荒洼古庙上安上据点,这个小小的茶馆,又成了村里应酬敌伪人员的地方。

每当来了敌人,不论是什么"扫荡队"、"讨伐队"、"清乡队"、"巡逻队"、"护路队"、"催粮队",还是什么编保甲的、查户口的,等等,等等,两面村长迟保录,统统把他们领到这个茶馆里来,又吃又喝闹腾一阵。

今天这伙子伪军,是水泊洼据点上的"催粮队"。

村中的老百姓,见这些丧门鬼进了村子,有的憋在家里不出来,有的溜出村子下地了。这么一来,闹得村中的街街巷巷,处处都是静悄悄的。

茶馆门口上,那棵半秃的老槐树,叫风一刮,哗哗地响着。树底下的席棚子里,坐着那些"催粮队"的伪军们,正在吱溜吱溜地扒面条儿。

开茶馆的人,就是那个被称为"棋迷"的老翁。

他坐在屋角上,呱嗒嗒呱嗒嗒地拉着风箱,两只怒冲冲的火眼,不时地瞟瞟这些祸国殃民的伪军们。

一个满脸雀斑的伪军,抢先吃饱了。

这个雀斑脸,外号叫"瞌睡虫"。他带着吃饱喝足以后的懒散劲儿,伸伸懒腰,松松腰带,坐在茶馆旁边的一个糟烂木头上,先打了个呵欠,又打着饱嗝儿蒴上了。

一霎儿,高小勇突然出现在旁边的墙角处。

开头儿,这个小家伙儿,先扒着墙角儿,探出半个脑袋,偷偷地朝这茶棚底下瞅着。他一面瞪着大眼瞅着,还一面在嘴里悄悄地数着数儿:

"一个,一俩,一仨……"

他数着数着,忽然发现一个麻子脸伪军盯上他了。这怎么办?高小勇真够机灵——当他的视线跟那个家伙的视线猛地碰了头的时候,他那双带刺儿的眼珠子,不光不退缩,反而更大了,更亮了。这时节,那麻子脸的眼珠子,闪着阴森的光,仿佛正准备把小勇吞噬似的。

小勇心中丧气地想道:"真倒霉!我想数完了去向民兵队长报告呢,叫这小子看见了!"于是,他干脆走了出来。你看他,裤筒挽到膝盖以上,光着两只脚丫子,上衣敞着怀,两手拽着两扇衣襟的角儿,活像一对张开的翅膀似的,踩着秧歌步儿,一步三扭地凑过来。他一面扭,嘴里还一面打着锣鼓点儿:

"叮叮锵!叮叮锵!叮锵叮锵叮叮锵!……"

他越扭越欢,越走越近。不过,他再没理睬那个麻子脸,而是一直朝着那个正打瞌睡的扭过去。谁知,当他来到了雀斑脸的面前时,"瞌睡虫"还没醒盹儿。于是,小勇便拾起一根小小的草棍儿,轻轻地捅一下瞌睡虫的鼻子眼儿。那"瞌睡虫"猛地打了个喷嚏。他睁开眼看见了小勇,正要发火,小勇却咕咕地笑了。他一面笑一面扭还一面装作撒娇地问:

"哎,你看我扭得好不好?"

雀斑脸点着一支烟卷儿。他打一个饱嗝儿抽一口,打一个饱嗝儿抽一口。小勇一问他,他斜立着白眼珠子朝这边又看了一眼。他只见,这孩子虽然穿得破破烂烂的,浑身的泥土也不少,可是,面

目长得倒是挺受看的。于是,他漫不经心地问道:

"捣蛋鬼!叫个啥?"

小勇子眯笑着,把小脑瓜儿一歪,顽皮地说:

"不说给你!你说给我我才说给你哩!"

雀斑脸只顾抽烟,没再做声。

小勇凑近些,又说:

"你甭不说!不说俺也知道——"

"你知道?"

"可不是呗!"

"知道个啥?"

"知道你叫啥呗!"

小勇子用手比了个"八"字,又说:

"叫这个!是不?"

雀斑脸瞪他一眼,没吱声。

小勇的手又比了个"〇":

"要不,就是这个!"

雀斑脸又没吱声。

小勇不高兴了。他鼓着腮帮子说:

"你甭不告诉我!反正你是官面儿上的!"

雀斑脸眯缝着眼,还是不吱声。

这时,高小勇的小心眼儿里在想:"我得想个法儿凑到那伪军的近前去,好瞅个空子弄点子弹呀!"于是,他想了一阵儿,便蹑手蹑脚地兜了半个圈儿,悄悄地绕到那伪军的脊梁后头,用两只肥鼓鼓肉头头的小手,猛地捂上了雀斑脸的眼睛,说:

"你再睡吧,我不混你了!"

伪军扳开他的手,又要发火,小勇又扑哧笑了。

随后,他紧靠着伪军坐在木头上,东一笆子西一扫帚地胡乱扯

起来。扯着扯着,小勇突然问道:

"哎,你是个官儿不?"

"是官儿!"

"是大官儿二官儿?"

"是三官儿!"

"俺也是官儿哩!"

"你是门插关儿!"

"不!"

"啥?"

"小羊倌儿呗!"

小勇一边和伪军逗着,一边用眼角儿偷偷地瞟着他的武装袋。他知道,那里头装着子弹。可是,他却佯装不知,指着武装袋问那伪军:

"你这里头,骨骨碌碌的,装的净些啥玩意儿呀?"

伪军没理睬他。

他又问:

"是花生不?"

伪军仍未吭声。

小勇又说:

"熟的,生的? 给我个吃行不?"

伪军将烟头一扔,不耐烦地说:

"别瞎胡扯! 那是子弹!"

"子弹? 喔呵! 你这子弹可真多呀! 八成得有一万吧?"

小勇嘴里故意说着一些不懂事儿的孩子话儿,方才那个念头,又在他的心里翻滚起来:"梁大爷说过,八路军的子弹不多;我要是能弄到几颗子弹,送给梁大爷,大爷一准高兴。可是,想个啥法子呢?……"

这个念头,在高小勇的头脑中,滚呀滚,滚呀滚,最后终于"滚"出了一个"计谋"。于是,他指着靠在大槐树上的枪架,以惊讶的口气向那伪军说:

"哎呀!你们的枪,怎么这么多呀?"

继而,他又自言自语嘟嘟念念地数起来:

"一个,一俩,一仨……"

他用左手指着,数着,右手悄悄地解着伪军那子弹袋子的扣儿。

小勇正解着解着,叫那雀斑脸发觉了。

雀斑脸吃惊地抓住小勇的手,恶汹汹地逼问道:

"你要干什么?"

小勇扑哧笑了。

他歪着圆鼓鼓的小脑袋瓜儿,瞪着一双索求的眼,天真地说:

"我想要你几个子弹呀!"

"干啥?"

"我也有个枪,就是没有子儿!"

"你有枪?"

"就是嘛!真的!不哄弄你!不信?我拿去,叫你看看——"

高小勇说罢,咚呀咚地跑了。

他来到一个墙角下,从碱土中扒出一支"手枪"。这支"手枪",柄儿是木头的,筒儿是竹子的。小勇刚刚扒出"手枪",忽见梁大爷和锁柱叔从那边沓呀沓地走进街来。他一见此景,心中一愣:"他们来干啥?……哦!明白了!……"这时,他脑袋里又一转念:"我得缠住这个雀斑脸!要不,他要一看见,可就麻烦了!"于是,他拿着"手枪",来到雀斑脸近前,先瞄着他"巴勾儿"一声,然后稚气多于自豪地笑着,把"手枪"举到伪军的眼皮子底下,说:

"你瞧!不哄弄你吧?"

伪军撇嘴一笑。小勇又说：

"你甭笑！我要是有子弹呀，方才那一下儿，就把你放倒了！……"

他说着说着，见雀斑脸的眼神要往别处看，又忙拨拉他一下儿，改嘴说：

"哎，方才我扒枪，叫你看见了，你可别对别人说呀！要叫双喜他们知道了，他们偷我的……"

这边高小勇在和雀斑脸胡闹乱逗，那边席棚子底下的伪军们，谁也没有理睬他。那些家伙们，都在低着头只顾扒面条儿。

疤癞四噇饱了。

他一面哗啦哗啦地洗着他那秃脑袋，一面带着颇为自负的语气，向他的喽啰们吹牛道：

"昔日，诸葛亮曾空城退司马；今日，我刘某又甩手斗八路！你们看，咱一不设岗，二不布哨，这说明什么？说明我断定八路们天胆也不敢到这'老虎口'上来逛游！"

"还是刘队长肚子里的文章多！"

"刘队长的神机妙算，比张天师还灵哩！"

由于得到了喽啰们几句奉承，疤癞四的牛越吹越大。他一面擦着他那疤癞脸，还一面用两臂作出一个呼风唤雨的"雄姿"："没有杨六郎的将才，就敢挂帅印？！孙悟空再能，逃不出如来佛的手……"

这个老小子，所以要来个"甩手斗八路"，他有两个目的：一来是，他调到这个据点日子还不很多，要在他的喽啰面前露一手儿，显显能耐，抖抖威风；二来是，他摸着了八路军已经分散活动的底儿，错误地认为大刀队没有战斗力了，想趁此机会来上这么一手儿，振振他的士气，唬唬老百姓！

谁知，他这如意算盘儿又打错了！

疤癞四的牛还没吹完,小锁柱出现在茶馆门口上。

这时的小锁柱,尽管手中平端着匣子枪,匣枪张着大机头,可是,他的脸上,却是一派坦然自若的神色。你看他,眯笑着眼,笑抿着嘴,仿佛在和伪军们开玩笑似的,嬉皮笑脸地说:"你们看!我们的胆大不大?还真要来'老虎口'上逛游逛游哩!"

伪军们全慌了神!

这时的伪军们,有的两眼瞪到了不能再大的极限,可是啥也看不见!不!能看见眼前有一团金花在乱飞乱舞!有的两只耳朵竖直了,可是啥也听不见!也不对!人家还能听出仿佛有一窝蜂,在他的耳边比着劲儿地嗡嗡!有的嘴角子往下咧着,淌出的唾液宛如那抻条挂面一般,朝下垂着,而且正在越抻越长,越长越细!

也有的,手在抖,腿在颤,身子如筛糠,活像他猛孤丁地得了打摆子病!还有的,直挺挺地纹丝不动地站在那里,仿佛已全身失去了知觉,整个儿身子都僵硬了!

伪军们就都这么孬包吗?就无一例外?

有!有"大胆"的!

就说那些脱下"国军"服以后,又穿上汉奸皮儿的老兵油子吧,胆子就"大"得多嘛!小锁柱这边还没发令呢,他那边就自动地把两只手高高地举起来了!咱就不用说这种"举手投降"的姿势完全合乎"标准",就单说人家这种熟练劲儿,没干过"国军"的伪军能不服人家?真是熟能生巧啊!

他们不愧在蒋家兵营里干过多年,真是"训练有素"!

这一阵光说这些普通伪军了,那疤癞四呢?

当然,疤癞四要"高明"得多,毕竟是个汉奸头头儿嘛!

看到了吧?尽管人家也已经面无人色,嘴眼歪斜了,脸上的凉汗珠子虽然比别人还多,可是,他那两只贼眼,却是一直盯着锁柱,而且,他那只黑手,又在悄悄地悄悄地往后移动着。

他要去干什么？

他要去抓枪呗！

可惜的是,这个老小子的后脑勺上没有长眼——他挂到墙上的那支匣枪,早被那位开茶馆的老翁给摘走了！

当疤痢四的手刚刚离开身子的时候,就听小锁柱在那边大吼一声：

"举起手来！"

锁柱那两条锐利的视线,和他的吼声拧在一起,一齐朝疤痢四发射过去。在这个时候,在疤痢四的感觉中,锁柱向他射过去的,仿佛不是两条视线,而是两颗要命的子弹！是的！现在锁柱这两条寒光闪闪的视线,所表达的意思,比语言还要准确,还要明白："胆敢抗拒,马上完蛋！"因此,吓得个疤痢四,就像猛然得了抽风病一样,整个身子止不住地哆嗦起来。他那只想去抓枪的黑手,也就劲儿举上去了。

别的伪军呢？他们早就把手齐唰唰地举了起来。

锁柱望着伪军们的丑态,差一点没笑出声来。

他极力忍住笑,眼里喷发着聪慧的光芒,向伪军们说：

"你们不要害怕！今天,有我们的梁永生队长,来给你们上一次政治课,想让你们学一点政治,你们欢迎不欢迎？"

在枪口对着胸口的情况下,伪军们谁敢说不欢迎呢？他们当然是天胆也不敢！于是乎,各种各样的腔调,便齐打忽地嚷开了：

"欢迎！"

"欢,欢迎！"

"欢迎,欢迎！"

"欢,欢,欢……"

锁柱又命令他们：

"走！都到街上站队去！"

他话毕,将身子闪开,让出一条通道。而后,又加上两个字儿:
"走！快！"

伪军们,一双双的手爪在肩膀头上抖动着,腿,一步三颤,一步三颤,一个,一个,又一个,都走出茶棚,来到街道上。

你瞧这些熊样儿！全缩着脖子,低着头,弓着背,猫着腰,散散乱乱,在街心挤成一个人疙瘩！

这时候,十几个身强力壮的民兵,先后出现在四周。他们,一个个,一双双,从草垛后,从胡同中,从墙角处,从门口里,先后闪现出来。

这些小伙子们,精神抖擞,满面红光,眼里含着气,脸上挂着笑;有的握着大砍刀,有的端着红缨枪,有的拿着手榴弹,也有的拿着步枪,还有的把那打兔子的长筒猎枪也扛出来了！

教员房智明也走在他们中间。

高小勇立时从雀斑脸的身上,拔出一颗手榴弹,又举在雀斑脸的眼前,一个劲儿地晃动着。他一边挥舞手榴弹,还一边喝唬着:

"老实点！不老实崩了你！"

小勇的态势,是神气十足的。

那雀斑脸乖乖地举着手,还正经八道地应着:

"是！是！……"

不一会儿。

远处,陆陆续续出现了一些群众。

开头是,因为人们一时闹不清是怎么一回事儿,全都扒头瞧眼儿地朝这边张望着。

小锁柱,端着匣枪,威风凛凛地挺立在一个土台子上,向这群失魂落魄面无人色的伪军们喝令道:

"全放下手！"

伪军们那举麻木了的手落下来了。锁柱又道:

"站成横队!"

伪军们你拥我挤,慌里慌张地摆着队形。

"快!"

锁柱笑望着伪军们那乱乱纷纷的动作,以讽刺的口吻嘲笑他们说:

"你们还整天价搞军训,怎么搞的?"

伪军们经过一阵骚乱之后,一溜七高八低的队列,总算站成了。小锁柱像个军事教练似的,喝着口令:

"注意!听口令——立正!……向右看齐!……向前看!……报数儿!"

"一!二!三!四!五!……十三!"

最后这个"十三",是疤瘌四喊的。

在伪军们报数的当儿,梁永生指挥着民兵们,将伪军的枪全扛走了。一转眼儿,好几个端枪的民兵出现在附近的房顶上。并见,有几个民兵,扛着才缴获的大枪,分头朝村子的东、西、南、北四面跑去。

这显然是去布岗了。

到这时,群众也都涌过来了。

他们,越走越近,越聚越多。

真是"人口快如风"呀!

这才多大工夫?你瞧哇!大街上,巷口上,街道两旁的墙头上,屋顶上,这儿仨,那儿俩,挤成堆,凑成伙,处处都是人疙瘩了!

还有的人,并没从家门口走出来。他听见街上人声嘈杂,笑语訇訇,闹不清出了什么蹊跷事儿,就搬了条板凳顺在垣墙底下,跐上去,扒着墙头朝外张望着。他望着望着,开心地笑了!

还有些好奇的娃子们,更感到这事儿新鲜,全撒着欢儿地爬上树去。他们噌呀噌,噌呀噌,摽着命地爬,仿佛是只有爬到顶高顶高的树尖上,才能看得最开心,最清楚!没去爬树的娃子们,就翘起着膀子在人空儿里挤呀挤,挤呀挤,一层又一层地往里钻。

上了年岁的老太太,手脚不灵便了,懒得多走路,再说也舍不了家,就一手扶着门框,一手打着亮棚,向这伪军站队的地方眺望着。

有位从年轻就好事儿的老汉,一手拄着拐杖,一手领着孙子,也随在潮涌般的人流中,迈着宽裆步儿朝这茶馆走过来。他因为步子慢,心里急,刚会跑的小孙子又坠手,所以他不时地向那些从他身边赶过去的人打听:

"那边是玩啥的呀?"

"玩'狗'的!"

一位中年人回答着,嬉笑着,大步流星地走过去了……

总而言之,这件事轰动了全村。

因此,人群中,既有男的,又有女的,既有老的,又有少的。你瞧哇!穿着开裆裤的鼻涕客,抱着娃子的妇女们,还有大姑娘、小媳妇,也都来了。人们从不同的方向朝这边汇集着。

这些"观众",来得有早有晚,表情也人各不一。

但是,有一点是相同的——这就是,有一种说不出的愉快感,通过人们那各种不同的表现形式,正在每个人的脸上流露出来。

有几位大姑娘,她们相互地将头伏在肩上,两手不自觉地将那根又黑又粗又长的辫子在手中盘来盘去,两眼远远地瞟扫着正在丑态百出的伪军们,抿着小嘴儿开心地笑了!而且,在她们那爬满脸腮久久不退的笑纹中,还流露出一种蔑视的神情。

有一位小伙子,笑得鼻梁上叠起一条条的细小的皱纹,而且把那长方形的脸盘儿也笑圆了!可是,他笑着笑着,也不知是哪个伪军那可憎的面目勾起了他血泪的记忆,使得他蓦然变脸失色,横眉冷对,又怒气冲冲了!

那些又算懂事又算不懂事的娃子们,撇拉着两腿骑在墙头上,不顾大人的斥责,尽着嗓子大声地念起童谣来:

疤癞四,四疤癞,
嘴皮子甜来心里辣;
他的亲爹是白眼狼,
石黑是他的干爸爸!

这童谣引起一阵哄笑。

高小勇还喝了一声彩。

这一阵,高小勇成了小锁柱的"保镖"。他紧紧握着手榴弹,直直地挺着胸脯儿,形影不离地站在锁柱的身边。

你们瞧!这个小家伙那一双水水汪汪的大眼,一面虎视眈眈地盯着伪军,又一面用眼角儿瞟扫着周围的群众,在那一本正经的神色底下,潜藏着一种自豪的表情。仿佛,他那双忽闪忽闪的大眼睛正在向人们说:

"你们看!我高小勇也正式参加上了!"

这时节,锁柱先朝那边的梁永生望了一眼,然后向伪军们说:

"以下,有我们梁队长向你们训话——"

梁永生从人群自动裂开的缝隙里向这边走来了。

伴随着永生的脚步声,小勇也向伪军发布了命令:

"你们鼓掌欢迎!"

引人发笑的掌声,在伪军们的队列中响起来。

掌声有啥可笑的呢?

这掌声,千奇百怪,啥样儿的都有。你看!有的拍而无声,仿佛是迫不得已而为之。有的,却把全身力气都用上了,拍得格外响,看来,他们是要利用这鼓掌来争取"立功",好保住这条小命儿。还有的伪军,由于神魂颠倒、手臂失灵,那两只鸡爪儿般的巴掌,拍都拍不到一块儿了!

在伪军们胡乱拍呱儿的当儿,锁柱为了给梁永生让位,一闪身,站在了一旁。但他那两只忽忽闪闪的大眼,和手上端着的匣子枪一样,仍在虎视鹰瞵地盯着面前的敌人。

高小勇呢?也学着锁柱的样子退下去了。

他依然是站在锁柱的身边,将那胸脯儿挺得愣直愣直的,还鼓起腮帮子,也和锁柱一起监视着伪军们。这当儿,他短不了的将手中的手榴弹挥动一下,两个鼻翅儿还一张一合的。

梁永生走过来了。

他来到伪军队列的前面,将提在手中的匣枪插在前腰带上,轻喊了一声:

"稍息!"

尔后,他将那对像小蒲扇似的大手,往身后一背,又笑眯起眼睛,从容不迫慢条斯理地讲开了。看他这时的神态,和他平日里讲话差不多,也是那么自然,也是那么轻松,也是那么谈笑风生。

可是,透过他那喜色笑纹可以隐隐约约看到,有一种由憎恨产生出来的怒气在里边潜伏着。另外,还有一股警惕的目光,和他那视线拧成了一股绳。

他先用这种目光,向伪军们扫视了一眼,然后这才向他们说:

"你们,光知道吃面条打鸡蛋,现在,我给你们来点政治吧!"

他停顿一下,慢慢腾腾地走动几步,又接着说:

"你们当伪军,有的才几个月,有的好几年了,是不是?可是,像今天这样,听共产党、八路军讲课,大概是头一次吧?……是啊,你们要集合起来听听我们共产党人讲课,是很不容易的!今儿个,算你们走时气,赶上了,那可得正经八本地听!唉?要不,你们过了这个村可就难找这个店喽!……"

方才,在梁永生还没露面的时候,伪军们的心理,都非常紧张。那时节,他们曾暗自设想:"梁永生可是个了不起的人物呀!准得比方才那个说话的小八路还要厉害!讲起话来,八成得像老虎吼叫一般!说不定哪儿不顺他的眼就会开枪崩一个呢!……"可是,当梁永生真的出现在他们的面前以后,他们却又觉着有点奇怪了!

奇怪啥哩?

因为在伪军们的想象中,像梁永生这样的人物,穿的戴的一定很不平常,甚至就连他的长相,也必定会有什么出奇的地方!可是他们没有料到,如今站在他们队前的这个梁永生,却完全不是他们原来想象中的那个样子,而是一个姿态潇洒、泰然自若而又显得普普通通平平常常的人!

特别是永生一讲话,他们原来的那种顾虑,也渐渐地消除了!永生的讲话,尽管是教训的口吻,可他的神态,是平静的,使伪军们觉着,既坦率又严肃。

说真的,在伪军的感觉中,梁永生的讲话,声音是柔和的,语言是铿锵有力的,而且没有那种大吹大擂的坏习惯,因此,比他们的上司那种连讲带骂的臭嘴子顺耳多了!因此,伪军们对梁永生的讲话,越听越觉有理儿,越听越想听下去。

梁永生讲了些啥呢?他的话引是:"你们这些人,是井蛙见天小,夏虫不知冰!今天,我先给你们讲讲当前的战局吧!"接着,他先讲了一段国内、国际的战争形势,又讲了本县和本地区的形势。他在讲形势的时候,讲到了八路军、新四军在各个战场上取得的胜利,讲到了各地伪军弃暗投明、起义反正的情况,还讲到了日本人民的反战斗争,日本帝国主义者在其国内的困难和在亚洲大陆以及太平洋战场上的一系列失败。总之,梁永生通过讲形势,说明了日本侵略者一年不如一年,一天不如一天,他们彻底完蛋的日子,已经屈指可数、为期不远了!

而后,他又用毛主席的人民战争观点,通过列举出许多为这伙伪军所熟知的具体事例,深刻地阐述了日本侵略者必败,中国人民抗战必胜的道理。然后又说:"我所以说你们'井蛙见天小',就是说,我讲的这些,你们是不了解的!是不是?我所以说你们是'夏虫不知冰',就是说,日本鬼子完蛋以后,你们将是个什么下场?想过没有?……"

梁永生讲的这些话,确乎是伪军们从来没有听到过的。所以他们都觉着很新鲜。再加上永生的讲话深入浅出,通俗易懂,并善于用实人实事来说明问题,而且讲得很有趣味儿,因而字字句句都能打动伪军们的思想,所以在梁永生讲述的过程中,有的伪军竟听着听着入了迷。甚至还有的,眼瞪得愣大,脖子伸得老长,看来连他自己当前的处境也忘了!

当梁永生讲完一个道理的时候,有些伪军情不自禁地点点头。当永生讲得特别有趣的时候,有的强力抿着嘴不让自己笑出声来;也有的不那么细心,竟失声地笑开了!直到永生具体地讲到了鬼子、汉奸们的罪恶的时候,伪军们这才像突然从梦中醒来似的,蓦地意识到自己现在是在八路军的枪口之下,那位谈笑风生引人入胜的演讲者,并不是个说鼓书、讲评词的艺人,而是那个枪法百发百中令人闻名丧胆的大刀队队长梁永生!

每到这时,伪军们的心情就来一个剧变!他们那不知不觉松弛下来的心弦又绷紧了!

可是,不一会儿,他们听着听着,又不知不觉地入了心,入了神,入了迷。当这些"夏虫不知冰"的伪军们正听到兴头儿上的时候,梁永生一提醒他们想想自己将来的下场,他们便都立刻感到不寒而栗!接着,永生又指名道姓地揭发起他们的罪恶来!这一来,伪军们浑身的汗毛又竖将起来!

被梁永生点出名字的伪军,全吓得魂飞天外面无人色了!他们在时刻地担心着梁永生会说出"枪毙"二字来。那些还没被点出名字的伪军,心里就像十五个吊罐打水那样,七上八下,生怕梁永生点出他的名字。可是,他们的耳朵里,又总是仿佛听见梁永生正在点他的名字。

就在这样的节骨眼上,他们忽听梁永生说:

"其余人的罪恶,我不一一讲了!……"

这一句,使那些尚未被点到名字的伪军放了心。他们偷偷地喘了口大气。可是,又听梁永生说:

"不过,你们每个人的罪恶,我们都一条条地给你们记上账了。今天不谈,可并不等于你们的罪恶就没有了。就是今天被点了名的,我也并没把你们的罪恶全谈出来,只不过是随便举了个例子罢了!……"

伪军们听了这些话,不论是被点了名的也罢,还是那些未被点名的也罢,心情全都紧张起来。

梁永生稍一停,又接着讲下去:

"你们这些人,有的是被迫当伪军的,有的是被骗当伪军的。还有的,虽是自愿当的伪军,可是干上以后,做的坏事还不很多,罪恶还不算大。对你们这些人,我们共产党、八路军,是讲宽大政策的。就是那些罪恶大一些的,只要你们痛改前非,我们可以既往不咎;你们今后做了好事,还可将功赎罪……"

伪军们听了这些话,快提到嗓子头上的心落下去了。

梁永生照例一停,又说:

"但是,我先提醒你们——谁要把我们的宽大政策看作是软弱,把我们的教育当成耳旁风,继续为非作歹,那可别怪我们不客气!"

"不敢!"

"不敢!"

伪军们连连表态。

梁永生伸出三根指头:

"我现在向你们宣布'约法三章'——"

他将两根指头收回去,只留下一个食指:

"这第一,以后和我们打仗,枪朝天放!……"

锁柱从旁插嘴道:

"怎么样?行不行?说!"

原来没人吱声,一逼冒出一串:

"是!"

"行!"

"是是!"

"行行!"

"……"

梁永生没理睬伪军们这一套。他又将中指伸直,和食指并在一起:

"这第二,不许糟害百姓!"

"是!"

"行!"

"……"

梁永生又将无名指伸开了:

"这第三,学着做点好事,争取立功赎罪!"

"是!"

"行!"

"……"

每当永生讲完一条,伪军们就像应声虫一样是呀行呀地嚷嚷一阵。梁永生用收尾的口吻又说:

"除了以上三条,另外还有一点——若有人城下喊话,你们照令行事,不许乱放枪!……上述种种,谁要胆敢违抗,我们一定严惩!"

梁永生习惯地用一个手势从半空劈下去,结束了他的讲话。而后,不紧不慢地退到旁边去了。

紧接着,锁柱再次登场。

他向伪军们说:

"梁队长讲完了。快鼓掌!"

伪军们俯首帖耳地鼓起掌来。

你看伪军们多"灵醒"？只学了一回,就把"鼓掌"学会了!你听,这会儿的掌声,就像那连发的机枪一样,哗啦哗啦响成了一片。

这一阵,周遭儿那些看热闹儿的人们,都喜在心里,笑在面上。有的人,心里回想着伪军们往日那股狗仗人势张牙舞爪的狂气劲儿,眼瞅着他们如今在八路军的枪口下这种驯驯顺顺的丑态,竟禁不住地笑出了声来。

"你们当中,有没有聋子?"小锁柱说,"要是净些聋子,梁队长那片话,算是白磨嘴唇了!"

伪军们齐声回答:

"没有聋子!"

小锁柱问:

"你们知道啥叫聋子?"

伪军们都想答话,又没人答话。

小锁柱接着解释道:

"世界上真正的聋子,是那些不听劝告的人!"

沉静了一会儿,锁柱改换了话题:

"现在放你们回去!"他向伪军们挥一下手又说,"都要注意听我的口令——

"立——正!"

咔的一声,伪军们全站成了直橛儿。

锁柱又命令道:

"都把子弹袋子留下!"

伪军们都赶紧解下自己身上的子弹袋子,小心翼翼地放在自己的脚下。

高小勇跑过去,一边拾着子弹袋子,一边数着数儿:

"一个,一俩,一仨……"

当他拾到那个雀斑脸伪军的子弹袋时,学着梁永生的姿态以教训的口吻说:

"方才,我问你要几个子弹,你还不给,这回怎么样?管净手儿了吧?往后,要老实点儿!还得记住——"

他也伸出一个指头:

"这第一,我们儿童团问你要子弹,你就得给!不给,就崩了你!听了不?哎?"

"是!"

雀斑脸哭笑不得地应着。

这个场面,把人们又逗笑了。

锁柱放开了他那洪亮的嗓门儿,压住了人们的笑声:

"向左转!……齐步走!"

伪军们按照锁柱的口令,像下操似的动作着,顺着大街向村外走去了!

嘿!这队列,这步伐,够多整齐!真是"训练有素"哇!

不!真正"训练有素"的,还不能算他们!

算谁哩?

算疤癞四呗!

你瞧!人家毕竟是石黑所欣赏的一名"精明能干"的伪军官!他等他的喽啰们走完之后,这才小心地移动着步子,来到梁永生的面前,身子一弓三道自然弯儿,面腮上挂着一副说哭不像哭说笑又不像笑的脸谱儿,龇了龇他那一嘴歪七扭八的大金牙,一句三点头三字一哈腰地说：

"谢谢梁队长！谢谢梁队长！"

他颤动着嘴唇，用潜藏着恐怖的眼角瞟一瞟梁永生的神色，又像盲人走路似的试探着说：

"梁队长，我，可以，可以走了吗？"

"你先别走！"

梁永生这一句，吓得个疤瘌四猛然一愣，他头上的凉汗唰地淌下来。

梁永生没理睬他，而是指着正向村外走去的伪军，对锁柱说：

"你该去送送人家呀！"

锁柱领会了队长的意思：

"是！"

他笑应一声，飞步而去。

高小勇也紧紧地跟在锁柱的身后。

一伙看热闹的人们，也忽啦啦一声跑了去。跑得最欢的，是那些和高小勇班上班下的娃娃们。他们一边扎煞开胳膊像飞也似的跑着，一边放开嗓子纵情地笑着。那笑声又尖又脆，就像铜串铃似的一溜溜地响着。

人们笑望着那些列队而行的伪军们，心中都不约而同地在想："嘿！这小子们还真守规矩儿哩！"是的！你看人家都低着头，弓着腰，像个吊丧队似的，整整齐齐、不声不响地走着。据咱猜想，他们谁都想回头看看，后头究竟还有没有八路军跟着？可是，谁也不敢回头，不敢旁顾，更不敢说话，只是往前走。看样子，他们都是恨不能一步迈出这个地方，可又不敢快走。

他们怕啥？

怕八路军在后头开枪呗！

因此，心急步慢，架势可真难拿呀！

伪军们终于走出村口了。

突然,有几个平端着大枪的民兵,从隐蔽处嗖呀嗖地蹿出来,挺身而站拦住去路,并厉声喝道:

"站住!"

这些失魂落魄的伪军们,全吓得身子一抖,站住了。

正在这时,锁柱在后头答话了:

"民兵同志们! 放他们走吧!"

"滚蛋!"

民兵们向伪军短促而有力地命令一声,而后将身子一闪,让开一条通道。他们端着大枪,挺立路旁,轻蔑地望着这一拉溜像夹尾巴狗似的伪军们。

伪军们渐渐远去了。

锁柱、民兵以及看热闹儿的人们,全都站在村口的高岸上,眺望着伪军们的背影。只见他们离村已经很远很远了,还依然是按原来的队形排着,谁也不敢离队,谁也不敢回头,谁也不敢快走!

他们准是这样走习惯了吧?

还是以为八路军在后头跟着呐?

这咱就闹不清了!

作者所知道的是,这时候人们都嬉笑着议论起来了。

有的人说:"今儿可真开了眼啦!"

也有的说:"比看出大戏还开心哩!"

还有的说:"这出戏还没演完哪!"

"没演完?"

"就是嘛!"

"还有啥?"

"疤癞四不还没走吗?"

刚才这一阵,人们的注意力,全叫那些伪军们的丑态吸引住

了。如今有人这么一提,全都醒了腔。有的说:

"对对对!看训疤癞四的去喽!"

人们嚷着,跑着,又向茶馆奔去。

这人群,从茶馆跑到村口,又从村口跑回茶馆,好像滚雪球一样,越滚越大。

茶馆里。

梁永生正和疤癞四谈着。

梁永生坐在椅子上。

疤癞四隔桌站在对面。

他见梁永生拔出旱烟袋,正在装烟,就忙不迭地掏出一包"炮台牌"的香烟,抽出一支,用右手拿着,左手擎在旁边,向梁永生毕恭毕敬地递过来,并怯生生地点点头,笑着说:

"梁队长,请,请抽我一支……"

梁永生摆摆手,将烟袋点着了。

疤癞四哆嗦着,把手抽了回去。

这时,梁永生抽一口烟,眼里喷射出两股清冷的、严厉的光,盯着疤癞四那疤癞脸,说:

"你干的坏事不少,罪恶是不小的……"

疤癞四本来就吓得浑身乱哆嗦,现在听梁永生这么一说,更吓得那煞白的脸色又唰地黄了。忙说:

"知罪,知罪!罪该万死,罪该万死!……"

梁永生吸了口烟,又接着说:

"咱远的先不提。就说关庄那一仗,阙八贵突然包围了我们,那是谁报告的?"

"这,这……"

"你'这这'什么?"永生啪地拍一下桌子,"那个向石黑报告的就是你!"

疤癞四最怕的,主要就是这一章!

今天,永生没出三句话,又偏偏提起了这一章!

这一下,把个疤癞四一下子吓蒙了!

这时候,正扒着窗口、门口瞧热闹儿的人群,轰地炸了:

"疤癞四坏透了!先捅他两个窟窿解解恨!"

"给他的狗头上钻个眼儿!"

"把这个老小子种到地里去!"

永生一逼问,群众又一怒轰,这么两加劲儿,吓得个疤癞四像触了电似的猛然一抖,接着,又噗嗵一声跪在地上,苦苦哀求道:

"梁队长,请你高抬贵手,饶恕我这一回吧!我干着这个差事,不给太君,不,不,日本鬼子做点事,应付不过去呀!……"

关于疤癞四向石黑报告的问题,是梁永生和他的战友们根据一些迹象共同分析出来的,并没掌握住十分可靠的证据。现在,疤癞四认了账,永生不由得心中暗想:"疤癞四是怎么得到这个情报的呢?这可能与暗藏在村庄中的阶级敌人有关。今天,应借此机会,弄清这一点。"他想到这里,又向疤癞四说:

"现在你应当想一想了——今后怎么办?是立功赎罪呢?还是想落个阙八贵那样的下场?这由你自己决定!"

"立功赎罪!"疤癞四忙说,"一定立功赎罪,我可以马上签字画押!"

"我们共产党人,向来是不重空文空话重事实的。我们希望你,不要光会说漂亮话儿,以后要学着做点漂亮事儿!"

疤癞四点头道:"是!是!"

梁永生接着说:

"今天我要考察考察你——你向石黑报告的情况,是怎么得来的?"

"这,这……"

疤癞四又"这这"开了。永生见疤癞四不想说实话,没容他"这这"下去,就又拍一下桌子,厉声道:

"你要老实点儿!"

"是!"

"你们的情况,我们全知道。这你明白!"

"明白,明白!"

永生又噌地抽出匣枪,用枪口点着疤癞四的脑门儿说:

"你要胡说八道,它可不会客气!"

到这时,疤癞四已吓掉了真魂,浑身哆嗦着说:

"我哥……"

"叫啥?"

"刘其海!"

几个月来,梁永生一直很注意地主分子刘其海的活动,并且也发现他一些通敌的嫌疑,只因为证据不足,所以还没除治他。这时,梁永生为了彻底弄清这件事,就又通过各种方法询问了一些情况,直到他觉着这件事大体落实了,这才又转了话题说:

"已经过去了的事情,是谁也拉不回来的。我们希望你,今后不要再当铁心汉奸……"

"梁队长,我这个人,梁队长你还不完全了解,我不是那铁心……"

疤癞四一面说着,一面用眼角儿瞟扫着永生。当他发现永生撇着嘴冷冷一笑时,又忙变换了语气说:

"当然,我知道,我的心,是不易被人理解的!啥法哩?天下事岂能尽如人意?但求无愧我心吧!"

"一派胡言!"永生先斥责一句,又以质问的口吻说,"你不是铁心汉奸,有啥凭据?就凭你空口说空话吗?"

"不!"疤癞四忙说,"我早就想跟咱这边,不,跟贵方,取个联系。为了这个目的,我还托过人呢!……"

永生的用意,就是激着疤痢四提起这件事。现在疤痢四说到这里,梁永生又佯装惊疑地插嘴道:

"哦!托过人?托的谁?"

直到这时,疤痢四仍然被恐怖控制着。他先向茶馆里环视一眼,然后往前探一探身子,压低声音神秘地说:

"沈万泉。"

"沈万泉?"

"是啊!"

"他是个干啥的?"

疤痢四诧异地说:

"咦?不是黄家镇据点上那个伙伕吗?他是雒家庄上的人……"

梁永生摆出一副恍然大悟的神色:

"噢!我倒想起这个人来了!……"

疤痢四欣然道:

"这管明白了吧?"

梁永生哈哈地笑起来。他笑罢,不以为然地说:

"那沈万泉只不过是个当伙伕的呀!他能办得了这么大的事?"

"我听说,他跟八路有通识……"

疤痢四是怎么听说的呢?梁永生本想进一步追问清楚,可又觉着那么一来,似乎更暴露了沈万泉的身份。于是,他佯装毫不在意的样子,耸耸肩峰,又爽然笑道:

"你这叫'舍下灶王拜山神'!"

"梁队长,你这话是啥意思?"

"舍近求远呗!"

"舍近求远?"

"就是嘛!"永生随随便便地说,"你们水泊洼据点上,倒是真有人早跟我们有'通识'……"

"我们据点上就有?"

"当然喽!"

"谁?"

永生未答。

疤癞四张大了渴望的、敏感的眼睛,盯望着梁永生的神色。他只见,永生的脸上,表情凝然不动,一双目光像有千斤重,正朝疤癞四压过来。因此,疤癞四忙改嘴说:

"多嘴!多嘴!"

稍沉。梁永生指指手中的匣子枪,意味深长地说:

"它,如今不是已经给你取上联系了吗?你还问谁干啥?"

"是!是!"

"不过,你要知道,在你的身边,有通八路的人,对你有好处,没坏处!懂吗?"

"懂!"

"懂啥?"

疤癞四又"这这"起来。

永生问他:

"方才,你不是表示要立功赎罪吗?"

"是啊!"

"今后,如果你真做了什么好事,你身边那个'通八路的人',就可以替你向我们报告。是不是?"

"是!"

"这不是对你有好处吗?"

"是!"

"当然喽!你要是阳奉阴违,继续做坏事,那人也是会向我们报告的……"

"不敢!"

"敢不敢由你。"永生说,"过去,你做的坏事,你的喽啰们做的坏事,我们不是都知道得清清楚楚吗?我们怎么能知道得这么清楚?而今你该明白了吧?"

"明白了!"

其实,在水泊洼据点上,并没有我们的地下工作人员。梁永生他们对这个据点上的情况所以了解一些,主要是通过向群众调查了解到的。现在,梁永生所以说得就像那里边有我们的"内线"似的,这是一种对敌斗争的策略。

可是,这时的疤癞四,却"拿着棒槌当了针(真)",心里噗噔起来。他正在暗自琢磨:"谁是八路的'内线'呢?……"梁永生揣猜着了疤癞四的心理,又说:

"咱先把话说明白——真和我们'有通识'的人也罢,你认为和我们'有通识'的人也罢,今后,他们哪一个出了事儿,我们也要拿你问罪!"

"是!"

"哎,方才,你说的那个伙伕,叫,叫,叫……噢!对了!叫沈万泉。就说他吧,他是个忙饭打食侍候人的人,又是个老实巴交的人,以后,你不要再给人家添是非……"

疤癞四又是一顿"是是是"。

继而,梁永生向疤癞四讲了一阵共产党的对敌政策,又接着说:

"我再次提醒你——今后,你要阳奉阴违,两面三刀儿,那你是不会有好下场的!"

"知道,知道!"

"你知道个啥?"

"知道没好下场!"

"哼,知道就好!你再继续做坏事——"梁永生用匣枪指了指疤癞四的亮脑门儿说,"枪毙你!"

这一下,吓得个疤癞四嚎叫一声,他又苦苦哀求道:

"恳求梁队长宽恕我的过去!从今往后,我一定立功赎罪,为国出力,为民效劳,为八路那面,不,为贵军,做些好事……"

"你只要说话算话,今天饶你的狗命!"

"谢谢梁队长!谢谢梁队长!"

"你要知道,我们是按照共产党的政策办事的。"永生说,"要光凭我和你,今天我是非要枪毙你不行的!"

"是!感谢共产党,感谢共产党!"

梁永生又说:

"今后,我们的人,从你据点附近路过时,你要加以掩护;鬼子有什么动向,你要及时送出情报;我们若有伤员送进你的据点,你要设法保卫,并负责医疗;你还要想些办法,给我们筹集一些子弹……"

"行行行!"

"方才我向你的弟兄们讲的那'约法三章',你要带头执行!"

"一定照办!"

"照办不照办,都由你决定!"永生再次指指匣枪,"可你要记住,它是从来不会客气的!"

"岂敢岂敢!照办照办!"

"起来!"

"谢谢!"

"走吧!"

"谢谢!"

刚从地上爬起来的疤癞四,隔桌站在永生对面,又想走,又不

想走,又想说,又不敢说。梁永生问他:

"你还有话说?"

"我还有个要求——"疤痢四吞吞吐吐地说,"不知当说不当说——"

"说吧!"

"等我出了庄,要求梁队长打一阵枪……"

永生冷冷一笑:

"你好跟你的上司交代——是不是?"

疤痢四也笑了。可是,直到这时,他那没有血色的嘴唇,还像兔子吃菜似的直哆嗦:

"嘿嘿,是!嘿嘿,是!"

"好吧!"

"谢谢!"

疤痢四点头哈腰地倒退着步子,出了茶馆。

街上的群众,人山人海,层层叠叠。疤痢四一走到街上,就立刻被卷进人海里。这时,许多人指着疤痢四的脊梁骨议论开了——

有的说:"这个老小子坏透了!"

有的说:"真不该叫他囫囵回去!"

疤痢四像只丧家犬似的,夹着个尾巴在大街上灰溜溜地走着。他听了群众这些咬牙切齿的怒骂声,脊梁骨上直冒凉气,心窝儿里一阵阵地打抖喽!

疤痢四走远了。

梁永生指着他的背影向锁柱说:

"等他出了村,你到村头上去打几枪!"

一个民兵要求说:

"俺们也去——行不?"

梁永生笑道：

"好！你们民兵们也去吧——每人打三枪！拿疤癞四当个活靶子,也当练习打靶吧！"

"好哇！"

"好是好！可别真揍死他呀！"

民兵们笑了。

群众也笑了。

梁永生又向锁柱说：

"你完成任务后,到学校里去一趟。告诉小房,让他写个讲话稿儿。到晚上,咱们一块儿到水泊洼据点外头去喊话……"

"是！"

锁柱刚要走,见永生要向村外走去,就问：

"队长,你到哪去？"

"我到村外转转。"

"村外转啥？"

"疤癞四回去了,谁知他怀的啥鬼胎？"

"我看不会……"

"也许不会！"永生说,"不过,我们还不能这么信任他！"他笑笑又说,"你办完事,也要离开村子。到晚上,咱到小勇家去碰头儿……"

永生说罢,出村去了。

晚上。

梁永生和小锁柱都回到小勇家来了。

他们吃过晚饭,一推饭碗,就要往外走。小勇奶奶急忙赶上前去,拦住他们,没好气儿地责备道：

"瞧你们这些夜游神！刚刚撂下饭碗,顶着一脑袋明晃晃的汗珠子就往外跑,着了风儿怎么办？都老实地给我在屋里呆一会儿!"

她这硬铮铮的语气里,带着一种母亲特有的爱护。

梁永生和小锁柱,眼里含着一股只有孩子对母亲才有的那种期求的神情,盯着这位高大娘嘿嘿地憨笑。尔后,他俩你看看我,我看看你,看了老大一阵,谁也没有辙。是啊!他们对高大娘这母亲般的关怀,只能乖乖地服从——又都回到屋里去了。

高大娘见两个听话的孩子回了屋,她那皱纹累累的脸上闪出欣然的光彩。她那一双慈祥的笑眼,眯得快要没缝儿了。

小锁柱回屋后,就跟小勇子混在了一起。

他们嘀嘀咕咕,喊喊喳喳,忽而争吵,忽而倾谈,忽而又爆出一阵神秘的笑声。

谁知他俩在搞啥名堂?

爱看书的梁永生,抓紧这个空儿,凑到只有黄豆粒大的灯光下,又聚精会神地看起书来。

高大娘呢?她就忙着刷锅洗碗,收拾饭桌。

这位勤劳的老人,一面收拾饭桌,还一面就着热锅熬起硝来。你看她,时而填把火,时而舀瓢水,出去一趟,进来一趟,从里间到外间,又从外间到里间,忙得一直站不住脚。她一面手脚不停地忙活着,还一面不时地瞟瞟永生、锁柱和小勇这些可心的孩子们,心窝儿里甜滋滋的,嘴角上,眼角上,还有那一道道的皱纹里,都荡漾着笑意。

她忽而问永生:

"你又看的啥书?"

永生正看到劲儿上,头也没抬,说:

"《抗日游击战争的战略问题》。"

大娘知道,这是毛主席写的书,永生看过多遍了,现时又在细细地看,所以心里一阵高兴。她怕耽搁永生看书,也没再多说,又去忙她的了。

她忽而又问锁柱、小勇：

"你俩嘀咕啥？还这么昧人！"

他俩光笑不答。

看来大娘也并不真想知道他们的秘密，所以也没再追问，端着一摞碗又走过去。

不一会儿，锁柱凑上来，他要帮着大娘忙活忙活。可他刚一贴身儿，就被大娘推到一边去了。大娘说：

"去你的吧！你手重脚重的，毛毛躁躁的，摔件子家什就更值得多了！俺自己个儿忙得过来，用不着你这愣大哥来瞎掺和，快滚到一边子玩儿去吧！"

大娘全拾掇完了。

她凑到梁永生的身边坐下来，向永生说：

"永生，咱志勇，老大不小的了，你这当爹的，怎么也不走走心哩……"

"走啥心？"

"张罗着给他成个家呗！"

"这号事儿，他娘倒跟他提过……"

"他说啥？"

"他说，这宗事，当前还顾不上呀！当前的主要任务，是打鬼子。等这个主要任务完成了……"

高大娘说：

"打鬼子就不娶媳妇啦？以后，志勇再来的时候，我得正经八本地说说他……"

永生没再说啥，只是笑。

稍一沉，他又另起话题说：

"大婶，今年春节，村里开展优属运动，不是给你送来二斤肉吗?"

"是啊!"

"你为啥高低不要?"

"傻孩子!我吃了,当个啥?省下来,慰劳子弟兵,叫你们吃得饱饱的,养得壮壮的,长得劲头儿足足的,好去打鬼子呀!"大娘说,"等把鬼子打出去,日子过好了,也许宰上个大肥猪,好好地吃上几顿哩!"

大娘说着说着笑起来。

永生也笑了。他说:

"大婶啊,志勇说的和你说的是一个理儿。"

大娘不解:

"啥一个理儿呀?"

"不论多咱,小事总得服从大事,私事总得服从公事。眼时下,打鬼子是大事,是公事;娶媳妇成家这类事,是小事,是私事,就得服从打鬼子呗!大婶你向来是个明白人,你说是不是呀?"

高大娘情不自禁地点着头。可是她的嘴里却说:

"不论啥事儿,叫你一说,总是有理儿,你大婶子可说不过你!可是,永生啊,甭管咋说,男大当娶,女大当嫁,反正你这孩子……"

大娘说到这里,视线落到梁永生那黑乎乎的胡茬子上,又拍一下巴掌笑着说:

"你看我!你那胡子都这么多了,我还成天价孩子孩子的呐!"

"胡子归胡子,孩子归孩子,这是两码事。"永生摸着嘴巴子上的胡茬子笑着说,"在你老人家面前,我的胡子就算长到一丈长,不还是个孩子吗?"

话罢,永生、大娘都笑起来。

笑声落下。永生见锁柱头上的汗水已干,就说:

"锁柱,你到雠家庄去一趟吧!"

"哎。"锁柱站起身来又问:"干啥去?"

"疤癞四他哥刘其海那个小子……"

永生才说了个半截话儿,小锁柱就说:

"梁队长,我明白啦!"

"我还没说呢,你明白个啥?"

"把他抓来呗!"

永生笑呵呵地拍一下锁柱的肩膀,说:

"又叫你揣摸着了!"

锁柱憨笑着,再没吱声。

他摸了摸枪和子弹,整了整衣装,然后,立正站好,向永生说:

"队长,我可以走了吗?"

永生向锁柱打量一眼,满含笑意地点着头:

"走吧!要带几个民兵去。"

"是!"

锁柱正要走,梁永生又用话止住他:

"记住:要快去快来;下半夜,咱不是还安排了两个会吗?"

"记住啦!"

锁柱敬了个礼,扬长而去。

永生转向小勇,摸着他的头顶问:

"勇子,我要到学校里去,你去不去?"

"当然去了!"

"嘀!瞧你,怎么还当然呐?"

"俺老师布置的还有任务哩!"

"啥任务?"

"不告诉你!"

"不告诉就拉倒!"永生说,"那俺可走啦?"

"梁大爷,你等等我!啊?"

高小勇说着,趿着桌子爬上柜橱,翻箱倒柜地找起来。

永生问:"小勇,找啥?"

小勇说:"也不告诉你!"

"好!你啥也不告诉我,我就不等你了!"

永生说罢,走出屋去。

小勇已经懂事了。他知道梁大爷是个忙人,所以也没强让永生等他,只是着急地喊道:"大爷!你可要在学堂里等着我呀!"

"好吧!"

永生顺口应着,出了院门。

街上,静悄悄的。

只有暴烈的夜风呼呼地刮着。远处,时而传来一声两声的犬吠。

梁永生来到学校里。

房智明正伏在灯下写什么。

可能是由于他的精神太集中了吧?你看!梁永生走进屋后,在他的背后站了老大晌了,他却没有发觉。

小房在写什么呢?永生一瞅,才知道他正在抄写《论持久战》。你看他,恭笔正楷,多认真呀!

永生心里一阵高兴。

屋里很静。

只有小房用钢笔往纸上写字的声音,还有他那由于用力而发出的急促的喘气声。这些声音,在梁永生的耳朵里,就像是一种悦耳的音乐。过了一阵,梁永生干咳了一声,小房这才猛地抬起头来,有点不好意思地笑笑,说:

"梁队长,你多咱来的呀?"

永生笑着说:

"早就来啦!"

他坐在对面的椅子上,问:

"你想抄下来呀?"

小房放下笔说:

"我光借着看,怕耽误你学习。想学你的办法——也抄下一本来。"

"好!"

"我还想多抄几本——"

"干啥?"

"送给别人看呀!"

"那更好了!"

这时,永生的心里,当然是很高兴的。因为,过去的房智明,虽有抗日之心,但无抗日之胆,总是悄悄地颓丧地打发着日子;而今的房智明,已开始振作起来,自己想着法儿地干革命工作了,梁永生咋能不高兴?于是,他又就劲儿鼓励房智明说:

"这是一项重要的革命工作啊!"

房智明却不好意思起来了:

"这算了啥?我干不了别的,认几个字……"

他一面说着,一面收拾抄写的本子。

梁永生一边抽着烟,一边顺手拿过一个放在桌子上的小本本,随随便便地翻阅着。他翻来翻去,忽然停住了。

为啥?

原来这里写了几行诗:

　　僵老腐败的历史遗物啊,
　　你像座大山似的压在人民头上!
　　苟安屈辱的黑暗思想啊,
　　你死死地锁闭着人们的心房!
　　党的宣传教育工作啊,

冲锋吧！快冲进……

永生看到这里，本子被小房夺去了。

永生笑笑说：

"不错嘛！为啥不叫看哩？"

小房摇头道：

"瞎胡划。见不得人！"

他虽这样说着，可是眼角上，已隐秘地渗出了几分得意的笑纹。

梁永生沉默地抽着烟，瞭望着小房的脸相。

过了一霎儿，永生又另起话题说：

"小房，前些日子，你们到据点外头喊过几次话？"

小房扳着指头算了一下说：

"唔！七次了！"

他一提起这个上了火，又带上几分怒气说：

"这七次，那小子们都没好好地听！今天虽然训他们一顿，我看还怕是狗改不了吃屎！"

"你根据啥这么说哩？"

"当汉奸的，净些胎里坏！"

"可不能这么说！"永生说，"伪军里头，也有穷人被抓去后被敌人硬逼着干上的呀，能说他们也是'胎里坏'？"

"叫我看，一进了他们这个大染缸，就全变成一路货色了！"

"原来不是坏人的，一干上伪军，是会染上一些坏毛病的。"永生说，"不过，凡是穷家出身的伪军，只要我们在宣传教育方面肯下功夫，他们当中有些人是会觉悟，会转变的……"

小房思索着。

永生又转了话题：

"哎，小房，这次喊话稿儿弄了吗？"

"弄了。"

"这很好!"永生说,"我以为你对喊话有看法,连我布置的讲稿儿也给吹了呢!"

"哪能哩!"小房说,"看法归看法,指示归指示,因有看法就不执行指示还行?"

"这话对。你又进步了。"永生说,"稿儿在哪里?"

"我怕敌人猛地闯进来,藏到墙缝里了。"

"拿来我看看。"

"哎。"

小房从墙缝里抽出一叠纸,递给永生:

"写得不像样儿!"

永生一气儿看完了,放在桌子上。

他还没说啥,小房先问道:

"是不像个玩意儿吧?"

永生的脸上挂着笑,眼里含着笑,点点下颏儿说:

"嗯。是不大行!"

原先,小房虽是一口八个不像样儿,可是他的心里想的是:"梁队长一看,准会满意的。"没料到,结果与他的估计相反。于是,他又问:

"梁队长,怎么不行?你跟我说说吧!"

永生没正面作答,而是反问他道:

"我在茶馆里讲的那一套,你全抄上了,是不是?"

"嗯喃。"小房说,"抄得不完全。"

"咋不抄完全它?"

"有些地方记不清了!"

永生扑哧笑了:

"多亏你没抄完全!"

"咋?"

"这些白天讲了,晚上再去重复一遍,有啥意思?"

小房涨红着脸解释道:

"除了这些,我再没词儿了!"

"没词儿就不去喊话呗!"永生说,"咱为啥去喊话?为了宣传。对不?搞宣传,跟搞别的工作一样,要求实效,不要闹形式,凑次数……"

小房不安地说:

"今晚上咋办哩?"

梁永生说:

"今晚上还是要去的。你没词儿,我就唱主角儿,你唱配角儿……"

"太好了!"

他俩正谈着,小勇闯进屋。

他显然是跑来的。你看他上气不接下气,胖鼓鼓的小脸蛋儿涨得红彤彤的。现在,高小勇已把自己打扮得像个马上就要出征的战士一样,穿戴得整整齐齐,腰间的皮带紧绷绷的。梁永生和房老师见他腆着胸脯儿,昂着脑袋,走路也变了样子,心里都有些纳闷儿。可是,他们在小勇身上一打量,全不由得放声笑了。

笑啥呢?

原来是,小勇的左臂上,挂上一个符号。

这个符号很简单,就是在一小块横长方形的布上,印着两个大字——八路。

这是小勇爹高树青同志的遗物。

今天小勇挂上它以后,好像觉着自己的左臂突然长了些,也重了些。他走起路来,这条胳臂也愣愣地摇摆得厉害了。

现在永生一见这个符号,心里忽地明白过来:"哦!怪不得方才小勇又翻箱又倒柜的那么个闹法哩,原来是找这个符号呀!"

在梁永生和高小勇谈话的当儿,又来了几个学生。那些学生们,有的站在小勇背后旁听,有的在那边跟房老师也在谈论着什么。

一会儿。

有的学生催促老师:

"老师,咱还不走吗?"

房智明掉过脸来跟永生商量:

"梁队长,咱该走了吧?"

梁永生向屋中撒打一眼:

"学生到齐了吗?"

房智明说:

"齐啦!"

梁永生问:

"就这么几个?"

小房反问:

"还少?"

永生说:

"少!"

小房道:

"我觉着他们没多大用处,多了更是累赘!"

永生又说:

"哎!这话错了!"

小房问:

"咋错了?"

永生说:

"干革命要依靠群众,带队伍不能重将轻兵!"

梁永生这一点,小房开窍了。他情不自禁地点着头。梁永生又转了话题打趣说:

"那天晚上,你那盘棋,不就输到小卒上了吗?"

他说罢哈哈地笑起来。

小房也笑了一阵。

少顷,他又向梁永生说:

"少,好办!别的没有,学生嘛,多着呐!梁队长,你就说数儿吧——再来多少?"

梁永生用眼睛点了点学生的人数,而后说:

"再来个十个八个的——怎么样?"

小房爽朗地说:

"行!"

继而又转向学生们:

"你们分头去叫!"

"叫谁呀?老师!"

房老师点出一大溜名字,又给学生具体分配了任务,学生们高高兴兴地跑出去了。

屋里静下来。

小房向永生说:

"哎,咱抓紧这个空儿下一盘吧?"

梁永生的棋艺,是从门大爷那里学来的。那时候,门大爷和别人下棋的时候,梁永生短不了的扒扒眼儿,所以对"马走'日',象走'田',炮打'隔山'"这一套,倒是都学会了。可是,从来没有成过"棋迷"。今天,小房要和他下棋了,他却说:

"小房啊,我就是个'棋迷',看来,你比我还迷!你等着吧,我早早晚晚要找个机会会会你这把'选手'的!不过,今天晚上不跟你来!……"

"为啥？"

"下棋要服从工作呗！"

"眼下哪有什么工作呀？"

"不是准备去喊话吗？"

"不是全准备好了吗？"

"民兵们怎么还没来呢？"

"我没通知他们！"

"为什么？"

"我看用不着他们了！"

"你这是怎么看的？"

"你刚给敌人训了话，这回又是你亲自去，他们还敢出来捣乱？"

"噢！他们跟你订下合同了！……"

"那倒没价！"

"要是没订下合同，那只能说，咱希望他不敢，咱估计他不敢。对不？也许，他真不敢。可是，人家要是万一敢了呢？"永生稍微停顿一下，笑着，风趣地说，"要是出了那一章，你是说他没信用呢？还是去跟他打官司？"

小房扑哧笑了。

可他还是争辩说：

"我看敌人不敢出来。当然，小心点好。"

"不！"

"咋？"

"这不是小心不小心的问题——"

"是啥问题？"

"是如何认识敌人和如何对待敌人的问题。"梁永生说，"小房啊，要记住：狼，总是狼。不能只是在它张牙舞爪要吃人的时候，你才认为它是狼。当狼装出一副可怜相向你求救的时候,你不要忘了它是狼。当狼摆出一副笑脸向你拜年说好话的时候,你也不要忘了它是狼。就是狼已经被我们打伤了,它躺在地上装死的时候,你还是不要忘了:它是一只吃人的狼。这就是人们常说的那句话:'蛇会蜕皮脱壳,但不会改变它的脾性!'……"

在永生说话的当儿,小房不时地点着头。

永生稍一停顿,又补充说:

"方才我那段话,是就敌人的本质来说的。当然,伪军当中的某些人,还是可以分化瓦解的,也是可以教育争取的。不过,在他们真正转变过来之前,我们还不能忘了他们是敌人队伍中的一员,对他们必须保持警惕!……"

等永生说住了口,小房又点了点头,然后站起身说:

"我叫民兵去!"

"好!"

过了一会儿。

学生到齐了。

民兵也到齐了。

梁永生向人们部署一番,大队人马出发了。

夜,已近三更。

北风吹过,带来春夜的寒意。

月亮被薄云遮住,大地上一片昏沉。

梁永生领着这伙由民兵和学生组成的队伍,进入一条交通沟,向着水泊洼据点进发。

离敌人的据点只有半里路了。

梁永生在一个岔路口上停下来。

"怎么?"小房问,"前边有情况?"

"没有。"永生说,"你看!是北风吧?在这面喊话不大行!"他又向北一指,"走!咱转到那边去!"

他们转了一个大弯儿,来到据点北面,一直挺进到离据点约二百米的地方才站下来。

他们蹲在一个崖坡下。

梁永生向民兵们部署道:

"你们去几个人,到那边的公路两侧去警戒,防备柴胡店的敌人来捣乱;再去几个人,埋伏在据点的大门以外,敌人不出来算他有福,他要是出来,就先给他一顿手榴弹尝尝;再去几个人,分左右两路,到据点的东西大门埋伏,以防狡猾的敌人偷从那里窜出来……"

梁永生部署着,有的民兵插嘴道:

"敌人全吓破胆了,甭这么小心!"

房智明向那民兵说:

"吓破胆不等于死了。狼只要没死就想伤人!"

民兵们再没人说啥,都奔赴自己的岗位去了。

梁永生、房智明和一些学生们,一声不响地蹲在洼坡里,像在等待着什么。一群叫不上名来的小虫儿,在他们的头顶上迷迷蒙蒙地飞来飞去。过了一阵,梁永生估计着民兵们全埋伏好了,就拿起那个用厚纸袼褙做成的喇叭筒,放在嘴上,伸开他那铜钟般的洪亮嗓门儿,冲着水泊洼据点喊道:

"哎——!伪军士兵们都注意喽!伪军士兵们注意喽!今天夜晚,八路军来给你们上课了,你们鸣枪欢迎吧!"

据点上的枪声响开了。

一颗颗的子弹,吱溜吱溜地从高空飞过。

高小勇高兴地说:

"嘿!你听,这枪真是朝天打的!"

另一个学生说:

"白天,梁叔叔不是在茶馆里给他们讲明白了吗?让他们枪朝天放,他们敢不听话?……"

房老师将他俩一人捅一把,批评说:

"我怎么布置的?又忘啦?咋又乱说话?"

小勇和他的同学都伸一下舌头,做了个鬼脸儿,不吱声儿了。

这一阵,永生一直盯着据点,一言不发。

又过了一会儿。

枪声由密渐稀,慢慢停下了。

永生戳一把房智明,说:

"哎,开始吧!"

"好!"

小房应了一声,又转向学生:

"来!咱先唱一段歌子给伪军们听听——"他说罢,喊了个"一——二",学生们便都放开了那清脆的嗓音,齐声歌唱起来——

> 伪军士兵们,
> 要你们细听真:
> 你们卖命流血,
> 为的是什么人?
> 你们卖命流血,
> 为的是什么人?
> …………

歌声停下了。

梁永生又拿起喇叭筒放在嘴上,向着据点讲起话来。他讲的题目是:《警告伪军们》——

"伪军士兵们!为了使你们迷途知返,立功赎罪,重新做人,现在,我们八路军大刀队,特向你们发出警告……"

永生正讲着,据点的围子门口附近,突然响起一阵手榴弹的爆炸声。梁永生中断了讲话,端起匣枪注视着前方。可是,几声手榴弹的爆炸过后,没听到响枪,又平静下来了。

这是怎么回事呢?

永生正纳闷儿,跑来一位民兵,向他报告说:

"有一伙汉奸,悄悄地出了围子门,想窜过来,叫我们一顿手榴弹把他们撅回去了!"

梁永生说:

"好!你们干得很漂亮!"

那民兵说:

"我们队长要我来向你报告情况,并请求指示!"

永生并没马上作指示。而是问道:

"现在敌人怎么样了?"

那民兵说:

"他们像个王八探头似的缩回去以后,关上围子门再没动静了!"

永生命令道:

"你们仍埋伏在那里,继续监视敌人,直到这次政治课讲完!"

"是!"

民兵领上命令走了。

梁永生接上方才的话头又讲起来,讲到最后,他着重说:"伪军士兵们!你们作为一个中国人,给侵略中国的日本帝国主义当炮灰,是可耻的,是有罪的!要再借着日本鬼子的势力,糟蹋老百姓,杀害八路军,那是罪上加罪!人民群众是不会饶恕你们的!我们八路军也是不会饶恕你们的……"他讲话的声腔、语调仍然很高,很慢,很和气,很清楚。永生的讲话结束后,房智明又领着学生唱起歌子——

伪军士兵们,

要你们细听真：
你们全是中国人，
为啥投日本？
你们全是中国人，
为啥投日本？
…………

歌子唱完了。

学生们又呼起口号——

"打倒日本帝国主义！"

"严惩铁心汉奸！"

"欢迎伪军改邪归正！"

"中国共产党万岁！"

"毛主席万岁！"

喊话结束了。

在各处埋伏的民兵，全都聚拢过来，在梁永生的指挥下，顺着道沟向坊子撤去。房智明一边走一边问永生：

"敌人想窜出来，你说这是咋的回事儿？"

永生没答。反问道：

"你说哩？"

房智明说：

"叫我说，八成是疤瘌四搞的笑里藏刀的鬼把戏！他一面装得听话，又一面想来个突然袭击！……"

梁永生说：

"这是一种可能。你说，还有什么可能？"

房智明想了一下说：

"要不就是他们内部不一致？"

他缓了口气又说：

"可不可能是叛徒余山怀那个小子搞的?"

永生再次追问:

"还有什么?"

房智明又想了一阵:

"我想不出来了。"

沉默。

小房又问永生:

"梁队长,你说呐?"

"我也说不准。"永生说,"你的分析,比较全面。至于他们究竟是要的什么把戏,还得要经过调查研究以后,才能搞清楚。在搞清之前,我们先按第一种可能行事……"

"对。这样稳妥。"小房说,"不管怎么样,这次政治课,收获不小——"

永生问:

"啥收获?"

小房说:

"你讲的那些道理,又深,又真,又现实,又好懂,对伪军们的教育作用一定很大……"

"不!不能说'一定很大'。"

"咋?"

"政治喊话能起作用。可是,对敌人的教育实效最大的,还是民兵们那顿手榴弹!"

"对!"小房说,"这一下,他们知道我们的厉害了!"

"不光这!"

"还有啥?"

"还使他们明白了一些道理。"

使他们明白了一些什么道理呢?小房走着想着,交通沟里沉

静下来。这一阵,也不知小房想了些什么。过了一会儿,他又问:

"今后,咱对疤痢四怎么办?"

梁永生坚定不移地说:

"对疤痢四,和对别的敌人一样——怎么对打败侵略者有利,就怎么办!这个问题,过去是这样,现在是这样,就是今后,不管发生什么样的变化,也还是这样……"

他们且说且走,来到了坊子学校的门口。

梁永生仰脸望了望夜空的星辰,说:

"喔!天不早啦!"

接着,他向民兵和学生们说:

"你们的任务算完成了。快回家躺一觉儿吧!"

民兵、学生全回村去了。

梁永生和房智明进了学校。

他俩进屋不大一会儿,锁柱从雏家庄赶回来了。

永生见他满头大汗,又是只身一人回来的,就问:

"没捕着?"

锁柱气吁吁地说:

"捕着啦!"

"人呐?"

"崩啦!"

"崩啦?"

"嗯喃!"

梁永生本想通过审讯刘其海,了解一些有关的情况。这一崩,使他的想法落空了!再说,在永生看来,在彻底查实之前,就这么稀里糊涂地乱崩人,影响也不好!因此,锁柱崩了刘其海,是不符合梁永生原来的计划的。可是,他没为此而发火。因为他了解锁柱的性体儿,锁柱不是毛张飞式的人物,轻易办不出愣头愣脑的事

来。他由此而想:"这里边一定有什么情况!"于是问道:

"为啥要崩他哩?"

锁柱正用毛巾擦汗。永生一问,他顺口答道:

"那老小子拒捕!"

他说着,将毛巾搭在屋中的绳子上,坐在梁永生的对面,汇报起刘其海拒捕的过程来:

"我去捕他时,没想到,那老小子早有提防。他不光是持刀拒捕,而且猛地闯上来,要跟我拼!那时,多亏我事先已和那村的民兵取上了联系,他们也参加了逮捕刘其海的工作。当那老小子持刀朝我扑来时,民兵队长杨大虎在房顶上开了枪。只一枪,就把刘其海给崩了!……"

梁永生说:

"崩得好!"

锁柱继续汇报:

"把他崩了以后,民兵们又对他家进行了搜查。结果,搜出了许多罪证……"

"啥?"

锁柱从衣袋里掏出两张信纸,将其中的一张递给梁永生说:

"你看!"

"国民党的信?"

"对啦!这信中指示刘其海,要他投降日本,搞'曲线救国',破坏八路军抗日……"锁柱说着说着,又将另一张信纸递给永生,他接着说,"这是县城里的日本特务机关给他的信,信中告诉刘其海:他由县里的日本特务机关直接领导。并指令他暂先隐蔽身份,继续在村里当老百姓,负责窥探八路军的情报……"

梁永生一面听着小锁柱的汇报,一面仔仔细细地把刘其海的罪证看了一遍。心想:"这些罪证很有用处!"于是,他拍着小锁柱的肩膀表扬他说：

"你干得挺漂亮！"

小锁柱不好意思地笑了：

"队长净讽刺俺！"

梁永生见小锁柱真没理解他的意思，他便解释起来。永生解释问题，当然还是用他习惯的方式，就是他不先向人家讲，让人家听，而是先向人家提出问题，让人家讲，他听：

"锁柱，咱们白天在茶馆里演的那出戏，该叫个什么戏？你给它起个名字——"

"叫茶馆训敌呗！"

"答得好！"梁永生先肯定一句，又引着锁柱的思路走下去，"我和房老师，还有学生们，今儿夜晚演的这一出，又该叫个什么戏？"

"不是叫城下喊话吗？"

"还可叫个啥？"

"也可叫城下训敌！"

"对！"永生引着锁柱的思路先绕了个圈子，现在终于将话头引上正题，"那么，你今天夜间演的这一出，该叫个什么戏哩？"

聪明而又机灵的小锁柱，他通过上边这些问答，已经摸准了领导意向的脉络——是让他把当下这各种活动，都和"训敌"联系起来。可是，而今的小锁柱，却觉着一时找不出合适的话来回答。

梁永生见锁柱光扤头皮不说话，便笑着说：

"呀！怎么啦？你这个从来问不短的人，今天叫我问住了？稀罕！……"

锁柱叫永生一激，一急便说：

"反正不能叫'搜捕顽敌'！"

"为啥不能叫？"

"那与'训敌'联系不起来呗！"

永生禁不住地笑了。他笑啥？他笑锁柱的天真,也笑锁柱的聪明。继而,他又道:

"那你就叫它'联系'起来呗!"

"联系不起来呀!"

"为啥?"

"能瞎'联'、胡'联'?"锁柱争辩说,"联系不上的不能硬联,根本是两码事嘛!"

梁永生要引的,就是这个"两码事",现在终于引出来了。因此,他就着锁柱的话音儿,一语道破地说:

"不是两码事,是一码事嘛!"

他瞟一眼锁柱那期待的神情,接下去说:

"我要你把刘其海捕来,就是想在'茶馆训敌'、'城下训敌'之后,再来个'法庭训敌'……"

"可已经把他崩了呀!"锁柱说,"正是因为这个,你说我'干得漂亮',我才说'净讽刺俺'!"

"崩了,就叫'枪口训敌'呗!怎么能说联不起来呢?"梁永生见锁柱的思想已经入了扣,便将他早已准备好的那些话,全端出来了,"训敌,要根据不同的敌人、不同的需要,确定不同的目的和内容;要根据不同的条件、不同的场合、不同的情况,采取不同的形式和方法——像'茶馆讲课',那是一种;像'城下喊话',那也是一种;像'法庭审讯',那又是一种……说到枪崩,也是一种!"

永生一顿,加重了语气又跟上一句:

"而且,这还是必不可少的一种!"

永生又是一顿,继而将语调恢复了正常:

"锁柱啊,咱们教训敌人,虽然不是光用枪,也还是要用嘴的,不过,我们决不是光用嘴,并且是一定要用枪的!"

梁永生说到这里,将话尾和话头衔接起来:

"用枪教训敌人,不仅是对挨'崩'的敌人是一次最严厉的教训,更重要的是,它对其他的敌人还是一次最实际的教训。因此说,在刘其海持刀拒捕的情况下,你们采取了'枪口训敌'的办法,不仅是必要的,而且是干得挺漂亮!"

永生费了这么些话,总算是将"为啥说干得挺漂亮"这个问题解释明白了。可是,对小锁柱说来,他觉着明白了的,远不是仅仅这一点,而是很多很多……因此,他满足地点点头,兴奋地笑了。

听的满足了,说的并未满足。梁永生就着这个话题又引申出去:

"从这个角度讲,我们整个儿抗日战争的过程,也可以说同时又是'训敌'的过程;既是'训'日本鬼子这个敌,也是通过'训'这个敌,同时'训'了妄图用武力征服别国的其他帝国主义那些敌……"

永生讲到这里,锁柱忽然想起一件事来——他的衣袋里,还装着县委的一封信。方才这一阵,锁柱听入了神,把这信给忘了。现在,他急忙掏出信,一边向永生递过来,一边抱歉地说:

"看!好险呀!"

永生一边接信一边问:

"啥?"

"信。"

正在伸展信纸的永生,顺口又问:

"哪里来的信?"

"县委书记的警卫员唐志清送来的。"

"唐志清?"

"对!"

"他不是在一区区队上工作吗?"

"现在已经调到县里去了!"锁柱解释说,"我也是这回在路途中碰上他才知道的。他因为还有紧急任务,将信交给我以后,没顾得多说就走了……"

在锁柱说话的当儿,梁永生只顾凑在灯下看信,一言未发。

县委这封信上的主要内容是,敌人在城南"扫荡"失败,有可能移兵到这一带来,因而指示大刀队要提前做好各方面的准备。另外,还指示他们要继续收集碎铜烂铁,陆续送往地下修械所,以支援我们的主力部队……

梁永生看完了信,将帽子往后推一下,又聚精会神地想了一阵,而后问锁柱道:

"哎,志清哩?"

"不是半路上走了吗!"

"半路上走啦?……"

永生这些追问,使锁柱感到有些迷惑不解。唐志清,过去是大刀队上的战士,后来调走了。梁永生作为他的老领导,现在有一种愿意和他见个面的心情,故而追问了这么两句,这显然是不难理解的。这时所以使锁柱感到迷惑不解的是:在小锁柱头脑中的梁永生,是个器官格外灵敏,精力特别充沛,能够一身多用、同时兼顾的人——他的脚在忙着走路的时候,脑子却可以丝毫不受影响地思考问题;他的眼睛在忙着看东西的时候,耳朵还可以照样忙它的"业务",做到看、听两不误;甚至,两个人同时说两件事,他也可以使两个耳朵"分工"应付,把两人的话都能听个清清楚楚……因此,锁柱在想:"队长问的这些,我方才都交代清楚了,现在他怎么又问呢?"

按说,自以为很了解梁永生的锁柱,本是不应当感到"迷惑不解"的。因为,梁永生在对待一般问题上,确乎是像小锁柱了解的那样;可是,惟独在对待党的指示方面,却是与处理其他任何问题都截然不同。比如说,他在读毛主席的书的时候,蚊子咬他他不觉,烟火灭了他还在抽……他在听县委领导人向他作指示的时候,他连窗外的雷声、雨声都听不见了!正是因为这样的原因,方才梁永生的注意力一集中到县委的信上,小锁柱的话就再也进不去梁永生的耳朵了!你想啊,不管方才小锁柱交代得多么明白,永生他怎么能够知道呢?

小锁柱毕竟是聪明的。他在否定"梁队长是不是一时落神"等念头之后,立刻得出了这样的结论:"呀!原来我还并未能彻底了解自己的领导人梁永生啊!"他是怎样得出这个结论的呢?他自己未说,谁能知道他的思想活动过程?不过,他那双对梁永生更加敬重的目光,还有他那极为认真的重述和志清见面过程的神态,已经十分明显地告诉人们:小锁柱已经知道了方才梁永生没有听见他的话的真正原因。

在锁柱讲完了有关唐志清的情况之后,梁永生又向锁柱说明了县委信中的指示精神。锁柱问:

"怎么办?"

"照县委的指示办!"永生说,"锁柱,你向西,我向东,分头去召集队伍……"

"哪里集合?"

"宁安寨!"

"好!"

"走!"

话毕。永生、锁柱告辞了房智明,连夜出发了。

可是,那早已安排好了的党员会和民兵队长会,还都在等着他们。据此,他们在分手之前,又约定好:在召集队伍的路上,要赶到开会地点,分别将两个会议开下来;并要通过这两个会,将县委这个新的指示精神贯彻到党员和民兵中去。

房智明送走了梁永生和小锁柱,回到他的屋中,独自坐在灯下，没有半点睡意。这是因为，他这个"旁听生"的心情，这时太兴奋了！他觉着，这一天一夜间，他从梁永生和小锁柱的身上，又学到了很多很多的东西，仿佛自己蓦然聪明了许多！

"我今天究竟又学到了一些什么？今后又该怎么办？"他默默地想了一阵，又自己跟自己商量了一阵，将日记本儿摊在灯下……

天，黎明了。

窗外，传来沙沙的风声和唰唰的雨声。这黎明时分的风雨啊！你将为大地增加多少色泽？你又将把多少正在沉睡中的人们唤醒？

房智明望望窗户，听听风声雨声，而后伏在桌上写开了：

"老天爷正用这风风雨雨对大地又扫又洗，为的是让整个世界用一副崭新的面貌来迎接那新的一天！房智明啊房智明！你该怎么办？……"

他写着想着，想着写着，猛一抬头，仿佛梁永生和小锁柱那令人敬慕的形象，又出现在他的眼前……

第八章　回马枪

战争年间,风云多变。

敌人由于在前一个时期连续遭到我们几次伏击,死伤累累,损失惨重,近期以来,吓得龟缩在据点里不敢轻易出窝了!

我们的大刀队,根据县委的指示,立刻抓住了这个短暂的时机,加强了群众工作和政治工作,使大刀队既是战斗队,又成了工作队。

化整为零的大刀队战士们,分别深入各村,发动群众,组织群众,武装群众。并帮助一些支部,重新健全起领导机构。还帮助一些空白村,发展起党的组织。另外,在这期间,对各村的民兵还进行了一些军事训练,并建立起了区域联防……

在各级党组织的领导下,在八路军大刀队的具体帮助下,村村庄庄的抗日气氛,犹如雨后春笋,日新一日地活跃起来了。

你听呀!广大的乡村里,处处都是抗日的歌声。就连那些从来不会唱歌儿的老爷子,也咧开了那没牙少齿的笑口,抖动着飘飘的白胡跟他的孙子学起歌儿来了!还有些年过花甲、岁近古稀的老奶奶,也自动报名挂号,参加了妇女救国会和农民救国会联合举办的赛歌会。总之,这些天来,村村庄庄天天被歌声笼罩着,抗日军民的战斗生活是在歌唱声中度过的。

革命的歌声能焕发革命的精神。

革命的歌声能激起革命的激情。

革命的歌声能唤醒革命的新兵。

革命的歌声能调动起革命的积极性。

你看吧——

东庄的妇救会员们,正在歌声中收集碎铜烂铁,准备一批接一批、批批相连地送往我军地下修械所;

西村的农救会员们,正在歌声中凿墙挖洞坚壁粮食,准备以战斗的姿态来迎击敌人的"清乡"、"扫荡";

张家的老夫妇送子参军;

李家的新媳妇劝郎入伍。

儿童团站岗放哨盘查行人。民兵们挖壕筑堡准备战斗。村外的旷野里,被"扫荡队"给垫平的交通沟又全都挑开了。村里的墙面上,被"清乡团"刷去的标语又重新写出来:

"打倒日本帝国主义!"

"抗战胜利万岁!"

人们望着这些景象,都兴奋地说:

"抗日的火焰又旺起来了!"

可是,不几天,屡遭失败的敌人,伤疤还未干,就开始捣乱了——他们又来了一次所谓"大围剿"。

在这次"大围剿"的前夕,梁永生到县委开会去了。

大刀队领导责任的担子,暂时落在梁志勇的肩上。

敌人的这次"大围剿",来势凶猛,势头很大,一直叮住大刀队的尾巴不放,夜以继日地穷追。可是,人民的战士,是任何敌人也追不垮的,而且,他们还决心要拖垮敌人。

神出鬼没的游击健儿们,紧紧地牵着"扫荡队"的"牛鼻子",在这汪洋大海般的辽阔平原上,跟那些瞎长虫似的敌人兜圈圈、"捉迷藏"。有时候,大刀队的勇士们,跟敌人纠缠得连顿饭也顾不上吃,只好成天价怀里揣着干粮,抽空摸空地啃几口;有时候,他们为了不让敌人得安宁,自己一连几夜也捞不着睡觉。怎么办?他们利用在交通沟里行军的时间,大家伙儿轮流着打个盹儿。

就这样,敌人越"追",我们的战士精神越旺;敌人越"剿",我们的战士斗志越刚。战士们的决心是:就靠我们的一颗红心两只铁脚板儿,一定要把敌人拖垮!

这还不算,他们在跟敌人兜圈子的过程中,还短不了瞅个空子,打个埋伏,狠狠地敲打敌人两下。而且是得空就打,打了就走,使得敌人天天兵有伤亡,枪有损失,可又干着急没有办法。

把敌人消耗到一定程度,就应当像擦腚砖一样地甩掉他们了!可是,用什么法子甩掉他们呢?梁志勇想出一个法子——派出几名战士,在民兵的配合下,去佯攻柴胡店据点!

这一手儿,立见神效。

几天来,一直跟在大刀队屁股后头嗡嗡乱叫的"扫荡队",立刻收兵去援救柴胡店了!

这时节,战士们身上带的干粮早已经吃完,他们已有两三顿没有吃上饭了,许多人饿得肚子里直唱戏。为了解决吃饭问题,梁志勇带领着大刀队,扎进了宁安寨。

大刀队的战士们进村以后,只见街道上静悄悄的,几乎没有一个人影。志勇他们望着这种景象,心里挺高兴。因为这种景象说明,这宁安寨村的民兵和群众,已按照上级的号召撤出村去了。上级的号召是,在当前敌人进行"拉网式大围剿"的情况下,各村群众,要在每天黎明时分撤离村子。民兵也要撤出村外,以便一旦发生敌情,好掩护群众转移。村中,只留下极少数的抗日积极分子和一部分老年人。根据这种情况,大刀队进村后,便一直奔向魏基珂的住宅。

这是魏基珂家。

魏基珂的老伴儿,嘴里正念念有词儿地对天祷告:

"老天爷爷呀,你保佑着大刀队上那些孩子们……"

大刀队上的战士们,悄悄走进庭院。

梁志勇扑上去,说:

"魏奶奶,你怎么又……"

魏奶奶猛地回过头,脸膛红润润的。她没等志勇说完,就用食指点着志勇的前额笑咧咧地说:

"又叫你们看我的笑话儿了!"

魏奶奶换一下口气,又说:

"这些天来,一天到晚,枪声不断,我对你们真不放心呀!……"

她说着,一头扑进战士群里,扳过这个来看看,又抓过那个来瞅瞅;而且是瞧了头,又瞅脚,看得竟是那么仔细,仿佛她生怕哪一个战士的身上少点儿什么似的。这当儿,老奶奶的眼里,正向战士们倾注着使人的心灵感到温暖的光芒;老奶奶的脸上,一直是喜泪横流,笑纹不退;嘴里还不住口地念叨着:

"还是都赛欢老虎儿似的,你们是越打仗越上精神呀!可好,可好!"

风来了。风像一只温暖的手掌,正在轻抚着战士们那疲劳的身躯。似乎,这和风中还夹带着一种宛如母亲对待儿女般的情意,又注入他们的心里。

说真的,战士们虽然觉着魏奶奶这迷信思想不对,可又全被她老人家这种深厚的、真挚的阶级情谊所感动了。因此,这时每个战士的心窝里,都有一种甜丝丝、热滚滚的感觉。

感动归感动。有着强烈的革命责任感的战士们,对老奶奶的迷信行为,还是采取了批判态度。

小锁柱先说:

"魏奶奶,什么天爷爷地奶奶的呀,根本就没有那些玩意儿!"

小胖子又说:

"对呀!咱光承认魏爷爷、魏奶奶,不承认天爷爷、地奶奶……"

魏奶奶拍打着战士们身上的尘土，兴冲冲地笑了。

战士们也笑起来。

笑声落下。梁志勇问：

"哎，魏奶奶，俺魏爷爷呢？"

魏奶奶一边拍打着战士们身上的尘土，一边说：

"他听说，今儿五更里，你们在于庄和'扫荡队'又干了一仗，他怕你们人少吃了亏，不放心，背着个粪筐打听消息去了……"

魏奶奶嘴里这么说着，她那探询的眼光，在战士中间串了一遭儿。当她发现其中就少梁永生时，便立刻收住话头改了口，吃惊地问志勇道：

"哎，你爹呐？"

"开会去了。"

"上哪里？"

"县委。"

"我听人说，前些天你们在十里铺跟敌人打仗时他还在呀！……"

"对呀！他是打了那一仗以后走的。"

志勇这么一说，魏奶奶才算放了心。

这时候，好几顿没吃上饭的战士们，都饿得肠子打得肝花响，肚皮贴上脊梁骨了！唐铁牛扳着干粮筐子正找东西吃，被魏奶奶看见了。她说：

"唉！牛子，饿坏啦？是不？真不巧，一点干粮也没有！你们自己做米饭吧，米还在老地方。我到村头上给你们放哨去……"

大刀队的军粮，分别埋藏在若干个群众基础条件比较好的村子里。宁安寨就是其中的一个。在斗争环境比较好的日子里，大刀队的战士们，都随身带着米粮袋子。可是，形势一紧张，他们来不及装米粮袋子了，就走到哪村吃哪村，住在谁家吃谁家，然后开

一个条子或留下粮票。今天,他们来到魏基珂家,就是属于这种情况。因此,现在魏奶奶一边朝外走一边又说:

"你们不要留粮票了。这米是村干部存在这里的,准备你们突然闯进来好做饭……"

梁志勇见魏奶奶越走越远,忙拿话拦住她,问:

"魏奶奶,你要干啥去?"

"不是已经告诉给你们了吗——"魏奶奶说,"我给你们放哨去!"

志勇说:

"甭价!"

"为啥?"

"我们自己派人吧!"

"可不行!"

"咋不行?"

"大白天,你们放哨多显眼儿呀!"

过去,大刀队来这里住时,魏奶奶常常利用看场、看枣作影身儿,给大刀队在村口放哨。现在,场里没庄稼,看枣又不到季节,魏奶奶用啥作影身呢?志勇想到这里,就说:

"你站在庄头上,也很显眼呀!"

"我有法子,你甭替我操心!"

她有啥法子哩?志勇不知道。但是,他知道魏奶奶对掩护八路军,是富有经验的,并相信她老人家一定会有办法。

不一会儿。

门外传来魏奶奶的叫鸡声:

"咕——咕!咕咕咕——!……"

她一面高声大嗓地叫着,还一面大声小气地自言自语地嘟嘟着:

"鸡也真气人,刚找回来,一转眼儿又没影了!气急了我,全宰宰吃这杂种们……"

她嘟嘟一阵,咕咕咕地叫一阵;叫一阵,又嘟嘟一阵。这叫鸡声和嘟嘟声间杂交织,由近而远,向着村头的方向消逝着。

战士们听着渐渐远去的叫鸡声,都高兴地笑了。

志勇从草棚子里抱来一些碎柴禾,一边往屋里走,一边向他的战友们说:

"伙计们!一齐总动员——做饭呀!"

小胖子建议说:

"叫我说,咱甭做饭啦——"

"怎么?你不饿?"

"不能说不饿!可对我来说,更迫切的,还是抓紧这个空子来上一觉儿!"

现在,连志勇也觉着,要能酣酣地来上一觉儿,哪怕是一两分钟也好,那得算一次最大的享受了!可是,他又完全明白,目下的情况,是不允许他们睡上一觉儿的,必须抓紧时间,弄顿饱饭吃,然后速速走开。因此,他向小胖子说:

"同志,还是吃饭要紧!觉,留着它到路上去睡吧!"

接着,烧火的烧火,冲米的冲米,七手八脚地忙活起来,锅台周遭儿围了个人疙瘩。

那些插不上手的人们,一骨碌躺在炕上——他们是实在撑不住架了!

锁柱将最后一瓢水倒进锅里,又随手将水瓢挂在锅台后头的墙上,然后来到灶门前,拨拉志勇一下,说:

"闪开!"

"干啥?"

"我烧!"

"你烧？我呐？"

"你？你吃饭一个顶我俩，可做饭你俩也顶不上我一个！……"

"你说这个我认头！"志勇说，"越是不行，越要锻炼嘛！"

"别穷裹粘！"锁柱说，"快抓紧时间办你那该办的去！"

"该办的？啥？"

"回家去看看呗！"

要说真心话，志勇怎能不想回家去看看他娘呢？可是，他又觉着目下不同于往日，自己担负着大刀队的领导责任，不能把队伍舍在这里自己去探家呀！虽说离家不远，而且也用不了多少时间，可是，哪怕是只离开一分钟，要是万一就在这一分钟里发生了敌情，队伍失去了指挥，那还了得吗？志勇基于这些想法，便向锁柱说：

"那算下一个节目吧！"

他将几棵半截秫秸一撅两截，填进灶中，又说：

"咱利用做饭的时间开个小会吧！锁柱，你去把同志们召集到这里来！"

锁柱觉着志勇想得满对，应了一声"好"，就去召集人了。紧接着，他那一向含着自来笑的声音，先后在各处响起来。先是在东里间的炕上：

"起来起来！下雨啦，外头睡去……"

接着又嚷进西里间：

"躺在这里就睡呀！也不怕老鼠咬着腚！……"

一忽儿他又跑到天井里：

"别在那里'下神'啦！分队长下令——开会！"

人们都到齐了。

有的坐在门槛儿上，有的倚在门框上，有的蹲在屋当央，也有的拉过一条长扁担，自己个儿先坐上以后，又向扁担一拍说：

"伙计们！排排坐吃果果喽！"

"咱们借这个机会,分析分析敌人的动向吧——"志勇用掏火棍挑动一下灶中的柴禾,又接着说,"我们一佯攻柴胡店,'扫荡队'就马上回去了！石黑、白眼狼能这么好哄弄？我老琢磨着这里边有鬼……"

"有啥鬼？咱随便出个点子,就够那些老小子们猜半年的！"才入伍的新战士申华说,"叫我看,他们又中计了！"

锁柱摇头道：

"我揣摸着,敌人怕是不那么蠢,咱得提防着点儿,可别中了石黑的'拖刀计'！"

有的战士说：

"没啥事儿！别把敌人看得神乎其神的！"

锁柱又说：

"当然,从总的方面说,敌人没啥了不起,我们有决心有信心打败他；可是,在战场上,还得重视敌人呀！咋能把对敌人的斗争看得那么轻而易举呢？"

又一个战士望望天说：

"天到这时,敌人作不出啥文章来了！"

申华是由儿童团——青抗先——民兵这条道路进入到八路军的队伍中来的,所以一来到大刀队就能做到在讨论问题时积极发言。这时,他紧接着那位战友的话尾,帮腔道：

"先呛个饱儿再说再论吧！只要肚子里有食,手里有枪,怕他个屁！"

在人们乱发议论的当儿,梁志勇凝视着灶门,一言不发。灶膛里,火舌舔着锅底,一股浓烟从灶门扑出来,在屋中扩散着。这当儿,在志勇的头脑中,翻上这样一件事来——

那是梁永生离开大刀队到县委去开会的时候,在志勇和锁柱

送他的路上,他语重心长地说:

"我一走,你们的担子重了,可要多加小心呀!"

志勇向爹说:

"放心吧,出不了大问题!"

永生很认真地说:

"你要记住:问题,就肯出在认为出不了问题的时候!你这样认识问题,我真不能放心呀!"

志勇赶紧表示态度说:

"我记住了!"

在他们将要分手的时候,梁永生再次嘱咐说:

"在我开会期间,敌人要集中力量找我们决战,你们就牵着他的鼻子跟他兜圈子;敌人的'大围剿'要是越闹越凶,你们就化整为零,分散活动,千万不要硬拼!等我们准备好了,再找个机会狠狠地揍他们……"

而今,志勇一面烧火,一面倾听着人们的发言,一面回忆着队长嘱咐的这段话,一面盘算着下一步的行动计划。

锅里的米饭快要熟了。

白茫茫的热气,将锅笼罩起来。被煎熬着的小米,在锅中比着劲儿的一阵阵地吱吱叫。战士们闻到熟饭的香味儿,就像看见什么酸东西一样,嘴里直流口水。梁志勇用鼻子嗅嗅,觉着饭还不大熟,就说:

"大伙儿说说——下一步咱该怎么办?"

铁牛突然发言了:

"到晚上,咱再来个'夜袭柴胡店'吧?"

申华帮腔道:

"对!我从来还没见过柴胡店是啥样的呢!"

随后,又有几个战士发了言。

这一阵,锁柱在瞪着直眼想事儿,一直没吭声。志勇既是点将又是将军地说:

"锁柱,你这个'参谋长'要辞职吗?咋不拿个意见呢?"

"参谋长"这个称呼,是这么来的:在梁永生去开会以后,锁柱见志勇压力很大,曾鼓励他说:"伙计,甭愁,干吧!队长不在,你就当家——眼时下,你算个'司令',我给你当个'参谋长'……"现在,锁柱见志勇一拿"参谋长"来点他,他不由得笑了,说道:

"'参谋长'的意见,考虑不成熟,可不能轻易拿出来呀!"

他向战士们一甩下颏儿,又说:

"能像他们这些小卒子们一样?"

小胖子吭地给他一杵子:

"瞧你装得这个挺!"

战士们哄笑起来。

锁柱也扑哧笑了。随后,他把脸一板,郑重其事地说:

"我揣摸着,咱甭去找敌人,敌人还会来找咱!"

"我同意你的看法。"志勇说,"你再揣摸揣摸——咱该怎么办?"

"这我倒揣摸过了——"锁柱说,"可是还没揣摸出道道儿来!"

"我想再划开——"

"分散活动?"

"对!"志勇说,"你看怎么样?"

锁柱摇摇头说:

"我不赞成!"

"为什么?"

"那就没有多大战斗力了!"

"我们不是为分散而分散。"志勇说,"分散,是为了去分头发动群众,壮大我们的力量。"

"道理对;时机呢?"

小胖子插言道:

"咱是不是等梁队长回来再定?"

志勇斩钉截铁地说:

"不!眼下不能等了,要当机立断!"

"对!"锁柱指指肚子说,"咱先解决了这个问题,再接着讨论决定吧!"

"好!"志勇又在锅上听了听,嗅了嗅,像发布命令似的说,"听'参谋长'的——开饭!"

志勇的话音未落,战士们齐打忽地忙起来。掀锅的掀锅,找碗的找碗,因为筷子不够用,有些战士就折来一把秫秸莛秆儿当筷子。不一会儿,饭锅上就围上了一圈儿人,他们肩靠着肩,头顶着头,有的用铲子锄,有的用勺子盛,也有的用筷子往碗里扒拉。插不上手的人们,就一手拿着筷子,一手拿着碗,站在别人的身子后头等着。待那个同志盛满了饭碗,抽出身子走了,这个同志又从人缝里挤巴挤巴钻进去……

正在这个节骨眼儿上,忽听街上人喊狗咬一阵大乱,紧接着,魏奶奶跟跟跄跄跑进来。

只见她,直跑得张着个大嘴喘不上气来,要不是志勇抢上前去抱住她,她非得一跤跌在地上不可!

志勇急促地问:

"有啥情况?"

魏奶奶的脸上,流露着万分焦急的神色!可是,她张着大嘴光顾喘息,还是说不出话来。

这时,富有战斗经验的梁志勇,从魏奶奶的脸相上,神色上,显然可以断定:外头有了敌情;而且情况是十分急迫的!

于是,他向战士们命令道:

"准备战斗!"

我们八路军的战士,向来都是这样:只要一听到"准备战斗"的命令,饿也不饿了,累也不累了,困也不困了;气儿也来了,劲儿也来了,精神头儿也上来了!你看,他们唰地放下碗,忽地站起身,有的嗖地抽出匣枪,推上了子弹;有的用嘴咬开手榴弹盖儿,将拉火线挂在小指上;有的从背后拔出大刀,握在手中抖着腕子!

到这时,战士们那股疲乏饥饿的气色一丝也没有了,取代它的是一张赛一张的眉飞色舞的面容。

过了一霎儿。

魏奶奶从志勇的怀里挣脱出来,气咻咻地说:

"敌,敌人……"

"在哪里?"

"进,进村了!"

"从哪来的?"

"从,从西边……"

志勇嗖地抽出匣枪,就劲儿一挥手臂:

"走!跟我向东冲!"

魏奶奶拽住志勇:

"不,不行!"

"咋?"

"东面也上来了!"

"南面呢?"

"四面都有!"

志勇听了,立刻浑身一紧。屋里,顿时静下来。

静得连呼吸声都听不见。

怎么办?这样一个念头,在每一个战士的脑际盘旋着。一双一双又一双的求战的眼睛,一齐盯着他们这位年轻的领导人——

梁志勇。

梁志勇,过去跟爹在一块儿的时候,不管敌情多么险恶,心里总是平平稳稳的。而今,志勇成了大刀队的一号指挥员,又碰上了这种意外情况,他老觉着没有主心骨,所以心里或多或少的有点紧张。

眼下,他在想什么呢?

他正在想:"真怪呀?石黑的鼻子怎么比狗鼻子还灵?我们进了这宁安寨,才做熟了一锅饭,还没有吃,这才有多长时间,怎么那刚刚撤走的敌人又上来了呢?而且是,一来就包围了村子……"

原来事情是这样:石黑在带着大队人马撤走的时候,悄悄地留下一批便衣人员,在这一带布下了暗哨。这些暗哨探清了大刀队拉进宁安寨的情况后,报告给了石黑。石黑接到情报以后,便立刻带领着大队人马,直扑宁安寨来了。与此同时,他还用电话命令疤癞四等附近各个据点上的伪军,一齐出动,配合他的行动。这些情况,当然志勇目下还无法知道。但是,他从敌人的行动中,已经判断出敌人已掌握了关于我们行动的情报,并已明确地意识到,当前的情况是非常严重的!

志勇正然迟疑思考,耳边响起了这样的声音:

"同志们!我们这些领导成员,在每一次战斗中,特别是在紧要关头的动作、表情,都是战士们所非常注意的。因此,在那样的时刻,勇敢而沉着,应当是每一个领导成员必须具备的起码条件。"

这段话,是梁永生过去在一次支委会上讲的。

今天志勇想到它以后,不由得挺挺腰,昂昂头,向他的战友们说:

"同志们!沉住气,没有什么了不起!"

他在说这话的同时,眼里闪射着勇猛无畏的光芒。

梁志勇的这种大无畏的气概,这种威风凛凛的态势,使战士们觉着分队长是我们坚不可摧的靠山,并感到有一股强大的力量正在通过他们的全身。

与此同时,志勇也向齐唰唰地站在自己周围的战友们看了一眼,只见那一双双正在盯着他的眼睛都快要喷出火来了!这些眼睛好像正在向他说:"分队长!下命令吧!就是火海我们敢下!就是刀山我们敢爬!哪怕他敌人围上千万重,我们也一定能够冲杀出去!"

战士们的这种精神,又深深地感染着志勇,使他增加了勇气,增加了信心,增加了力量。于是,他再次将手臂一挥,发布命令说:

"同志们!集中火力,跟我冲!"

志勇话未落地,两面村长田台玉慌慌张张跑进来。田台玉这个两面村长,是被敌人硬逼着干上的。他自从干上以后,有心向八路,又怕鬼子知道了要家破人亡;心里恨鬼子,可又一点不敢违抗。因此,只好敷敷衍衍地应酬差事,两面儿上谁也不得罪。现在他一见大刀队的战士们要往外冲,就上前拦住志勇,变脸失色地问:

"你们要在这村打仗吗?"

"对!"

"可不行!"

"咋?"

"村里受连累倒是小事,要是万一你们受了损失,俺这个办公人可担待不起呀!"田台玉望着志勇的面色说,"我看是不是这么办——"

"怎么办?"

"你们藏一藏。我们这些办公人们在街上支应着点儿。常言道:'钱到公事办,火到猪头烂。'我们想法多攥几个钱儿,也许出不了事儿!"田台玉瞪着一对绿豆眼又叮咛道,"可有一件——你们别猛孤丁地冲出去揍他们呀！要是那么一闹,俺这帮办公人们就都得死喽死喽的了！……"

志勇正思索田台玉这些话的意思,又听魏奶奶说:

"志勇啊! 这么硬冲能行吗？"

"不行也得行了！"志勇说,"已经走到这步棋上了,藏是等死,只有打……"

锁柱拦住志勇的话头说:

"你真是铁匠的儿子,就知道打,打,打! 我赞成突围,不赞成用硬冲的办法突围！"

志勇很佩服锁柱能在这个节骨眼上提出反对意见。因为这反映出他对党的事业的高度责任感。可是,志勇觉得,要想突围,非硬冲不可！而且,必须快冲,争取在敌人的包围圈儿尚未部署好之前,冲出去！

生死的斗争,危急的关头,严峻的时刻,能收敛起人们一切杂乱的思维,也能压抑住人们一切无关的情绪。眼时下,梁志勇的头脑中,已变得从未有过的那么单纯了:冲出去！

于是,他微低着头,稍一沉思,又猛地昂起头来,果断而又坚决地说:

"服从命令——冲！"

"是！"

锁柱严肃地应了一声。

接着,他把匣枪一端,首先冲出屋去。

志勇大步赶上前,将锁柱拉在自己身后。

继而,他又把身子朝后一仰,右臂往前一挥,气呼呼地命令道:

"同志们！把骨头里头的劲全使出来——冲！"

大刀队的勇士们,像刮了一阵旋风似的冲出院子。

随后,他们拐弯抹角,一溜飞颠飞跑,伴随着忽忽忽的一阵风响,活像一支支箭头似的来到村子的西头上。

没等他们站住脚,就被敌人发现了,双方接上了火儿。

经过一阵激战,没能冲出去!

志勇见势不妙,怕再坚持下去被敌人困在这里,便又向战友们说:

"走!跟我向东冲!"

如今志勇的眼里,常有严峻的神气。这种神气,跟他的年岁有点不大相称。可是,战友们对他是尊重的,佩服的。今天,大家在志勇的指挥下退下阵来,顺着一条小胡同又向东飞奔而去。

来到村东口,双方又打响了。

大刀队的同志们,虽然打得很猛,可是,由于敌人兵力太大,还是冲不出去!到这时,他们的子弹已经消耗得不少了,敌人又正在像个椅子圈儿似的包围上来。

显然是没有冲出去的希望了!

怎么办?志勇当机立断,又带领着战友们撤回村里。不一会儿,他们撤到一个院子里来了。

这个户家,人全走了。屋里屋外空荡荡的。

梁志勇闯进屋,先命令两名战士把住院门,然后虎势彪彪地贴桌一站,用两只拳头拄着桌面,向他的战友们说道:

"同志们!我们眼前的形势十分危急,下一招棋,该怎么走?大家伙想个主意吧!"

踞踞在门槛儿上的炮筒子,冲口来了一炮:

"业已到了这步田地,没啥巧招儿了!再冲!"

小胖子抓下罩在头上的毛巾,擦了擦头上和脖子上的汗水,然后往锅台角子上一蹲,紧接着炮筒子的话尾说:

"大白天硬冲不行!叫我说,咱在这院子里守它一阵,等天黑下来再看……"

申华带着三分火气拦腰插言道：

"还看？要冲趁早儿！不冲就拼……"

小胖子反驳道：

"海鸥不畏风雨，战士还怕流血？冲也罢，拼也罢，都容易！问题是……"

唐铁牛将一只脚蹬在凳子上，气呼呼地说：

"什么这问题那问题呀！依着想那个还有完？豁出一个死去，啥问题也没了！"

到此，锁柱发言了。他说：

"我还是不赞成硬冲！……"

小锁柱这一句，把炮筒子惹急了。炮筒子和小锁柱，两人是个"对头炮儿"。几年来，他俩三六九儿地机枪对大炮叮叮当当就开起火儿来，有时竟吵得脸红脖子粗。可是吵过以后，谁也不往心上搁，还和往常一个样。有时候，炮筒子去找小锁柱认错儿，锁柱说："算啦算啦，算咱刚才没吵吧！"有时候，小锁柱去找炮筒子作检查，炮筒子就给他一杵子："别来穷叨叨！过去就是过去了，再扯那些事儿有啥意思？"今儿，炮筒子见小锁柱不同意冲，急了，他往起一跳又开了炮：

"小锁柱，你个小孩子懂个啥？还这么固执己见……"

小胖子见老炮摸着胡茬子摆起了老资格，他的话儿来得更尖刻：

"小孩子的意见就准是错的？如果说有胡子就算'圣人'，那么，山羊也就会讲课了……"

梁志勇打断了小胖子的话弦：

"你先别扯这些没用的！"

又向锁柱说：

"小王，你不同意硬冲，你说该怎么办？"

一向机灵的小锁柱,未等志勇的话音落地就开了腔。他说:

"我的看法是:现在敌人是优势,我们是劣势。毛主席说过,劣势者只要有准备,给敌人来个出其不意,也能把优势者打败。刚才我们所以冲不出去,就是因为敌人是有准备的,而我们却是无准备的。眼时下,我揣摸着敌人很可能正在准备我们再次冲杀突围。我们应当怎么办?叫我说,咱应当改变个形式,从而变无准备为有准备,使敌人变有准备为无准备……"

小锁柱这一大段发言,使志勇很受启发,并进一步坚定了他那胜利突围的决心。这决心,先产生出智慧,又变成了命令——他先用拳头击一下手心:

"对!"

继而又道:

"来个乔装改扮,分散突围!"

众喜。志勇问:

"怎么样?"

大家异口同声:

"行!"

志勇开始部署了。他的话是迅速而又简洁的:

"分散突围,需要灵活机动,独立作战;突围路线,要根据情况,随机应变……"

他部署完毕,又朝桌面砸了一拳,震得桌面上的尘土都乱跳了起来:

"立即行动!"

随后,人们又约定好了突出重围以后的集合地点,便都各自忙起来了。有的,从炕上扯起一件老大爷的褂子穿在身上;有的,拾起天井里的一个粪筐背在肩上;有的,把撑裂了的鞋用绳子绑起来;有的,扣好了钮扣儿又勒腰带;也有的,把手榴弹揭开盖儿,将拉火索勾在小指上；还有的，仔细地摸着佩在身上的子弹袋，为的是看看他还有多少粒火儿……

一切战前的准备工作在不声不响地进行着。

一场艰苦的险恶的分散突围战就要开始了。

这些生死与共、休戚相关的战友们，在行将分手的时候，有的相互盯望着，久久地盯望着；有的用上了全身的力气，紧紧地握手。这当儿，战斗经验多的老战士在叮嘱着新战士；还有两颗手榴弹的同志，摘下一颗塞给没有手榴弹的战友；子弹多的也拿出几发，给了子弹少的同志。

准备完毕。

梁志勇扑闪着他那双坚毅而光芒四射的眼睛，向他的战友们说：

"谁先冲出去谁先走，不要恋战！冲出去就是胜利！"

这时节，村里已经乱起来了！

你听！鸡飞狗咬，人喊马嘶，枪声大作。

大刀队的战士们，都揣着一颗胜利突围的决心，人人精神百倍，个个摩拳擦掌，全在准备大显身手。

就在这样的时刻，梁志勇发布了命令：

"开始突围！"

随后，一场激烈的突围战开始了！

到此，作者只好"花开千朵，各表一枝"。

先说锁柱。

他顺着胡同，贴着墙皮，向北跑去。

战友们多着急呀！既然要突围，只有想法儿向村头、村边靠近才对，锁柱越往北跑，不是离村头、村边越远了吗？可是，战友们空着急又有什么办法？大声喊回他来？显然不行！因为那会被敌人发现目标，影响整个突围计划的胜利实现。去追回他来？他已经跑远了,咋能追得上他呢!

战友们虽然着急,可也并不十分担心。因为人们相信锁柱的机智:他既然往北跑,就必然是有他的想法,有他的目的,甚至还许有什么出奇制胜的高招哩!

于是,人们便都按照事先的计划,各自走开了。

那么,咱还说锁柱——他到底有什么"出奇制胜"的突围高招呢?

人们想错了!他哪有什么"高招"呀!

那为啥要往北跑?

他要到梁志勇家去。去看看志勇的母亲杨翠花是不是安全地撤离了村子。是啊!梁志勇同志为了照顾队伍,顾不得去管他的母亲了,可是锁柱,怎能对战友的亲人不挂心哩?锁柱就是出于这样的想法,冒着风险向北猛跑,直奔村子的中心而去。

当他来到志勇家时,只见屋里屋外空无一人,他喊了两声"翠花婶"也没人答腔,就知翠花已经走了,这才心中的悬石落了地,暗自高兴起来。

高兴,是理所当然的了!他不害怕吗?你听!

"站住——!"

伴随着敌人的狂叫,嘎勾儿一声,枪又响了!

东边,正响着哐当哐当的踹门声,还夹杂着咋咋唬唬的嚎叫:

"开门!他妈的!……"

西边,又传来咔嚓咔嚓的皮鞋声,还有吱吱哇哇的鬼子腔:

"巴格亚鲁!八路的哪里去了?……"

南面,有两只老母鸡从垣墙上扑扑拉拉飞过来,惊慌地像骂街似的啼叫着。垣墙那边,各种家具稀里哗啦乱响起来,显然是敌人已经闯进了院子……

北面,敌人放火烧房了!一股浓烟腾上半空,又随着北风朝这边扑来……

　　这些情况告诉锁柱:敌人已经满了村子;他,目下正处在一种危急境地!

　　危急,对那些贪生怕死的胆小鬼儿来说,能使他产生惊慌,怯懦,甚至是苦痛,绝望!其威力嘛,确乎是不小的!可是它,对我们的共产党员,对我们的八路军战士,不仅没有任何"威力",其作用也是完全相反的!你就瞧眼下这位小锁柱吧!他面对着四面受敌的危急局面,只有气,没有怕,动作也更加沉着了,头脑也更加清醒了,胆量也异乎寻常地大起来!

　　他的胆量大,就大在:既决心不做俘虏,又没有任何牺牲的念头,只是一心要冲出去,而且坚信能冲出去!于是,他提着匣枪,闯出院门,顺着胡同,朝南就走。谁知,他来到胡同口上时,忽听街上响起急促的脚步声!

　　街上究竟是个啥情况?

　　他扳着墙角儿朝外一瞅,只见两个伪军正在追赶一位青年妇女,并又突然喊道:

　　"干啥的?"

　　"站住!"

　　他们是喊那拼命疯跑的妇女呢?还是已经发现了小锁柱这个新的目标?这怎么知道!只知道在这喊叫的同时,伴随着两声枪响,吱溜吱溜的子弹射过来了!

　　锁柱甩枪还击。

　　随后,他抽身缩回胡同,扎进一个院门。

　　这是尤大哥家。

　　尤大哥因是民兵队长,早在黎明时分就带领着民兵和群众撤出村去了。锁柱闯进院时,正巧遇上杨翠花。杨翠花是为了照顾没有撤出村的老年人和病人,故意留下来的。刚才,她在听到敌人进了村的消息以后,立刻想起了正在病中的尤大嫂,就赶忙跑来照料她。谁知,翠花进屋一看,屋里空无一人。原来尤大嫂一早就被小铁蛋背走了。

翠花正要往外走,跟小锁柱撞了个满怀。

锁柱一见翠花,又惊又喜又急,忙说:

"敌人追来了!我堵住门口,你赶快想个法子——走!"

怎么走哩?翠花心里正着急地想着,一眼瞅上了西面那堵破烂不堪的垣墙。在目前这种异常急迫的处境中,使杨翠花蓦地想起了梁永生在边临镇药王庙中越墙逃跑的情景。于是,她捅了锁柱一把,又朝那垣墙一指,说:

"咱从那墙头上翻过去!"

锁柱没注意翠花口中这个"咱"字,只是说:

"行!快!"

他说罢,又回过头去,全神专注地盯住了门口。

翠花想:"我怎么能舍下锁柱自己走呢?"她灵机一动,便说:"那垣墙虽矮,可我爬不上去呀!"她这样说着,没容对方张口,就硬把个锁柱拉到垣墙近前来了。

这时,胡同里那乱嘈嘈的脚步声,正在由远而近。

翠花连推带揉地催促着锁柱:

"快!快上!"

"你……"

"你先蹿上去,再拉上我去!"

锁柱觉得翠花言之有理:"好!"这声"好"没落地,他一纵身子蹿上墙去。真没想到,由于那土墙太破旧了,叫锁柱猛力一扳,一大块墙坷垃脱离了墙头,眼看着,锁柱的身子要和那个墙坷垃一起滑落下来。

胡同中的脚步声更近了。

在这脚步声中,还夹杂着敌人的喊叫:

"跑进那个门去了!追!……"

此刻,正在集中精力监听着院外动静的杨翠花,一见小锁柱要溜下来,就抢身一步赶上前,用尽生平之力,托住了锁柱那因失去控制而猛然下坠的身躯。

锁柱在翠花的帮助下终于爬上墙头了。

可是,当他倾下身来正要往上拉杨翠花的时候,角门口上突然响起枪声:

"嘎勾儿——!"

"嘎勾儿——!"

伴随在这两声枪响之后,还有一声尖叫:

"别动!"

小锁柱闻枪提神,虎胆倍增,他那全身的所有器官,也都为了一个共同的目的而行动起来——他那两只百炼成钢的大脚板,弯成一个新月形,站在鱼脊式的墙头上;身子虎蹲着;一手端着匣子枪瞄着角门儿,准备射击马上就会闯进来的敌人;一手朝下伸着,并已运足了力气,恨不能猛一提就把翠花拉上墙去;他的两只眼睛,一面警惕地盯着院门的方向,一面焦急地瞟扫着墙下的翠花;这时他的心里只有一个想法:"不管将出现什么情况,我也一定要把翠花婶子救出去!……"

但是,锁柱的想法没有实现!

因为翠花这时的想法,和他截然相反:"看来两人都走已经不行了!我宁可一死,也得让锁柱赶紧脱险……"精明的翠花当然知道,她这个目的,是用什么样的语言也不会取得锁柱的同意的!于是,她就着锁柱正倾着身子往上拉她的劲儿,给了锁柱一个冷不防,用上全身力气猛地一推,将个小锁柱推下墙去!

小锁柱刚刚翻下墙头,四个像疯狗似的伪军忽啦啦闯进院子,这些狗食玩意儿们,全都端着上了刺刀的步枪,围上杨翠花摆了个扇子面儿。

方才,敌人没进院、锁柱没脱险的时候,杨翠花的心弦一直是绷得紧紧的。可是,如今敌人真的闯进院来,并端着明晃晃的刺刀杀气腾腾地站在她的对面了,她那根绷紧了的心弦却唰地松弛下来。你看!她那喜气洋溢微而不露的脸上,不仅没有一丝惊恐的神情,反而闪烁着愈泛愈浓的愤怒气色。

是啊!对目下正为争取入党而积极创造条件的杨翠花来说,已经亲手把自己的孩子小锁柱救走了,除了理所当然地为此而兴奋之外,她还有什么可怕的呢?至于敌人用以威胁她的枪口、刺刀,这些玩意儿只能激起杨翠花的强烈仇恨和愤怒!

杨翠花和敌人在经过一个短暂的对峙之后,一个瞪着贼鼠鼠的眼睛的家伙带着威逼的口气开了腔:

"那个八路藏在什么地方?"

另一个伪军凑前一步抖动着刺刀接言道:

"快说!不说挑了你!"

这些威吓的屁话,对杨翠花来说,是毫无用处的!因为翠花早已作好了这样的思想准备:我的亲人已经脱险了,敌人的企图已经落空了,至于他们如何处治我,那就随他们的便吧!不过,敌人那些屁话,从另一方面说,还是大有用处的——因为它告诉杨翠花:这些杂种们,并没看见小锁柱越墙而去!要不价,他们为啥还要向我逼问呢?再说,伪军们那些贼闪闪的视线,有的盯着我,有的乱撒打,并没人去注意西面的墙头!

这步棋,翠花算看对了。

伪军们确乎没有看见小锁柱翻越垣墙的情景。至于他们打枪,那是因为胆怯心虚,人没进门先放了两枪,还连诈带吓地咋唬几声,然后这才抽头探脑地往里闯。当他们走出门洞来到庭院时,杨翠花已将小锁柱推下墙去转过身子来了。

说真的,在伪军们刚进来的时候,由于翠花闹不清敌人看没看见锁柱越墙,当时她还曾有这样的打算:敌人要翻越墙头去追锁柱也罢,还是他们要对我下毒手也罢,我就扑上去跟杂种们拼了!

眼下,她一发现敌人并没见到锁柱的行踪,便灵机闪动,智慧横生,改变了原来的主意:我得赶紧想个办法,引着敌人离开这儿!不然,时间一长,敌人若发现了墙头上的痕迹,就会看出马脚来!那样,小锁柱管走不利索了!

那么,用什么办法引开敌人呢?

这个问题,在杨翠花的头脑中忽忽地闪着。这时她是多么着急呀!她几乎是正用自己心脏的跳动在计算着小锁柱远去的脚步。这时的敌人,又在越来越凶地向她逼问着:

"八路藏在哪里?"

"快说!你不想活啦?"

翠花从敌人的威胁中想出了对付敌人的办法——她就着那杂种们声声逼问的话音,扬手挥臂,朝北屋一指,愤愤不平地说:

"那八路跑到屋里去了,你们朝着俺个庄户人家抖什么威风?有本事你们枪对枪、刀对刀地拼去嘛!……"

杨翠花这么一说,伪军们全慌了神!

他们怕什么?他们怕那屋中的八路军嗖地窜出来,大刀一抡削下他们的脑袋!他们还怕那个八路军从屋里往外打枪,枪子儿碰上谁谁不得去见阎王?

因此,伪军们谁也不敢在这毫无遮挡的天井里站着了,有的跑到屋门口的墙角处,勾着枪机封住了屋门;有的连滚带爬奔到窗台底下,哆哆嗦嗦地从腰里摘下了那东洋造的手榴弹……

伪军们在经过一阵惊慌、混乱之后,神魂稍定便向屋中喝喔开了:

"出来投降吧！不投降我们开枪啦！"

"把枪扔出来！不缴枪我们就扔手榴弹了！"

过了一霎儿，他们朝屋里胡乱放了两枪，将那几句屁话又重述了一遍。

这当儿，四个伪军的注意力，全被吸引到屋里去，没有谁再顾得留意杨翠花这个庄稼女人了。而杨翠花呢，她趁敌人惊慌、混乱地扑向北屋的那一瞬间，早已快步出了院门……

杨翠花脱身以后到哪里去了？

还有，那四个伪军朝北屋咋唬的结果又怎么样？

这些，先不去说它。回头来，再说那位被杨翠花硬给推下墙去的小锁柱。小锁柱越墙脱险之后，是不是立刻开了腿？没有！你想啊，他怎能忍心将翠花婶舍在敌人的枪口之下独自离去呢？因此，他一直站在墙外，琢磨着来个"回马枪"去营救亲人的办法。后来，他隔墙听到翠花婶用了个调虎离山的脱身之计，把敌人的注意力引向北屋那边去；又细听一阵，再没有喝问翠花婶的动静，从而推猜出翠花已借此机会走了，他这才离开墙下。随后，他穿庭越院，一阵悄然疾行，不大一会儿，便来到了另一条胡同里。

这条胡同，和他们过去夜袭柴胡店虎口拔牙时遇见的那条胡同一样——也是个死喉头儿，南头儿不通气儿。因此，小锁柱只好顺着胡同往北走。

胡同北口来到了。

锁柱贴墙一站，扳着墙角儿探出半个脑袋，朝外一望，只见村子的西北角上，敌人的岗哨不很多，便想："我来个猛打猛冲，从那儿能突出去！"他下定了从西北角突围的决心以后，便立刻开始了突围的准备。

正在这时，村子的东北角上，枪声突然激烈起来。

小锁柱扳着墙角又朝枪声响处一望，只见炮筒子带领着一名新战士,正从那儿往外突围。又见,有一帮敌人,狗蹲在一堵半截矮墙西边,又打枪,又扔手榴弹,正在拼命阻击。在这种情况下,炮筒子和那位新战士,一面还击一面硬冲,打得十分英勇,十分顽强!

这时的小锁柱,眼望着这种情景,既敬佩战友们的勇敢精神,又为那两位同志的安全担心。他想:"我要在这里从敌人的背后一开火儿,那堵矮墙下的敌人就伏不住了!那么一来,炮筒子他们,便能胜利突围脱险……"

可是,要那么一来,自己暴露了目标怎么办?

小锁柱没想这个!

敌人要是朝我扑过来,我在这条死胡同里怎么撤下去?

小锁柱也没想那个!

那么,他现在在想啥哩?

他在想:"我是一个共产党员,决不能光顾自己突围,必须先掩护战友们冲出险地……"小锁柱在这种念头支配下,便以墙角为掩护,从正在堵击的敌人背后开了枪。他这一打,那帮敌人腹背挨枪,轰的一声乱了营!敌人一乱,炮筒子和那位新战士,趁机猛打猛冲,眨眼间,便闯过了敌人的封锁线,胜利地撤出村外,继而又进入道沟,安全地突出重围了。

可是,那小锁柱呢?

他果真暴露了目标!

这时节,数也数不尽、分也分不清的枪子儿,从几个角落一齐朝着小锁柱这边射过来。紧接着,活像一群群的黄蜂似的敌人,又在一片嚎叫声中忽忽啦啦地向这个胡同口扑来了!

到了这时,小锁柱咋办?

他只好从胡同口上抽身回撤,顺着胡同往南迅跑!

这不是一条死胡同吗,小锁柱往哪里跑呢?

他被迫不得已,只好又扎进一个院子!

在锁柱刚刚扎进院门的当儿,他背后的胡同里,乒乒乓乓地响起像炒豆一般的枪声。在这枪声中,还夹杂着像跑了一群大叫驴似的脚步声。情况已十分明显——那些扬风扎毛的敌人,又兜着屁股追上来了!

小锁柱能在这个院子里站住脚吗?

当然不能!

那又咋办?

这位一向足智多谋的小锁柱,闯进这个庭院以后,各处一撒打,只见在那离垣墙不远的地方,有一棵大枣树,他灵机一闪,便噌呀噌地爬上树去。接着,他从树股子上纵身一跃,登上了那堵高高的垣墙,然后一翻身子,又溜到那一墙之隔的另一个宅院里去了。

就在这时,那些尾追的敌人,像饿虎扑食似的闯进了小锁柱刚刚离开的那所庭院。他们进门时,照例先放了一阵枪;进院后,又这儿找,那儿翻,吱声怪叫地瞎咋唬:

"哼!跑到哪里去了呢?"

"他反正没长翅膀,飞不出去!"

"就算他会土遁,也要从地宫里把他抠出来!"

这些外强中干的蠢种笨蛋们,尽管嘴在吹牛,心里却充满了恐怖。这时,偶尔有个风吹草动,狗叫鸡鸣,便立刻引起一阵混乱,全都吓得脸上没了血色!就在他们在墙这边乱吵乱翻的同时,墙那边那位英勇机智的小锁柱,早已从容不迫地出了院门。

谁知,小锁柱出了院门正顺着胡同朝前走着,突然从前面的一家院门中又窜出一个伪军。在那个伪军后头,还跟着一个鬼子兵。这俩家伙,一望见锁柱,在吓得腿颤手抖的同时,还把枪一端转声转韵地喝唬道:

"站住!"

"举起手来!"

锁柱哪肯听他那一套!

他一甩腕子,乓呀乓地给了他两枪!

可惜!没打中!

这时,敌人的枪也响了!

怎么办?锁柱一琢磨,硬拼不行!他一闪身,又扎进另一个院子!这一回,他知道再翻垣墙来不及了!于是,他进了角门儿以后,便一闪身躲藏在门扇后头,样子就像在洞口等老鼠的猫儿一般。他刚藏好,那两个找死的家伙就闯进来了!只见,伪军在前头,鬼子在后头,端着大枪就生往里闯!

他们怎么这么大胆?

显然是,他们认为,这个陷入重围又被打散了头的八路军,已成了"惊弓之鸟";"散兵无斗志",硬赶上去抓活的就行!那个鬼子,也许还觉着,反正有伪军在前头给他挡着枪子儿,他是不会有危险的。

可他没想到,锁柱故意把伪军放了过去。

当鬼子也闯进来时,锁柱嗖地从门后蹿出来,挥臂一刀,将鬼子砍倒地上!那伪军听见后头扑哧——吭噔一声,猛回头时,锁柱的匣枪又拄在他的胸口上:

"别动!——举起手来!"

啪嗒一声,伪军的大枪溜落地上,两手颤抖着举过头顶,两排牙齿敲打起来。接着,锁柱又用枪口逼着那个伪军,叫他关上角门儿,还叫他脱下了那个死鬼子的军装。

伪军一一照办后,锁柱又命令他举起手,冲墙跪着。这时节,锁柱在伪军的脊梁后头,将那鬼子的军装、军帽和大皮靴子,一一穿戴起来。

他打扮好了以后,又用匣枪点着那伪军的前额说:

"你愿意死呀还是愿意活?"

伪军连连磕头,苦苦央告:

"我愿意活!八爷爷饶命呀!……"

锁柱用枪口戳一下伪军的额头:

"别叽歪!穷叽歪崩了你!"

伪军的狼嗥鬼叫声止住了。

锁柱又用枪口逼着他,低声说:

"饶命可以。你要答应我一条——"

伪军虽然还是浑身发抖,可是声音低下来:

"长官,你只要留我一口气,一千条也行,一万条也行……"

"那好!"锁柱说,"你背我出去——"

锁柱这话,对这个被俘的伪军来说,就像想打瞌睡给了个枕头,他满口应承道:

"行,行行!"

"有人问,你就说——皇军负伤了!"

"行,行行!"

随后,锁柱趴在伪军的脊梁上,将帽檐拉下来遮住眉眼,一手搂着伪军的脖子,一手紧握着匣枪。他那只握枪的手,放在了他的前胸和伪军的脊梁之间。他的头,垂在伪军的肩膀上;脸,冲着伪军的脑袋;嘴,对着伪军的耳朵。

伪军倒背起两手,托着锁柱的臀部。

一切都弄好以后,在动身之前,锁柱又对伪军说:

"你要注意!我的匣枪,就在这里——"

他在说话的同时,用枪口戳了戳伪军的脊梁骨。

那伪军吓得猛地一抖,差一点儿叫出声来。

锁柱又说:

"你哪时发孬,我哪时崩了你!"

他说着,又用枪口戳了伪军一下。

伪军猛一抽身子：

"不敢！"

锁柱命令道：

"走！"

"是！"

伪军真听话！他应声迈步出了角门儿。往哪走呢？他正犹豫，忽听锁柱在他的耳边悄声说：

"向南！"

"是！"

伪军背着锁柱，顺着胡同向南走开了。

锁柱将嘴贴在伪军的耳朵上，又命令道：

"快！"

"是！"

伪军背着锁柱快到胡同口了。在胡同口上站岗的那个伪军，放开那哑巴嗓子朝这边喊道：

"于皮子！背的谁呀？"

锁柱戳一下于皮子的脊梁：

"答话！"

那于皮子像演双簧似的答道：

"皇军！"

站岗的伪军又问：

"皇军怎么啦？"

锁柱小声耳语：

"负伤啦。"

于皮子大声答腔：

"负伤啦！"

站岗的伪军说：

"我帮你背背呀?"

锁柱悄声道:

"不用啦。"

于皮子高声答:

"不用啦!"

这间,于皮子生怕出了什么事他没了命,他且答且走加快了脚步。当他背着锁柱从岗位旁边走过时,锁柱学着鬼子的音韵发出了轻微的呻吟声。那站岗的伪军望着锁柱后脖领子上的血污,以一种贱韵讨好地表着同情:

"哎哟哟!皇军的伤还真不轻哩!……"

一瞬间,他们闯过了这道岗位。

谁知,他们刚出了胡同,往东才走出不远,迎面又来了几个伪军。有个爱多嘴的家伙,老远就问:

"背的什么人?"

于皮子已经答熟了。他自动地说:

"皇军!"

"咋的啦?"

"负伤啦!"

"往哪背?"

于皮子这个笨蛋蒙了点!锁柱赶紧向他耳语:

"石黑太君有令——"

于皮子像个学人语的动物似的:

"石黑太君有令——"

那边又问:

"有啥令?"

于皮子又傻了眼!

锁柱翘起脑袋,朝那伪军们唧里哇啦嚷了几句。他嚷的啥意思？谁知道哩！大概连锁柱自己也闹不清他说了些什么！不过，由于锁柱有一套好口技的本领，他的声腔、语调，以及那种熟练劲儿，使人听来简直就是一口流利的日本话！因此，把那几个伪军全吓坏了！日本话就日本话呗，为什么还全吓坏了呢？这是因为，这位"皇军"说了些啥，伪军们虽然听不大懂，可是，他们从这位"皇军"的语气里，分明可以听出，"皇军"已经生他们的气了！

这一来，自然没谁敢再多嘴，而且都赶紧地溜了。

就着这劲儿，锁柱又向于皮子命令道：

"住南拐！进胡同！"

于皮子进了胡同。

锁柱见胡同里静悄悄的，没个人影儿，又命令道：

"跑！"

"是！"

"快！"

"是！"

于皮子为了求得活命，用上了吃奶的力气，越跑越快，越跑越快。不多时，他就跑出了胡同，按照锁柱的指挥，来到了村边上。

村边上没有敌人的岗哨吗？

当然是有的！

那又怎么办？

还是老办法——用刚才对付那些伪军的办法，又闯过最后一道岗哨，出了村庄。没想到，当他们刚刚来到一个道沟口上，锁柱正要从于皮子身上下来的时候，突然，一个意外的情况发生了——从后边来了一个骑自行车的鬼子兵！

那鬼子，一边猛蹬车子一边像驴子放屁似的哇啦哇啦地乱叫唤，也不知他吱啦了些啥玩意儿！

这再咋办哩？

锁柱再装鬼子显然是不行了!

这时,锁柱想:"装'鬼子'既然不行了,那就还当我的八路呗!"于是,他悄悄地抽出了匣枪,一甩腕子,砰的一声,击中了那个鬼子的脑袋盖子!

那鬼子,一个倒栽葱张下了车子!

这时候,锁柱从于皮子的身上跳下来。

于皮子又吓酥了!

锁柱望着于皮子那热气腾腾的通身大汗,说:

"我们早就了解你的过去,你的罪恶是不小的;这回,你为抗日出了点力气,算你将功折罪,留下你这条小命儿!……"

"谢谢长官!"

"可是,你要记住:我们共产党,八路军,是不杀无罪之人的;今后你要想活命,就别当铁心汉奸……"

接着,锁柱又把八路军的俘虏政策和对伪军的"约法三章",向于皮子扼要地讲了一遍。

于皮子一口一个"好",两口一个"是",全应下了。

这时,村里的枪声,还在东一阵西一阵地响着。这说明,有的同志还没突出去。照眼下锁柱的心愿,他真想打进村去,杀他个"回马枪",好帮助那些还没能突出重围的同志尽快脱险。可是,分队长事先有令,谁先冲出去谁先走,锁柱怎能违抗这道命令呢?

可那又怎么办?

锁柱想了一下,终于想出了办法——他向于皮子说:

"我放你回去——"

"谢谢……"

"你回去后,马上向石黑报告,就说我梁永生向南跑了!"

锁柱这种说法的用心,是想引狼扑身,以减轻那些正在突围的同志们的压力。可是,于皮子怎么能想到这里去呢?他以为,这是八路军在考验他！因此，他慌忙表态说：

"不敢不敢！"

"就这么说！"

"是！"

"快去！"

"是！"

于皮子朝村里走去了。

他边走边想："八路军真好！"

于皮子走后，锁柱来到那辆自行车近前，弹腿一踢，把那个鬼子的尸体踢开了。尔后，他翻身跨上自行车，一溜风烟飞驰而去……

暂先放下锁柱。

回头再说志勇。

他，是最后一个离开那个庭院的。等同志们一一离去后，志勇又去把魏奶奶安排好，而后这才开始突围。

从哪个方向突围呢？

这个问题，在志勇的头脑中盘旋了好几遭，最后，他朝村子的西南角冲去了。这是因为，他见锁柱往北，已经打响，其他战友们大都朝村子的东南和东北冲去，想自己在西南上来一家伙，以分散敌人的注意力，有利于其他同志尽快脱险。

志勇利用各种地形地物，曲线前进着。

当他来到村边时，前面再也没有影身物了。

从这最后一个影身物，到村外那个道沟口，约有七八十米。这七八十米的空间，是片一马平川的开阔地。

怎么办？

志勇隐蔽在一个猪窝后头想了一会儿，便从腰里抽出一颗手榴弹，用力扔出去。

手榴弹在开阔地当央爆炸了。

这一下,惊动了正在道沟口上站岗的那四个伪军。在他们惊慌失措的当儿,梁志勇将提枪握刀的双手往身后一背,晃开膀子大踏步地朝村外的道沟口走去。当敌人发现他时,他离敌人已经不到五十米远了。由于志勇已打扮成老百姓,伪军们又没看见他的武器,便都扬风扎毛地喝道:

"干啥的?"

"站住!"

在他们咋咋唬唬的同时,四支大枪一齐瞄着梁志勇。大枪上全上着刺刀,刺刀闪着瘆人的寒光。志勇望着伪军们这杀气腾腾的凶相,依然是昂首挺胸,从容不迫,继续朝前跨着步子,越走越近了。仿佛,他根本就没把这几个伪军搁在心上。

敌人不开枪吗?

不敢!

因为正当敌人要开枪的时候,梁志勇轻蔑地一笑,以迅雷不及掩耳之势,突然亮出了刀枪,并像下命令似的说:

"老实点儿!别这么狗仗人势的!"

伪军哪见过这样的人呢?只见他,一手刀,一手枪,步不紊,神不慌,迎着枪口走着,还抿着嘴儿笑:

"八路军不杀无罪的人,你们让开!"

虎胆英雄的神勇,早把贪生怕死的伪军们吓酥骨了。现在,他们凝望着这位从手榴弹爆炸起的烟雾中闯上来的车轴汉子,旁若无人地走着,腿肚子全都转了筋。

这间,伪军们盯着志勇那沉着莫测的面相,那锐利得瘆人的目光,还有那亮闪闪的大刀,黑洞洞的枪口,心中都在不约而同地暗想:"我的妈呀!八路军,全都是不怕死的。我要是开了枪,万一一枪放不倒他,我这条小命儿不就当场交代了?再者,听人说,八路军从不乱杀乱砍！你瞧,现在他手中既有刀,又有枪,可是并没乱打一气,看来那种说法是真的！对！只要我不先开枪,八成他就不会打死我……"

这个伪军是这么想的；

那个伪军是这么想的；

另一个伪军也是这么想的……

你想啊,他们是这样的心理状态,就算是武器再好,人马再多,又能有什么战斗力呢？只见,站在前头的那个伪军,腿不由主地倒退了两步,将身子退到另一个伪军的身后去了。那另一个伪军呢,又慌忙往那个伪军的身后躲藏。

梁志勇放出两条威人的视线,逼望着这些洋相百出的怕死鬼们,不由得心中好笑。他为了进一步瓦解敌人的斗志,又一边朝前走着一边说道：

"共产党的枪,专打鬼子；八路军的刀,专杀铁心汉奸；如果你们不想当铁心汉奸,就不用害怕……"

他走着说着,说着走着；伪军们在开枪不开枪的问题上犹豫着,志勇眼看就来到他们的近前了。到这时,梁志勇这种不怕死的精神威力威住了怕死的伪军,伪军们再也不敢顶在那里,全都掉过屁股,向两边跑去。

志勇趁这个机会,飞起双腿猛蹬几步,像那离弦的箭头一般,嗖的一声扎进了道沟。

他刚进入道沟,那些找好蔽身处的伪军开了枪。

一颗颗的子弹,从志勇的头顶上嗖嗖地飞过去。

志勇伏在道沟里,听着阵阵传来的枪声,各种各样的念头,就像闪电一样,闪过他那开阔而豁亮的脑海:同志们冲出去没有？会不会有伤亡？……

他越想越不放心,觉着心情比突出重围之前更加沉重了！

正在这时,村中的枪声,又突然激烈起来。

梁志勇定睛稳神,朝枪声响处一望,只见申华和铁牛在漫天乱串的子弹群里奋不顾身地向外冲杀,敌人正用猛烈的火力节节堵击。

情况十分危急!

在这个节骨眼上,革命的意志,阶级的深情,给了志勇以无限的勇气和力量,使得他将个人的生死置之度外,向堵击的敌人立即开了枪。

随后,他趁敌人蒙头转向抽头探脑的当儿,纵身一跃,蹿出道沟,一溜风烟冲进村去,给敌人来了个"回马枪"。他一面向前冲,一面射击,还一面高声吼喊:

"同志们!冲啊!"

志勇这"回马枪"冲着堵击的敌人屁股一扫,敌人乱了阵脚。他又冲呀杀的一喊,就像有大批的八路军从村外冲进来似的,闹得敌人更摸不着头脑了!

那申华和铁牛,一见志勇来援救他们了,劲头儿更足了,精神头儿也更旺了!他们趁敌人纷纷转移阵地另找蔽身之处的当儿,展开了猛打猛冲,并放开喉咙高声大喊:

"大部队来接应我们了!冲呀!杀呀!"

就这样,他们很快冲破了敌人的堵击线,杀开一条血路,和志勇会合一起,从浓烈的烟雾中冲出了敌人的包围圈儿,向村外撤去。

当敌人从混乱中清醒过来的时候,他们仨已经进入道沟。这时节,他们三个人,你看看我,我瞅瞅你,全都扑哧笑了。

笑啥呢?

因为他们每个人的脸上,满是汗迹和灰尘了!你想啊,该是多"好看"呢!而且,乍看上去,全好像一下子增长了好几岁!可是,细一瞅他们那孩子似的笑纹,又仿佛蓦然年轻了不少!

一会儿。

恼羞成怒的敌人,又向道沟扑过来。

志勇和申华、铁牛他们,不慌不忙,且战且退,边打边走,顺着交通沟撤下去。可是,那死伤累累一无所得的敌人,怎肯轻易放走这三名突围而去的八路军?

他们像窝黄蜂一样,紧跟在梁志勇等人的屁股后头,拼着命地猛追开了。

志勇走着走着,突然觉着左腿一软,猛地朝前一侧棱,差一点儿没有跌倒!

他低头一瞅,不好了!

只见裤上有个小眼儿,就知自己已经挂了彩。

这时,他觉着眼睛一阵阵发花,眼前有好些个大小不等的金圈儿在变幻,在扩大,还有数不清的金星儿乱蹦跶。

怎么办?

志勇正想着,走在他身边的申华关切地问他:

"分队长,你怎么啦?"

这时,尾追的敌人更近了。

志勇想:"申华既然问,可能是看出了什么迹象,但是,我挂彩的事,决不能告诉他!因为叫他们知道了,他们必定要背着我走!那么一来,怕是三个人都走不脱了!……"

他想到这里,便说:

"没什么!这不很好吗?"

申华不信:

"没什么?那你咋想跌脚哩?"

志勇搪塞道:

"绊一下儿。"

铁牛也插了嘴:

"你的脸色怎么这么黄呀?"

志勇又支吾说:

"蹾的呗!"

这时裤上的孔洞正往外渗血。志勇还觉着腿也一阵阵疼痛起来。他怕战友们发现自己的枪伤,便赶紧卧倒在道沟的崖坡上,并将负伤的腿压在底下。

这时,他感觉着头有笸斗大,眼前又腾起一个雾团在飞旋。他暗自镇静一下,向申华、铁牛道:

"你们顺着前边岔路口上的左股路,迅速后撤!"

申华问:

"你呐?"

志勇说:

"我来掩护你们!"

申华说:

"咱一齐顶一阵吧!"

志勇说:

"不行!那怕都走不脱了!"

铁牛说:

"敌人的枪……"

志勇打断铁牛的话说:

"少说废话!敌人有枪,我手里是掏灰耙吗?"

申华又道:

"无论如何不能留下你一个人……"

铁牛忙帮腔:

"对!跟敌人拼,死也死在一块儿!"

死在一块儿?志勇听了这话,爹的一句话又在耳边响起来:

"指挥员的责任是什么？就是要用最小的代价去换取最大的胜利。"这句话，促使志勇长了魄力：

"瞎说！为啥要死到一块儿？我们的生命是革命的一份力量，谁也没有权利把它浪费掉！"

时间在流逝着。

敌人在靠近着。

申华、铁牛依然不肯走。

志勇见说服的办法解决不了问题，就把脸一板，把眼一瞪，严肃地说：

"这是命令！撤退！"

申华、铁牛用乞求的目光盯着志勇，呆呆地沉默着。在这沉默的一刹那，那四只眼睛里放射出多少炽热的感情啊！可是，在这样的时刻，这种感情却愈发激起了志勇那焦躁的火气，他再次命令道：

"执行命令！快！"

这时，申华和铁牛好像头一回见到志勇用这样的眼睛看人，使他俩都感到特别严峻！于是，他俩万般无奈，只好缓缓地朝后撤去。

梁志勇一面向敌人射击，一面再次命令道：

"不许还枪！快！快跑！"

申华和铁牛，抹了一把泪水，再次回头望望志勇，最后只好把心一横，按照分队长指定的撤退路线，拐过弯去，顺着左股路迅速撤走了。

就在这时，志勇的右侧，突然枪声大作。他举目一望，只见宁安寨的几个民兵，接应着刚刚突出重围的小胖子，边打边撤远去了。志勇见此情景，心中一阵激动。于是，他也向后撤去。

他，打一阵，走一阵；走一阵，打一阵……

就这样,边打边走,边走边打,将敌人的火力全吸引过来了。此后,他便顺着另一股道沟,牵着敌人走下去。这时的梁志勇,决心要用生命换取时间,好使自己的战友安全脱险。由于他撤得慢,敌人越来越近了,火力也越来越猛。可是,志勇面对这种情况,却不由得高兴起来!因为,他发现所有的追兵,都朝着他这股道沟扑过来!这说明申华和铁牛没有暴露目标,他们已胜利地甩开了敌人,安全地撤走了!

你想啊,志勇的计划已经实现了,他咋能不高兴?

现在,志勇怎么办?

他快一阵,慢一阵,走一阵,跑一阵,撤来撤去,最后撤到了龙潭附近。

直到这时,敌人还跟在屁股后头穷追!

可是,志勇的子弹已经打光了!

当他一摸子弹已经没有了时,直急得心似油煎。可就在他焦急万分的当儿,忽然往后腰带上一摸,嘿,还有一颗手榴弹呢!

这可把个梁志勇乐坏了!

要知道,在这种情况下,一颗手榴弹,该有多贵重呀!

它,能使革命战士继续战斗;

它,能使敌人付出应付的代价;

它,还能把一个共产党员的光辉,闪现在敌人的面前!

于是,志勇把这仅有的一颗手榴弹抽出来,揭开盖儿,勾住线儿,紧紧地握在手中,静静地等待着!

他等什么?他要等大批敌人扑到他的面前来的时候,用他这个最后的武器和敌人同归于尽!

在这十分危急的时刻,突然从龙潭村里跑出一个人来。

志勇只见那人快步如飞地离开村子,猫着腰,低着头,顺着道沟急匆匆地朝这边跑着。

他是谁呢?

梁志勇望着想着,想着望着,终于看清了——原来他是秦海城大爷。

志勇的心里多着急呀!他话在心里说:"秦大爷呀秦大爷!在这个节骨眼上你来干啥?净给我添心事!"

秦海城咋来得这么巧呢?

原来是这样:

这些日子以来,龙潭村每天都要派人在村边瞭望情况。今天,正赶上秦海城值班。谁知,他才绕着村子转了半周,就忽然听到远处传来枪声,而且这枪声越来越近。几年来的战争生活,已使得这位秦海城对枪声有着一种十分敏锐的感觉,因而现在他一听就明白了——这是我们的人已经和敌人接上了火儿!他出于对自己的队伍的挂心,便找了一个既能蔽住身又能看得远的地方,朝那枪声响处张望起来,看看到底是怎么一回事儿。当他远远望见交通沟里有个人正在且战且走的时候,虽然并没看出这位拐着腿的战士就是梁志勇,可他已经看出了这位正被敌人大队人马追赶着的伤员,肯定是我们自己人!

于是,他快步出村,飞奔而来。

现在,秦海城来到近前,一看这位独身奋战的战士是梁志勇,又见志勇面色已经苍白,裤上满是血了,他的心里既喜又惊!这时由于面临着越来越近的敌人,他什么也没说,也没容志勇说什么,只是用上全身的力气,背起志勇就跑。

眼下的小志勇,一看秦大爷那股急劲儿,就知不让背也容不得他了!于是,他就劲儿将握在手中的那颗手榴弹甩了出去。在这颗手榴弹炸起的烟雾掩护下,秦海城背起志勇快步如飞,一溜风烟跑进村子。

秦海城一面跑,一面想:"敌人一定要围起村来挨户搜查,看来藏在村里是不行的!"他在这种想法的促使下,进村后一步没停,穿大街,越小巷,拐弯抹角,又朝村子的那头跑去。

照秦海城的想法,敌人必定认为这个精疲力竭的八路军伤员,准是藏在村里的什么地方了,因此,他们很可能包围起村子仔细搜查,大概不会再往前追。他出于这样的推测,便暗自决定,趁敌人尚未发现踪迹,赶快穿村而过。他还满怀希望地想:"只要出了村子,进入漫洼,也许就能甩开敌人安全脱险……"

希望产生力量。

秦海城在赶紧出村脱险的这种希望支持下,背着梁志勇这位车轴汉子竟跑得快步如飞!可是,一个人的力气,毕竟是有限度的。当秦海城跑到村当腰时,觉着实在跑不动了!

不过,他仍在坚持着,坚持着,拼命地坚持着。

这时,志勇见秦大爷那气咻咻的样子,再也不忍心趴在他老人家的脊背上,拼命地挣扎起来,说啥也不让他背了!

那怎么能行?

跑出村去就能脱险!

被敌人围在村中就难脱险!

这一点,在秦海城的头脑中,是非常明确的。因此,不管志勇说什么,他宁死也不肯放下他!可是,志勇这么一挣扎,闹得个秦海城更跑不动了!

最后,他万般无奈,只好把志勇背进二愣家。

黄二愣听到外边突然乱起来,就知敌人已经进了村子,他正要冲出院门,正巧在角门底下和秦海城撞了个满怀,差一丁点没把秦海城撞倒。

"这是怎么回事呀?"二愣脑子里一闪,可又立刻明白了。他还没迭得说什么,秦海城先开了腔:

"快!藏起来!"

他叫谁藏起来？为啥要藏起来？这些,虽然秦海城全没交代清楚,可是二愣一看秦海城和梁志勇这种样子,心里早就很清楚,所以他啥也没问,只是响亮地应道:

"好!"

他见秦海城转身要走,就问:

"你哪去?"

秦海城说:

"我出去探探风……"

"对!"二愣说,"快去吧!"

秦海城叮咛道:

"二愣啊,你可要……"

二愣抢头说:

"放心吧!有我二愣在,就有志勇在!"

秦海城高兴地走了。

他一出角门儿,就听见前街上有敌人在嚎叫。因为这是个拐子胡同,所以光能听见喊声看不见人。在那南腔北调的嘈杂声中,秦海城听出了这么几句:

"你瞧!跑进这条胡同了——"

"对!快追!"

紧接着,就听见有一阵像跑了大叫驴似的脚步声,咚呀咚地由远而近地响着。这显然是,敌人已经窜进这条拐子胡同来了。

这时节,秦海城心急如火,焦虑万端:"真跷蹊呀!敌人怎么来得这么急爽?他又怎么一下子就知我们进了这条胡同?刚才还有个小子说'你瞧',瞧啥哩?……"这么多的思想活动,在秦海城的头脑中眨眼之间就闪过去了!

他正吃惊地焦急地想着,也不知怎么猛一低头,忽然发现脚下有几个血点子。哪来的血点子呢?哦!他明白了——志勇的伤口滴下的呗!随后,他抬头朝前一望,只见稀稀拉拉一大溜血点点,从胡同当中一直通到黄二愣家的角门口!

这种情景使他明白过来——敌人所以来得这么爽利,原来就是顺着这血点点追过来的;刚才那家伙喊"你瞧",看来也就是"瞧"这血点点……

敌人的脚步声越来越近了。

秦海城越来越焦急:"怎么办?怎么办?……敌人顺着这一溜血点点追到家去不就堵上老窝儿了吗?"他心里这么想着,脚便开始趋埋开了。他一面用脚趋埋着门口上的血点点,一面下定了决心,作好了思想准备:

敌人要是往黄二愣家闯,我就拦着门口跟他拼个你死我活;我在这里一拼,志勇和二愣听见动静,就会有所准备!准备又怎么样呢?这么多的敌人,他俩还不是……

他想到这里,心里猛地一抖,不敢再想下去了,便转念又想——要万一敌人不进二愣的家门,顺着胡同一直追下去……这个念头在他的头脑中刚一露芽儿,马上又被他自己否定了:"这些想法不是都带些孩子气吗?敌人追到这个门口上,血点点明明断了溜,他们怎么会不进家而顺着胡同追下去呢?哪有这样傻的敌人?……"

秦海城的焦虑、急躁心情,又达到了新的高潮。

他的头脑中,一切念头全引退了,光剩下一个"怎么办",在骨骨碌碌骨骨碌碌地翻滚着。

敌人的脚步声更近了!

敌人的脚步声越近,秦海城头脑中的那个"怎么办"就滚得越快。真是急中生智呀!突然间,他的头脑中忽地一闪,那个"怎么办"唰地消失了,一个美妙的念头突然在秦海城的脑海里浮上来:

"对,就这么办!"

只见他,将食指伸进嘴里,嘎吱一声,用牙咬破了!

鲜红鲜红的热血,突突地冒出来。

随后,秦海城接上志勇留下的血点点,甩开了手上的血水。而且,他一边甩,一边跑,向着胡同的另一头飞跑而去。

秦海城刚刚跑出胡同口拐过弯儿去,敌人就从拐子胡同里拐过来了!

秦海城穿街越巷跑出村子后,只见背后尘土飞扬,敌人的大队人马追出了村子!这时候,他的手指尽管已经疼痛得很厉害,可是他的心里,却产生了一股从未有过的喜悦和愉快。

这时,秦海城为了尽量把敌人引得远些,再远些,他顺着一条交通沟又继续猛跑起来。当他跑到一座破窑附近时,手指上的血已经控干了!

怎么办?

他灵机一闪,又生一计——将两只手抄起来,窝回原路,迎着扑上来的敌人走过去。当他快要走近敌群时,一个伪军向他吆喝道:

"站住!"

紧跟着又是一声:

"干啥的?"

伪军端着大枪走上前来。

秦海城从容不迫地答道:

"走亲的。"

因为秦海城真是一个老百姓,当然敌人怎么看他怎么像个老百姓。再加上他那故意蓄起来的络腮胡子又密又长,在敌人看来,他已是年逾半百的人了!因此,也就相信了他是个"走亲的"。当然,敌人所以能够相信,除了上述原因而外,还有一个原因,这就是秦海城那坦坦然然的神色,何况还是迎着敌人走过来的呢!

要在往日,敌人就算明知他是个老百姓,也准得啰啰嗦嗦折腾他一番的。可是今儿,他们由于急着去追赶那个八路,却没顾得。因此,一个伪军把话一转又问:

"你见到一个八路没有?"

秦海城说:

"见到啦!"

"啥样的?"

这个,秦海城当然答得上来:

"二十多,大身量,一手拿着大砍刀,一手提着匣子枪,腿还一拐一拐的,看来好像受了伤……"

秦海城越说越像,敌人没再叫他说下去。拦头又问:

"那个八路哪去了?"

秦海城朝那座破窑一点下颏儿:

"我见他钻到那里头去了!"

敌人朝破窑一望:

"钻进破窑去了?"

秦海城点点下颏儿:

"嗯喃。"

敌人一想,有门儿,看来那个八路一定是觉着再也没处跑了,现在钻进破窑里要进行决死顽抗了!接着,他们噢嚎噢嚎地狂叫着,一齐向破窑扑过去!

敌人不再管秦海城了。

秦海城又继续朝前走下去。

当他走出约半里路时,只见敌人来了个散兵线,已将那座破窑团团围住!

他们既然围住破窑,显然是完全相信了秦海城的说法。可是,就按秦海城的说法吧,破窑里也只不过是一个八路军,而且还是个已经受了伤的八路军;可是敌人,却如临大敌一般,既来什么"散兵线",还搞什么"包围圈",真看出人家"内行"来了!

可也是呀!这也难怪!石黑兴师动众、扯旗放炮闹腾了大半天,子弹消耗了无其数,死伤的士兵不老少,至今,一个八路也没逮住,要再让这个受了伤的八路跑掉,那不显得太无能了吗?是的!不能落下那样的坏名声! 一定要把这个钻进破窑的八路捉到手!……

天,渐渐暗下来了。

围攻破窑的"英雄"们,终于结束了这场"战役",收兵了!

战果如何?

显然是不用交代的。

不!不能不交代。不交代人家石黑是不平气的。因为在这次"围攻破窑"的"战役"中,没有伤亡一兵一卒!仅此一点,在石黑的"征战史"上,是创纪录的空前奇迹,咋能不给人家提一笔呢?

也许有人要说:在大刀队从宁安寨突围的时候,连鬼子带伪军不是都被揍死不少吗,石黑咋能夸耀"没有伤亡一兵一卒"呢?

不能那么算账!那是"围攻宁安寨",不是"围攻破窑"。这里说的是人家石黑在"围攻破窑"的"战役"中,创造了"无一伤亡"的空前纪录!

由于石黑他们在一天之中连续进行了"两次战役",所以在"收兵回营"的路上,情景仍和往常一样——拖着尸体,抬着伤兵,除此而外,每人还有一张哭爹的脸相!

他们,在各地民兵们的追腔枪声中,走得是那么狼狈,那么仓皇!因为他们知道,天色一晚,八路军和民兵们,准会在夜幕的掩护下,从四面八方冲杀上来。到那时,他们都要完蛋的!

再说大刀队的战士们。

他们胜利突围以后,于天黑时分,又在约会地点——雒家庄会合起来了。

这时,每个战士的心里,都充满了自豪与骄傲。因为他们觉着,我们经过一场苦战,终于从敌人的重围中冲杀出来了。这证明,敌人是无能的;而我们,是不可战胜的。

这时,每个战士的脸上,满是尘沙、血痕和汗迹了。这一切,不仅无损于人民战士的光辉形象,反而更显露出英雄们的战功,还有意志的伟力,生命的光辉!

人们都到齐了。

锁柱点了点人数,只少梁志勇。

人们从申华、铁牛那里已经了解到,志勇为了掩护战友,已经引着敌人远去了!可是,现在怎么样了呢?大家都在为志勇的安全担心。

人们在为志勇的安全担心的同时,又都愁着大刀队暂时没有领导人:"在和志勇取上联系之前,由谁来指挥呢?"在这样的节骨眼上,小锁柱挺身而出站在了战友们的面前,他郑重其事地说:

"暂由我来当个头儿,同志们赞成不?"

"赞成!"

战士们众口一声地回答着。

接着,还响起一片掌声。

要在往常的一般情况下,锁柱遇上这种场合,脸准又得红一阵儿。可是今儿,他的面色却是十分庄重,十分严峻的。

稍微沉静了一下儿。他又向战友们说:

"同志们,我们目前的首要任务,是赶紧去扫问分队长梁志勇的下落……"

锁柱话音未落,二愣闯进院来。他告诉锁柱:

"梁志勇同志腿上受了伤,现在我家。他派我前来送信,让同志们放心……"

志勇有了下落,使同志们心情振奋,笑纹爬满了每一个战士的面庞,喜悦在人群中回荡,有的人竟乐得跳起来。特别是在志勇的掩护下安全撤离的申华和铁牛,方才一直是瞪着直眼像傻了似的,现在又突然乐得如同发了疯。

接着,黄二愣又向大刀队的战士们说:

"我还带来了分队长的命令——"

众人齐问:

"啥命令?"

黄二愣说:

"梁志勇同志说,眼时下,暂由王锁柱同志代替他的职务!"

众人齐说:

"拥护!"

王锁柱说:

"你回去告诉分队长吧——我已经干上了!"

有人问:

"二愣,分队长还有啥指示?"

二愣说:

"要你们化整为零,分散活动。分散和集中的时机,由锁柱同志根据情况决定。"

锁柱说:

"好!照办。"

二愣说:

"我的任务算完成了!"

锁柱说:

"不!"

二愣问:

"咋?"

锁柱说：

"志勇同志还在你家养伤嘛！"

二愣说：

"噢！你说那个呀！我是说，我当'传令兵'的任务算完成了！至于志勇同志在我家养伤的事，同志们只管放心好了！只要我黄二愣还活着，就保险少不了梁志勇的一根毫毛！"

大家笑了。

锁柱没笑。

他俨然像个富有经验的指挥员似的赶前一步，拍拍二愣的肩膀，神笑面不笑地说：

"二愣同志，我们完全相信你能做到这一点！希望你谨慎，小心……"

多少年来，在二愣和锁柱之间，是一种伙伴关系，战友关系。今天，二愣望着锁柱这从未有过的神态，灵机一闪，咔地来了个立正，胸脯儿挺得笔直，摆出一副俨然是对待首长的神气，说：

"是！"

二愣这一手儿，闹得个锁柱又有些不好意思起来。他冲着二愣那宽宽的胸脯儿，轻轻地来了一杵子，笑咧咧地说：

"你这个家伙！净出洋相！"

二愣依然是一本正经：

"这可不是出洋相！你是'代理分队长'了嘛！实际上，还是'代理代理大刀队队长'哩！"

人们又哄笑起来。

在这刚刚经过一场恶战之后的时刻，锁柱和二愣的谈吐竟是这样的风趣、快活，使人听了就像那动人的歌声一样好听；人们这阵阵哄笑，又恰似那伴歌而奏的音乐！

过了一会儿。

二愣要走了。

同志们忽地围住他,有的把自己身上的几个零钱掏出来,硬塞在二愣的衣袋里,要他给梁志勇买点东西吃;有的嘱咐说:"二愣,你可要好好照顾分队长呀!"还有的从自己的枪里拿出几粒火儿,让他捎给志勇,以防万一……

锁柱紧紧握住二愣的手,一边送他一边叮嘱:

"二愣啊,我方才说的,可别忘了哇!我再说一遍——你回去告诉分队长:今天这一仗,所有的同志,都胜利突围了;让他好好养伤,不要挂着我们,他的命令,我们一定执行!"

他一边送着二愣又一边说:

"我先安排一下工作,明天,就到你家去看望志勇……"

锁柱送走了二愣,转回身来又向战友们说:

"同志们!累不累?"

同志们齐声回答:

"不累!"

也有的紧接着说:

"锁柱啊,有啥任务,你就布置吧!"

还有的帮腔道:

"对!俺们都听你的了!"

锁柱挥动着拳头:

"我想今儿再来它一家伙!"

有人不解其意:

"来一家伙啥呀?"

锁柱将举着的拳头劈下来:

"再打一仗!杀他个'回马枪'!"

人群活跃起来。

有的说:

"行！下令吧！"

有的说：

"对！连续作战嘛！"

有的说：

"宁安寨这一仗，虽说我们都胜利突围了，因为打得被动，总觉着怪憋气的！就劲儿再来个'回马枪'，也痛快痛快！"

也有的说：

"打仗没意见，就是饿了！"

还有的问：

"敌人恐怕早从宁安寨滚蛋了！咱上哪里去杀他的'回马枪'呢？"

锁柱胸有成竹地说：

"上柴胡店！"

"柴胡店？"

"对！"锁柱说，"我揣摸着，今天出来'扫荡'的那些家伙们，在天黑以前，是一定要窜回老窝去的。我们来个急行军，赶到敌人的前头去，埋伏在他们回老窝儿的路上，给他个冷不防，打它个伏击战……"

"你不说上柴胡店吗？"

"我的意思是，要埋伏在柴胡店附近！这有三个原因——"锁柱学着梁永生爱扳指头的习惯，又来上了"一、二、三"，"第一，敌人越离据点近了，越肯麻痹大意，越有利于我们打他个出其不意、措手不及；第二，越离据点近了，敌人越认为我们准是人多势众力量大，他们也就越是惊慌、恐怖、摸不着头脑……"

锁柱的三条理由才说了一条半儿，就把战士们大都说通了。

这个说：

"甭说了，通啦！"

那个说：

"行！干吧！"

还有人补充说：

"离据点越近越好。最好是埋伏在敌人认为我们不敢去的地方。那样，石黑也许一时搞不清情况，认为是他们的伪军起义反正了呢！……"

也有人半真半假地开玩笑说：

"再来一仗吧！也算是对我们的'代理分队长'上任的庆祝嘛！"

众人大笑。

也有不笑的。

为啥？

因为还有人没想通：

"为啥要杀这个'回马枪'呢？锁柱，你说说！"

"是啊！打仗的目的必须明确，总不能为杀'回马枪'而杀'回马枪'呀！"

"就是嘛！没有政治目的的军事行动，就是……"

"大家别吵！我说——"锁柱又扳起指头来，"这第一个目的是，今天夜里，我们要化整为零；从明天起，咱们就开始分散活动了；在分散活动之前，咱来上这么一仗，好使敌人摸不准我们的动向。这第二个目的是，我们的子弹已经不多了，咱来个突然袭击，好弄回点子弹，准备迎接新的战斗任务……"

到此，人们已全部被锁柱说通了。

接着，他们又马上和这雒家庄上的民兵队长杨大虎取上联系，并从雒家庄的民兵中，挑选了几位硬棒棒的小伙子，参加了他们的行列。与此同时，杨大虎还弄来一些干粮，给大刀队的战士们分开，让他们带在身上，准备到路上去吃。

有的战士已经饿急了眼,干粮一到手,就大口小口地啃上了。他们一面啃着干粮,还一面七嘴八舌喜气洋洋地议论着:

"你说怪不?一打起仗来,饿就跑了;仗不打了,它又来了!"

"这没啥怪的!本来嘛,打仗这玩意儿,也治渴,也治饿,也治困,也治累……"

"叫你们这一说,打仗,这不成了百病皆治的'万灵丹'了?"

还有些战士,正在议论着另一个话题:

"现在,敌人准认为咱们大刀队已经'溃不成军'了!咱们'攻其不备',来它个'长途奔袭',准得打他个屁滚尿流,落花流水!"

"神八路神八路嘛!总得带点'仙气儿'才行!"

人们正在说笑,忽然在村边值岗的民兵来报:

"村头上来了两个人——"

"干啥的?"

"民兵!"

"哪村的?"

"宁安寨的!"

"叫什么名字?"

"为首的那一位叫铁蛋……"

锁柱一听,高兴起来,继而道:

"好哇!快请他们进来!"

"是!"

民兵打了个立正,转身跑步而去。

不大一会儿,铁蛋和另外一位民兵走进院来。锁柱迎上前去,笑嘻嘻地说:

"小铁蛋,你们的消息可真灵通啊!"

"啥消息?"

"我们刚刚在这里集合起来,你们又已经知道啦……"

"哦!"铁蛋说,"早在你们还没在这里集合起来的时候,我们就已经知道你们要在这里集合了!"

"噢?"锁柱说,"那你们是怎么知道的呢?"

"是我告诉他们的——"一位大刀队战士从旁插言道,"当我从宁安寨往外突围的时候,是铁蛋同志带领着几位民兵把我接出来的……"

"噢!是这样。"锁柱又转向铁蛋,"铁蛋同志,我代表大刀队上的全体同志,谢谢你们呀!"他说着说着,话路一拐,又道,"哎,铁蛋,你们今天赶到这里来,有什么事吗?"

"没事。"铁蛋说,"村里的人们不放心,派俺俩来看看你们……"

"我们大刀队上的全体同志,都胜利突围了。你回去告诉乡亲们,让大家放心吧!"锁柱接着又问,"宁安寨的乡亲们,没受什么损失吧?"

"没受损失。"铁蛋说,"我们来时,乡亲们还嘱咐我们,要我们告诉你们放心。"他说到这里,只见大刀队的战士们,还有雒家庄的一些民兵们,都在整理衣装,整个人群,呈现着一派准备出发的气氛,于是又问:

"锁柱,你们要出发?"

"对!"

"干啥去?"

"打仗去!"

"上哪里?"

"柴胡店!"

"俺也去!"

"你要去?"

"嗯喃!"

锁柱稍一愣沉,果断地说:

"好!"

另一个民兵说:

"俺呢?"

锁柱望望那民兵的神色,又拍他一下肩膀:

"你也去!"

"是!"

那民兵高兴地笑了,并咔地来了个立正。

随后,锁柱往后一退身,又将手臂一举,朝着满院的战士、民兵大声喊道:

"集合!"

在一片急促的脚步声中,眨眼之间,人们齐唰唰地站成了一溜横队。

这时,小锁柱先喊了一溜"立正"、"看齐"、"报数"之类的口令,又极其扼要地讲了几条应注意的事项,尔后,他加重语气发令道:

"出发!"

沓沓沓!

沓沓沓!

在一阵整齐、有力的脚步声中,我们这支由大刀队战士和民兵组成的小队伍,在锁柱的带领之下,活像燕儿飞一样,出了院门,又出了村口。

他们出村后,在一条道沟口上消失了。

继而,他们从这条道沟,又转入了另一条道沟。

一路上,他们跑一阵,走一阵,走一阵,跑一阵,一直朝着那柴胡店的方向飞奔着,飞奔着。在这条征途上,留下了一溜将永远值得骄傲的脚印。

擦黑儿时分。

大刀队的战士们和民兵们,刚刚在柴胡店近郊埋伏好,敌人的"扫荡队",便出现在离埋伏地点不远的地方。

锁柱眺望着越来越近的敌人,向他的战友们悄声命令道:

"以我的枪声为令!谁也不许乱动!"

敌人越来越近了。

只见,鬼子在前,伪军在后,全都拖着懒洋洋的步伐,摆着松松垮垮的队形,散散乱乱地走着。他们的大枪,有的扛在肩上,有的斜背在身上,还有的挟在胳肢窝里。看样子,他们果然是像锁柱判断的那样——情绪十分麻痹,毫无一点戒备。

有一个伪军,望望举目可见的柴胡店据点,感慨万分地说:

"哎呀!这一天又算混过来了!"

另一个伪军说:

"今天是我的生日。凑上这一天,我又长了一岁……"

"小子,你别高兴得太早了!"

"咋?"

"说不定还会碰上埋伏哩!"

"你扯泡也扯不圆!八路军的胆再大,还敢到据点的墙根底下来设埋伏?"

又一个伪军帮腔说:

"今儿这一仗,已经把大刀队打零散了,你没看见?叫我看呀,就算他们不会彻底垮台,怕是三天也集合不到一块儿,半个月也还不过阳气来!……"

敌人且说且走,离我们的伏击地点越来越近了。

趴在锁柱身边的小胖子,用肘子捣了锁柱一下。他的意思是——还不该打吗?这时的小锁柱,想起了他和梁永生在关庄附近的破窑上打伏击的情景,因而他虽领会了小胖子的用意,可是没动声色,依然是目不转睛地盯着敌人。

敌人的队伍过去一半了。

焦急难耐的小胖子,再次催促锁柱:

"你睡着啦!"

锁柱嗔小胖子多嘴,用肘子捣他一下儿。

敌人的大批部队都已过去了。

锁柱依然纹丝不动。

这是怎么回事?

因为在敌人的大队人马后头,还有一小股被落下一段距离的零散敌人。

这些人,都是伪军。看来这伙伪军是由这么几种人组成的——有的,趔趔趄趄地走着,显然是已经很累很累,实在跟不上趟了;有的,头上裹着白布,或走路拄着大枪,显然这都是些轻伤号儿;有的,是些"大松心","郎当哥儿",这些家伙也许是故意落在后头的,为的是离"当官儿的"远一点,更自由一些;还有的,一边走走沉沉,一边各处乱撒打,好像正在瞅个空子准备开小差儿似的;也有的,一边走一边互相吵骂,时而还摆出一副要动手的样子,看来他们是因为干架耽误了走路,因而才被落在后头的……

总之,尽后头这伙伪军,比前头那些松松垮垮的队伍还要松松垮垮。

这些送死鬼,醉生梦死地走着走着,进入了八路军伏兵的有效射程。直到这时,锁柱依然按兵不动。这回小胖子可真急了!他想:"要再把这一伙放过去,再去打谁?锁柱刚当领导人,看来还不大行哩!"他想到这里,就要抬手开枪。

可是,他的手并没抬起来,因为叫锁柱给摁住了。

敌人越来越近,越来越近……

锁柱纹丝不动,纹丝不动……

直到敌人已经很近很近了,简直是用手榴弹都能投上了,锁柱这才一勾扳机,把枪打响了!

在枪响的同时,他还放声吼道:

"同志们!冲啊!"

伴随着这吼声、枪声,小锁柱挥舞着大刀首先冲向了敌群。

由于敌我相距太近了,再加锁柱已经冲出去,所以战士和民兵们,谁也没有开枪,全都抡起大刀冲上去了。他们一边飞奔冲杀,一边齐声吼喊:

"冲啊!"

"杀呀!"

"抓活的呀!"

"八路军优待俘虏!"

"缴枪不杀!"

在这吼声震天的同时,一个个的八路军勇士们,雒家庄和宁安寨的民兵们,嗖呀嗖地飞入敌群。一口口的大刀,闪着锃锃白光,来到敌人的眼前。

那些毫无准备的伪军,被这意想不到的伏击吓傻了!一个伪军在惊慌中要拉栓抵抗,被大刀队的大刀削下了脑袋;有的伪军把那来不及拉栓的枪一扔,撒腿就跑;有的伪军跪在地上,举着大枪,连声喊叫:

"我投降!我投降!……"

就这样,只用了一眨眼的工夫,这场只打了一声"发令枪"的战斗,便胜利结束了。

刚窜进围子门的石黑,在听到后头突然响了一枪的时候,先是吓得一抖,继而又恼火地骂道:

"巴格亚鲁!走火儿的枪毙!"

当那隐隐约约的人声传进他的耳朵时,他更是火上加火了:

"打架的死了死了的!"

后来,他终于弄清了,这枪声、人声,既不是"走火儿",也不是"打架"……不一会儿,在那黑洞洞的据点门口里,哗地呕吐出黄呀呀绿乎乎的一片——老羞成怒的石黑,又带领着他的人马,采取一种"包剿"的形式,朝这边扑过来了!大概是也要来个什么"回马枪"吧!可是,当他"回马"来到出事现场时,八路军和民兵早已带着缴获的枪支、子弹,押着俘虏,顺着交通沟撤走了!摆在石黑眼前的,只剩下了一个伪军的尸体,还有那些呻吟着的伤员!

这时的石黑,直气得浑身颤抖。既而,他又感到不寒而栗,惊恐地自语道:

"土八路的真像神一样的!他们的已经'溃不成军'了,这又是从哪里来的呢?……"

石黑紧锁着眉头,向四外张望着。他的眼睛,含气而又惊惧,放射着两道阴冷的灰光。这两道阴冷的目光,渐渐地从远方往回抽缩着,抽缩着;最后,一直抽缩到他身边那个伪军伤号的身上,停下了。

这时,那个伪军伤号,正然抽动着,呻吟着。

这时的石黑,确实是怒了。你想啊,人家在一天之内,来了三次包围战,结果一无所得,咋能不怒?因此,这时只好将他那满肚子的怒气,向这个倒霉的伪军伤员来发泄了——你看他,来到那个受了伤的伪军近前,两只枯燥的眼里,发着青灰色的怒光,气急败坏地狂叫道:

"巴格亚鲁!你的大大的……"

石黑的话未说尽,忽见在这个伪军伤员旁边趴着的另一个伪军动了一下,他便气冲冲地走过去,朝那个伪军狠狠地踹了一脚。

这个伪军,已被刚才那个像场噩梦似的景象吓昏了。直到目前,他的神志还没清醒过来,耳朵和眼睛都还处于半失灵状态。这

时石黑一踹他,他像诈尸似的猛地爬起上身,又磕头又作揖地嚎叫起来:

"八爷爷饶命呀!……"

他这一下,气得个石黑紧咬着牙,直咬得那牙床骨四楞四现:

"哦!你呀!巴格亚鲁!你还是班长?饭桶!……"

石黑嘴里骂着,手里的手枪响了。

那个正在求饶的伪军,立刻停止了嚎叫。

这么一来,石黑那肚子窝囊气,总算是发泄出来了!他这"回马枪"也算杀完了!于是,他向他的喽啰们一挥手臂,"耀武扬威"地发布了"班师回朝"的命令:

"开路开路!"

接着,石黑领的这伙吊丧队,又朝他们的老窝——柴胡店据点蹿去。这时,不论是鬼子兵还是伪军,全像那被打蹿了的兔子一样——都争先恐后,飞跑飞颠,再也没有掉队的了!

至此,这场只用了一发子弹,不,敌我双方总共用了两发子弹的伏击战,才算彻底结束!

…………

第九章　打　集

志勇在二愣家养伤,已经好些天了。

黄二愣家,只有两口人——二愣和他的母亲。

他们娘儿俩,待承梁志勇,就像待承自己家的人一个样,知冷知热,照顾得无微不至。为了志勇的安全,黄二愣还在一些民兵们的帮助下,在他家的后院儿里,挖了一个地洞。

今天早饭时节,黄二愣照例到角门外头放哨去了。

二愣娘打了个暗号儿,把志勇叫出洞来。

梁志勇爬上炕去,坐在炕头上,低着个脑袋喝黏粥。疼人的二愣娘,怕志勇憋闷得慌,就一面陪他吃饭,一面跟他啦叨儿,帮着志勇消愁解闷儿。

二愣娘是个细心人。

这几天儿,她总觉着志勇不大欢,心里怪纳闷儿:"志勇这孩子,八成有心事?"今儿个,她越瞅越觉着志勇的气色不好,语言也愣愣得迟钝,心里更长了草:"志勇这孩儿,不说不道,净叫大人发躁——他到底有啥心事哩?"于是,她一面吃着饭,一面在观察,在思索,在寻求着答案。过了一会儿,又拿话引话地试探着问道:

"志勇,想家啦?"

志勇满脸稚气,笑望着二愣娘:

"想家?大娘,看你傻的!这里不也是我的家吗?"

二愣娘觉着孩子说的在理,高兴地笑了:

"是啊,这里也是你的家。我是说,你是不是想你娘了?"

志勇扑闪着一对水汪汪的大眼,依然满脸笑意:

"大娘,你老人家,比我的娘能差多少?我天天生活在大娘的身边……"

二愣娘抢去志勇的话头儿:

"这话你又说对了!你就是我的孩子,我就是你的老娘……"

二愣娘问不出志勇的心事是不踏心的。现在,她一面这样说着,一面揣猜着志勇的心理,话又拐了弯儿:

"哎,志勇,你爹不是到县委去开会了吗?日子可不少了哇!怎么还没回来?"

"我听说,这次会,是个学习会。"志勇怕大娘挂心,耐心地解释着,"只要是学习会,日子准多些……"

看来,志勇不是为他爹迟迟不归而担忧!这是二愣娘的结论。那么,他心里的扣儿别在哪里呢?二愣娘又东一笆子西一扫帚地问下去:

"哎,志勇,咱想起啥来说啥——你三弟志刚,还在县里工作呀?"

"不在县里啦——"

"哪去啦?"

"上调啦!"

梁志勇笑望着大娘的脸色,见大娘不懂"上调"这个字眼儿,又解释道:

"上调,就是调到上边去了……"

"噢!那可好!调到哪去啦?"

"调到主力部队去了。"

"还是当通讯员吧?"

"不!听说当地下修械所的副所长了。"

"喔!升了呀!"二愣娘说,"升就升个正的呗!怎么还是个副的呢?"

"正所长是唐春山同志。"

"噢!知道,知道——不就是十里铺那个唐铁匠?对不?"二愣娘说,"要是那么说,老唐比志刚老成;再说,我听你们常说的那个'修械所',八成就是枪炉,是呗?论干枪炉,还得说人家唐铁匠在行……"

黄大娘扯着扯着,想问志坚,又忽然想到,志坚已经牺牲了,于是,便从志刚又扯到志强:

"哎,你二弟志强还是没信儿?"

"有信了。"

"哦!可好!"二愣娘问,"他在哪里?"

"在天津。"

"喔!那可是个大地界儿!"二愣娘又问,"志强在那里干啥营生?"

"在工厂里。"

二愣娘若有所思地说:

"该给他打个信去,叫他家来,也干一个……"

干一个什么?黄大娘没说明白。可是,她这句话,在志勇的心里,却是十分明白的——干一个八路。因此,他便主动解释道:

"大娘,我二弟在工厂里,职业是工人,可实际上,他也是干的咱这一面儿上的工作……"

"干咱这一面儿上的工作?"

"对呀!"

"听说那天津卫不是鬼子占着吗?"

"鬼子占着是不错。"志勇说,"鬼子占着的地方,就没咱们的人?有!多着嘞!……"

他们正谈着,天井里传来老母鸡的啼叫:

"咯嗒嗒！咯嗒嗒！……"

二愣娘侧着耳朵听了一阵儿，笑盈盈地溜下炕沿儿，劲儿呀劲儿地走出屋去。不一会儿，她拿着一个热乎乎儿的鸡蛋，又回来了。

志勇望见鸡蛋，心里一阵不安。

黄二愣家的日子，穷得拿不成个儿。这，志勇是知道的。过去，二愣娘儿俩，常靠到集上卖几个鸡蛋籴吃买烧。自从志勇来他家养伤以后，闹得他们娘儿俩连这个进项也没有了！

梁志勇心里不安地想着这些情况，就向黄大娘说：

"大娘，自从我来这里养伤，你一个鸡蛋也没攒下，全叫我吃了！往后儿……"

大娘把鸡蛋放进一个小瓷罐儿里，又坐在炕沿上。她用笑眼盯着志勇：

"瞧你这孩儿，又说傻话儿！大娘的鸡蛋你吃不着？我不叫你吃叫谁吃？"

黄大娘这责备的语气，在梁志勇的心窝儿里掀起了滚滚热浪。可是，大娘现在不想多谈这鸡蛋的事。她撂下这个话头儿，又接上了方才的话题：

"哎，志勇，你娘快该来看你了吧？"

"不会。"

"咋的？"

"她很忙啊！上回来时，她告诉我说：'下一阵，工作更忙了，我可能来得少些了……'"梁志勇带着自豪的语气说，"我娘她，对抗日工作可积极啦！"

"哎，听说你娘当了妇救会主任啦……"

"是吗？"

"你不知道？"

"不知道!"志勇说,"你听谁说的?"

"玉兰说的呀!"大娘说,"她没告诉你?"

志勇摇摇头:"没价!"

二愣娘一提到玉兰,她的话又生了枝杈:

"志勇,这几天儿,玉兰咋没来呢?"

"她来做啥?"

"来看你呗!"

"她又不是医生,来看不来看有啥关系?"

梁志勇说着,他娘儿俩都无声地笑了。

说到秦玉兰,黄大娘倒有一些心事——

从梁志勇在黄二愣家养伤以来,秦玉兰将黄二愣家的天井都踩洼了。她每次来到以后,不是给志勇煎汤熬药,便是给他包扎伤口,还短不了地把志勇穿脏了的旧衣裳拿回去,替他拆洗干净,缝补好,再送回来。

这种情景,黄大娘看在眼里,喜在心中。

有时候,她还禁不住地自语道:

"这俩孩儿,正好是一对儿!"

大娘在这样的思想指使下,还曾几次故意找个借口,躲出去,意思是给志勇和玉兰闪个空儿,好让他俩说个体己话儿。

他们利用这样的机会说了些啥?

黄大娘当然没法儿知道!

不过,她所知道的,是这对青年男女之间的关系,仿佛是发生了一些变化!

发生了一些什么变化?

当大娘的又总觉着抓不着笼头摸不着缰!

可是,有一点在她的感觉中是明确的——梁志勇和秦玉兰之间在感情方面发生的变化,正是她所希望的那种变化!

因此,黄大娘早已悄悄拿好主意:"我得想个法儿,把这两个孩子的事成全起来。"其实,志勇和玉兰在感情上的"变化",并不是从这时才开始的,只不过是黄大娘现在才发现罢了!再说,就凭志勇和玉兰这样两个人物儿,他们之间的事,显然也是用不着什么中间人来"成全"的。不过,黄大娘不了解事情的全貌,再加她不大懂得新式婚姻和旧式婚姻的差别,因而她还总觉着主动"成全"他们这事,是她这当老人的义不容辞的责任呢!

大概正是由于这样的缘故吧,这时的黄大娘,无声地笑着,思谋了片刻,尔后,继续用她那惯用的试探口吻,向志勇说:

"志勇啊,你也老大不小的了,成天价光知道各处疯跑,就不知道想想自个儿的事?"

"想想自个儿的事?"志勇说,"革命方面的大事,有党给我操心;生活方面的小事儿,有大娘你给我操心……"

"我是说,你该成家了!"大娘见志勇愣了神,又说,"瞧你这孩儿!净跟大娘装糊涂!成家,就是娶个媳妇儿呀!"

志勇听后,哈哈地笑了:

"大娘,光打鬼子这件正事儿,就足够我忙活的了,哪还顾得上那些闲篇儿?"

"这是'闲篇儿'?打鬼子固然要紧!打鬼子就不娶媳妇了?……"

二愣娘和梁志勇啦呱儿的当儿,这座破旧的农家草舍里,有一股温暖的感情在荡漾,在流动。

这是一股什么感情?

这是母子般的感情;这是胜过母子感情的阶级感情。

在这战争年月里,对那些舍家离村的抗日战士来说,是多么需要这样的感情啊!在这炮火连天的生活中,这种感情,曾给多少人增添了勇气和力量?它又曾哺育了多少条可贵的生命?

突然,二愣的干咳声,从角门口传进屋来,把二愣娘的话弦打断了。这种干咳声,是事先规定的讯号,它说明门外有了敌情。

二愣娘忙向志勇说:

"快!快下洞!"

这时的梁志勇,神态安然,就像那马上会闯进屋来的敌人,还在千里之外似的。不过,他的动作又是敏捷的;只见他撂下饭碗,溜下炕沿,拉开后门进了后院。

二愣娘一边掩着后门,一边生气地小声嘟嘟着:

"这些狗杂种,连顿囫囵饭也不让孩子吃!"

杂乱的脚步声已响在门口了。二愣娘听见脚步声放开了嗓音:

"二愣!瞧你这个野劲儿!吃着吃着饭,又跑出去干啥?饭都快凉了!……"

二愣娘正嚷着,两个伪军闯进宅来。

这俩家伙,全都端着枪,气唬唬的,闯进院子啥也没说,从二愣娘的身边走过去,一直地进了屋子。由于他们走得急,惊得两只老母鸡咯嗒咯嗒地叫着飞上房去。那俩小子来到屋中,这里瞅瞅,那里看看,犄里旮旯儿撒打一阵儿,尔后,指着炕上的饭桌儿逼问二愣娘:

"老太婆!你一个人吃饭,怎么两双筷子两个碗?"

这时,二愣正往屋里走着。

二愣娘指着二愣向伪军说:

"这不是俺娘儿俩吗?怎么一个人呢?"

她说到这里,伪军已不再注意听了。可她为了牵制敌人的注意力,又絮絮叨叨地说下去:

"俺这个野小子,生来腚上长尖儿,甭想让他老实儿地坐一会儿!这不,饭没吃完,就又跑出去玩了!刚才,你们进门的时候,我不是正在喊他吗?……"

她说到这里,见伪军朝后屋门走去,心里猛地一震,捏了一把汗!

伪军推开了后门,只见后头是一个小院儿。

后院儿里,空空荡荡,没有一间房子。周遭儿,是一圈儿破破烂烂的垣墙;垣墙的墙根,已经碱得很深很深,有些地方仿佛随时都有倒塌的危险!

在这个空间不大的小院儿里,乱七八糟的东西可倒不少。这儿侧歪着一个没了底儿的半截荆囤,那儿倒卧着一个断了系儿的半边粪筐。东边有个歪歪脖子老榆树,西边有棵干干巴巴的死枣树。除此而外,还有一些大堆小棱的砖头瓦片,散堆破垛的陈柴烂草。

伪军们站在后屋门口上,探着身朝后院儿看了一阵,没有发现什么可疑的地方,也没听见什么可疑的动静,所以并没到后院儿里去。他们缩回身子,哐当一声,又掩上了后门。

方才这一阵,二愣娘儿俩的心里可紧张了!二愣娘生怕敌人看出什么破绽,就挤在伪军的身边,一个劲儿地指指划划说这说那。一忽儿,她指着垣墙说:

"你看!都碱成这样了,也没钱修!那天,一时没看到,东邻家的孩子跑进去了,差一点儿没砸着!这可多亏了天佛老爷保佑,要不,砸着人家的孩子,那可是人命关天的大事呀!……"

一忽儿,她又指着那棵死枣树说:

"它才是个丧门星哩!有一年,财主来要账,俺那公爹被逼得没法儿,就是在这棵树上吊死的!从那,树就死了,再也没滋芽儿……"

二愣知道这几天志勇有点伤风,生怕他不知道洞外的情况,万一咳嗽一声,可就糟了!于是,他就大一阵小一阵地咳嗽起来。

精明的二愣娘，显然知道二愣咳嗽的用意，所以她在点划伪军的同时，还插着空地叱咤二愣几句：

"成天价没冷没热地往外跑！管着风了！受罪不？该！活该！……"

二愣娘虽然嘴里不住溜地叨叨着，她那根心弦可是一直绷得紧紧的。直到伪军们离开后屋门，她那颗快提溜到嗓子眼儿的心，才吭噔一声落了地。

到这时，二愣那两只握得紧紧的拳头，也松开了。

敌人这次突袭又扑了空。

他们丧气地走出屋去。

敌人自从开始"清乡"以来，三六九儿地进行突然搜查。这一点，二愣娘当然明白。可是，现在她紧紧地跟在正要出屋的伪军身后，装作糊糊涂涂的样子故意问道：

"老总，你们倒是要找啥玩意儿呀？"

一个伪军用手比了个"八"字儿：

"找这个！"

二愣娘学着伪军的样子，也比了个"八"字儿，举在她自己的脸前，像是自言自语，又像在问伪军：

"这个！这个是个啥？……"

有个伪军说：

"有个八路的伤员，落到这一带了，你要是知道……"

战争，它在给予人们困难时，也给人们增添上一份智慧。这时的二愣娘，灵机突然一闪，佯装恍然大悟：

"噢！知道！"

"知道？"

"知道知道……"

两个伪军一齐凑上来：

"在哪里?"

二愣娘摆出一副坦然的神色,又用手比着"八"字儿,爽朗地说:

"八爷的酱园在西边!"

她用手朝西一指,又显出挺热情的样子,说:

"不远,挺好找的!噢?闹了半天你们是走错门儿了呀!我告诉你——出了俺这角门儿,朝南走;走到胡同口上,往西拐,那边不是有个石牌坊吗?你们走过那个石牌坊,就有一个小厦檐儿……"

有一个伪军不耐烦了。他猛一摆手,打断了二愣娘的话,满脸秋风黑云:

"别瞎胡咧咧!我们要找伤号儿……"

二愣娘又假装明白,抢过话头打岔说:

"不,不,人家不叫'商号',叫'福兴号'……"

另一个伪军戳了这个伪军一把,烦躁地说:

"唉唉唉!你跟她叨叨个啥?她啥也不懂!还不是白磨牙?"

随后,两个伪军,一齐走出门去。

二愣娘跟在伪军后头,一边走还一边念叨:

"老总啊,你们甭信不着我,错不了,是叫'福兴号'呀!你别看我耳朵不灵,记性也不好,莫非说连这点小事儿还记不住?……"

一个伪军一边迈门槛一边说:

"回去!别跟在后头穷叨叨!"

二愣娘说:

"看你这老总!我不是送送你们吗?别看俺是个庄稼老婆子,还能连送客要出门的这点俗礼也不懂?……"

也不知伪军们是因为烦恶二愣娘这种没完没了的乱叨叨呢,还是因为别的什么原因,只见他们那两条狗腿迈得更快了。

其实,二愣娘哪是为了送他们!

她为了啥?

她是为了要看清这小子们的去向,还怕他们偷偷地藏在角门儿旁边不走。当她"送"出角门儿以后,望见伪军们朝西走远了,这才咬着牙悄声骂道:

"这些披着人皮的畜牲!"

然后,她虚掩上门,走回屋来。

方才,在二愣娘对付敌人的时候,二愣托着一碗半菜半米的稀粥,站在屋门口,倚在门框上,一面大口小口地往嘴里扒菜粥,一面瞟扫着伪军们的一举一动。看样子,这当儿只要伪军们做出什么越不过眼去的事来,二愣就会把碗一扔,马上扑过去,拾掇那些兔羔子!

现在,他见娘安全地回来了,这才把憋在肚子里的那股劲放出来,赶到娘的近前问道:

"娘,那小子们滚啦?"

"滚啦!"

"志勇吃饱了吗?"

"哪里呀!刚吃得半饱不饥的,就叫那些狗杂种给搅了!"娘说,"二愣,快再叫出他来……"

"哎。"

二愣应声拉开后门,用他那两只大巴掌轻轻地拍起呱儿来:

"啪啪!——啪啪啪!——啪啪!"

掌声落下了。

只见那堆碎柴禾慢慢地动了一下,随后,梁志勇从里头钻了出来。他朝后屋门口一望,见黄二愣站在那里正冲着他憨笑。

于是,他也朝二愣笑了笑,便贴着墙根儿,踩着乱柴草,绕了个大弓弯儿,朝着这北屋的后门走过来。

这是为啥?

因为这后院儿的地皮上,被风刮上了厚厚的一层黄乎乎的尘土,要是踩上新鲜脚印儿,会引起敌人的注意,这个洞就不安全了!

在志勇朝屋里走着的一刹那间,有个问号在二愣的脑海里浮上来:"这些日子,志勇怎么不大欢哩?八成是有什么心事吧?"

这回,叫粗中有细的黄二愣又猜对了——眼下志勇还确乎是有心事!

他有啥心事呢?

说起来,话又长了——

梁志勇在洞中养伤的这些日子,时间,可以说是在穷思苦虑中前进的。人到了寂静的时刻,才顾得回想起往日的生活。这些天来,多少事,多少话,多少个领导人和战友的形象啊,都一而再、再而三地在梁志勇的头脑中闪过。甚至,就连那些几年来被紧张的战斗生活挤到一边去的少年时代的经历,如今也短不了地涌上心来,闪过脑际……

早在梁志勇还没有投入到党的怀抱以前,他除了见天和贫穷搏斗,时刻为吃穿挣扎而外,只知道报仇,只知道为报仇而活着!

他在接受了党的教育以后,才懂得了穷根扎在哪里,苦水是从什么地方流出来的,还懂得了抗日救国的真理和翻身解放的道路。因此,志勇在洞中养伤的过程中,更多地在他的头脑中回流的,不是个人家庭中的生活情景,不是自己少年时候的那些遭遇,也不是什么个人恩怨,而是他的职责,他的队伍,他的战友……特别是前几天他和锁柱见面以后,他心中那股急躁、愁闷的情绪,更加重了,加浓了,心绪也更加紊乱起来,心窝儿里一天到晚沉甸甸的!

因此,这才被二愣娘儿俩都看出了迹象。

那么,志勇到底是因为什么事又加重了他的心思呢?

事情是这样的:

自从那次宁安寨突围战以后,负了伤的梁志勇就离开了队伍,独自一人住在洞中养伤。当然,这洞中的生活气氛,比起打游击的生活要安宁得多了。可是,打了几年游击的梁志勇,他是多么渴望着早日打败日寇啊!因此,如今他处在这宁静的生活环境中日子并不多,却又不时地向往着那子弹横飞、杀声鼎沸的战斗生活了。特别是一到更深夜静的时刻,他那股向往的心情就更加强烈。除此而外,志勇所以焦躁还有一层原因,这就是:前些日子,志勇曾派锁柱到县委去了一趟,向正在县委开会的梁永生汇报了突围战斗的情况。在当时,锁柱从永生的嘴里,听到一点有关的消息:今后要进一步扩大队伍。锁柱从县委回来后,把他听到的这个消息,告诉给了志勇。

从那,志勇就一直在考虑扩大队伍的问题。并且,他从扩大队伍这个问题上,又联想到缺少骨干;从缺少骨干,进而又想起至今一直尚未取上联系的赵生水他们来了。就在这个节骨眼上,秦海城又让玉兰给他送来一个信儿,说是赵生水他们可能在河西黄家镇一带活动。于是,志勇便想:"得赶紧想个法子,把赵生水等同志找回来!可是,让谁去找呢?让大刀队上的同志们去吧,这两天他们又没人到这里来,况且是都在分散活动,谁知他们都转到哪里去了?让黄二愣去吗?他太毛躁,闯出祸来可了不得呀!叫玉兰去?不行!她是个青年妇女,太不方便了!让秦大爷去?更不行了!在大刀队分散活动的情况下,他这个联络点一时也不能失灵呀!……"

志勇在越想越没法儿,越来越急躁的时候,真想自己把匣枪一披到河西转上一圈儿!可是,这只不过是一种急躁情绪!至今他的腿伤还不好,近来伤口又有点恶化,他咋能出得去呢?

这两天里,志勇一直就是被这宗事纠缠着。他因为怕给大娘和二愣添心事,不光从未把自己的心事告诉他们,而且还总是想法尽量掩饰着自己的感情。感情是掩饰不住的。这不,不仅是细心的黄大娘已经察觉,就连黄二愣也已经看出几成来了。

志勇进屋后,二愣娘就溜出屋子到角门口上去了。二愣一边掀锅摸勺子给志勇盛饭,一边迫不及待地问道:

"志勇,你这两天准有什么心事!是不?"

志勇笑了。他说:

"二愣啊,都说你是'毛张飞',今儿个,你怎么胡乱猜疑起来了?"

二愣将饭碗蹾在桌子上,瞪着个大眼冲着志勇忽闪了几忽闪。志勇见他不大信服,又接上方才的话茬儿说:

"我见天仨饱一个倒,还有啥心事?想做皇上呢?还是想成'神仙'?……"

二愣不跟他娘一样,说话不会拐弯儿,问事不会试探。现在他见志勇不肯说实话,就单刀直入地问上了:

"是不是吃喝儿不好,你咽不下去?"

志勇笑道:

"净说鸡蛋不长毛的二愣话!咱这个肚膛子,生来就是糠瓢儿的,这你不知道?"

"你不是身上有伤吗?"

"这点小伤还算回事呀?"

"那么,你是不是看出我有什么不对的地方?"

志勇扑哧笑了,差一点把嘴里的饭喷出来:

"这更是二愣话儿了!你要有不对,我就批评你,那还用得着成了心事呀?"

二愣听后,也禁不住地笑了。

笑归笑,他心里那个谜可并没解开。

于是,二愣又说:

"志勇啊,你有啥心事,就说吧!你越不说,我越别扭……"

志勇一听,心想:"可也是哩!反正是他娘儿俩都看出来了,我硬是不说,不是反倒给他们添了心事吗?"于是,他这才一边吃着饭,一边和黄二愣叙述起他的心事来:

"自从那回遭遇战后,赵生水同志和几名战士至今下落不明,虽然曾几次派人去找,可是一直没取上联系。"志勇吃了口饭说,"前天,听到一个荒信儿,说他们目下正在黄家镇一带活动……"

志勇说到这里,二愣插嘴问道:

"你是不是愁着没法儿跟他们接上头?"

志勇笑笑说:

"看起这句话来,你不仅不是'毛张飞',还成了'诸葛亮'了!"

二愣一听这话,显然知道是他猜对了。于是便说:

"这还用愁?"

"咋不用愁?"

"我去就是了!"

"你去?"

"你信不过我?"

"我怕你找不上他们!"

"找不上就再回来——一不用买票,二不用上税,赔了啥?"

这时节,志勇被二愣说动了心。可他又想:"不行啊!大娘舍得吗?再说,大娘苦煎苦熬了大半辈子,而今已是年过花甲的人了,眼前头就是二愣这么一个亲人,要万一出个三长两短……"志勇低着头一面扒饭一面想着,忽听二愣娘说:

"志勇啊,你就叫他去吧!"

志勇猛一抬头,只见笑眯眯的黄大娘,正站在他的对面。

她怎么知道的呢?

原来是,她方才进屋时,听见志勇正和二愣叙述他的心事,因为她也正为这事纳闷儿,就站在门帘外头悄悄地听了一阵儿。后来,她听到志勇光扒饭不说话了,就知志勇为了难,便一撩门帘走进来,没头没脑地插上这么一句。她说完后,仍怕志勇不放二愣走,又接着说:

"志勇啊,你甭不放心;二愣这孩子,打小就跟个铁人似的,经得住摔打!你就放出他去叫他闯荡闯荡呗……"

二愣娘对二愣出去找八路取联系,就一点也不担心吗?哪里!娘嘛,还有不疼儿的?何况二愣娘就是二愣这么一棵独苗儿呢,当然更是加倍疼爱了!说真的,要在平日里,二愣出去走趟亲,娘还放心不下哩!可是,现在她见志勇犯了愁肠,也是怪心疼的。如今志勇在她的心里,也成了她自己的儿女,和二愣没啥两样了!所以,她既疼二愣,又疼志勇,这真是俗话说的——十个指头咬咬哪个不疼呀?可是,疼虽都疼,但她知道志勇在队伍里担负的担子重,这才宁愿让二愣去冒点风险,好让志勇了却一桩心事,安心养伤;叫他早日养好了伤,也好回到队伍上去打鬼子呀!

梁志勇呢?他由于找战友的心情太切,再加这时耳边响着爹常说的一句话:"屋里驯不出千里马,炕上养不成万年松。"所以在犹豫了半晌之后,还是表示同意了:

"好!就让二愣出去跑一趟吧!"

梁志勇这么一说,二愣娘儿俩全高兴起来。二愣娘一面开箱打柜地给二愣找双跟脚的鞋,一面念念叨叨地嘱咐二愣说:

"你找到那些同志们以后,可要早点回来呀,也免得叫我和志勇不放心!听见了不?咹?无论碰上什么事儿,要小心,要谨慎,别多嘴,别多事,别戳娄子……"

她将两张零票子,塞在儿子的衣袋里,又叮咛道:

"这几个零钱儿,要留心,要长眼,别掉了,别叫小偷儿给掏了去!赶上茶馆儿,倒壶开水,泡泡干粮,别凉一口热一口的……"

二愣应了一声,揣上几个窝头,正要走,娘又拉开抽屉拿出"良民证":"捎上它!"二愣一看见鬼子发的这个玩意儿就生气,便说:"不捎这营生!"娘说:"瞧你!又要你那二愣脾气!"她说着,硬塞进儿的衣袋里。这时,志勇也说:"二愣啊,别发犟,捎着吧!"他说罢,又叮嘱道:

"你这次出去,任务就是一个——去寻找赵生水同志和跟他一块儿活动的大刀队战士。"

"知道!"

"记住!你意粗性躁。这个缺点,过去我批评过你。没忘吧?……没忘好!切莫再犯。这回出去,不论找到找不到,都要快去快来……"

"记住啦!"

随后,志勇又将应当注意的事项仔细嘱咐一遍,便回洞去了。

二愣娘推上后门,拉上前门,将二愣送到角门儿底下,又捅了儿子一把,从衣袋里掏出一只手镯,塞给二愣,悄声说:

"捎着它!"

"捎它干啥?"

"卖它——"

"卖它?"

"对!"

这只手镯,是黄二愣这个贫寒家庭的传家之宝。既是传家之宝,为啥只有一只呢?那一只,在二愣爹黄大海被白眼狼逼得逃离故土去闯关东的时候,二愣娘把它塞给了丈夫,并说:

"这样的年月儿,谁也说不清哪天死活!万一我要有个好歹,等咱二愣长大成人,去找你认爹的时候,这只手镯就算个凭证吧!……"

二愣爹从那离开家,直到今天没音信。

这些伤心的往事,二愣曾不止一次地听娘说过。因此,现在他

见娘要卖手镯,不由得大吃一惊,忙劝娘说:

"娘!咱无论如何也不能卖这手镯呀!"

娘带着为难的神色,向儿子解释说:

"唉!你知道个啥呀!你看不见志勇的伤口总是不见长肉吗?我琢磨着,准是因为养给不好!他要能经常不断地吃上点鱼呀肉的,准能收口儿快一些……"

她说到这里,脸上那为难的神色又变成了痛苦的神色,仿佛那伤口不是在梁志勇身上,而是在她的身上。

黄二愣对自己的家境当然是十分清楚的。除了这只手镯能值几个钱而外,还有什么家当能变卖呢?没有了!因此,这层理甭用娘说,他就已经知道娘卖手镯的为难心情了!说起对志勇的关心来,二愣并不比他老娘减色。方才,他所以攮出那么一句,是因为不知道娘要卖手镯的用项。现在,他听娘这么一说,便把心一横,对娘说:

"对!卖它!"

他说罢,接过手镯,装进衣袋。

二愣娘不放心地将手伸进二愣的衣袋,摸摸那只手镯,又重新放了放,仿佛她要把当娘的那颗心,和这只手镯一齐装进儿子的衣袋里。然后,又捏着二愣的耳朵再次嘱咐道:

"你可要加点仔细呀,千万千万别丢了!听了不?"

二愣见娘有一百个不放心,就说:

"娘,你只管放心好了,丢了脑袋也丢不了它!"

娘对儿子的决心满意。又对儿子的说法不满意。所以便半喜半恼地点着儿子的额头说:

"你生来不会说个吉庆话儿!"

二愣嘿嘿地笑着,大步流星地跨出角门儿,一溜风烟扬长而去。

二愣真的带走了娘的心呀!

二愣娘站在角门外头,手掌打着亮棚,脊背倚着墙角,久久地眺望着她那渐渐远去的儿子——黄二愣。是啊!自己一手拉扯起来的孩子,头一回到一个生地方去,又是独自个儿去办这么大的事情,谁知会碰上一些什么情况呀?当娘的怎能不挂心哩?不过,眼下二愣娘的心里,除了挂心而外,更多的却又是自豪和高兴。因为,她一想到二愣今天要去办的事情,又似乎从儿子的背影上,看到了自己二十多年来心血操劳的结晶。

黄二愣离开家乡以后,直奔河西而去。

路途中,他一行走一行想:"这可是我从来没有办过的重要事情啊!这一回,我就算吃多么大的苦,为多么大的难,冒多么大的风险,也一定要把这件事情办好——找着那些接不上头的同志们!"可是,二愣哪会想到,事情并不像他所想的那么容易!你瞧,他来到河西已经转悠了两天了,不光没有找到一名八路军战士,就连一点线索也没扫听到!

这天,黄二愣独自走在路上,忽然想起志勇嘱咐的"快去快来"的话来,心中不安地想道:"我离家已经两天了,娘和志勇准在挂着我呢!是不是赶紧回去?"他想着想着,忽一转念,脑子里闪出了梁志勇想念战友的愁闷神色,继而又想:"我要这样回去,志勇不更愁了吗?不能就这样回去。我得想法儿找到赵生水他们,至少,也得扫听到一点消息……"

二愣想着,走着,走着,想着。

突然,有一种像五黄六月打闷雷似的喧闹声,从远方隐约传来,撞击着二愣的耳鼓。到这时他才注意到,在左右两边那一条条大大小小的道路上,男男女女的人群,或推车,或担担,或骑驴,或步行,势如卷饼一样,正朝那人声起处赶着路程。

他们到哪里去?去干什么呢?

二愣向人打听了一下,才知道,那人声起处是黄家镇,黄家镇上正赶庙会。他想:"我该到庙会上走一遭,也好卖了镯子买点鱼呀肉的捎回去呀!要是能在那里碰上个熟人,兴许会顺便打听到赵生水同志的消息哩!……"二愣想到这里,那个庙会就像立刻变成了磁石一样,对他产生了一股强大的吸引力,使得他腿不由主地拐了弯儿,并加快了步伐,向着那黄家镇庙会一直奔去。

二愣走了一阵,穿过一个村庄,踏上一块高地,远远望去,只见前边有个村庄,庄头上有个寺院,寺院周遭儿,聚集着一大片密密匝匝的人海。有一种轰轰的声音,从那千头攒动的人海中腾起来,就像有许多颗手榴弹正在那里连续爆炸似的,使人听了,头脑有些发涨。

显然,那里便是那个历史悠久的黄家镇庙会了!

在过去,黄家镇庙会的规模是很大的。可是而今,由于是战争年月,远处的人们大都来不了,所以庙会的规模比往年要小得多了。不过,因为这个庙会有它自己的特点,会场上的人数,比起别的庙会来,还是多得多。

这个黄家镇庙会,今昔相比,除了规模大小而外,还有一些变化。例如,原先街里街外都是会场,自从敌人在这里安上据点以后,说是为了据点的所谓"安全",他们把赶会的人都赶到街外远离据点的地方来了。还有,因为有些庙会由于战乱已经报黄,这个残存着的黄家镇庙会,也就自然而然地增加了一般民间交易的成分,相形之下,便势所必然地把它那原来的特色冲淡了。此外,由于八路军发行的货币和敌伪的票子在这个地面上同时流行,会场上除了那些固有的市面而外,又出现了一种专门捣腾票子、兑换钱色的黑市。

黄家镇庙会来到了。

黄二愣长到这么大,还是头一回来到这黄家镇。

不过,"黄家镇"这三个字,在二愣的脑海里,却已经印得很深很深了。在他还是少年的时候,就听人讲过"梁永生大闹黄家镇"的故事。现在,他一边走,一边看,一边想象着梁永生大闹黄家镇时的情景,不觉不由地进入了这庙会的会场。

庙会正是热闹时候。

你瞧哇!行行业业的买卖,已经全了市;形形色色的生意,也都摆开了摊子。你听吧!在这嗡嗡的低沉的分不出语句来的人声之上,还笼罩着一片南腔北调、七高八低的叫卖声。

这边,有个耍把戏的,穿着一身小打扮儿,站在里八层外八层的人圈儿当中,正在高声大嗓、指手画脚地念着他的生意经:

"……行家看门道,力巴瞧热闹,没有乡亲不养艺人,我先向诸位来一个罗圈大揖……"

那边,有个卖野药的,身着长袍大褂,正面对着流水一般的游人招揽买卖:

"……腿疼腰疼胳膊疼,筋骨麻木,那是受风受寒,买了我的膏药贴在'虎眼'……"

在卖野药的旁边,有个靠摊连案的相面先生。他留着长长的指甲,捋着花白的胡子,面对着一位男人正然摇头晃脑、滔滔不绝地嘟嘟念念:

"……你天庭饱满,地阁方圆,耳大有轮,眼大有神,必有大富大贵……"

在这形形色色的摊案之间,是潮水一般的人流。

这些密密麻麻的游人,南来北往,你挤我撞。

他们当中,有穿袍戴帽拉着文明棍儿的富人,也有光膀露臂泥腿泥脚的穷人;有歪戴着帽、趿拉着鞋、提溜着画眉笼子的二流子,也有荷肩负重、汗流浃背的劳动者。除此而外,还有一些横鼻子竖眼的鬼子和汉奸们。他们是专门跑到庙会上来敲竹杠、搞外快的。

这些家伙,全都耸头晃脑,逛来逛去,吱声怪叫,既没个人样儿,又没个人韵儿!

在这大街大市的人海中,还夹杂着各式各样游市串街的小买卖儿人。他们,或提筐,或挎篮,或端传盘,或扛竹竿,一边挤,一边走,一边喊着"借光油衣裳了",一边扯着长音高声叫卖。

有个背着褡裢的人,长得身材魁梧,仪表英俊;面庞虽不怎么丰满,可一双眼睛却是忽悠忽悠有神,令人看上去,显得是那么和善、安详而又机灵;他用两根手指挑着圈铃,一路走一路晃,铜铃在他的肩峰上清脆地响着。伴随着那一直不断溜的铃声,那摇铃人还放开他那和铜铃很协调的嗓音,断断续续地喊着:

"天津卫的圆鼻子针!……天津卫的圆鼻子针!……天津卫的圆鼻子针!……"

他的叫卖虽然始终就是这么一句话,可是并不显得单调。因为除了他的喊声有快有慢、有高有低而外,他的腔调、音韵还层出不穷地变化多端,再叫那铃声一配,愈显得悦耳中听。

有的人,竟指着卖针人向他的伙伴称赞道:

"这真是个行家!"

二愣也被这卖针人迷住了。

他杂在人流中跟着人家走了老远。后来这才突然从迷中醒悟过来:"这不是出傻气吗?咱跟着个卖针的跑啥?快去卖手镯去!"他想到这里,腿就拐了弯儿,随着人群的流势,又朝另一个方向走下去了。

按照二愣的脾气,是最爱逛庙会不过了。尽管这黄家镇庙会他从未赶过,可是他家乡附近那些旁的庙会,几乎都赶遍了。他小的时候,常常揣上个窝头去逛庙会,一逛就是一天,不到天黑不回来。

可是今天,他重任在身,又要急卖手镯,哪还有逛庙会的闲心!

他啥也顾不得细看,只是一边在人流中挤呀挤,挤呀挤,一边不时地向身边的人问:

"借光!估衣市在哪里?"

他问估衣市干啥?

因为卖手镯得到估衣市去卖。别处,哪有这种市面儿?

黄二愣挤了一身大汗,终于挤到了估衣市里。

估衣市的周遭儿,搭着许多炉烘和席棚。席棚里,烟雾蒙蒙,热气腾腾,净些跑勤行卖吃食的。

估衣市里,人山人海,好像滚成了一个人蛋。

不过,人虽这么多,倒也容易分——大致说来,只有这么两种:一是买的,一是卖的。买的,大都是些有钱人。他们腰里掖着票子,在这里东瞅瞅,西看看,为的是买个巧儿,拣点便宜。卖的,都是些穷苦人。这些人,都穿得破破烂烂;面前摆的,不是估衣裳,便是旧家具,也有两者兼而有之的。除此而外,还有一些叫不出名来的古董玩器儿。

总之,摆在这估衣市里出卖的"商品",并非都是估衣,而是大大小小,形形色色,五花八门,无所不有。也许有人觉着"估衣市"表达不出它的实质,所以又称它为"穷人市"。要叫"穷人市",还确乎比"估衣市"更准确些,因为这个市面上,不论卖啥的,也不管他来自哪里,所有的"掌柜的",一律都是穷人。

据有心之人的考究,这个"估衣市"的名字也并没起错。因为穷人的标志,首先是没钱、没地、没房子,进而是连随手使用的生产、生活工具都没有,这显然是更穷了!穷到任么没有的地步,总还是有一身随身穿的衣服,哪怕是这身衣服已经破烂得不能再叫衣服也罢,总还是有个遮身蔽体的物件。如果到了脱下身上的"估衣"大街喝卖的境地,真可以说是穷得不能再穷了!看来,"估衣市"这个名称,大概就是由此而来。

你看！今天的黄家镇庙会上,就真有这样的人呀——他自己光着脊梁,却将一件破烂的裰子摆在面前出卖。他,脸上挂着愁容,眼里含着泪花,正在和他对面的买主讨价还价!

黄二愣来到估衣市里,顾不上细看这里的市容,便在别人的空间挤了挤,求人家给他搡出一点点地盘儿,将他那只手镯摆在了面前。

他蹲在那里,守着,守着,一直守着。

后来,两条腿都蹲麻了,甭说等来个买主,连个来问价儿的也没有!

这也难怪!你想啊,谁会来买他这只手镯呢?

穷人,一来买去没用处,二来谁有这种闲钱?富人,恐怕也没谁肯花钱来买这只无对难成双的手镯呀?大概就是因为这样的缘故,黄二愣守着手镯蹲了半头晌,价钱高低不用提,根本就没来个上摊儿问价儿的!

大家知道,黄二愣是个急性子脾气儿。他强耐着性子才蹲在这里守了这大晌,现在他再也耐不下去,就想赌气收摊子,不卖了!你说巧不巧?就在这个节骨眼上,来了个买主。那买主用脚尖儿点着二愣面前的手镯,恶声恶气儿地问:

"喏!这、这玩意儿,卖、卖吗?"

"净说混蛋话儿,不卖会摆到这里来?"

这是二愣心里话,可并没说出口。人家的问法不对,二愣就值得这样吗?因为他一见伸在他脸前的那只皮鞋,心里早就呕了!可是,当他猛地抬起头,一眼望见那个三分像人七分像鬼的买主时,心里又腾地冒起一团怒火!原来,这个"买主"不是别人,正是大汉奸白眼狼那个老鳖猴儿!

白眼狼虽不认识黄二愣,黄二愣可认得白眼狼。

白眼狼不是在柴胡店吗?是怎么来到黄家镇的呢?事情是这

样的:昨天,白眼狼的"姨太太",高低要逛逛黄家镇的庙会,开开眼,散散心! 白眼狼呢,对他这位"姨太太"的意愿,是从来不敢违抗的,也是不愿违抗的。于是乎,他就向他的主子石黑打了个招呼,以"视察黄家镇据点的防务"为名,带上一些人马,当然还有他那个一心要逛庙会的"姨太太",来到了这黄家镇据点上。

今儿早饭后,白眼狼的"姨太太",是理所当然地要照例进行她那番十分复杂的梳妆打扮! 等"姨太太"打扮已毕,白眼狼这才带上两个警卫,陪同着他的"姨太太",大摇大摆地逛庙会来了。

若按常礼,伪军中队长白眼狼来黄家镇逛庙会了,那个驻守黄家镇的伪军小队长乔光祖,是理应陪同着他的上司一同逛庙会的。可是,乔光祖很滑。他怕有风险,就推说重伤风还没好利索,不能出门,因而没有跟着白眼狼一块儿来逛庙会。

现在,在白眼狼身边的,只有两个警卫兵和他的"姨太太"。

这个"姨太太",如今四十上下年纪。

她穿着一件短旗袍儿,一双高跟儿鞋,烫着活像那老鸹窝似的卷毛儿发;嘴上的口红,抹得好像猴儿屁股;脸上擦着一层扑粉,很厚很厚,就像那干干巴巴的驴粪蛋子上又下上了一层薄霜。

这个酸帮辣臭令人恶心的女妖精,手腕儿上还戴着一只手镯子。她哈下腰,用两根指头将黄二愣正要出卖的这只手镯子捏起来,一面反反正正地瞅着,一面尖声浪气儿地说:

"咦? 真巧! 这只手镯子,跟咱这一只整是一对儿!"

"是、是吗?"

白眼狼抻着他那细而长的脖子凑上来。他的"姨太太"捋起袖子,一面将两只镯子放在一块儿比着,一面又说:

"你看!"

"可、可不是嘛!"白眼狼紧接着说,"还、还真是一对儿哩!"

那女妖精高兴地说:

"咱要了吧!"

白眼狼认真地问道:

"你、你相中啦?"

"嗯。"女妖精说,"今儿多亏了来逛庙会,要不价,成心去寻,也难寻这正好是一对儿呀!……"

"可、可不是嘛!"白眼狼说,"那,那、那就把它捎着……"

这时的黄二愣,在一旁也看清了——这两只手镯,果然正是一对。它们的形状、式样、色泽、花纹,都一模一样,分毫不差。他想:"真怪呀!那一只我爹带走了哇!怎么如今却戴在白眼狼的小婆子的手腕子上了?"在这同时,白眼狼也起了疑心:"嗯?怪!这个小伙子,怎么也有这么一只手镯呢?"他心里这么想着,眼睛盯着二愣,蓦然间,黄大海的形象,腾地在他的头脑中浮上来。他接着问道:

"你、你是哪庄的?"

这一阵,二愣一面盯着白眼狼,一面想着梁永生大闹黄家镇的事,不由得话在心里说:"我也真该来个大闹黄家镇!"可是,这个念头一露头,又被梁永生的话给压下去了:"二愣啊,我年轻时,比你还二愣!你方才不是提到我大闹黄家镇吗?那就是'要二愣'的一个表现。如今想起来,当时真幼稚可笑啊!往后,你也要控制自己,不要'耍二愣'!我吃了大亏以后才懂得:办事情,心要热,头要冷。听了了?记住!啊?"现在二愣回想着梁永生的这些话,就压着气儿,回答白眼狼道:

"十里铺的!"

二愣没说真实村名,显然是多了个心眼儿。白眼狼呢?看来他对黄二愣的回答半信半疑。只见他又问:

"叫、叫啥?"

照这个追问法,哪有个完呀?追来追去,不就追出破绽来?看来,白眼狼这个老杂种已经在怀疑我了!干了吧!黄二愣心里这样想着,又见那个女妖精正要把他的镯子戴在腕子上。这只手镯子,就这样让白眼狼的小婆子拿走吗?这在黄二愣的感情上,显然是绝对通不过的!因此,这时候,可真把个二愣气炸了!他觉着浑身的热血都在往头上冲,使得他再也控制不住自己。于是,他朝白眼狼的两个警卫扫了一眼,噌地从那女妖精手里夺过镯子,接着又朝白眼狼狠狠地踹了一脚,然后,一扭身子钻进人空子,连挤带跑地溜走了。

他能走得这么利索?白眼狼的两个警卫干啥去了?

这一点,二愣早就看好了!在他动手的时候,一个警卫正在邻近的一个摊上不知想什么外快,跟一个老头儿吵骂起来了。另一个警卫,正瞪着一双贼眼,目不转睛地盯望着一个赶庙会的女人。直到听见白眼狼嗷嚎一声惨叫,他这才猛回过头来;只见白眼狼已四仰八叉地躺在地上,便赶紧凑上来,一边搀扶一边问:

"队长!怎么啦?"

白眼狼又羞又怒,啪地给了他一个耳光。

这时,另一个警卫也过来了。他瞪着一双恐慌的而又是莫名其妙的眼睛,望着白眼狼的狼狈相,正不知如何是好,也挨了白眼狼一个耳光!

白眼狼丢了个大丑,他怎么办呢?

他有啥办法呀?啥办法也没有!追吗?这么多的人,挤都挤不动,看也看不见,怎能追得上?再说,那卖镯子的闯了这么个大祸,准得吓坏了,现在还不逃出黄家镇跑得无影无踪了,到哪里去追呀?

其实,这只不过是白眼狼的想法儿!

那黄二愣并没离开黄家镇!

要是别人,在这种情况下,也许会马上远走高飞离开这个是非之地的。不过,二愣不会那么办。他要是也那么办,就不是二愣了!

那么,他怎么办了呢?

他只是离开了估衣市,转呀转地又转到鱼肉市里来了。他到这里来干啥?要给志勇买点鱼呀肉的呗!他哪有钱呀?他要来个不用钱的办法!

鱼肉市里,干鱼、鲜鱼、生肉、熟肉,样样都有。

二愣来到这里,望着一片片又肥又大的猪肉,一条条又鲜又肥的鲤鱼,心中暗想:"嘿!这鱼呀肉的多喜人呀!我要是用手镯换点捎回家,叫志勇美美地吃上几顿,他那伤口准会好得快些……"

这个念头在黄二愣的心窝儿里忽忽地刮了一阵小风儿,使他觉着身上轻快多了。

于是,他朝肉案子走过去。

二愣站在肉案子前头,愣沉了一下,然后涨红着脸抱歉地说:

"掌柜的!我给你这只手镯,你换给我点肉吧?"

他说着,从衣袋里掏出那只手镯,向卖肉人举过去。在二愣看来,这是不会有什么问题的。他想:"这只手镯,是我家的传家宝啊!还不能换上几斤肉?"可是,在他这么想着的当儿,又见那掌柜的用白眼盯着他,他想可能是人家不大愿意,于是又说:

"给多少肉都行……"

谁知,二愣话未说完,那卖肉的拦头开了腔:

"这手镯是哪来的?"

他没容二愣答话又道:

"哼!准是从家里偷出来的,因为嘴馋要换点肉吃!去吧!……"

黄二愣听了这话,心绪十分复杂,他委屈,他愤怒,因为他感到受了很大的污辱!就像一根钉子揳进他的心里!

可是,他又不能把事情的因由、真相原原本本地说个明白,怎么办?只好翻了卖肉人一个白眼,涨红着脸钻进人空子,走开了。

过了一会儿。

二愣转着转着,又转到一个卖鱼的摊子上来了。

这一回,他经了一事长了一智,事先编造了一个理由儿:

"掌柜的,我是个穷人,老娘病重,想吃鱼,没钱买,我想给你添点麻烦——"

"啥?"

二愣掏出手镯:

"我想用这只手镯换两条鱼——行不?"

卖鱼老汉望着手镯:

"咋就一只?"

"可不,就一只!"二愣向周围看了一眼,"那一只叫鬼子抢去了……"

卖鱼人点点头:

"那些强盗!"

继而,他又立刻现出难色:

"这……"

二愣忙道:

"一条也行!"

卖鱼人见二愣确实是个老实巴交的穷孩子。他更加为难了:

"小伙子呀,我也是个穷户人家;家里那些人,还等着我卖了这点鱼,买点糠呀菜的糊口呢!你这银镯子,虽说只一只,我也要不起呀!"

他望着黄二愣那憨厚的面容,说到这里,叹息了一声,又说:

"孩子啊,这样吧——你这手镯,我是不能要的;我白送给你一条鱼,你拿回家去给你娘炖炖吃吧……"

他说着,拿起一条大个儿的鲜鱼,向二愣递过来。

二愣心里一阵高兴。可是,当他正要伸手去接鱼时,却又嗖地把手缩回来了。因为他蓦地想道:"这位老大爷,已是白发苍苍的老人了,如今河面上还冷,打这点鱼可不是容易的呀!再说,人家家里的日子又是这么难过,我一个愣大愣大的小伙子,咋能平白无故地要这位穷老爷子的一条大鱼呢?"他心里这么想着,嘴里说道:

"不!大爷,俺不……"

"不啥?"卖鱼老人说,"你是个穷人,我也是个穷人,穷人知道穷人的难处——拿着吧!"

他将鱼又朝二愣近前送近了一些。

二愣依然不好意思伸手。并说:

"大爷,你要了我的镯子,我才要你这鱼哩!"

"你那一只手镯,我三条鱼也换不过!我要是将好几条鱼换成镯子,一家老小吃镯子呀?"卖鱼老汉着急起来,"你别叫我为难啦!快拿着!……"

这时,不光老汉为难,二愣更为难。要了吧?他望望这位忠厚渔翁的面容,怎么也不忍心。走开吧?眼前闪现着志勇那不长肉的伤口,腿又迈不动。

正在这个节骨眼儿,来了一个鬼子兵。

那小子没等走到摊前,就像个等着喂食的肉雀儿似的抻长了脖子嚷道:

"这鱼的大大的肥!"

老汉用眼角儿扫了鬼子一眼,没理他,又向二愣说:

"快拿走!"

二愣还没伸手,一只毛茸茸的鬼子手,已经伸过来了!他从老汉手中夺过那条大鱼,边瞅边笑边自语:

"好的好的!这鱼大大的好!拿回去吃了吃了的!"

老汉看出这鬼子没安好心,心里又生气又着急,他强压住火气,忙说:

"老总,你想买鱼呀? 筐里有!"

鬼子瞪起了他那牛蛋眼:

"这一条我的要了要了的!"

老汉佯装没听出他的意思,又向鬼子说:

"你要这条也行! 那就叫这位买主让给你——"

他说着便伸过手去:

"拿来,我称称——"

他在这说话的当儿,另一只手抄起了钩子秤。

在老汉回手拿秤的空间,鬼子一撇子把老汉伸过去的那另一只手给拨到一边去了。这一下,将老汉拨了一个趔趄。这时,把个黄二愣可气坏了,他想扑上去揍那个蛮不讲理的鬼子。老汉看出了二愣的意思,急忙向二愣递了个眼色,说:

"小兄弟,你等着,我给老总称完了,再称你的……"

二愣气不出,急得他抓得头皮快要冒出火星来了!

那卖鱼老汉口没住溜,又马上转向鬼子:

"老总,称称好算账呀! 免得争斤驳两的……"

"算账? 巴格亚鲁!"

老汉又忍了忍气,说:

"老总,俺是个穷买卖儿……"

老汉这边说着,鬼子那边翻了一个白眼,拿着鱼就要走开!

卖鱼老翁面对着这全副武装硬不讲理的强盗,他能有什么办法? 认个倒霉,忍个心疼,当喂了狗呗! 不! 在老汉的感觉中,他费劲扒力打来的鱼,白白的叫鬼子吃了,比喂了狗还要心疼! 于是,他大步流星赶了上去,拉住鬼子,讲理道:

"我打鱼交了打鱼捐,卖鱼又纳了卖鱼税,你要再不公买公卖……"

小鬼子叫老汉一揭,气急败坏地骂道:

"巴格亚鲁!你的大大的心坏!"

你看鬼子混账不混账?他拿了人家的鱼不给钱,还说人家"心坏",真是十足的强盗逻辑!强盗逻辑不算,他还反正打了老汉两个脸巴掌。

到这时,老汉也豁出去了!他眼里含着泪,泪中混着血,血中喷着火,一边破口大骂,一边扑向鬼子,拼着老命跟鬼子厮打起来!

可是,那老汉已是满脸皱纹的人了,哪能打得过那个赛头牛犊子似的小鬼子呢?所以,他们越扑腾老汉越吃不住劲儿,眼巴巴地就要被鬼子打倒在地上了!

这时节,赶集的人们,见到这种情况,都气得眼睛眉毛全竖直了,脖子里的青筋也爆起来。有的,咬牙切齿地骂着:"野兽!"有的,拉开架势要去动手。还有的,正从挑筐上往下解扁担。

黄二愣呢?

黄二愣的肺管子都快要气炸了!你想啊,那黄二愣,一向是火大性急,嫉恶如仇,怎能见得这种情景?这一阵,他要不是想起了娘和志勇嘱咐的话,岂能等到现在?方才,他几乎咬破了自己的嘴唇,才没让那满腔怒火爆发出来!现在,他气得眼睛喷火了,耳朵冒烟了,脸色红了,脖子粗了,头发全竖直了,再也耐不住了!于是,他将那早已握起的、如今快要攥出汗来的大拳头猛力一挥,一跳三尺,就劲儿来了个箭步蹿上去,用足力气砸下来!

他这一拳,正好打在小鬼子的脑门儿上,直打得那鬼子嗷的一声嚎叫,趔趔趄趄地向后倒退了好几步,要不是身子后头有个摊案挡了一下,那鬼子早就四爪朝天了!

这时候,二愣见鬼子没有倒下去,心里挺懊悔:怎么就忘了捎那口大刀来呢?要是今天大刀在手,方才碰上的那个白眼狼,现在碰见的这个鬼子兵,我就统统把他们剁烂了!

二愣真是个二愣!他踹了白眼狼一脚,又砸了鬼子兵一拳,还嫌不满足!可他就没想到,他这一拳,马上就要招来一场大祸!

啥祸?

你看!那个疼得龇牙咧嘴,气得面色铁青的鬼子,一手捂着脑门儿,另一只手从腰里掏出手枪来了!

怎么办?

在这样的节骨眼上,只见二愣噌地蹿上去,一把抓住了鬼子那只握枪的手腕子,猛力往上一托,鬼子那支正要瞄着二愣勾机儿的手枪,当当地朝天响开了!

黄二愣和那鬼子一抓挠到一起,显得二愣更加魁梧了!你瞧,他比鬼子兵愣愣地宽一膀,高一头,胳膊根儿满跟得上那小子的大腿粗。二愣利用这身大力不亏、居高临下的有利条件,又握起了另一只拳头,冲着那鬼子的脑袋瓜子砸了下去!

头一拳,砸得鬼子的脑袋靠上了肩膀;

二一拳,砸得鬼子鼻子口里喷出血浆!

多叫人开心呀!这当儿,许多赶集人也忘了一切,有的还情不自禁地嚷着:

"好!"

"打得好!"

"打!"

"狠狠地打!"

人们正嚷着笑着,笑着嚷着,突然,不好了!

就在这时,那边大步跑来一个鬼子兵!

鬼子不是都住在柴胡店据点上吗?这黄家镇上哪里来的这么些个鬼子呢?他们是昨天跟白眼狼一块儿来的。石黑所以派几名鬼子兵跟白眼狼一起出发,名义上是保护他,实际上是监视他!

为啥要监视他呢？

我看咱先不管他那些事了吧！

且说这个鬼子兵。原先他正在那边抢一个老太太的鸡蛋。当他发现这边出了事以后，就急匆匆地朝这边赶过来了。现在，他一边哇啦哇啦地叫着，一边将手伸进腰里去掏枪！

情况已是十万火急了！

就在这间，那个背着褡裢串街卖针的人，突然出现在那个鬼子的身边。只见他将那肩上的褡裢一扔，从腰里嗖地抽出一支匣子枪。就在这抽枪的同时，他猛跑了几步，一把抓住了那个刚刚掏出枪来的鬼子！

鬼子还没迭得回头，卖针人的枪口已对准了他的脖颈子，一扣扳机，一颗热乎乎儿的子弹，钻进鬼子的腔子里去了！

接着，吭噔一声，鬼子倒在地上！

他那腿像兔子蹬鹰似的蹬了两蹬，不动了！

卖针人正想赶过来，再把这个和二愣扭打在一起的鬼子干掉，可他抬头一看，那卖鱼老汉和周围的群众都动了手，已经把那鬼子砸了个稀巴烂！

到这时，人群轰动，庙会大乱，人喊马嘶，我拥你撞，全都向四面八方跑散着。

趁这混乱的当儿，卖针人将匣枪往腰里一插，掺杂在人流之中，也顺势向外快步走去。

二愣望着这个卖针人，骤然一愣，心想："咦？怪呀！卖针的怎么还有匣枪呢？"他想到这里，忽然想起县委书记扮作货郎找梁永生的事来了，心里一下子明白过来——那个卖针人，准是八路军！

二愣一念及此，心中一阵欢喜，忙跟在那位卖针人的后头，也冲出庙会会场，向着远处奔去。他生怕叫那卖针人落下，一步不敢停留，大步迈，小步颠，直奔得两耳生风，脚板滚热！

卖针人快步走出半里多路以后,步伐减慢下来。黄二愣呢?还是紧紧跟随着那个卖针人。

不一会儿,他们走出了二里多路。

路边上,有棵大柳树。柳树的梢头绿油油的。有几只小鸟在树梢上叫着。这时,黄家镇据点上,响起了一阵阵的枪声。要在战前,别说有这么多的枪声,就是有一声枪响,这树上的鸟儿也早吓飞了。可是,在这战争年代里,鸟儿也受到了锻炼,尽管枪声响得这么密,它们还是照样唧唧喳喳地叫,不用说飞走,连半点惊慌的意思都没有!

卖针人在柳荫下站住了。

他回过头来,朝背后一望,只见那位在庙会上打鬼子的愣小伙子,也顺着他这条道跟上来了!

卖针人心里一阵高兴。

黄二愣来到近前了。

他拍一下二愣的肩膀,乐呵呵地说道:

"小伙子,你可真够愣的哟!"

二愣没答话。

因为,这时他已经奔得喘个不停。泉涌般的大汗粒子,眼看着从鼻尖上、额头上跟头骨碌地往外钻着。

这两天儿,黄二愣的心里,已经没有别的了,只还装着一件事——找八路!正因如此,现在他站在卖针人的面前,笑咧咧地喘了一阵,刚刚缓过点气来以后,啥话没说,张口就问:

"你是八路不?"

他这股愣头愣脑的劲头儿,把那卖针人逗笑了。卖针人笑了两声以后,没有回答二愣的话,反而问他道:

"你是哪村儿的?"

二愣答非所问:

"俺是找八路的!"

卖针人又笑了:

"找八路?"

"是啊!"

"找八路干啥?"

"取联系嘛!"

卖针人又拍一下二愣的肩膀,笑眯眯地说:

"瞧你这个愣劲儿!跟谁取联系?"

"跟,跟,跟……"

二愣"跟"了三"跟",也没"跟"出个名堂。他继而突然转了主意,忙改口说:

"你得先告诉我,我才告诉你哩——"

"我告诉你啥?"

"你是不是八路哇?"

卖针人向四周撒打了一眼,见没有什么可疑的坏人,就笑笑说:

"好!我是八路——快说吧!"

"还不行!"

"咋又不行?"

"你得拿出个凭据来叫俺看看!"

这时卖针人心里说:"这个愣小伙子,还粗中有细哩!一开头愣头磕脑,到了节骨眼儿上,他又着起真儿来了!不管怎么样,看来这个小伙子是有来历的,我得仔细盘问盘问他!可是,我没有个凭据,他不跟我说实话呀!拿啥作个凭据呢?"他想了一下儿,然后拍拍腰说:

"这是啥?"

"匣子枪!"

"匣枪不是凭据吗?"

黄二愣扑闪着大眼想着,想着,想着想着笑了。

卖针人就势又说:

"方才你没见到我打鬼子吗?"

"见到啦!"

"打鬼子还不是八路?"

"对对对!"黄二愣觉得言之有理,高兴得要跳起来,他一把抓住那个八路,"我可找到你了!"

"谁叫你找我?"

"分队长!"

"分队长?"

"啊!梁志勇呀!"

卖针人神情大振:

"哦!他在哪里?"

呀!暴露了志勇的养伤地点可了不得呀!黄二愣又多了个心眼儿。他没马上告诉那人志勇住在哪里,而是改口问道:

"你姓啥?"

"姓赵。"

"叫赵啥?"

那人笑了笑:

"叫老赵呗!"

二愣知道人家不愿意告诉他。他想:"可也是哩!我说我是梁志勇派来的,也没啥凭据呀!人家怎么能轻易把真名实姓告诉咱呢?对!不告诉是对的!可是,我怎么问出他的真实名字来哩?"你别看二愣在有些事上挺粗鲁,可在有些事上,心眼儿还怪多哩!他脑子里转了几个圈儿,给老赵来了个突然袭击:

"你叫赵开水!"

他望着人家的感情变化,又加上一句:

"是不?"

老赵笑咧咧地打了二愣一拳头:

"你这个愣小子!头一回见面就开我的玩笑哇?"

老赵这句话,使二愣明确地意识到,他就是那位赵生水同志了!于是又说:

"生水,叫火一烧,不就变成'开水'了?你叫战火烧了这些年,该叫'开水'了!"

他说罢,得意地笑起来。

老赵只见这位热得像个火炭似的小伙子,又愣,又精,又"宝",挺喜欢他,就说:

"你准是黄二愣!"

黄二愣又惊又喜:

"咦?你认得我?"

老赵摇摇头:

"不!你不认得我,我能认得你?"

"那你咋知道我的名字呢?"

"我过去听梁永生同志跟我讲过,说是龙潭街上,有个黄二愣,是个好民兵。同时,他还把你的长相和性体儿,向我介绍了一番……"老赵说,"梁队长把你夸得可不轻呀!"

"夸我?"

"他说,你是块好生铁,叫战火一烧,准能成为一块好钢!"

黄二愣不好意思地笑了:

"你又开俺的玩笑呗!"

稍沉。老赵又问:

"哎,二愣,我听说梁永生同志又回来了——是吗?"

"对!"二愣把永生回到大刀队的情况,向老赵简要地说了一遍,又说,"他因为找不着你,可着急啦!"

"他现在哪里?"

"到县委去开会了!"

"噢!志勇呐?"

"志勇在我家!"

"大刀队的同志都在龙潭吧?"

"不!就他自己。"二愣说,"在宁安寨的一次突围战中,志勇受伤了!"

随后,赵生水又向黄二愣问了一些情况,并将另外一位战友的情况告诉二愣,最后嘱咐说:

"二愣啊,你回到家,告诉志勇,就说找到我们了!"

"你不跟我一块儿去?"

"不行啊!刚才我没告诉你吗?不是还有一位同志吗?我怎能舍下战友不管自己就走呢?"老赵说,"你先头前走吧!我叫上那位同志,马上就去……"

"你可得快去呀!"

"慢不了哇!"

黄二愣和赵生水分手了。

赵生水站起身,立在崖坡上,笑望着二愣的背影。

二愣兴冲冲地走在回家的路上,觉着仿佛是肩上放下了一副千斤重担,立刻轻松多了。由于几天来到处奔走而产生的疲倦,现在也像被一阵风刮跑了似的,蓦然无影无踪了。他那两条腿也骤然长了力气,越迈越快,越迈越快,赶到龙潭村头时,才是烧晚饭的时节。

这时候,夕阳正美,红霞满天。家家户户的房顶上,正飘动着一缕缕的白练般的炊烟。炊烟升腾起来,舒展着,变幻着,点缀着锦绣般的天空。

天空中,有几只灵巧的燕子,对对双双,你追我赶,忽而高忽而低地飞翔着,婉转地歌唱着。它们,有时越飞越高,越飞越高,直上蓝天,有的竟飞到了几乎是人们的目力达不到的高度;有时又从那高高的天空里俯冲下来,贴着水皮来回飞翔,绕着池塘圈圈打旋。

池塘,在龙潭村头,关帝庙旁。

这个池塘面积很大。它的周遭儿,草芽丛丛,树木行行;绿柳垂地,白杨钻天。那千万条倒垂在水面的长长的柳丝,正在随风摇曳,扫起层层波纹。懒洋洋的波纹,朝着正走在塘边的黄二愣爬过来,亲切地舔着他脚下那草茸茸的池畔。

黄二愣已被这池塘的春色吸引住。

他留住脚步,朝塘水观望着。

深深的塘水,是秀丽的,宁静的;是清澈见底的。彩色的霞光,闪烁在水面,愈使这春塘增加了诱人的力量。

突然,有个鱼儿跃出水面,跌了个脊,活像是掉猴儿的孩子那样,又撒娇地扎进水去,溜走了。水面上,留下了层层浪花。

从浪花中飞溅出的小水珠儿,跳到下垂着的柳叶儿上,眨着得意的眼睛呆了一会儿,又一个跟头张落塘中,不见了!

这时的黄二愣,瞅瞅浪花,望望炊烟,触景生情地蓦然想起一件事来——

他想起了什么?

他想起娘叫他买点鱼呀肉的事来了呗!

二愣一想到这事,脸上立刻现出难色!他呆愣愣地站在水塘边上,头脑中乱乱纷纷地翻腾开了——一忽儿,梁志勇的伤口闪在他的眼前;一忽儿,他离家时娘嘱咐的话语又响在耳边……

二愣想着想着,不由得话在心里说:"哎呀!我一进家,娘准得问我:

"'二愣!我叫你买啥来呀?怎么空着手儿回来了?'

"娘要这么一问,我说啥?我要是说啥也没有买,娘一准又得点着我的前额盖子骂我:

"'我就知道你是屎壳郎做不了蜜!'

"说不定,娘还得为这事着急、生气哩!再说,也不能怪娘着急!志勇那伤口儿,就是不见长肉,也确乎是急煞活人呀!可是,光急顶啥用?这再怎么办哩?……"

黄二愣想来想去,想来想去,突然,一个美妙的念头,就像这彩霞映在水面上一样,浮现在他的脑海里:

"哎!我下到这水塘里,去捞上它几条大鲤鱼,带回家去,那不挺好吗?……"

黄二愣过去所以没有张网捞鱼,是觉着影子太大,怕叫人看见起疑。目下,在这个节骨眼上,他一想到这里,心里一急,啥也忘了,便忙不迭地解衣脱鞋。不一会儿,他就把浑身上下脱了个赤条条,只剩下了一个小小的裤衩儿。谁知,他来到水边,脚丫子刚往水里一蘸,就像被蝎子蜇着似的,嗖地把脚抽回来了。

这是为什么?

因为水好凉呀!

在黄二愣的感觉中,这塘水就像锥子一样,冰得脚生疼,疼得如同锥子钻心!他蹲在水边,犹豫了一下,心中在想:"人家梁志勇,为了抗日救国,枪子儿都不怕,我黄二愣也是一条五尺汉子,难道连个凉水都顶不住吗?"这样的念头在二愣的脑子里一转悠,使他立刻产生了一股巨大的勇气!

于是,他把心一横,嘭的一声,跳到水里去了。

"不到伏天水似刀",一点不假。水确乎是凉呀!现在二愣泋在凉飕飕的塘水中,觉着就像有千百把锥子一齐扎进他的骨缝!可是,他还是咬紧牙关,坚持着,坚持着,拼命地坚持着。而且,他还暗自下定决心:我一定要抓到一条大鱼;抓不到,宁死不出塘!

黄二愣先游到这里,又游到那里,一会儿潜入水里,一会儿浮出水面,正摸呀摸、摸呀摸地摸着,突然,糟了!

啥?

他的老娘出现在离塘不大远的家门口处!

娘出来干啥哩?

二愣在望着,想着,想着,望着。

他只见,娘走出角门儿,正在向各处张望。哦!二愣明白了:准是我没回家,娘不放心,出来接我哩!他继而又想:"糟了!要是娘见我下了塘,准得气火儿了!"

于是,他一个猛子,扎进水去……

他在水里仍在想:"娘到底出来干啥哩?看那眼神又不像接我呀?莫非是志勇出了什么事情?……"

黄二愣他哪会想得到:原来是梁永生开会回来了!

二愣娘来到角门外头,探了探风,见没什么动静,便虚掩上门,回到屋里,对永生说:

"他叔啊,走,快跟我来!"

梁永生正搭拉着腿坐在炕沿上抽烟,听二愣娘这么一说,就从嘴里拔出烟袋,一边在炕帮上磕着,一边笑呵呵儿地问:

"哪去呀?老嫂子!"

"你就跟我走吧!"

她说着,拉开后屋门,领着梁永生进了后院儿。

后院儿的乱柴禾堆下头,有个洞口。

二愣娘来到柴堆近前,先拍了三下巴掌,然后抽开一捆玉米秸,朝洞口一指,悄声说:

"进吧!"

永生点头一笑,钻进洞去。

这个地洞,空间不大。可是,里头收拾得倒挺舒适。地上,铺着一层厚厚的谷草。为了隔潮,黄二愣家仅有的那张快脱成了光板的老羊皮,也给志勇铺上了。

永生进洞前,志勇正在对着气孔看书。

现在,他见爹进来了,立刻有一种很难被人察觉的激动,悄悄地掠过他那厚墩墩的嘴唇。这是因为,尽管他天天盼爹回来,可他又万没想到,爹会突然来到他这养伤的洞中。

这时永生也很激动。

虽说他们爷儿俩离开的日子还不能算多,可就在这还不算多的日子里,发生了一场宁安寨突围战,梁志勇还在这次战斗中负了伤。如今永生眼望着受伤的儿子,回想着小锁柱跟他讲的志勇为掩护战友而负伤的情景,他的心情怎能不激动呢?要是这个负伤的同志不是志勇,而是别的哪一位战友,梁永生会马上安慰他几句,表扬他几句,为了活跃他这洞中生活的苦闷心情,兴许还会逗几句开心的笑谈呢!可是,他和志勇之间,除了同志关系、战友关系之外,毕竟还有一层父子关系呀,所以,上述种种,都被他控制在口腔里头了。

因此,现在他们父子二人的四只眼睛,都含着一汪激动而又兴奋的泪水,相互对望着,久久地静静地相互对望着。

过了好大一会儿,梁永生才慢吞吞地张开了口:

"伤好些了吗?"

永生在问这句话时,故意用一种很随便的口吻,掩盖着他那关切的心情;可是小志勇,还是明显地感受到了爹这句话的分量。

不过,志勇没有回答爹的话。他另起话题说:

"爹!我犯了错误……"

当然,对处境被动的宁安寨突围战,梁志勇是负有领导责任的。可是,永生现在见志勇已经认识了自己的责任,而且心情沉重,压力很大,就既有教育又有安慰也有批评地说:

"是啊！人嘛，总是要做些蠢事的。做过一些蠢事以后，才会渐渐地聪明起来。也就是说，不受些挫折，就得不出经验；不经过失败，便找不到真理……"

他在说话的当儿装上一袋烟。说到这儿，收住话头，点着烟，吸了一口，又接着说：

"可是，有的人，把事情搞糟了，就将脑袋一耷拉：'我错了！'要不，就拍着胸膛充汉子：'我负责！'这全是废话！"

永生的话又停住了。过了一霎儿，当志勇正要插嘴说什么的时候，他又没容志勇开口，补充说：

"人，跌个跤还算跷蹊？问题是，跌倒了，能不能爬起来？也就是说，错误，不能不犯；犯了，没啥可怕的；可怕的，是犯了以后，不记取教训！你的教训是什么？叫我说，就是没做到'知己知彼'。'知彼'，就是要摸准敌人的脉。你为什么摸不准敌人的脉呢？一是没注意侦察敌情，二是没认真地思考问题。志勇啊，特别是当你处于领导位置，起着决策作用的时候，这可是个大问题呀！"

志勇说："坚决改！"

"坚决改好！"永生说，"可是，改，光表现在口头上不行，停留在思想活动阶段更不行，要见之于行动！要知道，事情搞糟了，再说'我倒是想到过'，或者说'我不是早就说过嘛'，那顶什么用？因此说，我们必须尽可能多地掌握敌人的材料，并要对这些材料进行认真的、细致的、全面的分析。只有这样，才能在占有材料并进行了分析的基础上，作出判断，下定决心，然后方可进行战斗前的部署和战斗中的指挥。换句话说，就是：一个指挥员的当机立断，必须建筑在掌握敌情、集中群众智慧和周密思考的基础上；周密思考，又要紧跟上当机立断……"

"我记住了！"

"对你来说，前一段的情况是：当机立断有余，周密思考不足；

勇有余,智不足。要知道,败事多因少思。千里长堤,溃于蚁穴。往后,要时刻注意摸敌人的脉搏;对一些事情,要细心,要谨慎,要多动脑子,进行全面分析,特别是要多往坏处想想……"

志勇点点头。又说:

"锁柱想得细。那次突围战,我要是一开头就多听取他的意见,局面还会好一些……"

"锁柱去找我汇报的时候,他说他也有责任……"

"不!"志勇坚决地说,"责任都在我身上!后来,我受了伤,锁柱领着同志们杀了个'回马枪',应该说他立了个战功呢!……"

"是啊!那个'回马枪'杀得好!"永生说,"好就好在:打击了敌人的嚣张气焰,夺回了我们的主动权……"

永生正说到这里,洞口上响了三声巴掌。

紧接着,就听二愣娘说:

"志勇啊,你想的那两位同志来啦!"

她的话音未落,赵生水和另外一位战士,先后钻进洞来。

他们四个人一见面,都兴奋得不得了!

可也是啊,在这战争年月,人们总是这样:哪怕是彼此才离开不几天,就像离别了三年五载,只要再见了面,就亲热得了不得!何况他们之间,是在一场激战中被冲散,而又这么多的日子没能见上面呢?

因此,今天他们乍一见面,每个人的心里都热乎乎的,每个人的眼里都涌出了泪花!

他们有多少话要说啊!

可又先从哪里说起呢?

特别是梁永生,他从重返大刀队以后,尽管天天在怀念着这些同志,可是一直还没见着他们,现在在这洞中相遇了,他的心情该是多么兴奋,多么激动啊!你瞧,他那双含笑的眼睛,正在巡视着战士们,一遍又一遍地巡视着战士们!

战士们的眼睛,也全都盯着梁永生。

这当儿,仿佛他们各自都有许多话要说,可又却没人能吐出一个字来;虽说没人吐出一个字,而又仿佛通过那急促对流着的视线把心里的话全说完了!

片刻。他们又突然打破了这表面沉寂的气氛,放纵地活跃起来,彼此之间相互争着问这问那,闹得有时竟顾不得回答对方的发问。那股子热热烘烘的劲儿呀,简直是没法儿形容啦!看来,要不是他们四个人已将这地洞塞得满满的,说不定要相互搂抱起来滚上几个过儿哩!

又过了一阵。

人们那股沸腾的心情开始落潮了。

洞中的气氛渐渐地平静下来。

梁永生向赵生水说:

"我曾几次派人去找你们,一直没接上头……"

赵生水抢过话头说:

"俺们俩,也一直是转转悠悠地找组织,找队伍……"

那位战士插进来:

"我们找不着组织,找不上队伍,就像小孩子找不着家、找不着娘一样啊,心里要多难受有多难受!"

他说着说着,一颗饱含着激动、兴奋的泪珠,从那喜笑着的眼里滚下来,落在梁永生那盘曲着的膝盖上。

赵生水接上说:

"就在前些天,我们还到这边来过一回呢!正巧,你们在宁安寨打了一仗,听说同志们突围后,又紧接着在柴胡店附近打了一场伏击,以后就下落不明了,那几天敌人在这一带闹得正欢,我们没站住脚,又窝回去了……"

梁志勇说：

"你们既然来了，总该找些可靠的人打听打听啊！"

赵生水说：

"打听倒也打听了。可是，很熟的人没见到。再者，我到大刀队时间较短，又多在河西黄家镇一带活动，在这边群众基础差些，总觉着可以向我反映真实情况的人不多！"

梁永生说：

"这话不对！群众不是多得很吗？"

赵生水说：

"唉！眼时下，时局不稳，人心多变……"

永生没让他说下去：

"更错了！不管时局怎么变，人民群众拥护共产党、八路军不会变；我们共产党、八路军依靠人民群众也不能变。"

过了一会儿，那位战士又另起题目说：

"这些日子，我们虽没找上队伍，可也没有闲着。我们经常不断地跟敌人叮当叮当……"

"你们的活动情况，我们倒听到一些，干得满不错！"梁永生说，"特别值得表扬的是，你们在暂时得不到组织领导的情况下，能够坚持斗争，继续活动，独立作战；这种精神是很可贵的。尤其是我们这些从事游击战争的同志，这一点更为重要……"

志勇风趣地说：

"敌人把我们打散了头，却使我们学会了独立作战，看来敌人的'用处'还真不少哪！"

梁永生若有所思地说：

"是啊！世界上的事，就是这么有意思——我们的革命，就是让革命的对象硬给逼起来的；我们的革命本领，又有不少是敌人用镇压革命的反革命手段'教'会了的……"

须臾,永生又问:

"哎,你们是怎么找来的?"

赵生水说:

"二愣叫来的!"

志勇插嘴道:

"他找到你们啦?"

"找到啦!"

"我真担心他愣头磕脑……"

"这一回呀,还多亏了他那股愣劲儿哩——"

"他闯祸啦?"

"对啦!"

"闯了啥祸?"

"跟鬼子干了一架!"

随后,赵生水把他和黄二愣相遇的过程原原本本说了一遍,逗得人们轰轰地笑了一阵。

笑声落下。老赵又说:

"二愣真是个好家伙,就是冒失点!"

志勇迫不及待地问:

"你和他一块儿回来的?"

"不是。"

"他呢?"

"早来了。"

"早来了?"

"你没见到他?"

"没有哇!"

"哦!看来他还真没回来呢!"赵生水猛然醒了腔,"刚才,我们一进门,大娘就问:'二愣呢?'我说:'他不是早回来了吗?'我一说这个,大娘的脸立刻变了颜色。我问她是怎么回事——"

"她说啥?"

"她说:'没啥。也许志勇知道。来,我快送你们下洞吧。'随后,大娘就把我们送到这里来了。我来到洞里,光顾说话了,把二愣的事忘了!……"

老赵这么一说,志勇更沉不住气了!

他忽地站起身,向永生说:

"爹,我得去看看。"

梁永生说:

"好吧!有啥事送个信来。"

"哎。"

志勇应着,爬出洞口,来到屋里。

屋里。

二愣娘呆呆地坐在炕沿上,正焦急地等着她的儿子二愣回来。可是,她左等一阵不见来,右等一阵不见来,眼里不由得汪满了泪花,直瞪瞪地凝视着窗户,嘴唇微微地抽动着,仿佛正在自己对自己念叨什么。这一阵,她的眼前曾几次出现过二愣回来的幻影。她极力想着二愣买回鱼肉来,志勇吃了伤口渐渐好起来的喜人情景,用以赶跑眼下正纠缠在心头上的那些可怕的猜想……当她突然发现梁志勇猛地闯进屋来的时候,慌忙抹了一把泪,强装着笑面说:

"志勇,你出来干啥?有事打个信号不就行了吗?"

志勇未答。问道:

"大娘,二愣哥回来了吗?"

"他,他……"

"他没来?"

二愣娘怎么回答呢?她把二愣至今未归的事如实地告诉志勇

吗?不行啊!告诉志勇有啥用?让他替我担心?还是让他去找二愣?不能那么办!可是,他要知道了,说不定还非要去找不行呢!这再怎么办哩?二愣娘越想心里越乱,乱得好像心窝里塞上了一把麻!

二愣娘迟迟不答,梁志勇更着急了:

"我去告诉他们!"

他说着就朝后院走。

二愣娘一把拽住他问:

"你要做啥?"

"快想个办法呀!"

"不用!"

"为啥?"

"他出不了事!"

"出不了事咋没回来?"

"也许是去哪里买鱼了!"

"买鱼?"

"是啊!"

二愣娘为了让志勇相信她的说法,只好将她让二愣卖银镯买点鱼呀肉的事告诉他。这位老人为了安住志勇的心,在说这件事的同时,脸上还泛起一层笑意。但是,这种笑意,不是像通常那样突出地反映在眼上,而是明显地反映在嘴上。同时,她的嘴里,还像含着什么苦味的东西似的。

不过,这时的梁志勇,并没留心大娘的表情。因为,他那颗惴惴不安的心,又为二愣卖银镯的事感动了!二愣卖银镯的事,方才他在洞中虽然听到老赵讲过了,可那时并不知道二愣卖银镯是为了他。如今他知道了真相以后,那颗不安的心更加不安了!

不安有什么用?得赶快想个办法呀!志勇想出的结果是:"回

洞请示一下,我们四个人,分头出发,连夜去找回二愣……"

志勇正想着,天井里响起沓沓的脚步声。

在这种情势下,老人是容易受惊的。二愣娘以为发生了什么意外,她一把摁住志勇:

"你别动,有我哪!"

她说罢,向外冲去。

她这时的想法是:"我豁出这条老命去,也要把敌人挡在屋外,不能让志勇受害!"志勇呢?他知道下洞已经来不及了,也产生了一个想法:"我要跟敌人拼一场,好为洞中的同志争取个准备时间!"

他想到这里,便从腰中嗖地抽出了匣枪。

谁知,当志勇正要冲出屋子的时候,忽听屋门口上哎哟一声!原来是二愣娘朝外冲得太猛了,跟那个正朝屋里闯的人撞了个满怀!要不是那人一把扶住了她,她非得趔趔趄趄摔倒不可!

那人是谁?

是二愣!

一场虚惊过去了。

二愣提着四条鲜鱼,站在娘的对面,嘿嘿地憨笑:

"娘,你忙成这个样子,有啥急事呀?"

娘一把抓住了二愣,就像生怕他再跑了似的,喜出望外地说:

"我那个儿子哟!你可回来了!"

二愣依然憨笑:

"看俺娘傻不!总不回来上哪吃饭去?"

二愣娘一见到二愣手中的鱼,更乐了:

"哎哟!那么个玩意儿,换了这么多鱼呀?"

二愣说:

"不是换的。"

娘笑道：

"又来哄弄娘！"

二愣从衣袋里掏出手镯：

"娘，你看！"

她一见手镯，唰地变了脸：

"鱼是哪来的？偷的？……"

二愣娘还想再斥责儿子，可是又把话打住了。为什么？这有两个原因：一是，她这当娘的，是了解从小在自己手下长大的儿子的，二愣多咱偷过人家一丁点东西？方才那个"偷"字，她是在一急之下说出来的！二是，她说着说着，突然发觉二愣的身子在微微颤抖，两片厚墩墩的嘴唇也发了青，身上还花里胡哨的净泥点点，心里蓦地明白了个七八成，知道自己刚才那种说法可能是屈枉孩子了！

再说二愣这个人，向来说话不会拐弯儿。尽管方才进门的时候，还在边走边想："下塘捞鱼的事，不告诉志勇，也不告诉娘！"可是，现在娘一说他"偷"，他急了！一急，不光脸又涨得火红，连那还没编顺溜的词儿，一时也说不上来了！因此，娘还没再问啥，他先露了馅子：

"捞的嘛！"

这一阵，梁志勇虽一言没插，可是他的感情，也在随着他母子的对话而变化着。到这时，二愣话没落地，他激动得再也耐不住了，一头扑过来，啥也没说，只是扎煞开胳膊，紧紧地抱住了二愣。

这时节，志勇就像要用自己胸怀里那颗滚热滚热的心，把二愣这一身的寒气驱散似的，他抱着，抱着，久久地不肯松开。就在这时，心里一热，鼻子一酸，两颗激动的泪珠蹦出眼眶，在他那微微颤动的面颊上，慢慢地向下滚动着。

这时二愣的身子像块冰凌一样凉。可是，紧紧抱着二愣的梁志勇,却感到有一股强大的暖流,正在串遍他的全身!

是的!在黄二愣这淳朴的外表里面,隐藏着多么深刻的思想,潜伏着多么炽热的阶级情谊啊!

过了老大晌,志勇才勉强地说出半句话:

"二愣同志,你叫我……"

二愣嘿嘿地笑,啥也不说,一只脚轻轻地在地上磨蹭着。

二愣娘凑上来,宽慰志勇说:

"孩子,看你傻不!你成天价风来雨去,拼命流血,为的是啥?还不是为了俺这老百姓?二愣为你养伤,下塘捞鱼,挨了一下子冻,这算了啥?志勇啊,你甭把这点事搁在心上,只要你早点把伤养好,回到队伍里,狠狠地打鬼子,这就是人们的造化……"

志勇望着把心都掏给他的这娘儿俩,本想说:"我一定狠狠地打鬼子,来报答阶级弟兄。"可是,也不知为什么,这句来到嘴边上的话,攻了好几攻,却没说出来。

就在这一刹那间,志勇觉着更深刻地理解了一个道理——人与人之间的感情、友谊,是千差万别的;从这不同性质不同程度的感情、友谊之中,又产生出形形色色的憎与爱;那么,什么样的感情才是最真挚的感情?什么样的友谊才是最深厚的友谊?什么样的爱才是最可贵的爱呢?只有阶级感情,才是最真挚的感情;只有革命友谊,才是最深厚的友谊;只有同志之间的爱,才是最可贵的爱呀!

正当志勇的心里充满了激动的感情,这激动的感情又正在激励着他为人民去立战功的时刻,忽听二愣娘喜气洋洋地向她的儿子说:

"二愣啊,你梁大叔来了!"

"在哪里?"

"在洞中。"

二愣一听,啥也顾不得了,一头冲出屋子向地洞跑去。

这一阵,洞中还在继续谈论着。

"老梁,你跟我们讲讲当前形势吧!"这是赵生水的声音,"这长时间和组织接不上头,活活闷死了!"

"这次会上,没有形势报告。"梁永生说,"不过,在会议空间,看了几份文件,还跟老方同志谈了一阵,倒也了解到一些消息……"

二愣虽然不识字,可是很爱听关于国家大事的消息。他想:"我一进去,就把梁大叔的话打断了!"于是,他就悄悄地在洞口外头听起来。这时,他听见梁队长习惯地停顿一下,又接着说下去:

"蒋介石发表了一个什么《中国之命运》,叫嚣反对共产主义……"

有人骂道:"民族败类!"

梁永生接着说:

"国民党山东游击第二纵队司令投敌了!……"

赵生水插嘴问道:

"厉文礼那个小子?"

"对!就是他!"

那个战士又问:

"关于我们方面的,有些啥消息?"

"三个月来,晋冀鲁豫我军,作战千次,毙俘敌伪六千。晋察冀我军,克敌据点二十九个,毁其堡垒百余座。在华中,克敌据点三十余座,毙俘敌伪七千多。我苏中军民,毙俘敌伪两千多,使敌人的'清乡'以失败告终!"

"还有啥?"

"目下,敌人又在组织兵力,准备对我山东解放区进行更大规模的围攻。"梁永生说,"国民党军李仙洲部,正与日寇勾勾搭搭,又要搞什么阴谋!……"

梁永生的话停下了。

有人骂了一句国民党，又问：

"县委在这次会上布置具体任务没有？"

"有。"

"啥？"

"近来，我们的主力部队又扩大了，还打了许多胜仗，解放了一些地区，并帮助那里的人民群众，建立起了地方武装。因此，县委要我们把从敌人手里夺来的枪支、弹药，马上上交一部分，以支援新建的地方武装和兄弟地区。"

"还有啥？"

"再就是要我们进一步扩大大刀队，发展民兵，武装群众……"

方才，梁永生他们一把话题转到具体工作上，二愣就想进去，不再听了。可是，当他听到要发展大刀队时，又改变了主意，继续听起来。你想啊，早就想当八路的黄二愣，该是多么关心这件事呀！

"呀！"就听见老赵惊讶地说，"又要上交枪支，又要扩大大刀队，发展民兵，武装群众，这不矛盾吗？"

"对呀！这是个矛盾。"永生说，"我们的任务，就是去解决这个矛盾。"

"咋解决？"

梁永生没有回答赵生水的问题，而是反问他道：

"老赵，要解决这个矛盾，得先解决个什么问题？"

老赵说：

"先解决枪的问题呗！"

"对呀！"永生说，"我再问你，咱有兵工厂吗？"

"哪有哇？问题就在这里！"老赵说，"要是咱有兵工厂，自己会造枪，哪还有这个矛盾！就算暂时有了这样的矛盾，要解决也不难呀！……"

永生道：

"没有兵工厂，这个矛盾就不能解决吗？"

老赵想了一下，说：

"嗯。能解决！"

梁永生问：

"咋解决？"

赵生水说：

"夺嘛！"

永生又问：

"上哪里去夺？"

老赵笑道：

"上敌人那里去夺呗！"

永生也笑了。他指指老赵腰里的匣枪，又说：

"你带的这支枪，是咱自己造的吗？"

老赵摇摇头：

"不是！"

梁永生又说：

"不也是从敌人手里夺来的吗？"

老赵点点头：

"是呀！"

梁永生说：

"老赵啊，有你刚才说的那一个字，矛盾就解决了……"

他俩的对话进行到这里，老赵以欢快的口吻接上永生的话尾说：

"我记住那个字了——夺！"

"对！瞅个节骨眼儿，我也夺一支！"这是二愣心里话。不过，他并没吱声,又屏住呼吸继续听下去了。

下面,是梁永生那幽默的话音:

"老赵啊,你说得满对呀——夺!也就是说,我们虽然没有兵工厂,可是,有敌人这么一支'积极'的'运输大队',还有石黑这么个'能干'的'运输队长',枪支弹药的供应问题,是不用发愁的哟!"

老赵欣喜地笑了。稍一沉,他和着梁永生的音韵,也风趣地说:

"老梁,人家石黑,不能算是'运输队长'啊!"

永生笑问:"喔!那你说他该算个啥?"

老赵答道:"叫我看,人家得算个'后勤部长'!"

那位战士道:"对!白眼狼才是'运输队长'呢!"

永生赞道:"好!你们说的更贴切!"略一停,他又改口换韵地说:"不过,咱们可别'埋没'了人家石黑的'功绩'呀!"

有人道:"他有个蛋'功绩'?"

永生道:"啃!你忘啦?在白眼狼这个'运输队长'忙不过来的时候,人家石黑这个'后勤部长',不是曾多次'不辞辛苦',代行'运输队长'的职务,亲自带领着那支'运输大队'给我们送过武器吗?这能不算人家石黑的'功绩'?"

他说罢,笑了。

大家也都笑了。

人们正笑着,忽听洞口上又传来笑声。

原来是,在洞口上的那个黄二愣,这时也禁不住地跟着笑起来了。

正在这时,后屋门口处,响起了二愣娘召唤人们去吃晚饭的暗号……

饭后。

梁永生在灯火上对着一锅子烟,吸了一口而后说:

"老赵啊,抓紧这个空儿,咱们开个支委会吧?"

他见赵生水好似不知如何回答是好,就又接言道:

"老赵啊,你还不知道——县委帮助咱们大刀队又重新建起了党的支部领导班子。支委会由五人组成。这个新的支委会乍一建立时,五个成员中包括高荣馨同志。后来,知道老高同志牺牲了,又经过我们提名,县委批准,补上了沈万泉同志。这样,现在说话,我们大刀队党支部的五个成员是:沈万泉,王锁柱,梁志勇,还有你和我……"

"我?"

"对!"永生继续解释说,"因为很长一段时间没和你取上联系,也无法通知你。直到今天,你还是头一次参加支委会……"

我这么长时间没和党取上联系了,党的组织在建立支部领导班子时,还把我安排成支部委员,这是党对我赵生水多么大的信任啊!赵生水心里这么想着,激动得两只眼里汪满了兴奋的泪花。

不过,老赵这个人,在这种情况下,激动归激动,兴奋归兴奋,可他一向是不习惯而且也不喜欢表示什么的。因此,现在除了那眼角上的泪花算是一种感情的流露而外,他再也没有任何表示,只是说:

"人不全呀!"

"人是不全。"梁永生指点着说,"这不,有你,有我,有志勇——五个人的支委会,已经有咱们三个了,超过半数了,可以决定问题了。"他改换成商量的口吻又道,"我看,咱就开吧?你们看哪?"

"好!开吧!"赵生水说,"在目前这样的环境中,要都等齐了,难呀!"

梁志勇接言道:"在支书去县委开会期间,我们开过两次支委会,也都是只有三个人。"

梁永生听说他们在这么短的时间里,开过两次党的支委会,满

意地"噢"了一声,然后又说:

"志勇啊,上两次支委会,我和老赵都没参加。也就是说,在今天参加这次支委会的成员当中,只有你一个人参加过上两次支委会。为了保持支委会工作的连续性,这次支委会的议程你先拿个意见吧!……"

永生说着说着,见那位战士要溜号儿,就喊住他说:

"你也列席这次会议吧!人多主意多嘛,咱就把这次支委会开成个支委扩大会——老赵,志勇,你们看,怎么样?"

他俩都表示同意。

在他们说话的当儿,二愣娘正在用棉被挡窗户,为的是不让屋里的灯光射出去。

志勇建议说:"既是扩大会,是不是让二愣也参加?"

永生想:"按这次支委会的内容看,二愣虽不是党员,作为群众代表列席这次会议也倒好。"于是,他问二愣娘:"哎,老嫂子,二愣哪?"

二愣娘说:"他到院门外头去放哨了。"她望了望永生又说:"你们要是想让他参加会,我就去替他——"

二愣娘这么关心儿子的政治生活,梁永生从内心里感到高兴,就说:

"几天没见面儿,老嫂子又进步了!"

"净拿老嫂子开心,我又进啥步啦?"

"支持儿子开会,就是进步的表现……"

"唉!快别说啦!"二愣娘说,"这人家二愣还成天价批评俺哩——说俺脑筋旧,思想不跟趟……"她喜声笑韵地说着,出屋去了。

赵生水拔出叼在嘴里的烟袋,将烟锅在鞋底上磕几磕,倒过头来甩几甩,又把烟嘴儿抹几抹,放在嘴里吹几吹,然后开言道:

"老梁,我想在这次会上,汇报汇报我们前一段的活动情况……"

"好。将这个问题,列入这次会议的议程——"永生说,"老赵,你还有什么想法,全说出来!"接着,他又转向志勇和那位战士,"哎,还有你们呐,不论出席会议或列席会议,都有发言权呀!……"

夜静了。

天上的星星出全了。

大刀队的又一次支委扩大会议,在黄二愣家这炕头上正式开始了……

第十章　巷战奇观

秋天。

一个大雾的早上。

大刀队正住在龙潭街上。

突然,侦察兵回来了。他向正跟战士们谈心的梁永生报告说:"'讨伐队'又出窝了,这回是石黑亲自带队;观其动向,要来龙潭!……"

梁永生听了这个报告,立刻喜上眉梢。

大刀队的战士们,得到这个消息更是喜气洋洋,全都摩拳擦掌,准备打仗。

你看——

正蹲在地上和一位新战士来"赶牛角儿"的唐铁牛,把眼看就要赢了的子儿用脚趋掉,不来了。他还以老战士的身份,叮嘱那位新战士:"别各处跑啊,要时刻注意队长的命令……"

正踞踞在一边擦枪的炮筒子,听到这个消息以后,立刻加快了速度。待他把枪装好之后,又主动凑到一位新战士近前,抓过那位新战友的枪检查起来,并一边检查一边开导说:"军人嘛,要爱惜枪……"

这时候,小胖子正在数快板儿:

> 不盼这,不盼那,
> 只盼打仗的命令下;
> 命令下,上战场,

　　　　杀敌立功报答党！
　　　　…………

　　他正数着数着,听到了敌人要来龙潭的消息,马上停下了,并向他的"听众"们说:"伙计们! 盼来了,准备吧!"

　　小锁柱正看书。他将书本一合抽出了匣枪:

　　"匣枪啊匣枪,我的老伙计! 你好几天没捞着说话了,我知道,你准得有意见! 今儿个,你就狠狠地教训教训敌人吧!"

　　梁志勇见小锁柱正在这边嘟嘟念念地说话,就悄悄地凑过来。小锁柱掏出一块油腻的布条儿,正要擦枪,梁志勇来到他的脊梁后头。志勇哈下腰去,慢慢地伸出两只手,猛地捂住了锁柱的眼睛。锁柱一点也没惊慌。他一面继续擦枪,一面用很有把握的语气说:

　　"志勇,别来捣乱!"

　　咦? 怪! 他怎么知道是我? 志勇纳闷儿地琢磨着,松开手,转身坐在锁柱对面的砸布石上,不解地问:

　　"你看见我了?"

　　"当然看见喽!"

　　"瞎扯!"志勇说,"我明明看到你没回头,你能看见?"

　　"前后眼、前后眼嘛! 要是也得回头才能看见,那不就跟你这'草木之人'的'肉眼凡胎'一个样了?"

　　他自己的话把自己逗笑了。接着他又把这笑声传染给志勇,使那轻易不爱笑的志勇也打破了常规,禁不住地笑出声来。

　　笑声落下去。

　　锁柱自动地告诉志勇说:

　　"我是从你喘气的声音听出来的!"

　　"你越说越神了!"志勇不以为然地说,"光听喘气就能听出谁来?"

　　"当然能!"

"我不信!"

"你可以不信!"

"我咋听不出来?"

"你没练这一功呗!"锁柱说,"你手脚上的功夫,俺咋不会?也是因为没练那一功嘛!"锁柱向志勇瞟了一眼,见志勇对他的说法有点信服,就又进了一步说,"咱们大刀队的这些人,除了最近两天才来入伍的几个新战士以外,其他人的喘气,我都能听出来……"

"吹!"

"吹? 特别是你,我听得最准!"

"我又有啥两样?"

"你会武术嘛!"

"会武术和这事能扯到一块儿?"

"当然能!"锁柱说,"会武术的人,喘气跟一般人不一样!"

志勇情不自禁地笑了。他那笑眼中闪动着佩服的目光。他佩服锁柱的细心。他佩服锁柱的聪明。静了一下儿,他像突然想起什么似的又问锁柱道:

"哎,锁柱,你揣摸着今儿个这一仗打不打?"

"甭二乎!"锁柱一甩头说,"你就准备去吧!"

志勇扑哧笑了。

继而,他又朝着锁柱的胸脯子来了一杵子:

"瞧你说得这个把握劲儿,就像这件事由你做主一样!"

"揣摸的嘛!"

"你真是个'揣摸参谋',整天价瞎胡揣摸,有根据吗?"

"当然有喽!"

"啥?"

"第一个根据是:我们的地下工作人员沈万泉同志曾送来情报,说石黑要亲自带队突袭龙潭;第二个根据是:侦察员刚才又来报告说,石黑的'讨伐队'已经出发,奔龙潭的方向来了……"

"这个还用你说!谁不知道?"志勇说,"这些'根据'只能说明敌人要来,它并不能说明仗一定能打起来!"志勇为了加强自己这话的说服力,稍一停顿又接上说,"这些天来,咱们哪天不是领着敌人进行武装大游行?不也没有打吗?"

志勇说的倒是事实。白眼狼奉令"讨伐",日子可不少了。他们见天拂晓出巢、黄昏钻窝,像瞎子摸鱼似的,在人民战争的汪洋大海中寻找八路军,捉拿梁永生。可是,甭说捉到八路军,捉到梁永生,连个民兵也没捉到!那么说,他们见天出来到处乱窜,就啥也见不到、啥也碰不上吗?

当然不是!

什么地雷呀、冷枪呀,还有那些猛孤丁地落在他们脑瓜子上的棍棒、镢头、铡刀片儿呀,哪一天碰不见?又何止是一次两次?再说他们天天都能见到的,最多的莫过于"黑榜"了!

"黑榜"是个啥?

所谓"黑榜",就是伪军们的罪行录。

在那"黑榜"上,写着伪军们的名字;每个名字下头,分别点着多少不等的黑点儿。做坏事多的伪军,黑点儿就多;做坏事少的伪军,黑点儿就少。在每张"黑榜"的末尾,还有这么个简要的说明:"超过三个黑点者,要受到惩罚!"

这些"黑榜",有的是八路军游击队贴的,有的是青救会、妇救会或民兵、儿童团等抗日群众组织贴的;有的贴在村口的墙上,有的贴在路边的树上,还有的贴在据点的大门上。

这种"黑榜",对分化瓦解敌人作用很大。

有的伪军见自己名下够了三个黑点儿,一出据点窝门就提心吊胆,生怕八路军惩罚他;闻到枪声,心无斗志,争先逃命。有的伪军见自己名下已经有两个黑点儿了,再做坏事时就心惊胆战,生怕八路军再给他加上一个黑点儿,使自己变成惩罚对象。而且,不够三个黑点儿的伪军们,一到打仗时,大都怕受连累,谁也不愿跟超过三个黑点儿的在一堆子。

这么一来,夹着尾巴威风扫地的伪军们,每次下乡"扫荡",真是草木皆兵。他们望见庄稼一摇晃,就疑为那里有伏兵,吓得惊慌失措。有时看到有个烟筒冒烟,也神经质地认为那里有个地雷快要响了。就连这一座座的村庄,在伪军们的心目中,也变成了一座座行将爆发的火山。甚至连漫洼地里的坷垃块,仿佛也会随时飞起来,砸碎他们的脑袋!

这种精神状态,怎能打仗呢?所以,他们见天嘴里喊的是捉拿八路军,捉拿梁永生,可心里又怕真的碰上八路军,碰上梁永生。那又怎么办哩?他们从多次的教训中,发明创造了一套古今中外的战书上不曾有过的新战术——未进庄,先放枪,八路走了再进庄。

这战术,真高明!既应付了上司,又保全了性命。

伪军有了新战术,我们八路军当然也得用个新战术来对付他们。大刀队的新战术是:对汉奸和伪军中特别坏的家伙,进行有计划的惩罚;对一般伪军,不轻易跟他们交火儿。

现在志勇说的,所谓见天领着敌人进行"武装大游行",就是指的这种尽量不和一般伪军交火儿的情况。可是锁柱继续坚持说:

"我还没说完哩!"

"还有啥?"

"还有第三个根据呗!"

"喔哈!你的根据可真多呀!"志勇笑着说,"说吧!我就豁上个耳朵听啦!"

锁柱往志勇近前凑了凑,倾着身子神秘地说:

"伙计,忘啦?前几天,咱们光领着敌人'武装大游行',我想不通,闹了情绪,你不是还剋过我吗?……"

"瞧!你这'文人'呀,就是爱啰嗦!"志勇打断了锁柱的话弦说,"你别东扯葫芦西扯瓢的好不好?盆说盆,罐说罐,啦正题儿嘛!"

"这就是正题儿!"锁柱坚持说,"有一天,我给梁队长提意见,嫌他光走不打,他说:'净一伙子普通伪军,打个啥劲儿?'

"我说:'伪军不也是敌人吗?'

"他说:'当然是!'

"我问:'那为啥不打?'

"队长笑了。他没回答我。反问我道:

"'打仗,是该瞄准敌人的脑袋打?还是瞄准敌人的胳膊打?'

"我说:'当然要打他的脑袋了!'

"他问:'为啥?'

"我说:'要死的嘛!'……"

梁志勇强压着性子听到这里,又耐不住了:

"唉唉唉,我说锁柱呀锁柱!你这个人呀真成问题!怎么一开了口就锁不住呢?这是扯着扯着又扯到哪里去了?这些谁都知道的'流水账',还用你再重述一遍?"

"你还想听不想听?"锁柱站起身,摆出要走开的架势,"不想听就散了!"

锁柱一拿搪,志勇吃不住劲了。他上前拽住锁柱,央求道:

"伙计,说下去;我再也不干扰你了还不行?"

锁柱嗤地笑了。他蹲下身,又接上话弦。他这一张开嘴,又像黄河开了口子:

"咱们队长说:'拿鱼先拿头,刨树要刨根。我们对敌斗争,也得集中力量首先打击坏中之坏。现在,我们引着伪军们各处乱转,等把鬼子引出来,狠狠地揍他们!'队长还说:'我们暂时的游而不击,转而不战,是为了摸着敌人的脉搏,培养其骄傲情绪。敌人一骄傲,人马再多,武器再好,也没战斗力了。骄兵必败嘛!'如今,你看,敌人的骄傲劲儿,不是叫咱队长给'培养'起来了?不就可以出其不意、攻其不备了?再说,两路情报都说得明白——今儿个不光是鬼子兵要来,连石黑那个老杂种也要来,这仗,还有个不打?"

"你念了半天,原来净是些陈黄历呀!"志勇仍是不以为然,"今天的仗打不打,还要根据目前情况……"

"根据目前情况也准打!"

锁柱将那富于表情的头脸一甩,又朝那边的梁永生努努嘴:

"眼呐?看不出来?"

"啥?"

锁柱带着不屑的语气,悄声说:

"梁队长的表情呗!"

这时,志勇的一双视线向永生射去。他要捕捉到爹的眼光,并想从那眼光中找出锁柱这种说法的答案。他瞅了一阵,只见爹的脸上挂满笑纹,正蹲在那儿给一个新战士洗脚丫子。在这个新战士刚入伍的时候,梁永生就曾耐心地向他介绍过保护脚板的经验,例如鞋要松啦,袜要平啦,脚底板上经常抹点油啦,等等,可他总没放在心上。这几天一连来了几次急行军,如今已是两只脚上水泡套水泡了。现在永生给他洗着脚,他还在一边挣拽一边嚷:

"队长,行啦,行啦!个臭脚丫子……"

"喔!你可别小看这臭脚丫子。我们打游击,指着它哩!"

"那我自己洗,我自己洗……"

"老实儿的吧!你不会!"

"我会,我会!"

"你会?你会磨泡!"永生说,"你要把血泡洗破,那就一步也不能走了!"

梁永生一面给战士洗着脚,还一面跟杨大虎谈着话。大虎没戴帽子,敞着怀,毛茸茸的前胸起伏着,还一阵阵地冒着热气。永生问他:

"敌人有多少人?"

大虎可能是由于路上走得太急了,现在他不仅用衣袖擦抹着满头的汗粒,就连说话也气咻咻的:

"没细数。过百了。"

"里边有鬼子吗?"

"有。"

"多少?"

"十几个。"

"石黑在里边吗?"

"在。"

"看清了?"

"不是那个歪歪鼻子吗?"

"对。白眼狼来了不?"

"来了。"

"全看准啦?"

"没错儿!"

梁永生沉思了片刻,也不知想了些啥,又问:

"大虎哥,你咋知道敌人要来龙潭?"

杨大虎笑着说:

"一个伪军告诉我的!"

梁永生也笑了:

"真有意思!人家能告诉你这个?"

"说来也真赶巧啦!"大虎说,"有个伪军,闯进我家,摘下一块手表,递给我说:'老乡,这块表,请你先给我保存一下。'他见我不解其意,又解释说:'这一仗,我要托天之福,死不了,还来拿。要是不来拿,就是阵亡了。到那时,求你行行好,把它送到我家去——'随后,他又把他的家乡住处告诉我。"

大虎说着,从衣袋里掏出一块手表,举在永生脸前,又说:

"老梁,你瞧!就是这个玩意儿!"

梁永生伸出一只湿淋淋的手,甩去手上的水珠,接过手表,拿在手中瞅起来。那位新战士趁这个机会,挣脱出来,端起水盆,跑到一边去洗脚了。

梁永生擦了擦手,将手表反反正正地瞅了一阵,风趣地说:

"嗬!还是个金壳的大罗马呢!"

"要不,那伪军会把这玩意儿看得这么贵重呀!"大虎说,"那个伪军,把名字告诉我以后,又掏出一把零票子硬塞给我,要收买我的心。当时,我觉着这里头八成有什么文章,就应下了他的托付,还就劲儿探听到一些很重要的情报……"

这一阵,梁永生一面听大虎谈情况,一面又在瞅那块手表。他瞅着瞅着,忽然问道:

"那个伪军是不是叫田宝宝?"

"对。"

"宁安寨人?"

"对。"

大虎惊奇地望着梁永生:

"你咋知道?"

原来,这个田宝宝,是宁安寨的老中农田金玉的儿子。因此,要说梁永生认识田宝宝,这并不奇怪。现在使杨大虎觉着奇怪的是:梁永生怎么会知道这手表是田宝宝的呢?说起来,话又长了。早在抗战初期,村中的一些青年人,有的当了八路,有的干上民兵,田宝宝一见这种情况,也动了心。有一天,他向爹说:

"我也去干一个吧!"

"干啥?"

"干八路也行——"宝宝望望爹的神色,又说,"你要不愿意,我就先干个民兵。"

田金玉依然摇头:

"看看再说吧——这可不是闹着玩儿的!要是八路军万一有个山高水低站不住,那不毁了全家性命?"

宝宝说:"不干,这日本人的气,受到多咱算个头?"

田金玉叹了口气说:"这是百姓的劫数,受够了就完了!"

他见儿子还不死心,又说:

"我琢磨着,日本人打进中国来,无非是为了夺江山,坐朝廷,不一定乱抢乱杀的!他们能不要老百姓吗?不要老百姓他们向谁征粮抽税呢?咱这号不党不派的庄户人家,给谁纳粮不是一样?"

后来,日本鬼子进了村,把田宝宝抓去当了伪军。

现在田宝宝手上戴的这块表,是田金玉那个老财迷从一个日本鬼子的尸体上捋下来的。那时战斗还没结束。要不是梁永生掩护他一下,他早挨上枪子儿了。可是,现在永生并没向大虎讲这些过程,只是把手表一举说:

"我认得它!"

接着,他将表递给大虎,离开话题,又急转直下地问道:

"大虎哥,你还探听到一些啥情况?"

"我这个人,你知道,从来是学舌学不清楚!今儿个,就原原本本地跟你说说吧——"大虎这些话,虽是商量的口气,可他并没容永生表示什么,便不顾别人地独白起来,"在当时,我先装作害怕的样子,试探着问那田宝宝:

"'哎哟!你们在俺雒家庄打仗吗?'

"他说:'不!你甭害怕。'

"我说:'你哄弄俺。你们的队伍,这不全在俺庄上站下了?'我将手表朝他递过去,又说:'你快自个儿收着吧,你们在俺庄一打仗,俺还知不道死活呢!'

"田宝宝没接手表,又说:'在你村打个腰站,是为了麻痹八路!仗,要到龙潭去打。'他为了让我相信他的说法,还补充说:'你没看见?通龙潭的道口,全封锁了!'我佯装消除了顾虑,又笑着劝慰田宝宝说:

"'那你何必这么担心呢?到龙潭也不一准就碰上八路,哪有那么巧的呀!'

"田宝宝说:'咱听说全探好了。龙潭不光准有八路,梁永生也在那里!'我又佯装猛吃一惊:

"'哟!听说梁永生可是厉害呀!'

"我这话,是想给那小子制造点恐慌。其实,这是多余的。那小子的心里,早就慌神了。这间,他的眉眼皱得像喝了黄连水,深深地叹了口气说:

"'谁说不是哩!这一回呀,要是碰不上梁永生,就是哪一辈子烧下高香了!要是真碰上,十有八成就得上那边凉快凉快去了!'他说到这里,我一看时间不早了,不能再跟他磨牙了,就随随便便地又跟他对磨几句,把他支走了。

"田宝宝走后,我也离开了家。先悄悄地溜出村子,又拐了个大弯儿,撒开双腿一溜飞跑飞颠,一气儿窜到你们这里……"

杨大虎从头至尾根根梢梢说了一遍。他说的这些情况,大体梗概梁永生已经掌握起来了。那是从部队的侦察员和党的地下工作人员两条渠道传过来的。可是,梁永生对掌握敌情是非常认真的。哪怕是一丁点小事儿,他也要抓住它,在脑子里拧上几圈儿。而且,在情报的来源方面,他又特别重视人民群众这条渠道。因此,现在大虎由头至尾地说着,他既不因重复而插嘴截舌,也不因啰嗦而感到腻烦。你看他,平平静静地坐在院中的石碌上,搬起一条腿压在另一条腿的膝盖上,半倾着身子,抽着烟,微笑着,耐心地听着大虎这好像永远说不完的叙述,却看不出一丝儿心急的意思。

大虎说话有个特点,就是不管对方对他的话持啥态度,他总是按着他自己要说的一直说下去。现在,他也不顾气喘汗流,一气儿就说了这么多。当他说到这里的时候,站在一旁等了老大响的炮筒子,再也沉不住气了,就凑前一步打断了大虎的话弦,向梁永生提议说:

"队长,咱该行动了!"

永生笑道:

"咋行动?"

炮筒子答道:

"打呗!"

永生又问:

"打谁?"

炮筒子又道:

"打鬼子嘛!"

在永生和炮筒子对话的当儿,锁柱被战士们拉到一边去了。人们把他围在当央,齐打忽地问他——今儿这一仗打上打不上?就像小锁柱能主宰这件事情似的。锁柱怎么办呢?他并不推辞,叫人们全都蹲下,聚成一堆,脑袋挨着脑袋,肩膀靠着肩膀,他又神秘地讲说上了:

"我揣摸着,今天这一仗……"

锁柱正连说带比画地讲着,也不知梁永生哪时来到了这边。他两手拄着膝盖,哈腰站在锁柱背后,悄悄地听起来。直到锁柱发现了他,他这才笑哈哈地插了嘴:

"你又跑到这里来算卦啦?"

锁柱腾地红起脸,站起身来,低下头去,摸着后脖颈子嘿嘿地憨笑着。

人们全站起身。也无声地笑了。

梁永生问大家说:

"你们都想打仗?是不是?"

"是!"

众人异口同声。永生又说:

"别急嘛!保证有你们的仗打!"

人们一听要打仗,好似干柴遇上烈火,全都心里热乎乎的,脸上冒喜气儿。一双双的笑眼盯住永生:

"队长,当真?"

永生光笑未答。

"队长!打吧!俺都准备好了!"

锁柱生怕队长的决心滑了扣,就着人们的话尾儿又来了这么一句。当他说这句话的时候,还曾想用个手势加重一下语气,表示出自己的决心,可又觉着自己作为一个军人,在和领导人说话时出现那种动作不够郑重,于是,把那只刚想抬起的手臂又收回去了。

梁永生向前跨了一步,将手搭在锁柱的肩上,一边上上下下地打量着他,一边笑盈盈地问他:

"锁柱,你准备好啥了?"

锁柱晃晃身子,神气十足地说:

"队长只管检查嘛!"

梁永生笑眯着眼,将锁柱的浑身检查了一遍。他发现,小锁柱不光衣帽板板正正,衣扣一个也不缺地扣着,就连他腰里的武装带,也扎得紧绷绷的。又见,他匣枪柄上那火红的穗儿,从腰间飘垂下来,把个英俊的锁柱衬得更加英俊了。

永生看了多时,心中一阵高兴。接着,又问:

"锁柱,你说这仗该怎么打?"

"这个,俺没想它!"

"顶大的事你没想,咋说'准备好了'?"

"这不关俺的事! 俺们这些战士们,任务是听指挥——打!"

锁柱强词夺理地说着,自知理由站不住脚,脸红了。

小胖子从旁插嘴道:

"队长! 人家锁柱连收条都准备下了!"

"收条?"

小胖子见队长不解其意,便猛地将手插进锁柱的衣袋,抓出一张小纸条儿,递给永生说:

"队长,你瞧!"

梁永生伸展开折皱了的纸条,一瞅,只见上面写着这样一段话:

> 石黑先生:你送来的俘虏××,枪支××,其他军用物资××,我们毫不客气地如数收下了。谢谢! 为了使你便于向你的上司交账,特发此条。
>
> 　　　　　　　　　　八路军大刀队

永生看罢,笑道:

"唔! 这仗要打,人家锁柱早已决定了哇!"

锁柱低下头去,在不好意思地卷着衣角。

人们望着锁柱的窘相,全都笑了。听这笑声,好像现在不是战斗的前夕,而是正在庙会上瞧什么热闹儿。笑声未落,哨兵唐铁牛闯进院子。他往梁永生的面前一站,身板儿挺得笔直,右手举在眉棱:

"报告队长! 敌人出了雒家庄,过了十里铺,正向龙潭前进!"

"好!"永生一挥手说,"继续监视他们的行动!"

"是!"

铁牛跑步而去。

梁永生一侧身向小胖子说：

"你去告诉二愣……"

"到！"

永生话未落点，答"到"声就接上了。"到"音未尽，黄二愣从角门后头闪出身来。这小伙子打扮得头齐腰紧，精精神神地站在梁永生的对面。他那对插向鬓角的剑眉一耸一耸地跳动着。

永生笑乎乎地朝二愣望了一眼，说道：

"嗬！你来得好急爽呀！"

"知道你准得叫俺！"二愣说，"俺早就来门口等着了！"

"这又叫你愣对了！"永生说，"你去通知，你们民兵负责掩护群众撤退！"

"是！"

"不要敲锣撞钟的，悄悄地组织群众，火速撤离村庄！"

"明白！"

"快！"

"是！"

在梁永生看来，从某个角度讲，每次战斗的胜败，是在战斗之前就基本确定了的。因此，战前的准备，战前的计划，都是极为重要的，这可打不得半点马虎眼。一人心里主意少，众人一凑计千条。作为一个指挥员的任务，首先是能够充分集中大家的智慧。永生基于这种一贯的指导思想，在黄二愣走后，又将大刀队的战士们召集到他的身边，说：

"咱民主民主——仗，咋的个打法？"

因为在大刀队里有这样的习惯，所以永生只说了这么一句开场白，一场热烈的讨论便开始了。头一个发言的，当然还是小锁柱。他说：

"叫我看,该在村头湾崖上打埋伏——这有三个好处:第一……"

锁柱的对头炮炮筒子把大手一摆:

"你先别一呀二的好不好?不怕把嘴唇磨薄了?"

锁柱仍是一副严肃的神态:

"我需要讲讲自己建议的根据嘛!"

炮筒子还是活泼的口吻:

"用不上那些零碎儿!你打个题头就行了!"

接着,旁人又另提出了主意——

这个说:"在桃树林里打伏击最好!"

那个说:"桃林太年轻,树既稀又小……"

有的说:"队长,你们转移吧,拨给我几个人——"

又有人说:"敌人一百多,拨给你几个人好干啥?"

还有人帮腔道:"这个主意是危险的!"

也有人又反击他:"危险和胜利是邻舍家!不包含危险的胜利是不存在的!"

那个又说话了:"我是请示队长的,你们乱插什么嘴?"

这个可耐不住了:"争论固然好。可是,照这么个争法,争到驴年也争不出名堂来!千锤打锣,一锤定音——队长,你就决定了吧!"

"……"

好一个热闹的讨论会呀!

在这个不拘形式的讨论会上,各种各样的意见,撞击着永生的耳鼓。

可是,尽管人们好像铜盆撞上铁扫帚,谁也不肯让谁,有时直争得脸红脖子粗,梁永生却是稳坐静听,一言不发。

不过,他那一双豁豁亮亮的眼睛,一直在闪射着智慧的光芒。

他这副眼光,时而在这个人的脸上打个转儿,时而又和那个人的视线碰个头儿,时而又把帽子往后推一推,低下头去,变成一副沉思的神态瞅开了地皮。叫人猛乍一看,就像他对这讨论会毫无兴趣,目下正在研究脚底下那根草棍儿似的。

其实呢?并不然!凡是了解梁永生的人,心里都很清楚——现在他正在仔细地倾听着人们的发言,咂摸着发言中的每一个字眼儿。而且,对大家正在讨论的问题,他的心里也已经有个谱儿了。

"灯不拨不亮,理不辩不明。"这句话,是县委书记方延彬说的。几年来,永生始终把这句话记在心里。另外,他还从老方那里学来这么个习惯——每当自己想出一个什么方案之后,总是自己再想出各种各样的理由来推翻它;当他自己实在无法把它推翻时,他就召集一些人来,让人们无拘无束而又认真细致地议论一番。

不自满者受益,不自是者博闻。梁永生所以习惯于用别人的看法和想法来校正自己的主意,不光是因为他具有谦虚谨慎、严肃认真的作风和品德,而且,还是出于他那种发自内心的对革命事业的强烈责任感。

现下,梁永生一面听着人们的发言,一面用各种各样的意见来鉴定自己的想法,修正自己的想法,补充自己的想法。

永生的精力竟是这样的充沛——就在这耳也听,眼也看,心也想的当儿,他还能抽出精力来,吩咐杨大虎几句话。

杨大虎走了。

人们在紧张地讨论着。

人们在紧张地思索着。

这时节,小锁柱捅了梁志勇一把,以将他的军的口吻悄声道:"伙计,你瞧,怎么样?这仗是得打不?我揣摸对了吧?这你不服能行?咱就是没有白吃这几年的小米子干饭嘛!"

梁志勇没吭声。

炮筒子听见了。他插进来大声说：

"小锁柱，先别夸口，等真的打上了才有你的理说呢！"

志勇用肘子捣了炮筒子一下，又向正在发言的同志那边一甩头，意思是：别呛咕这些没用的！这是个啥时候？

这时候，讨论会还在热烈地进行着：

"我看，村东的道口上，是个打伏击的好地势。那里，既能够发挥火力射杀敌人，又有利于出击冲锋，还可以急速撤退转移……"

"这个意见好！"

讨论了这大晌，梁永生才开口。可他刚说了个话头，又被猛然闯进来的哨兵唐铁牛给打断了：

"报告队长！敌人已经离村不远了——"

梁永生下意识地摸一下别在腰间的匣枪：

"还有多远？"

"二里多路。"

"从哪来的？"

"从正东。"

永生将一双目光从铁牛的脸上收回来，又朝讨论会上的战士们扫视了一圈儿。他只见，一双又一双的眼珠子，全在盯着他，而且那些期待的眼光好像在说："队长，快下命令吧！"随后，永生在鞋底上磕去烟灰，又将烟袋别在腰里，并就手抽出匣枪，朝战士们一挥臂：

"同志们！跟我来！"

梁永生一声令下，战士们好似脱缰之马，忽呀忽地跑出门去。当大刀队正要出村时，只见有个半截铁塔般的黑小伙子飞步赶来。他手中拿着手榴弹，身后背着大砍刀，来到梁永生的面前没头没脑地说：

"俺也去!"

"干啥去?"

"打仗呗!"

"二愣呀,你这回可没愣到点子上!"梁永生说,"方才我是怎么布置的?不是让你们民兵组织群众撤退吗?"

"全组织好了!一班的民兵专门负责照顾那些家中没有青壮年的烈军属,二班和三班的民兵,负责断后掩护群众。"二愣朝西北一指,"你看——"

梁永生顺着黄二愣的手臂一望,只见扶老携幼的人群,正从一条道沟里向西北方向撤退。

在那些正然疏散撤退的人群中,大都是些老人、孩子和妇女。一些老头子们,有的轰着牲口,有的牵着猪羊,还有的背着小孙子;那些老太太们,有的挟着包袱,有的抱着鸡,还有的提溜着干粮筐子;有些青壮年妇女,不是搀着老人,便是抱着婴儿;少年儿童们,背着书包,拿着木刀,腰里还插着用胶泥做成的手枪……

在平常日子里,人们见天都在准备疏散,应当说对撤离村庄是有充分准备的。可是,每当真的撤出村庄以后,许多人却又觉着有些事并没做好。你看,现在有的人正一边朝前走一边朝后看,显然是心里在牵挂着什么。

梁永生望着人群,又向黄二愣说:

"你也去掩护他们!"

"俺不!俺……"

"你,你什么?"

永生见二愣要发犟,他直瞪着大眼盯着二愣。直到二愣两只怯生生的眼睛在躲闪永生的视线时,永生这才又钉子入木似的说:

"去!执行命令!"

"是!"

黄二愣一来就下了决心,这一回非得死活裹黏梁队长不行,直裹黏到他让参加战斗为止。谁知,这时梁永生一严厉起来,他心里蓦地产生了一种敬畏的感情。这种感情压住了他那决心,他的嘴也不由自主地喷出一个"是"来。

感情的强大冲力,使得二愣咔地又来了个立正,扭转身子跨开大步,两条腿穿梭似的飞跑而去。梁永生笑望着黄二愣那高大的背影,高兴地自语着:

"真是一棵好苗子呀!"

大刀队的勇士们出了龙潭街。

又顺着道沟进入了村东道口上的阵地。

永生笑着问一位战士:

"你提议的伏击地点,是不是这个地方?"

那战士笑着点点头。

继而,他们肩并肩地趴在崖坡上,将子弹推上枪膛,将手榴弹的保险盖儿打开,摆出了一副严阵以待的姿势。这时,战士们谁也不吭气,谁也不吱声,一股严肃紧张的空气在阵地上流动着,阵地,静得像从来没人到过的那深山老林一样。

梁永生将他那钢板似的胸脯紧贴在崖坡上,又用那带着生铁味儿的拳头支着浑圆的下颏。与此同时,他那双久经战阵的好像能穿云破雾的视线,透过灰蒙蒙的雾气死死地盯着远方。

远方的天空,阴阴沉沉。远远近近大大小小的村庄,都被这好像蒙蒙星星的细雨般的雾气覆盖着。

一会儿。敌人的先头部队,在他的视线中显现出来。这时,梁永生的心里,比在深山打猎突然发现了猎物还要高兴。讲实情,目下的敌人,是正以最大的速度风快地前进着。可是,我们大刀队战士们的心情,和他们的领导人梁永生的心情一样,却觉着敌人就像爬行一样,走得太慢了!因为这些小老虎似的战士们,盼望打仗真是如饥似渴,恨不能敌人一下子就来到自己的近前,好跟他们痛痛快快地拼上一场!

敌我的距离随着时间的流逝在缩小着。

不多时,敌人的队形,已看得清清楚楚了。

只见,一百多号敌人,摆成一溜长蛇阵,明火执仗,直扑龙潭而来!看敌人的来势,不像要来个包围战,而像是要来个挖心战——顺着街筒子直插街里,以迅雷不及掩耳之势,来个中心开花,打我们个措手不及!

梁永生观望着,思索着,觉着石黑采取这种战术是有可能的。第一个根据是:这些天来,石黑见伪军们天天出去跑,天天放空回,光打雷不下雨,一直找不到大刀队,勃然大怒了。于是,他把白眼狼等汉奸头子们,叫到他的队部,大骂三通,狠训一顿,尔后,便亲自带领着他的日本小队,和伪军们一起出发了。这些情况,梁永生通过我们的地下工作人员都已了解到了。第二个根据是:从前伪军们下乡"讨伐",都是采取包围战术,而又一直没有奏效。这回石黑来个独出心裁,花样翻新,搞个挖心战,也是有可能的!第三个根据是:敌人人多势众,武器优良,他们凭借这些有利条件也有可能敢于冒险。第四个根据是:从柴胡店出发突袭龙潭,取捷径而进是不用路过雒家庄、十里铺的。他们既然故意先到雒家庄停留,又转道扑向龙潭,显然是用的声东击西之计。既然先来了个声东击西,继而再来个迅雷不及掩耳的挖心战,这是完全合乎逻辑的⋯⋯

梁永生越想越高兴。因为敌人这样的战法,这样的队形,对我们打伏击太有利了。他心中这样想着,又见战士们也都大喜过望。他们正在紧紧扣住扳机,握着手榴弹,单等队长一声令下,准备给敌人一个出其不意的重大杀伤!

时间,在焦急中一分一秒地缓慢地流逝着。

敌人,在雾海里一步一步地向这边靠近着。

又过了一阵。敌人的先头部队,已进入了我们的有效射程。到这时,屏住呼吸的战士们,身子全像僵住了似的,纹丝不动,只是浑身的血液流得更快了。一颗颗鲜红火热的心,也正按照统一的节奏跳动着,就像共着一条血管似的。许是由于太兴奋的缘故吧?这时战士们那颗嘭呀嘭地跳动着的心,几乎快要从嗓子眼儿里蹦出来了!

这时节,在战士们的感觉中,时间行进得太慢了,一秒钟比一天还要难熬。他们把仇恨全凝聚在枪口上,心情如饥似渴,脸色憋得通红,两只鼻翅儿扇动着,一对眉毛拧成了一条绳,握枪的手心里都渗出汗来了。

道沟里很静,很静。

静得使人的耳朵里发出了各种各样若有若无的声音。

伴随着时间的流逝,战士们久久等待的命令,终于发布了:

"撤退!"

这命令,声音很低,很低。战士们有的听见了,有的虽没听见,但也感觉到了。此刻,惊呆了的战士们,大都莫名其妙地望着他们的领导人——这位发布"撤退"命令的梁永生。

伏击阵地上,笼罩着令人呼吸困难的闷气。

这闷气,掩盖着战士们的失望和不满。

战士们虽然没人说出半句话,可是他们通过自己的眼睛把要说的话告诉给了队长。梁永生向战士们扫视一眼,将人们潜藏在眼神中的不满情绪统统收捡过来以后,再次重申了他的命令:

"顺沟北撤!"

你说战士们该是多着急呀?而且永生也知道,战士们想打仗都要想成病了!但是,目前的境况,不容许他作任何解释,就连发布命令,也只能是简洁的,迅速的。紧接着"顺沟北撤"的命令之

后,他又跟上这么一句:

"执行!"

战士们面对着这不符合自己心愿的命令,心里都急坏了!有的像浑身起了风疙瘩,痒得撑不住劲儿,用手搓着大胯。有的在嘟嘟囔囔发牢骚:

"敌人来到眼皮底下了,为啥不让打?真不明白!"

不通归不通;着急归着急;执行命令归执行命令。这就是我们共产党所领导的队伍的特点之一。你瞧!那些揣着失望心理和不满情绪的战士们,这不全都提着枪、猫着腰、一个紧跟一个地向北撤去了吗?

梁永生走在道沟里,眼望着一个又一个的战士们。他只见,那些往日里都赛欢老虎儿似的小伙子,如今全噘着个嘴,带着咕咕哝哝的声音从他的身边擦过去。这当儿,他不由得想起了战士们在讨论问题时敢于发表自己的见解的场面,想起了在平时战士们敢于跟他争辩的情景,心里一阵高兴,不由得话在心里说:

"我们的党有了这样既懂得民主又懂得纪律的战士,世界上还有什么样的敌人不能战胜?"

梁永生在撤退的过程中,走着走着落在了队伍的后头。他是故意落在后头的。而且每次撤退都是如此,这已成了战士们人人皆知的老习惯。不过,走在队伍后头的,也并不是只有梁永生一个人。在他的身边,左有小胖子,右有唐铁牛。他们,正在保护着自己的领导人。

永生走着走着,忽然一侧身向铁牛低语了几句,也不知他说了些什么,只见铁牛点点头"嗯"了一声,飞起双腿朝前跑去了。

一会儿。

队伍在运河岸边的一片枣林中停下来。

梁永生走进枣林,站在一棵大树下。

他的身子挺得笔管条直,两个大拇指头挂在腰间的宽皮带上,显得格外轻松愉快。他那一副笑眯眯的眼光,在这个战士的脸上打了个转儿,又忽地飞到另一个战士的脸上去了。

眼下,平素都美不够的战士们,大都闷闷不乐。他们不吭声,不看队长,相互之间也不交换眼色。有的,背靠树干,枪贴前胸,耷拉着脑瓜子,气得呼哧呼哧地喘粗气,嘴噘得能拴住一匹大叫驴;有的,急得用手抓住自己胸前的衣裳,仿佛他心里正憋得难受,要放开嗓子大喊几声才痛快;有的,脸涨得通红,发紫,好像他随时准备要跟谁打架似的;有的,身子歪在树上,一手撑着地,五根指头全都抠到土里去了;也有的,两个人背靠背坐着,这边这个低着头在研究自己的脚,那边那个仰着脸在给天相面;还有的,手里拿着一根树枝儿,吃着猛劲在地上乱画。他画一阵,用脚抿掉;抿完了,又再重画,一遍一遍又一遍,一直不抬头。

情绪最大的,是这么几个人——

梁志勇。他这个"乐不够",多咱知道心里别扭是个啥味道?现在坐在锯去了树身子的树墩子上,手里摆弄着一块土坷垃,一掰两半儿,再一掰两半儿,直到掰得掰不着了,他还在掰着。看其气色,他肚子里的气已经满了膛儿,发泄不出来,憋得难受,这时正照着他手里那块土坷垃撒气呢!

赵生水。他一向是爱发表意见的。可是今儿个,好像脱胎变了形。你瞧呀,他把脑瓜子一耷拉,踞踞在一棵枣树底下,一手插进腰中的皮带里,一手捂着额角儿,胳膊肘子支在膝盖上,看他这股执拗劲儿,怕是现在用大钢钎撬也撬不开他的嘴巴了!

小胖子。谁不知道他是个打仗迷?要是今儿打了胜仗回到这里,他肯定还会来上一段顺口溜的。但是现在,他拧着身子,耷拉着眼皮,仿佛他正抓紧这个空间要来上一小觉儿似的。

炮筒子。他伸了个懒腰,又重重地长长地打了个唉声,将手中的枪往身边一扔,然后胳膊一屈垫在头下,仰躺在一个土坡上。

锁柱见他摔枪,凑过来说:

"哎,伙计,怎么摔枪呀?摔坏了咋办?"

炮筒子的脸像块钢板一样,气冲冲地说:

"摔坏了更省心了!"

"这是啥话?"

"不让打仗,它有啥用?"

总之,在这个时候,除了少数人而外,大都有点情绪。那些没有情绪的人们,情况也不一样。有的是,领导叫打就打,叫撤就撤,别的,他没想。比如铁牛,就是这样。现在,铁牛正在锁柱的脊梁上悄悄地画着什么。锁柱,也属于没有情绪的一类。他没情绪,并不是没想。他想的是:"既然队长决定撤,就一定有撤的道理。这道理,究竟是什么呢?"

梁永生先将每一个战士看了个仔仔细细,尔后,这才乐呵呵儿地开了腔:

"同志们!你们生谁的气呀?"

志勇先答了话。他将手中的碎坷垃一摔,绷紧了脸说:

"生谁的气?生你的气!"

看气色,听语气,仿佛他已经忘了现在正在跟谁说话。可是,永生并没因此而生气。为什么?因为现在的梁志勇,在梁永生的心目中,首先是一名革命战士,而后才是他的"儿子"。因此,永生像对待其他战士那样,只是不在意地笑了笑,又面向大家问道:

"生我的气?是吗?为啥呢?"

永生这话,显然是明知故问。

也许因为这个,老大晌没人答话。

后来,还是那个炮筒子实在憋不住劲儿了,他一挺腰坐成个直概儿,用手掌拍着自己的大腿,吭的一声开了一炮:

"为啥?你右!失掉了战机!"

这炮声一响,小胖子那张数快板的嘴也就劲儿开了腔:

"咱也不知你这当队长的是怎么想的!把俺们领到敌人的鼻子底下去,光让看看不让打,又把俺们领到这里来,这究竟是为了什么?叫我说,你干脆把俺们领到个什么地方养老去算了!何必这么折腾人哩?这些天来,敌人的'讨伐队',像群疯狗似的到处乱窜,走一路抢一路,进一村烧一村,把大家的肺都快气炸了!你准不知道人们的心情吗?叫俺们眼巴巴地瞅着让敌人从刀刃上溜过去,对俺这当兵的来说,真比钝刀子割肉还难受哇!这怎能叫人没意见?……"

小胖子连讽带刺地说着,永生不急不火地听着。就在这时,他的心里是有根的——别看同志的情绪这么大,意见这么多,可是,只要指挥员一声令下,什么样的艰巨任务,他们都会坚决执行!

小胖子那顿牢骚发完了。永生这才笑着说道:

"噢!是对我有意见呐!这好办!路不明,众人踩;理不平,大家摆。有意见那就提嘛!何必生这么大气呢?你瞧,要叫不了解情况的人看看这个场面,准以为我压制民主,才把大家气成这个样子,你们说是不?这可真是有点冤枉啊!"

梁永生这么一说,人们的气消了一半。

不过,消气归消气,意见并不少提。多少年来,梁永生一向是鼓励人们给他提意见的,战士们也一向是敢于给他提意见的。方才,人们全不吱声,是因为都在气头子上。经永生这一说,人们的气一消,这个一榔头,那个一棒子,意见全上来了。

梁永生一看提意见的人们来劲儿了,就找了个不被人注意的地方坐下来,悄悄地听着,思索着。当提意见人的视线偶尔向他射来时,他就微微一笑,点点头,意思是:说下去,说下去嘛!

那些提意见的人,谁也不讲究方式,不留面子,丁是丁,卯是卯,单刀直入,开门见山。人们这些意见,其说法虽不尽相同,意思都差不离,就是:这一仗该打;撤退,失掉了战机。

这一阵,人们的发言你争我抢,只有唐铁牛坐在一边摆弄坷垃,一言不发。

锁柱戳他一把,悄声说:

"伙计,说呀!"

铁牛看看锁柱,笑笑,又低下头去。

锁柱又戳他一把:

"怎么啦?说呀!"

铁牛再抬头笑笑,又去摆弄坷垃了。

唐铁牛是个闷葫芦。平日里,他三天说不了两句话。可是,这个人的心里,并不是没道道儿。因此,曾有人开他的玩笑说:

"铁牛啊,你是壶里煮饺子,肚儿里有嘴里倒不出来!"

铁牛听了这话,并不吭声,也不还言,只是笑笑。你想啊,这么个性格的唐铁牛,在今天这样的场合,甭管小锁柱怎么撺掇他,他怎么能肯发言呢?要是他真的大张旗鼓地说上一通,那可就不是唐铁牛了!

在人们发言的过程中,梁永生静静地坐在一旁,悄悄地听着,一言不插。只是每当人们的发言断了溜儿的时候,他这才从嘴里拔出烟袋,笑吟吟地向会场扫视一眼,然后插上个一言半句的:

"怎么断弦啦?续上续上!"

有时他还点将:

"哎,该着你的啦!"

要不他就将军:

"你刚才没说完嘛!接着说——啊?"

直到人们都说完了,他这才挂着满脸笑意,望着大家问道:

"怎么啦?大家的气都出完啦?"

没谁吱声。

梁永生磕去烟袋锅子里的烟灰,带着总结的语气,笑盈盈地说:

"今天咱开的是个'出气会',是个不拘形式的'出气会'。这个'出气会',开得挺好。所以说它挺好,主要是好在同志们能够严厉地批评自己的领导人。作为一个头目人儿,不怕无人尊敬,就怕无人批评。因此说,今天同志们批评了我,不管批得是不是全对,我打心眼儿里感到高兴!"

他缓了口气,将语调一变,又说:

"再说今天的撤退,同志们的表现也很好。它好在:你们能在想不通的情况下,执行了指挥员的命令。有句俗语道:'只要桨花齐,不怕浪花急。'我所以高兴,还因为:我们这些同志,既敢于根据自己的认识批评领导人,又能听从指挥员的命令。"

永生说到这里伸出两个指头:

"我们有了这两条,就一定能够打胜仗!"

他一字一板地说完这句话,又去装烟了。显然,永生是故意给人们留出一段思索的时间。这时,人们有的在忽闪着大眼思考着什么,有的在交头接耳悄悄议论,还有的向永生提出问题说:

"梁队长,你说说当时为什么要撤退呢?"

梁永生点着烟,抽了一口,自问自答地说:

"今天这场伏击战,我所以突然决定马上撤退,当时是这么想的:我们不能中了敌人的阴谋诡计!这想法对头不对头哩?现在看来,那个撤退得算撤对了!"

对了?根据什么说对了?人们心里都感到迷惑不解。永生望一下战士们的神色,并没顺着听者的心理说下去,而是又从另一个角度说:

"至于你们,想打仗,当然是对的。军人嘛,应当经常保持这样一种情绪——就是想打仗的情绪。可是,别忘了,咱们打的是游击战! 游击战游击战嘛,得游到个有利地点再打,游到个有利的时间再打,游到一定的有利条件下再打……"

梁永生讲着讲着,突然收住了话头。然后,他顺着枣树的一个空隙向东南一指,又说:

"同志们! 你们看——"

一双双的眼睛,顺着永生手指的方向望去。

只见,在他们方才埋伏的地方,周遭儿出现了许多小黑点儿。那黑点影影绰绰,好像在动。

有人说:"咦! 那是些啥?"

有人说:"啥? 敌人嘛!"

还有的说:"你看不见? 那不,包围圈儿都拉起来了!"

经人们一点划,又一细瞅,全看清了——那一大溜鬼子兵和伪军们,好像一条盘起来的毒蛇似的,拉起了一个很大的包围圈儿,正从四面八方,向大刀队方才埋伏的地点收拢着,收拢着。

在战士们的视线里,那包围圈儿越来越小了。

不一会儿,敌人开始往沟里扔手榴弹了。一团团浓重的黑烟冲天而起,一声声爆炸阵阵传来。小锁柱看了一阵,气恨地说:

"鬼子真刁! 看来他早就断定我们要在那儿设埋伏了!"

炮筒子说:

"就是嘛! 要不,人家就包围呀?"

小胖子说:

"对呀! 他摆成长蛇阵,是为了迷惑咱,怕咱不等他!"

志勇说:

"他摆长蛇阵,是一箭双雕——一是骗咱,叫咱别撤;二是让咱先跟伪军拼,鬼子坐收渔利……"

炮筒子说:

"他跟你说过？"

志勇说：

"方才你没看见？前头净些伪军！"

小胖子说：

"他们在雒家庄打腰站，说不定八成就是故意给咱留个设埋伏的时间哩！……"

锁柱说：

"不光这。这里边还有个真真假假、虚虚实实的诡计哩！他先来了个声东击西的行动，他又断定我们一定会看破他声东击西的诡计，继而又真的来了个声东击西……"

东边的那个战士说：

"咱们的三路情报，都说明敌人肯定要来龙潭。原先，我只认为我们的情报真准确，没想别的。现在看来，那些情报，也许是敌人精心策划后故意透露出来的哩！……"

西边的那个战士又说：

"看来，我们驻在龙潭，敌人也是肯定知道的了！"

另一个战士补充说：

"看这个意思，我们专找鬼子打，敌人也是知道的！"

炮筒子说：

"敌人不是傻瓜！人家就一点不掌握咱的情报？"

小胖子说：

"啥也甭说了，敌人能耐，咱队长更能耐！"

炮筒子又说："那是自然！要不是队长当机立断撤下来，咱们如今就成了包子馅儿喽！"

众笑。

一位战士凑到炮筒子近前来：

"哎，伙计，多亏你没把枪摔坏吧？要摔坏了……"

他这一揭短,又是一阵轻而且低的笑声。

笑声落下了。锁柱要求永生说:

"队长,方才你是怎么判断出敌人的阴谋的呢?给俺们讲讲吧?"

众口一声:

"对。队长讲讲!"

"我还讲啥?我当时想到的,你们方才不是都讲了吗?"永生说,"我只是有这么个看法——敌人,确实是搬起石头砸自己脚的蠢人。可是,我们的战斗计划,又不能建筑在敌人是蠢人的基础上。也就是说,我们在确定一次战斗是打还是不打的时候,在确定如何打法的时候,要把敌人看作是披着虎皮的狐狸,它既吓人,又狡猾……"

梁永生正说着,忽听龙潭村内鸡飞狗咬,人喊马嘶,乱起来了。一忽儿,又见村子的上空,冲起一片烟雾,几幢高房子吐着火舌。这种情况告诉人们:敌人进村了。

接着,村中又传出砸门声,还有敌人的吵骂声,孩子的哭叫声。枣林中的战士们,眼望着烟雾弥漫的龙潭街,心想着那些因为种种原因而留在村中的、眼下正在遭难的乡亲们,肺都快要气炸了!

锁柱向永生建议说:

"队长!咱打进去吧?"

永生沉思着,没吭声。

志勇急了。他含着泪花来到爹的面前,鲁鲁莽莽地说道:

"要打就打,不打就想别的办法,叫人们呆在这里,眼看着乡亲们遭难,谁受得了哇!"

永生觉着,志勇说的确乎是这么回事。可是,不了解村里的情况,怎么能蛮干呢?

这时,村里突然响起枪来。

人们正惊奇,又见道沟里跑来一个人。

那人越来越近了。永生凝神一望,原来跑来的那个小伙子是黄二愣。

二愣来到枣林附近,蹿出道沟直扑过来。只见他,满头大汗,浑身是土,胳膊上还有血迹。永生忙迎上去,一把抓住他,关切地问道:

"二愣,怎么啦?"

二愣一见梁队长和大刀队的战士们全在这里,心里一阵高兴。他愣头愣脑地拽上永生的胳膊,气吁吁地说:

"队长,走!"

"干啥去呀?"

"打鬼子去!"

"上哪里?"

"上龙潭!"

梁永生望着黄二愣这股二虎头的劲头儿,又揪着二愣的两只肩膀,让他坐在一个土坡上,劝他说:

"二愣,别急。先跟我说说——是怎么回事儿?"

永生说着,撩起衣襟,嘶啦一声,从里边的衬衫上撕下一条布来,给二愣包扎着胳膊上的伤口。二愣说:

"你不是让我掩护群众撤退吗?我掩护着群众撤出村子,回到家正想再把我老娘背走,敌人就扑上来了。我一看,走不脱了,就藏在了躺柜底下。一霎儿,闯进一个汉奸。他问我那病在炕上的老娘道:

"'老家伙!有八路不?'

"我娘说:'没有!'

"他又喝唬道:'胡扯!我得翻翻!'"

二愣喘了口大气,又骂了一句,接着说:

"随后,那汉奸可闹腾开了!他又翻箱,又倒柜,又拉抽屉又开橱,就连一个纸盒儿也弄开看看!你瞧,这哪是翻八路呀!抽屉里、小盒儿里也会藏着八路?明明是翻东西,翻钱!"志勇插言道:"伪军大都是带着发洋财的思想来下乡'讨伐'的!"二愣接着他方才的话茬儿朝着永生继续说:"队长,你知道,我那个穷家,哪有什么钱哩?也没啥值钱的东西呀!"

二愣说着说着,从衣袋里掏出一只手镯,又说:

"这你知道,就是它,算值几个钱的物件!真倒霉,就偏偏叫那狗东西翻出来了!他一翻着这个,就要往衣袋里装!我娘不让他装,就泼着老命跟他夺!这一夺,那汉奸骂骂咧咧还不算,他一脚将我娘踹了个倒仰。这一下,我娘可更火了。她挣扎着爬起来,抄起一把菜刀,要跟那狗汉奸拼老命。那汉奸,端起刺刀,就要下毒手,我从柜底下伸出了刀来,一下子把狗腿给他削断了!那小子嗷嚎一声惨叫,倒在血汪里!随后,我从柜底下钻出来,大刀片儿一举,把那个狗汉奸报销了!"

"报销得好!"

"哎,二愣,你是怎么负伤的呢?"

"你们别吵吵!听我说呀——我一手握着手榴弹,一手抡起大刀片儿,就要往外冲!不料想,我娘一把扯住我说:

"'愣种!就这么冲啊?'

"我说:'不冲等死?'

"娘说:'我先出去探探风,等我回来你再走。'我一听有理,依了娘。一会儿,娘回来了。她说:'汉奸们,都到各家各户翻"八路"去了;鬼子们正在白眼狼的大门洞子里喝酒。那里是他们的临时指挥部,石黑、白眼狼都在里头。各个街口上,都放上岗了,你要从大街上硬冲,出不去!'我说:

"'出不去也得出,不能在这里等死!'

"娘说:'你从后垣墙上翻出去吧!'

"还是老人心眼儿多!我说:'好!'可是刚跨出屋门槛,又愣住了!"

"咋的?"

"我娘咋办?可我一说,我娘倒有法子。她说:'我到邻家躲躲。你快走吧!'人急力大。我吃了个猛劲,又来了个鹞子翻身,便蹿出了垣墙。随后,拐弯抹角儿闯出村子……"

"可好了!"

"不!"

"又咋的?"

"被敌人发现了呗!"二愣说,"我正跑着跑着,敌人巴勾儿巴勾儿地开了枪!一颗颗的枪子儿,刺溜刺溜地在我的身边乱钻!我呢?不管三七二十一,他打他的,我跑我的!谁知,跑着跑着,一颗枪子儿打到我的胳膊上!挨了一枪,学精了,一琢磨,这么硬跑不行,两条腿怎么也跑不过枪子呀!咋办?我灵机一动,用上了梁队长教给我的那一套——"

"啥?"

"'就地十八滚'呗!"

黄二愣由头至尾地叙说着。

战士们你一言我一句地插问着。

梁永生一边听,一边在想:"趁这机会,该冲进去,摸到白眼狼的大门洞子近前……"

二愣忽见永生闷着头抽烟,就知他是在琢磨事儿哩,于是,他甩开战士们,朝永生凑过来,愣头愣脑地问:

"梁队长,你在想啥?"

梁永生望着二愣的神色,心里一阵高兴:"敌人,他只能打伤黄二愣的肉体,他将永远不能挫伤我们黄二愣这抗日的斗志,革命的

精神。"永生想到这里,反问道:

"你说我在想啥?"

"你在想打不打——是不?"

永生笑而未答。二愣又道:

"队长!干了吧?我来带路!"

这时,永生确实已下定了冲进去的决心。对此,他的想法是:游击战,必须高度机动灵活,做到敌变我变;同时,还要在敌强我弱的形势下,千方百计争取主动权。只有这样,才能做到保全自己,消灭敌人;攻其不备,出奇制胜。方才,他就是根据这样的指导思想,主动安排了那次"道口伏击";当发现敌人的情况有新的变化后,他又是根据这样的指导思想,主动地撤离了伏击阵地;目下,他还是根据这样的指导思想,又决定主动冲进村去,给大意麻痹的敌人来个突然袭击,打他个措手不及;然后,再主动地迅速地撤出战斗,使敌人找不到决战目标……可是,怎么个冲法呢?永生想到这里,正想向二愣问些什么,还没开口,黄二愣却主动地说:

"队长,你只要打,我有法儿!"

"喔哈!你有法儿?"

"嗯喃!"

"啥法儿?"

二愣见队长有意要打,来精神了。他一边在地上划,一边说:

"比方说,这儿,是龙潭的西北角儿……"

二愣说话的当儿,村中又传出几声枪响。

梁永生向身边的铁牛吩咐说:

"你注意警戒!"

随后,他又把注意力转向二愣:

"说下去!"

黄二愣又是划又是说,一气儿讲完了他所设想的进村路线,还

在地上划出了一幅进村路线示意草图。梁永生听完,看罢,拍拍二愣的肩膀,笑呵呵地说:

"你想得满细呀! 往后,不该管你叫'二愣'了!"

二愣不好意思地憨笑起来。

梁永生站起身,转向大刀队的战士们,先向大家说明了他的想法,然后点将道:

"梁志勇!"

"有!"

"王锁柱!"

"有!"

志勇和锁柱都应声站起。其余人,也都自动站起身,一齐凑过来。因为人们已经知道:仗,真要打了! 这时,一双双热切期待的并含有恳求的目光,嗖呀嗖地向梁永生的脸上射来。他们,要用这样的目光来提醒队长:分配战斗任务,可别忘了我呀,我在这里盼着哪!

梁永生的视线扫过全场,和每一条目光碰了个头儿,然后,又继续点将道:

"铁牛!"

"有!"

铁牛,因在值岗,没凑过来。他在那边应了一声,可是并没回头,两眼仍在盯着龙潭的方向。梁永生说:

"你们仨,跟我进村!"

他又转向赵生水和小胖子:

"你俩和战士们留在这里!"

"是!"

"等我们进村后,你们分成两股向村边迂回;打响后,你们开火策应,混淆敌人的注意力,壮大我们的声威!"

"是!"

"再派出人去,和附近村的民兵取上联系。让他们在龙潭四周找好地势,必要时也策应一下,造成敌人的错觉,给他们增加点恐怖心理……"

"是!"

接着,永生又以幽默的口吻叮嘱道:

"注意:我们费了不少劲,刚把敌人的麻痹情绪'培养'起来,你们可别在我们打响之前先开枪呀!要那么一来,咱这些天来'培养'敌人麻痹情绪的劲可就白费喽!"

赵生水和小胖子,都笑乎乎儿地又应了一声"是",便按照队长的命令去部署了。

到这时,战士们的失望情绪,全被炽热的希望代替了。这希望,是用生命和血汗编织而成的。可是,这时二愣的心情却与众不同,因为永生没有分给他任务。他忍耐不住了,问道:

"队长,俺呢?"

"你留下!"

"留下?"

"对!"

"不!"

"咋?"

"俺去!"

二愣鼓起腮,用一双期求的目光盯着永生。他那泉涌般的战斗热情,通过他那双水汪汪的大眼,流进梁永生的心窝儿。永生朝二愣笑笑,指指他的胳膊说:

"你不是负伤了吗?"

"哼!什么伤不伤的呀!无非是肉上扎了个眼儿,眼儿里冒了点儿血,这还碍得着参加战斗?"二愣怕人们不相信他的说法,还抡起胳膊拉了个把式架儿,然后又说:"你们瞧见了不?不碍事吧?"

梁永生郑重其事地说:

"二愣,我们大白天去搞这样的袭击,是有很大危险的……"

二愣把手中的大刀一抖,说:

"就用它,把危险给敌人送去!"

永生见二愣决心要去,伤也确实不重,事实上也真需要他,就答应了。

可是,有人不大同意,说:

"他没有多少战斗经验!"

"那就学呗!"梁永生说,"战斗经验战斗经验嘛,离开战斗是学不来的!"他说罢,又转向二愣告诫说:

"你可得听从指挥,别自由行动呀!"

"保证!三大纪律八项注意嘛,这个俺懂!"

"懂!懂!懂可不等于做到呀!"

"队长放心吧!"二愣挺挺腰,咔地来了个立正,站得像个直橛儿,严肃认真地说,"我们是毛主席的民兵,说话是算数儿的!"

突击小组又认真地研究了一番这次突袭的行动计划,便马上出发了。

他们一行五人——梁永生、梁志勇、王锁柱、唐铁牛、黄二愣,摆成一拉溜,出了枣林,进入河滩,在河堤的掩护下,向着龙潭的西北角飞速前进着。

滚滚的运河水,后浪推着前浪,从突击小组的勇士们的身边流过。这个突击小组,全都手提着匣枪,身背着大刀,腰掖着手榴弹,风风火火,大步疾行,不大一会儿,便来到了龙潭村边。

到这里,道沟已到了尽头。

梁永生收住步子,伏下身子,用胳膊肘子撑住地,胸脯儿略微抬起,从沟沿儿探出半个脑袋,向前扫视了一个扇子面儿。他要看一看,前面有啥地形地物可以利用。他望了一阵,只见村里村外,到处都是被敌人烧焦的门窗,砍倒的树木,砸碎的家具,还有一些鸡毛、猪蹄、牛角、血污……

又见,从这个道沟口,到他们计划从那里通过的那个垣墙豁口,约有四十来米。这四十来米的开阔地带,是个大场院。场院当中,有好几个大小不等形状不同的玉米秸垛。在场院边上,零零落落散布着几个厕所和猪窝。

场院东边,北街口的关帝庙前,站着两个敌人的岗哨。那两个岗哨,距这个道口,约有二百多米。梁永生在观察的当儿,脑子里急速地转了许多圈儿。然后,他扭过头去,向身后的战士们命令道:

"注意!照我的行动前进!"

随后,他瞅了个敌人岗哨不注意的空子,嗖地蹿出道沟,躲到一个厕所的西面。尔后,他扳着厕所墙角朝东望着,瞅了个空子,又是一个箭步,蹿到了相隔四五米远的一个猪窝西边。就这样,梁永生借助于这些大大小小各种各样的影身物,一停一跃,一跃一停,节节前进,步步为营,从容不迫地越过了这段开阔地带,进入了他们的预定目标——垣墙豁口。

其他人,照他的样子,也过来了。

梁永生领着他的突击小组,通过垣墙豁口,进入一个院落。这时,院中空荡荡的,屋中有人吵骂。

永生示意别人各自隐蔽,他自己来到窗下。

透过窗纸的孔洞,永生往屋里一望,只见屋中有两个伪军,正抓着一件衣物拼命争夺。他们像两只决斗的公鸡似的对峙着,盯视着,拉扯着,吵骂着。

这个说:"老子先看见的!"

那个说:"这爷们先拿起来的嘛!"

这个又说:"你小子耍什么野蛮?"

那个又说:"你这舅子不义气!"

永生看清屋里的情况后,向志勇和锁柱使了个眼色。他俩会意地点点头,一齐闯进屋去。这时,永生一面命令铁牛和二愣把住院门,一面隔着窗纸用枪瞄准了敌人。不一会儿,只见志勇、锁柱同时出现在里间屋门口上,两支匣枪端了个平身,两口大刀举在齐肩,声低语重地向伪军喝令道:

"别动!"

"举动手来!"

两个伪军闻声失魂。他们抬头一望,脸色唰地黄了,四只黑手颤抖着举过头顶。那件已被扯破的衣物,啪嗒一声落到地上。两个伪军的嘴,都咧得像个晒裂了的瓢葫芦;长长的唾液,从失去控制的嘴角上垂下来。

就在这时,永生进了屋子。

在他的指挥下,志勇和锁柱脱下两个伪军的衣裳,穿在了锁柱和铁牛的身上。

突然,也不知从哪里跑来一只狗,在庭院中汪汪地狂叫起来。梁永生,对付狗是有办法的——他扳过干粮筐子,拿出一个窝头,向狗扔去。那狗,叼上窝头,跑到一边啃食起来,再也不叫了。

在永生对付狗的当儿,志勇、锁柱将两个伪军全绑了起来,并用破布塞住了他们的嘴。

这时节,东边邻院的锅、碗、盆、缸,在敌人的疯狂毁坏下,稀里哗啦响着;西边邻院的鸡群,在敌人的追捕之下,正然又飞又叫。这些声响,更激起了梁永生那强烈的杀敌欲望。他把匣枪往腰里一掖,又哈腰拾起伪军那两支大枪,递给锁柱一支,又递给铁牛一支,笑乎乎儿地向他的同志们说:

"来,咱演一出!"

"演一出?"

同志们不解其意,相互交换着眼色。

永生又把二愣叫过来,并让志勇和二愣倒背起双手。

他自己也背起手来,走在最前头。

到这时,人们全都领悟了队长的意思,有的差一点儿没笑出声来。一向爱和志勇开玩笑的小锁柱,这时有真有假半真半假地用枪托子轻戳了志勇一下,并强忍着笑喝唬道:

"走!快!再磨蹭崩了你!"

这出"戏",就这样"开幕"了——

永生打头儿,二愣、志勇跟在他的身后,全都倒剪着手,哈着腰,低着头,一个跟一个地走出院门。铁牛和锁柱,穿着伪军军装,戴着伪军帽子,端着大枪,紧随其后。他俩一边走还一边喝三吆四。

胡同里,碎棉絮、烂衣裳到处都是,还有一些鸡毛、弹壳、枣核、花生皮。不料,永生一行踏着这些乱七八糟的东西正顺着胡同走着,突然从一家门口窜出一个伪军。这个家伙长得像个嘎儿,两头尖,当中顶。铁牛见那个小子瞪着一双贼眼正往这边张望,他就用枪托子捣了二愣一下,还喝唬了一声。

与此同时,机灵的小锁柱,见那伪军正要说什么,他没容那小子开口,就抢先嚷着:

"你腰里掖的啥?"

那作贼心虚的伪军,低头一看,不知羞耻地笑了。原来是,他掖在腰里的那件女人上衣,还有一只花袄袖子搭拉在大腿上。锁柱见他正忙忙迭迭地往里塞,又嬉笑着嚷道:

"塞也晚了,腰里还有啥?"

他大声小气地嚷着,朝那伪军奔过去。

那伪军一看不妙,一面掖,一面笑,掉头就跑。

锁柱撵了几步,没撵上,又道:

"你光自己发财呀!"

这时,铁牛在那边说:

"伙计!别撵啦!先把这一锅交了差,回头再找那小子算账!"

铁牛竖上梯子,锁柱回来了。

他们一阵紧走,按照预定计划,来到胡同东头,又拐进一个门口朝北的院子里。

这个院子的状况,和前一个庭院一样,也是桶倒缸破,纷乱如麻,活像是疏忽的主人外出忘了关门,闯进一帮猪狗给糟蹋得一塌糊涂!显然,这种景象说明,可恨的敌人已来这家闹腾过了!

梁永生知道,这是锁柱家的庭院。

他家的人都撤走了吗?他这样想着,来到北屋门口。屋里空无一人。梁永生朝里一望,只见屋里被糟践得更不像个样子!一个破箱子底儿朝了天,一张破桌子倒在屋当央,油罐子,酱坛子,盆碗瓢勺,撒落一地,不是歪歪扭扭就是半边拉块了!

梁永生正朝北屋看着,南屋响起刨墙声。

永生来到南屋时,小锁柱正在刨墙。他刨墙干什么?这对永生来说,显然是用不着问的。

墙洞刨透了。

锁柱正要钻过去,永生拉住他说:

"慢着!"

"怎么?"

"你别先过去!"

"我最熟啊!"

"光熟不行!"永生指着他身上的伪军装说,"你穿着这个,要是猛丁地遇到群众,那可寸步难行啊!"

永生一说,锁柱点点头,会意地笑了。

"我先过!"

二愣说着,钻了过去。

接着,他们四个人,一个接一个,先后钻过墙洞,又进了前院儿。

这前院儿,是庞安邦家的住宅。

整个庭院,只有两间草房。如今,草房已被烧毁了。余烬里,还在闪着火星,冒着黑烟。天井中,静悄悄的,没一点声息。

庭院角上,有位老人,躺在血泊中。

永生一见这种惨景,心里猛地一抽,倒吸了一口大气。他走到死者近前,一瞅,果然是庞安邦。只见,死者的身上,有好几处刺刀的伤口。又见,死者的手中,还攥着一把斧头。顿时,一股愤怒的浪涛,在猛烈地冲击着他的心;一团仇恨的怒焰,又立刻烧遍他的全身。

他,直挺挺呆愣愣地站在死者的旁边,面色铁青,没有一点表情。他觉着全身的血液都凝住了,不流了。又觉着仿佛有人用老虎钳子钳住了他的心,正在吃劲地绞拧。他一手抓住腰间的皮带,一手攥住匣枪的把柄,站了好久,才长长地喘出一口粗气。

人们全聚拢过来了。

在死者周围站了个人圈儿。

他们都垂下头,默默地站着,没人说话,只有嘎嘎的握拳声,咯咯的咬牙声。

过了一阵。

二愣憋不住了。他猛挥着拳头,两眼喷出炽热的火光:

"我们要报……"

他刚一开口,嘴被永生捂住了。继而,永生往南一指,压低声音批评说:

"莽撞!"

这个院落,和白眼狼的大门洞子,只有一墙之隔了!你想啊,永生咋能不急哩?二愣头脑一镇静,也知错了。他懊悔不安地盯着永生。

永生的目光依然是严厉的。

就在这时,从那边的厕所里走出一个人来。

这个人,叫三华,是死者的儿子,今年十五岁。这个孩子面色铁青,嘴唇颤动,脸腮急剧地抽搐着,太阳穴上的青筋鼓胀起来。他的手里,拿着一口雪亮的大刀,喷火的眼里汪着泪水,扑到永生的面前,声轻语重地喊了声"梁大叔",一头扎在怀里,抽抽噎噎,有泪无声地哭开了。

梁永生一见三华这种神情,眼里立刻涌出两颗亮晶晶的泪珠,在眼窝里久久地滚动着。他觉着,像有个什么东西,在胸口上剧烈在涌动,闹得血管里的血,也加快了流速。继而,心里又油煎火燎,阵阵剧疼。他望望惨死的庞安邦,瞅瞅怀里的小三华,心中内疚地想道:"我作为一个革命战士,责任是什么?不就是保护人民的生命?保护人民的利益吗?"他想到这里,恨不能闯到石黑、白眼狼的近前,把这些害人精千刀万剐,剁成肉酱。

沉静了一会儿。

他强压下心中的怒火,抚摩着三华的头,亲昵地小声地说:

"孩子,别哭,我们给你爹报仇!"

梁永生这句充满了父辈感情的话,在温暖地抚摸着小三华那颗受了很大创伤的心,并使他立刻长了精神。他扑闪着一双泪眼,射出两道希望的光泽,急切地问他的梁大叔:

"多咱?"

"马上!"

"我也去!"

永生当然知道,在这样的时刻,允许孩子参加为他父亲报仇的

事,是对孩子最大的安慰。况且,硬不让他去,显然也是不行的。因此,他以充满信任的语气,爽快地答应了三华:

"好!咱一块儿去!"

三华往南一指,说:

"大叔,那杂种们,就在这大门洞子里!"

永生点点头,表示知道了。随后又问:

"三华,这个院门口上,有敌人的岗不?"

三华摇摇头:

"没有价。"

永生觉着奇怪:

"咦?不对吧?他能不设岗?"

三华解释道:

"鬼子把门给锁上了!"

永生听后,陷入沉思。

三华又补充说:

"小鬼子可刁啦!他们在那大门洞子里设上指挥部以后,把四邻八家搜了一遍,扬言不留一个喘气的!"

三华说着说着,嗓音高起来。永生忙将手掌从上往下一压,示意他声音再低些。三华领会了他的意思,又恢复了原先那种悄悄低语的劲儿,接着说:

"他们搜完后,把各家各户的角门儿全上了锁……"

"咋没搜着你呐?"

"当时我没在家。我爹高低不肯走,留在了家里。我因挂着爹,是以后跳墙过来的。"

梁永生点点头。继而,他盯着南面这堵高高的垣墙,出起神来。看样子,他要在这堵垣墙上作文章了。过了一会儿,负责在角门以里担任警戒的锁柱,一招手把铁牛叫过去,他让铁牛替他一霎

儿,自己来到永生近前建议说:

"队长,那边有个梯子,我搬来上去看看?"

永生朝横倒在墙根底下的梯子望了望,没回答锁柱的请示,扭过头去又问三华:

"房顶上有岗不?"

"路南那个房上有岗!"

永生一听,心中暗想:"看来上房是不行的!我们一露头,要被敌人发觉了,势必被围在这个院子里,那可就被动了!"

他想到这里,又打量起那堵垣墙来。

世间事物,对人的利弊,都是由特定的条件决定的。而且还要随着条件的变化而变化。就拿垣墙来说吧——过去,大刀队利用它作为影身物打过多少胜仗啊?可是目下,它却成了前进的障碍物!这时,永生面对高墙,心急如火,恨不能一膀子扛倒它,飞身蹿到敌人面前,打他个措手不及,杀他个落花流水!

但是,愿望不等于现实。当前无情的现实是,这堵又高又厚的新墙,是推不倒的!怎么办?扒吗?来不及了!而且,在目前的情况下,扒墙,也是行不通的!因为那会惊动敌人!

怎么办呢?

这个难题,在永生的脑海里滚翻着。当然,也在其余人的脑海里滚翻着。你瞧,战士们的脸上,不是全都闪现着焦急的神色吗?可是,永生的神态,却与众不同。他将焦虑的心情,深深地潜藏在心底;脸上,却是坦坦然然,平平静静的。现在,尽管他一直在盯着垣墙出神,可是给人的感觉,并不像他正在为无法排除前进的障碍而发愁,而像他正悠闲地在品评这堵垣墙的优缺点!

永生,他这种面临紧急从容不迫的风度,是由他那长期的艰苦生活磨炼和严峻复杂的战斗环境决定的。什么"山难挪性难改"?如果你是从小就跟梁永生生活在一起的人,你一定会这样说:"小时的梁永生,是那样的彪彪愣愣;今日的梁永生,又是这样的沉着稳重——生活经历和社会环境的魔力可真大呀!"

此外,永生遇事不慌的性格,还是由他担负的职务和责任感决定的。因为他知道,领导人的神色,对战士的思绪,起着铺轨定向的作用。在情况紧迫的时刻,尤其是这样。

同时,他还明白:一个战斗中的指挥员,不论他对情况是多么熟悉,不论他事先安排得是多么细致,要做到主观与客观的完全统一,那是极少见的!中途遇到意外的困难,又是很常见的!永生基于这种认识,所以他对面前的难题,既不感到意外,也不觉着绝望。

不过,目前的困难,在永生的脑海中,毕竟是掀起了一股强大的风暴,使得他的思绪如同雷雨时的电闪,在脑际错综交织,道道相接,此起彼伏,持续不断。

当永生他们正为排除困难而大动脑筋的当儿,鬼子们那叽里呱啦的说话声,还有那驴叫般的狂笑声,飞过墙头传进院来。这可憎的声音,更激起了大刀队战士的仇恨,更加剧了他们的焦急心情。就在这个节骨眼上,梁永生突然发现垣墙根底下有个小小的水眼!

好一个小小的水眼呀!

它,使梁永生的脸上,腾地浮现出一层似有似无的快意。这时,只见他想了一阵儿,转过身去跟三华商量说:

"三华,咱毁掉你这堵垣墙行吗?"

胸中滚沸着报仇情绪的三华说:

"大叔,打鬼子嘛!哪有不行的呢?"

梁永生满意地点点头:

"好!"

接着,他从腰里摘下两颗手榴弹,捆绑在一起,塞进水眼,又让三华找来一条长绳子,拴在拉火索上。而后,他把锁柱叫到近前,

耳语几句,又回过头去面向大家说:

"注意我的命令!"

随着永生的手势,人们都躲避起来。

锁柱一拉绳子,两颗手榴弹一齐爆炸了。

一声撼天震地的巨响,一根烟柱直上蓝空,一片火光烧红了半边天。那堵又高又厚的垣墙,呼呼隆隆地倒塌在大街上。

大街上,黑烟滚滚,黄尘飞扬,黑烟黄尘混淆掺杂搅在一起,形成了一团很大的浓雾般的烟幕。这烟幕,迅速地向高空升腾,向四外扩散。被炸碎了的墙块,变成了许许多多、大大小小、形形状状的土坷垃,一齐飞上半空。一会儿,又先后落在地上,摔碎了。

这声天崩地裂般的巨响,直吓得鸡飞狗咬,猪叫马嘶。就连停落在村边树头上的老鸦,也惊慌失措地扑打着翅膀,哇啦哇啦地叫着,飞远了。

正在大门洞子里喝酒的石黑和白眼狼,还有那些鬼子兵,全被这意想不到的、突如其来的剧烈爆炸声吓昏了,震傻了。在他们的感觉中,仿佛是天崩了,地裂了,一切的一切,全完了。

在手榴弹爆炸之前,梁永生的心头上,一直像压着一块石头。现在,他心头上那块石头,已经熔化了。他,把握着大刀的手臂猛力一挥,向他的战友们发出了一声爆雷般的巨吼:

"同志们!冲啊!"

梁永生这热烘烘的声音,通过战士们的耳朵,流进他们的心窝。这吼声未落,梁永生又腾身来了个箭步。这时,只见他就像被弹簧弹出去的那样,嗖的一声,蹿出了被炸开的垣墙豁口。

指挥员的命令,指挥员的行动,把战士们的阶级觉悟、阶级仇恨和组织性、纪律性,统统地调动起来了。梁志勇、王锁柱、唐铁牛、黄二愣,还有那个带着炽烈的复仇火焰的庞三华,都像那一支支离弦的箭头,一个紧接一个地飞了出去。

他们,有的一手端着匣枪,一手舞着大刀;有的一手举着大刀,一手握着手榴弹。一边争先恐后向前飞奔,一边亮开嗓门儿齐声吼喊:

"冲啊!"

"杀呀!"

"捉活的呀!"

"缴枪不杀!"

这些吼喊,带着愤怒,充满力量,恰是一支按照突袭的旋律谱成的胜利的前奏曲。这些吼喊,冲破了翻翻滚滚的硝烟飞尘,像春雷一般在高空滚动,像闪电一般冲向混乱的敌群。

唐铁牛向来是一声不吭,打仗也是紧咬着牙闷着头地干。可是今儿,他也破例地吼喊起来。他那喊声,活像落地的霹雳。

在这吼声震天的当儿,突击小组的勇士们,又让那匣枪和手榴弹一齐响起来。枪声、喊声和爆炸声的余音搅在一起,再叫那闪着寒光的大刀片儿一衬,更壮大了声势,增加了威风。

这时,村边也传来了一阵阵枪声和喊杀声。这是赵生水和小胖子他们在策应助威。

这么一来,酒没喝完的石黑、白眼狼以及鬼子兵们,全都轰的一声炸了窝!到这时,他们那"皇军"的威风,还有那"武士道"精神,以及白眼狼那狗仗人势扬风扎毛的劲头儿,也不知全都跑到哪里去了!从他们那一双双失神的眼里反映出来的,只剩下了失魂落魄的惊骇和面临死亡的恐怖!

先说石黑。他吓得不知所措了。呆若木鸡似的站在原地。就像个胆小鬼闯下了大祸正在等着必将到来的恶果。你看!两道酒腥臭气,从他那探着长毛的又黑又大的歪歪鼻孔里冒出来,沸儿沸儿地吹动得仁丹胡儿一股劲地乱哆嗦。一颗颗黄豆粒大的汗珠子,从他额角处那紫黑色的伤疤上渗出来,在他那蜡黄的面颊上慢慢腾腾地爬行着。爬到尽头以后,又都噼里啪啦张落地下,全摔得粉身碎骨了!

再说白眼狼。他吓得好像浑身的骨头散了架,东倒西歪站立不住。可是,他那两只三棱子母狗眼儿,却突然飞动起来。你瞧!他忽而左顾右盼,忽而东张西望,转着圈儿地犄里旮旯儿乱撒打。显然,他正在急迫地寻找一个比较理想的葬身之地!

如今,面临着死亡的白眼狼,突然产生了一种恼恨的心情,他恨什么?人家不恨天,也不恨地,只恨他那"大哥爹",把他这身子弄得太大了!要不价,屋角儿上那个长虫窝,还有墙根下那个耗子洞,岂不是都能钻进去?

至于那些鬼子兵,素常里的那股骄横傲慢不可一世的狂气劲儿,眼时下也蓦地全没影儿了!他们,吱哇吱哇地齐嚎乱叫着,你挤我撞,南窜北逃,乱钻乱跑!有的,把那顶着钢盔的脑袋瓜子,钻进一个大草垛的缝隙里。有的,赛匹惊骡子似的,蒙头转向地跑到街上来了。也有的,刚刚蹿出大门洞子,脑瓜子就碰上了正在硝烟中突噜突噜飞过来的枪子儿,他那笨重的身子,像个醉汉似的趔趄了好几下儿,而后吭嗤一声来了个仰八叉,哑然无声地躺卧在地上,纹丝不动了。还有的,正跑着跑着,从翻翻滚滚的烟云雾海里闪出一道银色的弧光,大刀砍进了他的脖子!那鬼子的脑瓜儿侧歪在肩膀上,他头顶上的钢盔,张落地下,骨骨碌碌滚远了!

一场冲杀战过后,惊魂稍定的敌人开始了有组织的抵抗。他们各自找了个蔽身之处,拉栓顶火儿,砰呀砰地放起枪来!

手榴弹爆炸掀起的烟尘正然渐稀渐淡。

各种声音的枪声又在渐密渐浓。

巷战正在进入一个更加激烈的新阶段。

一个隐蔽在茅厕后头的鬼子兵,正瞄着在那边和敌人拼杀的梁永生准备开枪。小三华发现了,他一溜风烟奔过来,从鬼子的背后砍了一刀。

那鬼子,翻滚着,嚎叫着。

三华见鬼子没有死,他挥臂举手,又是一刀:

"再叫你杀死我爹!"

接着又是一刀:

"再叫你侵略中国!"

小三华正然挥刀战斗,突然从那边射来一颗子弹!

不过,这颗子弹,并没打中三华,只是在他的衣角上穿了个透眼儿!

那个射出子弹的鬼子,拉栓顶火儿,正要再打第二枪,被我们的梁志勇发现了!

这时的梁志勇,正在向南冲杀。

志勇一见小三华正处于危险中,又知他没有战斗经验,便立刻扭转了冲杀的方向,箭步如飞,朝着这个正向三华射击的鬼子扑过来。

一个革命战士,只有在殊死的斗争中,才能真正显示出他的胆量和智慧;革命战士手中的武器,也只有在惊心动魄的战场上,才能充分发挥出它的威力。

你就看这位正向敌人猛扑过来的梁志勇吧——他一只手里端着匣枪,匣枪喷发着仇恨的火焰,火焰盖得敌人抬不起头来;他的另一只手里舞着大刀,大刀带着一阵钢风正在呼呼作响,嗖嗖闪光!

梁志勇这种雄赳赳、气昂昂的威武气势,把那个貌凶胆虚、外强中干的鬼子吓破了胆!再加上志勇那势如雷鸣、经久不息的吼声:

"杀——!"

更吓得那个鬼子三魂出了壳,四肢脱了臼,五官失了灵!

你看那鬼子,尽管枪膛里已经顶上了火儿,尽管枪筒子也已经探出了墙,可是,由于心在噗咚不给他做主,手在颤抖不听他使唤,闹得他始终未能把枪放响!

他怕志勇那喷着火光的枪!

他怕志勇那闪着寒光的刀!

他更怕志勇那种迎着他的枪口猛扑过来的英雄气概,无畏精神!

因此,他面对着越来越近的梁志勇,茫然无措了,只好用上了他那最后的绝招儿——把枪一扛,掉头就跑!也不知是因为他已经眼花缭乱,还是因为他心慌步子乱,只见他跑着跑着,被一个只有拳头大的小砖头绊了一跤!他跌了这一跤,连哼一声也没顾上,来了个驴打滚儿爬起来又跑……

这个鬼子在没命地跑着,志勇的追腔枪在他的身后响着。正在这时,有一个身着伪军服装、满面红光的人,突然闪出墙角,出现在鬼子的面前。

小鬼子一见这个"伪军",立刻感到那飞失的真魂又回到了他的身壳,他惊声喜韵、唬腔哀调地放声嚎叫道:

"你的快快的,快快保护我!……"

鬼子正叫到劲儿上,一下子不叫了!

因为啥?因为他的狗头在那个"伪军"的刀下开了花!

"伪军"为啥杀了他?

原来这个"伪军"不是伪军!

他是谁?

他是那位化了装的王锁柱!

锁柱这一刀——只一刀,就将鬼子那个滚蛋圆的脑袋瓜儿削成两半儿,活像一对葫芦瓢!这个脑袋擗了叉儿的洋鬼子,像头死猪一样,吭噔一声摔了个倒栽葱,四脚拉叉地趴在猪圈崖上!

这时西边不远处,战斗正在激烈进行。

枪声,巴勾儿巴勾儿地响着。

子弹,吱溜吱溜地横飞。

伴随着颗颗手榴弹的声声爆炸,一团团的黄烟卷旋着敌人的钢盔、皮靴飞腾起来。

黄二愣那粗壮的身躯,正在滚滚的硝烟中飞奔着,跳跃着,渐渐地靠近了敌人。他用上全身力气,将一颗手榴弹向鬼子扔过去。

黄二愣的手榴弹刚刚落地,一个鬼子兵哈腰捡起,又扔回来了!

这怎么办?

其实也好办——二愣只要往旁边的墙角处一躲,是完全可以炸不着的!

不过,黄二愣并没这么办!

为啥哩?因为二愣记得梁永生曾跟他说过,在眼时下我们还没有兵工厂,上级发给民兵的每一支枪,每一粒子弹,每一颗手榴弹,几乎都是我们八路军同志用鲜血和生命换来的。因为这个,现在黄二愣认为,无论如何不能让这颗手榴弹白白地爆炸掉!于是,他哈下腰,将那颗正在突突冒烟的手榴弹,又一次捡起来了!

他要干什么?

显然,他是想再次朝敌人甩过去!

可是,黄二愣哪里知道:时间已经来不及了!

手榴弹眼看就要在二愣的手里爆炸!

在这千钧一发的节骨眼上,梁永生从那边箭步如飞地蹿过来!他就着冲劲儿腾身而起,猛一弹腿,将二愣那颗刚刚拣起尚未攥紧的手榴弹踢飞了!并就劲儿一摁二愣的脊梁,他俩一齐趴在地上!

梁永生和黄二愣刚刚趴下,那颗被永生踢飞的手榴弹,尚未落地就在敌群中爆炸了!

随着轰的一声巨响,有的敌人被炸死了,有的敌人被炸伤了,那些没死没伤的也没了真魂,全都神经失常地嚎叫着,屁滚尿流地向四处乱跑!

这时的龙潭街道上,这边,敌人的尸体压着尸体;那边,敌人的伤兵挨着伤兵。在这些敌人尸体、伤兵的附近,还有一些枪支,鞋子,帽子……

这一阵,石黑那个老家伙,正狗蹲在那边的一个猪窝里,指挥着他身边的一伙鬼子兵,在拼命地朝这边猛烈射击着。

就在这时,又有一伙伪军,在白眼狼的驱赶下,从另一个方向的胡同里突然冲出来。

梁永生见此情景,觉着时机到了,便朝锁柱用眼睛发布了命令。得到命令的小锁柱,立刻朝那伙惊弓之鸟般的伪军振臂高呼道:

"弟兄们!向着鬼子冲啊!"

由于锁柱身上穿着伪军装,闹得伪军们一时搞不清是怎么一回事,全都蒙了!

伪军们正不知如何是好,那位穿着伪军装的唐铁牛,又出敌不意地出现在胡同旁边那火浪烟波的房顶上。只见他,这位过去很少说话的唐铁牛,现在昂首而立,正在大声吼喊:

"打倒日本帝国主义!弟兄们!向鬼子们冲啊!"

小锁柱和唐铁牛一面大声吼喊,一面向石黑领的那伙鬼子射击。

到这时,伪军们更觉迷惘无措了!你想啊,房上房下,都在喊"打倒日本帝国主义",都在号召他们"向鬼子冲",又都是自己的弟兄,他们一时怎能想到这身穿伪军装的人竟是八路军呢?再说那边猪窝里的鬼子,他们以为是伪军们哗变了,或是又发生了"火线起义",便唔哩哇啦地叫着,朝这伙伪军们射击起来。伪军们见鬼子们朝他们开了枪,又见身边的同伙有人中弹倒下去,更闹不清这是发生了什么意外情况了,也都胡乱开起枪来。

伪军们一还击,鬼子更认为他们真是"起义反正"了,枪声更加激烈起来。就这样,这边一群狗,那边一帮狼,你打我,我打你,越打越激烈,越打越红眼!继而,像两军对阵一般,正经八本、像模像样地干起来了!

局势发展到这种情况,梁永生他们怎么着了?

他们,这些一鼓作气进行了二十分钟奇袭激战的勇士们——梁永生、梁志勇、王锁柱、唐铁牛、黄二愣、庞三华,一行六人,利用敌、伪对阵,狼、狗相斗的当儿,拣起了敌人的一些枪支弹药,机智地撤离了这烟尘弥漫的战场。随后,他们又兜起一股旋风,一溜风烟地撤向村边。

村边上,敌人的布防已经乱了阵脚。

不一会儿,我们的突袭小组,便神不知鬼不觉地撤到了村外。又一会儿,他们便和在村外接应的战士们,在白玉般的运河滩上会合起来了。

河滩上,金沙点点,宛如一大群天真烂漫的孩子,正在眨巴着喜笑的眼睛。

运河中,浪头一浪高过一浪。

河水的涛声,像怒吼,又像狂欢!

大刀队的战士们,在沿河傍堤的运河滩上整理一下队伍,便顺着一条大道沟朝西北走下去。

到此,这场二十分钟的龙潭巷战,算胜利结束了。

不!这巷战并未结束!

你听!直到这时,龙潭村里的枪声,那不还像烧着了鞭市似的响着吗?不光枪声还在响着,四外八乡的狗们,仿佛是故意跟石黑、白眼狼凑热闹儿一样,正在群起而叫,声声相连。狼狗相斗的枪声、喊声和这犬吠声搅在一起,显得声势更大了!

大刀队的战士们,一路行军一路听着这开心的枪声,脸上都泛起得意的笑容。

乐得个小胖子,张口来了一段快板儿:

> 毛泽东思想放光辉,
> 党的领导显神威;
> 巧用奇兵袭顽敌,
> 龙潭街头创奇迹;
> 寡众相交少胜多,
> 狼狗相斗又继续;
> 人民战争威力大,
> 巷战奇观谱新曲;
> 新曲谱出新奇功,
> 奇功归于毛主席!

乐得个合不上嘴的小铁牛,摇头晃脑地说:

"石黑也是饭桶!他领了这么一大帮乱杂拌儿,还不够咱六个人收拾的哪!"

这时的梁永生,本来也是很高兴的。因为,从"夜进龙潭",到"龙潭巷战",梁永生走过了一段漫长而又曲折的道路。在这条长途中,他由一个普通的农民,变成了一个革命军人。他想起了这个,当然是要想起党的。你想啊,他走在凯旋的路上,心里想着党的恩情,怎能不高兴呢?

梁永生正乐滋滋地走着,一听到铁牛这句话,脸上的笑意立刻消失了。因为铁牛这句话,把他对历史的回忆压了下去,又把县委书记方延彬同志过去讲过的话,从他那脑海深处勾了上来:

"胜利本是好事。如果我们在胜利面前满足起来,这件好事就会引出坏的结果,就等于给失败播下了种籽。"

现在梁永生两眼瞟着战士们那种想掩饰而又掩饰不住的笑面,心里回想着在一次胜仗之后方延彬同志跟他说过的这段话,思绪就像初春原野上的旋风一样,在他的脑海里忽一阵忽一阵地回旋起来。

梁永生这时的面部表情是严峻的。可是,他那微微眯起的眼睛,比这头顶上的蓝空还要深沉。他这种神态,和战士们那喜悦的笑面一比,显得很不协调。

他在想什么?

他在想:"今天这场龙潭巷战,寡众交锋取得大胜,这是什么原因呢?"他且走且想,情不自禁地把两条视线移到了战士们身上。

这些生龙活虎的战士,全是在苦水里泡大的。他们由于理解了抗日战争的意义,因而对抗日救国都是拥护的,积极的。并且,他们已将自己最宝贵的东西——青春、热血、生命,全部交给了党,让党调用。

素常里,往往有这样的时候,在宿营的驻地,在战斗的间隙,战士们相互之间,也有的曾为一件小事吵过嘴,甚至吵得脸红脖子粗。可是,一到了战场上,一到了敌人面前,他们又是同心同德地团结得像一个人一样,心连心,肉贴肉,枪往一处打,血往一处流。在那漫长的征途上,他们挎臂走,并肩行,经受了一次又一次的风风雨雨,闯过了一个又一个的激流险滩。一遇上关键时刻,都是甘愿用自己的鲜血和生命,来掩护自己的战友。

这又是什么原因呢?

梁永生想来想去,继而又想:我们这些抗日的战士,全是自觉自愿地投入到八路军的队伍中来的,又是被一个共同的奋斗目标组合在一起的。因此,一旦打起仗来,他们才能那样的奋不顾身、英勇无畏!由此可见,"有钱买得鬼上树",这句鬼话是剥削者的哲学!金钱,能买到各种死物,惟独革命者的心、群众的心,是买不到的!

我们这些战士们,从前在地主面前,都是些不受使唤的人,如今,为啥能这样意气风发地听自己领导人的指挥?像我,是几辈子被人指使的长工后代,如今,怎样才能完成党赋予我的使命——通过我这个党员的作用,把战士们的光和热更充分地发挥出来呢?

永生想来想去,想到了毛主席有关部队政治工作的指示——战士们所以能够这样自觉地遵守纪律,执行命令,不怕牺牲,英勇奋战,这是我们执行了毛主席的军事路线的结果啊!现在,在打了胜仗之后的现在,我们还要时刻不忘毛主席的指示,针对战士们在胜仗之后的思想情况,抓紧做好政治思想工作。对一个领导人来说,只有这样,才算是时时刻刻地关心这些战士们。他一想到这点,脑子忽地一闪,又把以上这种种思绪和当前的情况联系起来了——今天这个胜仗,在战友们的身上,又增加了一些什么?眼时下,他们走在胜利归来的路上,又正在想着些什么?他们这掩饰不住的笑意,除了因为胜利而引起的理所当然的高兴之外,还包含着一些什么?

永生带着队伍,且走且想,且想且走。

不知是因为离龙潭太远了,也不知是因为那狼狗相斗的仗不打了?反正是枪声越来越小,越来越少,现在,已经听不见了!

辽阔的旷野,异常宁静。

沓沓沓!

沓沓沓!

一阵愈来愈近的马蹄声,突然打破了宁静的气氛,从道沟前边的岔路口处传过来。

大刀队的战士们,全将眼睛转向了声音传来的方向。

走在沟崖上担任警戒的铁牛跳下道沟。

他跑到梁永生的身边报告说:

"队长,那边有情况——"

"啥?"

"八成是蹿过两匹马来!"

"'八成'是什么话?"

"因为看不清真实情况——"铁牛说,"只望见两个半截人脑袋,时隐时现,正像箭头一样顺着道沟往前钻!还听见有马蹄声……"

"隔这里还有多远?"

"一里多路!"

梁永生一面听着铁牛的汇报,一面顺着道沟朝前望着。只见,从他们的脚下,到前边那个岔路口,还有一箭地。于是,他向队伍命令道:

"准备战斗!"

战士们都抽出匣枪,登上崖坡,伏在沟沿上。

永生命令志勇:

"你在这里指挥!"

"是!"

他又向锁柱一挥手:

"跟我来!"

"是!"

永生和锁柱,一齐飞起双腿,顺沟向前奔去。

转眼间,他们来到了大道沟的岔路口上。

这时节,那急促的马蹄声,已经很近了。

他俩在道沟的拐角处,找了个被夏日的雨水冲开的浪窝,隐蔽住身子,又悄悄地探出半个头,顺着那条斜插过来的道沟朝前望去。只见,有两个骑士,正在交通沟里纵马驰骋。

不大一会儿。

一匹栗子色的长鬃烈马,配着一匹尾随其后的白马,顺着道沟拖尘而来。由于马跑得像箭头一样快,它们的肚皮快要贴到地皮上了。骑在马上的两个人,打扮几乎一样——都是全副武装。他们的身子,略略向前俯着;腰间扎着子弹袋,穿在子弹袋外头的上衣敞着怀,两扇衣襟被风掀起来,宛如一对张开的翅膀;全都一手攥着马缰,一手提着匣枪,远远望去,嘿,真威武呀!

看气质,显然不是敌人。

那么,他们是谁呢?

随着距离的缩短,越来看得越清楚了——

骑在前头那匹马上的,是一位中年人。他那双豁豁亮亮的大眼,一直注视着前方。他后头那匹白马上,是一位青年小伙子,脸上闪动着年轻人特有的红光。他们的气势使人感到,不管在途中遇上多少人拦路截击,他们也要把匣枪一抡冲杀过去!

永生看罢,认出来了——骑在前头那匹栗子色战马上的人,是县委书记、县大队政委方延彬同志;骑在后头那匹白马上的小伙子,是方政委的警卫员唐志清。

这时,永生心里一阵高兴,立刻闪出身躯,一面走一面招手,跨着似跑非跑的大步迎上前去。小锁柱也紧紧跟随在梁永生的身后。

他们四个人碰面了。

风尘仆仆的方政委,猛地一勒马缰,烈马停下来。

梁永生和小锁柱,都把激动的心情掩藏在对首长应有的尊敬之后,以一位军人的姿态,首先打了个敬礼。

方政委端坐马上,雄姿英发地举手还礼。此刻,他那张饱经战火磨炼的脸庞,潜伏着炽热的感情,荡漾着刚毅的微笑。

在方延彬和梁永生敬礼还礼的当儿,方延彬座下那匹高大肥硕的骏马,由于刚刚经过长途驰骋,目下正在急促地喘息着。它的身上,渗出一层明晃晃的汗粒;从它那嘴角上淌出的白沫,不住地往地皮上滴落。同时,它还用力抖动着身子,直抖得汗珠儿顺着披散的鬃毛向四外飞溅。继而,它又扬起尾巴猛力摆头,并用两只前蹄倒替着在地上刨土。观其架势,仿佛是只要方政委将那勒得紧紧的马缰一松,这匹势如雄狮般的战马,就会立刻四蹄生风腾空而起!

方延彬一扽马缰,使战马安静下来。尔后,他翻身下马,和永生热烈握手。看来,政委显然是有要事在身,实在太忙了。你瞧,他握手后,啥也没顾得说,啥也没顾得问,一开口便下达了命令:

"永生同志,你来得太巧了!马上将大刀队开到宁安寨——准备执行新的战斗任务!"

"是!"

"我军主力部队的一个团,现正驻扎在宁安寨。你们大刀队的任务,就是配合他们进行一次较大的军事行动。"方政委说,"主力部队团党委,已和咱们县委研究好,确定你们大刀队和主力部队第二营配合行动。你到达宁安寨以后,要主动找到二营的营首长,具体研究作战方案……"

"是!"

"永生同志,我还有要紧的事,不能久留了!"方延彬同志歉意地说着,一纵身子蹿上马去,继而又道,"你们先头前一步吧,今天夜里我还要赶回宁安寨——咱们宁安寨见!"

"好!首长的指示,坚决执行!"立正待命的梁永生说,"政委,你快走吧!"

方政委谦和而庄重地点着头。

随后,他一松马缰,两腿又用力一挟马肚子,那驯顺的战马立刻四蹄蹬开,高高地撅起尾巴,一纵一纵地飞驰而去。

这一阵,方政委的警卫员唐志清,也和方政委同时下了马。他尽管一直在笑望着梁永生,可是,政委正向永生交代任务,他不论是多么想和他的老领导梁永生说几句话,在这样的节骨眼上怎么能插上嘴呢!

目下的小锁柱,和唐志清是同样情况——他又是多么希望跟他的"老师"、首长亲亲热热地谈一阵!哪怕是谈上几句也好哇!可是,他这种愿望,也没能够实现!

对某些人来说,当他的强烈愿望得不到实现的时候,往往肯产生一种失望的心情。不过,今日的小锁柱和小志清,虽然都在感情不易控制的年龄,可他俩谁也没有一丝一毫的失望情绪。

这是什么原因?

小锁柱知道首长正在执行战斗任务,如果在这种情况下来满足他在感情上的需要,那就不是他衷心敬爱的首长了!因此,他只是和小志清亲热了一阵,没有得空和首长说几句话。不过,首长在临走的时候,还是让自己的目光跟锁柱的目光碰了个头儿。仅此一点,能够充分理解时间对于军事行动意味着什么的小锁柱,便感觉着在感情上已经得到了最大的满足!

小志清呢?他也懂得,在这时,自己的职责不允许他顺从自己的感情;并懂得,感情在革命职责面前,应当而且必须处于从属地位。因此,他也只是和小锁柱还有跑过来的大刀队上的其他战友们说笑了几句,又瞅了个空隙和永生两人相对一笑,随后,跨马扬鞭,紧随在首长的背后远去了!可是,这时节,他那股留恋的心情,使得他一再回头张望……

两匹腾云驾雾似的战马愈来愈远了。

这时,在那高高竖起的马尾巴后头,飞起一条愈伸愈长的黄龙。那黄龙,冉冉地升上高空,在蓝天底下翻滚着,变幻着。

战马更远了。

梁永生和小锁柱,还有大刀队的其他战士们,都怀着尊敬的心情一齐登上崖坡,朝着那正在远去的首长、战友、同志的背影,久久地张望,久久地张望。

方政委的身形已经看不清了。

这时只能看出,那两匹奔腾在蓝天底下的战马,好像四蹄蹬空已经飞起来;又见马背上的人,宛如已经长在上边,人和马形成一条线。

战马消逝在天边了。直到这时,梁永生才注意到,小锁柱手中攥着一支钢笔,正然注视着,摆弄着。梁永生轻拍着小锁柱的膀头儿:

"锁柱,咱们该走啦!"

大刀队朝宁安寨进发了。

行军路上,战士们一边在议论着县委书记布置的新任务,一边在回忆着这次龙潭巷战的前前后后。人们越谈越激动,越想越兴奋。

不知战士们想到了什么,也不知是谁先引了个头儿,只听见他们轻声地唱起《三大纪律八项注意》来了:

革命军人个个要牢记,
三大纪律八项注意:
第一一切行动听指挥,
步调一致才能得胜利;
…………